《诗探索》创刊40周年纪念丛书
《诗探索》编辑委员会 主编

新诗发展问题研究

王士强 主编

学苑出版社

图书在版编目（CIP）数据

新诗发展问题研究 / 王士强主编 . —北京：学苑出版社，2020.11
（《诗探索》创刊40周年纪念丛书）
ISBN 978-7-5077-6064-4

Ⅰ.①新… Ⅱ.①王… Ⅲ.①诗歌研究—中国—当代 Ⅳ.①I207.22

中国版本图书馆CIP数据核字（2020）第215546号

本书为
首都师范大学内涵发展经费资助成果
教育部人文社会科学重点研究基地首都师范大学中国诗歌研究中心成果

责任编辑：	李　耕　徐志琴
出版发行：	学苑出版社
社　　址：	北京市丰台区南方庄2号院1号楼
邮政编码：	100079
网　　址：	www.book001.com
电子信箱：	xueyuanpress@163.com
联系电话：	010-67601101（营销部）、010-67603091（总编室）
印　刷　厂：	北京建宏印刷有限公司
开本尺寸：	710mm×1000mm　　1/16
印　　张：	26.25
字　　数：	400千字
版　　次：	2020年11月第1版
印　　次：	2020年11月第1次印刷
定　　价：	135.00元

总序

我们见证一个时代
——《诗探索》40年（1980—2020）

谢 冕

昨日已经过去

我们经历了一个漫长的黑夜。月亮是惨白的，星星是灰暗的，无边的暗黑，空漠，萧索，荒芜。就此刻谈论的诗而言，也深陷于这种无边的暗黑之中。这岂止是通常说的"单调"或者"划一"所能概括！那是一个没有文学、没有艺术，当然也没有诗歌的时代。一个漫长得看不到希望的岁月，一批又一批的诗人被迫走上了流放和监禁的囚徒之旅。烹鹤毁琴，绝圣弃典，诗歌也被迫流亡或者禁毁。愚蠢、无知、野蛮代替了高雅和智慧！

黑夜无边，春天遥远，那年有一个极冷的冬天。诗人穆旦长期受摧残的身子，感到了这个冬天的艰难："我爱在淡淡的太阳短命的日子，临窗把喜爱的工作静静做完；才到下午四点，便又冷又昏黄，我将用一杯酒灌溉我的心田。多么快，人生已到严酷的冬天。"[1]这个在民族生死存亡时刻走出西南联大校园，投身于滇缅战场的诗人，曾以青春的声音向我们宣告"因为一个民族已经起来"[2]的歌者，此刻，他感到了彻骨的寒意。

---

[1] 穆旦：《冬》。此诗作于1976年12月，同时写作的还有《停电之后》。同年10月，是"四人帮"覆灭的日子，可惜诗人没能享受胜利的欢欣。

[2] 穆旦：《赞美》。"在耻辱里生活的人民，佝偻的人民，我要以带血的手和你们一一拥抱。因为一个民族已经起来。"此诗作于1941年12月。

也是这一年，还有一位诗人，他幸运地迎接了团泊洼的凝寒的秋日阳光，但不幸的是，他终于因胜利到来的狂喜而葬身燃烧的火海。他用死亡迎接了他所祈望的秋天，而把一切的新生与希望留给我们。他是来自延安的郭小川。"他以优美的诗歌颂赞过他曾经为之奋斗的新生的社会，后来他又被痛苦地推入深渊。直至那个难忘的秋天的胜利带来了狂喜，他又在那场狂喜到来的时候消失在狂喜的烈焰之中。"[1]

很多人没有回来，他们消失在受难的路上。更多被流放的、蒙难的幸存者，由于金秋十月的召唤，正踏上归来的路途。而一批因失去昨日而热望今天的新诗人，已经迫不及待地喊出了他们反抗的和怀疑的声音："如果海洋注定要决堤，让所有的苦水注入我心中；如果陆地注定要上升，就让人类重新选择生存的峰顶。"他们宣告："新的转机和闪闪的星斗，正在缀满没有遮拦的天空。那是五千年的象形文字，那是未来人类凝视的眼睛。"[2]

这些崭新的意象所传达的声音给我们以力量和信心。四点零八分的北京，那场悲哀的、撕心裂肺的离别场面已是过去。中国以坚决的行动结束了一个长达十年的黑暗岁月。正是当年写出那首被迫剥夺了学校和家庭的离别画面的诗人，如今，他正以激情的声音昭告我们："相信未来。"[3]

站立在今天

以上是我们对中国诗歌曾经的漫长的噩梦所做的简略的叙述：我们曾有并结束了一个长长的肃杀的昨天，我们如今拥有一个崭新的今天。历史曾是如此地沉重，我们同样怀有"时不我待"的紧迫感。此刻我们正面对一个挽救诗歌沦亡的残酷事实——我们需要接续被粗暴隔断的中国诗歌传统；我们要以坚韧的精神维护并坚守诗歌的圣洁与尊严；面对今天的世界，我们要清除加于诗

---

[1] 谢冕：《郭小川的意义》。此文为青海人民出版社 2020 年版《郭小川诗歌精选》代序。
[2] 北岛：《回答》。
[3] 食指：《相信未来》。

歌的侮辱与伤害，并改写中国诗歌与世隔绝的封闭与孤立处境；我们要在开放的窗口与世界对话，并且坚定地支持和开展诗歌在新时代的新的探索。

以上，就是当日我们的境遇。它使我们拥有了沉重的使命意识和自觉精神。一个荒唐的年代：一片喊"杀"和"打倒"声中，博大精深的华夏文明和中国文化传统，文学、艺术以及诗歌，在那些人眼中都成了"封、资、修"，都成了"黑线"。拨乱反正，驱邪扶真，我们要在一片废墟上恢复并建立对诗歌的信心。这就是在1980年那个早春时节充盈我们内心的吁求。我们把昨天留在身后，我们站立在今天。我们不仅要告别昨天的乱局，我们还要认定属于开放年代的新的目标。

当年的我们，面对的是受到摧残的诗歌废墟，需要重新确立对诗歌的信心和理想。当年的我们，只能在记忆中想象遥远的唐代的明月，也只能在内心深处怀想和致敬那些现代的和以往的历代诗人，为他们的辛劳创造，也为他们的辉煌的存在与黯然的陨落。我们渴望以行动来表达我们的念想与敬意。

1980年春天，正是民间的三月三、壮族一年一度盛大的诗歌节举办之际。赶着民间节庆的气氛，一个空前的诗歌理论会议在广西南宁召开。会议之所以召开，是由于出现了《今天》杂志，以及出现了以这个刊物为基点的一批新诗创作。这些创作带来了普遍的陌生感和新的启迪，也随之带来了完全不同的价值观和巨大的诗学分歧。当然，从根本上看，它们带来的是中国诗歌的新气象和新生机。这些现象引起诗歌理论界和其他学界的注意。这样，由几所大学和相关研究所、学会共同筹划的全国当代诗歌讨论会就在广西南宁隆重召开。

会议的参加者基本上是来自民间的诗歌研究者、理论批评工作者和大学教师。像这样一个专门讨论诗歌理论批评的大型会议，在中国诗歌史上可能是第一次。我之所以在这里郑重提及南宁会议，是因为它与随后诞生的专门研究诗歌理论批评的刊物《诗探索》有着密切的甚至是直接的关联。或者可以说，南宁会议是催生《诗探索》的前奏，甚至可以说，它是诞生这个刊物的最初的灵感。

沐浴着新时代阳光

　　南宁会议的议题基本上围绕着对当日出现的"朦胧诗"的评价而展开。两种完全不同的观点进行了尖锐的交锋。这些交锋唤起了人们对诗歌理论研究与建设的警觉与关注。与会者的诸多发言涉及中国的诗歌传统、诗与时代和政治、诗的时代归属与审美本质、诗歌艺术的借鉴与创新等问题。争论涉及的深度和广度均为历年所未见。数日会议之后，诗评家们带着对即将到来的诗歌高潮的预期，兴奋地走向了三月三广西民间歌会，走向了更为广阔的诗歌现场。

　　从南宁一路行走到桂林，看的是新时代早春蓬勃的生机与活力，谈的是对于复兴与重建中国诗歌的愿望与念想。记得那时我们看望中途因病住院的公刘，带去大家对他的关怀与祝福，更带去众人的会间余兴——由丁力、晓雪、沙鸥等"集体创作"嵌名诗：

　　　　桂林无晓雪，阳朔有沙鸥。
　　　　蓝天藏雁翼，病榻念公刘。
　　　　久闻山水秀，谢冕驾轻舟，
　　　　北方冰已化，春满漓江头。

　　虽是游戏笔墨，但也显现当日活跃轻松的友好气氛。我的日记记载，1980 年 4 月 25 日，当日前往 181 医院看望公刘的有闻山、刘登翰、孙绍振、张炯、洪子诚、鲁原等。当然更有高洪波，他一直在医院陪护公刘。日记称："公刘较前大有起色，他有点兴奋，对我们说，我充满了信心。他希望会议的文集有照片作插图，并且决心健康恢复后的第一件工作，是把会上发言整理出来，加入文集。"

　　带着对未来的期望和祝愿，我们一行登上了北上返京的列车。我的日记继续记载当日的"余绪"。其间触及我们对未来刊物（《诗探索》）的最初想法：1980 年 4 月 26 日："车上，研究了《诗歌界》（暂定名），或叫《诗歌研究》的编委人选。高洪波参加了议论。"作为当事者，我返京后的第一件事是着手写作《在新的崛起面前》。这是会上黎丁先生为《光明日报》的约稿。[1] 与此同时，就是在北大邀集同人紧张地为即将诞生的《诗探索》做准备。

永远的坚守和探求

《诗探索》创刊于1980年。记得它的创刊号是在这一年的年末，当时我们放下手中所有的工作，全力以赴，要赶着在1980年末之前宣告《诗探索》创刊。因为1980年是一个特殊的年份、一个值得永远记住的年份，在我们的意念中，不管时间多么紧促，不管从组织到筹备、设计、组稿、出版，再到发行，其间有多大的困难，我们认定，这个刊物只能，而且必须在非凡而伟大的1980年创刊。《诗探索》注定只能是1980之子！

1980年，中国诗歌伴随着一阵惊雷，开始了一个新的诞生。这是一个告别过去、迎接未来的新的诗歌时代。"假、大、空"的覆灭，朦胧诗的崛起，幸存者的归来，特殊的遭遇，特殊的经历，为此，我们要留下前行的足迹：向着世界开放的新的艺术手段与方法，中国诗歌的继往开来的伟大复兴，诗歌面临着新的前所未有的挑战。新的主题、新的艺术方式与新的表现手段，这一切，亟须诗歌理论的支持、总结和阐释。这一切，概括起来也就是当年《诗探索》发刊词的一句话：我们需要探索！那是一个反思的年代，那也是一个创新和探索的年代。我们的方针十分明确：站立在时代的潮头，排除一切的阻挠与偏见，即使是一种巨大的压力乃至一时的孤立无援，我们没有退路，唯有韧性地坚持，以坚定的意志、无畏的探索，热烈地支持中国诗歌的新的崛起。

《诗探索》始终没有办公室，开始借用北大中文系的一间会议室"办公"。编稿、看稿、讨论，都在这个房间。约好时间，朋友们从北京的各个角落赶到北大，骑自行车，坐公交，风雨无阻。办完公，没有饭局，各自散去。因为"定居"在北大，倒也沾了些这所学校的"仙气"——不知不觉间，学术独立、

---

[1] 1980年4月28日日记："作《在新的崛起面前》，近三千字。下午，寄《光明日报》。"

思想自由、兼容并包，倒也成了刊物的"精气神儿"。

前面谈到南宁诗会的召开与参会者的民间性质，这种民间性一直延伸并贯穿于《诗探索》的办刊以及它所展开的活动中。为什么是民间？因为它是由几个民间学术团体和单位主持的，主编和编委无须上方指派；所有的编者都是"志愿者"，从主编到编辑，没有任何报酬，有时甚至还要"自掏腰包"予以补贴；刊物没有固定经费，所有的费用都要"自筹"；更为特殊的是，这样一个纯学术刊物，长达40年的办刊历史，居然没有申请到刊号。

《诗探索》的编者无时无刻不在"求人"，由于没有刊号，只能用书号出版，求出版社少收点儿出版补贴，一家出版社接着一家出版社，"求"一次，办几期或十几期，再"求"，再换一家出版社。岁月过得"有点惨"，却也是"人不堪其忧，回也不改其乐"！我作为创刊主编，看到大家为刊物奔波辛苦，有时不免心疼，想，我们已尽力了，我们当然想坚持，要是客观情势不允许，我也可以学徐志摩前辈那样昭告天下：《诗探索》放假！但是这刊物却真是"命硬"，几次都是遇到"贵人"搭救，然后"绝处逢生""柳暗花明"！《诗探索》创造了一个奇迹，不拿公家一分钱，不要一个编制，不要刊号，也没有一间办公室，居然坚持到今天，足足40年。

而我，已经打好"腹稿"的，而且随时准备发表的《诗探索放假》的文章，却是始终派不上用场！《诗探索》坚持"在岗"，坚持站在诗学探索的前沿，为中国现代诗歌的繁荣发展自觉地守望和探求！时间过得真快，不觉40年匆匆过去。早先创刊的"元老"们约定，只要健康和精力许可，依然坚持他们的"义务劳动"，做《诗探索》忠实的永远的"志愿者"。

我们见证一个时代

亲爱的《诗探索》同人是我们同甘苦、共患难的朋友。我们有幸共同走过，有幸一起聚过、奋斗过，我们快乐过也痛苦过。我们有幸共同见证了诗歌复兴的新时代，我们共同见证了一个伟大的繁荣的时代。

请允许我在这文章的最后表达我对朋友的"不忘",我的敬意和感谢。

深情缅怀——我们的好友,为《诗探索》的出版、编辑作出过贡献的钟文、刘士杰。

深情感谢——在不同时期为《诗探索》的出版作出过贡献,让《诗探索》转危为安的"贵人":张炯、洪子诚、白烨、张仃、石虎、于炼、郭栋、臧博平、张洪波、刘鸿、潘洗尘、庞俭克、赵敏俐、徐伟、苏历铭、邹进。

深情感谢——《诗探索》的编辑队伍:杨匡汉、吴思敬、林莽、王光明、刘福春、陈旭光、张桃洲、王士强、徐丽松、陈亮、谈雅丽。

深情感谢——《诗探索》的出版单位:四川人民出版社、中国社会科学出版社、首都师范大学出版社、天津社会科学院出版社、时代文艺出版社、九州出版社、漓江出版社、作家出版社。

2020 年 7 月 1 日于北京大学

目 录

001　序　言 / 王士强

001　在新的崛起面前 / 谢　冕
005　传达出自己声音的诗 / 钟　文
010　时代的进步与现代诗 / 吴思敬
017　沿着为社会主义、为人民的道路前进
　　　——为孙绍振一辩兼与程代熙商榷 / 江　枫
025　诗，升起了新的美
　　　——评近年来诗歌艺术中出现的一些新手法 / 徐敬亚
041　道路：扇形地展开
　　　——略论近年来青年诗作的美学特点 / 黄子平
055　从已有的突破上再前进 / 刘登翰
060　我们的新诗遇到了什么问题 / 郑　敏
075　群岛上的谈话 / 耿占春
079　新诗发展态势剖析 / 程光炜
082　《他们》略说 / 韩　东
086　异端之美的呈现
　　　——"非非"七年忆事 / 周伦佑
093　中国当代诗歌中的后现代性 / 王　宁
096　文化裂缝中生长的诗歌 / 李　震

104 坚冰下的溪流
　　　　——谈"白洋淀诗群" / 陈　默
111 女性诗歌神话
　　　　——翟永明诗歌及其意义 / 荒　林
120 再谈"黑夜意识"与"女性诗歌" / 翟永明
122 我因为爱你而成为女人 / 唐亚平
127 从意象到事态
　　　　——"后朦胧诗"抒情策略的转移 / 罗振亚
135 诗歌之舌的硬与软
　　　　——关于当代诗歌的两类语言向度 / 于　坚
152 历史意识与90年代诗歌写作 / 西　渡
159 关于"后新诗潮"的随感 / 吴晓东
164 诗歌与什么相关 / 谢有顺
171 日常主义诗歌
　　　　——论90年代先锋诗歌走势 / 陈仲义
186 个体承担的诗歌 / 王光明
191 俗人的诗歌权利 / 徐　江
195 知识分子写作，或曰"献给无限的少数人" / 王家新
209 90年代诗歌及我的诗学立场 / 张曙光
216 可疑的反思及反思话语的可能性 / 姜　涛
231 90年代诗坛的三大矛盾 / 张清华
239 当代诗歌中的知识分子写作 / 臧　棣
244 后口语写作在当下的可能性 / 沈浩波
253 女性诗歌的三种文本 / 吕　进
262 亚文化选择：民刊策略与边缘立场 / 罗振亚
271 贫乏中的自我再剥夺
　　　　——先锋"流行诗"的反文化、反道德问题 / 陈　超

279	从"先锋"到"常态"	
	——先锋诗歌二十年之反思与前瞻 / 沈　奇	
288	"中生代":命名的可能及其写作 / 张立群	
296	白洋淀诗群的湿地背景 / 路　也	
303	"私人地理"的建构与"文化断乳"的转型 / 赵思运	
312	口语诗如何成为可能	
	——关于口语诗命题的一些思考 / 刘　波	
321	新诗史视野中的"草根性"诗学及其走向 / 吴投文	
331	驻校诗人制度:新世纪诗歌的新品牌 / 罗小凤	
342	高原的梯子	
	——论昆明青年诗人群 / 霍俊明	
354	新媒介视域下21世纪新诗创作生态研究 / 孙晓娅	
370	一百年来一件大事 / 谢　冕	
375	构建汉语诗歌"共时体"	
	——关于新世纪中国诗歌一个向度的断想 / 张桃洲	
384	自由诗的自由与难度 / 师力斌	
398	后　记 / 王士强	

序　言

王士强

中国新诗已走过百年历程，其间所走过的道路可谓一波三折、跌宕起伏而又波澜壮阔，它取得了辉煌的成就，也有着令人遗憾的缺失与教训。如果我们简单地对新诗百年做一个阶段性的划分，或可分为三个时期：最初的30年，属于尝试期、草创期、起步期，新诗是新生事物，人们"开天辟地"，"睁开眼睛看世界"，力求实现中国诗歌断裂式、革命性的脱胎换骨，而同时又遭逢乱世，救亡图存，新诗在各种力量的纠葛与缝隙中寻求自身的合法性；1950—1970年代的近30年，诗歌则更多地成为政治的工具，失去自身独立的地位和价值，生存空间逼仄而窄狭；到了1970年代末期开始的"新时期"，诗歌才获得较为自由的发展空间，有了较为充裕的自我建设的契机与可能，并获得了长足进步。"新时期"以来的40年，是新诗百年中诗人最多、作品最多的时期，应该说也是最为丰富与多元、成就最高的时期。在新时期之初创办的诗歌理论刊物《诗探索》，至今已走过40周年，它与新时期诗歌一样走过了艰难曲折而不平凡的道路。贴近诗歌现场，关注诗歌的发展道路、走向，去芜存菁、披沙拣金、激浊扬清，是《诗探索》重要的品格之一。就此而言，它是新时期诗歌发展的同行者与审视者。

《诗探索》是思想解放、改革开放的产物，如其名字所示，它注重"探索"，是开放、开阔，面向世界、面向未来的。"朦胧诗"构成了"新时期"之初最有价值同时也最具争议的诗歌样态，《诗探索》是旗帜鲜明站在创作自主、鼓励探索这一边的。正如学者谢冕在其影响巨大的文章《在新的崛起面前》中所说的："我们一时不习惯的东西，未必就是坏东西，我们读得不很懂的诗，未必就是坏诗。我也是不赞成诗不让人懂的，但我主张应当允许有一部分诗让人读不太懂。世界是多样的，艺术世界更是复杂的。即使是不好的艺术，也应当允许探索，何况'古怪'并不一定就不好。对于具有数千年历史的旧诗，新诗就是'古怪'的；对于黄遵宪，胡适就是'古怪'的；对于郭沫若，李季就是'古怪'的。"[1]这里的表述自然是有"策略性"的，是立足当时的社会现实基础而进行的有限度的表达，但其中所体现的开放、自由、独立、创造等精神是显而易见的，这些实际上也成为此后《诗探索》始终坚持的最明显、最核心的精神特质之一。与之类似的，是吴思敬对"诗歌现代化"的强调："现代诗是诗歌现代化的产物。诗歌现代化则是就新诗的发展趋势而言的，它意味着对我国传统诗歌包括在苏联美学理论影响下出现的某些定型的新诗的突破，意味着对古今中外诗歌珍品包括现代流派诗歌的借鉴，意味着艺术个性艺术风格的多样化和创作方法艺术流派的多元化，意味着以现代化的艺术语言反映现代中国社会的时代精神、反映现代中国社会的生活节奏、反映现代中国人的思想风貌和心理情绪。"[2]这是在1980年代之初对诗歌发展走向的吁求与展望，它与新诗发展的历史语境息息相关，也是对诗歌本质的维护与捍卫。

新时期诗歌的发展自非一帆风顺，其间多有龃龉、停顿甚至倒退，诗坛风起云涌。难能可贵的是，《诗探索》周围团聚起了一批真正爱诗和懂诗的诗人、诗评家，他们理性、笃定、扎实，在"多变"中保持了"不变"，为新诗的健康发展做出了积极的、建设性的贡献，起到了"镇流器""稳定器"的作用。《诗探索》以专栏等形式发起、参与了诸多诗歌选题、话题与"事件"，比如对"朦胧诗""后朦胧诗"的支持与审视，对"白洋淀诗群""七月派""九叶派"等的"打捞"与考辨，对女性诗歌、"新边塞诗"等的关注与讨论，对诗歌民刊地位、作用及重要个案的推介、研讨，对1990年代末"知识分子写作""民间立场"两大阵营不偏不倚的呈示，对新世纪诗歌、网络诗歌之变化与特点的探讨……这些都可谓独具慧眼、得风气之先，其意义是显而易见的。《诗探索》是接地

---

[1] 谢冕：《在新的崛起面前》，《诗探索》1980年第1期。
[2] 吴思敬：《时代的进步与现代诗》，《诗探索》1981年第2期。

气、贴近诗歌现场、关注诗歌新变的，同时它又是冷静的、独立的，做到了及时性、敏锐性与学理性、反思性的结合。

40年来，中国新诗发生了太多变化，在诸多方面已然天翻地覆、沧海桑田。简而言之，1980年代、1990年代、21世纪以来，它们之间有着明显区别。1980年代的"朦胧诗""第三代诗"，其理想主义精神、现代主义追求等与时代"共名"相结合构成诗歌的"黄金时代"。90年代诗歌的日常主义及本体建设，"知识分子写作"与"民间立场"的分化与对峙。21世纪以来则"随着互联网的普及，'媒介化生存'日渐成为生存的常态，互联网与移动信息技术改变了诗歌的生态环境，扩大了诗歌的传播场域，直接影响到诗歌发表、传播、接受方式与审美机制"[1]。这种变化一方面带来浮躁、表面化、功利性等问题，另一方面却也是创造性、活力、可能性的表现。事实上，《诗探索》关于新诗的评论、研究是与上述变化大致同步，它既是同行者、鼓吹者，又是旁观者、审视者；既有对其正面价值的热情赞许与肯定，又有对其负面价值不留情面的批评与鞭答；既有对后进的发现、提携和对重要诗人的研究，也有宏观性的对诗歌现象、潮流的辨析与总结。这种探索精神，在诗歌创作中更多是被名之为"先锋精神"，体现鲜明探索精神的诗歌则被称为"先锋诗歌"，往往是一个时期诗歌中最具异质性、实验性，同时也最具创造性的部分。虽然先锋诗歌被认为经过20年的发展已发生"从'先锋'到'常态'"[2]的转变，先锋诗歌运动已经终结。但先锋诗歌精神并未消退，而是被更内在、更有机地承续了下来，在一篇讨论"新世纪诗歌先锋性"问题的文章中我曾如此阐述："如果我们不是以外在的、'登高一呼应者云集'的标准来要求的话，那么新世纪的先锋诗歌不但存在，而且是健康发展的：相比此前的一体化、'一统天下'，它更为多元、分散；相比此前的突发性、事件性，它更为日常化、常态化；相比口号式、宣言式的理念先行，它更重视心灵性、内在性；相比追逐西方的'现代性焦虑'，它更

---

[1] 孙晓娅：《新媒介视域下21世纪新诗创作生态研究》，《诗探索·理论卷》2017年第3辑。
[2] 沈奇：《从"先锋"到"常态"——先锋诗歌二十年之反思与前瞻》，《诗探索》2006年第3辑（理论卷）。

重从本土、从现实出发,更重视传统与现代、中国与西方的有机结合与对话。新世纪先锋诗歌的存在已经发生了一系列深刻的变化,呈弥散状、碎片化存在,用诗人朵渔的话说便是'不团结就是力量'。或许可以说,先锋诗歌运动已经不复存在,'水消失在了水中',但是先锋诗歌精神却被继承、发扬了下来,并以一种'不动声色'的方式获得了实质性的长足发展。"[1] 先锋精神、探索精神在新时期诗歌中是一以贯之的,《诗探索》本身也是这种先锋精神、探索精神的倡导者和践行者。

　　站在新诗百年的门槛上,谢冕先生曾如此谈当今时代的诗歌状况:"诗歌告别了虚假和空言,回到了自主自立的抒情本位,它呼唤对于独立人格和自由人性的认同与敬畏。诗人的想象力和独创性得到尊重——诗人可以按照自己的意愿进行写作,而无须别人为它规定戒律。不谈或少谈'主义'而专注于'自以为是'的独立创造,已经成为当代风尚。打破大一统之后的诗歌,呈现出纷繁多彩的多元格局。这是几代诗人所梦寐以求的良好生态。"回顾过去、展望未来,谢冕先生的思考冷静、深入而又饱含深情:"与其说我们是幸运的,不如说我们是沉重的。一代先驱者把百年的诗歌梦想交给了我们,我们不仅是享受前人创造成果的一代人,我们也是承受前人重托的一代人。记得一百年前新诗诞生的时节,我们的前辈就告诫我们:不能因为'新'而忘了'诗',也不能因为'白话'而忘了'诗'。他们担忧的是,我们因热衷于变革而对诗歌本体的轻忽或遗忘。一代人又一代人走远了,他们把悬念和期待留给了我们。"[2] 的确,中国新诗发展需要这样的金玉良言。而想到这是40年前"崛起论"作者的声音,想到这是40年来《诗探索》主编的声音,想到这是一位"80后"、接近"90后"[3] 前辈学人的声音,不能不让人感动、激越、心潮澎湃!历史在行进、演变之中,而我们在见证历史。这是诗的声音、汉语的声音,也是

---

[1] 王士强:《论新世纪诗歌的先锋性》,《创作与评论》2014年第12期。

[2] 谢冕:《一百年来一件大事》,《诗探索·理论卷》2019年第1辑。2018年9月19—22日,北京大学中国诗歌研究院、首都师范大学中国诗歌研究中心等联合在北京举办"中国新诗一百年纪念大会",本文系谢冕先生在大会上的发言。

[3] 谢冕先生生于1932年,他近年已80多岁、接近90岁。他笑称自己是一位"80后"。

文明的声音。在此过程中，或许艰难有之、寂寞有之、误读误解有之，但是它们似乎又没有那么重要，因为有诗歌之光的辉耀，一切都将变得不同！在可以预见的将来，诗歌恐难改变其"边缘"处境，压力来自方方面面，诗歌需要挺住、需要坚持。而《诗探索》同样如是，做诗意与光明的守护者，无可避免地需要承受非诗意与黑暗的围困、侵袭，这是使命，也是光荣！

在新的崛起面前

谢　冕

　　新诗面临着挑战，这是不可否认的事实。人们由鄙弃帮腔帮调的伪善的诗，进而不满足于内容平庸形式呆板的诗。诗集的印数在猛跌，诗人在苦闷。与此同时，一些老诗人试图做出从内容到形式的新的突破，一批新诗人在崛起。他们不拘一格，大胆吸收西方现代诗歌的某些表现方式，写出了一些"古怪"的诗篇。越来越多的"背离"诗歌传统的迹象的出现，迫使我们做出切乎实际的判断和抉择。我们不必为此不安，我们应当学会适应这一状况，并把它引向促进新诗健康发展的路上去。

　　当前这一状况，使我们想到五四时期的新诗运动。当年，它的先驱者们清醒地认识到旧体诗词僵化的形式已不适应新生活的发展，他们发愤而起，终于打倒了旧诗。他们的革命精神足为我们的楷模。但他们的运动带有明显的片面性，这就是，在当时他们并没有认识到，历史是不能割断的。尽管旧诗已经失去了它的时代，但它对中国诗歌的潜在影响将继续下去，一概打倒是不对的。事实已经证明，旧体诗词也是不能被消灭的。

　　但就五四新诗运动的主要潮流而言，他们的革命对象是旧诗，他们的武器是白话，而诗体的模式主要是西洋诗。他们以引进外来形式为武器，批判地吸收了外国诗歌的长处，而铸造出和传统的旧诗完全不同的新体诗。他们具有蔑视"传统"而勇于创新的精神。我们的前辈诗人们，他们生活在一种无拘无束的自由开放的艺术空气中，前进和创新就是一切。他们要在诗的领域中扔去

"旧的皮囊"而创造"新鲜的太阳"。

正是由于这种开创性的工作，在"五四"的最初十年里，出现了新诗历史上最初一次（似乎也是仅有的一次）多流派多风格的大繁荣。尽管我们可以从当年的几个主要诗人（例如郭沫若、冰心、闻一多、徐志摩、戴望舒）的作品中感受到中国古代诗歌传统的影响，但是他们主要的、更直接的借鉴是外国诗。郭沫若不仅从泰戈尔、海涅、歌德，更从惠特曼那里得到诗的滋润。他自己承认惠特曼不仅给了他火山爆发式的情感的激发，而且也启示了他喷火的方式。郭沫若从惠特曼那里得到的，恐怕远较从屈原、李白那里得到的为多。坚决扬弃那些僵死凝固的诗歌形式，向世界打开大门吸收一切有用的东西以帮助新诗的成长，这是五四新诗革命的成功经验。可惜的是，当年的那种气氛，在以后长达半个世纪的时间里没有再出现过。

我们的新诗，60年来不是走着越来越宽广的道路，而是走着越来越窄狭的道路。1930年代有过关于大众化的讨论，1940年代有过关于民族化的讨论，1950年代有过关于向新民歌学习的讨论。三次大讨论都不是鼓励诗歌走向宽阔的世界，而是在左的思想倾向的支配下，力图驱赶新诗离开这个世界。尽管这些讨论曾经产生过局部的好的影响，例如1930年代国防诗歌给新诗带来了为现实服务的战斗传统，1940年代的讨论带来了新诗中国作风、中国气派的新气象等，但就总的方面来说，新诗在走向窄狭。有趣的是，三次大的讨论不约而同地忽略了新诗学习外国诗的问题。这当然不是偶然的，这是受我们对新诗发展道路的片面主张支配的。片面强调民族化群众化的结果，带来了文化借鉴上的排外倾向。

当我们强调民族化和群众化的时候，我们总是理所当然地把它们与维护传统的纯洁性联系在一起。凡是不同于此的主张，一概斥之为背离传统。我们以为是传统的东西，往往是凝固的、不变的、僵死的，同时又是与外界割裂而自足自立的。其实，传统不是散发着霉气的古董，传统在活泼地发展着。

我国的诗歌传统源流很长：诗经、楚辞、汉魏六朝乐府、唐诗、宋词、元曲……几乎每一个时代都有自己的诗的骄傲。正是由于不断的吸收和不断的演变，我们才有了这样一个丰富而壮丽的诗传统。同时，一个民族诗歌传统的形成，并不单靠本民族素有的材料，同时要广泛吸收外民族的营养，并使之融入自己的传统中去。

要是我们把诗的传统看作河流，它的源头也许只是一湾浅水。在它经过的地方，有无数的支流汇入，这支流包括外来诗歌的影响。郭沫若无疑是中国诗歌之河的一个支流，但郭沫若却是融入了中国古典诗歌，特别是外国诗歌的优秀素质而成为支流的。艾青所受的教育和影响恐怕更是"洋"化的，但艾青却属于中国诗歌伟大传统的一部分。

在刚刚告别的那个诗的暗夜里，我们的诗也和世界隔绝了。我们不了解世界诗歌的状况。在新诗重获解放的今天，人们理所当然地要求新诗恢复它与世界诗歌的联系，以求获得更多的营养发展自己。因此有一大批诗人（其中更多的是青年人），开始在更广泛的道路上探索——特别是寻求诗适应社会主义现代化生活的适当方式。他们是新的探索者。这情况之所以让人兴奋，因为在某些方面它的气氛与"五四"当年的气氛酷似。它带来了万象纷呈的新气象，也带来了令人瞠目的"怪"现象。的确，有的诗写得很朦胧，有的诗有过多的哀愁（不仅是淡淡的），有的诗有不无偏颇的激愤，有的诗则让人不懂。总之，对于习惯了新诗"传统"模样的人，当前这些虽然为数不算太多的诗，是"古怪"的。

于是，对这些"古怪"的诗，有些评论者则沉不住气，便要急着出来加以"引导"；有的则惶惶不安，以为诗歌出了乱子了。这些人也许是好心的。但我却主张听听、看看、想想，不要急于"采取行动"。我们有太多的粗暴干涉的教训（而每次的粗暴干涉都有着堂而皇之的口实），我们又有太多的把不同风格、不同流派、不同创作方法的诗歌视为异端、判为毒草而把它们斩尽杀绝的教训。而那样做的结果，则是中国诗歌自"五四"以来没有再现过"五四"那种自由的、充满创造精神的繁荣。

我们一时不习惯的东西，未必就是坏东西，我们读得不很懂的诗，未必就是坏诗。我也是不赞成诗不让人懂的，但我主张应当允许有一部分诗让人读不太懂。世界是多样的，艺术世界更是复杂的。即使是不好的艺术，也应当允许探索，何况"古怪"并不一定就不好。对于具有数千年历史的旧诗，新诗就是

"古怪"的；对于黄遵宪，胡适就是"古怪"的；对于郭沫若，李季就是"古怪"的。当年郭沫若的《天狗》《晨安》《凤凰涅槃》的出现，对于神韵妙悟的主张者们，不啻是青面獠牙的妖物，但对如今的读者，它却是可以理解的平和之物了。

接受挑战吧，新诗。也许它被一些"怪"东西扰乱了平静，但一潭死水并不是发展，有风，有浪，有骚动，才是运动的正常规律。当前的诗歌形势是非常合理的。鉴于历史的教训，对之适当容忍和宽宏，我以为是有利于新诗的发展的。

原载《光明日报》1980 年 5 月 7 日、《诗探索》1980 年第 1 期

传达出自己声音的诗

钟 文

屠格涅夫说:"在文学天才身上……,不过,也在一切天才身上,重要的是我敢称之为自己的声音的一种东西。是的,重要的是自己的声音。"但是,几十年里我们偌大一个诗坛,常常片面地强调一种声音——铜琶铁板、"大江东去"式的豪唱,而其他声音或被禁锢,或被嘘斥。缪斯形象的被歪曲,使我们受到了种种的惩罚。惩罚之一就是我们不少人不敢,也不善运用自己的声音去吟诵生活、歌唱人民。在一些诗歌中,不光抒情诗的独特的主人公形象不存在了,而且抒情诗的主要成功因素——内容与形式的独创性、个别性也不存在了。模式化与系列化是一切文体的癌症。在今天,这种可怕的癌细胞还未完全根绝。比如,某首诗受到了社会的承认,于是仿效这首诗的题材、样式的作品会层出无穷。比如某刊发了一组带有哲理的短句小诗,于是类似的诗作会像春潮泛滥一泻于编辑部。亦步亦趋,人云亦云如此,新诗何有复兴可言!

一切艺术的高下是与独创、风格等因素紧密相连的,诗对此的要求更甚。在篇幅短小、不注重情节人物的抒情诗里,如没有各异其面的诗美的表现,是很难通向人民的。一个诗人从造化无极的大千世界中找准自己探求生活,表现生活的突破点,把创造的钻头通过独特的角度深深地掘进社会的底蕴中,用个别化的镭去引爆读者的感情,这是诗人走向成功的必由之路。这一切创造的过程既受制于诗人的生活、思想等因素,还受制于诗人的个性、气质、才能等方面的因素。是时候对发挥诗人的艺术个性与独创性加以强调与研究了!诗的繁荣没有这方面的有力探索是不可能做到的。

　　读完梁小斌的《雪白的墙》和《中国，我的钥匙丢了》（载《诗刊》1980年10月号），我们感到高兴的正是这一点。一个新学写诗的人，从一开始写作就有一定识见地探索认识生活与表现生活的独特角度，尽力避他人之熟、避他人之俗，根据自己的生活、个性，独辟蹊径地写自我的感情，这是可贵的。

　　这两首诗，可以看作是儿童诗，但也不尽然是儿童诗。说可以看作是儿童诗，是指它们是用儿童的心理、儿童的眼睛去捕捉形象，去表现生活的一个场面、一个事件。这里没有脱离儿童理解能力的政治词汇，没有深奥的诗的类比和象征，有的只是儿童眼睛中熟见的、鲜明的、单纯性的诗的图画。说它们不尽然是儿童诗，因为它们在质朴、明畅的语言与单纯的形象中却蕴含了较复杂的思想感情。平淡而有深远之感，天真而有哀苦之音。而这一切又不是一般儿童所能体味与表达的。这"似"与"不似"正是诗人对艺术独创性与对一种诗美的追求——用儿童的感觉和语言去表现变幻无穷的时代长卷，用轻松的情绪、平淡的笔触去写出回荡、奔腾于人民胸中的感情漩涡与高峰，并把它们表现得自然而又深邃，无刻削之痕，有蕴藉之味。从这两首诗，我们可以说，诗人的独特追求与他的实践是基本符合的。从中我们听到了一种新鲜的、异样的声音，一种从一代人的胸腔中发出来但带有特殊童声的歌唱。这歌唱在悲吟中带有向上的朝气，在欢呼中又带有苦涩的哀伤。它们不但不离异于我们整个时代的前进声音，相反，它的特殊使它与整个时代声音融贯一起，带有很大的普遍性。

　　我读《雪白的墙》总好像感觉是一个人在落照夕明、村舍旷寂中孤独地拉着手风琴。琴片发出的是缓慢的、有华彩的声音，但听的人的感觉却是伤感得想掉眼泪。

　　　　妈妈，
　　　　我看见了雪白的墙。

　　　　这上面曾经那么肮脏，

写有很多粗暴的字。
妈妈，你也哭过，
就为那些辱骂的缘故，
爸爸不在了，
永远地不在了。

比我喝的牛奶还要洁白，
还要洁白的墙，
一直闪现在我的梦中，
它还站立在地平线上，
在白天里闪烁着迷人的光芒，
我爱洁白的墙。

永远地不会在这墙上乱画，
不会的，
像妈妈一样温和的晴空啊，
你听到了吗？

　　这是一颗曾流过血的，今天虽然已经结疤，但还时时隐隐作痛的童心的歌唱。"这上面曾经那么肮脏，写有很多粗暴的字。妈妈，你也哭过，就为那些辱骂的缘故，爸爸不在了，永远地不在了。"这里诗人是用儿童表达事情的简单习惯，完全把事件隐起来。这里的"我"实际上是代表着一代人。这一代人，生活对他们的启蒙教育不在课堂上，而在一切都被颠倒的社会环境中。真善美被湮灭，假丑恶盛行。有一天他们忽然从炫目的幻景中笔直地坠落到了绝望的深渊。这可怕的剧变使得他们有形的、无形的伤口都在流血。当历史的噩梦结束之际，他们像天真的孩子第一次见到太阳，世界的万事万物在向他们招手，在向他们露出笑脸。这是经历了十年动乱生活的一代中国人的普遍心理的表现。一切都是失而复得的太阳、失而复得的温暖，就像孤儿回到母亲的怀抱，痛苦的回忆与现实的温暖交融一起，通过诗的形象感染读者。"永远地不会在这墙上乱画，不会的，像妈妈一样温和的晴空啊，你听到了吗？"这狂喜问天的细节，这流着眼泪的微笑声音怎么不在每个历经沧桑的人的心弦上重重一拨呢！

对比《雪白的墙》，《中国，我的钥匙丢了》是完全立足于象征意义的诗了。对诗中的象征，我们应该认识，可实看，也不应完全实看。比如，这首诗中的"我"，象征着一代人；"钥匙"，象征着人生的意义，象征着人生的道路。但也可以说，这里的"我"又象征着中国，"钥匙"，象征着革命的前途，象征着社会发展的规律性的东西。"中国，我的钥匙丢了"，这是一句振聋发聩的好诗句。它非常典型、非常生动形象地表达了当今这个时代的特点。

> 那是十多年前，
> 我沿着红色大街疯狂地奔跑，
> 我跑到了郊外的荒野上欢叫。
> 后来，
> 我的钥匙丢了。
>
> 心灵，苦难的心灵
> 不愿再流浪了，
> 我想回家，
> 打开抽屉，翻一翻我儿童时代的画片，
> 还看一看那夹在书页里的
> 翠绿的三叶草。

儿童的语言非常简洁明了，比如诗中"心灵，苦难的心灵，不愿再流浪了"，在这简短明白中却蕴含了非常深广的内容。它可以为我们拉开一幕中世纪式的宗教狂热的图画，表现一代人从崇高的虔诚到彻底的绝望的心灵历史。"我沿着红色大街疯狂地奔跑，我跑到了郊外的荒野上欢叫。后来，我的钥匙丢了。"它何止写出了一代人的经历，它难道不正是我们民族十多年的动乱变迁的缩影写照？对历史的反省是痛苦的，也是严峻的。今天我们的意识形态都在打捞、分析历史的沉淀物中探索前进的道路。抒情诗如何反映这一历史的必然工作？道路当然是多样的，但它们必须以新颖独到的诗的形象取胜。抒情诗不能像叙事性作品，可以用情节取悦于人，大白话更是没有力量的。这就决定了诗的三棱镜主要是通过对转瞬即逝的内心世界的个别性、特殊性的透视，来达到对生活、对社会的折射反映。从这点而言，这首诗是成功的。

在急遽的否定之否定的历史过程中，一批年轻人绝望了，虚无了，失去了生的思想依靠。对这一切我们不要苛之过深，首先要检讨的是产生这种情况的社会环境。可以相信，随着社会环境的根本变革，他们能在痛苦的反省与自我否定中开始新的旅途。不是吗，"天安门事件"中崛起的新一代正带着不懈的探求精神和无畏的探求锐气在前进。"我在这广大的田野上行走，我沿着心灵的足迹寻找，那一切丢失了的，我都在认真思考。"这是一种代表了人民瞩望、代表了时代发展趋势的声音。

契诃夫的那句名言"大狗叫，小狗也可以叫"，应该为一切立志于诗创作的人所牢记。寻求自己的特点，表现自己的个性，传达自己的声音，光辉的诗的明天呼唤每一个诗人去探索。

原载《诗探索》1981 年第 1 期

时代的进步与现代诗

吴思敬

在1980年代的中国，一股现代诗的潮流正在冲击着诗坛。

面对这股潮流，大声叫好者有之，困惑不解者有之，激烈反对者亦有之。因此，阐明时代的进步与现代诗的关系，以澄清种种误解，在当前就很有必要了。

现代诗是诗歌现代化的产物。诗歌现代化则是就新诗的发展趋势而言的，它意味着对我国传统诗歌包括在苏联美学理论影响下出现的某些定型的新诗的突破，意味着对古今中外诗歌珍品包括现代流派诗歌的借鉴，意味着艺术个性艺术风格的多样化和创作方法艺术流派的多元化，意味着以现代化的艺术语言反映现代中国社会的时代精神、反映现代中国社会的生活节奏、反映现代中国人的思想风貌和心理情绪。

大概是因为现代诗或诗歌现代化的提法中有"现代"二字吧，有些人往往把它与西方的现代派等同起来，视同洪水猛兽，连连摇头。其实，这里面有很大的误会。过去虽无诗歌现代化一说，但仔细考察一下，尽管具体含义不一，其实每个时代都有每个时代的"现代化"。对于汉魏以来的五言古体诗来说，唐朝的近体诗是"现代化"；对于西方19世纪的浪漫主义诗歌来说，象征派的兴起是"现代化"；对于我国的古代诗歌来说，新诗的出现是"现代化"。新诗本身是现代化的产物，而今天随着时代的进步，它又需要进一步的现代化。郭沫若早在新诗诞生的初期就曾说过："古人用他们的言辞表示他们的情怀,已成为古诗,今人用我们的言辞表示我们的生趣,便是新诗。再隔些年代,更会有新新诗出现了。"(《论诗三札》)诗歌现代化的提法反映了诗歌要随时代的进步而不断变化的规律,它所要建立的现代诗就正是郭老所预言的那种"新新诗"。

"文学、艺术等的发展是以经济发展为基础的。"(恩格斯:《致符·博尔吉乌斯》)任何时代的诗歌归根结底是这一时代社会生活的反映,是受这一时代生产力发展水平所制约的。

当前社会生产力的发展是有目共睹的。以电子技术为中心的世界工业革命,带来了现代科学技术的迅猛发展。蛋白质可以由人工合成,婴儿可以在试管中诞生,人类开始飞出地球,电子计算机能够作诗谱曲……总之,社会运动的节奏,比起小农经济时代的"日出而作,日落而息"不知快了多少倍,陶渊明所赞叹的"暧暧远人村,依依墟里烟"的田园时代已经一去不复返了。可以毫不夸张地说,近二十年科学技术划时代的发展是真正震撼世界的革命力量,它必将推动包括文学艺术在内的整个意识形态的大发展、大变化。

生产力和科学技术的迅猛发展,引起了人们思维能力的变化。人类的思维要依赖特殊的物质——大脑,又要以对这个世界的了解,即各种客观事物的信息为基础。离开感性的知觉和表象,思维就没有内容,但又不能把思维只归结为感性的表象和映象,因为它还具有抽象活动的能力,能借助科学的概念概括各种感性材料并形成某种认识。由于工业化电子化时代生活节奏的加快,由于交通通信工具的高度发达,世界上国与国、地区与地区之间空间距离的相对缩小,人们收到的各种客观事物的信息成千成万倍增长,人们思维的深度和广度以及抽象活动的能力都是过去的时代根本不能比拟的。对于艺术家来说,艺术的联想本来就是天马行空、飘忽不定的。社会越前进、文化越发达,这种联想的频率就越快,联想的内容也就越丰富,而且还往往借用事物之间偶然的相似关系,从这一概念飞跃到另一概念,有时甚至把表面看来风马牛不相及的概念组合到一起,产生出现实生活中所没有的、新颖奇异或似是而非的物象。正像法国哲学家李博指出的那样:"这种不稳定的、波动的、式样繁复的方法——能造成一些最意想不到的、最新颖的组合。"(《论创造性的想象》)既然这种不同概念的快速组合在现代人的思维活动中越来越司空见惯，那么某些诗人为了捕捉微妙的感觉，为了表达主观的情绪，尝试运用抽象变形、意象暗示、隐喻通感、省略跳跃等艺术手法，不是用具体物象，不是用直射，而是用心灵感觉、用曲折暗示的方法来反映客观现实，不也就十分自然了吗？

　　生产力和科学技术的发达，以及随之而来的人们思维能力的变化，不断推动着新的艺术形式与艺术流派的出现。铜版画是在化学上发现了酸对铜的腐蚀能力后出现的；印象派则是建立在光学上对色谱分析的基础上的。到了现代，随着科学技术的发展，艺术更是受到了严重的挑战。面对着彩色胶卷、立体摄影的冲击，艺术家再也不能停留在仅只是逼真地摹写客观事物的具象了，而是打破了传统的透视关系，以集中表现自己对客观事物的独特感受。他们在光线、颜色和构图上做出种种探索，画面趋向单纯化，有时甚至出现了一些过于简略的不能充分表现具体物象的符号。生产力和科学技术的发展，抽象思维的发达，造就了一批具有独创精神的现代艺术家，同时也造就了一批能欣赏现代艺术的观众。

　　党的十一届三中全会以来，我国的文学艺术在进行着思想内容上的探索的同时，也在进行艺术语言的革新。例如：青年画家的"星星美展"，以大胆的变形表现强烈的情绪，一新观众眼目；青年雕刻家王克平受法国"荒诞派戏剧"的启示，创作了自己的"荒诞木雕"；"意识流"在电影、小说中的运用，使艺术触角深入了人的心理感觉的内层；《屋外有热流》等话剧则冲破了时间和空间的限制，在戏剧舞台上开了新生面。这说明，随着时代的前进，各个艺术领域都在变化，都在面临着一个艺术语言的现代化问题。诗歌现代化不过是整个艺术领域现代化中较为敏感的一翼而已。

　　如前所述，诗歌现代化所要建立的中国现代诗就是郭老所预言的"新新诗"。这种现代诗当然要继承传统，但也有别于传统。同传统的诗歌相比，它将更侧重内心世界的开掘。自从亚里士多德以来，摹仿说对传统艺术有着根深蒂固的影响。但是，随着社会历史的发展，人们的精神世界已越来越丰富复杂，人们的内心生活在整个生活中的位置越来越重要。在这种情况下，艺术家们往往不再满足于更多地对外界事物的摹仿，而致力于对人的内心世界的开拓。宗白华教授在最近的一篇谈美学的文章里，引用一位西方美学家的话说：现代的一切艺术都趋向于音乐。这是颇有道理的。在所有的艺术形式中，可以说音乐是最不善于摹拟客观事物的具象，而最善于直接抒发作者的内心感受了。现代艺术尽管异态纷呈，甚至彼此互相抵牾，然而却有个共同倾向，那就是：不是着重表现外部世界，而是着重表现内心世界。面向世界与面向内心，表面上相反，而实质是统一的。因为内心世界不管多么错综多变、光怪陆离，归根结底是对客观现实的反映。

向内心开掘的特点决定了现代诗要使用不同于传统诗歌的艺术语言。某些现代诗人处在疾驰的现代生活的漩涡之中，在这异化的世界上，他们总是心潮难平，想摆脱因袭的桎梏，所以他们往往从物象的常态中脱颖而出，从心所欲地表现自己的内心。他们从现实中感觉到的东西，不再按自然状态重现，而是把它们打破、敲碎、切细，经过头脑的自由组合形成一幅理想的画面。这种自由组合诚如李博所说："有赖于两个基础。有时它依靠知觉所提供的不确切的相似：例如云变成山，山变成怪异的动物，风声变成哀怨之声，等等。有时则是感情的相似占主导：知觉中的事物激发起某种感情，转而成为这种感情的标记、象征或可塑之形象，如雄狮代表勇敢、猫代表狡猾、丝桐代表悲哀等等。无疑这一切都是谬误的，主观臆造的，然而想象的作用就在于创造而不在于认识。"（李博：《论创造性的想象》）这里说的"想象的作用就在于创造而不在于认识"，可以作为我们了解现代诗的艺术语言的一把钥匙。在现代诗中，诗人按自己的意志塑造了一个具有艺术真实的世界，它不同于客观世界的常态，又同客观世界相呼应。如果我们把客观世界比成山上的岩石，那么现代诗好比用开出的石方构成的建筑，如果把客观世界比成树根，那么现代诗就好比树冠。石方构成的建筑不同于岩石，树冠也不同于树根，然而石方来源于岩石，树冠来源于树根。现代诗由于同传统诗有不同的面貌，读惯了传统诗歌的人可能会觉得它"古怪"。实际上，现代诗为诗人艺术想象的驰骋提供了广阔的天地，透过"古怪"的外表，我们能感觉到诗人神经的震颤和思绪的搅动，能更清楚地看到诗人那颗不断求索的真诚的心。

随着时代的变化，艺术语言总要不断变化、不断出新。但是新的艺术语言的出现不等于对旧的艺术语言的完全否定。新、旧之间往往有着内在的联系。抽象、变形、象征等现代艺术的常用手法,其实既不古怪,也不神秘,在艺术发展史上,它们早就出现了。古代铸鼎上的云纹不是从云彩中抽象出来的吗?国画的写意不是一种变形吗?金字塔的造型不是一种象征吗?实际上,抽象与具象、写实与变形、直说与象征往往是互相交叉、互相补充、互相转化的,谈不上哪种是高级的、哪种是低级的。诗人只要有表达内心的激情、创造新的意境的需要,恰当地选用就是了。现代诗为了满足读者的多种美感享受,必将通过各种途径丰富自己的艺术语言。古典诗词、民歌、六十年来的新诗,外国的现实主义、浪漫主义以及各种现代流派诗歌的表现手段,只要还有生命力,就一律拿来为我所用。认识世界、表现世界可以有多种方法:可以忠实地摹写自然,让自然以其本来面目感染读者;也可以打破客观世界的常态,通过诗人的自由想象和组合,创造一种理想的境界。美是丰富多彩的,通向美感的道路也不只一条,为什么非得只走一条不可呢?

诗歌现代化是不是要割断传统、否定传统?不是。传统是客观存在,是谁也割不断,谁也否定不了的。没有"五四"以来的新诗,就没有今天的"新新诗"或"现代诗",没有先辈也就没有今天的我们。在诗歌现代化的进程中,我们无疑要尽力吸收传统中有生命力的东西。不过我们不应把传统看成僵死不变的,更不应让它成为包袱压得我们透不过气来。传统的长河要有源源不绝的活水流入,才不会枯竭和凝固。任何艺术,无论它在历史上曾放出何等光彩,都有个"老化"问题。任何艺术大师,任何艺术高峰都是时代的产物。跨越时代的艺术楷模是不存在的。当前诗歌领域出现的新情况、新变化、新问题,在我国传统的文论诗论中、在长期以来在我国流行的苏联美学理论中找不到现成的答案。别林斯基说得好:"我们的理想不在过去,却在将来,以现实为根据。只许前进,不能后退,不管过去有什么东西吸引我们,它总是一去不复返了。"(季莫菲耶夫主编:《俄罗斯古典作家论》上卷)英国诗人杨格也说:"在遵照自然和健全的理性范围内,尽管大胆和古典作家分庭抗礼,愈和他们相异,愈能和他们达到同等的优越成就。"(《论独创性的写作》)我们承认传统、尊重传统,然而我们却要不断地打破传统,特别是在社会生产力发生巨大变化、文学面临重要的突破和变革的时候，我们首先要强调打破，强调同古典作家分庭抗礼。就拿传统的创作方法和艺术流派来说，它们总有个发生、发展、衰落、消亡的过程。在旧的创作方法、艺术流派的衰亡过程中，新的创作方法、艺术流派便会应运而生了。对任何一种创作方法、艺术流派我们都不能喊万岁，包括现实主义在内。有人断言：不论是过去、今天或是明天，现实主义都是主流。这里对明天的断言未免绝对了些。从我国诗坛看，现实主义过去是主流，今天是主流，今后相当长一段时间内还可能是主流，但从长远看，它也会老化，也会衰亡，也会被新的创作方法和艺术流派（不限于一种）所代替。而那种新的创作方法和艺术流派也不是永恒的，又会被更新的所代替。正是在这种生生不已的不断否定、不断交替中，艺术才得以发展和进步。

诗歌现代化会不会"化"到西方现代派去？不会。当然，在诗歌现代化的过程中，诗人在观察生活、提炼诗意时，可能会与西方现代派"心有灵犀一点通"，有某些不谋而合之处，有时也会吸收西方现代派的某些手法。这是不可避免的，也是人类共同的思维规律使然。然而从总的方面看，西方现代派与我国诗歌有不同的文化传统、不同的历史背景、不同的民族心理、不同的哲学基础。西方现代派出现在垄断资本主义形成的时代，是在高度发达的物质文明和人在资本主义制度下极度的精神苦闷的产物。现代派文学同传统文学相比，不仅仅是艺术语言的改变，从根本上说，更是对人、对世界的基本看法的变化。现代派否定一切传统观念，不承认有科学真理，不承认人的存在价值，不认为人能够认识世界、掌握世界、掌握自己的命运。他们的宇宙观、艺术观与我们全然不同。对西方现代派我们必须坚持实事求是的科学态度，既不能胡吹乱捧、全部吸收，也不能盲目排斥、一概否定，他们的虚无主义思想、悲观失望的情绪、颓废变态的心理、先验的唯心主义哲学等等，是我们所不取的。但是这并不妨碍我们吸取他们哲学思想的合理因素以及新鲜而有生命力的表现手段来为我所用。他们所提出的心理现实主义以及思想知觉化、意象叠加、自由联想、多层次结构等手法，对丰富我国诗歌的表现手段颇有参考价值。正如墨西哥著名壁画家大卫·西盖罗斯在 1956 年访问中国时所说："野兽主义的色彩，立体主义的形式，表现主义的感情，未来主义的运动，超现实主义的想象，都应该成为创造现实主义艺术的组成因素。"在 1930 年代，西方的有些进步作家在思想倾向和艺术观上同现代派很不一致，但却采用了现代派的某些写作技巧。到今天，现代派对现实主义及其他流派的渗透和影响就更大了，然而现实主义等流派还是在独立地、健康地发展着。可见吸收了现代派的某些特长，不会变成现代派，正像人吃了牛羊肉不会变成牛羊一样。那种认为中国诗歌的现代化必然会导致西方现代派的复制与翻版是没有道理的。到目前为止，我们看到的较有影响的勇于探索的青年诗人，尽管存在着这样或那样不足和弊病，但还没有一个是原封不动地专把西方某一现代流派照搬过来的。就以外国的影响而论，他们身上既有拜伦、雪莱等浪漫派诗人的影响，又有庞德、艾略特等意象派诗人的影响，更有马雅可夫斯基、聂鲁达等革命诗人的影响。他们不是亦步亦趋地步西方现代派的后尘，也不是钻进了与世隔绝的艺术之宫进行纯形式的探讨，而是力求从博采众长中建立自己的风格。他们为建立中国的现代诗做出的努力，应予肯定。

最后说明一下，诗歌现代化所要建立的这种"新新诗"或现代诗，只不过是诗歌百花园中的一丛。它只要求给它以生存和发展的条件，而丝毫没有排斥其他品种之意。在今后的诗坛上，希望现代诗与各种风格各种流派的新诗，包括民歌、旧体诗词，都能够自由开放，争奇斗艳，让读者去决定弃取，让时间来做出结论。

原载《诗探索》1981 年第 2 期

沿着为社会主义、为人民的道路前进
—— 为孙绍振一辩兼与程代熙商榷

江 枫

孙绍振同志的《新的美学原则在崛起》(下简称《崛起》)发表于《诗刊》今年3月号时，编者曾加按语宣布："编辑部认为，当前正强调文学要为人民服务，为社会主义服务，以及坚持马克思主义美学原则方向时，这篇文章，却提出了一些值得探讨的问题。"程代熙同志发表于4月号《诗刊》的《评〈新的美学原则在崛起〉》(下简称《评》)显然试图论证那个"却"字，但是这个"论证"，不能令人信服。

《崛起》是一篇述评，对某些年轻诗人在美学领域内的探索做了扼要的介绍，也提出了自己的看法。前者为述，后者为评，虽然互相交织，但是在做严肃的评论时，却不可不加区别，更何况《崛起》对所述并未全盘肯定。

《崛起》一文固然有一些提法不尽妥善，对不尽妥善的提法我不尽同意。但是，热情支持探索的态度我支持。因为，这种探索的目的正是为了使诗歌能够更好地为社会主义服务、为人民服务。

不过，对青年人最有益的支持应该是有分析、有引导的支持。《崛起》的弱点在于支持有余而分析、引导不足。但是，无论如何，我们也不像程代熙同志《评》文所说的那样："孙绍振的美学原则"是"步西方现代主义文艺的脚迹"，"是一套散发着非常浓烈的个人主义气味的美学思想"，"具有相当浓厚的唯心主义色彩"。

我不想为《崛起》全面辩护，也不准备对《评》全面议论，仅就目前理解所及，对几个问题提出一些粗浅的看法，以就正于《评》和《崛起》的作者、《诗刊》的编者和广大读者。

不能证明是步西方现代派后尘

《评》文第一节，标题是"根本不是新的美学原则"，结论是"步了西方现代主义文艺的脚迹"。这一结论，是由包含下述两个前提的一个三段论式中推导出来的：小前提，孙绍振主张与"抒人民之情"相对抗的"表现自我"；大前提，西方现代派是主张"表现自我"的文艺。

为了论证第一个前提，《评》文首先是偷换概念，硬把孙绍振之所述认定为孙绍振的主张，然后又篡改孙绍振的之所述而举出了以下的例证："例如，他说的'不屑于表现……丰功伟绩'，'回避去写我们习惯了的人物的经历'，指的就是工农兵和知识分子的'经历'（换句话说，就是不屑于去描写人民大众的生活），特别是他们为社会主义革命和建设而从事的'英勇的斗争和忘我的劳动'。"

姑不论这样的例证能否证明《评》的论断，即使能，这也已是经过篡改的伪证。只需对照原文，便可清楚地看出，其基本内容为"他们……不屑于表现自我感情世界以外的丰功伟绩……甚至回避去写那些我们习惯了的……经历……场景"的句子中，重要的限制性定语被删掉了，却增添了可以引申出敌视人民、敌视社会主义含义的词句。

经过这种篡改的"例证"如果还能证明什么，就只能证明，不经篡改就无法证明预定的结论。

而另一个前提也难以成立。

程代熙同志在叙述了西方现代主义文学的源流之后，把统称为现代主义的各种流派"在文艺思想上的共同特点"归纳为：第一，"都把他们的'自我'当作唯一的表现对象"；第二，"总是天马行空似地力图通过象征、意象、潜意识以至于梦幻来表现他们的自我"；第三，T. S. 艾略特及其作品《荒原》就是这种文学的例证。并说这位艾略特"曾创办《自我主义者》"因而断言"此人宣传文艺'表现自我'甚力"。这是望文生义又兼张冠李戴式的议论。

举艾略特为西方现代派文学的代表作家是有理由的，因为他一向被公认为西方现代派文学大师。但是说他创办过《自我主义者》并主张"表现自我"，却纯系不实之词。因为艾略特在那家杂志作为雇员工作时（1917—1919），不过是个助理编辑，到《荒原》（1922）发表而声名鹊起之后，才创办了他自己的刊物《规范》（Criterion，1923—1939），他所主张的恰恰不是"表现自我"，倒是"非个人"（impersonal）的原则。

他在《传统与个人才能》一文中写道："诗人没有一种可以表现的'个性'，而只有一种媒介物，而不是个性。"他自己就把这种主张称为"'与个人无关'的诗的理论"。他认为，"诗并不是表达个性，而是避却个性"（见《外国文艺》1980年第3期）——尽管他自己在实践中也未能做到。

可见，"表现自我"并不是西方现代主义各派的一般特征和共同特征（倒是浪漫主义的重要特征之一），而以那位艾略特为例，既证明不了西方现代派主张"表现自我"，也证明不了孙绍振在步西方现代派的后尘。

程代熙同志的评论旁征博引，真可谓琳琅满目，但是所引多片言只语，这里的所引失实，就不能不给那些从未注明出处的引述也投下可疑的阴影。

表现自我与表现历史发展的必然规律

程代熙同志在评论中旗帜鲜明地反对表现自我，而主张表现历史发展的必然规律。

但是，没有自我就没有诗。

艺术，总是艺术家借助于一定艺术媒介表现他对生活或某一对象的认识和评价。没有认识和评价的主体，也就不会有艺术，这种认识和评价又总是浸透其主体的个性，显现出他所独有的倾向、情趣和各种精神素质。没有个性的艺术品，严格说，不是艺术品。艺术不能不在表现客体的同时表现主体。

诗，尤其是抒情诗，更应该说，没有不表现自我的。而不论其作者属于什么流派，在主观上是主张还是反对表现自我，也不论其题材是否局限于个人的经历和悲欢，即使是写国家兴亡、民族命运，也总要表现出作者各不相同的自有其鲜明个性特征的气质和面貌。

尽管我不能同意程代熙试图但未能证明的，说孙绍振主张表现那种把个人利益置于社会集体利益之上，与人民相对抗的自我的论断。但是，我倾向于认为，孙绍振强调并支持：诗，可以而且应该表现自我。

问题不在于表现不表现——因为表现无可避免——而在于怎样表现以及表现什么样的自我。与其不可避免地、不自觉地表现自我，就不如承认其必然而加以美学上的探讨，以发现和掌握其规律。

程代熙同志正确地区别了与人民一致的自我和反人民的自我，却又不正确地坚持："抒人民之情与表现自我是两种互相排斥的艺术观。"

在以往，特别是那个"十年"，流行的倾向总是主张用"我们"代替"我"，用"大我"否定"小我"，用"人民"取消"个人"。凡是这样做的，就被誉为"抒人民之情"，凡是试图唱出自己独特的感受和声音的，就会因为"表现自我"或"自我表现"而遭到贬斥。

这种倾向摧残诗歌：不仅限制了题材的选择和艺术技巧的探索，而且由于以共性否定个性，就不能不使诗歌沦为概念和公式的牺牲。影响所及，曾经有过一个时代，主要由颂歌、战歌和政论性的抒情诗占领诗坛，一般的抒情诗则不得不处于悒郁和窒息的状态。

但是，事实证明，好的战歌、颂歌和政论性抒情诗，也要求有鲜明的个性，也不能不表现诗人的自我。因此，一般地反对有个性的"自我表现"，也使这一类诗的创作受到损害。

《崛起》提到"传统的诗歌理论中'抒人民之情'得到高度的赞扬，而诗人的'自我表现'，则被视为离经叛道"。这里，"传统的诗歌理论"这一提法不够准确，实际所指乃是三十年来的一种倾向。在人民解放了的新中国，符合艺术规律的"抒人民之情"的佳作受到高度赞扬，是理所应当的，但是把"自我表现"一概视为"离经叛道"，却不正常。因此，《崛起》所说"革新者要把这二者之间人为的鸿沟填平"，尤其是在今天，也同样理所应当。

《崛起》的作者对年轻的革新者满怀着同情，所以他能善意地理解他们。

他不仅注意到他们的不满和难免偏激的不驯服姿态,也看到了他们孜孜不倦的追求,特别是为了填平上述那道鸿沟而做出的建设性努力。他指出在美学领域里的那种对立是个人与社会分裂的反映,是一个时期阶级斗争扩大化的后果。他引述舒婷所说的"人啊,理解我吧",并且指出:"她的哲学不是斗争哲学,她的美学境界是追求和谐,她说,'我通过我自己深深意识到:今天,人们迫切需要尊重、信任和温暖,我愿意尽可能地用诗来表现我对'人'的一种关切,……我相信人和人是能够互相理解的,因为通往心灵的道路总可以找到。"这种追求,我相信,对建设一个和谐的社会主义社会,对使"表现自我"和"抒人民之情"达到和谐一致,都具有不可低估的积极意义。

但是《评》的作者,竟会把这种追求理解为,"不是在填平鸿沟,而是硬把诗人的'自我表现'强加给读者!"这不能不令人感到吃惊。

《崛起》在谈到传统和审美习惯时提出,要从中吸收某些"合理的内核",略嫌不足的是未能明确指出,"抒人民之情"和"反映时代精神"仍然是这个"内核"的重要部分。歌唱人民,做人民的歌手,仍然是每一个诗人值得追求的崇高目标和值得自豪的光荣使命。

固然,诗人必然表现自我,也有权只写"融入"诗人"自我感情世界"的生活和事物,甚至有权写他纯个人的哪怕是刹那间的感受。但是,如果他的这个"自我"和人民格格不入,他的这个"感情世界"过分狭小而容不下人民的悲欢,这样的诗人就不会有出息,更不用说有可能伟大。

既然是社会承认的丰功伟绩,既然是人民命运所至的英勇斗争和忘我劳动,也就是社会和人民认为是美的;一个认识到没有人民的地位就没有诗人自我的地位而又愿意以诗歌为其事业的有志诗人,就应该去熟悉、理解,使之"融化在心灵中",而以并非"习惯了的"、"公式化的"、绚丽多彩、富于个性的方式,为之歌、为之颂。

我相信,这样的"表现自我"一定能为创造美好的社会主义精神文明,丰富人民的精神生活做出贡献。而我们不能斥之为个人主义的自我扩张。

程代熙同志在指责孙绍振同志支持"表现自我"的同时,还指责他的美学原则:"不要求表现历史发展的……客观规律。所以,我们说他不是不屑于作时代精神的号筒，而是根本不屑于表现我们这个新时期的时代精神。"

其根据似乎是未曾提及。但是，未提从来不等于不要，更不等于反对。即使"不要求表现"那个"历史发展的客观规律"，怎能就"所以"说他"不屑于"而且是"根本不屑于表现我们的"是"又特别这个新时期的时代精神"呢？这个"所以"是非逻辑的，前后两个判断没有必然的因果关系。

但是，如果孙绍振竟然"要求"了，那又会是一种什么样的要求呢？诗，尤其是抒情诗，又能怎样来满足这一要求呢？不妨就以程代熙认为是为"人民所接受的""能引起读者共鸣的"李商隐的那首诗为例：

> 君问归期未有期，巴山夜雨涨秋池。
> 何当共剪西窗烛，却话巴山夜雨时。

试问，这首诗是否表现了、怎样表现了以及表现了什么样的历史发展的必然规律？

诗，固然是文学，但不同于小说、戏剧之类。同样是诗，抒情诗又不同于叙事诗、诗剧之类。虽然同样是语言艺术，却又各有其不同的特点和规律，对叙事诗、诗剧之类提出类似于对小说、戏剧的要求，容或可以，但是要对包括抒情诗在内的诗一概要求表现历史发展的客观规律，那也就太难为它了。

抒情诗，通常是通过抒情主人公也就是那个"自我"的精神面貌以及一个、一群乃至于全社会抒情诗人具有一定数量和质量的创作整体来反映一个时代的精神和社会风貌的。如果唐代只有李商隐这么一位诗人，而他又只留下了上引的那么一首诗，通过这首诗，我们除了能够知道诗人是一位笃于琴瑟之情或手足之谊的文人以及他所处的是一个点蜡烛的时代以外，便会一无所知。尽管如此，连程代熙同志也没有说它不是好诗。

杜诗之有诗史之称，是就其整体而言，但也很难说是表现了什么必然规律。李诗没有诗史的美称，却也并未因而丧失其千古不朽的艺术价值。可以要求诗人在创作中注意体现时代的精神，但是，切不可一般地要求诗"表现历史发展的客观规律"。因为，这不是诗之所长。

马克思主义美学体系要在探索中发展与完善

至于美学，历来不同的哲学家和美学家对美以及对审美对象和审美意识持有不同的见解，甚至存在着相互对立的学说。马克思主义哲学为美学提供了理论和方法的原则，使我们有可能在美学领域探索本质和规律。但是，这种探索显然还没有最后完成。即使形成了马克思主义的完整美学体系，这种体系也只能像马克思主义本身一样，不会是一劳永逸、自我完成的封闭体系，仍会要求不断的探索和在探索中发展、充实、臻于完善。急于给自己不赞同的观点扣哲学帽子是于事无补的。

不能因为孙绍振使用了"美的法则，是主观的法则"和"心灵创造的规律的体现"这类措辞，就断言他是"典型的二元论"，乃至于"有浓厚的唯心主义色彩"。虽然这些提法可能会引起理解上的歧义。

法则，当然是指不依人们意志为转移的那种规律性的关系、联系和过程。美的法则是有关人们审美活动、审美意识的规律，而审美活动和审美意识离开了审美主体就不可思议，因此美的法则是涉及主观的法则。而人的主观，作为大脑这种物质的功能和属性，作为认识的客体，也是客观存在，也有规律可循。不能因为说美的法则是主观的法则就斥之为唯心主义。正像我们不能因为马克思在程代熙所引的那段文内说过劳动者的目的"是作为规律决定着他的活动的方式方法的"而做出不适当的论断一样。目的显然是主观的。

孙绍振在文章里说，"长期的大量的艺术实践不但训练了艺术家的意识，而且训练了他的下意识或者潜意识"。我认为完全正确。而程代熙却说，"这实际上否定艺术创作是有目的和自觉的活动"。这已经显得武断。他又进一步说，"所以，他否定艺术规律的客观性"。我认为，无论从逻辑或从事理上来看，都不能这样"所以"。

今天，潜意识的存在和作用已经从思辨的领域进入实验的领域，已经成为可以进行科学考察的对象。有过一点创作实践经验的人都可以体会到潜意识在创作过程中所起的活跃作用。举凡"不由自主""情不自禁""浮想联翩"以及艺术的"潜移默化"作用之类，虽不就是潜意识本身，但都涉及潜意识。

艺术创作遵循形象思维的规律，是以自觉意识为主导而和潜意识不断相互作用的过程。在这里我也想引一下昔列汉诺夫提到过的，别林斯基"曾经认为不自觉性是任何诗的创作的主要特征和必要条件"（《古典文艺理论译丛》第八集）。这倒并不是想要借用别林斯基的"权威"。我引述，只是为了表明，一个在文艺创作规律方面做过长期深入探索的俄国人，也早已注意到有一种"不自觉性"的存在。

不仅创作，在欣赏艺术品、欣赏诗歌时，潜意识也起着活跃的作用，其活跃程度影响到我们审美感受的丰满与否。实事求是地承认潜意识的存在和作用，既有利于美学规律的探索，也有利于美学教育的设计。

马克思固然指出了人的生产和动物生产的差异，但是不能把有关的论述生硬套用到艺术创作上来。因为人的物质生产和精神生产，特别是艺术创作之间，也有差异。美学不会归结为工艺学。

附带提一句，程代熙同志在行文中还表现出对"象征""意象"之类抱有恶感。但是离开了象征和意象，怎么还能有诗呢？有，只能是标语、是口号。限于篇幅，我就不展开论述了。可以指出的是，"意象"一词译自"image"，而意象也就是呈现在我们意识屏幕上的形象。而我们通常所说的形象思维，也就是意象思维。

切不可在讨论展开之前就仓促结论，从而堵塞其前进道路。苏联李森科学派过早宣判摩根—魏斯曼基因说遗传学为形而上学伪科学的学霸行径，已经成为科学发展史上的笑柄，而且危害过苏联遗传科学研究的健康发展。这样的教训值得记取，可谓殷鉴不远。

如果我们没有忘记，马克思主义曾有三个来源，如果我们牢记，我们的事业需要宏大的队伍。也许，在讨论中就可以多一些切磋琢磨的气氛，在批评和反批评时就会多一些相濡以沫的精神。这样，大概也才符合双百方针，而有利于推动我们的文学、艺术和美学研究工作沿着为社会主义服务、为人民服务的方向前进。

原载《诗探索》1981年第3期

诗，升起了新的美
——评近年来诗歌艺术中出现的一些新手法

徐敬亚

三十年来，我们不缺乏惊心动魄的讨论和斗争。我们缺乏的是从艺术上、从美学的角度对诗歌创作的科学探求。

也许，有的人不赞同说诗坛出现了新的流派，甚至不承认出现了美好的创作苗头和潮流。但是，自从"天安门诗歌运动"之后，我国诗歌界出现的变异、分野是有目共睹的。一些诗人对生活的感受不同于另一些诗人，一些诗篇明显地不同于另一些诗篇。应该注意到，这其中的区别以及艺术上的分歧，不仅仅是诗的成品上的不同，而在于其构思、酝酿时半成品的不同。从诗歌队伍上看，这种区别不是老松与老柏的区别，而是松籽与柏籽的差别——也就是说，这种变异与分野还有相当大的发展趋势。

我们应该严肃地面对已经出现的一些新鲜景象。不管怎样地分化、辩论、竞争，任何一个诗人的崭新创造对于我们整个诗坛来说，都是我们大家，也都是整个诗歌艺术的共同财富。

一、以象征手法为中心的诗歌新艺术

（1）象征

对于我们来说，象征并不完全是陌生的。但象征大量地出现在诗中，特别是近年来以整体性结构和一些复杂形式出现在中国诗歌中,却是新诗史上的鲜见。

我的例子首先用北岛的一首诗《迷途》。这是当前被称为典型的"朦胧诗":

> 沿着鸽子的哨音
> 我寻找你
> 高高的森林挡住了天空
> 小路上
> 一颗迷途的蒲公英
> 把我引向蓝灰色的湖泊
> 在微微摇晃的倒影中
> 我找到了你
> 那深不可测的眼睛

象征手法与传统手法中的比喻,相似又不同。二者最大的区别在于比喻手法中的比喻对象物与被比事物同时出现,即喻体与喻本的并列。如,一般我们这样写:"美好的召唤像鸽子的哨音"。这时"召唤"与"哨音"的比喻关系是明朗的。而在象征手法里,却隐去了被比的事物。诗人只写"沿着鸽子的哨音",这样,就使被比的原体有了一种审美上的随意性,而这一点,正是我国读者所不习惯。过去我们的诗偶然也出现象征,但多数都是小型字句上或个别诗行上的。而当前在有些诗人的作品中,特别是一些青年诗人的作品中,象征常常大量出现,甚至整首诗都借用象征性的形象——《迷途》诗中以"哨音"象征天使般的召唤,以"森林"象征遮挡阳光的障碍因素,以"蒲公英"象征共同追求奋斗的伴侣(或者象征着如同"哨音"一样的外来引导性力量),以"湖泊"象征着追寻的归宿。其中,"你"和"眼睛"双重象征着理想物的化身。这种象征手法起于德国美学家费肖尔父子和里普斯的"移情说"——诗人把自己的生命输送到没有生命的外界之中,赋予静止的事物以灵魂,使自己的心胸得以宽阔地再现，使感情流出胸膛。诗人心目中翻滚的色彩喷出来染遍对应景物，读者隐掉景物的实体，感受到的是诗人的色彩与情绪，这就是象征手法的美学意义。如是，枯燥的世界因为诗人而变得情意绵绵，诗人通过大自然使自己缥缈不定的想象得以附丽与寄托，并且用词语固定下来。象征是经济的，它超过"相似"，更超过"再现"。以《迷途》为例，读者当然可以简单地理解成这是一次奇异的旅途生活的实录，但更聪明的读者，当然可以理解得更多、更丰富——全诗分为三个部分，分别写了追求、被阻和结局的三个阶段，用九行诗完成了一个追求的全过程。这种"追求"指的是什么呢？不必特指，读者尽可以自由地添加细节性联想甚至故事性联想。它适用于一切有着相似经历或思想过程的读者。全诗既是一个象征性的大结构，里面又包含了无数小的象征形象，由此而产生出无穷无尽的象征性欣赏。比如爱情的追求，比如事业的奋斗，比如世事的沉浮；或一代人，或某一个体……

象征手法打破了中国诗坛真实描写和直抒胸臆的传统表现方式。它像一道只写出等号一边的方程式。诗人排出了一组组的字母和符号，读者可以把自己的感受代入其中，因而会因读者的不同而产生无数个"解"。这种抽掉了具体事物、具体感受的不特指性，极大地增加了诗的含量与情绪宽度。

近年来，象征手法在诗歌中大量地出现并广泛地扩大和普及，带来了诗人们抒情角度的转移。舒婷的"我是痛苦，是悲哀"，骆耕野的"我是年迈的城镇，我是拘谨的生活"等诗开了这种抒情角度的先河。之后，很多诗人不再从作为真实肉体的具体个人或社会集团的角度来抒情，各种各样的"我是……"开始在诗中大量出现。由于这种方法较为简单，只要以象征物作为出发点就可以了，所以对新手法开始尝试的青中年诗人都开始这样做。各种各样的自然景物几乎被人们抢夺光了，但是对象征手法运用得巧妙而复杂的却仍是几位青中年诗人。他们开始更加零碎而虚幻地在诗中使用，有时简直难以一眼看出。如梁小斌《雪白的墙》《中国，我的钥匙丢了》属于事件性象征；江河的《纪念碑》则不把诗停留在一个单一象征类比上，他诗中的"我"虚实结合，隐来隐去。老诗人蔡其矫的《距离》则运用虚实相交的形象：

> 在现实与梦想之间
> 你是红叶焚烧的山峦
> 是黄昏中交集的悲欢
> 你是树影，是晚风
> 是归来路上的黑暗

这里的"山峦""树影""晚风""黑暗"共同象征着"在现实与梦想之间"的"距离"，而且这些虚实相交的形象，互相间的色彩、冷暖、大小都不同。以上基本上是抽象性抒情短诗中的象征手法。

在直抒胸臆的稍长篇幅的诗中，象征手法一般表现得较为零碎。这方面，中年诗人作得较好。孙静轩的《我们是大运河的子孙》中"高高堤岸举着我们"，在实指性的描写中又加入了第二层含义。李瑛的《我骄傲，我是一棵树》中"山教育我昂首屹立""海教育我坦荡磅礴"，"山"和"海"都不单单是自然界中真实的物质。还有一种方法似乎更有前途，即在直抒或写实的诗中加入小象征。如有一首写"文革"十年里青年遭遇的诗，在"火热"的事件描写中突然插入了两行诗人的瞬间感觉"阳光下的小灰尘，一跳一跳"，含蓄地写出了与狂热心理相反的另一面，这里的象征物是"灰尘"。

象征手法由于它的暗指性，适于表达多层主题，适于表达复杂感情，适于表达抽象的意识与情绪，在使用中与其他手法交错起来，构成了诗的朦胧的美。应该说，更多的、更微妙的手法还可能出现，目前这种手法还有待于人们进一步总结归纳。很多诗人在使用此手法时尚无明确而自觉的认识。我想，如果读者很好地了解了象征手法，对杜运燮的"令人气闷"的《秋》中的"阵雨喧响""成熟的鸽哨""紊乱的气流""枝条在烈日下狂热过"等等很明显的对历史事件的象征，就不难理解了。

（2）诗歌视角的变幻——描写与抒情两方面的变异

描写，如《兄弟，我在这儿》（舒婷）的场景跳跃、不定指；《往事二三》（舒婷）中以意识切割记忆，被描写对象呈零零碎碎的并列展现。抒情，如《中秋夜》、《赠别》（舒婷）中场景与抒情零碎地交杂在诗中，很少大段抒情，而将感情分解成精致的蒙太奇单位，只以一两行的数量与其他内容交叠、缭绕起来，可以说造成"立体性"描写与抒情。

（3）变形——打破时空的固有顺序

《回乡》（舒婷）中往事与现实交错出现（时间上），《往事二三》中"桉树林旋转起来，繁星拼成了万花筒"（空间上），以及"石路在月光下浮动"（以诗人感觉外化改变事物原有存在状态）等。

（4）表现感觉及意识的原始状态或特殊阶段

直觉：《往事二三》中未经理性加工和连贯的、直接并列出现了六个单独形象（即所谓直觉品）；幻觉、错觉：《路遇》（舒婷）中"凤凰树突然倾倒，自行车的铃声悬浮在空间"是一瞬间直感与错觉的交杂。

（5）通感

这种手法的宗旨是扩大感官的审美范围，从而达到各种感觉的互相流通和补充。《四月的黄昏》（舒婷）中"绿色的旋律"（声、色交融）；《落叶》（舒婷）中的"残月……飘在沁凉的夜色里"（触觉、视觉结合）。

（6）虚实结合

这是使用较广泛的手法。如，诗行间："我是水车、矿灯"（实）与"我是理想，我是希望"（虚）；句法上："波涛与残冬合谋"。

以上各类手法，在使用时常常交叉渗透。象征手法目前在我国运用得较多，其他手法在很多青年和中老年诗人也不同程度地使用着。

二、跳跃性情绪节奏及多层次的空间结构

也许因为我们是一个老实憨厚的民族，过去我们的诗总是连贯、单一得像我们起起伏伏的长城。它的基本结构特点，借用一句小说家们的术语，就是"情节性结构"。而造成这种结构的根本症结是因为过去我们诗歌中单一性的主题和简单的情绪线索，这正是造成读者对新诗不满足的一个原因。现代生活的节奏在加快，诗的结构必然要随着人们思维的复杂化、立体化而更新。如果说孙武军的《回忆与思考》还是较简单的穿插组合的话，如果又说杨牧规模宏

大的《在历史的法庭上》是一种诗剧性结构，赵恺的《第五十七个黎明》(这是1981年诗坛很少见的几篇佳作之一)仍保持着叙述的完整性，三者都不足以代表当前创作中新的倾向特点的话，那么江河与杨炼这两位强情绪型的青年诗人，在诗的结构方面却做了很好的努力。看江河的组诗《从这里开始》中的一段开头：

  我不是没有童年，茂盛，青春

  即使贫穷，饥饿
  衣衫破碎了，墙壁滑落着
  像我不幸的诞生

  沉闷

  被爆发的哭声震颤
  母亲默默的忍受有了表达

  他简直是在随意地划分着段落，哪里有什么固定的分节、字数和韵脚，这一系列的诗的外在束缚都在他的一往直前的情绪辐射中纷纷飘落：

  我记下了所有的耻辱和不屈
  不是尸骨，不是勋章似的磨圆了的石头
  是战士留下的武器，是盐
  即使在黑夜里也闪着亮光

  生命和死亡没有界限
  只有土地，只有海洋

是告别的时候了
是交换凯旋的许诺的时候了

美，必须是"和谐"的，然而，对和谐含义的理解也在演变。如有的同志讲过的，以前人们觉得电影中的长镜头是连贯的、美的，后来便觉得更美的是跳跃性的蒙太奇组合与大特写；以前人们认为圆形是美的，后来则变为弧线和曲线；以前有人把电子琴视为离经叛道——那跳跃雄浑的水流般声响应该是庄严的钢琴发出的，那女性似的柔情蜜意应该是皇后一样的小提琴发出的，但前者毕竟已经部分地取代了大量乐器。新的和谐总会在不和谐的缝隙中出现，促使人们对美产生新的捕捉能力。

作品结构上的大跨度、诗行组合上的分解、扩张与灵巧多变，是近年来诗人们打破了单一性的诗情和单一性的联想线索后在诗歌形式上的突破。

为了避免因举例而引起的本文内容的繁杂，请大家读一下江河的组诗《纪念碑》、北岛的《结局或开始》、赵恺的《我爱》、刘祖慈的《为高举和不举的手臂歌唱》。这里，我只举出雷抒雁的《人的颂歌》中的几行：

都是这沟回里波动的水

没有美
我创造美

我将创造一个星体

新诗的跳跃力在增强！（虽然还可以看出诗人们在努力试验，这种带着尝试性的努力在上例中是明显的，其实各段之间的情绪距离并不大）诗行与章节之间出现了新的内在关系：有一种可以称为断层推进式的，如赵恺的《我爱》和舒婷的《也许》《这也是一切》；还有一种并列、平行式的，如舒婷的《往事二三》、蔡其矫的《距离》和北岛的《微笑·雪花·星星》等；以及运用得较多的隔节反复的形式（例如前面所举的孙武军的《回忆与思考》）。这些诗的块状、条状或多层次的结构，其内部的粘合力不是来自事件的客观情节性，而是源于诗人的感情流动和联想的逻辑性。

再看诗中的内部空白。

目前，新诗创作中的新倾向，从外在表现来看，跳跃性结构是很大的特点。他们诗中出现的往往不是连贯的线，而是断续的点，诗中的空白地带在明显增多。在江河的大起大落的段落之间，在杨炼外在表现为并行抒发、内部属于横向联想的诗行之间，在顾城的简洁的意象之间，在王小妮的因心理波动而跳跃的农村景物之间都出现了很大很大的空隙地带——这是相信读者欣赏力的表现。因为诗中最能产生美感的往往是读者结合自己想象所画出来的图画。诗人画得越完美，诗便显得越单调、越定型。如果诗中留出一些空白面积，便为读者留下了审美回味的余地。一些青年诗人的诗使人感到新鲜、奇特，就在于他们的诗不是黏稠的一块，而是跳动的坐标点和落差悬殊的不连贯阶石，隐藏在诗后的才是诗人感情潜在的连续性。这种外在的跳跃，表面上减少了对读者的给予，但反而会成为使读者思维运动起来的启动器。他们信任读者，相信读者能参与诗的创造。他们看诗，不仅是聆听艺术家的教诲，他们有着极大的期待（这种审美期待有时会造成强烈的否定力量），他们在相当多的问题上和相当多的时候是超过诗人的。对于读诗的人，诗人不过是先走一步的向导。脚步缓慢的向导是拙劣的，性急而聪明的读者不会躺下来等待，而会撇下你，走过去，冲上去。有相当数量的诗就是这样被读者在阅读中途否定的。

应该指出，造成大幅度跳跃有多种创作上的原因。多数是诗人思维精确选择后的结果，删去了一部分多余的形象或冗长的衔接，有的时候诗人还有意造成感情的叠加，即他不完全表达尽感情便先跳过去，过几行再回过头来补充和加强，给读者造成立体感觉（当然首先是断裂感）。对于今天的不少读者，平面展开的诗难以引起惊喜与掌声，仅有一两个小聪明式的幽默也已经不够。中国诗艺经过一段长长的整齐排列之后，诗需要新的组合。新诗的实践证明，中国的方块字是富于跳跃感、适于立体结构的：

> 我们结识了。江河
> 蔚蓝地在黑土地上流过
> 太阳和星星睡在我们的怀里
> 闪闪发光。颤动着金碧辉煌的梦
> 点点白帆像纯洁的姑娘们伴随着我们

你看，诗人排列得多么整齐，在诗句的结构上青年们在探索着。其实，有时他们并无十足的把握，翻来覆去地尝试新形式，如同频频变换睡眠姿势一样。

三、重新闪出生活光芒的语言

在特殊的年代里，人们对一些共同的、有时看起来普普通通的词汇产生强烈的冲动性感受。如同1930年代喊一声"救亡！"会使多少青年热血沸腾一样，1970年代末，"爱情""幸福""生活"，甚至一个简单的字——"人"——曾怎样在中国人的眼睛里放出光芒。在一批新诗人笔下，这种顺应正常社会生活的复归而出现的语汇的复归表现得尤其明显。有时用不着细品内容，只要看一下诗的语言，便可以把一些中青年诗人的诗从一般作品中区分出来。尤其令人高兴的是，目前他们在艺术上形成了一套适于表达现代人感情的语言手法，恢复了我国诗歌语言的特有生活气息，又赋予了新时期的现代感。

口语化、单纯化、生活化是新时期诗人们普遍的语言风格。新诗六十年前从古典文言中解放出来，完成了走向现代艺术的最初一步，之后在几十年中虽然整体上走向发展与丰富，但在某些时期诗歌的语言范围也受到一些局限，到了1960年代和1970年代，我们甚至形成了一套所谓的"诗的语言"。中国诗歌中的这种词汇的严重异化现象，极大地限制着人们的诗情。在1980年代初一批新诗人以极鲜明的否定态度登上诗坛，几乎全部抛弃了十年来已成为套式的诗的语言外壳，把被埋没了的民族语言重新挖掘出来，并且用现代青年新的诗之感觉进行了一次革新性的净化。

我坐在
　　装满谷子的马车上
　　头顶是蓝颜色的天
　　蓝的，像幼儿园里
　　我最不愿看到的那块窗帘

　　这首诗，是平淡的。而语言是那样普通，像对面谈话。诗中的词通俗、单纯："马车""谷子""坐""看"及蓝颜色的"天"，都干净得像用水洗过一样。
　　应该承认词是有时代性的，比如说"天"——古人会写成"穹庐"；20世纪二三十年代的诗人"写过如此青的天"；1960年代初的诗人说"十月的天呀，海一样的蓝"；"文化大革命"中则是"红彤彤的地，红彤彤的天"——而在现代青年诗人的笔下却是"蓝颜色的天，蓝的"。他们不再只是把自然景物描写出来，或把自己的感情与天地做一番简单的类比，而是如实地写色彩和状态。现代人的感觉是复杂的，然而现代艺术的一个特点却是单纯，一种复杂到了简单的单纯。这里"蓝颜色的天，蓝的"，已经不再仅仅是天空固有的颜色。从引诗中我们可以看出，这是一种经过感情点染的意象，"蓝颜色的天"后面隐含着对童年生活的回忆，或可以说是一种象征，"蓝的"是对纯净儿童生活的追忆（虽然后面有一个表面上的比喻，但那不过是一座追加的桥梁）。
　　很多中老年诗人的语言风格也在变。刘祖慈写的《一个普通的中国农民》：

　　车志其——
　　一个普通的中国农民。

　　脸像晒裂的冬坂田
　　……

　　虽然还有一点儿1950年代诗歌的痕迹，但也露出一些1980年代诗人们平静的口气。再看另一首青年人写的诗，他用单纯化了的语言，却写得很传神：

> 厂长走到他面前，平静地
> 像摘去一朵花
> 把苹果从他嘴上轻轻拿去

　　简单、单纯！句子和词平静得像现代建筑。这同二三十年代某些诗中那种半生不熟的白话，如"歌吹""腰身""娇羞""爆喷"相比，有多大的进展呀！从诗句的结构看，目前一些青年的诗更依赖于内在的感情，句子结构几乎是主谓宾的直接排列，抛弃了传统诗中的华丽辞藻和典雅气势。用古人的话说就是"豪华退尽现纯真"。这种特点在青年诗人梁小斌、舒婷、傅天琳、顾城，在中年诗人刘祖慈、刘湛秋和邵燕祥的部分诗作中都有表现。有一首诗干脆没用一点儿"诗的语言"，然而，一定有很多人记得它：

> 完全不能动的
> 　　是一个老头
> 还能走路的
> 　　是一个老太婆

　　这是黄永玉《天安门即事》中的一段。他不常写诗，但偶尔发表出来冲入诗坛，便带来如他的画那样的简单组合和奇特的美，引起诗人们的震动与思索。这首诗语言平白的特点对于读者来说是印象至深的。

　　意象化了的形象语言是现代诗歌的一个显著特点。用简单的定义就是说，挖掘词汇以外的诗意内涵，包括增强词的象征含义。首先需要把长期以来凝固在词上的诗的内涵那层华丽外衣剥去。重新起用语言的单纯含义，同时把内在起伏的情绪，把那种带着强烈自我感受的组合力赋予平静的词。也就是说加强选词的主观性，使词的三个特征音乐性、形象性、意念性，都有了一种在原始基础上的变形，造成诗中词汇感情色彩强而词意单一朴素，如顾城的一些意象诗，如一部分中青年诗人的咏物短诗。

　　心灵，这个世界上最抽象的东西，它凭借什么得以展现？凭借什么得以放射性地感染呢？神奇的想象每时每刻都飘移在闪烁不定的意象上吗？人们的心灵里有一条永恒流淌的意念的河，外界的形象沾染着情绪色彩从内里飞出来（正像它们带着泥土的芳香飞进去一样），降落在一个个普普通通的词上，使词具有了新的含意，但这些词在外部上与口语极相近。所以近年来涌现的一些新诗人几乎都不用书面味浓的词，尤其不爱用成语，不爱用标准化的词，不爱用修饰成分。其实，单纯的词、不带附加成分的词从某种意义上说更加具有任意性，而带修饰的词容易被限定得非常准确，但同时也就容易变得意义狭隘和定指。原始性的词语和原始性的句子组合是语言艺术更高一层的还原，有一种犹如现代建筑似的简化美。

时代磨损了一些陈旧的词，像嚼烂了的食物一样。如"壮丽""烂漫""豪迈""征途"等所谓"诗的语言"，在长期大量被套用中形成了一些如同坚硬外壳的社会性特指含义。可以这样说，词的可塑性交流作用像几条并行的河流，各个义项构成了广泛的语义场。而传统的文言词、流行的书面话已经被堵塞了很多欣赏与理解上的新鲜渠道，某些词只剩下了一种具有社会性定指的含义，被人们熟视而无睹。当这些词被社会习俗用法用腻了而变得空洞生硬的时候，另一些被忽略了的词就显得具有更大的伸缩性和任意性，同时也就是说包含有更大范围的想象余地。这时，运用新鲜的词汇就会使诗意更加葱茏。

在语言结构，即词与词的组合上，近年来出现的新诗潮流中有两种不同的风格，除了上面谈到的白描性组织结构——由简单的排列来造成原始性的自然美之外，在抒情型的新诗人中出现了诗的奇特修饰即不谐和语法形式。如"被雾打湿了的，沉重的早晨""随麦浪流进我的微笑""像天空，像酒，酣畅地敞开胸襟""沿着洁白的信念""长出密林似的愤怒和思想"。这些有的是不谐和修饰，有的是虚实间的反传统搭配。这些方法的大量出现，在中国的确是1980年代的事。这些诗人在诗行的组成上强调词与词之间的"张力"，主张词的互相排斥及互相交叉、联合。

四、新诗建筑"自由化"的尝试

　　新诗形式最先的"自由化"是针对中国古典诗词的格律化而言的。但是，在它冲破了这种束缚之后，又形成了新的格律——四行式的新形式。应该说这种四行一节的形式是继承了古典诗歌的基本结构单位，又吸收了西方自由诗的长处而形成的。但说到底还只是一种现代诗体的雏形，从某种意义上说（例如声韵和行节数）可以认为它是五七音绝句用现代口语翻译而成的形式。在几十年的新诗史上，其实一直存在着自由化与格律化的斗争与竞争，完全开放式的新诗形式从郭沫若起就表现出了自由抒发的优势。但1949年后由于我们过分强调学习民歌，由民歌的传统声调节奏带来的四行一节（其中包括两行一节、三行一节的变体）的四四方方的块状形式越来越泛滥。这些形式，在一定程度上已成为一种束缚，韵律规整（甚至不惜颠倒双声词语）、字数相似的习惯格式造就了千百首四平八稳的诗歌。新的倾向对此做了相当猛烈的冲击，基本上冲开了一个大缺口，现代人的情感流动起来了——出现了一大批不拘格式，不讲严格排列的新型诗。骆耕野的《不满》、江河的《纪念碑》、舒婷的《祖国呵，我亲爱的祖国》及梁小斌、孙武军、杨炼等青年人的诗，中年诗人孙静轩、刘祖慈、赵恺的诗，诗行都忽长忽短，每节诗中行数有多有少。这种自由格式适于多种情绪，如果一味地把诗放置于四行一节的形式中就很生硬。如：

　　　　这里有沟鳞鱼，有恐龙，
　　　　有巨象肋骨，树叶和草丛，
　　　　有波涛起伏的旋律，
　　　　旋律中小鱼在欢乐地游泳，

　　　　还有某一天的落霞残照，
　　　　还有某一次的雨后飞虹；
　　　　还有盘古的巨斧，后羿的镞，

或者，还有不死的胚芽，准备滋生……

像这样舒展性的并列叙述，有必要一定按四行一节排列出来吗？中间有必要空一行吗？很明显，四行一节的结构妨碍了思路的连贯性，中间几乎产生不了跳跃感。所以越来越多的诗人在开始冲开这种形式。

总的说来，近年诗的形式章行结构比较多样。胡适、徐志摩、戴望舒等等所尝试过、创造过的各种形式几乎都出现了，同时又有很多创新。如赵恺的《第五十七个黎明》、刘祖慈的《为高举的和不举的手臂歌唱》、孙静轩的《眼睛》，都是结构自由的大段长诗。再如梁小斌、傅天琳、顾城等人的短诗，行数也都不定。

有一种洛尔迦式的歌谣状的反复结构出现得较多，似乎是学习了民歌的重复咏唱，但却又不止于重复，而在于感情的再加强或类似声音循环的感情循环。如梁小斌的《雪白的墙》《风还在响》、高伐林的《我是地球》、杨炼的《耕与织》、叶延滨的《铁丝上，挂着两条毛巾》、孙武军的《让我们笑》、梁南的《我是共产党员，我没忘记》，都有反复出现的段落或对称式结构。他们用这种方法增强重点象征形象的叠印效果，或者造成多种情绪的对比关系或单纯的加强感。

为什么会出现新诗的"自由化"结构倾向呢？我认为，现代人的感情波动较大，逻辑性强。诗，作为感情流动的文字定型，结构上要依存于诗人的内在情绪，即依存于诗人的内心节奏。简单地说，诗人情绪的起伏、跳跃，就造成了结构上相应的长、短、大、小变化。应该说，固定不变的行、节、段适于叙事性较强的诗，把它应用于所有诗中必然限定感情的抒发。目前，很多诗人已经感到了传统诗歌结构对他们感情的束缚。多数人在自觉地按照诗的内在节奏布置诗的章节，所以诗的建筑外形上出现了参差错落的样式。

五、韵律、节奏及标点的新处理

我感到，我们传统诗歌的韵律正在被打破。1930 年代艾青等诗人单枪匹马做的事，在今天有了更多的人做。戴望舒说过的，诗的韵律不在字上，而在情绪和诗情上，今天才有了更多的实践，而且较之当年艾青等又更扩散了一步。诗的韵律与结构尤其是与节奏密不可分。正由于新诗打破了我国古诗以四行为基础的结构，才打破了1、2、4的循环押韵方式。总的看，1949年以来的多数新诗，包括很"自由化"了的新诗，基本上是四行诗韵的变形。即使贺敬之的阶梯式，从根本上说，形式变了，押韵的办法仍是传统的，每每由两个大节奏组成，或四个大节奏组成的押韵古式。而现代诗的韵律特点在于依从内在旋律，不借助外部的声音循环。原有的传统固然需要继承，但必须尝试新的审美媒介的创造，才能适应新时代的感情。创作实践证明，我们再不能把"分行"和"韵"作为诗的唯一特征了。必须重视诗的各种内在美，包括诗行中的声音美。今天看来，似乎脱离开传统音律的规范，也完全可以创作出优秀诗篇。

　　当前，完全打破韵的诗很多，除艾青、蔡其矫等老诗人之外，一批青年诗人在写着没韵的或半韵的诗。如江河的《星星变奏曲》、梁小斌的《我盼望》《小鹿跑了》、食指的《我有一块土地》、刘湛秋的《生命的欢乐》等都没韵。另一类是基本打破韵律，但总体上有一个韵脚作基础，如梁小斌的《金苹果》《我的月票》、杨炼的《织与播》，可以称为"半韵"吧。新诗的韵律应该不断发展、完善，现代诗歌的出现对传统诗律是一个挑战，有些小型诗的出现把传统诗律赖以存在的理由冲淡到近乎消失的程度。新诗正在思索，附加给诗的声音珍珠——也可以说是诗的声音锁链的韵的规律，究竟应该怎样"佩带"？不研究，不改变，继续套用下去是不成的，否则那首只有一个字的诗《生活》——"网"，还谈得上什么"韵"和"律"呢？

　　青年诗人们的诗由于在语言组织和诗的结构方面的变化，带来了诗歌节奏的变化。主张口语化的、重描写的作品，形成了"自然、清丽"的节奏调子，像一小股又一小股缓缓流动的泉水；多数象征性较强的诗和由于不谐和修饰带来的新的句子结构，则短促、顿挫。总体上看，他们的诗的节奏倾向于徐缓、沉稳，起落较小，有一种淡淡的平静，即使像江河、杨炼那样的强情绪抒情诗也很干练、稳重，并没有振臂高呼的旋律，他们诗的节奏总使我想起看到过的很多现实中的青年，表面平静甚至有些冷漠，但内心却总有一种东西流动着。

　　标点符号作为诗的分界物，主要有两个作用，一是停顿（包括指示停顿的时间），二是标志感情和语气。在现代诗歌中标点符号的被忽视、冷落，我认为是有一定道理的。诗是分行的文学样式。分行排列，这就在相当程度上减弱了标点的停顿作用，而现代诗歌注重内在情绪的旋律，注重意义不定指和抽象性描绘，使得诗歌的标点难以准确标出，它要求读者具有较高的文化素养。所以"句号"与"逗号"在现代诗中遭到抛弃，实在是一件很节约的事情。从整个文学发展看，诗歌越来越多地由听觉艺术转向视觉艺术。有些诗由于内在的复杂性，难于诉诸朗诵，只有平面排列、以固定的书写形态才能保持诗意。从这个意义上说，相当多数的诗人不用标点，首先是相信读者的文学水平，扩大诗的不定指含义；另一个目的，恐怕也是为了造成诗的书面排列美——干净的美感。新诗人中相当多的人在这样做，如舒婷、北岛、江河、杨炼，中老诗人中的刘湛秋、雷抒雁，"七月"诗派的罗洛、彭燕郊，《九叶集》的几名诗人，以及林庚、邵燕祥，其他大量诗人也都开始不用标点，他们中有的人全部不用（甚至在诗行中的空白处也不用标点），多数人保留了标志感情的问号、叹号、破折号和删节号，这确实使诗的排列产生了一种纯净的美，而且似乎并没有因为标点的丢失带来欣赏上的困难。

也许，近年来诗歌艺术上出现的一些新的倾向，是短时期内突起的一个高峰，也许它的成熟将是漫长的，但是目前它还发展着。它在一定程度上适应了中国近年来的由大动乱后走向平静的社会生活。从艺术上的起源来说，六十年前就埋下了种子，十年的禁锢从反面促进了它的大萌发，三五年的恢复与涌现使它得以扩展。我们应该把它看成新诗艺术道路上的一段必然历程，是"天安门诗歌运动"的直接产物，是"五四"新诗一个分支的复活，是1930年代新诗探索的继续。

文学的前进是波浪的涌进。即使有的波浪消失了，它的余波也会无限地伸展，一种文学现象既已出现，就已经在影响全局，在启发和培养着下一个历史时期文化新人们艺术感觉的萌醒。所以我们对近年来新诗艺术中的新倾向应当给予更深入的研究，即使是平静之后的回味。

原载《诗探索》1982年第2期

道路：扇形地展开
——略论近年来青年诗作的美学特点

黄子平

一

笼统地描述一座树林毕竟容易些，尤其是当它罩着重重"朦胧"之雾的时候。"只见树木，不见树林"当然是不对的，可是"只见树林，不见树木"也未必能获得正确的认识。困难在于我们面前的每一株树都有着自己倔强的身姿，正是它们每一片叶子的摇曳和歌唱组成了一整座树林阔大的呼吸。同一尺度的"修剪"也许会挫伤它们的生机，而一视同仁的"施肥"也可能造成某种于事无补的"疯长"。诗歌理论要避免偏颇，只有通过对崛起的新诗进行必要的"历史的和美学的"分析。

我们所面临的题目使我意识到，如果不事先放弃从"唯一的"或"固有的"美学定义出发，就会在过程的每一步都陷入非常可笑的困难境地。新诗以前所未有的纷繁复杂的丰富性呈现在我们面前，它们在我试图划定的那些格子之间跳跃着，从一个格子窜到另一个格子，不肯就范。这正是新诗使人感到困惑不解的原因。这也许是新诗"从娘胎里带来"的一种素质。闻一多说："在这新时代的文学动向中，最值得揣摩的，是新诗的前途。"郭沫若说："不定型正是新诗的定型。"新诗表现为一种"流动着的现实"，好像无数条以新鲜的声音歌唱的小溪，只有大海一样宽广的胸怀能够容纳这一现实。[1]

　　三十年来新诗问题的争论大都滞着在它的"外形式"上，尽管这些形式也"积淀"着内容，有时甚至是相当吓人的内容（例如：自由诗——小资产阶级的，格律诗——无产阶级的，或者，民歌体——人民大众的，长句子——洋腔洋调，等等）。近年来青年诗作的崛起使得新诗的争论跨进了一大步，尽管"朦胧诗"这个词的发明和使用是如此朦胧而不科学，争论毕竟接触到了诗的"内形式"，即"有意味的形式"，因而是美学意义上的争论了。

　　罗列无法阐明丰富性。把一个个青年诗人的艺术个性和美学风格都排列出来是不可能也没有必要的（他们中有些还没有形成自己成熟的风格，有些仍在不断地"突破自己"）。本文的任务是从美学角度探讨一代人在诗的领域里怎样展开自己扇形的道路以及为什么会有这样的展开，从中找出规律性的东西。我认为，道路是在对传统的反叛和继承这两条扇柄之间展开的，这一展开从总体上显示了这一代人从外部生活到内心世界的丰富性；对这一丰富性能够进行"集大成"式把握的诗人才有可能深刻地理解并艺术地表现我们的时代，达到时代对这一代诗人的要求。

---

[1] 相当多的中年诗人注意到了并且强调了这一"流动的现实"："需要各种诗人。需要各种诗。始终只写一种诗体的人，是骗子；始终只写一种题材的人，是傻子；始终拿一个尺度来衡量一切诗歌的人，是无可救药的棍子。"（蔡其矫）"不论什么流派的诗，不论什么风格的诗，只要它能在精神境界上给我以滋养，只要它能在艺术上给我以美的享受，我都赞赏。不论什么题材的诗，不论什么形式的诗，只要它是创造性的成果，只要它是严肃试验的贡献，我都尊重。"（吕剑）"新诗到了从狭窄的弯弯曲曲的胡同中，走出的时候了。我赞成多方面的探索，赞成各种风格和流派的竞争，甚至赞成来一点加引号的唯美主义和形式主义。"（沙白）"当前中国诗坛上涌现出许多有才华的青年诗人，他们的崛起标志着中国的新诗进入了一个新的历史时期。我认为新诗属于勇于探索、追求和开拓的青年一代的。我们四十年代和五十年代成长起来的诗人应当向他们学习，有勇气否定自己该否定的东西。"（孙静轩）见《百家谈诗小札》，《诗探索》1981年第4期。

二

任何时代的一代新诗风，其开端都是以强烈的"否定"为主要特点的。

> 告诉你吧，世界
> 我——不——相——信！
> 纵使你脚下有一千名挑战者，
> 那就把我算作第一千零一名。
>
> （北岛：《回答》）

不平而悲愤的诗人喊出了与全民族共同的抗议，当然否定中也包含着肯定；既有"海洋的决堤"，也有"陆地的上升"，天空中既"飘荡了死者弯曲的倒影"，也缀满了"新的转机和闪闪的星斗"。然而对整个旧世界的怀疑的目光却是毫无疑义的。这是十年浩劫在一代人心底积聚的熔岩的喷发，这是一个潮头刚退、一个潮头刚起，霍然断开两个潮头时溅起的浪花。无论从时代对新诗的要求来说，还是从新诗自身的发展过程来说，一代诗风的崛起由否定来开始它的历史进程，都具有必然性。整整十年，中国"没有诗歌"。"诗歌"是有的，但都不是真诗。六十年前刘半农用来描述"五四"前夕旧诗坛的两句话，竟又成了此时此地的精彩写照："现在已成假诗世界。……无非是不真二字，在那里捣鬼。"假诗自有假诗存在的合理性，但是到了现今的中国，它与其他虚假的一切一样失去了历史的依据。高伐林写道："我是在造神运动中走上诗坛的——如果那也可以叫'诗坛'的话，我被人愚弄，我也去愚弄人。当我回头再找最初的诗时，发现它们在诞生的那天早上已经断气了……我悲伤。我不得不吃力地思索：这是怎么回事？难道，在现代中国诗注定是短命的？生命之树不是长绿吗？它的果实——诗呢？"[1]在否定中思索，这是一代人的特点，

---

[1]《青春诗会》，《诗刊》1981年第10期。

也是一代新诗风的特点——至少在它的开始阶段是这样。

徐敬亚的话更能表达一代人这些年里的心灵历程:"曾经有那么多年,我跟在虔诚的朝圣者们中间,默默地走,失去了思想,也失去了声音。忽然有一天,我觉得这时代是属于我们自己的了。生活从凝固走向跃动,一切都在怎样地转换呀!我永远不会忘记:在我重新降生的几年里,我头脑中掀荡起的思想风暴,……我那辗转的十年,我绕着圈子走过的每一个角落……我用粗糙的心,抚摸了生活的每一道坎坷。身边那些最普通的人们,把痛苦和沉思一起压入我的胸膛,我年轻的灵魂沉重起来。生活的巨大问号和诗的强烈冲动,放大了我狭小的心,一切都在我的眼前动起来……"[1]

历史在否定之否定中前进。既然政治生活中那粉碎性的一击推动了整个停滞的社会。那么,新诗以否定开始自己新的历史行程就是理所当然的了。关键在于:否定了些什么?

我觉得,由于每一个青年诗人的经历、气质和艺术追求等等的不同,他们的否定各有其不同的侧重点,但是,他们共同的一点无疑是对假诗的深恶痛绝。连刚刚中学毕业拿起笔学写诗的才树莲,也有着如此朴素而又坚定的认识:"我是农民的女儿,和爹妈一块种庄稼。写诗,我不能全部歌颂,我要说真话。"(《我说真话》)说真话,几乎成了对一代诗人最基本的要求:是对诗风的要求,更是对诗人人格的要求。尽管"说真话"同样是老中年诗人的共同要求(艾青写了《诗人必须说真话》,公刘写了《诗与诚实》),但是对于青年诗人来说,这更具有生死攸关的性质。最基本的常常是最重要的。对假诗的否定是扭转诗风的根本前提,唯有如此,我们才可能在新诗中袒露这样多的不同的真实的艺术个性,也才有如此五彩缤纷的当代人内心世界的丰富性。因为是真情实感,就不仅仅是欢乐、豪放、明朗、昂扬,还有愤懑、悔恨、沉郁、悲愁,还有苦闷、彷徨、寂寞、感伤。一时代有一时代的喜怒哀乐,唯有说真话才能使诗歌成为当代人情感的真实历史。丰富、复杂的真情实感,当然有丰富、复杂的表达方式。

---

[1]《青春诗会》,《诗刊》1981年第10期。

于是，从最基本的要求出发，从内容到形式，否定的特征全面地表现出来了。

> 我的影子，
> 被扭曲，
> 我被大陆所围困，
> 声音布满
> 冰川的擦痕，
> 只有目光
> 在自由延伸……
>
> （顾城：《爱我吧，海》）

有谁这样写过高山！这样多的诗以见所未见的模样涌现，新鲜而又令人激动，令人失去了平静，也令人气闷乃至气愤。"看不懂！"这是最直觉的反应。"李金发！"这是最便当的就近取譬。这是两点值得青年诗人注意的警告，各有侧重点但又互相联系。一是此时此地的读者的欣赏习惯，一是历史上对传统做了一次失败的反叛留下的教训。

青年诗人们的反应是敏感而又清醒的。"我的诗有人看不懂吗？那有什么办法呢？读者是有层次的，谁说诗只有一种？"[1]（杨炼）这只是一种带有充分合理性的偏激。更多的是希望人们看懂："诗人不必夸大自己的作用，更不必轻视自己，他正从事着艰苦而有意义的创作，让美好的一切深入人心。"[2]（北岛）"人啊，理解我吧，……障碍必须拆除，面具应当解下。我相信：人和人是能够互相理解的，因为通往心灵的道路总可以找到。"[3]这里讲的不仅仅是诗，但首先是诗。青年诗人面临着至少在表面上看来是互相冲突的两个任务，

---

[1] 杨炼：《我的宣言》，《福建文学》1981 年第 1 期。
[2] 江河：《百家谈诗小札》，《诗探索》1981 年第 4 期。
[3] 叶延滨：《青春诗会》，《诗刊》1981 年第 10 期。

一是艺术的创新必然要冲破旧的审美习惯,二是让新的艺术作品(从内容到形式)尽快地"深入人心"。李金发的失败了的探索其积极方面的意义就在于此。然而李金发当年和者盖寡,现今的"朦胧诗"却一时有趋之若鹜之势。这证明了历史并没有简单地绕圈子,而是处在上升的螺旋之中。我们必须从另一个角度来看新诗的崛起,即在它的发展过程中越来越明显的肯定的方面。

骆耕野的《不满》,写于1978年底,与本节开头所引的《回答》相距不到两年,这首诗以更充分的篇幅展开了同样是属于否定的主题,但其否定的冲击力已大大减弱,否定更多地与肯定相联结,"不满"是憧憬和创造的同义词了。这当然是由于社会政治生活的转机给了我们无限的希望的缘故。

> 像鲜花憧憬着甘美的果实,
> 像煤核怀抱着燃烧的意愿,
> 我心中溢满了深挚的爱哟,
> 对现状我要大声地叫喊出:
> ——"我不满"!

一代人的否定不是冷漠的、虚无主义的扫荡,而是在劫后的废墟里清理自己的基础,寻求一切能够为我所用的材料(无论是土造的还是引进的),按照自己对现实生活的梦和深挚的爱,搭起新的脚手架。他们并不蔑视传统,只是对传统有自己的看法罢了。任何卓有成效的否定都来自对否定的对象有深刻的理解。"传统是长风,从涓涓细流到汪洋大海,不断容纳,不断扩展,不断改变,才能奔腾澎湃。"[1](杨炼)"民族化不是一个简单的戳记,而是对我们复杂的民族精神的挖掘和塑造。"[2](北岛)在他们看来,传统不是一个一成不变的固定概念,而是一个不断否定、淘汰,不断补充、丰富和创新的历史进程。

---

[1] 杨炼:《我的宣言》,《福建文学》1981年第1期。
[2] 江河:《百家谈诗小札》,《诗探索》1981年第4期。

我们继承，也否定，
我们是新时刻表的
　　　开端，
我们将腾越过一切纪念碑的尖顶，
登上苍鹰也无法企及的高度，
　　宣告
　　　　青春的纪元，
让崭新的个性
　　崭新的风格
　　　　走向晨曦，
　　　　　走向世界。

（张学梦：《前进，二万万！》）

　　无论否定和肯定，都是为了变革和创新，因而都应该是富有创造性的。每一个青年诗人都在这两条"扇柄"之间寻找属于自己的独特的道路。否定了些什么，肯定了些什么，在每一个诗人那里都是具体的，相互之间有着许多微妙的区别。

三

　　既然文学传统是一条长河，从纵的方向看，在它发展的每一个阶段都留下了至今仍然富有生命力的东西。这些东西是积累（甚至沉积下来成为民族审美的心理结构的某些因素），也是演化（我们甚至能够利用一个"细胞"便培育出一棵新的"植株"来）。就新诗而言，情况更复杂一些。正如许多论者所注意到的，新诗的传统的源头有古典诗歌的，也有民歌的，更有外来诗歌的，而新诗自身六十年的发展也构成了一种传统。也就是说，从横的方面看，新诗的传统也不是单一的。由于传统的多元化，那么无论对它的反叛或继承都必须产生多元的"变异"，就是不言而喻的了。

为了避免简单化地划定对传统的否定方面和肯定方面,避免简单化地界定传统中民族的因素和外来的因素,我想换一个角度来看传统,把它看作是人类艺术地"掌握世界"的历史过程,看作是人类在艺术领域中不断地解放自己的感觉和本性的过程。正如马克思所说:"五种感官的形成是从古到今的全部世界史的工作成果。"由于社会实践的发展,人类已经能够在从感性到理性的许多层次上"掌握世界"。撇开具体地形成各个不同的创作方法和流派的历史条件不谈,我觉得在人类艺术地"掌握世界"的螺旋上,由于突出了其中的一个层次,便会从某一点上发展出"圆的切线"来。比如说,强调理性,产生古典主义;强调感情的倾泻,产生浪漫主义(包括感伤主义);强调精确地描摹客观以及人的生理、遗传因素,产生自然主义;强调感觉(光和色彩),产生印象主义;强调表象通感、联想,产生象征主义;强调直觉、下意识,产生种种现代主义。它们的弊病在于割裂人的艺术思维的整体性,但它们在各自的层次上做出的艺术探索无疑丰富了人类"掌握世界"的方式,使其丰富性、复杂性与对象的丰富性、复杂性相一致。这样,我们就有了另外一种展开的方式,使我们能够更加直接地把握新诗创作道路的美学意义。

如前所述,首先被提到第一位的是感情——真情实感的抒发。一方面,固然是描写虚情假意的诗歌已经走到了绝路;另一方面,思想解放运动理所当然地激发人们感情的勃然喷发。"愤怒出诗人"这句话在那时成为时髦。《小草在歌唱》《将军不能这样做》等可以说都是愤怒的产物。然而愤怒是一种不能持久的感情。尽管舒婷也写《暴风过去之后》,但她"衷心地希望/未来的诗人们/不再有这种无力的愤怒"。她的诗作传达了更为细腻丰富的情感,常使人想起忧郁的女中音,略带沙哑,然而亲切;感伤,然而清澈。

> 呵,母亲,
> 我的甜柔深谧的怀念,
> 不是激流,不是瀑布,
> 是花木掩映中唱不出歌声的古井。
>
> (《呵,母亲》)

艾青在1950年代写下的一段话仍然适用于今天："我们的时代是一个新的时代，原是一个可以使感情充沛的抒情诗生长繁荣的时代，而这个时代却同样是处在非常激烈的斗争中。矛盾非常尖锐，各种新旧的观念在互相交替中，这个时代又需要人们以严格的理智来处理许多问题。"这一对矛盾在我们的诗人面前应该说是更为现实和尖锐的。思考，在当今的中国，有更为重要的位置。李霁宇说："我们这一代是思考的一代，诗无思考，就不是我们时代的诗。……我写诗，首先是思考的结果。深思熟虑的思考比感情用事的热情好。诗友们常批评我的诗太冷静，我不得不冷静呵！有了思考，出了思想，才有主题、构思、形象和语言；不然，写出来的东西有什么意思呢？"[1]这一代人担着如此沉重的思索的责任，诗绝不能放弃思考的权利。对他们来说，思想是比热情更为重要的品性。然而思考要求冷静，抒情诗的特性却要求着热烈，冷热不调的毛病在这一代人的诗作中几乎是不可避免的。单靠严格的理性来节制情感的一泻无余是不够的，水分过多与干巴枯燥都同样是抒情诗的大忌。然而古典诗词那种"不一着字尽得风流"追求含蓄的意境的方式又是多么不够呵！

诗人们寻找思想与情感、形象相融合的新手法。庞德关于意象的论述仿佛给了他们以启发："'意象'是在刹那间所表现出来的理性与感性的情结。……正是这种'情结'的瞬间出现才给人以突然解放的感觉；才给人以摆脱时间局限与空间局限的感觉；才给人以突然成长壮大的感觉……"读王小妮的诗，我可以看到她十分注重写感觉，写自己对审美对象的瞬间反映，这种感觉不是纯主观的毫无依托的幻觉，而是把敏锐的直觉组织成真实的生活画面，使感性的直接概括和理性的曲折渗透结合起来。

　　——我不知道还有什么存在
　　只有我，靠着阳光
　　　　站了十秒钟
　　十秒，有时会长于一个世纪的

---

[1] 江河：《百家谈诗小札》，《诗探索》1981年第4期。

四分之一。

（《印象二首·我感到了阳光》）

　　这就是突然摆脱时间和空间局限，突然成长壮大的典型例子。同样是意象和瞬间感觉的捕捉，在北岛那里表现为更多的"撞击""迅速转换"和"大幅度的跳跃"。这种"电影蒙太奇手法的引入"增加了诗的容纳量，但也造成了读者欣赏时一定的困难。北岛认为："诗歌面临形式的危机，许多陈旧的表现手段已经远不够用了，隐喻，象征，通感，改变视角和透视关系，打破时空秩序等手法为我们提供了新的前景。"[1]这也是许多青年诗人的共同观点。在他们的诗中，思想感情与形象的融合方式显然与传统的方式不同。传统的方式有如盐溶于水，水有咸味却不见盐粒。可是现在你明明知道水中溶有某种东西，却说不出是甜、是酸、是苦、是咸，是五味的轮番来袭，五味俱全，其味无穷。就像歌德所说的："象征把现象转化为一个观念，把观念转化为一个形象，结果是这样，观念在形象里总是永无止境地发挥作用而又不可捉摸，纵然用一切语言来表现它，它仍然是不可表现的。"

>　　宁静的地平线
>　　分开了生者和死者的行列
>　　我只能选择天空
>　　绝不跪在地上
>　　以显得刽子手们的高大
>　　好阻挡那自由的风
>
>　　从星星般的弹孔中
>　　流出了血红的黎明

（北岛：《宣告——给遇罗克烈士》）

---

[1] 江河：《百家谈诗小札》，《诗探索》1981年第4期。

这里没有关于烈士本人的任何细节描写，然而形象和象征给予我们的暗示，几乎是"永无止境地发挥作用"的。谁能说这是脱离现实的诗呢？现实对这一代人也许比什么都重要。"我不埋怨生活。在生活中，我得到的毕竟比失去的多。我得到过许多的欢乐，像海接受过最多的阳光，我尝过深深的痛苦，像海的每一滴水都是苦涩的；正是生活之风赋予我海样多的波涛——爱和憎掀动的感情！"[1]（叶延滨）他们经历了那么多，思考和观察了那么多，他们内心世界的丰富性来自外部生活的丰富性。当他们的诗笔描绘现实时，就具有现实主义的深沉的震撼人心的力量：

> 怪谁呢？怪谁？谁？！
> 没牙的嘴肯着麸糠的窝窝，
> 佝偻的腰背着沉重的柴草，
> 贫困——熬尽了她生命的最后一滴血，
> 枯了，像一根草……
> 不！这个回答，我接受不了，
> 延安，四十年前红星就在这里照耀！
> 她说过，当她还是一个新媳妇，
> 也演过"兄妹开荒"，
> 唱过"挖掉了穷根根眉梢梢笑"！

（叶延滨：《干妈》）

如实的朴素的描写，没什么通感、象征、隐喻，然而每一颗与人民相通的心都会在刹那间抽紧了，都会感到愧对老乡亲满头的白发。当然这里不是徒然的实录和临摹，而是渗透了诗人心血和热泪的"对现实的加入"。因此，也许不是摒弃现实主义手法的问题，而是现实主义复归和深化的问题，是现实主义开放的问题。这一点恐怕不只是一两个青年诗人的认识："好诗在于敢

---

[1] 叶延滨：《青春诗会》，《诗刊》1981年第10期。

于、善于很好地、比较准确地揭示人的复杂的心理状态；人与人之间的关系，社会上的现实，粉饰、逃避它都是消极的、违心的、也就不可能是好的。"[1]（王小妮）"诗人应当面向世界，只进行自我的观照是不够的。应当从各种不同的角度，通过许多人的心灵和感官，感知认识和理解这个世界，之后，世界就会通过他而歌唱。"[2]（江河）当然，现实在每一个诗人的作品采取的是不同的折射方式。

一个诗人为什么选择这一个或几个路口出击而不是另外的一个或几个？这主要是由他们各个不同的人生经历、气质、个性和艺术追求决定的。在这里，顾城的例子也许是最有兴味的。沙滩上长大的孩子，贫瘠的荒滩更激发了他才华横溢的想象力，他的诗构成一个梦一般奇幻的世界，几乎是仅仅属于他自己的、独特的童话世界。新诗风的实现完全不是出于模仿，无论模仿的是古人、洋人还是今人。正如雨果说的："谁在模仿一个浪漫主义诗人，就必须成为一个古典主义者，因为他是在模仿。"新的诗歌的产生，是因为出现了新的诗人，用新的眼光看世界，对现实生活和诗本身有完全不同的新的看法的诗人。换言之，出现了历史地形成的新的心理结构、思维方式和相应的艺术表达方式。革命先发生在诗人头脑里，然后才出现在作品中。在这里，时代和诗人本身无法估量的个性起着主要的作用。

四

我从一个非常狭窄的视角掠过诗的原野，在鸟瞰扇形展开的诗的途径时，发现他们的丰富性是由总体上的汇合造成的，具体到每一个诗人时就不免感到某种单调。在他们中间还没有出现本身就像一座森林一样雄浑多姿的大诗人。这一代诗人在艺术创新上具备前人所未有的有利条件，但也面临前人所无法想象的困难。如果我们理解这些困难，对他们就不会责之过苛了。然而生活总在

---

[1] 王小妮:《我要说的话》,《福建文学》1981 年第 1 期。
[2] 江河:《百家谈诗小札》,《诗探索》1981 年第 4 期。

为自己开辟道路，文学也是如此，每一条道路都在延伸、交错、汇合……

于是，"集大成"就成为新诗发展的必然要求。

不少青年诗人是意识到了这一点的。骆耕野在一次谈话中讲到，我们的时代是一个"集大成"的时代。仅仅表现感情已经不够了，必须表现一代人对自己、对时代的沉思。需要哲理，而且是大时代的哲理。但仍然要有感情、热情，浪漫派的热情，古典主义的理性，象征派的手法，史诗般的场面，现实主义的批判精神，都需要。要有多种美学原则的并存。

是的，这是时代本身的要求。艾青在1980年7月与青年诗人的座谈中讲到时代的特点，认为现在正处于"开始开放的时代"，"假如能够写出这个开放的精神，就是反映了时代精神"。[1]开放的时代，要求我们的诗人有阔大的胸怀和恢宏的气魄，进行"集大成"式的创造！

这也是由诗人追求的最终目标所决定的。"我愿意尽可能地用诗来表现我对'人'的一种关切。"（舒婷）"诗人应该通过作品建立一个自己的世界，这是一个真诚而独特的世界，正直的世界，正义和人性的世界。"（北岛）不管他们在这里使用的词汇是否过于含混而宽泛，诗歌的使命既然是为了"人"，那么由于"人是一个整体，一个多方面的内在联系着的能力的统一体，艺术作品必须向人这个整体说话，必须适应人的这种丰富的统一整体，这种单一的杂多"。[2]我认为开放时代的特点就是向着这样的理想迈进。诗人必须作为一个"整体的人"而歌唱，他的诗切莫忘记"向人这个整体说话"！

无论从时代的客观要求方面，还是从诗人的主观准备方面（经验的积累、理论的认识等等），是否都已经给了我们一种希望，集大成的时代必须出现集大成的新诗？然而"集大成"的呼唤并不抹杀每一条大道小路的价值，也不是要确立一种"主流"或一种"定于一尊"的文学样式。倘这样，就是愚妄而又可笑的了。百川汇大海，每一条河流都有自己的入海口，气象万千，风光旖旎。最有生机的文学也许就产生在这样的时代：整个社会正在孕育或进行深刻

---

[1] 艾青：《与青年诗人谈话》，《诗刊》1980年第10期。

[2] 叶延滨：《青春诗会》，《诗刊》1981年第10期。

的历史变动，大胆的否定和创造性的肯定的矛盾猛烈冲击着全部意识形态，一切都可能发生，一切都正在发生。我们从曲折的羊肠小道走出来，只见田野铺展在自己面前，多么辽阔宽广！

原载《诗探索》1982 年第 4 期

从已有的突破上再前进

刘登翰

　　文学的发展有自己受制于内因和外因的节律。它不似庄稼那样可以每季都来检验一下收获，比较其增产或者歉收。文学是一种绵延的运动，有如海浪，高潮中隐伏着跌落，低回时又孕育着升腾，如此不断向前。而升腾跌宕之间的临界点，往往也不是岁历上的编年所能表示。因此，孤立静止地就一年、两年的作品来估价文学在这一时期的发展，难免常会为某些一时还难以辨清的现象所迷惑而失之偏颇和短见。当然并非说这样的估价没有意义，问题是必须把它放在一个比较广阔的背景，在运动中寻求其发展的脉络，才能较为确切地透视。

　　从这个认识出发来看这两年的新诗，我以为它像浪山涌过后的波谷，恰处于面临新的升腾前的低回。这样说并不是因为这两年没有好诗——当然，较之前两年，那种以深刻而动情地传递出时代情绪而被广泛传诵的作品，是少了一些，但好诗还是有的，比如艾青的《面向海洋》，公刘病愈后唱自大西北和长江的那些充满历史感和现实精神的篇章，以及赵恺的作品等等，都是人所瞩目的。但是不必讳言，纵使这些无论思想或艺术都属上乘的作品，也难以达到前些年那种交口相传、撼动人心的魅力和效果。原因何在呢？我以为这是值得深究的。可能有社会方面的原因，也有读者方面的原因。而从诗本身来检讨，回顾1976年以来的诗歌运动，我以为那些标志着新诗在新时期里突破性发展的作品，在1980年以前的创作中，基本上都表现出来了。近几年（1981年以来）的创作，基本上可以说是这些因素的承续和延长。当然也有发展，比如赵恺的《第五十七个黎明》，无论诗中所表现的主题还是传达的情绪，都是属于另一个新的历史范畴的。可惜这样的作品还不多，还未成为一个普遍的、强大的潮流。而生活在这两年里却前进了一大步。特别是诗人和我们的人民一样面临着一个以建设两个文明为核心的社会主义新阶段，面临着伴随经济改革而来的在上层建筑和人与人之间关系上的深刻变化。新的现实有新的矛盾和新的时代情绪，有新的美学主题和艺术境界，有待我们去认识、体验、开拓和创造。但我们的诗人大多还正从对昨天历史的反思中走出来，还刚瞩目于这个令人怦然心动却又光芒晃眼的现实。激发诗人创作的感情大都还是来自过去十年、二十年以至更长一些时间的积累。这对表现新的现实和新的时代情绪显然是不够的。加之对前一时期已经开拓的即一种多元化的艺术局面，在经过一段纷纭的论争之后，也需要诗人从各自艺术个性的角度出发来一番总结、辩证和提高。这两年的新诗正处于这样一个阶段，它给人一种平淡的感觉，读者在等待新的突破，诗人也在酝酿这种突破。

因此，可不可以说，发端于 1976 年"天安门诗歌运动"的新诗的复兴，一直到今天，仍然还属于同一个大的段落。它经过 1977 和 1978 两年的准备，到 1979 和 1980 两年达到高潮，而 1981 年以来则是它的后续阶段，也是它孕育新的升腾的准备。在整个这一大的段落里，对历史的反思是新诗最具震撼力量的主题，是它的主旋律和最强音。诗人们无愧于时代，和我们的人民一道走过了这段对历史进行回顾和反省的艰难的道路，把诗的触角深入社会的各个侧面，以它们富于历史深度的思考映照今天的现实。诗在辨析历史和现实的真貌中，同时也找到了自己真实的生命，恢复并发扬了"五四"以来新诗战斗的现实主义精神。在深入社会的同时，诗歌的触角也深入到人的感情世界的各个领域，使新诗在表现广阔世界的人和人的广阔世界上，开拓了三十年来少有的丰富多彩的视野。在艺术上，这一时期的新诗从解放诗人的艺术个性出发，在发展现实主义诗歌主潮的同时，大胆地纳进了曾经被视为洪水猛兽的现代主义各诗歌流派的表现手段，从而形成了创作方法上多元的艺术局面。不仅年轻一代的诗人带来了令人一时眼花缭乱却又是耳目一新的探索，部分风格已趋成熟的中年诗人也时而在艺术上出现了这种吸收现代手法的新的尝试和追求。多年来我们不断谈及的诗歌各种艺术风格、流派的共存和竞赛，已经作为一种现实开始出现在我们的诗坛上了。在这种艺术的进展中，对诗的观念有一个在我看来是十分重要的突破。那就是长期以来我们习惯于要求诗歌直接地描摹和表现现实——有时甚至要求连细节也必须是真实的。这其实是对具有具体指涉性的散文的要求。而诗，作为人的精神世界独立显现的一种抒情的艺术，它不能仅仅满足于对生活直接经验的叙说，而力求使诗人在有限的直接经验的基础上，通过升华和再现变为一种想象的经验，从而以富有更大的概括力和象征意义，把诗从具体的指涉性的散文中区分出来，使之包含有一定的暗示性，这就更接近于诗的本质。多年来我们反对诗的散文化，往往只拘泥于结构的松懈、句式的拖沓、语言的散漫等等外部的表现，却忽略了它内在的原因。对诗的艺术观念的这种变化，我想对于提高我们创作的艺术质量将是意义深远的。

我们就是站在这个基础上准备着向前再迈步。我们不能抛开这么些年来我们付出沉重代价，经过历史反复才获得的这些突破性的进展，而回到以往的某个起点从头开始。因此，如何认识和评价新诗在新时期中的发展，对我们今天仍有现实意义。1980年4月在南宁的第一次诗会上，我在一篇发言的结语中说过："评论界中的争端，集中到一点，也就在于怎样看待这种新的突破。究竟是从1979年已经取得的基础上继续往前走，还是用1950年代、1960年代的标准，框住诗歌发展的脚步，回到我们所习惯了的传统主题和满足于那个已经有所开拓的美学境界上去？这是1980年代的诗歌所必须回答的。"我感到这个问题在几年后的今天，仍然存在。

当然，新诗艺术的拓新者最初的探索常常难免幼稚、片面和偏颇，甚至走一点弯路。因此也就常常难免招来一些虽然不无道理但却同样偏颇的批评。但是，一个严肃的探索者，在要求批评者宽容的同时，不也应该同样有一种对批评者的宽容？从哪怕是过火的甚至误解的批评中，聆听某些合理的成分，或者作为必要的提醒，这也不失为一种广收博纳的修养。重要的是要通过自己的艺术实践，在与人民的联系和社会的检验中，不断地总结、修正和提高，使最初的探索走向成熟。几年前开始的关于"朦胧诗"的讨论，虽然由于批评者提出的命题是一个没有确定的科学内涵的模糊概念，而使讨论在某种程度上也变得"朦胧"了，成为一种没有完全接上火的"混"仗。但是从积极的意义看，对于新诗艺术的探索者说，这仍不失为一种有益的提醒，使他们在探索新的方法时注意到了现实的要求和民族的传统。有人形容近两年诗坛的一首打油诗里有一句：朦胧诗人睡了觉。在我看来并未睡觉，而是处于一种使最初创造的激情沉淀下来的回顾和总结。探索仍在进行。从近两年读到的发表或未及发表的这一代诗人的作品看，浮泛的感情正在随着岁月推移——阅历的增加和经验的丰富变得沉实。有一种可喜的趋向是，他们比较注意对民族文化传统精神的继承，并尝试着用借鉴自西方的现代手法来表现传统的民族精神。只是题材过多地偏向到历史，而淡漠了对现实的关注。他们曾经希望在自己民族文化的纵向和世界文化的横向交叉上来寻找属于自己的坐标。

就目前讲，诗歌争论的焦点仍然集中在对现代派的艺术借鉴上。诚然，作为一个完整的具有其哲学基础的文学思潮，西方的现代派产生在资本主义进入垄断的时期，是一种时代的产物。但它的艺术方法，作为人类多侧面地、艺术地把握世界的一种方式，也是人类的艺术思维发展到一定阶段的产物，对丰富人类表现世界的艺术手段是一种积累。今天，我们在恢复和发展现实主义传统，力求使自己表现世界的艺术手段也走向广阔和丰富时，何必惧怕和拒绝这种借鉴呢？事实上，在中国新诗发展的60多年间，现代诗的影响一直或隐或显地蔓延着，在一定程度上也推动着新诗艺术的成熟。目前，关心这种借鉴的诗人、评论家，比较多地注目于西方的现代诗，相对忽略了我们自己曾经有过的借鉴现代诗的经验和教训。这里包括两个方面：一是从1920年代开始由李金发从法国带来的象征主义，经过创造社后期诗人和戴望舒的《现代》，以及冯至、卞之琳等，到1940年代末《诗创造》的诗人群，他们走过将近30年曲折的但并非一无收获的道路。特别是1940年代《诗创造》的年轻一群，在尝试用现代手法来反映当时尖锐的政治现实上做了可贵的努力，使一度超脱尘世的现代诗充满了时代的喧嚣。另一是1950年代以后的台湾现代诗。这是发生在特定历史条件下祖国领土隔海一隅的一种特殊的文学现象。它一反现代诗在中国新诗发展历史上始终难成大气候的状况，而成为从1950年代到1970年代几乎遍及台湾、香港以及海外华人诗坛的主流，成为台湾一次相当完备的现代主义文学运动的前驱，或许正由于这一在中国现代文学史上难得一见的现象，使我们可能比较系统地来考察现代主义文学思潮在中国领土一隅从发生、发展到式微的全过程，它带来的艺术上的经验和教训。20多年来，台湾现代诗从崇奉全盘西化的"横的移植"，到寻求对民族文化传统的回归，历经了包括象征主义、意象派、立体主义、超现实主义等种种广泛的试验，其中有沉痛的教训，也有在语言和艺术手段上的收获。正如台湾文学是祖国文学的一部分一样，这一切经验和教训，也应当是我们文学发展中的一份积累。如果说对新诗前30年历史经验的总结已逐步开始，那么对台湾现代诗的考察，则尚未引起注意。

当然，中国新诗发展的主流，无论过去、现在还是未来，都是现实主义的。对现代诗的借鉴，一方面是作为丰富和发展现实主义的一种艺术手段，另一方面也可能形成一个独立的艺术流派，作为现实主义创作方法之外的一个补充。艺术的发展同样有自己受制于内因和外因的规律。在解开了各种左的绳索之后，在为人民服务和为社会主义服务的总的前提下，生活和视野变得广阔了，艺术也将越来越广阔，这是无可阻挡的。

原载《诗探索》总第10期（1984）

我们的新诗遇到了什么问题

郑　敏

题目上写的是"我们的新诗",但我涉及的范围多半只是民间诗人群体的作品。这些民间诗作多是些打印诗集,没有发表在大刊物上,但数量之多远超过正式出版的诗集。它们生命力之强有如工业生产中的乡镇企业。如果称之为诗歌的乡镇作坊产品也不为过。因此它们预示着21世纪中国诗歌趣味的走向,值得重视。

这类诗作产地极广,数量又多,无法接触它的全部,自难断然评价,所以本文将只是就自己所接触到的部分作品,写一篇凌乱的随感。

在一些偶然的情况下,我摸了摸这类诗作的脉,脉相的复杂奇特,使得一位庸医无法说出什么道道。心律不齐是肯定的,忽然兴奋地乱跳,忽然迟缓得如一个老人的脚步;忽而滑脉,忽而沉脉;忽而轻如游丝,忽而宏大迟缓……每当我收到一些民间的印刷物,我总是急忙地拆阅,但几乎每次阅读都使我对自己的判断力更加怀疑。首先我想问的是人们究竟要从诗歌里得到什么?显然这篇随想只能提问题,却无法提供答案。特别是这样一个涉及个人趣味与时代认识的问题。至于我个人,我总是把诗歌给我的智慧、愉快和升腾,看成我对诗歌的期望,当然这一切要以诗的特殊艺术形式来呈现,因为任何一种艺术都应当能给人以这种精神补偿,只是其呈现的形式各异。诗的艺术特点是它的直接如闪电式的穿透和它的无边际的暗涵。读一首好诗如同看到一次电闪划过黑夜,令人惊喜、畏惧、颤抖。而它的无限的内涵,回味起来却又如漫步田野，听到自然的细语，你并不全懂，但你知道自然在通过田野和你对话。这样的读诗经验近来愈来愈少了。我常常从那些被任意扭捏的诗语中感到诗人写得很苦，因为在他的心灵深处没有诗语的声音，而呈现在诗行间的却是他和语言的扭斗。他也并不能掌握自己内在的世界，不能区分那真的"自己"和那被庸俗所扭曲的"自己"的伪劣赝品。这样的诗使我感到不安，为作者浪费他的才华而不安。而且它往往用"先锋"的字样解释自己的语言的不必要的扭曲和内涵的虚假。"反诗美"这一名词成了艺术赝品的商标，这一名词的滥用使得它完全失去其初始的含义，当它最初被用以撼动伪装的"诗美"时，是具有历史意义的，但一旦被超常度使用，作为以"丑"代替"美"的同义词时，它就失去它振聋发聩的效果了。现代西方艺术有些也显示过它正反面的模式。以杜襄（M. Duchamp）而论，他的画《火车里悲伤的年轻人》和《裸女走下楼梯》都动摇了传统的自然美，也可称作反诗美的作品，当然毕加索的大量人物肖像也是反传统美的，这类正面的例子不少。但当杜襄在"蒙娜丽莎"的唇上添了两撇胡须，有些艺术家将卫生间的用具作为艺术品展览，就只能解释为陷入反诗美的迷津，因为在达文琪的作品中没有伪劣滥情的美，而破坏真正的美只能是对艺术的亵渎。今天我们有些所谓"先锋"诗人以丑陋的形象和扭曲的语言塞在诗中，以为因此那作品就能进入先锋的殿堂。年轻诗人偏爱以丑与邪恶来宣泄，作为一种文艺心理，是有其社会原因的。另外又有一些校园诗人竭力写得纤巧、潇洒，因此其抒情如云如雾，轻而浅，且常受流行歌曲或片头歌的影响。这种诗写得不累，读来轻松，但失之无物。

新诗第二次革新，如以1979年算起，已有近15年，其间受到各种明暗的激流冲击，如来自对"新潮"的恐惧，扣以"忘祖"的帽子，来自对"朦胧"的愤怒，对其中"小资产阶级情调"的反感，扣以"背叛工人阶级"的罪名，这些都是想将改革的尝试彻底扑灭。但也有的人对诗歌革新，出自感情激动而全面肯定，不愿冷静地审视它的问题。如今对"朦胧"的畏惧已渐平息，但诗歌的创新又正在接受商业主义和金钱决定论的冲击。"流派热"也是一种两面性的力量，在1979年以后它曾给诗坛的一统天下一次冲击，起了积极作用；但在一阵热潮之后，流下一些过分的流派敏感、忽视诗歌共性的后遗症，使诗歌发展再度陷入新的迷茫。太累的、太轻松的、以平庸代替崇高的、语言和形式扭曲怪异的，都有过自己的尝试，但至今还没有明显的收获。现在似乎应当停下来，思考一下诗歌的某些更本质的问题。否则在一阵实验热潮之后仍难以飞越横在新诗面前的鸿沟，下类问题是我们目前想到的：

（一）如何留住来去无踪的诗的精灵

（二）诗人如何把握真实的自己

（三）勤于感受但懒于思维的后果

（四）求变过切，反而不变

（五）狭隘的"主义"的奴隶

最近当我合上又一本铅印的诗选集时，我默想：不能再这样写下去了。我们已走进一条窄胡同，我们需要退出来，重新打开诗的视野。

一、没有留住诗的精灵

没有精灵的诗是没有神的庙。

诗的精灵神秘地出没于诗人的地平线上，忽隐忽现，这是创作的开始，是对创作的召唤，对创作的诱惑。它引导你去追寻，去用诗的想象填补画像中的虚线。在填补的过程，一个鲁愚的诗人会完全扭曲那张忽隐忽现的画；一个急于求成的诗人会以自己的偏狭强加于诗，因而吓跑了诗的精灵；一个不真诚的诗人，虚荣地以流行的时装装扮它，因而以庸俗替换本质的真纯；只有一个一心侍奉诗灵的诗人或许能完成这幅创作，并再现了艺术的幻象。鬼斧神工就出现在这珍贵的一刻。很少的诗人能做到这一点。它需要勇敢与谦虚、敏感与悟性的结合，才能够留住那逃脱诗人粗暴的笔锋的诗之精灵。

另一种妨碍诗人接近诗神的病是知性的。有些诗人探索得很苦，但因为将求新看成高于诗的一切因素，因此搜肠挖肚，苦心经营，构建各种搭配奇特的词组，滥用谬喻（catachresis）等修辞手法，恣意游离各种能指，这是对能指的可漂移理论的一种误解。所谓"游戏"只是相对作茧自缚的传统语言规律而言，并非由作者任意操纵语言。人与语言的关系是先天的，不能由作家恣意捏造。只有当作家了解语言的结构深藏在无意识中，他或可能进行语言的游戏，典型的例子是 J. 乔埃斯（乔伊斯）。这种知性的造作，一旦过度泛滥也是会扼杀灵性的。

只顾求新反而疏远了诗本身。某些诗人写出了只有他自己能陶醉其中的诗，这种诗对于其他读者则除了"新"，没有其他的意义。新奇本身不等于艺术。这种完全摈弃共性的诗很难留下来。诗、语言都不能没有历时性，我们不要回归传统，但传统是我们发展的出发点、是创新的资本，没有了传统或传统极为单薄也就难说什么创新。自从我们克服了对传统的无条件尊奉以来，我们一直在埋葬几千年的我们的文化，这种慢性文化自杀在一个世纪以后已显出它的恶果，在 21 世纪更将暴露出它带给我们的灾难。在遗忘了自己的文化，又不理解世界的文化的中国诗人中很难出一个有 21 世纪代表性的大诗人。

从 1979 年以来我们明确应当走出教条主义的创作观。这自然是正确的，正如五四运动要走出过于成熟的文言文一样，但如何走出呢？二元对立的思维方式在我们每次的革新运动中都设下陷阱，它将昨天和今天看成不可挽回的对抗，认为不打倒昨日的一切就无法有今日和明日，于是我们撕毁昨日的文化，从零开始创造今天和明天，但是没有传统的革新不过是沙丘上的城堡。我们认识到奴隶性的抄袭现实的错误，于是忽然刮起以主体代替一切的艺术创作热风。这种将自由与规律、主体与客体完全对立起来的后果又是怎样呢？主体与客体相反相依如同海与岸、山峰与峡谷、阴与阳。教条的"现实主义"将主体看作客体的奴仆，当然是错误的，它扼制了主体的创造性；但反过来主体不尊重客体，将它看成主体的玩物，结果不是创造性得到发挥，而是将其变成对客体的恶作剧。中国新诗和其他文学品种一样在 1979 年的"主体大发现"之后陷入对客体的无视，有些甚至走入主体狂的狭径，对客观宇宙、对艺术，丝毫没有敬畏与孜孜以求的精神。有一位评论者在海外发表的诗论中说诗歌以"唯心"为最高的艺术境界，因此诗人与上帝无异。他问道：还有比诗人更能随心所欲地改变万物的自在规律而一味强化心灵意志唯一性的精神现象吗？"意志唯一""随心所欲""改变万物的自在规律"，这些说法充分反映一些诗人与理论家在挣脱教条主义之后的逆反心态。这种将主体与客体置于敌对的对立状态，是无法达到主客交流的艺术及哲学、伦理的臻境的。因此，自我夸张不过是一叶障目，既不能丰富自我，也不能窥知天机，不过将艺术作为区区小我的宣泄，实则在诗的真谛面前不过是一个聋哑人。他的浮躁与浅薄使他听不见诗灵通过语言对他的召唤和叮咛。他的诗也许有一种暴力，但并没有艺术的震撼力。海德格尔在《语言的本性》一文中再三嘱咐诗人要倾听"语言"对他说的话，而不是自己滔滔不绝地对"语言"进行训导。这里所指的"语言"是一种潜存的无声的语言，也可以是人的和自然的律动。一个为膨胀了的自己所阻塞的诗人是不可能听到这种神奇的律动的声音的。他愚蠢地将整首诗塞满了自己的浮躁而浅薄的声音，使读者的耳膜为他的自我膨胀所刺痛。长期的伪英雄主义在结束教条主义时期的束缚后，转而成为膨胀的主体的伪自豪感的掩体。在"伪现实主义"时期这种伪英雄主义曾为假大空的制造者，它如今转而为膨胀了的"我"服务，从本质上都是使诗语失去它作为天、地、人结合的晶体的这一艺术臻境。

那种恣意扭曲语言，并没有触及语言有挣脱语法束缚的必要的客观性，那种以"新奇"代替艺术的内在需要，所产生的诗有时外形似乎很新，内涵却是陈旧无味的。诗人对自己这类作品可以自我陶醉，但却无法将其强加于读者，读者会反问道，我为什么要忍受这果实的外形艰涩，而最终并不能找到丰富的果肉呢？诗人的自我膨胀使得他无法有丰富的生命感觉，而艺术形式只能是内容的延伸。形式必须是诚实的。庞德的这些想法对那些制造伟大的自我者是一剂良药。

这里还涉及诗的历时性与共时性、共性与特殊性不可偏废的问题。历时性与共时性、共性与特殊性是一切事物发展的经纬。这里有丰富的文化、社会和艺术的内涵。诗人既要"随心所欲"，也必须"而不逾规"，只有当诗能在其经纬上自由运动时才能发出能量。借口语言的陌生化，而将诗扭离它的经纬，结果诗中的字不过是一堆芜杂、没有生命的符号。它们没有诗语自己的声音，就像字典中的众多的字的符号并不能成为诗的语言。诗的语言的诞生和诗人感到生命的震波是同时的。这时所有的字不再是单个的符号，而成为特殊使命的载体，它们成了诗人自己独一无二的诗语，好像一根丝线变成刺绣中的一个有自己意向的踪迹，或者是一种颜料变成油画中一个充满自己的生命的一笔。这时符号成了语言，这其间载有潜存的语言自己的声音。诗人最激动的时刻是在他听见这种语言对他说的话，所以海德格尔说，在创作时诗人首先是听语言，而不是说给语言听；不是表达自己而是被告知。谁在说？是诗的精灵、诗的本质、诗的自己、诗的语言。这时需要的不是自我膨胀的傲慢，而是奉献的谦逊。这样才能有海德格尔多次强调的诗人对语言的自己独特的经验。诗有了诗人的自己的语言经验就不会枯竭或死亡，因此海德格尔说诗语是神或生命的寓所。

1979年以后我国进入现代主义的文学创作时代，1980年代末又开始了后现代主义的尝试，但不论什么理论，当被推向极端时，艺术总是要受损伤的。当艺术形式和手法被剥离它诞生时的合理性而滥用时，其后果更是令人发窘。我们有些诗的实验正在走向临界，也许应当采取更广阔的视野，更广的光谱来接近诗，不要过分忠于某一种流行风格而阉割了诗的传统。诗歌只有历时性、没有共时性就会陈腐，但只有共时性没有历时性则会沦于单薄、偏狭。我们不应该摇摆于陈旧与单薄、一般化与偏狭之间。

二、诗人要把握自己

没有鲜明的个性的诗人不能写出个性鲜明的诗。但个性是一个很难把握的东西，我们的自我并非完整统一的，我们的个性也有真假之分。诗人在内省时要能分辨出哪一个"我"是真我，哪一个"我"是假象，是受时尚的感染，浮华虚荣、喧嚣一时的"自我"。那个真的自我必然是长期的文化积淀在遗传基因上塑造成的个性。当然"时尚"在经历过时间的淘洗后也将加入历时性的文化沉淀，这时它不再是一种美学概念的粗浅的演示。

1979年后青年诗人中先锋的实验来势凶猛，占了每次诗歌大展的大部分。在诗歌群体中它正被默许为青年诗作的主潮。确实很有一些诗有着独到的新的层面，那并非1970年代及其从前的解放牌新诗所曾触到的。但也有很多诗却说明诗人没有能掌握自己，只是逐波漂流，在表达手法、辞藻色彩、诗体结构有了一定的定型后，形成千"首"一面的情况，并没有诗人自己的独特的诗格。常常是文字追求怪异，情调追求抑郁阴暗，个人与世界的关系千篇一律的是破碎混乱。也许诗人们会说这是时代的特点，但真实永远是丰富的、多变的，定格了的真实不应被机械地重复。

在大量的先锋派诗中，思维与艺术的模式化的程度不亚于 1950 年代的"英雄主义"诗歌。只是它追求"怪"，而不是"大"。在最年轻的一代中又出现了对恐怖与邪恶情调的追求，大约是受到西方暴力与恐怖电影的影响。也有的将诗和心理治疗诊所的病榻联得很紧，自然是受到自白派的影响。总之我们的先锋派常常在重复美国 1970 年代后现代派诗的一些路子，将它们作为新潮来引进，但并没有将这些艺术尝试从深层和自己的切身经验、自己的个性联系起来，这种表层的模仿总有一些表演的痕迹，失之不真诚。这种生硬的移植来的品种还不能和这里的气候土壤协调起来。我们的痛苦与焦虑、失落与热望像几千年文化的珊瑚礁，在我们的血液里，并不能以这种廉价的移植文化的产品来代替。一位诗人只有真正知道自己，知道他的祖先，知道他的土地方能写出扎下根的诗。无论生活在世界的哪一角，他总应当带着自己的遗产，用它来丰富世界的诗坛，丰富读者，丰富自己。文化传统，几千年的文化遗产是我们和世界文化交流的资本，是我们能跻身于世界文化之林的立足点，也是我们的文化创新的起点。

整个 20 世纪，在文化战线上，我们的努力不是去开发遗产，更多的时间和精力是用在与强大的文化传统进行敌对的较量，我们认为只有压倒传统文化才能进入现代文化，因此我们叫几代人去遗忘传统文化，并且几次发起运动去埋葬它、砸烂它。一直到今天在改革开放与国际文化经济交往中，我们猛然认识到几千年的文化遗产是世界人民尊重我们的重要原因之一。但，回首整个世纪在文化教育方面我们的无知和短见使得我们的遗产流失、殉葬，其损失并非一次醒悟就能得到恢复的，更主要的是年轻的几代人已无法阅读繁体字的书籍，这自然大大影响了他们的文化素质，在对自己的文化传统处于半绝缘状态，对世界文化所知甚少的状况下，我们很难希望近期能出世界级的诗人。唐朝的李杜、春秋的诸子百家之所以是世界级的诗人和哲学家，自然是因为他们生活在中华文化的高峰时代。文化高峰产生文化巨子，所以在20世纪末和21世纪初诗人们最应当进行的准备是丰富自己的文化素养。今天有些年轻诗人急急忙忙地想打入国际诗歌出版市场，他们的迫切追求和某些到中国来访问的西方人物的订单规格相吻合，因此作为西方先锋派在中国的"影子"被译成多国文字，传播到世界上。这种打入西方文化市场的成就固然是好事，但如果认为从此就解决了中国新诗得到世界认同的问题，我认为还太早了些。21世纪的中国诗人应当更多倾注于耕耘那久已荒芜的自己的文化心灵，以它来养育自己的深厚的诗人品质和诗格，而后，作为真正能够媲美于李、杜、但丁、莎士比亚、歌德的诗人，进入世界的诗歌之国。

总之只有深厚的文化才能产生伟大的诗人，伟大的诗人必须有不凡的个性与诗品。诗是一座矿，它巧妙地运用一些裸露在地面上的矿石的闪光来诱导读者去开发它。矿藏含矿质的优劣决定于诗人的"自我"的品质。伟大的诗人一定有一个含矿量十分丰富的"个性矿"，质量极高的自我之矿藏。诗人的自我的丰富需要的时间的悠长不亚于天然矿藏，这里他的民族的文化遗产起着决定性的作用。我们曾有意无意地破坏了不少个性的矿，粗暴的破坏性摧毁与不科学的乱开采，今天我们的重要工作是每个诗人重新认识自己、掌握自己、培养自己，不要急于猎名、追求轰动效益。1990年卖出几十万册的某些诗集，今天不是如浪花样的不留痕迹吗？以"奇""丑""大胆""恐怖"或"青春偶像"来撼动市场并不能达到新诗的真正突破，如果只有一个贫瘠的自我，这些手法只像礼花一样闪出几秒钟的光芒，而经不起回味。被译成几国文字在一方面是一种胜利，但在另一方面也许是一种失败，如果你被认为是西方某些当代诗人在中国的影子而得到接受，为什么你不能就是你自己而得到世界诗坛的认可呢？是的，你应当只是你自己，但这样的自我必须有多么丰富的文化个性和诗人风格！当然，即使你是一个21世纪中国的大诗人，却也不一定能被汉语以外的诗歌界所接受，因为不同语言、不同文化之间的距离是很大的，所以是否得到国际的认可，在诗歌并不像在体育上那样单纯，因此并不是衡量我们新诗成就的标准。我们的新诗绝不能是西方新诗的影子，东西方新诗应当将各自的光色投射到对方的区域里。我们必须寻找自己的光源，它就在诗人的自我矿藏和他的文化传统、他的母语诗作宝库中。

三、勤于感受、懒于思维的后果

勤于感受是很多中青年诗人作品的优点。这主要是自 1979 年以来对教条主义创作观的一种反抗，但由于它已经成为一种叛逆心理，"思维"因之蒙不白之冤。只有感觉被认为是生命的血肉，值得入诗。因此青年的诗作中充满了不普通的奇特的感性描述，这些感受有些是新颖的，有些则是赝品。

思维是什么？显然不应当将思维与逻辑推理等同起来，更不应当与教条主义的假理性的形式主义相混。思维与感受不是对抗的，思维与感情是相渗透的。思维在运动中是一种悟性，没有悟性的参与感觉是零乱无味的，感情是盲目的。悟性和诗歌是不可分的。不幸在极端的逆反心态之下，一些诗人抛弃了悟性，任一些杂乱的感觉泛滥在诗行中。你看过嶙峋的岩石吗？它们充满了变化的节奏、线条、断面，然而在这一切流动的感觉之下是那坚强凝聚的悟性，它组织了一切感觉，给它们以生命和意义。诗歌与思维是一片土地上的两种力量。它们相互转换，相互充实。对于诗人，深沉的思维送来诗行，对思想者来讲每一首不朽的诗都是思维新颖的肉身。但并不是说每个诗人都明确地意识到这一情况。不过，真的诗人具有这种本能，是悟性使诗人听见诗行，发现诗的踪迹。所以，不培养自己的悟性，一味陷入感觉的拼贴游戏中，是对所谓后现代主义艺术的一种误解，在一些当代的新诗中我们已经觉出这种倾向。

从一个极端走向另一个极端的二元对抗思维方式似乎是我们很多行为背后的可恶的阴谋家。以训诲、警告来指挥文学创作，令人厌恶，因而年轻人逃向感觉。其实理性与感觉也都可能是真实可贵的，或虚伪可厌的。后者是人为的污染所至。当目的不纯时，理性成为征服他人的工具，感觉成为欺人自欺的药物。目前很多年轻诗人"跟着感觉走"，如果他是未被庸俗实利所俘虏的诗人，他的丰富的感觉终于会将他领向悟性；怕的是出于对理性的厌恶与畏惧，和对感觉的虚荣而盲目的追求，这样他将抛出一些刺激性强而属捏造的感觉，终于不可能写出一首真正的诗。当感觉与思维相互召唤时，创作的神奇就开始了，很多诗人都以一行好诗突然进入一首完整的真正的诗。在写的过程感觉领先，但它只是悟性露出海面的岛屿，具体、含蕴而强烈。如果在创作过程中诗人不是虔诚地寻找聆听语言自己的声音，而是浮躁地拼贴一堆不属于自己的感觉、隐喻，即使诗的表层显得花哨耀眼，但因为它没有自己的说法、没有自己的声音而没有存活下去的生命。

近年有喧嚣一时的所谓"语言诗"，兴于美国1980年代的少数诗人中，他们强调诗中"字"的单独活动和串联，完全抛弃思维、悟性、诗境等的连贯性。他们自称是拉康与葛土洛·史坦思（现代派女作家，已逝）的门徒。但他们的诗只是一堆混乱的符号，是最极端的文字游戏，除诗人自己之外无人能对之有所感应。在今天追求新奇的诗人中也曾向往过这种实验。语言诗与自白派诗都是对人文主义真善美概念的僵化的冲击，对人际关系和理性权威的震撼，对起源与终结的超越性的怀疑。自白派诗在1970年代有它的战绩，普拉斯的锐利，洛维尔的诗人性的敏感都达到自白派的深度。他们对社会的批判、对历史的质问为二战后的西方新诗留下不可磨灭的痕迹。但在撕毁了旧的信念后，诗并不能总是躺在心理医疗的病榻上，也不能满足于为蒙娜丽莎添上两撇胡须，或者将卫生间用品陈列在展厅里。诗能不能有一个更积极的独立的自由的自己呢？这是21世纪新诗面对的课题。中国新诗创作正出现在这个世界艺术诗歌的新起点时期。我们必须有自己的探索，不再重复西方的脚印，在此以前我们总是追赶西方的实验，现在我们应当找回自己诗歌的过去，包括古典诗词、美学，综合西方现代的诗歌的种种尝试，取其可取者，寻求有东方特点的自己的诗学和诗格。21世纪应当带给我们诗的文艺复兴，否则诗将衰落以至死亡。

后现代主义的艺术强调了无意识与创作能量的关系，这也是弗洛伊德了不起的发现。新时期的美因此不会与传统一样，但对传统的丰富宝藏的重新阐释、发掘、体验却是新时期文学艺术创作中的必经之路。否则，我们的文化只能从零开始，这正是我们自"五四"以来经常犯的左的错误。打倒过去好像是建设未来的前提，其实未来不能凭空而降，过去也永远不能完全消失，没有一张纸是纯白的，为了写未来我们必须对过去留下的痕迹加以新的阐释，从衰老但丰富的历史积淀中重新找到新生的起点，未来必须拥抱、吸收过去。21世纪中国新诗的创作应当在不断地对几千年诗歌的回顾与前瞻中进行。这就是文化、艺术、文学的延续、发展与交流。否则我们所能拿到的只是自我埋葬后的荒凉与贫乏。

　　诗的美并不是美的物、景、人的再现而已。丑恶的对象被转换成诗和艺术自古有之，当前尤甚。因为诗和艺术不只是感性的，恰恰是悟性才是诗与艺术的震撼力的来源。以金丝柏格（金斯堡）的《嚎叫》为例，诗行中丑的对象、丑的行为不少，但它的震撼力与现代主义的里程碑《荒原》是相似的。"垮掉"一词（beats）的三层意思中就包括"极乐"（beatitude）这一富有宗教超越性的名词，这自然是悟性的至高境界。金丝柏格的《向日葵圣歌》中充满灵魂的声音，是悟性透过感觉发出的呼声。对"超越"的追求是很多后现代美国诗的主题，葛威尔·肯耐尔、默温、布莱都常在诗中涉及"超越"这一主题。然而那与古典主义、浪漫主义时期的"超越"有着层次的不同和美学的不同，但又同是"悟性"在诗中的闪耀。从动物性的"优美"跃入艺术之美大约是古典与浪漫主义美学的追求，而从"动物性"的不优美跃入艺术的美则是现代主义与后现代主义的追求（如毕加索的画中女性人体的一些处理）。艺术的美的界定总在变，但给人以悟性的快感却是共同的。悟性的美是任何一个时代的艺术与欣赏者之间的桥梁。快感的产生来自诗人与欣赏者之间的默契，默契的基础是悟性的相通，但必须呈现于美学的形式。在诗里离开文学的感性存在无法谈什么悟性的相默契。感性或理性都可能因为诗人没有自己生命的经验而成为教条被强加于读者，成为一种精神的侵略。理性的教条使诗人乏于感受，拙于思考；而生吞活剥式的所谓"先锋派"则是感受的混乱和思维的懒惰。其诗成为杂乱没有意义的感受的拼贴。二者同样是粗暴的不负责的。读者心灵的震撼并不来自感觉的强刺激，而是来自诗境的魅力。一篇塞满强扭的字词与粗糙混乱的感觉或暗喻的非艺术性的拼贴，都只让读者麻木疲倦。

　　庄子说："语有贵也；语之所贵者意也。意有所随；意之所随者，不可以言传也。"[1]海德格尔与德里达也都提到语言的臻境是无声的，中西哲人对语言

---

[1]《庄子·天道》。

的臻境有着相同的领悟，所以在创作中过多追求喧嚣的字词与暗喻可能反而吓跑诗的精灵。反之，若能倾听语言背后的"意"，那种虚怀若谷的境界就会使诗人有其独到的领悟，也即所谓自己的语言经验。但这种"功"是很难的修养，是文化至高的硕果，它要求诗人的创作冲动不是浮躁的，而是一种透彻的激动。这种难以言传的意之所以难以寻觅，因为，用海德格尔的话说，"它既在此又不在此"，他说语言有一种隐蔽自己的性能。诗人必须用他的悟性去发现他和语言间的一种诗的经验，也就是与语言对话，不要害怕"思维会妨碍诗寻找它自己的语言"。

诗不忌"朦胧"，朦胧的后面若有一丝一缕诗人的悟性，这诗就能引导读者去揣摩、咀嚼。如果是诗无悟性，就像干了的山溪载着它的乱石，这些乱石背后没有什么值得寻味的东西。或者乱石零落，只留下诗人摆弄它们的苦心和造作。一些误入迷津的伪现代派与后现代派的故作凌乱正是这种情况。

没有一个诗派能完全不要思维，只是如何结合诗、语言、悟性三者的关系才能使诗有自己的自由的生命。这里是各流派的独特的艺术创造所在之处。

四、变与不变

当追求"变"成了偏执时，就是不变了，因为其变常是万变不离其宗的，这是最令人哭笑不得的情况。1979年，庞德的名言"要求新"传入中国，恰逢青年诗人们对教条的僵化极为反感时，因此就肩负起求新的历史任务。但其求新很快就落入视一切已存在的诗为过时的心理，加上反"求新"的保守势力以种种借口要压下这股反叛之风，这只是从反面为求新添了一把柴。反朦胧不过促成对一切理性传统的逆反心理，但在求新的实践与理论之间却横着深谷。求新在理论方面的不明确，就造成青年诗人间的一种心理压力、一种包袱。以暴力撕裂文字，以丑代替对美的渴求，以烦琐的平庸代替崇高，以冷漠代替感情，以顽世代替严肃，这些成了求新的实践，实则不过将一些西方的现代或后现代的艺术理论做了肤浅的搬用，以进行求新、求变。当伎俩只是伎俩时，它的丰富仅是最大的贫乏。从1980年代变到今天，新诗大有技穷之势。

求新首先应当是诗思的新，而诗思的新需要诗人自身文化、个性、生命感的新的喷发，对时代的事物有新的感受，进而发展为艺术上的新的突破，一个艺术时代的死亡总是它的精神的死亡，新的精神必然产生新的艺术形式，今天我们似乎对精神抱着讥讽的心态，特别是商业大潮的冲击，将正在死亡中的心灵思维冲向虚无，剩下的似乎只是一些伎俩的耍弄。但公式化了的新招显得浅薄、陈旧。在新和旧之间存在的分野并不是手法、伎俩，而是更实质性的观念的更新带来的心灵、语言经验的更新。一个老手法如果传达了新信息，它就可以成为获得新生的艺术手法，一个新手法只传达了陈旧的信息时，它就失去它的新的本质。无论是古典主义、现实主义、浪漫主义、现代主义、后现代主义都有着这两重性。在真正的艺术家手里它永远能成为新的内容的延伸。

"变"字已成了新诗的极大负担。我们也许应当将焦点放在诗的本身更实质的方面。不是为了变而写，是为了非写不可而写，在写的过程去寻找诗的新的容貌和神韵。这样我们或可能走出这种不变的"变"之网，那时从诗人心灵深处发出的光会带来一个新的世纪。

五、为主义所俘虏

陈旧的框架破了，但不少诗人又成了什么新的"主义"的俘虏。譬如说破坏语言的自然结构的主义、心理剖析主义、绝对私人化暗喻主义及某某主义、某某主义等等。这些牌号常想创名，1980年以来流派大展有些像诗歌流派主义展销会，一时间好像没有主义，没有流派就不必写诗。各种主义纷纷出笼，宣言之多文字之长远远超过其诗作的产量与质量。这些理论很少是诗人群体深思熟虑与创作经验的结晶，或有一些自己的感受，但更多的是经过铺陈、夸张、体系化及不消化的接纳西方辞藻而成的堂皇的篇章，其中确也有些令人赞赏的作者的才华、敏锐的思考、强烈的感受，但这些优点往往淹没在总体的浮夸之下。自1980年代以来过度的流派敏感已经大大地伤害了我们的新诗创作。在1980年代初这种流派意识刚萌动时是有着打破诗歌大一统的单调局面的意义。但今天已发展成流派过敏症反而压制个性开拓、促成青年诗人先创模式后创作的致命习惯，一旦认为某主义有轰动效益、有刺激性，是一块打得响的招牌，就情不自禁地拉起流派山头。这样说也许是夸张了一些，本意只是希望不要先有"主义"再创作，更不要将主义看得比产生真正的好作品更重要。主义如果是水到渠成或有着十分强烈的需要，它们的诞生自然是十分可贵的，因为它代表对诗歌有一种新的认识，就怕是为主义而主义，否则自惭没有"名堂"。每个诗人首先是一个独立的个体，除了自己真正的感受外，除了自己追求深刻的领悟之外，不受任何偶像或方针的约束，当然所见略同的诗人们成为一个流派群体也必然会发生的，为了兴趣、为了探讨一些共同感兴趣的问题是绝对需要的，上面所说的不是这种志同道合的群体。今天我们应当淡化流派意识，而让古今中外的各种诗歌创作和理论进入我们的视野。人类一切遗产都是我们的，又都不是今天的我们自己。我们取其中所吸引我们的，如同抓中药那样，而舍弃那我们不需要的和尚不理解的。那些目前被舍弃的，也许有一天又会对我们有用，会成为我们所寻求的。对历史的和今天的一切理论我们给自己充分选择的权利，没有什么是过时的，也没有什么是不许舍弃的、非接受不可的时潮。

走出偏狭的胡同，我们需要更大的空间、更丰富的接触、更深的领悟、更少的排他情结。每个人在自己的田野里采诗，不听命于什么流派，只有诗、对诗的领悟引导我们。诗的个性来自对诗的共性的新的领域的开发。

从长远来说，要克服这些问题是 21 世纪很长一段时间的事，除非我们能从根本上改进和提高我们现有的文化素质、社会的精神面貌、知识结构的更新，否则诗歌本身的创新是很难有所突破的。

21 世纪可以是一个中华文化复兴、古老传统得到新生的时代，但也可以是继续埋葬文化、荒废人文科学、重复西方机械物质文化所走过的不甚吸引人的路子。如果是那样的话，这次将不是上帝死亡，如尼采所说，而是人在物化中逐渐扼杀自己的心灵，经历着精神的缓慢死亡。

写完此文后，我在打开电视时，忽然悟到当前所谓"先锋"的、流行的拼贴画面的手法如此频繁地出现在诗中，实在是来自 MTV 的画面技巧。大众媒体的流行技巧与廉价的"现代"情调，对 1990 年代我们的新诗的侵蚀，值得我们警惕。诗人的个性正在被宣传媒体专政。新诗的解放应当从抵制广告式的艺术快餐开始,"拼贴"脱离了诗人真正的心灵挣扎和朝圣就是十分廉价的小小花招。诗人们,请不要将你的灵魂交给广告和宣传媒体的商业污染,艺术在商业大潮中必须站稳自己的脚跟。

原载《诗探索》总第 13 辑(1994)

群岛上的谈话

耿占春

这里借用的是勒内·夏尔的一个标题，意指诗歌当今不再是一片大陆，而是一系列的岛屿或岩礁。而我们关于诗歌的写作，似乎构成了"群岛上的谈话"。

现在我借用"知识""良知""经验""记忆""语言"等语词来表示进入个人视野之中的岛屿或岩礁。用这些词语片段而不是一个完整的命题来谈论诗的状况，透露了我心底的疑惑：时至今天，事实上我已感到，在诗学上一切相反的命题都正确。关于诗是形而上的冥思或是日常经验的描述，自白式的倾诉或是非个人化的创造，孜孜以求于言词自足体的魔力或是事物本身的呈现……

知识。似乎某种诗人一生都在寻求一种特殊的知识，带有宇宙论、形而上学和诗的神学色彩。这是关于作为深渊一般的存在之谜的死亡、时间与永恒的知识。它不是知识之树的果实，而是解除这种知识之果所带来的一系列的堕落和死亡的那种智慧式的信仰，一种终极知识。这种诗人是人类中稀有的手执阿拉丁神灯的人。崔卫平在一篇讨论西川的文章[1]中表明，西川的诗可作为这方面的一种探索、一种投向深渊的光芒。诗人企图借助存在的或不存在的鸟兽及其他奇异之物来为我们组织起超凡的特性，使之越过边界，抵达不能抵达的地方。这也许就是"超度亡灵"。终极知识的诗篇为灵魂提供了一种航程、一条

---

[1] 见《现代汉诗》1992年春夏卷，以下所引篇目皆见本卷。

船或一条空中路。这种终极信仰的知识与人生常识处在精神相反的两极。终极知识暴露出常识认识的有限性，而常识也使终极知识成为怀疑的源泉。诗人可以用水与火、岩石及古老的元素、树木、井泉、鸟与兽组成一个象征的世界、一个神话的世界，借以打开通往另一个世界的门，或打开一条通路。然而，门、路与船在我们最后的跨越时却总是再也找不到，只一步就跨入了终极的虚空中。诗人看似忽略了常识与经验，但一般而言，这种诗人总是更多地醉心于常识与经验的磨难。因此在这些诗意中总是散发着置身极地的纯粹、迟疑、宁静与寒冷，而不是狂热的信念。

良知。这一点用于指明我们生存的现世处境。那就是说，诗人尽管面临存在之谜的诱惑，但他终不能让自己的眼光离开这个使良心痛苦的现世，他终不肯完全放弃分辨善恶的良知。在与我们相似的生存处境中，帕斯捷尔纳克说，一首诗或一本书不是别的，而是一颗冒着烟的良心。事实上，无论是诗人还是其同胞，尽管有现代人的种种困境，可主要的我们似乎仍在经历着一种老式的磨难、一种老式的生存困境。这一处境使中国式的后现代主义成为一种悬疑，因为我们甚至还处在前现代时期。这一点我们和他人有所不同。那里的人们一般认为已结束了老式的磨难：非人道、专制、暴力、贫困、愚昧、肮脏、压抑，而进入了一种新式的磨难，比如爱洛斯被力比多所替代后的人性的贫困、无压抑的不堪忍受之轻、技术对人的统治以及大自然的报复等等。这些问题离良心甚远。群体的磨难已经结束。因此米沃什曾把他的国度称之为"另一个欧洲"，也是因为他自觉到自己还生活在欧洲已经结束了的历史过程中，还在经历着过时的、不甚光彩的老式的痛苦。因此诗人的良知、作为一个知识分子的历史感与现实批判眼光显得无比重要。周伦佑在谈到诗人的"拒绝的姿态"及批判文人士大夫化的"闲适写作"时其目光所盯住的就是这一历史状况，是某种写作姿态的悠闲与历史背景之残酷之间的不相称。对永恒的向往，对存在深层的关注也无法使一个诗人在大规模的痛苦面前闭上眼睛。良知不会过时。如果清醒的历史感消失了，人们终将会"天真无知"地面对突然发生的罪恶与磨难。老式的磨难谁知会不会以更大规模重新降临到现代人头上呢。

经验。对于进入当代的诗人来讲，无论是永恒的视野还是历史的领域，都显得不适合他的眼睛。不再是冥思而是观察，是将目光移向生活世界。因而如何使新的经验世界、纷繁的事物进入语言，就成了诗歌写作的一个首要之点。在肖开愚、孙文波等人的作品中，明显地增加了日常的情境与情节，增加了戏剧化与对话性。这样的诗人是注意力的给予者。它显示了诗人的好胃口，要及时地消化掉从现实世界中冒出来的一切非诗意之物，但也许它会成为新的狭隘性的一种表现。正如另一位英国诗人批评拉金时说的，拉金的日常化与经验的狭隘性很适合于英国人的狭隘性一样。事实上，在他们的优秀的诗篇中，观察即思考。在艺术上，不包含冥思的眼睛什么也看不见。帕斯说："被观察的不现实性，使观察成为可能。"

记忆。记忆或回忆所面对的是一个已逝的世界，这与其他方式似乎相反。赫胥黎说过，大部分诗歌是青年人写给青年人看的，唯有大诗人才能写出同时也值得老年人分享的那种回顾性的情感。随着一些成熟的诗人走向中年，他们开始面对这样一种感情和一个已逝的世界。他们开始置身于生与死之间。已逝的生命与事物是一种死，而记忆本身是一种生。因为其"失去的"情质，诗人开始从苦味的人生中回味出一种甘甜来，从往日的一些细枝末节中发现时光的消逝与驻存，并开始从某一日的暴风雪或一棵灯芯草中发现到生命的意义。在食指、黑大春等人的作品中，时光、意义在记忆中的复活总是伴有"永不再！"的此刻的悲伤。因其"永不再"，一切发生过的事情都在记忆中预先被原谅了、被宽恕了。是否记忆总是包含着忘却？

语词。当一个人觉得在语言能说得清的问题仍然成堆的情形下，他或许不会去关心难以言传之物。在人们以为语言已足够辨明是非的情况下，他关心的是语言之外的事实，而非语言的事实。他不会真正懂得诗歌。诗人所表达的真实与人们所关心的事件大异其趣。这正是梁晓明所谈到的"诗歌的孤独"，人们对"形式的价值"的普遍忽略造成文体的孤独。无论人们意识到与否，始于翻译语言的现代汉语业已造成了一种事实：这不仅是句法结构的改变，也是精神、经验与事物的借用。在现代汉语的大语境中，比之象征的玫瑰，牡丹显得缺乏内涵，亚当、夏娃比伏羲、女娲更像是一种精神事件。我们无法不感觉到我们在表达自身时仍在借用别人的经验与事物。诗人无法不做这种借用，又无法不面临诗人重新命名的职责。事实上，即使这些借用的词与物，我们的认识、经验与记忆也正努力在其中扎下根来。一代诗人正在经历着一种使自身的经验在词与物中激烈的扎根过程。这将会成为某种源泉。当然，当明清小说的语言与调门仍在覆盖着畅销书时，人们不会认识到诗人的重新命名为何物，或以为文体的孤独只是诗人自己的事情。

我尚未谈到我更为偏爱的带有古典抒情传统的现代诗。我在王家新、林莽、菲野、刘翔和黄灿然等人的作品中，感到了抒情传统与现代诗歌文体的融合。创新的动机之一是为了避免雷同、失去个性，但当创新成为唯一目的时，诗作也会失去个性，并变得在语言上雷同，因为有些诗除了花样翻新之外其他什么都不是。也许它在促使诗歌文体变革这一背景中有一定意义，但作为一首诗却显得空洞。也许在种种文体的实验与洗礼之中，抒情传统会显示出新的活力。在"用语词写诗"成为诗人的自觉之后，"用生命写作"也不会真的陈旧过时。

原载《诗探索》总第 13 辑（1994）

新诗发展态势剖析

程光炜

这里首先有一个基本评估问题：新诗是否有所发展？它在哪些方面发展了？

一个确凿无疑的事实是，诗歌人口正在逐年递减。某些诗刊已经停刊，诗歌正遭到社会大众事实上的遗弃，黑格尔很早就在著名的《美学》中预言："就它的最高的职能来说，艺术对于我们现代人已是过去的事了。因此，它也已丧失了真正的真实和生命，已不复能维持它从前的在现实中的必需和崇高地位。"诗人注定会成为这个时代最后一名贵族或游牧人，这句话虽然充满了悲剧意味，但终究是"作为诗人"的人们的幸运。意识形态在社会生活中的中心位置，逊位于经济这个"中心"，蔚然形成一种新的社会心理和价值取向。意识形态中心地位的旁落，势必会带动其从属性的成分，使其同遭厄运。近年来，文化艺术作品的世俗化、作家阶层的急剧分化等等，无一不是在这一重大历史环节上发生的。这是诗人和读者都骤减的一个深层原因。

诗歌的发展必然会向两个层次上分化，即"沙龙诗人"和"大众读者"。二者并无雅俗之分，也没有"等级"的含义而只是功能的殊异。"沙龙诗人"现象无论文化背景还是操作方式，都与欧洲17、18世纪依附于宫廷、纯粹由贵族阶层组成的"文学沙龙"有质上的区别，它也不同于1930年初在北京朱光潜和闻一多家中形成的"读诗会"。其写作性格上的返回传统倾向（比如感情形态上的浪漫主义，意象及隐喻上的反现代社会倾向，等等），行为操作上的现代人格（比如颇具商业社会色彩的索求办刊赞助），更使其具有中国20世纪末知识分子（人格二元化）的某种精神特征，可称之为"亦贵族亦平民""亦艺术亦生活"的两重特征。这就是《南方诗志》《九十年代》《现代汉诗》《声音》和《非非》新版等诗刊及其诗人们。这些"沙龙"无疑是20世纪最后几个诗人化的知识分子的精神部落。"大众读者"则是现代社会大众传播模式的直接产物和受益者。大众传播媒体在本质上是一种"倾倒"行为，其承载的是文学作品通俗化的整个历史过程。它无意于"思想"而决意于"娱乐"，它感兴趣于过程而茫然于目的，或者说，这是无目的特征的一个广而大的社会阶层。"沙龙诗人"和"大众读者"构成了20世纪末和21世纪中国文化的两极，乃历史淘洗的直接结果。

怎样对当下最优秀的一批青年诗人进行历史定位？做到这一点实际上相当困难。中国和欧美诗坛现代主义与后现代主义的艺术形态时差，决定了这些诗人必须采取无文本背景依托的独立姿态。假如说，前一阶段少年式的冲动和集团性行为尚可遮掩个人生命的贫弱的话，那么，这一阶段中年式的深思就会要求个体生命更大面积地加入。写作不再是宣言的对垒和骂战声的高低，而实际上变成了人格、阅读和修养上的有力较量，诗人的真正品质只有在这里才最大限度地显示出来。针对商品化社会的媚俗倾向，现代主义诗歌最强烈的特征就是反抗。诗人一方面要承传中国知识分子为民族分忧的精神传统（不论你承认还是拒绝，你都无法彻底摆脱这一原型情结），另一方面又必须在这场前所未有的剧烈对抗中实现个人和艺术的最大自由。没有矛盾的时代是不真实的，而这深刻矛盾的焦聚点就在这一代诗人身上。纪德说，所有民族和时代的诗人，都在自己特定的空间里写作。历史文化是一个整体环境，一般人根本无法真正超越他的时代，无法突破这一总的"环境"。因此，个体的活动，包括思想趋向、写作心态、作品的美学效应等，无论呈现怎样的形态，体现多么大的创造性，实际上都已在某种程度的范围内蕴含了历史的必然性。作为一个诗人的重要性，在于为自己所经历的时代在多大程度上留下了杰作。

复杂的时代同时也要求诗人进行复杂和多层次、多范围的表现。再不是简单的否定、批判、讥讽和调侃，再不是简单的玩深沉、礼颂、超越或回避，再也不是游戏般的拉山头、设假想敌、制造危言耸听和宣布某一代诞生的非艺策略，而是要求诗人兼历史见证人、审判者、诗人、寓言家、平民、英雄、现实、未来、神话和活生生的血肉之躯于一身的多种写作角色，是对时代表现的上天下地、不一而足的多声部的、令人迷离兼有大清醒的艺术手法及其效果。王家新的长诗《词语》，在这方面表现格外突出，其中复沓再三的个人声音与历史声音的深度交叠，使我们相信，"救亡"与"启蒙"这一20世纪中国文学的基本主题已开始超出低水平的生活感受范围，而扩展到更加宽阔的艺术空间。柏桦的《现实》《生活》和《纪念朱湘》，张枣的组诗《入夜》，其内蕴的复杂、手法的诡异纯熟，意味着诗歌写作的新的起点。欧阳江河的艺术功力已愈加显示出来，而其他诗人也都有不同已往的表现。

不可逆转的趋势将是，几个诗歌的小组及其刊物将成为20世纪末诗界的中坚，代表世纪下半叶诗歌水准的主要诗人会由此脱胎而出。正如英国意象派诗歌，法国超现实主义诗人和俄国未来派诗人一样，历史将会同样在中国这一代诗人身上循环。

原载《诗探索》总第 13 辑（1994）

《他们》略说

韩　东

　　1983 年我在西安搜集一些诗歌作品并编辑成册，印出第一期《老家》。这是《他们》的前身，每期 50 本，共出三期。诗人基本上是我在山东大学读书时认识的一些朋友，包括扬争光、小海、小君、王川平等。

　　《老家》出来后不久，当时在兰州大学读书的封新成开始筹办《同代》。和散布各地的民刊相比，《同代》仍以北岛开道，所不同的是在《我们这一代》一栏里集中了我、王寅、于坚、普珉四人的作品。后来这四人都成为《他们》中的主要作者。

　　随后我和于坚、王寅通信，彼此支持。

　　这时，发生了一件对《他们》的历史而言极为重要的事，就是我和丁当的相识。

　　1984 年末我在南京筹办《他们》，直到 1985 年初出刊。征求刊名时于坚在纸上写了一串寄来，印象最深的有《红皮鞋》。他声明这不作数，只是打开一个思维方向。当时在命名问题上普遍存在着耸人听闻的想法，反传统观念是一致的倾向，即便这个传统是为了反对的目的而臆造出来的。

　　最后我决定用《他们》作为刊名。后来我经常被问及选择这个刊名的原因。我比较难于回答，直觉上的喜爱是肯定的，还有我正在读美国女作家奥茨的同名小说。这个词透露出的那种被隔绝、同时又相对自立的情绪也让我喜欢。而且"他们"没有分外的张扬。至今，我仍很满意这个刊名。

然后是宣言问题。我一共起草了三个，终不能用。最后我开始怀疑这种形式本身。最初的怀疑是新鲜感方面的：所有的民刊必有其宣言，宣言往往又等于危言耸听。另一方面，表态似乎是必要的。这种必要就像亮相一样，总要给读者以某种形象记忆。既然集体不能纳入同一格式，就让他们分别亮相，以自己偏爱的姿势。大家的发言被安排在同一页纸，叙述是第三人称的。言词最为动听的一句大概是："福州的吕德安是一个幸运的诗人没有什么不幸的事情。"

封面由丁方设计：一个肌肉发达的男人手托一只大鸟，背景是远山和太阳（月亮）。其笨重、古旧的力量，使人想起二三十年代激进报刊上某幅版画。

《他们》第一期分两部分：小说和诗歌。小说部分收入了李苇、阿童（苏童）、乃顾和马原的作品。诗歌由于坚开头，接下来有小海、丁当、韩东、王寅、小君、斯夫（陈寅）、陆忆敏、封新成、吕德安。还有一个5人短诗集。

除择稿、人选外，《他们》第一期还碰到了一些具体问题。经费是由南京的作者筹集的，共有1000元，《他们》印刷了2000本。

1985年下半年，南京艺术学院青年教师孙建军发起组织江苏青年艺术周，诗歌算活动中的一项。计划造了无数，结果只出了《他们》第二期3000本。

这一期的诗人有雷吉、小君、丁当、于坚、李胡、王寅、小海、韩东。另有一本11人的诗集，收入柏桦、张枣、普珉、李苇、陈寅、裴庄欣、陆忆敏、陈东东等人的诗作。小说作者有张慈、乃顾和阿童（苏童）。

第二期以后，《他们》有两年处于冬眠状态，直至1987年末印出《他们》第三期。这一期比较简陋，打字、油印，只出了100本。没有小说，只有创办《他们》以来的第一篇评论文章，即贺奕的《绝处逢生》。诗歌作者有小海、丁当、于小韦、任辉、韩东、小君、于坚、普珉、吕德安。

第三期无论从规模上还是从整体实力上说都是一次生死之间的喘息。直到第4期出刊，《他们》才重获新生。

第四期《他们》由于小韦的诗开头，还有他的小说三篇。其他作者还有诗歌：任辉、海力洪、丁当、小君、小海、韩东、于坚；小说：贺奕；文论：韩东、小海。

海力洪是《他们》中最年轻的作者。他和贺奕、刘力杆、朱文以及写小说的李冯属于更年轻的一代（均出生于1967年以后）。对他们写作前景的估计可以说是乐观的也是保守的，因为才能和意志、机缘的结合始终难料。但对于《他们》而言，这的确是一支新的力量。

经过多年办刊，我有一些认识，也可以说是对《他们》这件事的总结。《他们》的含义、前景也是在时间中逐渐明朗化的。当然。这个总结也像我的其他发言一样，是完全个人的、此时此地的，不影响从其他角度对《他们》进行评价。

一、《他们》仅是一本刊物，而非任何文学流派或诗歌团体。它只是提供了一块园地，让严肃的富于才能的诗人、作家自由地出入其间。它没有宣言或其他形式的统一发言，没有组织和公认的指导原则。它的品质或整体的风格（如果有的话）也是最终形成的结果，并非预先设计。它不是一种倾向，而是一种状态。它不作限制只提供平台，与其他有目的文学集体的做法不同。

二、作为限制，《他们》所提供的自由是针对艺术倾向或艺术方式的。在艺术与非艺术、好的艺术与一般的艺术之间，《他们》有着绝对的直觉评价。不可否认这和编辑的个人因素有关，但这要比在统一理论指导下的写作更为可信。"为《他们》写作"不是为某种理论或编者的口味，而是为了想象中的每个人的艺术上帝。《他们》即是这样一个象征、一种权威、一个标准和一个自信。

三、《他们》是面对读者而非文学史的。如果《他们》进入历史也将以这样的姿态:《他们》是一本读物，向读者提供最好的诗歌和散文，还有能够信任的作者。离开具体的作品和诗人，《他们》什么也不是。正是这些具体的诗人、小说家构成了《他们》的价值意义。

四、《他们》的理论含义。由于《他们》网罗了一批优秀作者，他们的主张或倾向不可能仅仅局限于个人范围而得不到任何共鸣。我们没有预先的理论设计，当回顾历史、开始总结时不难发现《他们》作为一个整体的影响力所在——

（1）回到诗歌本身是《他们》的一致倾向。"形式主义"和"诗到语言为止"是这一主张的不同提法。诗人和任何非诗人的责任感无缘，或者他不能利用诗歌的形式以达到他个人政治的、社会的、道德的或其他价值判断方面的目的。诗人的责任感只是审美上的。

（2）回到个人。未来的诗歌不是某种外在于我们的先验存在，不是跨越千山万岭经过九死一生才能获得的宝藏。它不在一个难以寻找但固定不变的地点，不在我们生存时空的任何一个永恒的位置上。但它又不可能是无中生有的。生命的形式或方式就是一切艺术（包括诗歌）的依据。生命的具体性、自足性、一次性、现时性和不可替代性必须得到理解。文化、教育等等因素必须通过个人才能发生作用。而文化的变异部分（即创新部分）只能从个人的相对变异中去寻找。

（3）回到为自己或为艺术为上帝的写作。这是一种写作态度，有别于写作方式。它使正当的写作方式得以保证，使回到诗歌本身、回到个人成为可行的现实的东西。在一个充满诱惑的时代里诗人的拒绝姿态和孤独面孔尤为重要，他必须回到一个人的写作。任何审时度势、急功近利的行为和想法都会损害他作为一个诗人的品质。他是不合时宜的、没有根据的，并且永不适应。他的事业是上帝的事业，无中生有又毫无用处。他得不到支持，没有人回应，或者这些都实际上与他无关。他的写作是为灵魂的、艺术的、绝对的，仅此而已。他必须自珍自爱。

原载《诗探索》总第 13 辑（1994）

异端之美的呈现
——"非非"七年忆事

周伦佑

"非非"是作为"异端"出现在中国诗坛的。不管是作为一个现代诗歌流派，还是作为一种艺术思潮，它都在中国当代文学留下了印迹。当它在自我变构中再次展开自己时，检视它的过去，对深入了解当代诗歌艺术、探索其发展历程，都是十分有益的。

与大多数人的主观认为相反："非非"绝不是某个人（一般指我）深思熟虑和刻意为之的结果，如同"非非"这两个字从我嘴里吐出是完全偶然、突然、事先毫无准备的一样，作为诗歌艺术流派的"非非主义"的出现，也完全是偶然的、突如其来的，甚至是被动的。事先既无周密的计划，也没有经过充分的酝酿讨论。有如电光的突然一现，一切都带有启示的意味。

事后回想起来，也确实有种种原因在推动着我，在那个特定的时刻说出这两个关键的字：非非！不过在当时，这对于我而言确实是一种勉为其难的被动选择。

当朱鹰从重庆医学院毕业分配到西昌，通过我姨妹认识我，并向我谈起他在学院和另一位同学搞了个"缥缈主义"并鼓动我搞流派时，我只是付之一笑，从未想过哪一天我也要搞个什么流派。

当朱鹰说动了西昌的几个朋友，一齐约到邛海边我家里，正式提出要我带头搞流派时，我仍然无动于衷，只说了句："你们自己搞吧，需要我帮忙时，我可以帮你们敲敲边鼓。"我那时坚持认为：文学写作是完全个人化的行为，与任何形式的集体行动无关。

这之后的某天下午在王世刚（蓝马）家，当他再次郑重地提到搞流派并催促我取流派名称，在我信口说出几个之后，不经意地说出"非非"这两个字时，我仍然是不很认真的。倒是王世刚比我多几分严肃和敏感，他说"这是一个重要的日子"，并在日记本上记下来。

紧接着我写信叫杨黎到西昌，通知他决定创立"非非主义"和《非非》诗刊，并和他具体商定组稿、办刊经费等事宜。即使已到了总体构想的落实阶段，我仍然没有半点崇高感和神圣感。

然后是王世刚打电话催我写"非非"的理论文章。

直到我进入《变构：当代艺术启示录》和《非非主义诗歌方法》的写作时，我才第一次意识到我在办一件重要的事。

直到在去成都的火车上我和蓝马交换阅读了对方的文章并互相感动时，这种"重要感"进一步得到了加强。

列车急驰而过的这一个日子是 1986 年 5 月 7 日。

紧接着是《非非》的编辑和下厂付印。成都，湿闷而多汗的 5 月。啤酒，卤鸭子，我和蓝马数次往返于西昌—成都的火车上。几经曲折，《非非》创刊号终于问世了。一锤定音。

这一切都发生在 1986 年 1 月至 5 月，很紧凑的一段时间内。

"非非"作为一个诗歌艺术流派，在其诞生之前的诱发契机是朱鹰，动力性因素是蓝马，我的主要作用则是使这一朦胧的意念成形，并通过"非非"这一命名把它呈现出来。

命名的作用就是这样奇妙：说出便是照亮。从此，"非非"这个崭新的名称连同它派生出来的一系列"非非"词汇正式进入了中国当代文学的视野。

要搞清楚"非非"的来龙去脉，有两件事是必须提到的。

首先，为什么恰恰是这些人，而不是其他人作为"非非"最初的发起者呢？这需要追溯四川青年诗界更早些时候的人和事。

1983 年夏天，我与廖亦武、黎正光的结识引发了四川当代诗影界后来发生的许多大事。我们三人在 1983 年秋天召开的"四川省青年创作积极分子代表大会"上对正统文学观念的公开挑战，使盆地窒闷的空气开始流动。"三剑客"论坛因刘涛、陈小蘩、王世刚、李娟、万夏等人的陆续加入而成为当时四川活跃的诗歌探索群体。到 1984 年，经常在一起讨论、交锋的人又有杨远宏、赵野、石光华、宋渠、宋炜等。

  杨黎也是在这时（1984 年）通过李娟认识我的。他当时已写了一些诗，正处于不被接受的苦闷中。我读了他寄我的诗稿后回信告诉他："你虽然暂时不被人理解，但只要坚持写下去，要不了几年，中国诗坛会接纳一个风格独特的诗人的。"我在信中还指出了他模仿"新小说"的利弊。他为此感激和振奋。王世刚（蓝马）是 1974 年通过我哥哥周伦佐认识我的，他当时在西昌大营农场当知青，以后成为伦佐和我最亲近的朋友之一。尚仲敏是我和伦佐 1985 年应邀去西南师大和重庆师院讲学时认识的，他当时在重庆大学读书，正和燕晓东、张建明等一起推动"大学生诗派"。何小竹是 1983 年在上面提到的大会上认识的，他随后给我写信，陆续寄给我他的打印诗稿。1986 年《非非》创刊号上刊出的《鬼城》组诗便是我从他数年间寄我的诗稿中选出、编入的。

  但是，最直接的前因还是稍后流产的《狼们》。

  1984 年秋天，我会同四川省内当时创作上最具异端色彩的一批青年诗友着手创办一个油印诗刊《狼们》。刊物由我创意并主编，主旨是"提倡狼性文学"，即"原始的、本能的、没有被驯化的生命意识的自由表达"。我为这本刊物创刊撰写的"发刊词"的第一句便是："狼们是一群没有被驯化的声音。"第一期共收入我、李亚伟、杨黎（当时笔名甲子）、万夏、胡冬、李瑶、刘涛、陈小蘩、王世刚、刘建森等人的作品。刊物由我编好后交给杨黎在成都负责打印，由于杨黎办事太"水"而终于没有下落。但这已为随后"非非"的形成埋下了重要的伏笔。

  那么"非非"是置身于当代诗潮之外的吗？

  当然不是。我和后来"非非"的一些主要成员本来就置身于当代诗潮的搏动中，并从 1983 年开始进入自觉的冲刺时期："三剑客"论坛（1983 年）；《狼们》（1984 年）；四川省青年诗人协会的组建（1984 年，此事我哥哥伦佐起了主要作用，我主要负责具体的组建工作）；《现代诗内部交流资料》（1985年）。当1986年2月杨黎来信告诉我，他正编一本《南中国诗卷》，并请我为该诗卷写一篇序言时，我本着对当代诗潮的理解和把握，写了《当代青年诗歌运动的第二浪潮与新的挑战》一文寄给他。文章首次对当代诗潮作出了"三次浪潮"的划分（"朦胧诗"为第一浪潮，"寻根"史诗为第二浪潮），并将"第三浪潮"的创作倾向概括为"非崇高""非理性"。不久以后我为"非非主义"诗歌提出的"非崇高""非文化"要求即来源于此。还有我给"非非"的命名，不经意中仿佛是空穴来风、毫无前因的，如果仔细追溯起来，即隐含于我在这篇文章中首次写下的"非崇高""非理性"中的两个"非"字。一切都是有迹可寻的。

毫无疑问，在"非非"创始及随后的三年间，整个"非非"诗群中，我与蓝马、杨黎的关系是决定性的。我们三人虽然各自所起的作用不一样，承担得或多些或少些，但都是"非非"成功的决定性因素中必不可少的一部分。有关我们之间的关系演进，不管外面有怎样的说法，也不管各人的心态后来发生了什么样的变化，我们在共同推进"非非主义"的过程中曾有过的那种互相理解、坦诚相见的朋友情谊都是十分可贵、值得珍惜的。经过许多毁誉之后，"非非"作为一个既定的文学事实，已脱离具体的人和事而存在，而成为当代文学史的一部分，任何内部或外部的伤口都不可能使"非非"作为一个整体的形象被涂写和有丝毫的改变。这同样是值得欣慰的。

在文学的轰动效应普遍失去的年代里，"非非"创造下一个奇迹：使批评的聚光灯持续地照在它的身上。"非非"释放出的魅力，激起了广泛的不安和震惊。热烈的肯定与更热烈的否定形成的张力，把"非非"撕扯得鲜血淋淋。自1986年"非非"创立（除中间中断了两年），我们共编印了7期《非非》和两期《非非评论》，并形成了以四川为主体，包括杭州的梁晓明、余刚、刘翔，兰州的叶舟，云南的海男，湖北的南野等同为中坚的"非非"诗群。1988年5月我在扬州"全国当代诗歌理论讨论会"上宣读的《第三代诗论》中对"非非主义"理论观点的全面阐释，1988年11月著名诗评家谢冕、唐晓渡等在《文艺报》召开的大型诗歌座谈会上对《非非》第3期提出的"反价值"等理论观点的解构式读解与评介，1989年第3期《作品与争鸣》转载"非非主义"诗选和叶延滨与我关于"非非"的批评与反批评文论，共同构成了这一阶段"非非主义"的华彩乐章。

这里需要谈谈"非非主义"理论，因为这是最引起误解和争议的。

"非非"对理论的重视是基于中国新诗理论的缺乏，以及"朦胧诗"自身的理论准备不足。我们受困于转述成风和"寻根"初热的理论氛围中，立志创立中国本土的、独立于世界文化思潮的当代诗学和价值理论。也正是因为这点，"非非"理论被人誉为"中国70年新诗史的第一次"！

"非非"理论主要由"前文化"理论、"艺术变构"论、"反价值"理论以及诗歌语言四个部分构成。

"前文化"理论表述于蓝马的《前文化导言》，它基于"思维先于语言"这样一个有争议的命题，并试图通过对"前文化域"的揭示与拓展，进而探讨人类创造的本源，因此它又可理解为创造本源论。对既有文化的怀疑和否定，以及一往无前的表达激情，使它成为1980年代中国诗界最激烈的反文化宣言。"艺术变构"论（见《变构：当代艺术启示录》）则是我对被结构主义理论所强化的艺术秩序的本能的质疑和否定。我在写作中以"原构"代表结构的稳定性，"变构"则是对这种稳定性的瓦解，而这一切植根于人类精神的变构冲动。所有的结构秩序都是不稳定的，每一种结构都包含着自我变构的因素。变构才是艺术的本质和生命。在我随后的《反价值》中，"艺术变构"原则被深化为反价值论，艺术的变构过程被描述为艺术的非价值化过程。任何新艺术都是在对旧的艺术价值及其结构形式的质疑与瓦解中实现自己的。变构就是反价值。国内外一些研究者将"艺术变构"论和"反价值"理论视为中国本土的解构主义，也有助于从另一个角度认识和理解"非非"理论。

对诗歌语言的重视和专注是"非非"理论的又一个重点。除了贯穿于前述理论中的强烈的语言意识之外，"非非"关于诗歌语言的观点及具体操作见于我和蓝马的《非非主义诗歌方法》（"诗歌方法"的总体创意及前言、第二部分、第三部分由我先写成，第一部分的内容则是由我从蓝马"前文化"文章中删节下来的一小节补入的），具体落实为第二部分"非非与语言"中的三项：非两值对立、非抽象、非确定。"非两值对立"即是对隐含于语言并通过语言制约人类思维的"两值对立"（二元对立）结构的拆解。这是这个命题在中国理论写作中的最早提出和表达。"非抽象"就是对语言中的抽象词语、概念化词语以及意识形态用语的拒绝和清除，以适应于感性经验的直接表达需要。"非确定"包括两个方面：对语言与现实（能指与所指）之间的确定意义关系的颠覆；对语言内部词语与词语（能指与能指）之间确定关系的拆解；以重新激活语言的生成力，使诗的变构写作成为可能。还有"语感"问题也是由"非非"提出来的。"语感"是1986年初我和杨黎在讨论诗歌语言时杨黎口头谈到的，而正式把它作为一个诗歌理论观点并使之成文的，则是我在《非非主义诗歌方法》中的表述："语感先于语义，语感高于语义。"

但是，某些批评家以"非非"理论的辉煌而降低"非非"诗歌作品的贡献，这是片面的和不公允的。作为一个诗歌艺术流派，"非非"不仅以自己的理论，更以多元展开的诗歌创作为当代诗歌提供了崭新的写作经验：

周伦佑《自由方块》《头像》的解构性写作；

杨黎《街景》《高处》借鉴罗布·格里耶小说的物化描述性写作；

蓝马《世的界》的超语义写作；

梁晓明、何小竹的超现实写作；

刘涛、陈小繁、海男的幻觉经验写作；

尚仲敏、叶舟、吉木狼格、小安的口语化写作；

……

1990年代起始，随着世界后现代主义文学思潮的传播，国内批评界开始以新的视点解读"非非"，越来越多的评论家开始把"非非"和后现代主义相联系，并将"非非"的理论和作品视为中国本土产生的、最具代表性的后现代主义文本。

当然，"非非"也不是一帆风顺的，伪价值系统及其艺术形态的压力，还有中国传统文人的中庸人格以及优雅闲适的艺术趣味，都增大着它的阻抗。我把这一切视为艺术实现其异端之美必须付出的代价，因而我心平气和地接受和承担，并且绝不忘记微笑。

"非非"的意义虽然比它直接呈现的流派艺术更多，但它始终只能在文学艺术的范围内活动并实现自己。不管"非非"想做什么，也不管"非非"说了多少和做了多少，它只能作为一个诗歌艺术流派和文学事实而被文学史所接纳。因此，从创立至今，我始终坚持"非非主义"是一场诗歌艺术运动，而且只是一场诗歌艺术运动。当我最亲密的朋友中有人不满足于此，提出要以"非非""改造人类""改造世界"，并最终要通过"非非""成仙了道"时，我一方面惊讶于他们的抱负，同时也意识到某种妄想与迷狂可能对"非非"造成的危害。在我与这些朋友热烈而友好的争论中，在我偶尔玩笑式的调侃中，我坚持要做的只是：把"非非"定位于诗歌艺术。我时常保有一种警觉，以为诗人的妄想并不都是有益于艺术的。当马里内蒂把未来主义推进为"未来党"时，当布勒东意外地宣布"超现实主义与文学无关"，试图涉足更广大的领域时，正是他们的妄想断送了这两个流派的艺术前途。也正是基于此，我的所有理论写作都限定在为"非非"作为诗歌艺术运动的阐释与界定上。即使在我最激进的理论写作《反价值》中，我也仍是以艺术为出发点，以现代艺术的非价值/反价值化过程为线索，最后落实到反价值的艺术：诗的纯粹实现。诗歌艺术之外的"非非"，或某种囊括宇宙一切维度的神学妄想，从来就是与我无缘的，恕不奉陪。

"非非"作为那个特定时代精神表征的某种偏激，直到它中断两年之后，于 1992 年《非非》复刊时才得到了纠正，当然是时间对我们的纠正：从语言拆解的乐趣转向现代艺术精神的重建，对生存世界的投入和介入，更专注于诗、更专注于对语言的生成性、敞亮性的开启。而"非非"的基本精神始终是一贯的：作为异端的艺术和艺术的异端，在时代的刀锋上，更鲜艳地层开自己肉体的是新的"非非"！

原载《诗探索》总第 14 辑（1994）

中国当代诗歌中的后现代性

王 宁

探讨中国当代诗歌中的后现代性,首先要弄清楚这样一个问题:中国文化和文学中所出现的各种具有"后现代"或"后现代主义"特征的现象,究竟是本土生长出来的,还是受西方后现代主义思潮的影响所致?后现代主义究竟只是一种独特的"西方模式"因而是"不可模仿的"(詹姆逊、佛克马等),还是一场出自北美、然后波及欧洲进而走向世界的国际性文学运动或潮流?对此,我曾在国内外不少场合作过详细论述,甚至和西方学者多次讨论或争论过。在这里,我谨想再次强调指出后现代主义虽然产生于西方后工业社会,但它的萌发则可追溯到几百年以前,照伊哈布·哈桑后期的一种定义,它是西方文艺复兴以来一直被压抑的一股潜流在20世纪后半期的全面复兴,当然这只是诸种后现代主义形式之一种。然而,仅就这种形式而言,后现代主义也并非一种独特的西方模式。早在20世纪70年代末、80年代初,后现代主义就被逐步引入中国以及其他东方和第三世界国家,在和当地的本土文化和文学的交融和互动过程中,后现代主义至少滋生出了一些形式各异的东方变体,并成为东方文化和文学中带有异质性的部分。

我曾在另外的场合论述过中国当代文学中的四种后现代主义变体,即(1)先锋派的激进语言实验和对现代主义的扬弃的超越;(2)以追求经验的直接性为特征的新写实小说;(3)以消费者文化和商业化倾向为特征的通俗文学及其最好的代表"王朔现象";(4)以德里达的解构主义理论和福柯的权力与话语理论为装备的先锋派批评。这四种变体正好从四个方面说明了后现代性在中国当代文学中的四种价值取向，同时也向国际学术界和理论界证明，当后现代主义大潮在西方已成强弩之末时，却越来越引起东方和第三世界学者和理论家的关注。这种充满活力的理论争鸣既有利于本土的批评和文化建设，同时也更朝着一种国际性的理论学术对话的方向迈进。

显然，上述第一种变体主要体现在当代小说和诗歌中，尤其是后者的语言实验更为激进，对传统乃至现代主义经典的批判也更为彻底。这在岛子、周伦佑等先锋派或"超先锋派"诗人的创作宣言中大为明显，在这方面，他们的主张与西方文学中的后现代先驱达达主义和超现实主义的美学原则有着异曲同工之处，而他们的写作实践则又使人想起当代美国诗坛曾名噪一时的"垮掉的一代""黑山派诗人""旧金山诗派""田野诗派"和"视觉诗派"的诗歌革新与实验。在这里传统的等级制度被打破了，对语言的操纵和把玩达到了某种"狂欢"的境地。与小说所不同的一点在于，先锋派诗歌的自反性和排他性更为强烈，多数诗歌只为少数圈内人而写，少数则为自己而写。其先锋性和非功能性在诗歌中被推向了极致。

我本人虽专事西方文学和比较文学研究，但仅根据我的粗浅考察，中国当代诗歌中的后现代性主要表现在下列几个方面：（1）对传统的汉语言成规的反叛，这主要表现在对现代汉语语法规则的破坏和对句子结构的任意组合；（2）反崇高的美学原则，这尤其体现在对粗俗语言的使用和对纯诗歌美的亵渎，在这里，艺术的雅俗界限模糊，"不登大雅之堂"的东西得到表现；（3）对深度模式以及诗歌意境的解构和表演性，深邃的艺术境界被过于直白的表达所玷污，即兴式的表演代替了精心构思的载道和言志；（4）悖论和杂语性，这主要表现在诗歌句式的互文性和矛盾性一些外来的语词甚至任意生造出来的词汇涌入高雅的诗歌语言圣地，形成一种不同层次上的"无声喧哗"；（5）反讽和戏拟（仿），对严肃的事物进行任意调侃和嘲讽，对古典名著或现代经典进行无情的戏拟，从而以一个新的角度对它进行了重构；（6）结构的破碎性和精神分裂性；等等。总之，基于"后现代性"这一可用于阐释同时代作品甚或过去的以及非西方的文本的阅读阐释立场，我们还可以在后新时期的诗歌中读出更多的

"后现代"因素。限于篇幅，我这里不可能一一细论。

现在，我们在和国际学术界就后现代主义问题进行对话，这尤其体现在理论批评和小说作品研究方面，而在诗歌研究和诗论方面则进展甚少。这主要是因为中国诗歌中出现的"后现代"转型更多地基于当代诗歌自身发展的逻辑，在这方面，西方的影响主要表现为一种艺术精神的激励和一种写作灵感的启迪。由于诗歌的"不可翻译性"更甚于其他文类，因而大量的西方后现代主义诗歌（其后现代性主要体现于语言表达上）未能译成中文，或在翻译过程中失却了其语言的魅力；同样，中国的这类诗歌也难以译成英文（我曾在翻译课上布置我的学生译过柏桦的一首诗，但效果并不十分理想），这就造成了国际交流和对话的困难。但作为弥补，加强当代诗歌和比较诗学的研究却是迈向这一步的一个必不可少的环节。

原载《诗探索》总第 15 辑（1994）

文化裂缝中生长的诗歌

李 震

1988年秋，我还在重庆一所大学读研究生的时候，诗人贝岭从深圳寄给我《一行》的一至四期。尽管当时我已经阅读了国内各派诗人自办的一些刊物，如《日日新》《非非》《汉诗》《他们》等等，但读了《一行》感觉完全不同。这种不同是多方面的，一言难尽，但当时一个明显的感觉是：或许由于《一行》诞生于世界联合国所在地，我总觉得它是汉语诗歌的联合国，海内外汉语不管是"发达国家"，还是"第三世界发展中国家"，亦还是"不结盟国家"，不管是纯种、还是异教徒都能在那里获得一个席位，由是我对它产生了一种升国旗的感觉，从此《一行》于我便成为一个嘹亮而肃然的名字。

当我动笔写这篇文稿时，感觉又发生了异样，面对大小两种开本的18本《一行》，我意识到我将要阐释的，是一种在国际诗坛上罕见的文化裂缝中生长的诗歌。

一

我们在世界各国看到的一般的诗歌现象无非是：用本民族的粮食酿酒，用本民族文化传统之树来开花。或者最多是将这些酒倒入异己文化经典的杯子中，再或者最多是张开自己的花蕊来接受异己文化之精粉。诗歌似乎总是生长于本土文化，升华本土文化或者架通本土和异己文化之桥，最终成为某种或多种文化的析出物或扭结。而我目前面对的这种诗歌现象则是：在若干类项的文化板块的裂缝之中生长繁衍的诗歌。这种诗歌现象，我除了在俄罗斯及东欧、拉美一些国家看到一些零星的先例外，是不多见的。

形成这种文化裂缝的最显著的类项，便是种族意义上的文化板块。《一行》无疑是缘起于汉语文化的一个诗歌种属，然而它之所以存在的一个重要依据却是它能够与汉语文化环境所形成的张力，就像"橡皮紧松"这种带子之所以产生正是由于它可以拉长一样。《一行》正是利用这种张力为汉语界提供了一次"断奶"的可能性试验，这表现为这块园地上能够生长出在大陆诗坛不可能生长的生物类型和汉语诗在大陆不可能发育的诸多可能性。但是，《一行》汉语文化的这种张力又并不是由任何一个异己的区域文化板块拉开的。且不说其中集合了索居在地球各个角落的汉语诗人的写作，并不是由于这些角落的种族文化的新鲜感和吸引力决定的，即便是它的出生地美国当代的文化也未能成为《一行》的文化主旨，我们可以从旅美诗人的作品中觉出他们对当代美国文化的拒斥和陌生感。伴随着他们对这个文化板块的新鲜感和舒畅感的是一种新的焦虑和困顿，如非马的《狗诗》、严力的《纽约中央公园组诗》和郝毅民《曼哈顿的惆怅》等作品中的那些心情。《一行》唯一的文化主旨是逃离任何一种文化的既成秩序，在一个人工制作的文化空档中做一次独立自主的精神游戏。

这一情形当然包括了国内的《一行》诗人们，尽管他们未能在时空上离开文化团体，也没有踏出一方新的文化土地，而且各具姿态，但在逃离某种文化板块这一点上，他们不约而同地呈现出程度不等的"《一行》状态"，如孟浪、莫非、伊沙、付维、梁晓明、海狼、肖沉、瓦兰等等，这些诗人本来便是文化团体内的一些游离因子，因此，他们与《一行》的相遇绝非一种偶然的邂逅。

构成这种文化裂缝的类项是多种多样多层次的，我们除了在种族文化意义上加以认识外，商业文化与诗歌精神之间、不同性质的国家意识形态之间、工业文明与农业文明之间等等，同样构成《一行》赖以生长的文化裂缝。面对不同类项的文化板块，《一行》的基本策略显然是游离，从而自在。

写到此，我预感到，这种文化裂缝是《一行》生长和我进一步谈论《一行》的一个重要前提和理由。

二

在这种文化裂缝中，《一行》为汉语诗歌所提供的最大诱惑，是一个自由飞动的精神空间。

文化裂缝并不是人们所想象的那样一个插锥之隙，而是一个比文化本身更广阔的空间，就像地球上的诸多大陆板块之间其实是海洋一样。那是一个无意识和想象力居住的地方。它的巨大和人们对它的陌生一样感动着诗歌。

作为这种自由飞动的精神空间最醒目的见证，便是《一行》所展示的人类愉快地玩耍的本能：游戏——智力游戏、语言游戏、生命中潜在的恶作剧和表达中潜在的语词的戏剧性。这种游戏显然与国内文坛上的"玩文学"之风不同。它既是《一行》诗人们形式探索和语言开掘的潜动力，更是诗人们稀释生存苦难和生命悲剧的一种心理能力，同时又是被文化板块窒息了的人类天性复活的象征。在《一行》诗歌中，游戏没有被当作一种技法和简单的趣味，而被当作一种智力的诗意投入、一种根源于无意识中荒诞的无序状态的编码准则、一种智力诗学，这种诗学不再承担某种文化价值的义务，而是把诗当作一种健康的愉快的生命运动。

《一行》诗歌的这种自由游戏的诗学可以说是严力在一点也不好玩儿的1970年代中国形成的顽童心态的一种延伸和完善，目前聚拢在《一行》周围的也是一批老少顽童，他们以一种调皮捣蛋的心态体验着严峻的人类命运和现实生存，世界魔方似地呈现给他们，让他们以自己刁钻而快捷的手把玩它，用蛮不讲理的语言翻译它，用新奇怪诞的形式摆弄它……

《一行》的这种自由精神同时挥霍在它对诗歌选择上，一方面它执意选择了那些以享用自由为乐趣的诗歌，另一方面又为各种类型各种层次上的诗歌提供了自由生长的空间和权力，在《一行》中我们几乎发现了现代汉语诗歌发展的各种可能性，当然这种自由也是有限度的，那就是它不可能为那些非诗的东西提供任何可能性。

三

在《一行》诗歌中，我清晰地看到汉语诗歌中智力因素的增长，这对于几千年来一直以"抒情"为本的汉语诗歌来说，是一种质的飞跃。智力因素的缺失，对汉语诗歌而言无异于儿童缺钙。那种起源于封闭的小农生产意识的情感支撑着汉语诗歌走过了几千里的漫长路程直到20世纪民族心态的开放和现代理性精神的勃兴，才开始遭到应有的质疑。在现代主义那里，情感的线性关系结构"A主（能指）—B客（所能）"开始被瓦解。1970年代末兴起的"朦胧诗"，总体上便呈现了这种由传统情感向理性批判精神的过渡形态，人们之所以对此感到气闷、读不懂并称之为"朦胧"诗，正是由于人们已经无法再用A—B式情感模式来接受它，已是由于理性精神已经在其中上升为主导因素。尽管人们宁愿牵强附会地称之为"冷抒情"，但已无法更改情感结构解体的事实。诗人们不再愿意在A与B之间单纯的线性关系中来确认自己的精神价值，不再愿意被这种关系束缚得软弱、感伤和弱智，不再愿意停动在情感这种狭小的感性自我的空间里，而宁愿让自己回到更开阔的意识、无意识（超我与本我）的生命领域之中，让自己的精神生命（A）不仅找到B，而且找到C、D、E……然而大部分朦胧诗人将这种理性精神用于社会——文化批判，用于对各种群体经验的抽象与哲理概括。那时候，真正将理性精神转换成作为一种诗歌本体的智力潜能的，则是其中最年轻的诗人严力，他是最早以一种智力的方式切入个人的种族的命运的中国诗人。因而在他主办的《一行》，智力因素已经成为主导因素。在那里，智力已不再是局限于社会——文化批判的理性工具或简单的人生哲理，而是一种诗歌所需要的特殊的生命资源。智力成为感官的哲学、直觉的幽默、语言的机智和形式的奇幻。它不是来源于书本的知识和经验进行编码—解码—再编码的生命机能。智力存在于无意识之中，操纵着人对外部的反映并维持着人们精神自足性，情感、意志、思辨等仅仅是它的一些表象。

《一行》诗歌正是基于智力的，对个人直觉经验和外部世界的一次再编码。这既得力于文化裂缝中对诗歌抒情传统的疏离和自由飞动的精神空间，更是《一行》经办人自觉为之的结果，严力在一篇相当精辟的论述智能的短文（见四期《智能论初探》）中便给诗下过这样的定义："诗是一种智能与后天经验的集体抽象，是经验中最经验的那部分……诗是智能的一个极端发挥。"

四

如果说，对智力的开掘是《一行》的一种自觉努力，那么，《一行》对汉语诗歌中后现代因素的催生意义，则是它的创办者们始料未及的。

《一行》似乎是在旗帜鲜明地培植中国的现代主义艺术，但它实际上在无意识中开启了汉语诗歌中后现代写作行为之先河，尽管后现代因素《一行》诗歌中只能是一种被混迹于各种复杂因素之中而尚未进入自觉的原生状态。在我们的视野内，汉语诗界具有后现代写作倾向的刊物有三种，即《非非》《他们》和《一行》，前两种具有明显的流派性质，而后者则是海内外具有后现代倾向的诗人的一种自由集合。

"后现代"，对于中国这样一个第三世界国家来说，是一个相当繁杂、相当有争议的概念。但在我看来，无论如何去争论，中国已经出现了无法回避的后现代文化因素。其次，我认为后现代文化绝不是现代文化的一种延续（这仅仅是一些假象），而是一种断裂，它是人类由自为进入自觉再进入自在的结果，是人类由主观存在向客观存在的过渡形态，是人类生命向物化世界的一次彻底的敞开，它与现代、前现代文化的一般区别在于：后者是神性的、前者是人性的；后者面对一个整体化的世界，前者面对一堆精神的碎片；后者追寻一种形而上的绝对精神，前者直属真实的现实生存场景；后者在努力营造用于象征人类自身的一整套能指系统（神、道德、艺术规则等等），使自己陷入一个被异己象征的所指世界（宗教信徒、奴隶、守财奴、徇情者、精神分裂症患者……），从而进入崇高和悲剧的美学。而前者则努力使人成为自己的象征和能指，建立以感官和欲望为依据的快乐原则，从而进入自足、自娱的喜剧美学；后者的写作是一种依据于集体意识、集体无意识、集体经验、集体想象力和集体乌托邦的集体行为，而前者的写作则是一种依据于个人意识、个人无意识、个人经验、个人想象力和个人乌托邦的个人行为；后者坚持追问过去和未来、记忆和预言、太初和终极，而前者直接面对今天、面对感官、面对此时此地、面对人类的现世生存和总体命运……

很自然，《一行》诗歌不可能全部符合后现代的这些指标，同时也不会有一个诗人或一首诗歌符合后现代的全部指标，但《一行》的主要诗人几乎程度不等地都呈现出了后现代写作的倾向，而且为我们提供了一批具有后现代批评价值的文本，在这里，我没有足够的篇幅进行细致的文本分析，我只想提请人们能够在我们的提示下深入阅读严力、王福东、斯仲达、非马、贝岭、欧阳江河（《手枪》）、孟浪、于坚、伊沙、梁晓明、瓦蓝、海狼等诗人提供的文本，便什么都明白了。

话到此处，我想特别提及的是严力对汉语诗歌中后现代写作的贡献。这一贡献一方面是他通过主编《一行》在客观上对汉语诗歌中后现代写作的推动；另一方面他是汉语诗歌最早的后现代诗人，而且他是1970年代国内极端文化专制的环境中和早期《今天》诗人的浪漫—象征主义氛围中开始表现出后现代倾向的，因而严力的写作是以构成一个需要深入研究的诗歌现象。这一现象在国内诗坛一直未能得到确认，是由于一些众所周知的原因，但在海外和港台的汉语诗界仍然未被确认则是无法让人理解的。

五

《一行》为汉语诗界，乃至国际诗坛所做的另一个实验是：失去国语环境后的母语写作或称：断奶的母语写作。

我很难想象在一个失去母语的环境中坚持用母语写作，而且是写诗，会有多么艰难。在我看来，母语就是一个人或一个种族的乡音，是一种童年时代的口语。我曾有过这样的体验：在说梦话的时候，我满口的童年乡音，而这些却是在一个标准国语的环境中做出来的。由此，我认为母语便是人的无意识语言,一种埋藏很深的生命的声息。弗洛伊德指出的作为无意识存在形式的词表象,应当就是一种母语的记忆。因而母语是最真实、最能够表达人的生命欲求的人类语言。而诗歌正是一个只有母语才可能真正到达的世界。在这个意义上,对于一个诗人来说,离开母语是件危险的事。

然而《一行》为我提供的却是一个相反的事实:《一行》旅外诗人所动用的这种断奶的母语,在一种距离感中被刷新了。

距离可能会使母语由一种无意识状态直接凸显在写作中,从而变得清晰而新奇。同时距离也可能会使诗人对母语的体味更加深入,更加有利于克服俄国形式主义者们曾经指出的感知的自动化,从而"使石头成为石头"(布洛克斯基)。譬如,我们在母语环境中进行日常语言交流时对自己所动用的语词完全是凭着惯性支配的,而不可能在意识到每句话、每个语词的意义之后才说话,而我们在用非母语交流时,这种意义便必须是很明确地意识到的。旅外诗人正是通过"出国"这种行为凸显了母语的原始语义,从而使他们能够对母语作更深入的把玩,甚至不仅意识到词而且可以意识到词素。因此在《一行》旅外诗人的写作中,我们可以看到一些远比国内诗智慧的语词组合方式,如这样的句子:"医院将为20世纪凑上一个消炎的吻"(严力)。创刊号上王福东的《诗五首》和13期中严力的《""和""》则是一种自觉实验母语写作的范例,是很有代表性的无语言写作,值得专门研究。而且我坚信,这种在距离感带来的陌生化和非自动化中进行的母语诗歌写作,对母语本身是具有很强的解构意味的。

严力在一首《钻出太阳的地方》(17期)中写道:

世界有许多裂缝
你在那里体会忽明忽暗的灯光
……

在这篇文稿中,我或许是在体会体会者所体会到的"灯光",不管我是否真的体会到了这种"灯光",但我必须感谢那些裂缝,感谢它们给了"灯光"存在的可能性。而《一行》这束从文化裂缝中钻出的诗的"灯光",已在照耀着我们及和我一样热爱诗歌的人们。

《一行》,First Line——第一行。一位诗人曾说过:"第一行是上帝给的。"

原载《诗探索》总第 15 辑(1994)

坚冰下的溪流
——谈"白洋淀诗群"

陈 默

一

斯宾格勒在他的《西方的没落》第一版序言中说:"一个在历史上不可缺少的观念并不是产生于某一个时代,而是它自身创造那个时代。"的确如此。就中国当代探索诗而言,它恰恰出现于一个黑暗而疯狂的年代,一个与一切纯洁的诗歌为敌的年代。但是,我们也可以反过来说,这些探索诗本身也创造了它自己的"时代",一个与黑暗和文化专制格格不入的一代人的光荣与梦想的时代。

1983年,徐敬亚发表了《崛起的诗群》一文。此文开头,有一句著名的论断:"我郑重地请诗人和批评家记住1980年。"因为这一年,在徐敬亚看来是当代诗歌现代倾向兴起的年代。与我们大家一样,那时的徐敬亚对当代诗歌探索的历史了解不够。它似乎给人留下了这样的潜在背景,朦胧诗的全面兴起是当时中国"思想解放"运动带来的结果。

随着历史时针沉重地扫过,有一些问题得以水落石出。现在,我们知道,对于中国当代诗歌探索的历史而言,更需要提醒人们记住的年代,是1960年代末——比1980年要早十余年。

食指的诗，正是在这个险恶黑暗的时代擦亮了一些文学青年的眼睛，更新了他们的情感。从 1960 年代末到 1970 年代中期，在北京形成了一股地下诗歌写作潮流，这股潮流在文化专制的坚冰下默默涌动。其中，"白洋淀诗群"是特别值得我们重视的。

"白洋淀诗群"是指 1969 年至 1976 年，一批由北京赴河北水乡白洋淀插队的知青构成的诗歌创作群体，主要成员有芒克、多多、根子、方含、林莽、宋海泉、白青、潘青萍、陶雒诵、戎雪兰等。此外，还应包括虽未到白洋淀插队，但与这些人交往密切，常赴白洋淀以诗会友、交流思想的文学青年，如北岛、江河、严力、彭刚、史保嘉、甘铁生、郑义，陈凯歌等人。后者也是广义的"白洋淀诗群"成员。

1968 年后，正值狂热的"红卫兵"运动退潮期。这一代青年曾被一场热风卷向街头，此时又被一场冷雨冲向僻远的山乡角落。当时，去兵团、农场插队是一种待遇，只有"红五类"才能享有这种资格。另一些激进的青年人选择了比兵团、农场更为艰苦的穷乡僻壤，以此磨炼自己。"白洋淀诗群"人员的情况与以上二者不同。他们大多出身于知识分子、干部、艺术家家庭。对"文化大革命"而言，他们是被动的游离者、"逍遥派"。多是几个好朋友结伴到白洋淀插队，带有某种"兄弟"一同出走的性质。如芒克、多多、根子就在同一个村插队，这个名叫"淀头"的村子，成为"白洋淀诗群"的核心。

"白洋淀诗群"的形成与其人文环境、地理位置有关。白洋淀距北京不足二百里，各种新思潮的萌芽会很快传导过来。1970 年代初，北京青年"地下阅读"黄皮书热潮同时在白洋淀展开。除去被查封的《奥涅金》《当代英雄》《红楼梦》等外，这些青年还读到了刚刚译出供"批判"用的《麦田守望者》《带星星的火车票》《在路上》《娘子谷及其他》及一些现代派诗作。这些自由不羁的灵魂诉说使他们饱享了偷食禁果的快乐，也开启了他们的心智。此外，白洋淀水乡人性刚正，与兵团、农场的管理干部相比，更少被当时无所不在的"阶级斗争"之弦所统摄。无论"红五类"还是"黑五类"，都在这里得到了相对宽松的生存环境。正是在这种特殊的人文、地理环境下，使分散于白洋淀周围各村落的文学青年创作、交流，并形成了那个时代特殊的探索性诗群。

二

"白洋淀诗群"的创作以手抄形式流传。在那个年代,不仅没有任何发表的可能,而且还要冒着意识形态压迫的危险。或许因此有人认为,这些诗歌只是针对这种压迫的自觉反抗。在读了他们的主要作品后,我认为问题没有如此"严重",或更确切地说,问题比这更"严重"得多。

"白洋淀诗歌"的作者,一般地说是努力超越当时的政治与社会时尚而进入艺术追求的个人主义者、自由主义者。他们的诗即使触及政治,也常常是从个人立场出发,笔随心走,抒写一颗颗迷惘、渴望、反叛的心灵。

> 太阳升起来,/天空血淋淋的/犹如一块盾牌。//日子像囚徒一样被放逐,/没有人来问我,/没有人宽恕我。
>
> (芒克)
>
> 从北京到绿色的西双版纳/我带回一只蝴蝶/它是我的岁月/美丽的、干枯的/夹进了时间的书页//从北京到西双版纳/岁月消失在路上
>
> (方含)

从内在精神构成上,这些诗人与被意识形态奴役的十七年诗歌不同,同时也与遇罗克、张志新们甚为不同。后者将自己置身于或服从或毁灭的十字架上,为种族的良知唤醒,不惜洒出去一腔热血。而前者与其说是反抗,不如说是陶醉——陶醉于自抚伤痛的审美冲动中。确切地说,这也是一种反抗,而且具有与后者不同且无法为之替代的力度。它第一次将反抗的向度,移向每个个体生命自身,将各种不同类型的集体主义面孔转换为具体的个人。它发现了不为外界情势所左右的、个人在审美迷醉中独立的力量感与价值感。从人格心理学的角度来说,个人的发现完全可能是精神所拥有的主要成果。

布罗茨基在诺贝尔文学奖受奖演说中表达过这样的意思:如果艺术能教导一些什么,那就是人的条件的个人性质。作为个人事业的最古老也最不夸张

的形式，是它在一个人身上有意或无意地培养成一种个性的和与世隔绝的独特感——这就使他从一个社会的动物变成一个可以感知的"我"。就因为这个原因，特别是文学，尤其是诗歌，是不会被那些群众的主子、历史必然性的传令官们所完全喜欢的。换句话说，在传令官们和群众的统治者们所倾向于操使的那些个小小的"零"里面，诗人引入了"句号、逗号和负号"，将每一个"零"改变成为一个小小的人的面孔。虽然往往不那么漂亮。

正是这种写作基点的个人主义立场，使"白洋淀诗歌"在那个特定的时代具有了比其创作者意识到的要多得多的意义。这些非功利的纯洁而颓废、温暖又冷酷的幼稚粗糙的文本，无意中却充任了颠覆者和抗争者的角色。这些"淘气的顽童"，同时又是一群"报警的孩子"。从芒克和方含的诗中，从根子狞厉磅礴的《三月与末日》中，从多多残酷怨愤的《手艺》中，从林莽忧伤明亮的《凌花》中，从宋海泉怜悯沉重的《流浪汉之歌》中，我们同样看到了一个个活生生的个人面孔。在今天，或许许多人会对这些诗歌的艺术成色漠然置之，但在我看来，它们从精神内核上是不朽的。我相信这样的评价毫不过分。

三

与"人"的初步觉醒相伴而生，"白洋淀诗群"还体现出对诗歌本体的初步觉醒。1940 年代中期以降，中国主流诗歌开始呈现出加速度的粗鄙化进程。诗歌越来越远离其本体依据，成为意识形态的工具。这一情势在权力主义的役使下，到"文化大革命"期间发展到高潮。

用不着深入细辨，我们就会看出"白洋淀诗群"的诗从结构到话语构成与十七年的诗歌之间的刺眼反差。在他们的诗歌中，你看不到"红梅""青松""红旗""铁拳"这些已被意识形态话语滥用而耗空的僵滞筹码。代之出现的是灌注着个人心理能量的语象：

> 暗褐色的心，像一块加热又冷却过／十九次的钢，安详、沉重／永远不再闪烁

（根子）

果子熟了，/这红色的血！/我的果园染红了/同一块天空的夜晚

（芒克）

一条浸血的飘带散发不穷的腥气/吸引四面八方的恶狗狂吠通宵//从那个迷信的时辰起/祖国，就被另一个父亲领走

（多多）

苦难被无情地折断了/流出了石油一样漆黑的血液/用苦艾酒洗浇一下受创的灵魂/剖开脚下的土地/掩埋下这颗幽咽的心

（林莽）

实事求是地说，这些话语形式即使只放在中国新诗史最初十年的语境中看，也算不上新鲜和陌生。但要是我们收回视野，就会发现它产生于十七年诗歌苍白贫瘠的大一统模式后，具有怎样的意义和价值。在诗歌本体构成上，它们追复了暗示、象征、隐喻等诗性话语，对诗歌的肌质进行了严肃强调。他们不曾为了简单的宣泄而轻慢艺术本身；在当时所可能的条件下，对艺术的圣殿奉献出虔敬的朝圣之心。在这个诗群中，弥漫着一种无形的"艺术准则"，尽管每个诗人的创造力形态不同，但对现代主义的认同却是其共同的尺度。芒克、根子、多多的诗在当时更能得到大家的推山崇，被广泛传抄、体悟。这里，没有别的什么好讲，除了"实力"还是"实力"。

"白洋淀诗群"作为一个独特的精神社区，彼此间的切磋、"较量"个人创造力形态的独立也是很明显的。诗歌是个体灵魂的房子，从根本上说只有高度个人化的树立，才是有价值的树立。相濡以沫或间断的聚首生活，并没有使他们的诗给人以集体生产的印象。芒克的诗简隽明亮，散发着青春健康的气息和心音。他从个体生命的真切状态出发，白洋淀水乡明媚犷悍的景色正好对应了他自由的心灵。即使那些展示精神颓丧的诗，也丝毫没有一般知青作品（包括新时期以后的知青文学）惯有的"落难秀才"的怨气，而是饱满、鲜活、不羁的快活流浪。根子的诗则是滞缓地漩流着，辽阔、喑哑、"狠歹歹"地呈现着被抛弃的青春。多多的诗在抽象的"肉感"中，通过个人经验处理某种意识形

态主题。方含是一个谣曲型诗人,几乎一直坚持着诗歌的咏唱性。他看重诗歌的秩序和语言的华美,淡淡的怅惘美妙迷人。林莽的诗内在、诚恳、温润,从感伤浪漫调式逐渐走上冷静而丰富的现代主义范畴。宋海泉的诗,我只看过一首《流浪汉之歌》,这首诗显示出他扎实的语言功底和较强的结构能力。诗风是食指式的整伤、和谐,不是从语型上而是在精神内核上更贴近现代主义。据说他还有一首长诗《海盗船》,是他走向现代主义的代表之作,可惜已散佚。限于篇幅,与此诗群相关的诗人,如北岛、江河、严力、彭刚、史保嘉等,不在论列之内。读者可以感到,后面提到的这几位诗人,也有着自己独异的创造力形态和审美理想,与他们的诗友判然分明。这种独立创造的艺术精神在任何时候都是弥足珍贵的。

四

"白洋淀诗群"从成形期算起,距今已有 20 多个年头了。这是一群产生于黑暗年代而在诗中创造个体生命小小的光明,在集体顺役时代坚持个人主义自由灵魂的美丽青春。他们的创作动力没有任何功利企图,完全自发于灵魂的独白和对话。这种对个体生命、对艺术的感人信念,在今天依然值得我们尊敬和学习。

事实使人们得出这样的结论:广义的"白洋淀诗群"(包括更早的先驱食指的诗),是 1970 年代末以降广泛涌流的"朦胧诗潮"(以《今天》创刊为重要标志)酝酿的重要环境,是其"组织"基础。这坚冰下的溪流,苍茫时刻的竖琴,理应得到历史的充分评估。要是有人断言这些诗在今天已不值得提起,那他就既没有理解这些诗歌,也没有理解当时诗人所生活的时代,更没有真正省察过我们今天所生活的时代。

1968 年,20 岁的食指写下了这样的诗句:

> 不管人们对于我们腐烂的皮肉 / 那些迷途的惆怅、失败的苦痛 / 是寄予感动的热泪、深切的同情 / 还是给以轻蔑的嘲笑、辛辣的嘲讽 // 我坚信

人们对于我们的脊骨/那无数次的探索、迷途、失败和成功/一定会给予热情、客观、公正的评定/是的，我焦急地等待着他们的评定

尽管经历了漫长而沉重的岁月，诗人的等待没有落空。当我第二次踏上白洋淀的土地，我感到了它精神上巨大的承载力。

原载《诗探索》总第 16 辑（1994）

女性诗歌神话
——翟永明诗歌及其意义

荒　林

　　翟永明诗歌既是从男人／女人对峙的缝隙上尖锐地建立起来的，也是在女神／女巫对峙的深渊坚定地升起的。从"我是女人"到"整夜我如醉如痴地／体味自身的奥秘"而发现自己"我是居所　是生命的证明／并且一天天长高　在时间里生存"（《无垠的时刻》）包含着一个诗歌定位、展开和建构的逻辑过程，也象征性地呈现了中国女性诗歌在第三代诗人手里所获得的前所未有的拓展。

　　和散文、小说相比，诗歌的先锋性原是天赋的，然而，就女性现代意识之表达而言，中国的特有历史因素却未将"五四"伊始的新文学创造的最好成就赋予诗歌。在丁玲们的小说、苏青们的散文中早已出现的女性苦闷、追寻和失落之表现，在诗歌中则久久暗昧未明。或许是舒婷的《神女峰》第一次打量了一下新诗尚来不及顾盼的女性生存境遇吧，诗歌转向现代主义而朝内心深入的努力，终于将黑暗的处女地一片片开拓出来，而女性诗歌也应运而生。翟永明组诗《女人》和其序言《黑夜的意识》，便是一个标志。正如唐晓渡在评价它们时所指出的："真正的'女性诗歌'不仅意味着对被男性成见所长期遮蔽的另一世界的揭示，而且意味着已成的世界秩序被重新阐释和创造的可能。"[1]事实上翟永明一开始就有别于许多无使命感的第三代诗人，她对作为人类的一半的

---

[1] 唐晓渡：《不断重临的起点》，文化艺术出版社1989年版，第53页。

女性发出了新诗史上从未有过的追问和鼓动："她是否竭尽全力地投射生命去创造一个黑夜？并在各种危机中把世界变形为一颗巨大的灵魂？"（《黑夜的意识》）她甚至已经先定地将女性诗歌神话设计好了："这是最初的黑夜，它升起时带领我们进入全新的、一个有着特殊布局和角度的、只属于女性的世界。"

但是，在翟永明迄今为止的组诗、长诗和互为呼应的短诗（它们主要是组诗《静安庄》《人生在世》《死亡图案》，长诗《称之为一切》《颜色中的颜色》，短诗辑《在一切玫瑰之上》）中，《女人》的主要意义对于翟永明的整体创作而言，是一个定位。它们所揭示的男人/女人、女神/女巫这样二元对立及其矛盾重重的纠结，奠定了翟永明后来艺术上更趋纯粹的组诗、长诗和短诗的审美结构形式。把《女人》组诗中的《预感》《世界》和《独白》放在一起，我们即可感受到这两组二元存在的复杂氛围。这种复杂氛围透出了女诗人变幻莫测而又不乏理智的内心世界："她秘密的一瞥使我精疲力竭/我突然想起这个季节鱼都会死去"，"在一种秘而不宣的野蛮空气中/冬天起伏着残酷的雄性意识"，"我已离开这个死洞"。（《预感》）她和我，我和雄性意识，互为唤醒又互为戒备。很显然，由于我的强大存在，精疲力竭最终被战胜了。"我在梦中目空一切/轻轻地走来，受孕于天空"（《世界》），这里的原始母性神话原型引入，一改以男人为主体而论女人的世界秩序，将女人、母性、黑夜与男人、雄性、白天二元格局暗置为诗歌精神背景。与中国古老的阴阳二极说和辩证法相吻合，翟永明令人震动的判断性诗句中充满了由对立统一而带来的张力："泥土和天空/两者合一，你把我叫作女人"，"我是最温柔最懂事的女人/看穿一切却愿分担一切"（《独白》），一方面是男人/女人的二元理想设置（这或许是翟永明诗歌始终激情充沛的根本所在），另一方面深知女性世界和女性话语从一个数千年沉睡的黑夜升起来将艰辛叵测——其中所面临不仅是男性世界和男性话语压抑，更有黑夜本身空虚而沉重的束缚。应当说，翟永明是第一位敢于反省女性黑夜的中国诗人，她的短诗《双胞胎》说："两个女人在幻光下移动……一半生长 一半荒芜……从一变成二 是怎样败露的秘密 它继承人性危险的结构"，这种反省意识其实一开始就融汇在她的写作中，《预感》中的我和她，便是我中有她、她中有我的双体结构；与雄性意识对峙的我/母性，是女神，而与她既对峙又是双胞胎的我／（压抑的）女性（性意识），是女巫。正是女神／女巫的女人，和男人／女人二元理想格局的精神指向，使翟永明"我是女人"的全部诗歌出发成为一场精神／躯体的历险。

与第三代诗人直接受惠于西方现代主义诗歌相似，翟永明的写作也受到女性主义理论和西方女性诗歌的直接影响。由于中国诗歌缺少这方面的传统，大开放环境又早已将女性世界毗联一体而使女作家、诗人之间拥有阅读的"共鸣板"，[1]在这点上我们几乎不用证明。在翟永明诗歌中，我们可以看到美国自白派女诗人西尔维亚·普拉斯自白语言、语调以及以女人为中心展开意象群等诗歌表现特点的明显痕迹。抛开具体诗作的对比，单单看普拉斯爱用的诸如"女人""死亡""血""骨""罪恶""杀人""自杀""肉体""创口""发狂"等等语词在翟永明诗歌中的高频率跳荡，便能感受到由这些语词带来的刺激性氛围多么相像。与西方现代女性诗歌的共鸣，说明当代中国女诗人已经意识到女性作为人类的一半在不断面临的现实和历史遭际中的命运与承担的问题。然而，东方就是东方。中国女性的"女娲补天"型浪漫精神在翟永明诗中的苏醒——"我创造黑夜使人类幸免于难"，意味着中国女性诗歌一开始就超越了普拉斯们的施虐与受虐性情感而呈现了朝向女性／母性、创造的诗歌神话重建努力的诗意情怀。与普拉斯的"死亡"主题不同，翟永明虽然也常写死亡，她的诗歌精神却是"生命和创造"这另一与母性本质重合的永恒母题。如此，我们纵观翟永明诗歌就不难理解她采取的一种不依赖于男性诗歌话语的女性躯体写作方式。"我十九，谁会料到我会发育成一种疾病？"（《静安庄》序诗）她的组诗和长诗都是围绕女性身体某一生命阶段（甚至可以说是女性本质生命的特定区段时间）而展开，她的诗歌中不存在对身外之物的表达。历史与现存，死亡与时间，风土民俗与爱恨之情，直接滋生在身体里，由女性身体的反应实现对外世界历史场景的再现。这是一种生动的然而也荆棘重重的再现方式——以诗人生命投入又要超越而出。尽管罗兰·巴特已经将写作中的"我"直接替换为"身体"，但是女人的身体到底与历史存在何种关系，几乎没有被过问和反省过：

---

[1] [英]玛丽·伊格尔顿编：《女权主义文学理论》，湖南文艺出版社1989年版，第15页。

不是说历代的文学作品与诗歌不曾反映女人身体，恰恰相反，男性作家、诗人和女性作家、诗人也都离不开对女人的描写，但是她们和她们的身体一直只是被反映物。在翟永明的诗歌中，躯体成为主动的反映者回应她们所经历和面对的外部世界。这是一个角度的转换，它所具有的意义便是对生命和世界的重新阐释以及一整套新的语言的诞生。事实上《静安庄》组诗和《称之为一切》长诗属于具有史诗意义的作品，对它们的阐释有利我们理解女性诗歌的神话实质。

许多读者对《静安庄》望而止步，对其神秘的巫术般氛围迷惑不解。这组取材于诗人下乡知青生活的优秀诗歌，由于完全背离了一般写知青生活文学的反映方式而使读者觉得遥远、陌生、神秘。翟永明不是用眼睛反映她经历的这场特殊洗礼，而是以她 19 岁的混沌未凿朝青春觉醒的女性身体，感知来到命运中的历史。她从身体的敏感变异捕捉到历史迹象，身体和历史场景处在一同被打开的水平面。身体和历史互为存在而成为活生生存在物，也许，没有比这种方式更令人触目惊心了："我走来，声音概不由己 / 它把我安顿在朝南的厢房。"在我们一般常识中，主体对客体的反映是主动的，客体作为被反映物，总是被动接受主体的安置。而在翟永明这里，它这个客体极其主动，它的安顿令我无法自主。它是命运？是他人？是历史恶作剧？对于一位 19 岁的女青年而言，它只是不可知的外在力量，她的智性和身体一样尚未成熟，尚无法征服未知。"我来到这里，听见双鱼星的哞叫 / 又听见敏感的夜抖动不已。"这是 19 岁的"我"强烈感知的外部世界，它们强大而笼罩一切。然而，成长中的"我"并不是真正的被动者。遵循外部力量愈强大潜意识活动愈强烈的原则，人对未知的探险本性汇入强大的生命力中。生命力是女性欲望本体。19 岁的"我"如何经历生命中关键的一年？《静安庄》以 12 个月的缓慢节拍推进：一方面是自然时序，它直接作用着女性发育的身体；另一方面是复杂坚硬的历史场景，包括静安庄形形色色人物、与自然时序发生对应的民俗事件、生死婚嫁等等；再者便是成长发育中女性对历史场景的潜意识征服。这三者并列展开诗歌——也可以说是女性躯体呈现诗歌。请看《第二月》中二节："寒食节出现的呼喊 / 村里人因抚慰死者而自我节制 / 我寻找，总带着未遂的笑容 / 内心伤口与他们的肉眼连成一线／怎样才能进入静安庄／尽管每天都有溺婴尸体和服毒的新娘"，"他们回来了，花朵列成纵队反抗／分娩的声音突然提高／感觉落日从里面崩溃／我在想：怎样才能进入／这时鸦雀无声的村庄"。这是两幅被彻底打通的时空画面，即真实的鸦雀无声的寒食节的村庄，和"我"潜意识征服的充满生死喧嚣争执的村庄。我被分裂在打通的卡子上，"内心伤口与他们的肉眼连成一线"。历史场景的表象与本质同时凸现时，存在的巨大荒谬从伤口侵入了"我"。这里颇具神秘意味的是个人潜意识通过抚慰死者的氛围汇入了集体潜意识，从而改变了数千年来沉睡的集体潜意识素质。"每天都有溺婴尸体和服毒的新娘"，村庄居然能长久存续下来，抚慰者们无视生命却凭空相信死者永生，翟永明诗歌的坚硬穿凿力正体现于对存在悖谬的揭露上。婴儿和新娘，也是生育与性；生命种子和生命基地的摧折，对于19岁青春女性的"我"意味什么？她们的毁灭仅仅是外在于我的毁灭吗？《静安庄》证明着女性意识是与女性性成熟一并到来。三月，春天，女性。经历了的毁灭绝不是她们的毁灭，历史的命运也就是"我"的命运。女性诗歌的躯体写作在《第三月》中体现了其历史赋予的无可逃避感："此疫来源不明：／目光所及的影子消失外形／村庄如同致命的时刻流向我／或生或死，或轻轻踩出灰色雾色／水是活的，我触摸，感到欲望上升"。《第四月》进一步觉醒的性意识更令人震动："夜晚这一般潮湿和富有生殖力，／有条纹的窗纸使我想起内心，在转弯处／用拐摸索走路的盲者，／从石头里看见我最底层的命运被许多神低声预言过。"并非是有居高临下的光芒在唤醒，而是女性躯体在历险、前行，她经历了残酷的"静安庄"，在生命力最旺盛的一年，她的经历使她得以离开、超越。"我强有力的脸上出现裂痕"，是控诉古旧的"静安庄"吗？"夜里月黑风高，男孩子练习杀人／粗野的麦田潜伏某种欲念／我闻到整个村庄的醉意"(《第六月》)。作为一个象征，男权的神话，最后是由于"我"的强大生命力征服了它，虽然"我"也是带伤凯旋。不可忽视的是《静安庄》在民俗风情掩护下对东方男权——宗族男权神话的解构。这一解构的躯体写作，不仅是崭新的史诗写法，也同时构成了女性诗歌神话的自行兑现。

  前面已经讲到，翟永明是第一位敢于反省女性黑夜的中国诗人。这种反省集中表现在组诗《死亡图案》中。与《静安庄》互文的《死亡图案》，以躯体写作方式完成了对东方女性传统道德（主要是性道德）的清算。

米歇丽·蒙特雷在分析女人、女性本质和压抑三个术语时指出，一般意义的"女人"不过是"指同男人一样的潜意识表述功能的主体"而"女性本质"则恰恰"是抵抗压抑过程中的一整套女性"趋力。[1]这正是翟永明在她的《黑夜的意识》里提到的"每个女人都面对自己的深渊"，"不断泯灭和不断认可的私心痛楚与经验"。女人处在这样一个边界，性的实现既是生命延伸的唯一通途，又是女人生命体被破坏、损毁的必然。放弃性、压抑性，既是放弃生，也是否定死，女人便否决了她的本质。女性本质的实现需要抵抗的不仅仅是男权外部压抑，还有她自身面对的被破坏、被损毁的恐惧，甚至，主要是这两者的合谋。当男性文化中心所维护的一整套女性道德恰恰是这两者的合谋、策划，女性的解放便不单是社会行动的，首先是她们自身生命的解放——正视这种解放不是口头自赎，而是一个彻悟过程，说到底，仍是躯体历险。《死亡图案》不同于《静安庄》的男权解构，它所反映的女性自身"死亡"，在真正生命终结之际而暴露其残忍。诗中的母亲与另一个女人之间的关系，表面是道德关系而实质是一种互戕，作为女儿的"我"，站在生命终结的死和她们（性本质）生命的死亡交织的图案面前，痛彻心扉而声泪俱下。然而，已是母亲的"我"由此获得的却是女性/母性与生/死一体的生命哲学彻悟。饶有意味的是翟永明将母亲死亡的天数定作七，一周，原是上帝造人的时间。以七夜与七天相对，暗示了东方女性本质——母性的深重悲剧。含蓄慈爱的东方母亲，在履行为人母为人妻的职责之时，"爱为何物"从未曾体验，生命原应有的创造快乐于她们从未有过。在翟永明看来，这种悲剧更可怕的后果是它的遗传性，遮蔽生命本质的传统美德流布在"我"的身体一直到死亡将其敞开。在此，母亲的死化作一场"我"诞生的庆典。因此，七天七夜也是在这样再生的意义上再度获得它的神话象征。"假如我是你，你是我，有多少时间／让我们看生离死别，被

---

[1] [法]米歇丽·蒙特雷：《女性本质的研究》，张京媛主编：《当代女性主义文学批评》，北京大学出版社1992年版。

抛弃的一切？""我"对母亲的临终体验又是对自己的再生品味，写作的躯体赋予了语言无限丰富的生命意蕴。"你欺骗我／你去过那里／那里人迹罕至，那里的空气埋葬我"，"整夜我都在思念你，我的母亲／因了你才知道：生者是死者的墓地！"

翟永明的躯体写作很显然建立在诗人对女人深刻独特的把握上。《静安庄》中的"我"是一位19岁青春发育期女性，《死亡图案》中的"我"则是女儿兼母亲的成熟女性，在她的组诗《人生在世》中，表现了恋爱阶段女性特有的人生活动。女人不同性阶段的躯体本身就是象征，由发育到成熟、生育，其流动不但召唤象征流转，与死亡衔接轮回又使象征原型化。在人类诗歌史上，大自然一直是永不枯竭的象征辞典，自然、女人、诗人在生死、创造循环中具有共同本质。然而，历来女人被认为是诗意的，母亲与大地也总处在同一象征意义上，只有在翟永明这里，女人本身即是诗创造才得到真正实践和实现。女性本质的自觉使躯体写作不是被写而是创造。抒情长诗《称之为一切》足可与《静安庄》相媲美。在这首诗中，八个月的女婴"无依无靠"所经历的家庭变故及随之而来面对的人世、历史沧桑不是由诗人平面描述而出，而是由女婴的"我"直接诉说。诗人明显交代了她的写作状态，"如今我梦的脚步挨门走过／像是多年积累"，这里点明了以梦重现历史的技巧。这种以梦重现要求对潜意识进行深层开掘，而女性性本质与压抑的关系正好构成诗歌需要的空间。翟永明以敞开潜意识的场面敞开历史场景。

女性躯体历来被当作静止的描述对象，历来是男性欲望客体化的对象，在翟永明这里，它却像永恒的活火，从女婴期起便张开了主动吞咽、承受和发光的亮口。这不仅是发现，首先是揭示，是自身体验地说出。这种女性主体的说出，改变了历史一元从而跨向二元——在此角度，翟永明的诗歌跨越性别藩篱打通了人类思维形而上的某个极端死角。长诗始终以女婴、女孩成长发育过程为聚焦，与之对应的另一面镜子是异性的兄长。"我的啼哭召来了愤怒的女人"，"我的头首先长大"，"母亲把我抱在怀里／祖父的全部神态都表明／水滋养过什么人／直至垂暮之年"。一个女婴，女孩的成长环境便是她性塑造的外力："苍白的小小的脸／白色的小小裙衫／我也等待着黑暗／我的同龄伙伴与我一样／有着忧伤的黑眼睛／幼小的牙齿　孤儿的怪僻"。这近乎病态的女孩们，却是"从古到今的饥饿"。翟永明一再强调的女性本质的遗传和集体无意识，加强了诗歌的深厚历史感。婴儿和女孩都不可能清醒地面对外部世界本质，但强烈突现她们身体反应，便使成人的"我"（写作者）拥有智者和女巫的双重身份。诗歌语言的张力既体现在结构的双重性上，也在抒情的二位一体上获得充分实现。《称之为一切》的诗题也许有多重暗示，然而当翟永明归旨到"我所作出的一切被称为谎言／与生命一道活下去"，她所强调的历史和命运的复调式情感，确实震撼人心。在新时期从事史诗努力的诗人们，如杨炼、江河、海子、骆一禾等的诗作那里，历史的神话传说性质一再被阐释、唤醒、注入新血液，然而从未被改写。翟永明的躯体写作以其真切的体验性令人信服地进行了另一种尝试。

与她的长诗呼应，短诗《土拨鼠》《我策马扬鞭》《年轻的褐色植物》等，都在理想抒发中体现了重新评判历史的知性，并体现了以雄健为主的风格特色。我想指出的是，翟永明在二元视角下创造的崭新的爱情诗在中国爱情诗史上应有的独特意义，这便是男人／女人："爱你，是为了让我活下去"（《绝对的爱情》）所揭示的深刻的依存关系，这不是浪漫理想光环下美的迷梦，而是生命本真的要求。"万物消融，留下最后的成果"（《男人就是男人，女人就是女人》）。爱，不是其他，是性爱，是生命之爱。翟永明不惮于把"我"的性本质公诸读者，因为她的躯体历险不仅不会使人落陷庸俗，相反，它使人获得了一种提升。请看《我》中的倾诉：

　　我的天！我的声音／突破梦中难言的方式／穿透我幻觉的肉体／难免不被怜惜／每晚发生的事情／创造了世界／各种暴行使我周身发烫／天堂就在早晨八点钟／不可复得　湿淋淋的花朵／使空间缩小　挑选着寂静的颜色／为何我的秉性如此黯淡无光？／为何我多年来坐失良机？

诚然，在新时期女诗人笔下，许多美丽的爱情诗章炙口难忘，然而即使在伊蕾那些大胆的爱情诗里，性的赞美也尚未达到这种自省自悟的境界。"我们

罪过的行为 / 带有永恒的标志"(《我们》)。在翟永明的爱情观中,充满了历史感和辩证思想,在她看来,爱情可能"在男性和女性的位置上 / 找到完整的幸福"(《我们》)。

　　说到底,翟永明女性诗歌神话,也是生命诗歌神话,生 / 死,白天 / 黑夜,男人 / 女人,女性 / 母性,爱 / 性……这些二元的存在和与之对应的二元思维,使她的诗歌迈向自如开阔的创造天地,超越女性世界而与人类生命契合。

原载《诗探索》总第 17 辑(1995)

再谈"黑夜意识"与"女性诗歌"

翟永明

1985年,当我完成组诗《女人》之后,我为这组诗写了一篇序。标题取自一位朋友的一句话,他在读完我的诗集《女人》后说:"我在诗中读到了黑夜。"这句话与我当时写作时的心境、处境与环境正好契合,并暗示了我那一阶段的追索与沉湎于黑暗中的写作。我称之为"黑夜意识"的正是一种来自内心的个人挣扎,以及对"女性价值"的形而上的极端的抗争。

十年后的今天回头再读这篇文章,我发现它充满了混乱的激情、矫饰的语言,以及一种不成熟的自信。建立在这上面的观点本身也不够清晰,关于女性文学的三个层次之分是否在权威批评家眼中仍是同一标准?我甚至怀疑它是否表达清楚了我要想表达的意思:"保持内心黑夜的真实"。正如一度蔚为壮观的"女性诗歌"是否清楚地表达出女诗人要想表达的一切?众多女诗人在激情和痛苦中创作出的优秀作品除了构架起和集合在"妇女论坛"周围还做了什么?我们在建立起"女性诗歌"的虚幻的神话外是否建立了与之相应的理论文本和批评系统,或者仅仅是通过诗歌寻找我们的女性家园和在每年3月8日前有关女性问题的老调重弹。

我不是女权主义者,因此才谈到一种可能的"女性"的文学。然而女性文学的尴尬地位在于事实上存在着性别区分的等级观点。"女性诗歌"的批评仍然难逃政治意义上的同一指认。就我本人的经验而言,与美国女作家欧茨所感到的一样:"唯一受到分析的只是那些明确讨论女性问题的作品。"尽管我在组诗《女人》和《黑夜的意识》中全面地关注女性自身命运，但我却已倦于被批评家塑造成反抗男权统治、争取女性解放的斗争形象，仿佛除《女人》之外我的其余大部分作品都失去了意义。事实上"过于关注内心"的女性文学一直被限定在文学的边缘地带，这也是"女性诗歌"冲破自身束缚而陷入的新的束缚。什么时候我们才能摆脱"女性诗歌"即"女权宣言"的简单粗暴的和带政治含义的批评模式，而真正进入一种严肃公正的文本含义上的批评呢？事实上，这亦是女诗人再度面临的"自己的深渊"。

要求一种无性别的写作以及对"作家"身份的无性别定义也是全世界女权主义作家所探讨和论争的重要问题。在中国，"女性诗歌"这个观念本身的确也含有较强的女权色彩。我们必须承认当代"女性诗歌"尚未完全进入成熟阶段，1986 年至 1988 年"女性诗歌"有过短暂的绚丽阶段，同时也充斥了喧嚣与混乱。近几年"女性诗歌"归于沉寂，究其原因，除了在命运及生活的重压下导致的部分女诗人退出写作，更重要的也在于女诗人正在沉默中进行新的自身审视，亦即思考一种新的写作形式，一种超越自身局限、超越原有的理想主义，不以男女性别为参照但又呈现独立风格的声音。女诗人将从一种概念的写作进入更加技术性的写作。无论我们未来写作的主题是什么（女权或非女权的），有一点是与男性作家一致的：我们的写作是超越社会学和政治范畴的，我们的艺术见解和写作技巧以及思考方向也是建立在纯粹文学意义上的，我们所期待的批评也应该是在这一基础上的发展和界定。

我们有理由相信，中国当代"女性诗歌"在历经璀璨与浮沉、喧嚣和彷徨之后，终究会出现"洗尽铅华"的成熟阶段，这也是我目前诗歌创作所竭力达到的一种境界。当我重读《黑夜的意识》一文时，有一句话是我直到现在仍愿意对自己说的："如果你不是一个囿于现状的人，你总会找到最适当的语言与形式来显示每个人身上必然存在的黑夜，并寻找黑夜深处那唯一的冷静的光明。"

原载《诗探索》总第 17 辑（1995）

我因为爱你而成为女人

唐亚平

我明白世界并没有和我一起诞生,它在我之前或之后。仿佛这世界对每个人都那么阴差阳错,也许这正是人的过错。于是在十余年前的某个晚上我写道:"为什么不和我一起诞生 / 我如此美妙地对你微笑 / 使你沐浴酸楚和隐痛 / 我是秋天的女人 / 生来和季节一样成熟 /……/ 我愿意和你一起听月亮穿云的声音 / 我愿意和你一起听太阳出土的声音 /……/ 我要始终微笑 / 以微笑的魅力屠杀黑夜 / 世界啊,我因为爱你而成为女人。"是诗明确了我和世界的关系,使我意识到爱是我对世界所持有一贯态度,是我对世界所抱的始终不变的胸怀。

身　体

我对身体最初的知觉和记忆好像始于聆听,始于混沌静谧的母腹,从此我习惯以聆听的姿势来获得世间万物的倾诉,仿佛一切声音都来自我的身体。这样的觉悟由来已久,当我有了怀孕的体会,当我有了儿子,自身的觉悟便一一应验,我对世界便深信不疑。我的身体成为世界的依据,有什么比身体更可靠呢,有什么比身体更亲近自己和神明呢。我的身体所触及的每一件事物都启发我的性灵赋予它血肉,使之成为我身体的延伸,像我赋予儿子以生命和模样,一切都显得那么自然。我始终置身于孕育与被孕育之中,犹如天空孕育大海。沉醉于孕育的状态,我感觉到世界和身体不分彼此的依赖。

神说人身难得，我对身体的惊喜犹如对一朵花一颗星星的惊喜，有什么语言能表达一个母亲第一眼看到婴儿的惊喜呢？纯粹的肉体犹如神的化身，神是如此显灵吗，夕阳的温情充满母性，黑夜把白昼融为一体，我因此相信身体是神赋予生命最完美的形式，身体是神的杰作，是无与伦比的宝藏。躯体作为我个人完全的所有，也是世界的所有。我需要的一切就在我自己身上，我一个自给自足的世界。然而并不是每个人都能珍惜和领受自身的恩惠，自身的资源需要性灵的开发和保养。冥冥之中，身体这样引领我回到生命的物质本质，以及这本质所包含的智慧和功能，依赖身体的运行，把整个宇宙看成一个有机体，一个巨大的母腹，使人在大化流行，生生不已的生命之流中安身立命。

在我看来，人们常说的思想狭隘和身体的别扭或自己折磨自己其实是一回事。人的命运与人的身体功能有着浑然的联系。对男人而言只是局部性的东西，在女人则是圆融合一的。日常生活，零碎的家务不仅磨炼了四肢，也磨炼了女人的包容性和忍耐性，顺服于被动的生活，习惯于被动的处境，让日子怎么来就怎么去，把生儿育女和琴棋书画看成家常便饭，一样看待一张尿片和一本书，事无巨细，没有分别，母性神秘的欢乐与可亲可怀的事物共享，成全儿女的母亲，成全语言的诗人，女人在成全世界的同时也成全了女人自身。久而久之，我愿意把个人具体的生活状态和情绪，诸如欢悦和慵懒、爱情和幽怨等等当着与自然一样的某种天气来看待，任凭身体对天气的变幻动物般的敏感，任凭她植物般的反应和表现，像一棵树，向光向上，在开花的季节开花，在结果的季节结果，在落叶的季节落叶。

感谢神赐予我睡眠，感谢疲倦的身体带我进入梦乡，领受睡眠的恩典和供养。暂时摆脱身体在时空中的束缚，让身体在睡眠中获得自由和解放，让宇宙通过睡眠融入身体——在睡眠中遗忘或回忆，向往或逃避，在睡眠中欢喜或哭泣，相遇或别离……在睡眠中随心所欲。我的身体受睡眠的养育和启迪，仿佛我能在睡眠中获得神谕；没有比睡眠更能包容人的生存状态了，这混沌的温床使我分不清今生和来世，这觉悟的温床常使我流连忘返。

柔软的肌体，温和的性灵，天然的静谧与平缓，妙相庄严，深情地善待所有的存在。怀腹的身体，安然入睡的身体和宇宙万物浑然一体，如此说来，整个女性的方式天生是诗意地拥有世界的方式，怀腹使女性获得了圆满的形式，使整个宇宙获得了圆满的形式。

阅　读

　　鱼是多么美妙的动物，它们生活在池塘湖泊里，生活在河流大海里，游荡或飞翔于水中，像永恒的胎儿在流浪，一条鱼，一身行云流水一身流光溢彩的花纹。每条鱼用它的一"身"一世来阅读生活的环境，阅读水中的天空，以此获得对自身的描绘，我羡慕鱼的生活，平常喜欢看鱼、吃鱼，希望来生能变成一条鱼。也许我本来就是一条鱼。

　　以阅读的状态进入书写的状态。什么时候，在不知不觉中，我和世界形成了彼此亲切地阅读的关系。阅读的过程就是我与世间万物交流的过程。用自己的身体和眼光去发现事物，又通过这种发现进一步肯定自己与世界的联系。妥善地运用身体与世界保持和谐的距离。面对大千世界，我的身体是一面坦白的镜子。

　　全身心投入对世界的阅读，在天空和土地展开的时候，我是怎样欣喜地沉醉于无限的阅读之中，就像长久地凝视某物，会有出神入化的体悟，大自然的一草一木，书册里的故人乡亲会在展开的身体周围活灵活现，彼此拥抱和交谈，通过阅读，我感到自己无处不在，无时不在，我和万物一一贯穿。

　　谁不曾生活在想象之中，谁不曾有过某种对想象的阅读。女性生活在想象的海洋里，置身于慵懒的睡眠，分不清现实与幻象的区别，像一条鱼分不清云和水。此时此刻想到一匹马我就是一匹马，看到一只苹果我就是一只苹果，我是万物的化身，万物是神的化身。

　　面对信息社会，面对知识爆炸，我肯定身体是一切知识的本体，一切信息的来源。世上的知识都是我用以发现人类自身处境的一种视觉。阳光雨露，闪电雷鸣，天空中的飞鸟和卫星，大地上的庄稼和工厂，家中的器物和电视音响……具体的事物引导我阅读，引导我向每一件事物本身发问，引导我直接从事物中获取本质的回答，深入细致的阅读一步一步把我引向书写，我对世界的书写与世界对我的书写。

什么时候我把身体当作一种书写来看待，什么时候我就开始了自觉的写作。一个人能够通过自身的书写获得享乐获得存在的状态获得生命的无穷意义。自身的书写渗透了自身的享乐和解放，而写作和想象所触发的性灵对写作又是一种神秘的验证。写作犹如情感和想象的舞蹈，人在如醉如痴的舞蹈中对身体的限制浑然不觉，对语言的限制浑然不知，从而使自身在阅读和书写状态中获得自如和圆融，持续人与世间万物的交流，把无知无觉的自然纳入自身生活，自身又消融在万物之中。

语　言

我时常仰望在天空飞翔的鸟类，仰望鸟的自由和自信，仰望翅膀上的神灵。我曾想象过飞鸟会从空中摔下来吗，好像没有。鸟儿信赖它的翅膀如同信赖它的飞翔。作为诗人，我多么希望能像鸟儿信赖翅膀一样去信赖自己的语言。

智者说语言是存在的家园，人被命定生活在语言之中。当我来到这个世界，我的第一声啼哭包容了一切语言同时又被语言淹没，我的生命漂泊在语言的海洋里，像是终身无靠，凭什么说我的身体是语言的发祥地，凭什么让我成为诗人，凭什么说语言和诗的关系是海洋与船的关系，多么古老多么破旧的比喻。我说语言真是莫名其妙，语言说人真是莫名其妙。我时常搞不清楚什么是我的语言，什么是语言的我——无可奈何，我不得不依赖语言的不可信赖而存在，不得不忍受语言的压迫和盘剥，不得不在语言的迷宫里钻营——我们彼此斗争彼此和好，以诚相待又互相背叛，情投意合又各奔东西……然而无论如何纠缠不清总还是相依为命。我们现在面对语言如同我们的祖先面对最初的自然。语言已成为人类文明的自然。这使我意识到诗人和语言的关系犹如人与自然的关系——诗是语言的自然。诗人成全了诗，诗成全了语言，语言成全了诗人。

诗对于我个人来说是一种生活方式、一种命运、一种信仰。一切从身体出发，用个人的叙述与历史和自然对话，我以对话的方式进入历史和自然。把身体作为语言的根据，用诗召唤世界，当世界来到我的面前，我们彼此都会发生意想不到的变化，女人用诗营造世界就像营造自己的家居环境一样，使诗与存在与日常生活统一于身，通过对语言的把握达到对世界的把握。女性本来是一种归宿，女诗人在组织语言的过程中也安排了语言的归宿，从而唤起诗的归宿感，存在的归宿感———一种怀腹入睡式混沌暧昧的归宿感。

我认识的文字很有限，属于我所有的文字则更少，它们是一些被磨损的常用字，它们蓬头垢面、麻木不仁，身带创伤和残疾，需要关心和照料，我和这些文字有着相同的处境，我们同病相怜，我愿意善待每一个汉字，愿意和它们一脉相承，息息相通。

当我发现自身与事物之间的真纯关系时，一事物能把我引向另一事物，引向成千上万种别的事物，我的身体能触类旁通，我的诗能把语言组织起来，我的语言能把事物组织起来造成世界——我等候某个时辰，神让我成其为诗人。

原载《诗探索》总第 17 辑（1995）

从意象到事态
——"后朦胧诗"抒情策略的转移

罗振亚

结局或开始：转移动因

　　朦胧诗的胜利说穿了是意象艺术的胜利。意象艺术的内敛含蓄，从根本上消除了以往诗歌理性直说的弊端；可时间久了，则因意象无节制的泛滥暴露出明显的局限性。意象对意象的多情，意象间的叠加派生，完全成了苍白意味的遮掩，矫揉造作，玄乎其玄。诗人把某种内涵装在意象里，用大暗示牵动小暗示，由大象征套叠小象征，让读者去猜；隐喻与象征的多义、游走性，使诗渐成无谜底的呓语，背离了生活的可感性。而生活疲惫的现代读者们再也不愿为解析意象的"七宝楼台"做艰难的精神爬坡，于是装腔作势拐弯抹角的意象艺术开始令读者厌倦，其原有的新鲜、弹性与深度也因稠密意象的憋闷而随之消失。

　　情感吁求自由抒放，审美惯性渴望民族性回归，诗人的生命形式需要寄托，日趋明朗的社会心理也逼迫诗从凝重象征色调中走出。面对众多呼唤，宫廷化的意象艺术已无力承担此任。因为在以往共时性艺术的静态空间中它确实很灵，意象间的组合流转可生出许多花样，意象与通感的交叉更妙不可言，不仅能拓展情绪宽度，而且还能转换联想方向。但是意象艺术的个体间和谐度要求极高，一个意象错用不当即可导致整体情趣的支离破碎；更何况目下诗的表现对象再也不是凝结的记忆板块，而是瞬息万变的流动现实，再也不是外在事物的纷繁幻化，也包含纯粹的心灵律动，对之仅凭意象组合流转已无法表达充分。最重要的是"后朦胧诗"诗歌观念发生了裂变，它反对诗端坐在祭坛上供芸芸众生膜拜，认为应该起用一种凡俗化艺术方式以期与生命同质同构。而朦胧诗艺中"这个意象，那个具象，这个象征，那个浪漫"[1]的太美太玄，可望而不可即，并且它仅具有承载语义功能的能指意象符号，与所指无法质构一体，能指本身又无自我表现功能，难以传达生命动态的完整浑然的情绪意识流。

在上述各种因素的交合作用下，"后朦胧诗"诗歌应和知觉时间渐居主导地位的趋势，断然将消解意象纳为超越朦胧诗的最佳选择。革命是从朦胧诗内部分裂开始的，梁小斌、吕贵品、车前子等"叛离者"勇发先声，而后"大学生诗派"推波助澜，"他们""莽汉主义"为代表的诗群则将这一倾向推向了极致。这样，伴着意象艺术沉落，事态结构艺术应运而生。

原来"后朦胧诗"抒情策略的转移也是从反动朦胧诗起步的，它既告别朦胧诗的内容，又告别朦胧诗的形式，在破坏中创造着自己的诗美学。

闪烁的光点：转移特征

抒情的极度扩张很容易让人感到叙事诗已没有前途，可"朦胧诗后"诗歌实践证明，作为一种体式的叙事诗日渐衰颓，而作为一种语言的叙述性语言却在诗中获得了再生。

不同于意态文本的朦胧诗，跃入语态文本写作领域的"后朦胧诗"诗歌，与带有陌生化装饰性意指功能的诗符对立，在抒情策略上发生了一系列本质变异。

（1）"反诗"的冷抒情。杨黎曾写过一首《冷风景》，"后朦胧诗"诗歌推出

---

[1] 程蔚东：《别了，舒婷北岛》。

的又何尝不是一片冷风景。

朦胧诗乃古典诗的冤家对头，可有趣的是二者骨子里的诗感方式却如出一辙，即它们都属于以主观扩张重构时空秩序的变形诗。如李白之月、陶渊明之菊多人格理想渗入，舒婷之橡树、顾城之黑夜也不乏历史人文色彩。其实，月、菊、树、夜都只是客观的存在，本无生命意识可言；但诗人们却偏偏扰乱它的死寂，给它重新命名，使它变形为情思意念的象征载体，所以像月亮就成了"金色镰刀"，成了烟圈、戒指、少女之嘴唇。这既有贵族化的矫情之嫌，又无法让对象世界与表现世界对应，存在狂想症式的浮夸臃肿。为了诗的自救，"后朦胧诗"诗歌提出了"反诗"（或曰不变形诗）主张与意象诗抗衡，要求弃绝象征等外在修辞倾向，还原语言（如非非主义），回到事物中去（如"他们"诗群），并以大量实验留下诗回归平民生命状态的各种痕迹。

诗人们直接处理审美对象，"把自己逐出了虚幻的中心，逃避主体情绪的张扬"，"以情感'零度状态'和'物的叙述'方式，异常冷静客观地正视世俗生活"[1]。没有事物关系打破后的再造，没有意象的主观变形，树就是树，山就是山，石头就是石头，比喻与象征已完全撤出。"我在街上走／其他人也在街上走／起初我走得慢／走快的超过了我／走不快的没超过我／后来我想走快点／走快了就超过了／一些刚才超过我的人……"（斯人《我在街上走》）从该诗中已找不出变形的诗的痕迹，主体不支出情感也不索取体验，全然似局外人的冷漠旁观，平民意识客观地寄居在直接描写中，它与以往诗的感知方式构成了根本对立。于坚的《好多年》、韩东的《你见过大海》、阿吾的《三个一样的杯子》等诗也都呈现出这样的状态。当然在它事象的客观还原过程与画面里，仍跳动着现代人平静而孤寂的灵魂。

在北方理性逐渐让位于南方感性的今天，朦胧诗的精雕细刻、称谓转换与时空重构已让人疲倦；而"后朦胧诗"诗歌的冷态零度抒情，无疑以事物本原性的恢复把世界还原为无法再还原的程度，在反拨夸饰热烈的浪漫抒情模式、拓入深邃静观的智慧空间的同时，强化了诗的叙述性效应，总体倾向日趋

---

[1] 陈旭光：《"朦胧诗后"诗歌的"后现代"转型》，《天津文学》1993年第10期。

淡漠。这种诗感方式规定诗人只重视书写存在经验，不求缥缈的未知情境，只节制地直陈其事，不施放语言烟雾，语符前后线性组构的语义系统，简洁而经济，平淡又深刻，陡增了诗歌淡朴静穆的人间烟火气。这种"反诗"的冷抒情不是要毁灭诗或使诗彻底客观化，用阿吾的话说，它是诗自救的出路，是最接近诗的状态的创作。

（2）时间知觉中事态和叙述的强化。到了"后朦胧诗"那里，朦胧诗赖以生存的意象也变得异常疏淡，而一些动作、行动的事态细节却上升为诗的结构主角。它往往以人的意绪张力为主轴，联络带动若干或连续或颠倒甚或貌似不相干的具事（动作、行为、子情节）链条，把诗演绎成一个个片段或还原为一种种现象，以"走向过程"的努力传达内蕴流变动感的整体指向性情趣，从而使诗获得了一定的情节性和叙事性。

这一倾向早在吕贵品的《小木屋搬走了》等女人系列诗中已初露端倪，到于坚的《对一只乌鸦的命名》、韩东的《我们的朋友》、杨黎的《对话》、欧阳江河的《手枪》、周伦佑的《想象大鸟》、李亚伟的《中文系》等大量诗篇中则弥漫为一种普泛现象。下列状态的诗俯拾即是，"回忆起某个日子不知阴晴/我从楼梯上摔下，伤心哭泣/一个少年的悲哀是摔下楼梯/我玩味着疼痛、流血、摔倒的全部过程/哭泣的时间很长哭到天黑/直到遍地月色改为了我的处境/直到我用心解了这一天的大便/才安然无恙，动身回家"（丁当《回忆》），"南国的马/梦见大雪封门//主人爬上床去/像熊一样冬眠//傍晚，母马生下/一匹小马//主人却不曾/提灯走来//于是三匹马/并排奔在雪原上……"（西川《南国的马》）。很明显，理想的抒情已让位于行为与事态的陈列，一反垂直纵式组合状态为横组合水平倾向的话语方式，使诗从静态空间走向了连续过程，井然的语义单位不仅占据着空间，也占据着时间秩序。稀疏的意象已引不起人们的注意，而普通或清新的生活细节和情节片段却占据了人们的兴趣热点。不论是前者对少年琐屑回忆的捕捉，还是后者接受浪漫幻想的事态凸显，都以亲切凡俗诗意的升发与物性过程的还原，对抗了文化积淀，赋予了文本自身神奇的召唤力。这类诗散点式的叙述并不完整，跨度较大的多项事态和片段行为的细节跳接，造成了大面积的"净线空白"，使诗充满了强烈的动感；并且它对事物"真在"状态的凸显与过程叙述,仍以情感作为诗生命的支撑。

事态与叙述强化趋势带来的一个直接后果是,大批诗人不再注重诗歌局部精密的语词意识,转而注重整体语句意识的提炼,从而促成了诗歌词意象(心理意象)向句意象(行为动作的事态结)的位移,将诗句内心一级复杂变为句间状态的二级复杂。如北岛的《迷途》,情思都凝聚在具体意象及意象的穿梭上。而于坚的《好多年》、王小龙的《那一年》等诗的审美空白则完全栖居在句子上和句子间,一个个行为句意象不加修饰的罗列,共同暗示着生活的琐屑和不尽如人意的心态。在这些诗中,诗人似乎无意说明句意象间的关系,这反倒制造出广阔的想象空间,以对生活生命本真的接近扩大了人与外界的连续点。

上述特征表明,诗的小说戏剧化、述实大于言志的叙事态势,伴着空间意象迷雾的飘散,已在时间知觉中逐渐形成。它使诗充盈着或浓或淡的生活气息,获得了稳实通脱的亲切感,一改矜持姿态,脱去了尊贵的外衣;并且诗境日趋清静疏淡,多得大音稀声、大象无形之妙,整体性指向能力的强化,铸成了结构的愈加严密,注重过程本身也对抗了文化积淀,提高了诗的可观性。"后朦胧诗"这种向叙述文学所做的扩张,是世俗精神泛滥的结果,对它人们不必担心,它是事态的但更是诗的。虽然它具备叙述文学的一些要素,仿佛诗的特征在淡化,但本质上仍固守着诗的个性。它只是合理吸收了一些小说散文的笔法,事态框架里注意情绪情趣的渗透。因此叙述也是情绪化叙述或诗性叙述,尤其它那跳跃的形式和假设结构不同程度地隐伏诗中,更构成了与小说戏剧的实质性差异。

(3)自觉的口语化。冒险性的诗歌艺术是在语言刀刃上的舞蹈。反意象的选择使"后朦胧诗"诗人的语言意识高度自觉,希图建设一种与平民意识相呼应的语言体系以安身立命,倡导"诗歌从语言开始"[1]"诗到语言为止"[2],语言成了他们诗的目的与归宿。他们以为朦胧诗精致华美的语言固然含蓄,但太神秘太温文尔雅,总与平民普通人的生命隔着一层。而语言理应把权力从外

---

[1] 尚仲敏:《内心的言词》,《非非年鉴·1988年理论》。
[2] 韩东:《自传与诗见》,《诗歌报》1988年7月6日。

在意义之中心夺回，消除与诗人生命的派生关系以求与其统一，走口语化道路，像呼吸一样自然，像流水一般轻松，以自足的本体构筑对抗意象与象征的文化语言模式。"关于这份报纸的出版说来话长/得追溯到某年某月某日某个夜晚——"(尚仲敏《关于大学生诗报的出版及其他》)，"有关大雁塔/我们又能知道些什么/我们爬上去/看看四周的风景/然后再下来"(韩东《有关大雁塔》)。这样口语化向度的诗不胜枚举，它的"谈话"风格时近低语时近嚎叫，随便洒脱，内心与语言的高度统一使读者读着它即可径直走进一个个生命存在本身。它平白轻松、通俗朴实，干净利落而不拐弯抹角，简直就是生命状态的直接外化，它几乎取消了诗与读者的距离，使诗的情绪事态生命愈加健壮。

口语化趋向的"后朦胧诗"极崇尚语感，即用语言的自动表演呈现生命的感觉状态。契合着诗人内心的生命节奏，它的语感语势更接近人的生命体验与感悟，因而也就构成了诗美的来源。如于坚的《远方的朋友》："您的信我读了/您是什么长相我想了想/大不了就是长得像某某吧/想到有一天你要来找我/不免有些担心/我怕我们无话可说……"给人的全部东西就是语言，就是生命节奏漫不经心的奔涌，谈不上令人回味的内涵，可又美不可收。一个不曾谋面的朋友信中说要来访，诗人脑海瞬间闪过几种见面时的情景设想，每种都滑稽可笑又都似乎合理，这是现代人生存方式平心静气的真实观照。杨黎的《高处》也靠语感取胜，"A/或者B/总之很轻/很微弱/也很短/但很重要/A，或者B/从耳边传向远处/传向森林/再从森林/传向上面的天空"。诗是"非非主义""回到声音"主张的具现，透明的语境与客观描述将情感流转换为畅达的语言流，连绵轻微的声波纯粹飘忽，自然天籁挪移里闪回着生命深处的内在空寂。这些诗同"莽汉主义""他们"诗群的许多诗都表现出一种类似的倾向，即语感上升为诗之灵魂，借它达到了诗人—生存—语言的三位一体，语感就是生命形式的外化，有时甚至以压倒一切之势实现了语言本体自足，而语义反倒并不重要了。这种语感追求是超越繁复想象的语义简隽，使文本趋于清晰准确、随意鲜活。

口语化是老而又老的话题，可"新诗的白话企图几十年来，从没有像他们这样彻底而淡漠"[1]。因此必须承认，口语化运动与语感强调乃当代诗史上影响深远的事件。它通过作品能指与所指同构，造成了诗歌一次性阅读倾向，打破了形式主义禁锢，在它面前美的背景与深度已被拆除，一切都呈原本状态，其透明性与原生性取向有"消除语言文化性，打破意象象征模式，并使诗歌语言重新陌生化"[2]的功能。同时它也引渡出了于坚、韩东、杨黎、王小龙、何小竹等一批中坚高手。

事物发展到极端就会走向反面。口语化与语感强化经一时的竞相仿效，尤其是校园歌手的起哄操作，则渐将诗推入苍白的泥淖，乃至遭受了致命攻击。[3]但这实在不是口语化与语感本身的过错。

静默的注视：转移效应

面对"后朦胧诗"诗歌事态艺术这片非文化景观，看惯传统抒情诗的读者常疑惑不已，不理解诗怎么可以这样写；但同时在心里也不得不承认，事态艺术的神奇崛起对新时期诗歌做出了突破性贡献，这是有目共睹的事实。它反诗的冷抒情，消除了诗语诗思的矫情和虚假，陡增了诗的人间烟火气息。事态和叙述性的加强扩大了表现力，为诗走向大气提供了一种可能借鉴。自觉的口语化向度，则促成了语言和事物单纯、本原性的回归。总之，事态艺术不仅反叛并颠覆了意象艺术，拆解了深度文化模式，极大限度地开发了叙述性语言的再生潜力，以语言本体的自足构成了自胡适以来新诗语言的又一次革命。而且它一变人为装饰性强的优雅士大夫情调为自在的天然姿态，以更加有声有色、寓意辽远，更加有可观性和动感的文本，解除了读者"累"的厌倦，更本质地接近了人类生存和生命状态本身。尤为重要的是，事态艺术使"后朦胧诗"诗歌在审美意义上因此背离并超越了朦胧诗。朦胧诗只是能指与所指分离的思想

---

[1] 徐敬亚：《圭臬之死》，《鸭绿江》1986 年第 7、8 期。
[2] 陈旭光：《"朦胧诗后"诗歌的"后现代"转型》，《天津文学》1993 年第 10 期。
[3] 杨远宏：《口语化：现代诗的沉沦与贬值》，《诗歌报》总第 37 期。

文本、意象词本身的丛生叠加，使能指所指的关系处于间接而不确定的象征状态，诗意的暗示性与游走性太大，常难以传达和把握。如《迷途》与舒婷的《往事二三》凸显的追求过程、变形的苦难记忆大体可领略；但高密度的显意象与频繁的转换视点阻碍，决定了对之内涵理解相当困难，并且它们的深入深出也常会造成理解的多元乃至偏差。而事态艺术则大不相同，它虽不绝对排斥象征，但即便用象征也多为句意象的整体隐喻象征，词字并不太复杂，在整体事态外隐藏象征性内涵；这种以事态象征比单纯以物象象征优越，事态本身的喻体与本体所指与能指关系的直接确定，使诗产生的象征再造空间相对比意象诗狭小，有一定的联想再造的限定性。如前文列举的《回忆》表层意义叙述一些琐屑记忆片段，深层意义则发掘了内心的孤寂无聊，对这种诗留下的"净线空白"再造，绝不会像对北岛《生活》"网"一诗的意象理解那样随意宽泛。

"后朦胧诗"的事态诗可视为 20 世纪五六十年代生活诗传统的现代延伸，但它不是简单意义的回归，而更高层次的超越。前者只拘泥于热烈生活场景的平面刻写，浮光掠影地展现人物精神风貌，常在故事的反映直叙中机械地加些抒情句子，远未触及生命乃至生活的复杂本质，虚夸矫情。后者则把视角转向了人的心灵和凡俗世界，在短促、跳跃的事态构制中，透视人情人性的真生态，并以亲切平实的调式表现出来，更真实更自由地接近了读者。

危机总从成就开始，"后朦胧诗"诗歌的事态抒情策略也失却了朦胧诗以来的一些优质。生活具象的叠印使缪斯丢掉了最初可贵的深沉思索，忽视了内在情感的飘忽灵动；口语化的超载运行留下了力度不足的苍白单薄，使文化荒原愈加荒芜；反变形的叙述也导致了不少老气横秋的精神涩果萌生。但无论怎样，从意象到事态的抒情策略转移是诗歌史的积极革命，这一点谁也无法否认。

原载《诗探索》总第 20 辑（1995）

诗歌之舌的硬与软
——关于当代诗歌的两类语言向度

于　坚

作为一个出生在南方,并且在那儿长大成人,一直讲着故乡方言的人,如果在一群操标准的普通话的人们中间,我学着亚马多·内沃尔的警语套一句,普通话把我的舌头变硬了,那么我肯定不是在开玩笑。当我操普通话交谈的时候,我确实明白我已经成了一个毫无幽默感、自卑、紧张、口齿不清而又硬要一本正经的角色。我并不想贬低普通话对汉语的贡献,我更没有把普通话与英语在拉丁语系中的地位相提并论的意思。但经验告诉我,在我的日常口语即方言中,我的语言天赋会得到更有效的发挥。我可以肯定,有这种经验的不只是我一个人。尤其在南方,普通话可能有效地进入了书面语,但它从未彻底地进入过口语,方言总是能有效地消解普通话,这甚至成了人们的一种日常的语言游戏。我或许可以说的是,普通话把汉语的某一部分变硬了,而汉语的柔软的一面却通过口语得以保持。这是同一个舌头的两类状态,硬与软,紧张与松弛,窄与宽……我当然举的是我较为熟悉的诗歌方面的例子。

如果把当代诗歌在1950年代以后出现的各种美学倾向或那些可疑的显然借用自意识形态范畴的种种"主义"用括号括起来,仅仅考察它的语言轨迹,我以为可以清晰地发现它在语言上的两个清晰的向度:普通话写作的向度和受到方言影响的口语写作的向度。

一、硬

　　20 世纪作为中国社会再次获得统一的一个重要象征，是普通话在 1950 年代的推广。推广普通话的目的是为了统一规范汉语，"适应政治统一、经济发展和文化繁荣"。[1]在普通话出现之前，汉语较为流通的方言是北方方言，即所谓官话。从宋元以来，官话已经创造了汉语的无数经典杰作；"五四"以来的白话文运动，更出现了现代意义上的一大批用官话写作的现代经典作家。他们的作品使一向只用在通俗文学中的白话取得了文学中的经典地位。白话文运动有着一种自发的性质，它并不特别地张扬或贬抑汉语的某一部分。因此，白话文的经典著作，既有像沈从文、张爱玲、徐志摩这样用南方软语写作的作家，也有像鲁迅、郭沫若这样语感较为洪亮、硬朗的作家，也有像老舍式的旗人油话，李劼人式的川味辣话。

　　1950 年代，白话在经过某些取舍规范后，它的某些部分进一步被国家规定为正式的通用语言，称为普通话。当普通话被确立之后，旧时代的官话降为方言，它们是普通话的基础，而不是普通话本身。普通话的三要素中的一个重要因素，是普通话以语法方面典范的现代白话文著作为规范。而"典范的现代白话文"其实有着特定所指，它并非指的就是"在白话文汉语杰作"这一意义上的所有用旧"官话"写作的作家的杰作。在被列为高等院校通用教材的《现代汉语》中很明白地指出，所谓典范的白话文，指的主要是毛泽东的著作、鲁迅的著作和经过反复修改的文件。白话文运动的自发状态自此画上了句号，汉语的现代化运动被纳入特定的轨道。毛著、鲁迅文集、社论、文件当然属于现代白话文的典范，但由于作者的文化身份、政治地位、写作习惯的限制，他们反映的只是典范的一类风格。例如在毛著和鲁迅的语式中，判断句、祈使句是经常被使用的，语感也较为洪亮、庄重和不容置疑。但同样是典范作家的沈从文、周作人、徐志摩等一些作家的语式就完全不同。试想如果普通话是

---

[1] 胡裕树主编：《现代汉语》，高等教育出版社 1981 年版，第 11 页。

以"最是那一低头的温柔,像一朵水莲花不胜凉风的娇羞……"这样的语体去推广,现代汉语会是一种什么面目?但实际上这些作家完全被排斥在白话文的典范之外。普通话虽说以北方官话为基础,但它推广的只是部分的官话,也就是有利于意识形态的全面统一的官话。这一点在"文革"时期更显而易见,据胡裕树先生主编的《现代汉语》说:"'四人帮'……要求净化词典的收词范围,规定只准收所谓'正面词''积极词''政治词''法家词',不准收所谓'反面词''消极词''生活词''儒家词'。"胡先生这里所说的其实只是极端时期的情况,但一脉相承的事实是,普通话从推广之日起,由于时代风气的影响,就有着"净化"汉语的目的。在这种局面下,汉语现代化的进程在20世纪五六十年代走的是一条狭隘的道路。它更丰富的表现力一度从书面语萎缩,却在口语的未经净化的部分即官话中幸存下来。

由于时代的制约,如果从社会语言学的角度看,普通话并不仅仅是一个中性的有利于各种思想、信息、价值和社会各阶层进行交流的基本工具。对传统汉语,它采取的是所谓取其精华、去其糟粕的取舍原则,它向着了一种广场式的、升华的更适于形而上思维、规范思想而不是丰富它的表现力的方向发展,使汉语成为更利于集中、鼓舞、号召大众,塑造新人和时代英雄,升华事物的"社会方言"。它主要是一种革命话语,属于汉语中直接依附于政治生活的部分。它摒弃了旧官话方言中的肉感和形而下的具体,私语、卑俗、淫词秽语、边缘化的不规范的土话,精练了能指的范围,在所指上进行革命与深化。它堂而皇之地进入课文、广播、社论、话剧、朗诵诗和抒情诗,成为汉语的公开话本的法定的语言形式和书面语。它因而得以在1966年成为革命与时代的日常语言(运动语言)、唯一的书面语。它创造的一个奇迹是摧毁了由各种汉语地方方言建构的中国传统的内心世界,有效地进行了所谓"灵魂深处的革命":不仅仅是大众用普通话所写的成千上万份检查、交代通过了革命,包括某些旧时代的语言巨匠最终都服从了普通话的话语权利,自觉地对个人话语加以改造(如老舍、曹禺),自觉地开始用普通话写作。实际上,表面以意识形态的转变为标志的思想改造,根本上说,乃是一种话语方式的革命性转换,如果我们将中国20世纪二三十年代的诗人的作品与20世纪五六十年代诗人的作品中使用的汉语做一番比较,我们会发现语言的转变是极其明显的。

  说是总有那么一天 / 你的身体成了我极熟的地方, / 那转弯抹角,那小阜平岗, / 一草一木我全知道清清楚楚, / 虽在黑暗里我也不至于迷途。/ 如今这一天居然来了。

(沈从文:《颂》)

  晚空的云 / 自金黄转自深紫; / 似欲再转 / 不提防黑夜吞起。

(朱湘:《快乐》)

  跳跃着喊! / 舞动着两个手臂喊! /…… / 把这个古老的城市喊得变成年轻! / 把旧社会留给我们身上的创伤和污秽 / 喊得干干净净!

(何其芳:《我们最伟大的节日》)

  战斗的途程啊,绵延不绝! / 我们又踏破千顷荒沙万里雪。// 回头看:山高、水急、冰川裂, / 请问:谁敢迈步从头越?

(郭小川:《秋歌》)

像沈从文、朱湘一类软绵绵的语调,1950年代在公开话语中就已经渐渐绝迹了。汉语逐渐向一种较为坚硬高昂的语调方向激烈滚动。像后两个例子中这样的诗歌语调则越来越成为时代的最强音。这一趋势,就是在同一作家的文本中,演变也是相当清晰的。比较前湖畔派诗人汪静之的两首诗:

  我冒犯了人们的指摘, / 一步一回头地瞟我意中人, / 我是怎样地欣慰而胆寒呵。

(《过伊家门外》,1922)

  不要用 / 高尚的血 / 去增添 / 夜总会上 / 淫荡的红颜 /…… / 要用血的光芒 / 消灭掉 / 法西斯的魔影……

(《血液银行》,1956)

在1930年代被称为中国最优秀的抒情诗人冯至的两首诗:

我的寂寞是一条蛇，/冰冷地没有言语——/姑娘，你万一梦到它时，/千万啊，莫要悚惧！……

（《蛇》，1922）

黄河像一个巨人，/在这里困囚了千万年……/摸不到广大的地，/看不见辽远的天。/……/它把光明的动力，通过没有尽头的输电线，远远地送入大戈壁，/高高地送上祁连山。

（《刘家峡之歌》，1957）

在普通话的正统话语权力地位获得巩固之后，它早期的单一性开始丰富起来。一方面它越过革命进入了大众的日常生活，它开始形成有特定语式的书面语并部分进入了日常口语，它成功地在"面向未来，面向现代化"这一意义上向大众灌输了我们应当摧毁旧世界（不仅是意识形态的，也是自然界的、物质的、文化和传统的，"站起来的人民要改造一切！旧世界、大自然、全宇宙……"[1]），建设一个新世界的意识以及乌托邦理想。同时它作为20世纪六七十年代唯一的公开的合法的书面文本对文学的影响也越来越深入和广泛。它甚至已经不仅仅作为意识形态的工具，而是作为文学或诗歌的一种现代样式影响着当代文学，其影响在今天都可以说是方兴未艾。在1960年代，一整代普通话作家已经成长起来。在诗歌方面，它甚至出现了较为成熟的扮演时代代言人的抒情诗人。中国新诗在1950年代以后可以视为朝抒时代之情的方向发展的普通话诗歌，或者艺术地为推广普通话作为正统权力话语的地位而写的诗歌。普通话写作在今天的写作活动中，已经不仅仅是某种意识形态的附庸，它甚至越过诗歌的围墙，影响了更广泛的文学样式，升华事物几乎成为一种现代性的写作中的特定思维方式。这种思维方式由早期的歌功颂德式的诗人们开创（他们完成的是普通话的明喻），在1970年代后期以来的现代派诗歌中得到了继承和丰富（他们补充的是普通话的隐喻方面）。它至少呈现出这些方面的特点：

---

[1]《诗刊》1962年第5期。

（1）对诗言志和诗无邪的继承，把诗歌看成升华世界的工具、载体。毛泽东是普通话写作的范文作者，他在1960年代再次肯定了"诗言志"。在这一中国传统中，诗被看成是某种升华、认识、净化世界之"志"（精神、情感、世界或时代的某种不可见的本质、真理）的工具。"诗人在社会上有没有价值，就决定于他是否和公众的倾向相一致，是否与公众一起又引导公众前进。这里，就向诗人们提出一个十分现实的严重的问题：诗人是否能在最先进的人们当中去吸收自己的营养，使最先进的思想感情成为自己的精神力量，再以这种精神力量去感动千千万万的人们……诗必须以人民群众中的最先进的思想感情去影响千百万人的思想感情，所谓'时代的号角'也好，'时代的鼓手'也好……人类灵魂的工程师也好，根本的意思就在这里。"（艾青：《诗论》）"大诗人首先要具备的条件是灵魂，一个永远醒着的灵魂。……形式本身只应是道路……伟大灵魂本身的前进就创造了最好的形式。"（顾城：《诗是什么》）"重要的诗人，必须在作为人的意义上，经由对自己生存的独立思考，达成与'世界一切崇高事物'（叶芝语）本质性的精神联系。"（杨炼：《什么是诗》）"诗是帮助人类认识和体验真理的出自灵感的谎言。"（欧阳江河：《诗是什么》）"在写作一首诗的过程中，诗化的首先是精神本身……"（骆一禾：《世界的血》序言）"我写长诗总是迫不得已，出于某种巨大的元素对我的召唤……这些元素和伟大材料的东西会涨破我的诗歌外壳。"（海子：《土地·诗学：一份提纲》）。

（2）诗歌抒情主体由某个抽象的、广场式的集体的"我们"代替。试比较贺敬之《雷锋之歌》、北岛《红帆船》中的"如果大地早已冰封　就让我们面对着暖流　走向海"，海子《亚洲铜》中的"亚洲铜，亚洲铜看见了吗？　那两只的白鸽子　它是屈原遗落在沙滩上的白鞋子　让我们——我们和河流一起，穿上它吧"。从《雷锋之歌》的"我们"到海子的"我们"，所指可能有所不同，也不一定出现"我们"这个词，但抒情主体都是某种模糊的具有某种统一的集体意志的力量。"无个体，只有集体抱在一起，——那是已经死去但在幻象中化为永恒的集体"（海子：《土地·诗学：一份提纲》）。

（3）抒情喻体脱离常识的升华，朝所指方向膨胀、非理性扩张。虚构、幻觉、依靠想象力是这类诗歌的普遍的特定的抒情方式。"诗常常借助感情的激发……使人们的精神向上发展。"(艾青:《诗论》)"一些民族诗人的失败,他们没有将自己和民族的材料和诗歌上升到整个人类的形象。"(海子:《土地·诗学:一份提纲》)可以比较诗歌中流行的太阳、广场、大海、麦地、远方这些意象。贺敬之《雷锋之歌》、海子《土地》、骆一禾《世界的血》、欧阳江河《悬棺》、廖亦武《死城》等等。"为什么我如此地思念着北京,那儿升起了辐射光与热力的恒星……"(闻捷:《我思念北京》)太阳这一意象,在20世纪五六十年代它喻指的是"阶级的大脑、核心"(闻捷)。在1970年代末的朦胧诗中,它喻指的是权力意志。"以太阳的名义,黑暗在公开地掠夺"(北岛:《结局或开始》)。在海子和其他现代派诗人那里,太阳则喻指某个巨大的精神幻象,他要用"祭司的集体黑暗力量创作来爆炸太阳"(海子:《土地》),"歌手的身影掠过大地 他们的心将和太阳的光影叠在一起 他们将和太阳一起 公开二十世纪所有的秘密"(贝岭:《太阳歌手》)。喻指可以看出由于时代的变迁而发生的变化,但不同时代的诗人运用喻体的升华、脱离常识是完全一致的。

(4) 英雄人格的自我戏剧化塑造,问苍茫大地谁主沉浮式的、从某种形而上的高度拯救众生的抒情。试比较:

我们古代的 / 哲人们, / 你们之中 / 是谁呀? /——"见歧路, / 泣之而返" /——竟会痛哭失声 / …… / 俱往矣!

(贺敬之:《雷锋之歌》)

埋葬弱者灵魂的坟墓 / 绝不是我的归宿

(食指:《归宿》)

告诉我吧, / 世界 / 我—不—相—信! / 纵使你脚下有一千名挑战者 / 那就把我算作第一千零一名。

(北岛:《回答》)

是谁剥夺了我们的大地和玉米 / 何方有一位拯救大地的人? / 我是一个在沙漠里的指路人, / 我在天堂里指引着大家……

(海子:《土地》)

我最终的葬身之地是书卷。/ 那儿,你们的生命 / 就像多余的词句被轻轻删去。/……/ 没有我的歌，你们不会有嘴唇……

（欧阳江河：《公开的独白》）

（5）诗歌时空的"高大"化、辽阔化（五洲四海）。语言高度抽象概括化，非具体的、大词癖。以"天下者我们的天下"整体把握世界。海子的大诗取材的空间分布在东至太平洋以敦煌为中心，西至两河流域以金字塔为中心，北至大草原，南至印度次大陆以神话线索"鲲（南）鹏（北）之变"贯穿的广阔地域……比较贺敬之《桂林山水歌》："黄河的浪塞外的风……海南天北一望收……"北岛《回答》："新的转机和闪闪星斗，正在缀满没有遮挡的天空，那是五千年的象形文字，那是未来人们凝视的眼睛。"海子《土地》："这时正当月光普照大地。我们领着尼罗河、巴比伦或黄河　的孩子　在河流两岸　在群蜂飞翔的岛屿或平原　洗了手。"闻捷："我为什么如此思念着北京？那里挺立着我们时代真理的士兵！他以魁梧的身躯阻挡了混浊的逆流，指点出各种鲨鱼兴风作浪的本性；拉丁美洲的斗士高举炽热的火炬，亚洲的兄弟驱散了弥漫在眼的乌云，非洲的奴隶抚摸着皮鞭烙下的伤疤，欧罗巴兄弟扛着战斗的红旗……"再如北岛的："生活　网"。海子《西藏》："回到我们的山上去。荒凉高原上众神的火光。"在普通话诗歌中一般看不见诗人与时空现场，更看不见与私人生活、具体时空的关系。例如，普通话诗歌无论在20世纪五六十年代还是在20世纪80年代，无论官方的诗人或是非官方的诗人，得到承认的诗人或民间的诗人都会发现他们与意识形态的联系。我们看到，主要的诗人无不集中在北京，但如出一辙的是，诗人们的作品几乎与这个城市毫不相干，北京并没有被诗人们视为一个"忧郁的巴黎"。我们在许多住在北京或成长于北京的诗人的作品中几乎找不到一首与北京仅仅作为一个居住地而不是任何象征的诗歌，在贺敬之或北岛、海子的诗歌中都找不到，我们看到的仅仅是诗人们与生活的抽象的脱离时空的联系。贺敬之、北岛是没有故乡籍贯的置身于抽象时代中的诗人，海子、骆一禾更是国籍不明的、连时间也非常模糊的、所谓"世界的"诗人。

（6）远方或生活在别处，对某个乌托邦式的某种"更"的所在的向往。试比较郭小川《望星空》："我爱人间，我在人间生长，但比起你来，人间还远不辉煌。"食指《相信未来》："朋友，坚定地相信未来吧，……相信未来，热爱生命。"北岛《红帆船》："如果大地早已冰封就让我们面对着暖流　走向海　如果礁石是我们未来的形象　就让我们面对着海。"海子《诗歌皇帝》："当众人齐集河畔高声歌唱生活　我定会孤独返回空无一人的山峦。"杨炼的《诺日朗》、海子的《麦地》写的都是某个更具有"神性"的远处。"你生活在这个时代，却呼吸着另外的空气。"（王家新诗句）

由于具体生活时空的模糊、形而上化，导致许多诗人的诗歌意象、象征体系和抒情结构的以时代为变数的雷同和相似性。1960年代的诗人是一种声音，1980年代的诗人是一种声音，可能词汇不同，对世界的看法也有变化，但抒情体系的基本结构是一致的。有人指出，追求"语言乌托邦"的诗人在追求语速、幻觉意象、"自白"方式等方面与追求精神乌托邦的诗人表现出高度的相似性，因为两类诗人对精神和灵魂都抱有共同的旨趣。[1]

（7）欧化的、译文的影响、向书面语靠拢。在音节上更适于朗诵。早期的作品明显受到翻译过来的苏俄诗歌的影响。在20世纪七八十年代，则受到晚期苏联和欧美译文的影响。尤其是普通话高度发达的首都诗人，写作在1980年代并没有转向口语，汲取语言活力的方向是由书面语到书面语继而转向翻译语体。这一点，在1980年代至1990年代的现代诗中更明显。诗人西川的这些表白其实代表着现代派诗歌中许多诗人的看法："时至今日，我一直认为，口语是今天唯一的写作语言，人们已经不大可能应用传统的文学语言写作崭新的诗歌。不过，这里有一个对口语进行甄别的问题：一种是市井语言，它接近于方言和帮会语言；一种是书面口语，它与文明和事物的普遍性有关。我当时自发地选择了后者。从1986年下半年开始，我对用市井口语描写平民生活产生了深深的厌倦……"[2]

普通话诗歌在1970年代出现的朦胧诗，一度被视为开始了1970年代以

---

[1] 陈旭光、谭五昌：《"知识分子写作"：文化转型年代的思与诗》，《大家》1997年第4期。

[2] 西川：《让蒙面人说话》，东方出版中心1997年版。

来的诗歌美学的现代革命，但在我看来，这场美学革命所暗接的却是古代贵族文学的写作传统。普通话上溯到官话到白话的文学史，依钱穆先生的看法，是古代贵族文学转到平民文学之一徵。我以为，这一转也有着从抽象表现的大词雅词转向具体写实的俗词实词的趋势。唐以前以及从诗歌之流中发展出来的中国文学传统，如钱穆先生所说，是："不爱在人生的现实具体方面，过分刻画，过分追求，因此中国文学大统，一向以'小品文的抒情诗'为主，史诗尤不发达，散文地位就不如诗，小说地位就不如散文，戏曲的地位又不如小说。落在具体上，愈陷入现实境界，便愈离了中国文学的标准。"也可以说，非抒情的、具体的、客观的、再现的写作是与传统的写作趋向不合的。"这两千年中，贵族文学尽管得势，平民的文学也在那里不声不响地继续发展着。"（胡适：《五十年来之中国文学》）在唐以后，汉语中的世俗化趋向才在话本、诗、词的某些部分和小说里热闹起来，到"五四"以后，又由新诗的某些部分和小说直接继承，对汉语的贵族文学传统进一步改造，平民的、人生的文学开始获得了经典文学的地位。但普通话诗歌，其趋向形而上脱离具体时空的语式，暗接的乃是中国文学中贵族化的"小品抒情诗"传统，并把这一传统意识形态化了。但这种暗接并非由于文学的自然发展，它既有来自对传统惯性的迎合，也有极端时代强化意识形态的需要，而恰恰汉语在贵族文学这一路上，早已发展出一套更适于思想统一控制、建立集体意志的形而上思维的语式。朦胧诗的代表性诗人北岛对他的诗歌美学有如下解释："隐喻、象征、通感、改变视角和透视关系，打破时空秩序等手法为我们提供了新的前景。我试图把电影的蒙太奇手法引入自己的诗中，造成意象的撞击迅速转换，激发人们的想象力来填补大幅度跳跃留下的空白。"[1]熟悉中国古典诗歌历史的人一眼就会看出，这倒不是什么新的前景，而是中国小品抒情诗中司空见惯的语式。用今天叫作卡通、蒙太奇式的拼接手法，省略词语的特定逻辑关系，脱离具体的语境，视通千里，思接万载，依靠读者的集体文化修养积淀，将词语之间省略的空白填补起来，造成所指的"言有尽而意无穷"，这正是中国古典诗歌的美学窍门。它同时也是中

---

[1] 北岛：《谈诗》，《青年诗人谈诗》，北京大学五四文学社 1985 年编印。

国意识形态话语的发言窍门。普通话在 1950 年代的发端，其实并非空穴来风，它既然要否定"五四"以来的大部分现代文学的经典地位，它必然要借助某种与这个新文学传统背道而驰的语式。其实人们马上就会发现，在 1950 年代以后，文学在普通话的轨道上，并不是在写实的小说上发展，而是在朗诵诗上发展，在 1970 年代，已经达到了全民皆诗的地步，歌功颂德的诗人也几乎恢复了他们在传统上的地位。所以，后来的并非歌功颂德的诗人们，虽然以非主流的"先锋派"面目出现，其语式依然逃不脱根本性的影响，是不足为奇的。简单地从诗人们表现了什么或展示了什么旗号去判断，而忽略他们如何说话，往往难免把依附着传统的幽灵误认作新的美学革命。

普通话诗歌可以说方兴未艾，它经历了不同的时代，已形成一种独特的抒情模式。传统的（如贺敬之、郭小川）、现代派的（如北岛、海子）、大众的（如汪国真），都已齐备。在 1990 年代，一些诗人提出的"知识分子写作"，使它在书面语和形而上的传统反向上更适应某种现代性。"知识分子写作有其具体的历史与文化语境，……是基于他们自身的'理想主义信念'。不过理想主义更多地表现为一种寻求乌托邦的勇气；……"[1] 它是现代汉语中最接近神学、乌托邦和意识形态的部分，它对汉语中世俗化的倾向确实有着制约的作用，对于一个健康的语言系统来说，作为一个舌头的较为强硬的一面，它是非常必要的。事实上，正是普通话的写作使 1950 年代至 1980 年代初期的诗歌没有付诸阙如，它已经被公认丰富了中国新诗的历史，加快了汉语的现代化。而且从目前的事实来看，它也更便于国际接轨，它的超越具体时空的抒情体系，特别宜于被某种抽象的世界性的诗歌本质所接纳。人们有理由期待它在将来，继续为 20 世纪主流文化的那个一贯功能——弘扬民族精神或"国民灵魂的重塑"做出贡献。

二、软

当普通话在汉语中巩固着它的正统地位之际，旧时代的官话方言却在口语

---

[1] 陈旭光、谭五昌：《"知识分子写作"：文化转型年代的思与诗》，《大家》1997 年第 4 期。

中保持着对书面语的沉默。只是到 1980 年代，它才在诗歌中开始复苏。1980 年代以来的当代诗歌，在外省尤其是在南方，诗歌写作的一个重要核心是口语化。当那种主要是为一个极端时代的意识形态的统一的普通话使汉语的舌头日益变硬之际，汉语在私下通过方言口语坚持着与常识和事物本身的联系。口语化的写作，是对"五四"以后开辟的现代白话文学的"推倒雕琢的、阿谀的贵族文学，建设平易的抒情的国民文学；推倒陈腐的、铺张的古典文学，建设新鲜的立诚的写实文学；推倒迂晦的、晦涩的山林文学，建设明了的、通俗的社会文学"这一方面的某种承继。

　　与主要集中于北京的普通话写作不同的情况是，在中国的外省，普通话在诗人们的潜意识中，乃是令他们舌头变硬的非生活化的官方话语，代表着意识形态、国家形象、课文中的正统尺度。外省的诗人可能通过书面受到普通话诗歌的影响，但在外省，支配着私人的、世俗的日常生活的口语同时也不同程度地消解和削弱了这种影响。在外省，人们实际上通常使用两套话语交流，普通话往往表达的是公开话语，而日常口语则以方言的形式表达着民间（私人房间）话语。人们在家里和非正式场合从来不说普通话，人们往往只是在会议、宣传活动或对着电视台的采访机时才讲普通话。在私底下，普通话甚至被视为人与人交流中的某种障碍，例如两性关系的交流，不可能想象两个在四川盆地长大的恋人絮语可以用普通话来絮絮叨叨。在方言支配着的重视小家庭生活的南方，在日常生活中人们往往感觉到普通话的"正式""生硬"和装腔作势。在南方，一个用普通话发言的人，也就是一个脱离了世俗生活的人，一个公共的人。为什么 1980 年代诗歌中所谓的"口语写作"最先兴起在南方，因为在南方，像胡适肯定过的"吴语文学的传统"之类的东西依然在发挥着作用。但 1950 年代以来，这个传统在可见的文本中是处于断裂和空白的状态。作为诗歌的一类发言方式，普通话写作仅仅是汉语之舌的一个方面，汉语的更丰富的可能性实际上在外省的窃窃私语中蕴藉着，在 1980 年代以前，它属于汉语中沉默的大多数。

　　但 1980 年代从诗歌中开始的口语写作的重要意义其实并没有被认识到，人们仅仅将它看成某种先锋性的、非诗化的语言游戏，而忽视了它更深刻的东西，对汉语日益变硬的舌头的另一部分（也许是更辽阔和更具有文学品质的部分）的恢复。口语写作实际上复苏的是以普通话为中心的当代汉语的与传统相联结的世俗方向，它软化了由于过于强调意识形态和形而上思维而变得坚硬好斗和越来越不适于表现日常人生的现时性、当下性、庸常、柔软、具体、琐屑的现代汉语，恢复了汉语与事物和常识的关系。口语写作丰富了汉语的质感，使它重新具有幽默、轻松、人间化和能指事物的成分，也复苏了与宋词、明清小说中那种以表现饮食男女的常规生活为乐事的肉感语的联系。口语诗歌的写作一开始就不具有中心，因为它是以在普通话的地位确立之后，被降为方言的旧时代各省的官话方言和其他方言为写作母语的。口语的写作的血脉来自方言，它动摇的却是普通话的独白。它的多声部使中国当代被某些大词弄得模糊不清的诗歌地图重新清晰起来，出现了位于具体的中国时空中的个人、故乡、大地、城市、家、生活方式和内心历程。

当代诗歌中的口语写作经过近十年的努力，它已经形成这样一些与普通话诗歌不同的方面。

（1）对诗的常识性理解。"诗本身便是崇高的……。获得诗的崇高是本身怎样纯粹写作的问题，而不是写什么或不写什么。在卑微的事物中建立诗的崇高似乎更难；……诗歌不是工具……它始终只是一项朴素的真正的工作。"（韩东）"诗仅仅是语言的在那儿。……我不知道如果离开了语言，我们如何看到所谓灵魂或精神向度……真正的诗是从世界全部喻体的退出——'到语言来的路上去'，回到隐喻之前。"（于坚）"一个诗人如果能够给一个词注入新的感性，他才是伟大的。……诗歌的发生自有其内在运动规律，它甚至是生态意义上的，诗人只是它借以发生和延续下去的必要途径，诗人因此才有存在的理由。反过来说，诗人的存在意味着诗歌永远作为语言的艺术革命的必要性。"（吕德安）"诗是对已有词语的改写和已发现事物的再发现。"（翟永明）"诗人不可能言说一切，他在自己生存的特定空间里写作，所传达的只是局部的知识。"（杨克）[1]以上摘引的论点在中国当代文学理论的教科书中并没有可以对应的例

---

[1] 以上均引自沈奇编：《诗是什么》，台湾尔雅出版社1996年版。

子,但它们并非什么新发现或"先锋的"这类对"诗"的常识性看法,实际可以在更多的经典诗人和世界诗歌史上获得支持。一个近在手边的例子:"诗是一种特殊的运用语言的方式,也是语言的原始形式。"

(2)具体的,在场的。写作的自传化、私人化趋向。诗歌开始具有细节、碎片、局部,对个人生命的存在、生命环境的基于平常心的关注。例如:

> 星期天的南京如同一块光润的皮肤/绽开一条伤口//这是朋友们艰难度日的城市,我/看到城市痉挛、广场蠕动。古老的/城市从清晨到傍晚不停地呕吐/分泌液、沙子、胃口/和我的几个朋友……
>
> (朱文:《让我们袭击城市》)
>
> 三点钟进来时 个个还衣冠楚楚 站有站像 坐有坐像 他舅舅/特别注意 不揉皱裤子上的线条 胖姨妈 最担心果汁 滴在旗袍上/他叔叔 要戴着有色眼镜 看各色人物 他父亲 在一群蝴蝶中 正襟危坐/……
>
> (于坚:《礼拜日的昆明翠湖公园》)
>
> 沃角,是一个渔村的名字/它的地形就像渔夫的脚板/扇子似地浸在水里/当海上吹来一件缀满星云的黑衣衫/沃角,这个小小的夜降落了……
>
> (吕德安:《沃角的夜和女人》)
>
> 深色的家具寂而无声/倚在墙角像被音乐洗过/有几句歌词还挂在屋顶/不知我何时归来/携一只发着桔味的软椅/坐进你的屋中
>
> (陆忆敏:《室内的一九八八》)

吕德安的长诗《曼凯托》,说的就是一个地方,而非某个精神幻象的喻所。还有翟永明的私人内心自传《死亡的图案》等等。

诗不仅仅是抒情或载道的工具,也可以是纯粹的语言的游戏活动。例如杨黎的《高处》:

> A/或是 B/A/总之很轻/很微弱/也很短/但很重要……/只有 A/或

是 B/ 我听见了 / 感觉到了 /A/ 或是，B

（3）诗歌修辞方式中回到常识的努力。对已经被虚幻的升华变成空洞的公共性隐喻的解构。

例如韩东的《你见过大海》：

你见过大海 / 你不情愿给海水淹死 / 就是这样 / 人人都是这样

比较：

绳索或鲜艳的鳞　将我遮盖 / 我的海洋升起着这些花朵 / 抛向太阳的我们的尸体的花朵

（海子：《土地》）

这千道浪呵，/ 都是惩罚来犯海盗的绞索；/ 这万里海疆呵，/ 都是攻不破的钢铁城。

（纪鹏：《蓝色的海疆》）

（4）转喻的。这一特征甚至在南方引发了诗人转向小说的现象。日常语言、口语、母语的运用，犹如谈话的非书面语。导致诗歌只能中性地阅读，形成韵律的非朗诵性。

读者可以试着朗诵以下较硬的几节，注意它们的书面语和朗诵性：

高原如猛虎，焚烧于激流暴跳的万物的海滨 / 哦，只有光，落日浑圆地向你们泛滥，大地悬挂在空中

（杨炼：《诺日朗》）

焚烧万物的黑暗河岸　悬在空中 / 太阳！// 焚烧万物的岩石　歌唱彩色的岩石　狂叫 / 岩石　悬在天空

（海子：《土地》）

深不可见的渊薮悬于绝顶，时间有太多的荣耀。足以使鹰之权威占有死亡的高度。人伏罪于地，朝鹰之啄泼肉之铁，谣传压顶，阴影之征服向南方，高不可问之天意向猝然一片击倒。

（欧阳江河：《悬棺》）

在以下的例子中，读者可以看出它们鲜明的口语性，由于语感偏软，实际上在公认的朗诵模式中它们是不可朗诵的，或者说只可以念：

有了一块砖头，从对面飞来／将玻璃砸成四块，其中／一块留在窗框上，另外三块／摔到地面，再次／摔成许多小块

（朱文：《机械》）

一切安排就绪／我可以坐下来观赏／或在房间里／踱来踱去／这是我的家／从此便有了这样的感觉……

（韩东：《一切安排就绪》）

他们全是本地人／是泥瓦匠中的泥瓦匠／同样的动作　同样的谨慎／当他们踩过屋顶，……

（吕德安：《泥瓦匠印象》）

穿过门厅回廊／我在你对面提裙／坐下／轻声告诉你／猫在后院

（陆忆敏：《风雨欲来》）

（5）世俗化的、现世的、小市民的、小家庭、琐事、肉感、庸常。在外省，这些词不像在普通话中那样具有价值上的贬义，他们在南方经典作家们的写作中一直是天经地义的。它们也不是诗人们故意为之的倾向。而是中性的，或者说是方言的一种性质。当然，它们与外省主要是中国南方的非意识形态化的更富于人性的日常生活有密切的关系。在这些诗歌中，一个活生生的，有着自己的与古老传统相联系的中国社会的日常人生和心灵世界被呈现出来，它们不是号角或旗帜，而仅仅是"在斯万家那边"在"盖尔芒特家那边"（普鲁斯特）。

由于在外省，各个诗人虽然具有某些相似的特点，但具体到不同的方言对诗人的影响，他们呈现的特点在不同点上更多。相对于普通话诗歌，鲜明的个人语言风格是外省的一个重要特点。

口语化诗歌写作作为汉语诗歌中的一种边缘性的写作，由于它的写作时空的具体性，它要被主要还仅仅是通过普通话来了解中国的中国以外世界的读者接受，还有待时日。但不容忽视的是，它对中国当代文学已经产生了显而易见的广泛而深刻的影响，这种影响甚至波及诗歌以外的文学样式。

当然，硬与软的分道扬镳在中国台湾和中国香港却是例外，今年《读书》第七期有文章介绍香港1950年代以来的语言教育，它走的倒一直是软的道路，朱自清这些人的软语一直是被当成范文的。其结果是，在港台形成了与大陆不同的诗歌语调。大陆的普通话诗人一贯对港台的诗歌不怎么看得上眼，也许就是受流行的坚硬、阳刚的说话风气影响吧。

如果我说普通话把我的舌头变硬了，那么我的意思是说，讲汉语某一方言的人也可以用舌头的另一部分说话，例如不卷舌，甚至也可以由此写作生活和历史的另一部分。

原载《诗探索》1998年第1辑

历史意识与90年代诗歌写作

西　渡

　　1989年被许多诗人视为一个重要关口。一代诗人在此面临着抉择。这一抉择的必要性和紧迫性是由几方面的原因一起带来的。在此前后，我们所置身其中的社会现实发生了巨大的变化，它是由一场被命名为市场化的渐进革命所引起的。这种变化使1980年代的某些写作顿然现出苍白的原形。要想在变化了的历史境遇中维持写作的有效性与合法性，我们的写作不得不面临一个脱胎换骨的痛苦过程。与此同时，在1980年代中成长起来的一代诗人，先后步入了中年，这一诗人群体的年龄构成的变化带来了对青春写作的合法性的质疑。而从诗歌发生学的角度说，经过1980年代狂热的形式实验的酝酿，至此也恰好面临其中对蜕变的召唤：进入一个更加开阔、成熟的境界。

　　艾略特在评论叶芝时曾说，一个作家到了中年只有三种选择：完全停止写作，或者由于精湛技巧的增长而重复自身，或者通过思考修正自身使之适应于中年并从中找到一种完全不同的写作方法。[1]鉴于以往文学史的经验，这种中年意识首先是作为一种紧迫的危机感渗透1990年代的诗歌意识中来的。而这一时期诗歌意识的转换过程，似乎证实了一种论点：一个诗人要想在中年以后继续写作，获得某种恰当的历史感是必不可少的。在1990年代最为流行的

---

[1] T. S. 艾略特：《论叶芝》，转引自王家新、沈睿编选：《二十世纪外国重要诗人如是说》，河南人民出版社1992年版，第340页。

诗歌批评词汇中（本土化、个人写作、中年写作、知识分子写作），无不渗透了对获得这样一种历史意识的期待。这可以说是 90 年代诗歌区别于 80 年代的一个最显著的特征。1980 年代强调的是诗歌对历史的超越，强调诗歌独立的审美功能，主张一种"非历史化的诗学"。这种情况到了 1990 年代发生了根本性的变化，诗歌对历史的处理能力被作当作检验诗歌质量的一个重要标志，也成为评价诗人创造力的一个尺度。但是需要加以辨析的是，在 1990 年代的诗歌写作与历史的关系中，绝不是要回到反映论的旧调重弹，或者取消诗歌审美的独立性，而是诗歌审美为历史留出了空间。这里的历史并不是先于写作而存在的实现，而是在写作中被发明出来的，它拓展了诗歌审美的资源，丰富了它的可能性。这种历史意识不仅表现在这一时期诗人的诗学理想中，也充分体现在这一时期的诗歌文本中。欧阳江河写于 1993 年的诗学文章《1989 年后国内诗歌写作：本土气质、中年特征与知识分子身份》[1] 是对这种期待的较早的明确表述。他在该文中说："1989 年并非从头开始，但似乎比从头开始还要困难。一个主要的结果是，在我们已经写出和正在写的作品之间产生了一种深刻的中断。诗歌写作的某个阶段已大致结束了。许多作品失效了……"但是当诗人面对某种可怕的历史景观，他发现"抗议作为一个诗歌主题，其可能性已经被耗尽了"，因此已不可能简单地重复"朦胧诗人"的对抗主题，诗人必须以一种全新的方式参与"诗歌写作的历史转变"中。同一时期，王家新、肖开愚、孙文波、臧棣、陈东东、西川、桑克等主要诗人都表述了类似的对诗歌的历史境遇的关注。王家新提出，"我们现在需要的正是一种历史化的诗学，一种和我们的时代境遇及历史语境发生深刻关联的诗学"[2]，在同一篇文章中，他进一步引马克思的话说：世界上只有一门科学，那就是历史。孙文波强调诗人"必须关注生活"[3]。肖开愚要求诗人"研究我们的生活和生命，'寻找中国的诗神'，

---

[1] 欧阳江河：《1989 年后国内诗歌写作：本土气质、中年特征与知识分子身份》，《中国诗选》总第 1 期，成都科技大学出版社 1994 年版。

[2] 王家新：《夜莺在它自己的年代》，《诗探索》总第 21 辑（1996）。

[3] 孙文波：《生活：写作的前提》（未刊）。

在世界文学的格局中树立起当代中国诗歌的形象"。臧棣在其重要的诗学论文《后朦胧诗：作为一种写作的诗歌》中将之进一步概括为一种总体性的倾向："在20世纪中国诗歌的写作上，没有哪一代诗人比后朦胧诗人更迫切地渴望加强诗歌同我们的生存境况的联系，而且这些联系还必须显示出直接性、本真性、体验性和实验性的特征，不再受制于以往唯我独尊的文学的经验性。"由此显示了这一代诗人的伟大的诗歌抱负——"就像130多年前惠特曼对美国诗歌感受力所做的修正：亦即怀着巨大的热忱，在新时代感性的基础上，使诗歌表现力充分地活跃起来"[1]。

这种迅速增长的历史意识，使1990年代的诗歌写作产生了某种深刻的变化，我将之粗略地概括为如下几个方面：

（1）从题材上说，本土化和关注日常生活的倾向得到广泛的响应。宏观叙事和泛泛的、空洞的抒情被多数诗人所拒斥，诗人所关注的题材越来越具体，有时甚至显得琐碎。但是，题材的具体化并没有如某些论者所认为的那样使诗歌沦为"私人性的吟咏""个人的小小悲欢的玩味"，也没有使诗"最后丧失了大胸襟和大抱负"。因为在对日常生活的关注中，融进了诗人的深刻的历史意识：只有在具体的细节中，历史才能得到恰当的呈现（王家新所谓：当你挤上北京的公共汽车，或是到托儿所接孩子时，你就是在历史之中[2]）。臧棣通过楼梯上烧坏的灯泡发现了一座居民楼的良心，同时也为我们这个时代的良知发明了恰当的隐喻。[3]王家新在谈及孙文波1990年代的诗歌写作时说："他一再从具体的生活事件出发，写出来的却是灵魂的遭遇。"[4]至少在1990年代最优秀的那部分诗人的写作中，并没有导致一些论者所担心的"对无中介的原初经验的迷信"（姜涛语），而能够超越细节本身，把读者引向对细节中所包含的特殊历史境遇的关注。臧棣的写作可视为这方面的范例。"当代生活是一种反英

---

[1] 臧棣：《后朦胧诗：作为一种写作的诗歌》，《中国诗选》总第1期。
[2] 王家新：《游动悬崖·自序》，湖南文艺出版社1997年版。
[3] 臧棣：《在楼梯上》，臧棣自印诗集《燕园纪事》。
[4] 王家新：《夜莺在它自己的年代》，《诗探索》总第21辑（1996）。

雄主义的生活，它对人的要求是将理想主义转化为现实主义。在这样的一种生活状态下，诗歌写作对英雄主义的认同，……是在现实的仔细解析中，找到理解现实的钥匙。"[1]理解现实并非是对现实的简单认同，而要求诗人在一种崭新的历史境遇中（这种境遇可以形象地概括为一种失重状态），对现实有所承担。这种承担也许比在以往任何沉重的历史境遇中更艰难，更需要非凡的耐心和毅力。这正如王家新所感觉到的"在这个时代，如果我不能至死和某种东西待在一起，我就会漂浮起来"[2]。当一切都像膨胀的气泡往上漂浮的时候，敢于抱住石头往下沉的人才是勇敢的。诗人们对历史境遇的关注是这些可能抱住的石头之一，也是维持诗歌在这一特殊历史境遇中的有效性的合理的方式。"诗歌的'胃口'还必须更为强大，它不仅能够消化辛普森所说的'煤、鞋子、铀、月亮和诗'，而且还必须消化'红旗下的蛋'，后殖民语境以及此起彼伏的房地产公司。"[3]这样的写作抱负对于 1980 年代诗歌来说几乎是难以想象的。

（2）从叙述的策略上说，抒情的成分减退，而叙事的成分得以增强。诗歌中的抒情倾向在 1980 年代曾经有过其辉煌的深刻（如海子的抒情诗写作），但是随着趋之若鹜的模仿，那种滥俗（烂熟）的抒情再也不能满足诗人对创新的渴望了，事实上，它也不再能够包容诗人新的写作抱负（对当下存在和历史境遇的关注）。于是，叙事作为一种重要手段被引入诗歌中。王家新通过《瓦雷金诺叙事曲》《词语》《临海的房子》《纪念》等一系列诗，逐渐增加了诗歌中的叙事成分，他甚至要求诗歌"讲出一个故事来"[4]。与王家新相比，孙文波诗中的叙事倾向更为典型。他是最早将这种倾向引入当代诗歌中的诗人之一。他写于 1986 年的《村庄》已显示了清晰的叙事意识。写于 1990 年代初的《在无名小镇上》《在西安的士兵生涯》等诗中的叙事技巧已相当成熟，在诗歌圈内和普通读者中都产生了影响。肖开愚写出了《地方志》《来自海南岛的诅咒》等有

---

[1] 孙文波：《生活：写作的前提》（未刊）。
[2] 王家新：《反向》，王家新诗集《游动悬崖》。
[3] 王家新：《夜莺在它自己的年代》，《诗探索》总第 21 辑（1996）。
[4] 王家新：《讲出一个故事来》，《为您服务报》1995 年 8 月 31 日。

力的诗篇，通过叙事和细节达到历史和现实的把握。臧棣将他的一部近作命名为《燕园纪事》。张曙光甚至宣称要完全用陈述句式写出一首诗（他也是这批诗人中较早对日常生活和细节加以关注的诗人之一）。桑克的写作显示了对细节的独特的感受力。在一些一直有叙事倾向的诗人身上，也发生了些微妙的变化。如在翟永明身上，这种变化相当明显，在她近作中，原先的自白语调被一种更加客观的叙述方式代替。这种叙事观念的形成，也对我们与传统的关系产生了微妙的影响。近年来，杜甫很受一些诗人的推崇。杜诗的"诗史"性质和精湛的叙事技巧，为当代诗歌的叙事性提供了经典性的榜样。在文言诗歌和白话诗歌的关系史上这几乎是唯一的。

（3）1980年代的总体特征仍然是崇高和悲剧性的，90年代诗歌却在严肃的风格中羼入了喜剧性的因素，以在挽歌和喜剧之间达成某种微妙的平衡，而这样做的结果并不是"反崇高""平民化"或任何一种单纯的风格的胜利，相反形成了一种更加精微而感人的风格，我相信它和悲剧性的崇高一样高尚。这种风格体现在陈东东的《喜剧》中，也体现在臧棣、孙文波、肖开愚、张曙光等人的近作中。1980年代尽管诗人们提出了诸如"反崇高""平民化""口语化"等具有反理想主义色彩的口号，但从那个时代为诗歌提供的阅读期待和想象空间而言，仍具有鲜明的理想主义特征，这从那个时期诗歌的革命色彩中可以得到证明。改革、开放等意识形态的主流话语为大众提供了对未来的美好许诺和强烈期待（包括对个性解放的许诺），诗歌中的理想主义特征恰好适应了这一时期特定的历史语境。进入1990年代，迅速市场化的经济兑现了它的部分诺言，但与之相伴而来的阴影和代价也随之变得清晰可辨。市场的老虎开始吞噬人的个性，在一个高度物质化的世界中，精神的边缘化倾向越来越显眼。1980年代那种理想主义色彩的诗歌话语方式被取代已经势所难免。在这一背景下，1990年代迅速成长为一个讽刺和喜剧的时代。诗人年龄构成的变化也助长了这一趋势。

（4）由此产生了90年代诗歌一个显著的风格特征：综合性。它总是动用尽可能丰富的语言手段来表达当代人复杂多变的意识和经验。对此肖开愚表白说："我长时期地训练各种手艺，就是希望培养综合写作的能力，为写一些大型的题材做准备。"[1] 以往那种单纯的主题几乎不存在了。臧棣认为"90年代的诗歌主题只有两个：历史的个人化和语言的欢乐"[2]。而诗歌中的情感"不再是一种简单的混同于公众心理或情绪的情感，而是对人所可能有的情感的一种概括"[3]。这种无主题化的倾向造成了阅读上的某种困惑，只是因为公众的阅读定势还没有得到相应的改造。

（5）就文本效果而言，1990年代的诗歌显示出一种包容性的倾向。诗歌的文本特征变得驳杂，它融入了散文、随笔的文本特征，甚至小说、戏剧的文本特征也被吸纳进来。王家新、西川的一些诗，也不妨归入散文或随笔的体裁内，孙文波的某些诗也不妨说是戏剧独白的片段，肖开愚《来自海南岛的诅咒》等诗则引入了类似小说的叙事性结构。

1990年代诗人兼事批评成为风尚，这部分可以归因于批评对解读当代诗歌的无力，更加有趣的是，我发现在诗人的批评术语和批评家的术语中间存在着微妙的区别。诗人从自身写作出发的批评对写作的复杂性和辩证性有更充分的认识，而在批评家那里却常常将复杂的问题简单化了，不能辩证地认识相反的因素，而是简单地把它们对立起来。这可能也是我们的批评始终不能深入地解读诗歌文本的原因之一。譬如对"个人写作"的理解，在诗人那里始终和时代的历史语境和特殊的话语场相联系，它反复强调的是"历史的个人化"，而在许多批评家那里这个已被诗人赋予了独特含义的诗学概念，却常常被简单地解读为"个人的小小悲欢的玩味""对小小的自我的无休止的抚摸"。譬如对诗歌中叙事因素和抒情因素的理解，批评家往往将它们对立起来，好像1990年代的诗歌特征就是叙事，舍此无他了。而在诗人的理解中，两者的关系却始终处于对立的统一中。孙文波诗歌中的叙事特征在1990年代中是相当突出的，但他却一再拒绝将他的诗歌特征概括为"叙事"，而宁肯将之称为"亚叙事"，

---

[1] 肖开愚：《个人写作：但是在个人与世界之间》，《北京大学研究生学刊·文学增刊》创刊号，1997年11月。

[2] 臧棣：《90年代诗歌：从情感转向意识》，《郑州大学学报》1998年第1期。

[3] 臧棣：《90年代诗歌：从情感转向意识》，《郑州大学学报》1998年第1期。

甚至说"它的实质仍然是抒情的"[1]。他一再强调，在他的诗中"并不存在过去意义上的那种对故事本身的强调，而更多的强调是写作对事实的叙述过程的重视"[2]。王家新强调在诗中"讲出一个故事来"，他的诗却仍然体现了强烈的抒情性，甚至很难找到故事的影响。作为一个诗人，他很清楚在诗中讲故事的代价是什么。在这个问题上，我们的批评家却往往上当。再譬如对写作的具体化问题，批评家往往将之等同于细节的罗列和堆砌，而没有看到细节中的抽象。他们总是抱怨当代诗歌被无数平庸的细节压垮了。在张曙光那里，诗人的努力却是在"具体和抽象之间"，在"多少保持对象的一种原生态"的基础上，"根据个人的主观感受进行大胆的夸张和变形"[3]。又譬如对崇高和喜剧、讽刺成分的理解，批评家也总是把它们对立起来，好像当代诗歌一引入喜剧成分就失去了崇高的资格。这种批评对理解当代诗歌不能提供任何帮助。批评界不断以读者的流失责难诗歌，但是这种对诗歌的粗暴解读是否也应该为读者流失承担一定的责任呢？我甚至怀疑我们的批评界是否还有能力对精微、复杂、辩证的当代诗歌做出恰当的解读。

原载《诗探索》1998 年第 2 辑

---

[1] 孙文波:《生活：写作的前提》(未刊)。
[2] 孙文波:《生活：写作的前提》(未刊)。
[3] 张曙光:《关于诗的谈话》(未刊)。

关于"后新诗潮"的随感

吴晓东

一、以先锋性对抗世俗性

  诗歌作为一种最具有形式感的文学体裁,有一种天生的超前性和先锋性。每个时代最可能让人读不懂的文学形式就是诗歌。"新诗潮"时代就有人大呼"朦胧""看不懂",这种呼声一直延续到"后新诗潮"的今天。"看不懂"的质疑在特定历史时代是有一定的历史合理性的,它的一部分潜台词是社会关怀和大众关怀,要求诗歌介入现实、关注社会、适应大众。这些要求并没有错。但是,当前的诗歌面临的最迫切的问题可能并不是介入现实和适应大众,而是恰恰相反,今天的诗歌可能比以往任何时候都更应该保持先锋性、保持前卫性、保持对抗性。这涉及的是对当今中国社会文化特征和性质的估价问题。世纪末的中国社会,正如李书磊阐述的那样,是世俗文化和大众文化占主流地位的社会,文化日渐产业化,艺术从生产到消费都受到商品化的严重侵蚀,连"艺术消费"这个词汇本身也带有浓重的商品气味。在这个世俗社会和商品社会之中,也许只有诗歌的先锋性和前卫性才能对抗世俗性。而诗歌恰恰凭借这种对抗与社会保持密切的关联。人们往往对"先锋性""前卫性"的概念有一种误解,仿佛是"先锋的""前卫的"就是脱离时代的、曲高和寡的、远离大众的。其实真正的先锋性绝不是脱离时代的,正是"先锋性"可能与现实社会保持更深刻也更本质的联系。比如象征派大师波德莱尔，他的《恶之花》在他所处的时代肯定是超前的、先锋的，尤其他的诗歌美学更具有超前的先锋性。但恰恰是波德莱尔真正代表了 19 世纪的时代精神。正如爱默生说，"一个时代的经验需要一种新的忏悔，这世界仿佛常在等候着它的诗人"。而波德莱尔正是 19 世纪的忏悔者，正如卢梭是 18 世纪的忏悔者，但丁是中世纪的忏悔者一样。"他们是真的'灵魂的探险者'，起点是他们自身的意识，终点是一个时代全人类的性灵的总和"（《波特莱的散文诗》）。在我们今天的社会日渐显露出波德莱尔时代的某些症候之时，重新认识 19 世纪诗歌美学的这一位先驱者是不无裨益的。

波德莱尔对于现阶段诗歌批评界和研究界的另一启示在于：我们首先需要正视的，可能不是诗歌内部或诗学本身问题，而是诗的某些前提性问题。譬如诗歌的真正的历史使命和文化使命问题。批评家李劫就认为他关注的问题超出了诗歌本身的讨论，但他所关注的问题更为重大。这意味着诗歌面对的问题可能与时代大命题保持着更本质的联系。如果诗歌研究没有时代的、历史的和文化意义上的整合视点，可能仅限于某些雕虫小技。究竟哪些大的命题构成着诗歌研究的"前理解"，这恐怕是目前批评界值得思考的一个问题。

二、"后新诗潮"可能匮缺什么？

诗性进入"后新诗潮"的微观文本层面，感到的是一种"诗性"的普遍匮乏。"诗性"的匮乏在根本上说是后现代商品化时代的社会性问题，而不仅仅是文学本身的问题。同时"诗性"的匮乏也是整个文学界面临的共性问题，也不仅仅是唯独诗歌才面临的问题。然而"诗性"在诗歌中的丧失却比在其他体裁中的匮缺更令人感到不安甚至悲哀。因为从诗学意义上说，"诗性"是诗的真正的生命和灵魂，而从某种更宽泛的意义上说，"诗性"是人类生存的意义和归宿在诗歌中的体现，这恐怕正是蓝棣之先生从人类学层面理解诗歌的真正含义。

荣格有句名言："人类存在的唯一目的，就是要在纯粹自在的黑暗中，点起一盏灯来。"我们完全可以把这盏"灯"叫作"诗性"。它使人类原本并无目的和意义的生存有了目的和意义，从而对虚无的人类构成了莫大的慰藉，正像暗夜行路的孤独旅人从远方的一星灯火中感受到的温暖一样。这就是存在的"诗性"之灯。令人惊异的是，早逝的诗歌天才海子凭着他的孤绝的感悟力一下子就达到了这盏灯的最深处：

> 我们坐在灯上／我们火光通明／我们做梦的胳膊搂在一起／我们栖息的桌子飘向麦地／我们安坐的灯火涌向星辰／／灯，月亮上／亮起的心／和眼睛／灯／躲在山谷／躲在北方山顶的麦地
>
> （《灯》）
>
> 灯，从门窗向外生活／灯啊是我内心的春天向外生活／／你是灯／是我胸脯上的黑夜之蜜／灯，怀抱着黑夜之心／烧坏我从前的生活和诗歌
>
> （《灯诗》）

从比喻甚或象征的角度来评价海子笔下的"灯"是远远不够的，正像他所贡献的"麦子"一样，他的"灯"也上升到人类学与存在论的层次，是"诗性"之灯。它不仅照亮了海子的全部诗作，也使大批量生产的"后新诗潮"的诗歌顿时黯然无光。

总体性"后新诗潮"不乏十分优秀的诗人。但即使是在最优秀的诗人的作品中，打动读者的往往也是诗中局部的精美的句子而不是完美的总体性。当代诗人们成功地传达了生存在后现代所遭际的震惊体验之后的经验碎片，这些碎片本身已足以使我们为之悸动。但如果说悸动之余我们还感到缺乏一些什么的话，那么也许是诗歌的"总体性"方面的缺失。我们不知道殉道者海子是不是在意识到这种缺失之后才走向史诗创作的道路的。

"总体性"的更重要的语义层面正是由海子的史诗创作所昭示出来的，海子把它表述为"集体的诗"，"民族和人类的结合，诗和真理合一的大诗"。这是一种宏阔的追求，尽管在海子那里其意向本身可能比具体实绩更为重要。

海子以及当代其他诗人的困难在于这并非是一个总体性的时代。正像叶芝

当年描述的那样:"一切都四散了,再也保不住中心,/世界上到处弥漫着一片混乱。"卡西尔则称这个世界的"理智中心"失落了;本雅明也指出世界丧失了"统一性";阿道尔诺(阿多诺)则认为我们的时代匮乏的是"内在远景";而用卢卡奇的话说,则是"总体性"成了难题,成为一种向往。在这样一种人类生存的背景和境遇中要求诗人们呈示"总体性"似乎有些过苛了。然而,最需要的东西恰恰是最匮乏的东西。尽管这并非是一个总体性时代,但艾略特的名言仍旧诱惑着一代诗人。艾略特在《尤利西斯:秩序与神话》中这样评价乔伊斯构造神话的努力:"它是一种控制的方式,一种构造秩序的方式,一种赋予庞大、无效、混乱的景象即当代历史,以形状和意义的方式。"毋宁说,在诗歌中完成这种总体性景观的追求,完成这种"构造秩序的方式"是举步维艰的,但唯其举步维艰,海子的努力才更令人景仰。他的思考已延伸到诗歌之外,进入了历史以及终极存在领域,而这一点正是跨世纪的诗人们无法回避的使命,即在一种世纪的高度和基点上重建一种诗歌精神、重建一种生存远景。

三、"纯诗"写作的贡献与缺失

"纯诗"的追求在"后新诗潮"的诸种流向中占有比较突出的地位,它的突出贡献与缺失都是显而易见的。

"纯诗"的努力意味着诗人对自己的"手工艺人"身份甚至职业的自觉。《手工艺人》是诗人蔡恒平的一本自选集的名字,它的出现已经标识着诗人对自我真正的身份和价值的体认。这种创作心理和动机,使诗人把自己的诗作看成是独一无二的无法机械复制的手工艺品,这就使得诗歌创作有可能专注于诗歌本身的自律和自足而臻于相对完美的纯粹境地。同时,"纯诗"追求的深远意义还在于它试图探索现代汉语自身的美感因素和美学价值,从而建立起一个足以与古代汉语诗学相抗衡的现代诗学体系,发掘现代汉语自身的自律和自足性。只有在这种基础上,海子所预言的诗歌皇帝才有诞生的可能。

瓦雷里认为"纯诗应被理解为一种探索——探索词与词之间的关系所引起的效果,或者毋宁说是词语的各种联想之间的关系所引起的效果;总之,这是对由语言支配的整个感觉领域的探索"。语言支配的感觉领域自身具有什么样的自律性？语言经由诗人最终能展示给人类什么样的组合与图式？语言经由诗人的无法穷尽的排列组合方式是否最终反映着人类联想域的极致？我们能在怎样的程度上把诗人展示的联想世界与生存的现实世界对应起来？诗歌在本质上是否昭示了人类的"现存在"无法企及的一个美学意义上更完善的幻象世界？上述这一系列问题都是由"纯诗"创作引申出来的。

然而"纯诗"不是诗的体式，甚至也不是形式，而是对语言和词语关系的探索，隶属于语言本体论的层次。"纯诗"关涉的是诗歌永远性的命题，但同时也是前提性的命题。"纯诗"更应被理解为诗人必备的语言训练，它更是手段，而"纯诗"写作中的误区都在于把它视为目的，把"纯诗"等同于"诗性"本身，结果我们把更多的精力花费在前提性问题上。

四、关于"后新诗潮"的概念

"后新诗潮"的命名是承接"新诗潮"而来。"新诗潮"的概念对概括北岛们 1980 年代初期的诗歌实践的共性特征，问题相对较少。而"后新诗潮"则越来越成为一个太过笼统的概念，用它来涵盖 1980 年代中期以来十几年的诗歌流程，已有捉襟见肘之感。一方面是十几年的诗坛有着纷繁复杂的格局和走向，另一方面所谓的"后新诗潮"已经表现出鲜明的阶段性特征。譬如几个代表诗人（王家新、欧阳江河、西川、臧棣、西渡等）最好的诗作可以说都是在 1989 年之后写的，他们的诗歌观念和风格、技巧都发生了重大的变化。当我们关注个体诗人和具体文本的时候，尤其感到"后新诗潮"的概念已经非常无力。

原载《诗探索》1998 年第 2 辑

诗歌与什么相关

谢有顺

荒诞派剧作家出身的现任捷克总统哈维尔,在他一度身陷囹圄时说过一句感人的话:"信仰生活,也许。"我相信这句话,是哈维尔经过许多苦难之后,所积攒下来的痛切而有力的言辞。生活这个平常的词,使哈维尔有了真实的记忆,为他以后一切的思索与写作找到了展开的起点。他不虚构生活,对于他而言,写作是为了更好地到达生活中那些让人惊讶的事物,而不是远离它。我们为什么害怕生活?我们的写作,为什么总是与虚构的经验相关,却永远不触及生活本身的边界?我想,这里面包含着很深的思想误区。只有那些软弱的人,才专注于"生活在别处",而对身边蜂拥而来的真实措手不及。我的意思并非不要"在别处"的理想、信念,而是说,任何的理想和信念都必须要能够有效地在他此时此地的生活中展开,否则,它就是假的。苏格拉底的信念使他在面对毒酒时毫不惊慌,坦然赴死;哈维尔对生活的信仰,使他即便在狱中也没有灰心,没有中断自己对世界的追问。

同样简单的还有诗歌或文学的困境问题,有关的议论浪费了公众太多的时间,事情毫无进展。那些对困境日夜忧心忡忡的人设计了许多方案,可能唯独没有想到困境只有一个:诗人和作家对他个人所面对的生活失去了敏感,对人的自身失去了想象力。至少我是这样认为的。中国的作家素来有好大喜功的传统,喜欢在作品中谈论惊人的命题、做出伟大的结论,里面却很可能找不到丝毫人性的气息。他们的体验方式是整体主义的,他们的作品基本上是社会公论的结果，个人的、真实的、触手可及的，来自生活本身的希望或伤害却无限期地缺席。比如，我们经常能够读到许多直奔空境、虚无的作品，表达了作家对道、禅思想的心得，可很少有人告诉我们该怎样处理我们内心时刻都在涌动的欲望，即在欲望与空无之间该怎样转换和升华：我怎样才能从欲望的主体中脱身而出，抵达高不可攀的空境？我不相信省略了个人对欲望的真实搏斗的"空"和"无"是可信的。整体主义的致命之处就在于，他不是从个人真实的欲望出发，寻找途径抵达彼岸，相反的是，他往往从预设的"空""无"或其他什么彼岸理想出发，越过人作为欲望主体这一事实，轻易地就把人过渡到彼岸，完全无视人性。这样的整体主义作家不但违背了常识，也违背了他们自己的内心。他们写作时比谁都清楚，生活不是这样的。把一些连自己都不相信的事物搪塞给读者，是文学贫困的内在秘密。其中，诗歌的问题尤为严重。年轻一代的诗人指责他们前辈的诗歌沦落成了意识形态的传声筒，他们自己却把诗歌改装成了一些不着边际的字词迷津，或者一种玄学气质，最终堕落成为知识和技术的奴才。我想起诗人于坚在一篇文章中谈到"我为什么不歌唱玫瑰"。他认为，玫瑰可以生长于英国诗人彭斯的诗歌中，却与他作为中国诗人于坚的存在无关。于坚说："在我的日常话语中几乎不使用玫瑰一词，至少我从我母亲、我的外祖母们的方言里听不到玫瑰一词。玫瑰，据我的经验，只有在译文中才一再地被提及。"让一种与自己此时此地的存在无关，只涉及自己的知识背景和阅读经验的事物支配诗歌的写作，使当代的诗歌拥有了一个不真实的起点，它完全漠视此时此地他个人所面对的生活，这种对生活的麻木与不敏感，直接导致了诗歌的衰败。我们有理由认为，那些与诗人自己所面对的生活都无关的诗歌，也与我们的时代无关。

还有什么事情比这更让人感到困惑的呢？写作远离自己当下的境遇，凌空蹈虚，无所事事，那还有什么真正的诗歌可言？多数的诗人害怕生活，以为靠得太近的生活除了面目狰狞外，并无多少诗意可言。于是，他们不约而同地到故纸堆、历史古迹、远方的乡村、空旷的天空、发达的西方去寻找诗歌写作的资源，他们信奉的真理是：生活在别处，诗歌也在别处。这就是用整体主义、集体记忆、社会公论、"诗言志"来写作的恶果。这些人普遍喜欢谈论的人物是里尔克、卡夫卡、普鲁斯特、博尔赫斯等人，可他们无视里尔克的文化传统中固有的浪漫和神秘气质。里尔克的诗歌中常用的一个主词是"主啊"，这与他的信仰有关，但同样的呼喊在一个对圣经近乎无知的中国诗人口中说出，就显得矫情而危言耸听。他们无视卡夫卡作品中的恐惧、不安和绝望，正是来源于他敏感而压抑的生活：他的《在流放地》《城堡》的灵感来源于他和费丽丝·鲍尔的婚约，《城堡》的写作冲动来源于和密伦娜·雅申斯卡之间的爱情失败后的痛苦经验，这是卡夫卡的生命中"最强烈、最深刻和最天翻地覆的经验"。他们无视普鲁斯特那个巨大的时间容器，恰恰是个人记忆（而非集体记忆）的回声，普鲁斯特在闭抑的法国书房里写下的是充满白日梦的个人的生活细节。他们同样也无视博尔赫斯热衷于书籍与图书馆的迷宫，是因为他本人长时间来就是图书馆的馆长，置身于书籍的迷宫中，且他后来眼睛失明了。这些大师写下了他们个人在自己的时代里的生活证词，他们的作品是人性的，非常人性的，而不仅仅像一些中国诗人所理解的那样，是一些可以盗用、模仿的智慧和技术。

卡夫卡不是一个只关注形而上问题的作家，其实他的注意力一直都在他的自身，他的病，他的梦，他的焦虑，他最琐细的日常生活。他一切的追问和描述都是从这里开始的。1914 年 4 月 2 日，卡夫卡的日记里只有两句话："德国向俄国宣战。——下午游泳。"这是非常奇特的，他把一个无关紧要的个人细节与重要的世界崩溃的事件联系在一起，有力地体现出卡夫卡的写作与生存不被集体记忆或社会公论所左右，他坚守的是个人面对世界的立场。克里玛在分析卡夫卡如何完全因为个人危机（出于捍卫个人写作的自由而对婚姻的恐惧）而写作时总结道："当这个世界陷入战争狂热或革命狂热的时候，当那些自称是作家的人受感于这样的幻觉，认为历史比人更伟大、革命理想比人类更重要的时候，卡夫卡描绘和捍卫了人类空间中最个人和内部的东西；而当另外一些人认为建立地上的人间天堂是理所当然的时候，卡夫卡表达了这样的担忧：人可能失去他个人的最后凭借，失去和平和他自己一张安静的床。""描绘和捍卫了人类空间中最个人和内部的东西"，这几乎是对卡夫卡的最高评价。在一个外在世界风起云涌的时代，很容易使诗人和作家的眼光转向大而无当的口号、理想、人类、未来、乌托邦等集体记忆的事物，而彻底遗忘个人内部的人性景象。卡夫卡不是这样，他用他人性的个人记忆，有效地区分了外部世界与他生活在其中的世界的不同，为他那个时代保存了一个真实的个体与世界之间的抗争史。但我们今天重读中国这几十年的新诗，在诸如"土地""青纱帐""祖国""天空"等意象中，亲见的多半都是集体记忆式的经验，很少知道来自个人的、人性的事物在过去的时代是怎样走过来的，又将怎样走过去。个人的缺席，人性生活的缺席，是诗歌内部真正的匮乏。诗人过于注重和强调自己作为时代代言人的身份，而在写作中将更有活力的此时此地的个人经验省略了，或者说，他根本就没有注意过个人存在于这个世界可能有的诸多细节，他整个就被自己的阅读和毫无想象力的社会公论所误导了。这样的诗人写出的不会是他个人的诗歌，记述的也不会是他个人的想象力，他不过是完成社会和群众交给他的写诗任务而已。

诗歌到底与什么相关？我想起哲学家蒂利希的一个回答。他说，艺术所要呈现的是"无论如何与我相关"的事物，诗歌也如是。这其实是诗人对自己与对世界的一种词语上的承担。有了对"我"的处境的敏感，有了对此时此地的生活的痛切感受，并知道了什么事物"无论如何与我相关"，真实的写作才有可能开始。美或者痛苦往往都是存在于生活的隙缝中，没有敏感的心灵或很强的诗性警觉，是无法发现它们的。所以，任何伟大的诗歌，都不会仅仅是一些空洞的抒情和意象，它一定包含着诗人对此时此地的生活细节的警觉。他们的诗歌可以证明他们曾经很实在地生活过，并且心灵上曾经与那些生活细节有着亲密的关系。从这个意义说，普鲁斯特、博尔赫斯、卡夫卡、福克纳等人都是诗人，他们的作品是真正有诗歌光芒的少数篇章之一，而且，阅读他们的作品，我们会发现他们对自己笔下的生活是多么熟悉！相比之下，面对已经沸腾的生活，许多的中国诗人更像是个腐朽的无病呻吟者。他们在书房里，在经典上，注释、收集着精彩的句子，以期在词语上建筑更精致的宫殿，唯独选择在生活中缺席。他们以为自己承担着语言操作的使命，其实承担的不过是他们腐朽而平庸的趣味。博尔赫斯曾在一篇文章中讽刺那些文体迷信者，想通过精雕细琢使自己的诗成为"一首没有虚言废话的诗"，"可它却是满篇的废话，总之，是一堆残渣废料"。这可以从众多充满神话原型、文化符码的诗篇，以及海子死后涌现的成堆模仿其风格的诗作中大量看到。海子是才华横溢的诗人，他的幻想力和直奔终极的激烈气质，使他成了1980年代那种思想环境的代表人物，但他也属于过早就想接上人类的巨型话语而省略了生活这一中介的诗人之一。他的幻想是以抽空此时此地的生活细节为代价的，他后来的追随者没有意识到这一点，从而把海子糟蹋得体无完肤。由此也可以看出，要在充满集体无意识的中国文化中贯彻个人的、当下的立场是多么的艰难。

个人什么时候出场，真实的人性生活是怎样的，"无论如何与我相关"的事物什么时候能得到表达，这是我们真正需要关心的问题。诗人只有带着个人的记忆、心灵、敏感和梦想进入此时此地的生活，并学习面对它，也许才能发现真正的诗性——一种来自生活深处、结结实实、充满人性气息的诗性。当个人面对世界的苦难和伤害并承担词语的责任时，才有真实的诗歌可言。我想起威塞尔的随笔中讲到的俄国伟大的诗人安娜·阿赫玛托娃在斯大林时代，曾日复一日来到并站到卢布扬监狱门前的长队里，带着一个给他儿子的包裹。数以百计的妇女们在那里等着轮到她们。每个人都有亲人在里面：丈夫、兄弟、儿子、父亲……一天早晨，一位老妇人转头对她说道："你是女诗人阿赫玛托娃吗？""是的。""你是否认为有一天你能够讲述这个故事？"阿赫玛托娃沉默了片刻，然后说："是的，我会试试的。"威塞尔接着写道："老妇人激动地望着她，仿佛在掂量着这个回答；接着一道微笑第一次出现在她疲惫的、毫无血色的脸上。"我喜欢这个充满俄罗斯精神的场面，阿赫玛托娃带着一颗诗人的心灵面对苦难与那个极权的年代。个人、监狱中的儿子、诗歌，这些都成了真实的生活细节，阿赫玛托娃实实在在地置身其中，我相信，这是她写下伟大诗歌的重要资源，但是，她在那个老妇人面前，却对词语上的承担（"讲述这个故事"）保持着审慎的态度（"我会试试的"），她不愿轻易许诺记述整个时代。当她站在监狱门前时，也许唯一让她有信心的就是如卡夫卡那样"描绘和捍卫人类空间中最个人和内部的东西"。阿赫玛托娃做到了，对于她而言，最个人的就是最真实的，也是最人类和时代的。以个人的名义，主动承担时代所给予他（她）的每一个生活细节和其中的责任，是诗人真正的使命之一。诗歌要想恢复读者的信任，首先要恢复的就是与每一个细节、每一个真实的"我"的人性关系，也只有从细节和人性中生长出来的美，才是有活力的诗性的美。

我们已经厌倦高言大志，厌倦精雕细琢，厌倦没有人性气息而又天马行空的所谓想象力，厌倦那些有词语癖的诗人所批发出来的没有任何心灵真实的词语，正是它们，把诗歌推向了绝境。什么时候我们能够来到最个人和内部的领域，重新恢复对真实、美、朴素、细节、此时此地的生活、有责任感的心灵等事物的挚爱，什么时候使诗歌"无论如何与我相关"，希望就将在其中生长出来。诗歌，最高的艺术之一，应该在这个沸腾的时代重获心灵的力量、当下的力量，"描绘和捍卫人类空间中最个人和内部的东西"，从而使其能够有效地在我们的精神生活领域展开。我想起在希特勒的集中营，有一个叫玛莎的小女孩写过这样一首短诗：

这些天里我一定要节省。/我没有钱可节省；/我一定要节省健康和力量，/足够支持我很长时间。/我一定要节省我的神经和我的思想和我的心灵/和我的精神的火。/我一定要节省流下的泪水。/我需要它们很长，很长的时间。/我一定要节省忍耐，在这些风暴肆虐的日子。/在我的生命里我有那么多需要的：/情感的温暖和一颗善良的心。/这些东西我都缺少。/这些我一定要节省。/这一切，上帝的礼物，我希望保存。/我将多么悲伤倘若我很快就失去了它们。

还有一个叫莫泰利的小男孩，也写过一首类似的短诗：

从明天开始，我将悲伤。/从明天开始。/今天我将快乐。/悲伤有什么用？/告诉我吧。/就因为开始吹起了这些邪恶的风？/我为什么要为明天悲痛，在今天？/明天也许还这么好，/这么阳光明媚。/明天太阳也许会再一次为我们照耀。/我们再也不用悲伤。/从明天开始。不是今天。不是。/今天我将愉快。/而每一天，/无论它多么痛苦，/我都会说：从明天开始。/我将悲伤，/不是今天。

我在多年前读过这两首小诗，至今无法忘怀。它们是人类历史上最感人而有力的诗篇之一。它们的作者不过是孩子，他们不懂什么叫技巧，什么叫文化经验，甚至他们懂得的词汇都非常有限，可他们有的是对苦难生活的敏感，对"我"的关切，还有真实的心灵细节，他们是真正像诗人一样歌唱的人。让每个人都来读这样的诗作，都来感受这样的心灵。这些"最个人和内部的东西"，这些最朴素的词语承担唤起的是我们真正读诗才有的悲伤和羞愧。在玛莎和莫泰利这两个孩子面前，那些凌空蹈虚的诗人要低下他们高傲的头颅。

原载《诗探索》1999 年第 1 辑

日常主义诗歌
——论 90 年代先锋诗歌走势

陈仲义

一

　　诗歌进入 1990 年代，在存在这一主题层面上，呈现两种引人注目的样貌。一种是充满泛宗教情怀、在人性与神性之间，指向人的精神结构："光"的照耀、"大鸟"飞翔、"天籁"、"金属"，如同稍早的"村庄""麦地"，一起汇合成灵魂的施洗。另一种是于琐碎的日常事物发散私我的生命情怀，从随处可见的"形而下"物象表象挖掘遮蔽的诗意。早先以海子为代表的神性取向，追求大的启示、引领、关怀、叩问，1990 年代后期转演成相对小一些、较为具体的"附着"，抽身回退之中，依然坚守血液、骨骼、盐分等人格指标和灵魂浇塑。而以韩东为代表的日常主义流势，自从 1980 年代"生命起源"后，则发生较大变化，一部分继续承接，在短小、简明、语感的河床上行驶，另一部分则展开更为开阔复杂的追求。

　　我不知道现象学对他们影响大到何种程度，但看得出一以贯之的追求旨趣及种种推进。按胡塞尔的说法，现象学是一种关于观察者怎么摆脱预先假设，单凭直觉发现事物本质的方法。它不关注对象是什么，而是关注对象如何是，关注对象如何呈现为对象的。故对象要"澄明"先得清除本质主义独断论的界定，清除"虚妄"和"幻念"，亦即实施"判断的中止"。"我们的意思是，每一种与此对象相关的设定都应被排除，并被转变为它的在括号中的变样。"[1]所谓加括号只是意味存而不论，即把存在的观点和历史的观点悬置起来，然后进行本质的还原和先验的还原。通过悬置和还原，观念本质便被剥脱与拆卸，造成"面向事物本身"的敞开。而事实本身即是在明证性、在绝对的所以中给出的东西。它忠于他所见到的一切现象，并将现象依其自身呈现的样子如实描述出来。[2]这样，在日常主义诗歌那里，世界无所谓现象与本质之分。现象即本质，本质即现象。故你抵达表象，你实际上已占有本质。逃离所有观念束缚和意义先置，在现象界漫游，就能够获得一种本真心得。既然所有的真实和本质都是人为"加工"的结果，那么长期处于存在的遮蔽就不奇怪。要使世界敞亮，最好的方法就是使世界静静地呈现出自己的一切。

　　在悬置、还原原则的驱动下，日常主义撒下了无所不到的生活之网，一切的一切尽入网中，巨细无遗。一杯隔夜茶，茶叶上的泡沫，泡沫上的锈垢，锈垢中的波斯猫眼，猫眼中的高跟鞋……可以不断地"演绎"下去，成为诗的各种契机。单是以下一大串题目，也会让其他比较"狭窄"的诗学目瞪口呆：《餐桌上剩下的一把鱼骨头》《晚餐，有牛肉及其他》《那是一声怎样的喷嚏》《没有开水的安眠药》《一只蚂蚁躺在一棵棕榈树下》《下午，同事走过一角阴影》《干完活的园丁捡回自己的工具》《想起一部捷克的电影想不起片名》《当酒瓶银色的头盔被吹落》《喝一口水》等等，不难看到日常主义如何广泛入侵生活每一细微处。发轫期的正宗货，客观、白描、透明、佯装冷漠，于事物的缝隙里流露几许人性的温馨，伴随自发语感，不乏平淡中的韵味和深埋中的底蕴，那是个体生命彻底挣脱各种绞索的释放，终于在生活与存在中找到"位置"。不过，随着"口语话（化）"这一操作行为极易流行仿写，很快便泥沙俱下了。那种自然、素朴、本真的"淳"变味为拖沓繁缛和失却诗意的语言狂宴。然而，日常主义主流以它无所不在的强大感召，与众不同的把握事物方式、新一轮的美学

---

[1] 胡塞尔：《纯粹现象学通论》，商务印书馆1993年版，第97页。
[2] 彭越、陈立胜：《西方哲学初步》，广东人民出版社1996年版，第274—275页。

生长点，至少给 20 世纪诗学带来几点启示：

（1）诗歌确乎能够进入日常极其琐碎的事物里，它蕴藏弥散于事物表象，哪怕是针眼般缝隙和皱褶，都是诗歌不可忽视的对象。它表明进入诗歌视域的事物几乎是无穷无尽，没有止境的。日常生活"资料"融入了具体复杂的文化语境，诗意的采掘作业转移到万千平淡无奇的凡庸事物，诗歌的可能性获得大幅度激发。

（2）诗人的工作方式由早先高度激化、提炼、升华"转业"到了——使用"观察"（在显微镜下凝神放大几倍乃至十几倍）——"解剖"（像外科医生冰冷手术刀的精确分解）——"考古"（如考古学家的毛刷层层逼近似发现）——的过程。诗歌在相当程度上成了日常事物的细密"考古学"。诗歌成了"米粒"上的雕刻手艺？

（3）日常主义诗歌提供的"观察""解剖""考古"方式与正统现代主义的意象化、象征、隐喻路径迥然不同，它导致诗歌变得异常细屑、缠绕、相互析释、综合杂芜等，并且形成"叙说"与"混沌"互为表征的一路诗风。文化色彩大大覆盖传统诗意，诗歌文化上的层层推进付出了诗性节节削减的代价。

需要特别指出，所谓"观察"，是说诗歌放弃那种主观"在场"的驱使立场，即放弃完全心灵化的抒发表现本领，而改取客观、他者甚至"缺席"的"眼光"，细细"打量"对象、"注视"对象。所谓"解剖"是说诗歌淡化过去那种高度概括高度凝练的方式，尽可能展开对对象的精确"量化"过程。所谓"考古"，是说在隐匿和遗漏的事物内部进行层递式的挖掘和修复，使原本就是复杂的样态重新露出复杂的面目。

二

日常主义的早期诗风，一般是从日常生活场景切入瞬间感受。或者将众多物象客观罗列，让诗意在缄默中悄悄闪烁，或者缠绵于某一事象自良好的控制中筛露诗的光斑。宁静，简洁，克制，淡远。这在韩东身上表现得尤为明显，十几年过去了，此脉诗风犹不减当年。《剪刀》："一个男人从理发店里出来 /

头上带着剪刀的印痕／他走过一块刚刚休整过的草地／小贩过来，向他兜售刷子／／他看见豪猪越过稻田／将军被箭矢所伤／星光和锯齿，他回到／窗台上的仙人球。"再看王小妮："一日三餐／理着温顺的菜心／我的手／漂浮在半透明的白瓷盆里／在我想向悠远的时候／白色的米／被煮成了白色的饭"（《被白纸包裹的人》）。

　　不管是一次理发，引发巧妙的联想（休整的草地、践踏的稻田、锯齿、仙人球），还是三餐切洗，庸常的生活里自有存在者敞亮的诗意，平淡的举止自有丰满的一刻。以至于王小妮能够发现："不为了什么／只是活着／像随手打开一缕自来水／米饭的香气／走在家里。这，就是日常生活的真谛。"

　　或许对这种简洁、过分纯正、讲究分寸感不满，一部分诗人迅速祭起"闲聊"式"对话"机：絮絮叨叨，无休无止，充满饶舌和聒噪。灯泡里一根钨丝断了，隔夜的半块豆腐馊了，都可以"敷衍"成章。在他们看来，生活并非蒸馏水，而是翻搅着各种各样泡沫、水草、泥沙和其他悬浮物。闲聊式的饶舌和聒噪正好对应着庸常、秽黯的世俗，对应着漫无边际的荒诞、烦琐；反过来，大量世俗的无聊助长这种"唠叨"。于是，在充满表象事象具象语象的长篇叙说里，塞入许多更为细屑的东西，细屑成为日常主义诗歌一个特征。

　　于坚特别热衷过程的"分切"，有时细微处竟达到包容过程的每一瞬间，不给予任何喘息；占据某一特定单位时间，甚至可以啰嗦到以第几分第几秒计。一个《啤酒瓶盖》像一只牛蛙在晚餐开始时砰的一声跳开了，诗人就此展开他的"碎嘴"："它在一道奇怪的弧线中离开了这场合　这不是它的弧线／啤酒厂　从未为一瓶啤酒设计过这样的线／它现在和烟蒂　脚印　骨渣以及地板这些脏物在一起／它们互不相干　一个即兴的图案　谁也不会对谁有用／而它更糟糕　一个烟蒂能使世界想起一个邋遢鬼／一块骨渣意味着一只猫和狗　脚印当然暗示了某人一生／它是废品它的形状只是它的形状／它在我们的形容词所能触及的一切之外／那时我得以看它那么陌生的一跳　那么简单的不在了／……"

　　一个不起眼的酒瓶盖，生活中有多少这样杂碎被人漠视遗忘，然而生活正是由这千千万万的"瓶盖"组成，瓶盖与其他事物存在什么关系呢？一般人绝对不会探讨。只有我们敏感的诗人抓住其存在网络中的一个不经意的"网点"——瓶盖启动、飞行、落地那一弧线轨迹，精心地利用必然与偶然交接契机，探讨了存在的诗性。诗人在细致观察对象的形态、声音之后，全面铺开瓶盖与周围事物的关系。所触之处，竟多达 11 个之繁：侍者牙签瓷盘川味餐巾玫瑰啤酒厂烟蒂脚印骨渣手指，偶尔插入一二评判。在众多事物不厌其烦地"包抄"及诸多关系的"唠叨"下，丁点儿瓶盖在庸琐的日常里获得了敞亮。

愈演愈烈的细屑之风，使我想起当年《日常主义》一段宣言：那些偶然、无谓、不确定的等等琐事，成为我们表现人类日常性最为得心应手的契机，努力缩短抽象观念和理性结构之间的距离，从而诉诸更广泛的精神现状的表白。诗人们弃置"宏大叙述"，着眼大量细小琐事，是因为他们深识生活与存在正是由这些无数"细节"构成，每一件琐事都可以直陈当下现场，彰显"价值"。18 年前，梁小斌惊世骇俗地说出：即使阳台上飘落一条蓝手帕，也是意义重大的。这当时引发多少讨伐和不解，而今这句屡遭攻讦的名言倒成了一条普遍的日常守则。现象学泯绝现象本质界限，把表象提升到无以复加的高度，日常主义"顺势"取消题材之分，超规模将一切表象对象化，从而造成当下无所不能的诗写机遇，最大限度打开存在遮蔽。当然，超量的闲聊聒噪、自说自话的唠叨，都会使诗意空间变得臃肿而诗质腐败。诗人们现在是踏入豁然大开的露天矿场，开采数量如此之多，一篓篓往外装运，但是令人忧思的是，这些原生矿石并非等同其全部"含金量"。筛选与节制仍是首要工序。

由于注意力转移到对日常琐碎的关照，原先诗歌对情愫提炼、升华、高度概括的工作方式便悄悄退隐了，不再直接面向对象主要特征做出或抒情或隐喻的反应。而是以冷静的"围观"（观看、解察、打量）目光逡巡于对象，进入地毯式扫描。尤其乐于对每一缝隙、每一坑洼、每一凹凸、每一皱褶开展高分辨率的察看。这种观察搜索可以达到中档屏幕指标 480 行 / 秒。在如此精密的显微镜下，一切细部都暴露无遗。观察的方式无疑给诗歌带来新的"视窗"。

伴随细屑的观察，诗人们同时饶有兴趣、乐此不疲"周旋"围绕于事物周围，他们穿梭于一个又一个房间，徘徊于廊柱，倘佯于边缘：进出，闪避，左拐右弯，消逝，蓦然凸显。更多时候倒像藤绕树干，盘缠，绞合。已缺少从前那种对事物或直来直去，或简单对应，或层递式抵达，而潜入人与物、物与物的间隙遭遇，做起相互纠葛、扭结的"游戏"，充满悖谬含混。

在高层玻璃幕墙、堆满纸张传真、千篇一律的日子后面，女诗人马莉正拉开窗帘，瞬间体验扑面而来：天空什么也没有，除了云朵，她想这时应该有一只小鸟才好，于是，她飞快写出《一只鸟儿在空想中飞行》："一只鸟儿　在 /下午的光芒中 / 反复地　作出下行的飞往 / 它迅速且平稳 / 下行的线粗犷而柔和 /……"一次内心体验就在诗与思相遇的空想中完成了。人们可能比较能理解这种线性的直达体验方式（当然有人还会对此类空想抱有成见），却很难理解在几乎相类似的境遇中，诗人所采取的另一种复杂"曲达"方式，比如面对"门""窗帘""台灯""吊顶"之类所采取冥想"缠绕"方式："在许多个夏天之后 / 门敞开着 / 门的左边或者右边 / 离椅子很近 / 或者　很远 / 那一切都非同寻常 // 没有谁会知道 / 在那个忧虑纷纷的下午 / 房间里有这扇门 / 门　敞开着 / 或者通向花园的深处 / 或者通向蔚蓝色海洋 // 我坐在离门很远的地方 / 或者很近 / 我坐在椅子上 / 门的左边或者右边 / 感受着露台上的光芒 //……我注视着门 / 门由来已久 / 门的左边或者右边 / 你不觉得我需要这种体验吗 // 一切都在 / 门的左边或者右边 / 优美又惊人 / 并以强烈的意味阻止一切没有谁会知道 / 也没有谁会入侵 //……"（《门的左边或者右边》）

女诗人反复纠缠于门，或者左边或者右边，或者很近或者很远，或者由来已久或者无法忍受，或者深处或者远方，或者顺从或者抗拒，或许她试图从空间中找回曾震慑其心魂的拟想中"位置"，却可能因缺乏方向感而不太满意，她"不得不"模糊任何细节而抽象地合围门，逼迫门发出强烈的意味。这就是女诗人神秘的内隐体验，拟想中狐步似的环绕这个"奇妙的圈套"，在智性中服膺某种抽象。如果说这位南方女人喜欢盘桓于形而上玄思，在冥想中自我纠缠，不露声色的张曙光则往往用缓慢语速圈绕手中形而下的线团。请对读《边缘人》前后两段："当世界像一辆疯狂的小汽车 / 载着我们在高速公路 / 急驶你是否看清 / 路旁的风景和禁止停车或转弯的标志？ / 或许，你可以选择另外一种生活 / 它冰冷而礼貌，像一个继母，或陈设在新式客厅 / 古老而幽雅的瓷器，比如 / 重新回到当初的起点 / 让夜晚的街道和广场再次积满去年的雪 / 或打开洗碗器，使水流和月光 细细过滤思想逻辑的每一个缝隙／周而复始的游戏……／这想法令人尴尬，或者相反／只是让你感到——比如不安或一些莫名其妙的感觉／你无法用语言捕捉。三十年来／我一直在做这件事，但总是徒劳／我无法把它做得更好，仿佛又一次／堕入命运阴险的圈套，似乎它的目的／只是为了好玩或使你尴尬。还能做些什么／……"倘若说前一段塞满形而下的拥挤、涌动，夹杂一连串设问、咨询、选择，在无法确知意义的生活中不乏些许感性迷惘，那么后一段则在理性反思中陷入矛盾纠结。在短短 4 句不足百字的诗行中，通过选择、条件、转折、疑问之间的错综环绕，把边缘人的两难、不安、烦恼，曲折托出。思想大于行为，想干却感徒劳，要做却觉陷阱，好玩竟是尴尬无奈，与斯对应的言说表现出相当的盘缠：剪不断，理难清。还有《散步》，有意规避实质性指陈，更多围绕散步的各种散文化议论。《致奥·哈拉》犹豫中肯定，确定中迟疑，设问中再设问，构成一种"有效的啰唆"。此种纠葛使诗歌变得繁复。诗歌染指"小说心理"笔致，肯定大大扩充诗的表现力，不过当言说的缠绕大面积包裹诗歌，包括互否、悖论、误推、反话等等，混纺成又长又臭的裹脚布，诗歌形式的承载力最终受得了吗？

多少受到西方分析哲学的影响，一部分诗人不时流露出对"诠释"的特殊爱好，不同于早期新诗潮的思辨诗：诘问、反思、排炮、递进、一浪高一浪、敲打，他们显得语调和缓，肝火收敛，比较温文尔雅，一副绅士派头，一般不做大起大落的急转弯，而是在具体对象的具体过程中层层"剥卸"，条分缕析，极端者好似在填写化验检查单，甚至做指纹鉴定工作。尤其对存在／语言的鞭辟入里，竟进入词源词根词素里，在最细小的单位里游刃有余。于坚在这方面是个典型，"乌鸦"命名的分析，"铺路"铺开的分析，"停电""溶洞"的分析，大举向解剖学靠拢。许多"纯"物理学分析，像用圆规和尺子量度过，准确至毫厘。于坚这十年所坚守的分析报告，有的已进入"分子"水平。

臧棣区别于于坚的纯客观分析是另一种类型，他属于心理咨询医生，擅长进入心理生理的微妙部位进行"窥视"，优游其间做精巧析释。《内部》是对肉体与灵魂"不断有东西"的切削式索解；《夫妻之间》是对丈夫忏悔心理的一次隐秘侦察；"维拉"的故事是多角度多层次对女友的细读分析。《石匠的私人广告》连续用 6 个"可以"(不妨)的讨论口吻,对性格与人性某些侧面做出刺探——包括"妥协""切除""传唤""错觉""无知":"性格始终是可以妥协的部分 / 根据合法和不合法的诊断 / 它可以被手术切除;或是 / 为证实某个隐秘的私人角落 / 可以被法庭传唤,也可以 / 在重逢的咖啡馆中被言归于好地讨论 / 不曾经历过迷恋的性格 / 可以像岸边的礁石一样坚硬 / 但这不过是修辞的青春期的错觉 / 暴露了对大海母性的无知 / 不时,我们的肉体也不妨 / 被比作最柔软的石头 / 相爱的夜晚就是石匠的夜晚 / 敲打,折击揉捏,最后是构思中的汉白玉 / 被匆匆装上运往天国的集装箱 // 从石头中,我们也可以抽象出 / 另一种人性,用于改进出手的力度 / 我们沉溺得太深,或者说太远 / 所以每一次被迫醒来 / 都像是被多情的死亡又拯救一回。"

孙文波又是另一种类型,他特喜欢在家族与语词中拨弄分析性诠释,幽曲绵密。重新给《回家》注解,是把过去的宏大话语替换成当下的具体阐释,对成语《慌里慌张》辨析,竟一直辨析到最后只剩下能指层面上的四个音节。最有说服力的莫过于《他削尖了脑袋……》,体现着穷究到底的析解兴味。在存在 / 语言关系上,人们时时都会发生脱节、走样、扭曲的可怕困境。比如面对"他削尖了脑袋"这一突兀而至的修饰性句子,你接下该说什么?钻进官场、商场?也许你并不说出这些,而是接着另一句不着边际的话比如"黄昏时分的阴影"。的确,被文化和生存"操纵"的言说随时都可改变其方向、性质。比如我在你说出时却"看见"另一种景象:"看见"言辞改造我们的城市,"看见"给事物穿上外套的人。诗人在此辨析道,其实呢,说出此话是你和我开玩笑:脑袋怎么可能削尖,不过是形容过分而已,而我可以把削尖"喜欢"说成"他的双脚变成了汽车轮子,疯狂 / 奔驰在发财的道路上"。或者,"他 / 已经变成了一个戏台上的小丑, / 戴着面具使劲地翻着筋斗"。由此还可以演化这样的句子:电梯小姐在等待中露出大腿;某某政客怀上狮子胎。多么可怕呀,"言辞当成了三陪小姐",诗人继续质疑:类似的言辞言说中,你究竟能看到什么?自然的真相?人的命运?继而诗人反诘:你能描述出自己在时间中的真实形象、处境和位置吗?"我觉得你 / 可能是超级市场某一种小商品, / 建筑工地上某一块水泥板,或者, / 干脆就是一阵突然刮起的冷风, / 一朵很薄的云"。

甚至我可以说，月亮升起来了，"可能就是你正脱着衣裳"。所以，诗人"推论""削尖脑袋"的下弓步修饰应该是"他将走进权利的子宫""他就是言辞的X+Y染色体"。诗人对该诗的处理可谓缜密周到，信手拈来的一句普通修辞，通过接二连三的质疑、设问、推演、追究，完成了对存在/言说、真相/修饰、遮蔽/敞亮一次生动解码。

西方分析哲学认为，其学科任务是分析命题、语词逻辑意义与经验意义。为克服认识论上的误区，应该把认识与世界的关系转移到语言与世界的关系上，这样大量所谓"形而上"的命题被抛开了，众多具体的"形而下"进入分析视野。外科手术式的精密解剖和逻辑运作联手成优良武器。原先被诗歌所不屑的分析、解释、逻辑在1990年代被请了回来，甚至当了座上客，它提供的各种显在或隐秘的逻辑分解，包括迂回、阐释、自悖、互否的混杂，带给诗歌更多的包容，但它本质上的说理、冰冷，肯定伤害一片诗意。何以在智性高度统摄下，使"析释"言辞既保有缜密"解剖"之特色又不失感性之湿润，实在是个新难题。

析释与解剖是紧密关联在一起的。它们原都是科学的常规方式。前者表现为思维理性的发达运行，后者则多体现为分析理性支配下的行为动作。当诗的焦点移到事物的表象、过程、某一时段间区，细部使自然放弃内里本质、特征、"要点"、概括性特征的追寻，而假借科学手段对事物进行处理：切割、分解。但与科学方式又不尽然——不是那种泾渭分明、皮是皮肉是肉的绝对清白处理，而是切割中犹带着筋肉关联，分解中还夹缠着纠葛、模糊，表现在逻辑语词上是多种争辩、多项解释乃至相互否定，从而造成析释解剖上——团团纠缠的张力空间，把诗歌又引入另一个工作手段。

十年来，日常主义诗歌在愈发标举"观察""解剖""考古"方式，由此增补闲聊琐细、盘缠悖谬、阐述析释诸多"色素"时，也大量掺入"杂芜"之类的"填充剂"。原来是小说散文戏剧等文类向诗靠拢，成为"诗化某某"。现在则是诗向它们靠拢，转化为"诗某某"（诗小说诗电视诗戏剧），乃至雕塑舞蹈书法、曲艺相声小品的众多元素，不经什么"过滤"，纷纷被"截获"成日常主义诗歌的表现"资源"。一时间，复调，对位，间离，陈述，戏剧性，散点透视,亚叙事,互文……组成各种"点射"体、"对话"体、"日记"体、"奏鸣"体、"合唱"体、"随笔"体、"歌剧"体、"报告"体……西式"汉赋"中用"拼盘",花样百出,丛生繁杂。有即兴叙事与处理问题相拼和的《叙事与纪念》,有完全散文句段的《另一种风景》,有各种声音交替的《谈话录》,有阳本、阴本、盗版本对照的《门楣》等等。尤其是组诗长诗,全盘把"杂芜"推向巅峰。

先读杨克的《信札》,其中一小段:"垃圾 / 我的周围。你的周围。// ——于是你也是。""于是我也是 / 我们被污染。我们接受。而且要说挺好,快活 // 我们 // 隔着漫天遍野的客观 / 忙碌,从一个城市到一个城市 / 无根本无居所。现代人的状态。人类的状态。// 是一只蚂蚁,总搬家,可从未见过有家 // 额头有米粒,不知从哪儿衔来。" // "我怀疑我只是在梦游 // 而如今,你,唤醒了我,让我觉得活着 / 我——当下的,此时此刻的 / 如同吐了一天墨的乌贼 / 用清水冲刷干涸的肚皮,然后朦朦肿肿地伸展开来 / 最长的触角伸到你的胸前,吸附你。"引入小说、随笔,漫无边际的"闲聊""遐想"扎入意识流、独语、口语,信马由缰的放任、梦游,让人感受到诗体的稀薄和非诗体的杂芜。

再读马永波《电影院》:童年的"性觉醒",当今的集体色情。与以往不同,诗人的"杂耍"是将其通盘小说化:氛围、渲染、情节、心理活动,细节,应有尽有,下面是不同类型的三小段:"首先出现的是灰尘的锥形光柱,改变着半径 / 伴以电机的嗡鸣,从两个枪眼似的 / 水泥方孔中。退潮的人声和上涨的黑暗 / 一两个喘着粗气的人喝醉了一般 / 跌跌撞撞摸索着。有人撺亮了手电 / 有人把头埋入双膝吐出最后一口辛辣的烟"(突出放映光柱,放映前场景,刻画细部,一种油画效果)。"……她仿佛一下子 / 从我的生活中消失了,像一场空气中蒸发的小雨 / 她转学了?得了肺炎?我不知道 / 现在我已记不得她的名字和模样了 / 只记得她的臀部砰地落下的震动 / 她的手的重量,和喷在我颊边的热气 / 散场后我总是呱呱哒哒摔活动坐板 / 一路响过去。墙上的'抓革命促生产'/'禁止吸烟'和'厕所'的塑料牌 / 发出迷蒙的红光"(先是心理活动,再接上"客观"场面,同样重视细节但倾向散文笔调)。"……空旷会冻僵你的自我。黑暗、音乐 / 和欲望混成一体。集体的色情过程 / 同时又高度个体化。你不能去看别人的脸 / 你只能用余光去看别人发亮的鼻尖 / 磨磨蹭蹭的小动作，只言片语不时如冰块／漂来，在你皮肤上和心中引起'化学的凉意'"（综合感受、直接解剖评论，更像随笔写法）。

以上两例，还算是诗歌杂芜中的"清纯"类。近几年，诗歌文化的杂芜涂料越抹越厚，有人称之"穿着厚重衣物在水中划游"，尤其变本加厉的组诗长诗书写，诗人们肆无忌惮开动喷雾器，挥洒让人无法卒读的繁缛，包括文化典故、文献经书不时黏附于日常事物，未免有些乌烟瘴气。这种溷漫是不是应该来一番清扫？

三

以上诸种特征，随着私我化和相对主义流行，到1990年代后期愈加班驳。诗歌意想不到会获得众多的生长点。总的说来，它从早期比较简洁、单纯走向后来的复杂、综合。"叙述"一直贯穿始终，"混沌"势头亦不断增强，两者互为表征，领衔了世纪末的一路诗风。

叙述性、叙事话语、叙事策略绝对不是一种纯技术纯技巧——仅仅将叙事话语停留在日常表象的处理上。本质上它是对存在所采取的立场、态度，表面貌似客观，实则指陈生存现场。不管视角如何多变，人称怎么转换：全能的、聚焦的、散点的、窥视的、残缺的、跳荡的，都是个人化生存感受的直接通道。程光炜说叙事的转变，实际上是文化态度、眼光、心情、知识的转变，它使叙事主体具有强大的叙述他者的能力和高度的灵魂自觉性，当然还包括经验利用、角度调换、语感处理、文本间离、意图误读等细屑工作。[1]陈超说，诗的叙事依恃不再是单维的时间链，而成为各种声部间的争辩；一定程度的叙事性有助于摆脱绝对情感和箴言式的写作，维系生存情景中固有的含混和多重可能。[2]孙文波认为诗歌与现实不是简单的依附关系，不是事物与镜子的关系，诗歌与现实是一种对等关系因而诗歌扮演解释性的叙述角色。诗人们的自觉与

---

[1] 程光炜:《不知所终的旅行》,《山花》1997年第8期。
[2] 陈超:《可能的诗歌写作》,《诗刊》1996年第3期。

共识加剧叙事的频频运用,形成以叙述为主导的综合诗风。包括叙事空缺、叙事闪烁(不确定)、叙事障碍、读者参与等,叙述在诗歌内部含量的骤然提升,大大改变了诗歌质地,大大扩张了诗歌视野,这是现代诗又一"始料未及"的变化,它尖锐地撕开传统阅读经验的惰性。不过,叙述之滥用,又会掉入另一泥淖。因为说到底,诗歌的叙述根本无法与小说颉颃。以己之短,焉能攻彼之长?那么如何在诗的界域,合理巧妙有利地施展叙述,而不至于超量挥霍,是对诗人自控力的又一检验。

最后,还得引入"混沌"一说。"混沌"是当代科学前沿三大理论支柱之一(另两个为分形学和孤波学),1970年代耗散结构论就是从探索混沌现象开始,普里高津的耗散名著就叫《从混沌到有序》。混沌(chaos)的英文本意是激烈变化突然,在混沌学中则是随机、不规则、不连续、不可预测、非稳态、无序的代名词。混沌应用到有关学科被描述为"确定的随机性"(波普尔),它道出事物普遍存在的表面杂乱无章而内里的有序。[1]以此来观照日常主义诗歌,如果不是太勉强的话,人们会领教到某种混杂共生状态:文本普遍出现复调、多声部、不协和音程、散点透视、伪叙述、它种文类用语……至少在表层组成"众声喧哗",且日渐走向含混和艰涩。对此,用混沌来描述其后期诗风应当说是适用的。较早,我注意到西川使用过"混生"一词,或许有种"准状态"味,他说:"既然生活和历史、现在与过去、善与恶、美与丑、纯粹与混浊处于一种混生状态,为什么我们不能将诗歌的叙事性、歌唱性、戏剧性熔于一炉?"[2]晚生代的余怒则直接道出:诗歌只呈现它与存在一体化的那种状态。这种状态无人为它命名和赋予意义,它是混沌的。换句话说,诗歌即是对存在之混沌的呈现。从有序到混沌,不是创作手法的转变,而是诗歌本身的一场革命。混沌是世界的本来面目,也是诗歌的本来面目。诗人的任务就在于努力使这种混沌呈现出来(他同时提出表面"明净"也可以是一种混沌)。[3]在

---

[1] 马正平:《写的智慧》第二卷,西南师范大学出版社1995年版,第967页。

[2] 西川:《大意如此·序》,湖南文艺出版社1997年版。

[3] 余怒:《从有序到混沌》,《诗歌报》1994年第5期。

这种存在诗观的支配下，一切井然有序、规则、和谐遭到漠视。与存在同步的"混沌"，不论在表面是以明净面目或混浊面目出现，在深层上则更接近事物真实。诗人从思维、意识到叙事策略到语词交配都获得空前"松绑"。在混沌的自由空间，诗的最大可能得到鼓励，形形色色的伸展姿态得以放任。过于克制反成保守诟病，随机无序倒成光荣时尚，诗歌的失控和奥晦也由此加深了。

由日常主义诗风联想到日常主义诗学确立的可能。在根源上，它该隶属于总体上的生命诗学。归根结底，生命诗学彻底释放人的生命能量，激发个体生命情怀，而日常主义诗学在相位上可以说与其毫不二致，难分轩轾，只是它在方式上更耽于琐碎事物，更倾向于客观化言说。马永波的话不无激进："我甚至认为，呈本真状态的任何事物都是诗意的，我们只须抓住经过我们身边的任何东西，记录下它们，便是诗歌。"[1]照此观念，日常主义诗歌几乎网罗一切，提供了几乎所有的通道。这种提法是否适用全部诗歌，大可追究，在此暂不讨论。但我以为他倒说出了日常主义诗学的一条重要原则。即任何事物都可以植入诗歌视野，只须通过某种"记录"手段，就可以"打开"隐匿中的诗性。于坚采用形象的说法，他说："诗歌不是切开世界的一把刀子之类的工具，而是果子、内核、刀子、皮、切削动作共同作用的过程。"[2]我特别欣赏于坚这一饱含经验的方法论，准确地把它与其他诗歌方式区别开来，赋予日常诗歌以独到的特色：以前与诗歌仅仅是单纯关系，如抒情的关系、隐喻的关系、象征的关系，现在则是包围其间，更为细致具体、充满过程的复杂关系。上述两位诗人，可谓不谋而合，道出此脉诗风的奥秘。

诚然，相对于漫长时间积淀的历史，相对于整一的有影响甚至带有转折性的现实事件，日常生活显得异常细碎、不留痕迹，不外是一连串索然无味如复制一般的日子，"或许它是一种仪式，是人和天地之间的一项契约，为此人人都必须加入，人人都必须遵守，并且在这个过程中，个人不得多加过问，多

---

[1] 马永波:《随便谈谈——一代诗观》,大型《诗》丛刊1997年总第1期。
[2] 于坚:《棕皮手记》,东方出版中心1997年版,第247页。

加追究"[1]。崔卫平这句话大概只说对一半,诗人的职责恰恰在于对日常生活加以过问和追究,而且要处心积虑。因为诗性的东西隐匿于日常周围。所谓"及物"的写作就是关涉、触及、带动周围事物,使个人与之保持平衡、和谐、对等关系。1980年代的新诗潮是鼓励自我与宏大话语对抗,倡导诗人对社会承诺,1990年代则变成平民意识笼罩下的私我抚摩。现实仅是一种"虚构",诗歌与现实的关系一般不再是事件关系,更多体现与具体琐事的"照面",且通过"修辞手艺"达到对存在的敞开。以前诗歌"取景框"总是对准优雅事物的诗意,现在则对准那些最乏味的东西。这无疑提出了一个新的诗写标准:谁能诗意地处理好乏味的东西,谁就是好诗人(萧开愚曾说所谓好诗人不就是那些把最乏味的东西写成精粹诗章的诗人吗——到了表现现代和当代,再让笔锋专门地对准那些充满诗意的优美雅致的事物,恰恰是诗人的耻辱)[2]。然而,难度也在这里。凡庸事物如何转换为诗学意义上不止是文化上的诗意才是真正的关键。产生这一"颈瓶"制约不外是:(1)当乏味事物成为普遍诗歌对象,它先天早已处于劣势。(2)诗歌方式的改变,反过来遏止诗意的畅达。遗憾的是不少诗人在哲学立场体认上,恪守现象学分析学的支点毫不动摇,却在诗性的追求上用心不够。这势必加速杂芜的综合趋势,诸如文体超量混用、拼合;结构过于发散、松弛;能指所指疏离对应关系,肌质散漫;嬉戏式语言迷宫,搅成团团语言焦煳,从而大大伤害诗意,包括淹没深度意象、抒情性、简洁风格等等。但从"先锋"的角度看,泛化综合趋势推出了叙述这一言说的诗歌新主角,提示了混沌可能持续为下一轮诗风的前导。

至此,日常主义诗歌和诗学打通广阔的书写空间,诱发诗人在乏味事物上做考古学的寻觅发现,这是诗歌又一次小小的革命。它顺应世界性思潮和更为复杂的文化语境。但如果溺于日常琐细,发展到把玩游戏,势必得回收另一种报应。随着历史现实的行为事件纷纷消隐,人的精神苦难难以在诗歌中找到强烈的记录,诗歌会失去震撼人心的撞击力,信仰和伦理评判褪去血色,变成自

---

[1] 崔卫平:《诗歌和日常生活》,《文艺争鸣》1995年第3期。
[2] 萧开愚:《当代诗的叙事性:诗学,诗人和诗选》,香港《诗双月刊》1997年8月。

我安慰和圈内的相互激赏。在宏大的精神结构——譬如对本源存在的追问激情，敬畏自然之心，人格建树，灵魂炼狱，智慧的预言、洞见，饱含希望与幻想等——一系列神性取向面前，是不是也暴露自己另一面苍白呢？固然世纪之交，现代诗歌某种类型业已成为生存经验的"特殊知识"，但一味恣惠修辞与技术对微观世界的占有会带来另外一种怎样的后果呢？

谨此，我愿意把不太成熟的对这一诗学的美学评判先归纳写下，以便在今后新的诗歌景象冲突和对话中加以修订：

日常主义诗学源自生命根柢，是个体生命能量在琐碎事物上的展开，是生命意识和文本意识的又一觉醒、伸延。它把日常生活资料置于具体的文化语境，让凡庸事物隐露无限契机，不但大大扩容诗的书写空间，还在一定程度颠覆现代诗的某些属性。它放弃宏大的社会承诺，取"观察""解剖""考古"等与此前不同的工作方式，推出诸如"细屑""缠绕""析释""杂芜"等增长点，以其综合叙事策略与混沌面貌张扬90年代的一路诗风。然而，这种变异不加自律，放任随机，日益增多晦涩臃肿，最终会因诗性亏损，至少还得部分地返回诗美的简洁与纯正。

原载《诗探索》1999年第2辑

个体承担的诗歌

王光明

谈论"后新诗潮"诗歌，有许多的立场和角度，可以说"不懂"，说"诗歌激怒了读者"，也可以说好诗并不比任何一个时代贫乏，只是一些人有眼无珠。观看问题的立场、角度不同，得出的结论自然不同：这是诗歌文本进入交叉见解的公共语境后的正常现象。但现在不太正常的是，非难"后新诗潮"几成一种时髦，无形中变成了一种压迫自由的力量，在巩固某种意识形态，排斥诗歌多元的发展。

这种以"读者"的代言人身份对诗的非难，实际上反映了抗衡式的道德主义批评在1990年代的危机：当诗歌的写作与阅读变得多样而丰富，而读者则在大众传媒的引导下移情别恋的时候，强调诗歌接受的普遍性反而容易落入主流意识形态的陈套，排斥严肃的思想和美学探索，因为"后新诗潮"的基本背景是社会的现代化追求。现代化的特点是都市化和世俗化，它通过科学技术和经济神话的制造，许诺一种进步的生活，而大众传播媒介又迅速把这种神话和生活模式普及化与日常化了。它给文化带来的消极后果是，一方面是作家迁就肤浅低俗的世俗文化；相反的方面是，诗歌作为一种比较高雅、比较精深、比较讲究语言效果的艺术形式，越来越陷入孤立无援的边缘处境，不被普遍大众所关注。

显然，在这种文化语境中，诗的评价不能简单以大众的趣味为标准，而只能坚持诗歌本身的标准。而从诗的立场看，"后新诗潮"巩固了"朦胧诗"所开创的实验风气，并使诗歌写作的探索更加多样化。后朦胧诗以来，主流诗歌仍然存在，主旋律仍然在提倡，但另外一种更讲究诗歌本身的追求的作品、更重视语言效果的作品已经大量出现。朦胧诗从国家化的诗歌中浮现出了一代人的声音，而"后新诗潮"又从一代人的声音中凸显了个人的声音。"后新诗潮"以后，思潮性的现象消失了，不是真正热爱诗歌的人，很难对诗歌有一个整体的印象。但潮流性的现象消失之后，真正的诗歌探索恰恰在这个时候得到了相当程度的展开：有于坚、伊沙那样涮洗性的诗，以调侃、游戏甚至堆砌的方法，把生活的平面化、生命的分裂感以及心灵的破碎呈现出来，这些诗不追求深度的语言效果，但仍然企图对应破碎的现代生存境遇。譬如于坚的长诗《0档案》就以戏仿和反讽的形式，深入呈现了历史话语和公共书写中的个人状况。标题《0档案》，在档案中人是什么？人是"0"，是空白、不存在。人在历史归类和社会书写中被滤去了一切属于具体生命形态的东西，不过是一种封闭的循环，一个生命的"荒原"。《0档案》让人想到福柯的《癫狂与文明》，福柯通过对古典时期癫狂史的描述，展示了西方资本主义文明体制禁锢、压制和拒斥癫狂与非理性来确立理性时代的观念与秩序的过程。而《0档案》则揭示了语言的书写暴力，不是人书写语言，而是语言在书写人，它是种种体制对人的编排、规约、压制、扭曲。正如奚密所言的："在档案所代表的世界里，不经过监视、审核、控制的个人生命与经验是病态的、危险的、具颠覆性的，它必须被否定，被'删去'。"[1]

当然，更值得注意的是，1980年代中期以来就疏离潮流、在边缘写作的诗人，像西川、欧阳江河、王家新、翟永明、陈东东、肖开愚、孙文波等，他们并不像小说家散文家那样，对自己所处的历史、时代、社会和文化做出直接反应，而是试图从灵魂的视野去阐述和想象当代的生存处境，以严肃的思想和语言探索、回应肤浅低俗的时代潮流。譬如西川这样一个思潮无法整合的诗人，当"第三代"诗人们开始清算《今天》派诗歌语言中沉重的历史感，把诗写得满不在乎、随随便便、恣意杂陈的时候，他倡导的是"新古典主义"写

---

[1] 奚密：《诗与戏剧的互动》，《诗探索》1998年第3辑。

作,"一方面是希望对当时业已泛滥成灾的平民诗歌进行校正,另一方面也是希望表明自己对服务于意识形态的正统文学和以反抗的姿态依附于意识形态的朦胧诗的态度"。同时,"在感情表达方面有所节制,在修辞方面达到一种透明、纯粹的高贵的质地,在面对生活时采取一种既投入又远离的独立姿态"[1]。这种既投入又远离的独立姿态,其实就是疏离主流文学的边缘姿态,具体在西川的早期写作中是以"向后看"(与海子眺望源头的方式相似)或以非现场的方式拒斥当代生活和艺术的时尚,以内省的崇高和语言的诗意为自足。因此,在《母亲时代的洪水》中,诗人复活了一个为时间所淹没的苦难事件。而在《激情》中,诗的说话者则隐身于"中世纪"的幽暗背景,假托"伪书作者""伪先知""游侠骑士""僧侣""占星术士""炼金术士"来省思个人、真理、善行、希望和命运。诗人感悟到,在一切大于个人的事物对个人的剥夺中,"唯有怀疑能使时代进步/而那闪光的名字纯属虚构/唯有这只言片语的智慧之光,经验之光/犹如珍贵的火焰",而诗人或许就是紧抱这珍贵火焰的炼金术士,让千奇百怪的物质回归元素,让拒绝宿命的心回归精神。因此,在这组诗的最后,诗人以"炼金术士"为自己定位,并以"静止"去回应流动的时光与变动的世界:"遍地矿石皆备于我,我的劳动/挽救上帝习以为常的人心的堕落/黄金不是疯狂也不是赞美/黄金是静止,是同归于尽。"

在这里,黄金毋宁是诗的象喻,而"让时间崩溃,没有腐朽"的"静止"则是完美和永恒的象征。在某种意义上,这群边缘诗人在 1980 年代中后期是以追求诗歌黄金般的纯粹去回应"朦胧诗"的抗衡激情和"新生代"的非诗化倾向的。相对于"朦胧诗"的抗衡激情,他们更注重个人体验的想象与内省;相对于"他们"和"非非"对破碎个人心灵碎片的恣意杂陈,他们更重视诗歌语言想象对经验的发展与重构。这本质上是诗歌本体论的追求,是向语言的活力和想象力敞开的诗歌,或者像臧棣在一篇文章中所说的"作为一种写作的诗歌"[2],更看重诗歌的感受力和语言本身的繁殖力,迷恋写作过程的解放和欢

---

[1] 西川:《答鲍夏兰、鲁索四问》,《让蒙面人说话》,东方出版中心 1997 年版。
[2] 臧棣:《后朦胧诗:作为一种写作的诗歌》,《文艺争鸣》1996 年第 1 期。

悦感。它在一些诗人那里固然也出现了对语言的过度消费和自我狂欢，产生了"写作远远大于诗歌"的弊端。但在西川的诗歌中，由于坚持诗歌必不可少的精神质素，坚持以诗歌本体约束主体的"新古典主义"精神，因而即使他处理的是中世纪的题材，也具有中世纪的当代性或当代的中世纪性的特色。尤其重要的是，这群边缘求索的诗人不仅体现了向"青春期"情感发散性写作的告别，同时也能以强烈的自省精神让诗歌保持接纳现实的活力。还以西川为例，当社会和历史强行进入视野，他越来越感到："我以前的写作可能有不道德的成分，……我的象征主义的、古典主义的文化立场面临着修正。"[1]"诗歌语言的大门必须打开，而这打开了语言大门的诗歌是人道的诗歌、容留的诗歌、不洁的诗歌，是偏离诗歌的诗歌。应该有一种内在的活力促使语言向着未知生长，呈现在读者和我自己面前的诗歌语言，应该像玉一样坚硬、倔强，像宣纸一样柔软、无光。"[2]

在我看来，这种打开语言大门的"容留的诗歌"，实际上包含着对1980年代后期"纯诗"倾向中形式物化的反省。而作为这种反省的践行性写作实践，是以诗歌的叙事性接纳经验、矛盾和悖论，呈现生存的戏剧性，发现思维与世界的错位。西川1990年代的诗，特别是《致敬》《厄运》《芳名》《近景和远景》等长诗，充满着"异质事物互破或互相进入"所产生的戏剧性张力，诗歌语言表面的优雅、流畅和完整暗含着内在质地的悖论与破碎。

这样的诗歌反映了1980年代中期以来，特别是1990年代以来诗歌写作心态和回应现实方式的调整。换句话说，"后新诗潮"的作品是不能以朦胧诗的标准来衡量的，更不能以当代政治抒情诗的标准来阅读。因为朦胧诗主要是一种抗衡性的诗歌，而当代政治抒情诗是国家意识形态的诗歌，尽管性质和价值不同，但诗的写作与阅读都呈现出相当广泛的公共性。而1980年代中期以来，时代语境变了，诗人对语言与现实关系的理解也与过去不大一样了，诗正在更深地进入灵魂与本体的探索，同时这种探索也更具体地落实在个体的承担者身

---

[1] 西川：《自序》，《大意如此》，湖南文艺出版社1997年版。
[2] 西川：《答鲍夏兰、鲁索四问》，《让蒙面人说话》，东方出版中心1997年版。

上。对诗歌品格和才华的考验是具体的，对诗的阅读也是具体的。面对这样的诗歌，最好是具体的探讨和对话，而不是笼统的批评。

原载《诗探索》1999年第2辑

俗人的诗歌权利

徐　江

踏入诗歌这个领域，于我而言，纯属偶然。

我出身于天津的一个普通工人家庭。很小的时候，父母离了婚。母亲带着我，寄居在外公家。而外公外婆也没有自己的住房，他们住的房子是我的一个姨二三十年前在医院分的，我那个姨后来去了郊区工作，所以把房子留给他们居住。遗憾的是，姨和外公外婆的关系并不好，彼此看着都不顺眼，与此同时，外公外婆还有一个私心，想让在另一个郊区工作的舅舅回到市里来，好和自己住在一起，晚年有所依赖，当然，住的仍是那个姨的房子……

再说说我生活的外部环境。我们住的地方，是天津20世纪五六十年代的居民小区。住户大多是工人；偶尔楼里有个退役军官、教师、医生或什么地方的保卫干事，那可就是"高层人士"了。这样的人，一言一行，肯定比常人多出许多分量。记得小时候，有一阵说是要建什么"向阳楼"，街道召集全楼人开会，念通知、文件什么的，推举的就是一个保卫干事。

生活在这样一个居民区，生活在这样一个家庭，一个少年要想找寻什么高贵而优美的诗意，几乎是不可能的。相反，映入眼帘的倒经常是一些中年妇女夏天穿着大背心、夹着半支烟，坐在楼前东家长西家短瞎传话，或者跳着脚对骂、与丈夫鬼哭狼嚎厮打的景象。所以说，直到考入大学前，我对诗歌的理解仅限于李白、杜甫、屈原、柳亚子，而且对他们那种病恹恹、疯癫癫的状态，是鄙夷远大于尊崇的。至于语文书中仅有的那几首现代诗歌，则最让我头疼：

我一点都读不懂它们。事隔多年以后，再回首这些往事，连我自己也奇怪：我怎么就成了一个诗人？而成了诗人的我，又该怎样看待自己的少年，怎样看待曾对自己撞击颇大的那些早年事件和场景，它们在今天，这个向高度都市化、工业化发展的中国，是不是真的变得一点意义也没有了？记忆是不是真的成了记忆，就此永久地退出了现实？

恐怕不是。如果我们离开天津、北京、上海、广州、深圳这些城市，走到一个规模稍微小一点、名气不那么大一点的城市或城镇，住上个一半天，就会发现，这个国家仍有太多的地方贮存着我们早年生活曾经历的那种琐碎、平淡的情节。我们并没有进入"比特时代"。我们仍然在工业或商业时代的巨大门槛前，顶多是一脚门里，一脚门外。而我们的同胞，他们对文化的欣赏也远没有升华到那么精致的高度，除了电视里有趣的事情之外，他只关心你谈与他生活息息相关的东西。他感到困惑的不是刘小枫博士的"神"与海子的"王"，而是王医生的二女儿为什么跟一个挺好的男朋友断了，宁愿跑到深圳去给一个香港阔佬做"二奶"？进而他甚至会想，他们的性生活是否和谐，如果生了孩子，单靠钱能给上户口吗？而这样的人群，我们的前辈诗人曾在诗中管他们叫："人民"。

已经有不少我的同时代诗人不再有时间和兴趣去注意那些"人民"了，他们索性开脱般地发明了一个"新词"——"俗人"。是啊，高贵的、优雅的诗人，跟俗人有什么共通的东西呢？诗人考虑的是灵魂、是星星，俗人考虑的是生计、是水井。诗人看星星看久了，会一不留神掉到井里，俗人做了一天工累极了，却不会满脸悲怆扪心自问："我从何处来。"于是，自朦胧诗之后，越来越多的诗人开始了他们的知识分子写作，进行他们的"世界苦"主题的不懈探索，而不再关注生计、水井这样形而下的话题，虽然那里面隐藏了一个个真实的中国故事、千百种当今世界生命挣扎的感受……而这，便是中国诗歌的现状，是现已位居主流位置的中国前卫诗歌创作的真实写真。

诗人写的诗已远远脱离了生活，脱离了我们的父母、我们的兄弟姐妹、妻子儿女。很不幸，这一切带来的损失又不是你写一写阳光下没人的麦地、开一开国际诗歌研究会、编几本圈子里一团和气的诗选或者以自己生命作赌弄出个什么自杀、杀人花边新闻所能弥补的，恰恰相反，正是前后两者的相辅相成，把我们的诗歌逼到了一个在当代文化中可有可无的边缘位置。有时，我有一种冲动，想当面问问某些今天在诗坛声名显赫的同行："诸位难道真认为你们所写的这种疏离现实、疏离生活的诗是具有了世界意义的作品吗？"

"俗人的诗歌权利"，这是我近年一直在想的一个话题。我们能不能在保有自己诗歌趣味的同时，多写一些自己感兴趣、身边的普通人也感兴趣的作品？我们能不能把远离诗歌已有多日的读者，稍稍地再吸纳回一些到诗歌中来？我们能不能在写诗和谈诗时不那么满脸神圣、不食人间烟火？你在家中跟父母或妻儿说话肯定不是这个样子，那你干嘛不能用一副和生活中同样的表情嘴脸来轻轻松松地写诗呢？除非诗在你这儿不单是为和读者袒露心扉，还要用来"做秀"！

大江健三郎是我很晚才认真对待的一位作家。但他的文章却给了我某种信念。颓废的川端康成站在百废待兴的日本战后废墟上，曾著文称道他那"美丽的日本"和所谓东方文化，一副东方作家"老子先前阔"的阿Q样子；唯有大江健三郎，站在"诺奖"的领奖台上没有丝毫的小人得志心态，而是一脸忧虑地向大家讲述了一个"暧昧的日本"，揭露文明的疮疤，和日本政府对二战罪行的回避……也正是这样一位作家，在谈及自己的创作时这样说道："我的文学是与日本人在过去50年中所走的路密切相关的，而我作为一个作家的立场一直是永远对我周围的环境持批判态度，但又把日本人民的各种扭曲作为我自身的扭曲来加以接受。因此，如果我在考虑我的文学是否随着时间而改进的时候把我自己与日本和日本人所置身的环境割裂开来的话，那就没什么意义了。"大江提醒了所有弄文学的人，一旦你脱离开你和你同胞共同置身的生活、共同关注的话题，你所有基于个人意义的文学探索，充其量不过是自己逗自己玩儿而已。作为一名中国诗人，我扪心自问，迄今为止，我全部的作品还没有达到大江所提到的那种高度。作为一名晚于他32年出生的作家，这是一件应该惭愧的事。因为按照艺术上的规律，后来者原应比他的前代人起点更高才是。

而这后一点，正是我、我们这一代诗人意欲将中国诗歌提升到世界水准所面临的至关重要的问题，甚至可以说是，性命攸关的问题。

尊重俗人的诗歌权利，为俗人们写作。这个信念在我不算漫长的十几年写作历程中不时地跳出来提醒我，让我看看我自己写的东西是不是过于狭隘、过于不知所云了。我忘不了我来自的天津，我忘不了我生长的那个枯燥无味的街区，我知道在这个世界上，最需要诗歌的不是北大某个教授的书斋或上海的某个酒吧，而恰恰是成百上千个像天津我外公外婆家那样的地方。在我的内心深处，我最好的诗也不是写给知识分子或同行看的，那千百个像当年的我一样，趴在边道自行车鞍子上写诗，或外表漫不经心、内心却好奇而又诚惶诚恐、时不时去翻朋友案头诗作的小青年。对于我而言，这些人是我需要奉献出全部热诚对待的人。

记得1990年的夏天，我的一位大学同学出差到北京，来到了我们几个写诗的老同学合住的小屋。寒暄之后，几位同学纷纷拿出刚油印出来的自己的诗集给他看。我知道那位老兄除了爱给年级球队守个大门外，对诗这类玩意儿从来不感兴趣。可是驳不过面子，只好半是勉强半是可惜地也送了他一本儿。第二天好像是个礼拜天，总之我们几个都坐在屋里聊天，出差的那位老兄爬到一个上铺去乱翻我们送他的油印诗集。忽然他怪叫了一声，坐了起来，瞪着眼用手指着我说："听着，你们这些酸诗人，满嘴不说人话，看看徐江，他这样的诗我才爱读……"说心里话，那是我迄今为止所听到的有关诗歌的最真诚最难忘的声音。再没有比这种形式的表彰更令我陶醉的了！也正是为了这句话，我才得以一直坚持着写到了今天。因为我知道，以我当时的写作水平，那位老同学显然是对我过誉了。所以为了让自己名副其实，这些年我一直不停地写。

我知道只有这样，诗人才能写出最好的中国诗歌。

原载《诗探索》1999年第2辑

知识分子写作，或曰"献给无限的少数人"

王家新

在中国，诗歌和知识分子问题有没有一种关联？答案应该是肯定的。在中国现代诗歌无比艰难的进程中，正如有人所慨叹的："'知识分子性'是一个至关重要，而又屡屡受挫的未完成话题。"[1]这一话题之所以屡屡受挫，我想不仅在于多少年来那种历史的暴力，也在于中国诗人们自身的懦弱，以及他们对自身命运和写作的回避甚至无知。我甚至想说："知识分子性"之所以在"五四"以来不断受挫甚或"缺席"，恰恰是"知识分子"们在起一种恶劣的作用。人们至今不能忘怀知识分子被批判、改造的那些岁月，但他们是否忘了，在历史上很多时候，从来不是"人民"在整知识分子，而是"知识分子"在干这件事；准确地讲，是那些成为权势或为了权势的"知识分子"在利用或煽动"人民"来整知识分子。近日读到一本精心策划的《1998中国新诗年鉴》[2]（当然，现在的说法叫"操作"），于坚的代序及其他文章再一次让我明白了我们生活在怎样一个国家。

在这篇题为《穿越汉语的诗歌之光》（以下简称《穿》）的宣言式序文中，于坚以发起某种"民间精神运动"之势，对他所说的1990年代"知识分子写作"进行了讨伐。其他为之助阵的文章也大造舆论，声称是到了暴露"内在的

---

[1] 程光炜：《岁月的遗照》导言，社会科学文献出版社1998年版。以下所引程光炜话亦出自同文。
[2] 杨克主编：《1998中国新诗年鉴》，花城出版社1999年版。

诗歌真相"[1]甚或"秋后算账"[2]的时候了。那么,"知识分子写作"究竟怎么了?据于坚开出的罪状是:"我们时代最可怕的知识就是'知识分子写作'鼓吹的汉语诗人应该在西方获得语言资源,应该以西方诗歌为世界诗歌的标准。"在此民族主义高涨的年头,这话说得可谓振振有辞,极富煽动性。但问题在于:有哪一位诗人或批评家这样"鼓吹"过呢?

当然,于坚也曾处心积虑地举出一些"例证"。他除了断章取义,肆意歪曲其他诗人们的写作外,也从我的组诗《伦敦随笔》中找出了一句"透过玫瑰花园和查特莱夫人的白色寓所 / 猜测资产阶级隐蔽的魅力",来向人们暗示我是多么地崇洋媚外!是这样吗?容我把那一段诗引证如下:"现在你看清了 / 那个仍在伦敦西区行走的中国人:透过玫瑰花园和查特莱夫人的白色寓所 / 猜测资产阶级隐蔽的魅力, / 而在地下厨房的砍剁声中,却又想起 / 久已忘怀的《资本论》……"我想一个稍有头脑的读者不难体会到其中真义。人们读到于坚这篇文章[3]后说他在装傻,因为他毕竟写诗多年,不至于看不出这些诗句所蕴含的沉痛的历史反讽。但我想于坚并不傻,在中国这样一个社会,他知道如何利用某种"合群的爱国的自大"(鲁迅语),某种意识形态的蛊惑力去煽动大众,让人们不假思索地就跟着他一起去"痛心疾首"!这是一个正直的诗人应有的品格吗?

一个常识是,判断一个人,不仅看他标榜什么,更要看其文本中暴露出的是什么。在于坚这篇痛斥"殖民化的知识分子写作"的文章中,却一会儿引述德里达以说明"写作快感",一会儿又"改写"海德格尔来高扬诗人"神的职责"。在讨伐了一阵"与西方接轨"的那些"分子"们后,于坚抒情了:"感谢缪斯,她继续为我们贡献诗歌和诗人,谢天谢地不是知识分子!"那么,这个"缪斯"又是从哪里来的?不会是从《文心雕龙》中来的吧?

还有于坚本人的近作《飞行》,原来却处处留下了"与西方接轨"的痕迹:

---

[1] 谢有顺:《内在的诗歌真相》,《南方周末》1999 年 4 月 2 日。
[2] 沈奇:《秋后算账》,《1998 中国新诗年鉴》理论辑。
[3] 于坚:《棕皮手记:诗人写作》,《中华读书报》1998 年 9 月 23 日。

它一会儿是对 T. S. 艾略特《四个四重奏》的"改写",一会儿又是对《荒原》的一再引用;一会儿是"天空中的西西弗斯"(按某种逻辑,为什么不是吴刚?),一会儿又是"脆弱的诸神呵,脆弱的雅典山上的石头……"请问,这又是哪一国的"语言资源"?这是不是于坚本人要竭力攻击的"来自西方诗歌的二手货"或对西方"知识体系"的"依附"?在痛骂"死路一条的""毁了许多人的写作"的"最可耻的殖民地知识"之前,是否也应把自己的写作考察一下?换言之,"知识"并不是不可以攻击,但一篇攻击知识的文章是否也应该是"有知识的"呢?

我在这里列举了于坚本人的诗作,并不是要否定它。相反,我尊重每一位严肃写作尤其是以他的生命在写诗的诗人。我和于坚也从来不是私仇。我这一次本来不想出来说话,在此拉来七八杆枪就能当司令的乱世,在此"一种可怕的美已经诞生"的年头,出来讲话就不是智者,甚至出来讲话就上了那种"狗不理战术"的当。何况,似乎还有某种更大的历史诡计在等待着人们。然而,问题好笑而又严肃。当我感到这并非只是一场意气之争而是出自某种历史的必然,当我看到多少年来诗人们在无比艰难的环境下所形成、坚持的写作精神和写作品格正遭到肆意糟蹋和冒犯,我意识到了:作为个人我们可以沉默,但在这种沉默中有一种声音却是必需的。

我想到了历史。在过去每当"运动"的时候,"西化"的帽子就会扣来。而这一次,则是"殖民化"这一更为不可饶恕的罪状。那么,那些一直关注着"汉语的现实"(肖开愚语)并和他们的母语相依为命的诗人又是怎样被变成"洋务派"甚或"买办诗人"的呢?请看他们的"操作":他们利用一个"望文生义"的概念,首先把要攻击的"知识分子写作"偷换成"知识写作",然后顺理成章地扣上"贩卖知识,迷信文化"的帽子,当然,这样还不足以击中"要害","要害在于使汉语诗歌成为西方'语言资源'、'知识体系'的附庸"。瞧,经于坚这么一点拨,问题已被提到爱国或卖国的高度了!

但是,多少年来诗人们在无比艰难的环境下所形成的写作精神却不容混淆。于坚他们抓住程光炜在评价 90 年代诗歌的一句话:"它坚持的是一种个人的而非集体的认知态度。它要求写作者首先是一个具有独立见解和立场的知识分子,其次才是一个诗人。"别有用心地把它简化为"首先是一个知识分子,其次才是一个诗人",像抓住什么把柄似的。其实程光炜的话有什么错呢？当我们从这个角度来看中国诗歌时，它反倒体现了一种从根本上去把握问题实质的历史眼光。知识分子当然并不等于诗人，但诗人从来就是知识分子，或者说应具备知识分子的视野和精神——即使他对知识阶层自身的批判，也是在行使一种知识分子的文化使命。而在一个各式各样的意识形态话语仍在控制、蛊惑大众的写作语境中，它必须要求一个诗人首先具备知识分子的独立立场和认知态度，这又有什么不对？它要求的是一种对于整个中国现代诗歌来说都至关重要的内在性质和品格，它绝非意味着要诗人们在具体写作中去"贩卖知识"！好笑的是，于坚还抓住程光炜的那句话肆意发挥，"前者是诗人，后者是'知识分子'，这就是本质的区别"。有没有这种刻意制造出来的对立，或者说，在屈原、杜甫、曹雪芹、鲁迅、穆旦身上有没有这种"本质的区别"呢？没有。有的是那种具有知识分子独立精神和广阔文化视野的诗人，正是他们构成了文学史和诗歌史的精华。因此，诗人与知识分子并不对立，相反，只有把中国现代诗歌及当下写作纳入中国现代知识分子的根本历史境遇和命运之中，我们才能充分认识它的职责和意义。

因此，人们可以把水一时搅混，但"知识分子写作"最终却无法混淆。它绝不是对"写什么"或诗人的社会身份的限定，也不像于坚所歪曲的，要号召人们去当"研究生、博士生、知识分子"，它不会这么可笑地要求。它甚至也不是人们有时提到的"学院派写作"。正如许多诗人和批评家已阐发的那样，它首先是在中国这样一个社会，对写作的独立性、人文价值取向和批判精神的要求，对中国诗歌久已缺席的某种基本品格的要求。而在实事上，在当代政治文化深刻影响着人们生活的今天，诗歌写作也不再可能是那种"纯诗写作"或拔着自己头发升天的"神性写作"（于坚语）；如果它要切入我们当下最根本的生存处境和文化困惑之中，如果它要担当起诗歌的道义责任和文化责任，那它必须是一种知识分子写作。1990年代以来，这种写作精神体现在许多诗人那里并不是偶然的，它体现了一代诗人对写作的某种历史性认定，体现了由1980年代普遍存在的对抗式意识形态写作、集体反叛的流派写作到一种独立的知识分子个人写作的深刻转变。这种写作，在1980年代后期由一些诗人提出,在 1980 年代末 1990 年代初期的写作实践中获得了自己更为坚实的品格,而在这之后,它在经受了更多考验的同时也得到了深化。1990 年代中期,随着社会向市场经济的转型及大众文化的兴起,在多重现实和文化压力下,诗人们并没有屈服精神的死亡,他们提出"个人写作"作为对"知识分子写作"的反省、坚持、修正和深化。可以说,"个人写作"像楔子一样切入了 1990 年代动荡而混乱的话语场中,也为"知识分子写作"提供了一个更为确切的角度。

这一切,是一批诗人在时代处境中对他们自己写作的逐步认定和要求。谁也没有有意识地"提倡"过这种写作,谁也没有把它当作标签贴在自己身上,更没有谁以"知识分子写作"之名去"压制"其他写作。在一个"共识"破裂并日趋分化的写作环境中,已不再有对人人都适合的真理,只有对个别人适合的真理。因此,"知识分子写作"这一命题虽然对认识 1990 年代写作乃至整个中国现代诗歌都有着重要意义,但它从来就不是一个流派。这永远是一种孤独的、个人的、对于这个世界而言甚至显得有点"多余"的事业。因此它从不指望在这个时代会成为"主流话语",也从不设想把自己推到文化明星或时代宠儿的位置上(像某些"后现代"写作那样?)。相反,"知识分子写作"最可贵的一点,在我看来,是它一直体现了一种自我反省精神和对任何权力的警惕。如果说它受到了读者和评论界的关注,那也许是因为它体现了这个时代的某种认知倾向,并不意味着它已是所谓的"权力话语"了(那种把一些生活在北京的诗人说成是"首都诗人"的说法实在是居心不良!)。"知识分子写作"不会向任何权势称臣,但也不会把自己身份化或体制化,它只是不断地把自己置身于时代和人类生活的无穷性与多样性中去讲话。

有趣的是,于坚等人在一笔抹黑 1990 年代"知识分子写作"的同时,又扯起一面"民间"大旗与它相对。不过,在现今果真有"民间写作"这回事吗?在一个国家权力、意识形态和商业文化已无所不在的社会,还有没有一个"纯粹"的"民间"?看来,我不得不怀疑了。我只知道诗歌写作从来只是一项个人的事业,那种对"民间"的标榜只能让我想起谁说过的一句话:"人生最虚伪的莫过于集体——整体总是虚假的。"过去是"第三代",现在又是"民间"。的确,他们总是要依赖于某个"庞然大物"。他们什么时候才能摆脱这种"依赖癖"呢？

"知识分子写作"也不是一个可以依赖的庞然大物。需要指出的是，"知识分子写作"作为一种写作精神为一些诗人包括我自己所认同，但作为一个写作"阵营"完全是于坚他们的发明，具体讲，是出于一种两军对垒、权力相争的需要。谢有顺煞有介事地把诗歌写作分为两大阵营之间的"冲突"，一种是以于坚、韩东等为代表的"民间写作"，一种是以西川、王家新、欧阳江河等为代表的"知识分子写作"。对1990年代如此复杂多样的个人化写作能够进行如此简单、泾渭分明的归类吗？在诗歌写作上谁能"代表"谁呢？如果说，前些年我们常见到的那种诗歌分类往往是出于无知，那么，这一次他们把写作中的差异关系激化为一种冲突关系，把一种"群岛上的谈话"（耿占春对90年代诗歌的一种描述）重新变成两大互不相容的集团，则不知出于一种什么用心！

因此，我们有必要提醒自己：诗人不属于任何帮派或阵营，也不应受到任何权势或集体的规范。他生来属于"自由的元素"。不是"知识分子写作"就是"民间写作"，他应超越这种人为的对立。他只有个人立场，或者说在一个充满各种蛊惑的时代他对任何标榜的"立场"都应保持必要的警惕。这里，我犯不着去反对或拒绝"民间立场"，因为它根本就不存在。"民间"那么不着边际，你怎么去"立场"？等你"立"到那里，你会发现那已不是所谓的"民间立场"而是你自己的立场了。你上了那些精心利用这一概念的人的当！我敬重孙绍振先生作为一位正直学者的良知，在参加一个诗会后，有感于会上众口一词对诗歌"脱离人民"的指责，也有感于某些人"对自己的朋友、同行进行义愤填膺的挞伐"，他写道："人民的名义是崇高的、神圣的。但是许多野蛮的、令人齿冷的惨剧都在这样崇高、神圣的名义下进行的。""在我们传统的诗歌理论中，人民是一个抽象的集体概念"，正是这个抽象的概念"剥夺"了诗人自己的一切，使"个人等于零，一切都取决于那个……概念；其实也就是不断变幻的政治的、政策的和宣传的需要"。[1]

孙绍振先生的这些沉痛之言，都是有感于"时光倒退"而发的。于坚本人

---

[1] 孙绍振：《关于所谓"脱离人民"的理论基础》，《诗探索》1999年第1辑。

不是在《O档案》中颠覆过那种公共话语对个人的暴力书写吗，怎么现在却以社论的口吻教育着诗人们"诗人不应该远离人民，高高在上，自我崇拜，孤芳自赏"（瞧，连语言也是现成的！），这是怎么一回事呢？！1950年代是"人民"，现在又是"民间"，这会不会也变成一种专政工具？因此，纵然"民间"是个无边无际、喊声四起的概念，也犯不着害怕。安徒生的孩子很渺小，但却知道皇帝连什么也没有穿。"十年前我曾呼吁重建我们时代的诗歌精神。我要感谢我们时代杰出的汉语诗人，他们创造的文本使我的这一呼吁没有落空"，于坚在其大序的最后如是说。好像诗坛能有今日，诗人们一个个如此杰出，都是因为没有辜负他十年前的英明呼吁似的！那么，这是一位诗人的"语感"，还是在套用"领袖"的口气？谁给了他这种权力？被权力欲支配也罢，却又要扯起一面"民间"的大旗，累不累？

与"可耻的殖民化"一起扣在一些诗人身上的，自然还有"脱离生活"，或"贵族化""书斋化"这类帽子。谢有顺指责知识分子写作"凌空蹈虚、贩卖知识、迷信文化"，沈奇则连呼读了"头晕"（"既然你声称看不懂，那你又凭什么去引导人家呢？难道凭你干饭比人家吃得更多吗？难道看不懂是你们的光荣吗？"孙绍振语），于坚则在那里总结似地教育诗人们不要"远离人民"。而在把"知识分子写作"指责为"可怕的'世界图画'的写作"后，他们又像有重大发现似地声称"（诗歌）应该面对生活，它的资源应是'中国经验'"（谢有顺）。这话本身不错，但这个"中国经验"又是从哪里来的呢？恰恰是从他们的批判对象即"知识分子写作"诗人们那里来的！这真是一种讽刺。进入1990年代以来，为了使写作再次切入当下境遇并和我们的现实经验发生摩擦，不是别人，正是那些所谓"知识分子写作"诗人对此展开了敏锐的探索；1990年代重建了诗歌与现实的联系，使之激发出前所未有的活力和可能性。我想这是谁也无法抹杀的事实。三年前我曾在《阐释之外：当代诗学的一种话语分析》[1]中提出了"中国经验"以及与之相关的一些命题。该文以对某些汉学家对中国诗人（多多等）的非历史化解读的质疑开始，指出："一个悖论是，多多

---

[1]《文学评论》1997年第2期。

在超越意识形态对抗模式时却比其他人更有赖于他的中国经验和中国语境提供的话语资源，在成为一个国际诗人的同时又更为沉痛地意识到自己的中国身份和中国性。"文章进而反省了 1980 年代诗歌在非政治化、非意识形态化的过程中（虽然我并不否定这种使文学获得自由的努力）所陷入的另一种虚妄，正是这种虚妄致使许多人的写作成为一种"为永恒而操练"，却与他们自身的真实生存相脱节的行为。针对这种非历史化的所谓纯诗写作，文章强调了"中国经验"和"中国语境提供的话语资源"对诗歌重建的意义，提出："在我们的这种历史境遇中，承担本身即是自由。我们不可能再有别的自由。这是我们的命运，同时这也提示着中国现代诗歌多少年来最为缺乏的能力和品格。"此文发表后曾引起广泛注意和"不同的"反响。然而，在今天他们居然一手试图遮住十多年来诗歌发展的"真相"，一手又把"中国经验"拿来对一直致力于中国诗歌建设的诗人们进行讨伐——世上哪有这样的战法呢？

我并不是说一个搞小说评论的人（这里指的是谢有顺先生）就不能对诗歌发言，我只是惊讶一个从来没有深入过诗歌内部那些艰苦复杂的探索的人，却在今天要来告诉我们"内在的诗歌真相"，并且居然可以把如此错综复杂的诗学问题简化为"是为了守护生活还是知识和技术，是重获汉语的尊严还是为了与西方接轨"这类问题。有这样从事"文学批评"的吗？现在我明白了：动用大众媒介，在如此精心地给"两大派"挂上红白标签后，其目的不过是为了让那些不明真相的人"在他的内心里迅速做出抉择"罢了！

不过，把"中国经验"变成私货也白搭。因为这一命题决不限于他们所说的"日常生活的鲜活场景"，在一个经历了多少年来的人生沧桑和时间嘲讽的过来人的"中国经验"里，必须包含了某种更丰富也更沉痛的东西。对这种"中国经验"的进入，应是中国人生存真相的显露，是对一代人命运的揭示，是中国诗歌的历史维度的展开。最终，这一切还有赖于诗歌的提升和转化，不然它不会达成一种"对现实的纠正"和对生命本身的拯救。看来，写作远比那些张扬"民间写作"的人们设想的要严肃。为什么一些人写出了"语感"也写出了"生活"，但依然为其意义的空洞所困扰呢？难道我们不应该从根本上反省写作吗？

这里还必然涉及一个诗人与时代的关系问题。诗人与世界当然不是一个简单的批判对立的关系，但也不会全是于坚所说的"柔软温和"的"抚摸的关系"。诗人与世界的关系绝不是单向度的。谁能像诗人那样把对世界难言的沉痛和爱同时包容在同一首诗甚至同一句诗中？于坚断章取义从一些诗人和我本人的作品中挑出"你生活在这个时代，却呼吸着另外的空气"这类只有在上下文关系中才能充分理解的句子，以证实这些诗人是多么的乌托邦，多么的"生活在别处"。其实，这恰恰是在这个时代才产生的某种沉痛感，同时也并不意味着对这个时代的弃绝。诗人当然关注他的时代（这还用得着说吗？），但于坚他们却忘了，任何一个伟大或优秀的诗人在内心里都不可能与他的时代完全保持一致，事实是，正是一种深刻的错位感而非"合拍感"造就了诗人。那些指责"知识分子写作"只"自娱而不去娱人"的人，是不是要号召诗人们当消费时代的弄臣呢？

　　于坚提出的似是而非的说法还很多，比如，为了和"知识分子写作"彻底划清界限，他断然宣称诗歌的真理"与意识形态、道德、时代的精神向度、使命以及各种立场、倾向、知识无关"。问题是有没有一个抽象的诗歌真理，离开这看似"无关"的一切我们又怎能去认识"真理"！"诗人写作是一切写作之上的写作，诗人写作是神性的写作"，这话说得极为堂皇，尤其是极易引起文学爱好者们的仰慕状，但是，它除了空洞无物，除了显示一种虚妄之外还能说明什么呢？它并不能把我们导向对当代诗歌写作的切实认识。无视写作的当下处境，尤其是无视历史的变化以及它对写作的限制和要求，以永恒的名义发言（间或，把柳永或张若虚拉来作证），这能否切实解决我们在今天所面对的种种写作问题呢？我是读过《0档案》的人，因此我很难相信于坚自己会相信他在此宣称的一切。那么，为什么还要高扬起那个与一切"无关"的"之上"的"神性写作"？我想，其目的无非是标榜"我比你更天才"，无非是借助于一个抽象的永恒而将1990年代诗人们所从事的努力一笔抹杀罢了。

　　肆意诋毁并否定1990年代以来众多诗人们的写作，无非是为了把自己抬出来；问题是还要来个"名正言顺"，还要用一种理论上的撒野和煽情来混淆人们对诗歌的严肃认识。然而，对于一个经受了巨大震撼和痛苦历史反省的人来说,"一个时代结束了"需要去"搞"才能搞清楚吗？1990 年代这些诗人们的作品一定要借助批评才能成立吗？事实上是,那些被于坚攻击的诗人们从来不为自己的作品组织什么"讨论会",他们的诗也无须哥们儿吹捧、商业炒作以及和评论一起配发才能被人们所认识。人们倒是没有忘记,《O 档案》却是和评论一起配发的。这里我倒要问于坚：如果不是借助评论,如果不具备"后现代"的某种理论和知识视野,有几个读者能读懂《O 档案》呢？据说于坚曾拿着他的《O 档案》找一位评论家,并要求人家："你要抛开以前所有的那些诗歌观念来读这首诗！"这是不是在绝对强调"此'知识'与彼'知识'的不同"呢？

因此,撒野或装傻都没有用,那种不负责任的"开涮"最后只能把自己也涮进去。90 年代诗歌并不是突然出现的,1990 年代之所以形成了不同于 80 年代的诗歌景观和诗学特征,那是有着诸多历史的、个人的原因的：一是一批从 1980 年代走过来的诗人们自身的成熟,一是 1990 年代社会生活所发生的巨大变化及其诗歌写作对这种变化和挑战所做出的回应。因此,虽然 90 年代诗歌不借助于批评就可以成立,也能为读者（当然不是全部）接受,但是,1990 年代写作,它的意义包括它的困惑只有纳入一种新的更为开阔的文化、诗学视野中才能被充分认识。难道我们可以用当年的朦胧诗论或"非非"理论那一套"知识"来读解 1990 年代,来理解一代诗人这些年来在精神上、写作上所发生的诸多深刻变化吗？

我进而还要问：在历史上当然不乏具有永久魅力的诗篇,但这是否意味着有一种对任何时代、任何语境、任何具体写作都有效的一成不变的诗学呢？于坚举出《春江花月夜》并由此生发出一套"诗论"。（我们在各类古诗鉴赏辞典中见到的这类诗论还少吗？）这当然可以,但我们能否用它来激活对当下写作全部的困惑的认识呢？无视历史和文明的变化,无视当下写作的处境和具体问题,抽象、静止、封闭地来设定一种文化、本质和诗歌本质,这并不是一种严肃、诚实的诗学探索,恰恰相反,是对它的取消。即使找到了这个抽象的"本质",它也会"本质"到毫无意义的地步——它不会对当下讲话,它也不会和我们的现实经验发生一种摩擦。

因此，不要被那些表面的东西所迷惑。于坚振振有词地大谈"汉语"或"唐诗宋词"，但这种抽象的言说是否深刻触及当下"汉语的现实"？说实话，我怀疑"汉语诗歌"或"汉语诗人"这类说法在今天也成了一种招牌。中国诗人们不用汉语难道是用英语来写作？这还用得着标榜吗？中国诗人们的作品被译成外文难道不是中国诗歌的光荣而成了诗人们的罪过？于坚本人不也曾向人们暗示或炫耀自己的作品被洋人订了货，怎么现在又做出一副"拒绝接轨"状呢？说穿了，这无非是一种策略。无非是为了利用一个民族主义高涨的时代，利用人们的文化乡愁和文化恋母情绪，来为自己捞到好处。无非是为了向人们显示：别人都在与西方接轨，唯独自己在恢复汉语的尊严。恢复汉语的尊严当然是中国诗人终生的使命，但怎样去恢复？靠那种假大空的宣言？靠贬斥其他民族的语言？或靠一声"老子从前比你阔多了"？

的确，诗歌的种种问题需要深入认识。我想不是出于对知识和文化的"迷信"，而是出于历史和现实的全部压力，1990年代诗人们比任何时候都更敏锐地深入当代中国人的文化困境和写作内部的那些纠葛之中。谢有顺不去深入考察这种"内在的诗歌真相"，反而指责说"诗歌为什么要害怕生活而遁入知识的迷宫呢"，但什么是我们现时代的"生活"，仅仅是吃喝拉撒睡吗？实际上，历史发展到今天，文化与知识已不只是停留在书本里，它已无所不在地渗透在我们的生活中，参与了对每一个人的塑造，体现在人体的意识形态、生活方式、意识与潜意识，甚至物质消费之中。因此，如果不具备这方面的"知识"，不具备一种文化视野，谈论生活就是一句空话。换言之，这样的"生活论"恰恰是脱离了生活的！于坚对此也并不是没有体会，不然他不会说"人们说不出他的存在，他只能说出他的文化"。因此在今天，诗人必然会由传统意义上单向度的抒情诗人同时变为文化意义上的诗人。难道那些"知识分子写作"诗人的诗仅仅是"知识"，而没有深刻折射出一代人的生活和精神史吗？正相反，在他们那里自始至终有一种对生活、生命和现实的关注，只不过这种关注，在必然要求我们以一种有别于柳永、臧克家的新的方式来处理它——这又有什么不对，犯了什么政治错误吗？90年代诗歌在一种复杂的历史和文化现实中建构诗意，这种努力正如一些论者所肯定的那样，最起码大大提升了汉语诗歌综合表达和处理复杂经验的能力，这绝不是用读了"头晕"就可以一笔抹杀的。拉来"大众"或"读者"也没有用。于坚不是自己也说过"诗歌从来不影响大众，它只对少数的智慧发生作用"，怎么今天却要借助"多数人的专政"来吓唬那些可怜的诗人们呢？

当代写作又必然是一种互文性写作。诗歌肯定与生活有关联，但它同时也来自文学本身。譬如宋词是对唐诗的某种改写，中国历代诗歌从来就是一个相互指涉、自我反映的互文体系。这种互文性在杜甫那里甚至到了"无一字无来历"（黄庭坚语）的程度。只是到了近现代，随着另一种文化、文学参照系的出现，随着全球文明的相互渗透，中国诗歌的互文性范围必然会延伸到本土传统之外，这又有什么大惊小怪的呢？且不说诗歌的写作，这种复杂的互文性质，甚至已渗透我们的"汉语"和日常说话中。例如于坚的文章题目《穿越汉语的诗歌之光》，且不说"穿越"带有一种"翻译语体"的痕迹，且不说"汉语"这个概念本身是到了近现代在全球文明的压力下才出现的一件发明，就说"诗歌之光"——它显然使人联想到一种基督教文明，而我们的老祖宗是只谈"气"而不谈什么"光"的！可见在今天，只要写作，只要开口说话，就势必处在语言和文化的互文性之中。这种或隐或显的互文性，已把上至"文件"中的讲话下至"年鉴"中的那些诗或文章，一概变成了它的"织品"。因此，还存在所谓"与西方接轨"这类问题吗？从胡适、鲁迅开始，甚至更早，早已在轨道上了。因此，能因为 1990 年代诗人们在一种写作的互文性中与西方遭遇，或利用了一些西方话语资源，就可以骂他们是卖国贼吗？历史发展到今天，我们能否把一个已无所不在的"西方"拒斥在门外、诗外或"汉语"外呢？

的确，对"互文性"的认识十分重要，尤其是当对"接轨"的指责满耳都是，以及"天才论"在我们的诗坛再次出现的时候。为了把"知识分子写作"贬为"毫无天才"的知识克隆，于坚频频使用了"原创力"这类字眼。那么，诗歌的创造力是一种和互文性有关的特殊转化力呢，还是一种类似于造物主的创世行为？以上我提到杜甫，杜甫的诗歌是不是一种"无一字无来历"的原创性文本？——"读书破万卷，下笔如有神"，杜甫自己做了最诚实的回答。"原创性"只是一个可疑的神话。而这类"原创论"和任何意识形态话语一样，它们都有一个特点，就是断然否定或试图掩盖自身的暧昧之处，不然它就不能达到蛊惑大众的目的。对此，罗兰·巴特有着深刻的洞察，在他看来，"健康的"的符号让人意识到它的随意性、人为性和修辞制作性质，它并不打算去冒充"自然"的符号；相反，那些冒充"自然"的符号，总是以"紧靠着上帝"（造物主）的面目出现，使自己在公众面前看起来像自然本身一样确信无疑，出自"天赋"。那么，在文章中频频推出"天才""巨星""可怕的原创力""一切写作之上的写作"，这是不是要故意吓唬人呢？难道写了几首诗就可以膨胀到如此程度？在"还诗于民众"之前，是否应该对民众也对自己诚实一些呢？

最后，需要指出的是，对当代写作的互文性的认识，并非意味着诗人们对"中国身份"和"中国性"的放弃。只要深入考察我们就会发现，诗歌进入1990年代，它与西方的关系已发生一种重要转变，即由以前的"影响与被影响"关系变为一种平行或互文关系。具体地讲，诗人们由盲目被动地接受西方影响（对从那个时代的文化沙漠走出的一代，这在一开始有什么可指责的呢？），转而自觉、有效、富有创造性地与之建立一种互文关系。这种互文关系既把自身与西方文本联系起来，但同时又深刻区别开来。因此，90年代诗歌是一种不是在封闭中而是在互文关系中显示出中国诗歌的具体性、差异性和文化身份的写作，是一种置身于一个更大的语境而又始终关于中国、关于我们自身现实的写作。这些年来，在一些诗人包括我自己的作品中出现了一些外国诗人的名字（于坚不也写过一首《读弗洛斯特》吗？），这绝不是有人别有用心所说的"向西方大师致敬的文本"，而在实质上是一种向我们自身的现实和命运"致敬"的文本。也有人因为我在1990年代初有两首诗涉及同一个诗人帕斯捷尔纳克，就说我的那些诗有着"帕斯捷尔纳克式的沉痛和坚定"！这样的评语不能说不好但却使我深感迷惑。因为这样的"沉痛和坚定"只能出自我自己的生命和生活，而帕斯捷尔纳克本人的写作风格则完全是另一回事。人们一读这两首诗即知，我不过是借助这位苏联诗人来言说我们自己在那一二年所沉痛经历的一切。问题是要作为一个合格、正派的读者来"读"，要从根本上而不是表面上所出现的一些"语言资源"来把握90年代诗歌的实质。有意思的是，有人还在我的一首诗《劈木柴过冬的人》的题目上做文章，因为"劈木柴"

就有了西化之嫌，因为据说西方人是烧壁炉的！我真是佩服这位同胞的联想力及推断力。只不过他读过这首诗没有？或是否知道住大杂院的北京穷百姓们在冬天生煤炉子之前要劈一些柴呢？

我在这里并非有意和谁计较。实际上我唯有沉痛。从"文革"后期到今天，中国的诗歌已走过了20多年历史，或者说，每一个人都在目睹并亲身经历时间对他那一代人的浩劫：有人放弃，有人坚持；有人出走，有人白头；甚至，有些比我们更年轻的诗人已经死去……而我怎么也没想到的是，那些所谓为了诗歌而留下来的人们，在今天却兵刃相见，却开始"在一个最没有权力的地方争权"（陈东东语）。然而，有何权力可言？有何"胜利"可言？实际上每一位诗人都在经历着时代的羞辱和戏弄。多少年来他们受到的伤害和挤压还少吗？七八年前，我在一篇论及冯至的文章中谈到在中国现代文学的历史中一直存在着一种冲突，即知识分子精神与一种更有势更具有"本土气息"、但同时又被政治利用了的文化之间的冲突。我没想到，这种冲突今天居然又以新的形式出现在所谓"纯正诗营"（沈奇语）的"内部"。这是必然的吗？或者换个角度问，我们这一代人天生就是"纯正"的吗？我们又是怎样被塑造的呢？——政治恶斗，文学造反，打地主分田地，杀人放火受招安，我是流氓我怕谁……这使我意识到，这场冲突出现在这个"内部"是有着某种"必然性"的！这不单是一个"诗歌队伍"的分化问题，它必然会折射出当今中国的各种历史性文化冲突。因而我想：在这样一种历史和这样一个国家里，"知识分子精神"仍有必要坚持。"知识分子性"也许是一个永远也不会完成的话题。是的，有何胜利可言？但我们却乐于把我们在写作中所从事的一切，如女诗人翟永明所引证的一句话："献给无限的少数人。"

原载《诗探索》1999年第2辑

90年代诗歌及我的诗学立场

张曙光

谈论90年代诗歌也许还为时过早，至少不合时宜。因为一个时期的创作——它的美学特征，它的成功与不足，往往要在若干年后经过时间的检验才会清晰地显现出自身的轮廓，这大概也就是人们所说的"尘埃落定"吧。无论如何，我以为，对90年代诗歌的整体评价由后人来进行肯定要好得多、客观得多。但这仅仅是问题的一个方面。眼下的问题是，很多人都在谈论起1990年代的诗歌创作了，而且出于不同的心态或怀有不同的动机，有的甚至远远离开了批评所应该具有的客观性和公正性，既无学术，也无学理，更无视带给诗歌创作和发展的消极影响。在这种情况下，对90年代诗歌进行评价，至少对其中若干问题进行澄清，就显得必要而迫切了。

谈论90年代诗歌所面临的一个最基本问题是，90年代诗歌是否成立？尽管诗歌同其他形式的艺术种类一样，总是在不断或缓或急地改变着自身。但90年代诗歌这个概念是否准确，是否能够从1980年代的诗学特征中独立出来？也就是说，它是否能够具有自身的合法性？我无法确切说出80年代诗歌是什么时候开始形成的，但在1986年举办的诗歌流派大展上似乎就已初露端倪了。80年代诗歌是从对朦胧诗的反动入手的，它的一个明显特征就是反叛的姿态，并且在一定程度上带有草莽性质。我无意贬毁80年代诗歌，无论在私下或公开场合，我都一再指出1980年代无可怀疑地产生过一些优秀的诗歌和诗人，而我所认为的一些优秀的诗人包括我本人，也都是从1980年代开始起步并形成自己的特征的。不过从整体上讲，80年代诗歌能够留给人们深刻印象的反倒不是这些，而是那些流派和流派的宣言，尽管大部分流派并没有多少真正的诗学含量，尽管那些流派的宣言往往与具体写作名实不符，但它们仍然成为人们关注的焦点，而忽略了具体的诗人和写作。这也许不能归结于诗人和作品自身，而是标明了一个时代的征性。1990年代的情况正好相反，1980年代末期在中国社会生活中发生的一系列重大变化使诗人们的过量的热情开始降温，从表面上看这一时期的诗歌显得沉寂下来，以致在外界产生的印象是诗歌的不景气，但情况并不完全是这样——或许完全相反——随着对政治热情的冷却，随着一部分人放弃诗歌或对诗歌失去信心（念），90年代诗歌显得更加沉潜，也获得了更为自由的空间。换句话说，诗人们返回到了生活和写作本身，并向深开掘。诗歌中日常性和经验性的特征得到了加强。另一方面，诗人们更加关注的是发出自己的声音，即从个人立场说话，而不再是代表着一个时代的最强音。

  但诗人或诗歌真的不关心时代生活和人类命运了吗？并不是这样。只不过诗人们更多地把这些思考同具体的甚至琐屑的生活细节联系起来，努力使诗歌从原来的高蹈变得贴近生活。在前一个时期备受攻讦的"知识分子写作"立场恰好表明了诗人们对这一问题的思索和努力。似乎在一些批评和赞扬文章中都把我列入了"知识分子写作"的行列，但这无疑是一个误会：我从来不曾是这一理论的倡导者，尽管我一向不否认自己是知识分子，正如我不否认一切诗人也都不可避免地具有知识分子的身份一样。再进一步说，我认为这一理论有着一定的局限性，虽然我能理解这一观点是在怎样的具体环境和语境中产生的，也能理解在我国很多理论和观点是在一种无可奈何的情况下——倒并非由于政治因素——而更多的是针对写作中的一些偏差甚至是不应有的偏差提出的。在局外人看来，强调知识分子写作或立场显然很可笑：哪一个诗人不是同时具有知识分子身份（正像一个禅宗公案上说的那样，哪一个不是精的）？但如果我们了解汉语诗歌的具体写作状况，就会或多或少地感到这一观点的合理性了。无论如何，它绝非像攻击者所说的那样不堪，至少没有理由成为被攻击的对象。独立品质或独立人格，如果说不是知识分子所特有的，也正是知识分子所必须具有的。强调写作中的知识分子身份，也许正是要力求突出独立品质，正是力求关注人类命运，关注时代和当下经验。更为重要的是，知识分子身份强调人格的完善，从诗坛的目前现状看，这一点更显得十分必要了。说它具有局限性，我并不是反对诗人应该关心历史进程和人类命运（在这个动荡不安的时代里，尤其应该这样），也不是反对诗歌的见证人身份，而是觉得，作为一个诗人，对这些的关心应该同表达自身独特的经验联系起来，同诗歌自身的发展联系起来。缺乏后者，诗歌就不成其为诗歌了。换句话说：诗人在具有知识分子身份的同时应该超越这一身份。从这一点，我只是这一观点的同情者而不是积极倡导者，当然这并不影响我对倡导这一观点的诗人和理论家们的敬重。我主张，在当前写作和评论都不很规范的情况下，进行多方面的诗学探索是有益的、必要的。诗人们的一切努力都应予以肯定和鼓励，而不是相反，但必要的前提是，这一探索或努力必须是以发展诗歌事业为出发点而不是相反。

相反，我对前段时间有人提出的"民间立场"却持相当的怀疑态度。不仅仅是对这一观点能否有利于诗歌发展，而且也是出于对提出者自身动机的怀疑。这个看似过激的口号在我看来最终只会对诗歌和诗坛带来消极的影响。换句话说，这一概念的提出并非出于推动汉语诗歌发展的良好愿望，而只是建立在个人功利性的目的上——而这最终同所谓"民间精神"是完全相悖的——因而它既不具有任何科学性，更不是对诗坛状况的客观总结。说好诗在民间，无疑会引起一些人的同情和共鸣，但关键在于对民间如何理解。民间的意思我们都很清楚，无须解释，但宣扬者却进一步告诫我们"民间的意思是一种独立的品质"，却不免使我们满头雾水。如果"民间"是按汉语词典的解释，那么，我们尽管承认民间可能有好诗存在（就像承认火星上可能有生命），却无法同意好诗一定都在民间（且不说民间与非民间在某种程度上很难界定），而且，它也绝不是"汉语诗歌的伟大传统"，至少现在还不是。因为对文学史稍有常识的人都会知道，除了《诗经》和"汉魏乐府"等少数作品外（它们也是经过了文人的整理），好诗大都不是由民间产生的。甚至这个概念的提出者本人大约也算不上是在民间，因为他一直享有在官方刊物发表作品的殊荣，并且可以为某部诗选轻待了他而大动干戈。如果按宣扬者的解释，民间即所谓的"独立品质",不依附任何庞然大物,那么很多号称坚持民间写作但一心想获取殊荣的人大约要被排斥在外。而受到攻击的主张知识分子写作的诗人们却完全有理由心安理得地自称民间立场了,至少比宣扬者还更具备资格,因为知识分子写作注重的就是人格的独立,而且他们至少没有依附于"民间立场"这个庞然大物来盗名欺世。

由此看来,所谓民间立场不过是一种姿态而已。说到民间立场,我觉得在逻辑上也是混乱的:一是对立项的混淆。民间立场的对立项应该是官方立场或官方写作。把知识分子身份和知识分子写作作为民间立场对立的一方却难以成立,二者根本不存在对立的问题,除非你非要人为地把它们对立起来。二是混淆了中国古典诗歌和民间诗歌的界限。在一篇文章中,作者大谈张若虚,大谈杜甫,似乎他们是民间立场的先驱,他们创作的自然就是民间诗歌了。但遗憾的是他们并不是。就说杜甫吧,他做过几天官吏,也不乏对民间苦难的同情,但他始终是以一个知识分子的身份发言。他始终没有放弃自己的理想和抱负,也正代表了当时多数知识分子态度。当然,民间立场的宣扬者自称是反知识的,这一点倒是没有多少水分:这种错攀亲的做法同对知识分子缺乏最基本的认识一样,恰恰反映出知识上的欠缺。三是写作中原则与策略的混淆。"民间立场"的提出者把写作中的一些属于策略的问题比如对西方诗歌的借鉴当作写作原则并将之推到极致,进而进行攻击。而在我看来,向西方诗歌借鉴和向中国古典诗歌借鉴并没有太大差别(尽管都是必要的),原则只有一个,即写出真正优秀的诗歌来,它既是中国的,也是世界的;它既包含着中国精神,也与人类发展共同的进程一致。

当然,把民间立场作为一种写作姿态是无可厚非的。诗坛需要多元化,需要多方面的——包括极端化的探索。但要以此建立起新的权势话语,用民间立场去否定除此之外所有人的写作却是让人无法接受的。"独立品质"也许不错,但在强调"独立品质""不依附任何庞然大物"的同时他们似乎忘记了他们正在制造了一个新的庞然大物。他们把自己的写作方式当作一个绝对的标准强加给别人,并用此来衡量其他人的写作,从而一统天下。同时他们也取消了艺术作品存在着客观或相对客观的标准。他们对知识和知识分子写作毫无道理的仇视表明了他们骨子里的痞性。我不知道完全独立的写作是否可能？对形式和意象的选择乃至主题的确立是否要经过判断，能否完全离得开知识？一个只有空洞形式而不具有任何精神内涵的作品能否成为优秀作品？从历史上看，中国的新诗从一开始就是从借鉴西方诗歌入手的。而在民间立场的坚持者看来，你吸收西方诗歌的有益养分，就是接受西方的标准，就是洋奴和买办，就是可耻的殖民地知识。这种逻辑我们在"文革"中经常可以见。另一方面，他似乎根本不清楚，文化是没有国界的，在今天世界变得如此狭小的情况下，还在坚持一种封闭的态度，是多么的可笑。这无疑是小农意识的产物，把诗歌变成了一间门窗紧闭的作坊（它所能产生的产品就可想而知了）。同样，在强调中国诗歌传统的同时如果看不到它的局限，那么无疑倒退到新文化运动以前的时代了。说汉语言是世界上最优美、最富于诗性的语言，本身也许不错。但哪一个使用本国语言写作的诗人不是认为他所使用的语言是世界上最优秀的语言？如果只是满足于这种诗意的陶醉，而不是深入了解和把握汉语的特性包括它的局限，那么恕我直言，汉语诗歌包括汉语自身，就很难说有什么前途可言。

　　一方面自诩为中国诗歌精神的继承者，反对依附于任何庞然大物（实质上是强调一种国粹或民粹主义写作，把汉语诗歌的疆域无限度地缩小），反对用西方的标准来衡量一切，另一方面却在引用西方哲人的话来装饰自己的观点，为自己寻找理论依据，从而制造一个新的庞然大物；一方面大谈所谓民间立场，另一方面却标榜自己不断在官方和海外获奖，享受着非民间的殊荣；一方面鼓吹诗歌的纯正性，另一方面却要用诗歌来换取声誉。这正是所谓民间立场的真实写照。而出于以上种种原因，一些人对所谓民间立场的批评是势在必然的。这场论争在诗坛引起了不大不小的风波。但令人不解的是，在一些人那里对这样简单的是非尚不明了，甚至有的媒体借此来贬毁所有的诗人；在他们看来，这无非又是一场名利之争。这也许不错，但两方的"名""利"有着本质上的不同，如果看一看各自的文章就会清楚，至于这场论争有没有意义，或者有多大意义，是否必要，我不敢说。

　　坦率地讲，这场论争带给我相当程度的失望，甚至是一种无法掩饰的厌恶。我原来总是以为，尽管在诗学上存在着分歧，但这仅仅是由于观点不同，是出于个人的喜好和趣味，至少大家可以坐下来平心静气地讨论问题。而诗人，在相当程度上应该摒弃成见，更多地去考虑诗歌自身的问题而不是其他。但事实并非如此。由于一些人的不正当的做法，使得诗坛成了一个名利场，或像武侠小说中的江湖，一句话，一次排名，甚至一本书就会引出轩然大波。一方面，可以对别人的成就视而不见，抓住一些皮毛问题大肆攻击；另一方面，还可以利用自己所掌握的媒体册封所谓天才。这样不但无益于诗歌的发展，最终会搞乱诗坛，导致更大的混乱。由此看来，有的诗人并不像他们自己所标榜的那样超凡脱俗，在这种情况下，你会感到用石头砸死诗人或饿死诗人的说法也是不无道理的（关键要看死的是哪些诗人）。套用但丁的话说，我没有想到名利毁坏了这么多的诗人，大约不算错。这多多少少使我们回到了那个老掉牙的问题：到底为什么写作？如果连这个最基本的问题都搞不清楚，如果连出发点都出了问题，那么别的一切似乎都没有什么讨论的必要了。

　　从新文化运动到今天，汉语诗歌一直走的是在形式和手法上借鉴西方诗歌的道路，而在精神和气质上又承继了中国艺术的某些真髓。90年代诗歌并不具有强烈的反叛性但无疑更加注重诗学上的建设，这无疑是成熟的标志。它比起20世纪三四十年代穆旦等现代派走得更远，甚至超出了一些当年持激进观点的人的视野和接受程度。出于这点考虑，90年代诗歌受到来自两个方面的攻击也是可以理解的了：我并不是无保留地推崇90年代诗歌，而是认为现在到了冷静下来认真思考一下诗歌发展前景的时候了，但这种思考应该更多的是宽容的、不带成见的：对人类共同具有的文化我们是继续采取一种包容态度，还是持一种狭隘的、封闭的心态；对中国的诗歌传统是否应该继续或如何继续并真正使之发扬光大，还是简单地回到一种过激的、盲目自大的立场；甚至如何看待汉语自身，包括它的优点和不足。说到底很简单，诗人们关心的是要真正写出好诗——哪怕是具有本土特点的好诗，还是更多地关注自身、姿态、名利或其他？这是问题的关键，也是导致某些论争的根本症结。我个人认为，诗人应该在两个方向上努力：一是尽可能地吸收世界上一切有益的文化遗产（当然也包括中国传统诗歌在内），二是更加关注我们的时代和自身的生活。但一个必要的前提是重新构建诗歌写作和批评的标准和价值尺度。在我看来，

90年代诗歌正是朝着这个方向努力并产生了一定的效果。当然无可讳言，90年代诗歌存在着的局限性，表现在经验的开掘上不够深入，表现出感情力量的不足和知识背景不够深厚，更确切地说，表现在汉语自身的局限上。每一种语言都有自身的长处和局限，至少汉语——尤其是现代汉语——还远不够成熟，至少不像一些人所标榜的那样。但也因为如此它为诗人的写作提供了更为广阔的空间，这也正是90年代诗歌写作者们共同奋斗的方向。汉语诗歌的局限性在最大程度上是它使用的那种语言的局限性，而诗人们正是要通过对语言自身局限性的克服来丰富和发展那一种语言，从而实现它自身的价值和魅力。

原载《诗探索》1999年第3辑

可疑的反思及反思话语的可能性

姜　涛

　　随着市场尺度的深刻介入和人文学科建制的不断细腻完善，1990年代，尤其是世纪末的文化语境较之往昔，已变得更为多姿多彩、复杂难辨了。在诸多经过市场涂抹的世纪末话语中，一种所谓的"反思"论述近来走势强劲，似乎作为物理时间的"世纪末"的到来，真的提供了某种历史审判的可能，有关人等或难辞其咎，或功德圆满。论功行赏也罢，座次重排也罢，一方面，"反思"论述中不乏严肃的、卓有成效的实践；另一方面，它也为文化传媒和畅销书提供了难得的"热点"（"卖点"）。在这种趣味盎然的气候里，"边缘中的边缘"的诗坛也有点寂寞难耐，对此做出了一定的反应。首先是一本竭力标举"对现存诗歌秩序的反省"的诗歌年鉴的问世、热销，继而是一次会议上爆发的论战。在这一"反省"的旗号下，一系列文章相互呼应，纷纷出台，对当下的诗歌现状、人事关系以及诗坛旧事进行了一次铺张的清理、检讨和甄别，简单地说就是"秋后算账"。"反省"也好，"秋后算账"也好，出于表述的便利，在这里我姑且将其笼统地通称为"反思"论述。

　　这次"反思"是否触到痛处暂且不论，即就其间表露的市井叫骂战略和泼皮智慧而言，就已令人十分失望。有人惊呼"诗坛终于憋不住了"，有人乐得隔岸观火，将其看作无聊的"诗坛争霸"。但无论执何种态度，有一个似乎昭然若揭的前提构成了旁观者们的共识，即较之1980年代那些鲁莽但动机相对单纯的诗歌运动，这次与出版、学术均有所挂钩的"反思"论战背后，运作的是诗歌象征资本和话语权力的争夺。这种时下被普遍接受的看法不能说是空穴来风，某种对诗歌霸权的向往的确构成了这次"反思"的内在驱动。但是，需要探讨的是，幸灾乐祸或做简单的表态，都可能忽略这次并不严肃的"反思"中暴露出的一些需要严肃对待的历史症候，而恰恰是这些症候有可能成为真正的历史质询的起点。

其实，从一种完全的功利主义角度看待诗歌，与从那种天真的完全超功利的眼光出发一样，都是十分空洞的，不仅无法洞悉诗歌乃至人性的复杂与暧昧，也无助于分析写作的乌托邦气质和其社会历史条件之间的隐秘关系。受周遭及自身的"场域"关系所制约的诗歌写作，其利益取舍、方位考虑等外在因素与文化理想、写作观念、价值预设等内在因素是相互缠绕的、无法简单区分的，即如布尔迪厄所言："若无对某项游戏、赌赛、幻象、承诺的投入，也就没有行动。"这种格局既令人迷惑也令人着迷。因而，在对诗歌写作采取"去魅"态度的同时，也应给予所谓的"以诗争霸"以更深入的理解，因为它涉及的不仅是什么诗坛恩怨，更重要的是，微妙的"诗歌政治"也暗示出当代诗歌进程的某种结构性矛盾以及诗歌自我想象的分歧。采取一种既介入又有所疏离的姿态，对相关的"反思"论述背后的想象方式、修辞策略进行必要知识清理（即使"知识"在这次论战中已成为一个颇具风险的词），应该是一条可以考虑的思路。

一

90年代诗歌，可以说是当下被谈论得最多的一个话题，但与其将它看作是一种"事后追溯"性的理论概述，毋宁将其理解为对写作与历史关系的再度发现和对前景的不断建构。它不是一个首尾一致、具有自明性的概念，其本身便包含着自相矛盾之处和无法化解的隐痛，只能从千种"话语型构"的意义上去接受。换言之，在持续不断的命名热情中，阐释与实践、困惑与洞察是密不可分的。就是这样一个尚待澄清的话题在这次"反思"论述中，被翻转为两种写作趋向的对立以及"究竟谁是90年代诗歌中'最为坚实、成熟的那部分'"[1]的问题:"知识分子写作"还是以"他们""非非"为代表的"民间写作"？这个问题的是真是伪姑且不论,但发问者敏感的文学史意识首先凸显出来,其潜台词无疑是,当下写作合法性的判定取决于对当代诗歌的历史阐释。

表面上看,90年代诗歌或"知识分子写作"的发生是依赖于一种时间的断裂性神话的,即它是在与1980年代的区分与反差中组织起了自我想象。欧阳江河那一段被反复引用的文字最生动地说明了这一点:"就像手中的望远镜被颠倒过来,以往的写作一下子变得格外遥远,几乎成为隔世之作。"而程光炜那篇备受谩骂和肢解的文章提供了更为学理化的描述:"它们之间不是连续性的时间和历史的关系,而是福柯所谓的'非连续性的历史关系'。"[2]这些表述是有其具体的所指和语境的,如果把它们从这些前提中抽离出来作为一个"全称判断",并不是完全准确的。想象力的迂回、盘曲往往会抗拒一厢情愿的历史叙述,1980年代的部分诗学理想、抱负和主题经过不断的修订和改写依旧渗透当下的写作当中,并保有着一定的活力,这一点许多论者(包括90年代诗歌积极宣言者)都已做出过有力的补充。而"反思"一方出于对其历史合法性的诉求,表面上维护的正是作为对断裂神话反拨的连续性神话。

一个有趣的现象值得注意,那就是无论持什么观点,不同论者对1980年代的论述都无意中以某种分类学话语为基础:譬如还是在欧阳江河那里,与他自己曾贯彻的"乡村知识分子写作"一同失效的还有1980年代风行的"城市平民口语写作"与"种种花样翻新的波普写作"。而在于坚这里,这种区分被简化为"第三代诗歌"与"后朦胧诗"之间的对立,而且这一区分包含着某种总结性和强烈的复仇欲望:"中国诗坛一直在抹杀第三代诗歌运动的实绩。"从这一判断出发,一个连贯流畅的历史叙述被建立起来了,其中朦胧—后朦胧一脉单传,"在80年代张扬的是'文化诗',到了90年代摇身一变,成为'知

---

[1] 沈奇:《秋后算账——1998:中国诗坛备忘录》,杨克主编:《1998年中国新诗年鉴》,花城出版社1999年版,第389页。

[2] 程光炜:《不知所终的旅行》,《岁月的遗照》,社会科学文献出版社1998年版,第2页。

识分子写作'"；而另外一脉则是"由日常语言证实的个人生命的经验、体验、写作中的天才和原创力总是第一位的"的第三代诗歌，它在1990年代备受压抑，但坚持了所谓"好诗在民间"的传统。[1]

很显然，上述两种谱系的建立提供了一种历史连续性，即90年代诗歌非但不是对80年代诗歌的超越和断裂，而恰恰是1980年代两种诗歌走向之间的冲突的再度延续，只不过在"反思"一方看来，其中一方（"知识分子写作"）借助非正义的手段（文化霸权）蓄意遮蔽了另一方的存在。通过适当的形容词的润色，对这一基本矛盾的辨析便被提升为一套似乎由正义/非正义、进步/反动、敌/我等两大阵营彼此消长的历史辩证法，其立论的果断和视界的宏大在公共阅读的期待里无疑具有很大的鼓动性。这种历史阐释带来的是历史真相的大揭秘还是大混乱（以便乱中取胜）呢？对这个问题的追问必须还原为对其历史依据与修辞基础的考察。

这个"连续性"神话的建立，无疑是以如下的假设为前提的，即在所谓后朦胧的"文化诗"与1990年代"知识分子写作"间有一种传递性和一致性，都是"将诗歌理解为历史—文化—知识的阐释工具"。如果稍加检讨，这个假设是不能成立的，因为一个重要的事实被有意忽略了。且不说后朦胧诗本身错综复杂，并不存在那种虚构的同一性，单就1990年代"知识分子写作"而言，它恰恰是在对1980年代某种与历史现实脱节的古典情趣、纯诗口味以及文化方案的拒斥中浮出水面的，其所尝试的正是对具体生活世界和多种诗歌资源的开掘（这里也包括对日常生活、口语表现力的尊重），它与所谓"文化诗"的关系不是连续性的，而恰恰是某种自觉的批判和超越。忽略这种流变不居的动态现实，否认90年代诗歌对既往轨道的偏移和重设，很明显是缺乏说服力的，而且也是别有用心的。将活泼的诗歌探索"冻结"在某一阶段，其目的无非是制造一个"假想敌"，以便拳脚相加，而其所诉诸的连续性也就很难成为"断裂性"的有效反思，只能流于一种廉价的历史盲见。

---

[1] 于坚：《穿越汉语的诗歌之光》，杨克主编：《1998中国新诗年鉴》，花城出版社1998年版，第7页。

由杜撰的连续性出发，1990年代乃至整个当代诗歌都被化约为两大阵营的对立，这种化约本身已使其后的一系列推论的真实性大打折扣。正像任何时代都不可能用贴标签的方式轻易打发掉一样，当代诗歌的进程也不能为某种静态的二元对立所穷尽，"反思"一方频频借助的一系列对立，诸如普通话/口语、原生的/文化的、日常的/知识的、北方/南方等等，其虚构性十分明显。如果按照这些人为的对立去思考和写作，那么诗歌的疆域将被粗暴地缩减。其实，在具体的诗歌现实中，上述紧张关系如果真的存在，那么双方并非泾渭分明地彼此对峙，而是以不断缠绕、论辩、渗透的方式拓展着写作的边界。即便是于坚自己的写作，也并非可以简单地被"原生的、日常的、人性的"这样抽象的词语所概括，他那首十分著名的《0档案》正是以某种零度写作的知识方案为前提的。与虚构的历史连续性一样，虚构的"二元对立"背后潜藏的是一种市场看好的历史简约主义，它将历史看作是某一单一逻辑的不断重演，借此策略，写作内部多种因素的交织被一笔勾销，需要做的仅仅剩下了立场、队伍的抉择和对抉择的鼓吹。

有一种说法十分流行，那就是诗歌写作在1990年代已丧失了它在1980年代曾经拥有的文化野心和历史激情，其内在的发生契机不再源自对"运动""革命"以及"青春神话"的百年期许。而这次"反思"论战的出现，在某种意义上恰好表明了这一说法的天真，因为在"反思"一方建立的历史叙述中，某种"运动"情结没有消除，仍是一个关键的话语生长点，只是其背后依附的是一个更为夸张的"时间排场"："第三代诗歌"，"是对胡适们开先河的白话诗运动的承接和深化"，"它是白话文运动之后的第二次汉语解放运动"，"第三代诗歌将名垂青史"。在这些惊人的陈述中，第三代诗歌的光辉身份是以百年汉语新诗的历程为参照的，它被放到与白话文运动同样的历史高度上去评价（与此相关的论述者也可升至胡适们同样的级别，"名垂青史"）。虽然在今天看来，第三代诗歌的历史地位是的确不容抹杀的，它对世俗生活的关注、对口语的标榜构成了当代诗歌发展的极为重要的一环，但它因此便可以与"五四"神话相提并论，实在令人百思不得其解。然而，最重要的还不是如何评价第三代诗歌，最重要的是应该看到，"民间起义"如何被转述为"文艺复兴"，连续性（承接白话文）与断裂性（对普通话的造反）如何被巧妙地组接。借助这些历史修辞，一个具有充分历史合法性、时间起点，以及相关口号、偶像的"传统"被制造出来，但因其过于堂皇而漏洞百出。

如果做进一步的分析，我们还会发现，表面上申诉历史连续性的"反思"话语其实更深深地迷恋于时间的"断裂性"神话。与90年代诗歌表述的审慎的历史意识不同的是，第三代诗歌的出现被夸大为一个具有救赎意味的历史起点，以往的岁月似乎在"第三代"面前只能是一种堕落的存在（当然，不包括被追认的白话文），相关的口语写作在那一刻也被颁布为律令和神话，而不断抛掷的辉煌辞藻也强化着这一"断裂"的"千禧年"性质（抑或"秋后算账"性质）。

据说历史是一个可以任人打扮的小姑娘，诗人的发言也不能为普通的经验理性所规范，但这并不等于说诗人享有实施语言暴力的特权，在宽恕某种由文化野心驱动的历史"易容术"的同时，也应质问这种施暴的正当性何在。诚然，没有本体论意义上的真实历史，有的只是不同的历史叙述，但历史叙述的正当性还是应受到检验，有效的、独特的、清晰的洞察力和恰当的表述能力是最起码的标准。而在"反思"论述建立的历史阐释中，我们确实很难发现这些品质，我们见到的更多的是一种在20世纪人人都耳熟能详的"运动"套话：划分阵线、凸显主流逆流、冻结历史、挪用时间神话。对"运动"话语的念念不忘、对历史简约主义的偏爱，或许出于发言者立论的粗暴和动机的不纯，但更为重要的是，这一现象是与20世纪中国某种作为宿命存在的现代性遗产密不可分的，本文第三部分会对此做出具体论述。

二

除了争夺当代诗歌的历史阐述，"反思"一方实施的另一战略便是"立场"的确立。

"立场"一词无疑是高度意识形态化的，在20世纪的中国，它引发的是一种极为紧张的甚至是生死攸关的自我关注。有关"立场"的申诉一直不绝于耳，并在某种程度上构成了 20 世纪中国人文想象的一个奠基性模式。在这方面，诗歌也不会享有治外法权，引发这次"反思"的诗歌年鉴封面上就赫然印着："艺术上我们秉承：真正的永恒的民间立场"。那么，这个"民间"是何物呢？

"民间"立场其实不是个新鲜的词，作为与陈腐僵化的官方诗歌权威相对立的民间身份曾为一代中国诗人提供了道德和艺术的双重自信，哺育也凝聚了当代诗歌的艰苦努力。然而，当 1990 年代市场时代的来临以及众多因素的渗入，对抗主题已耗尽了其历史可能性并以另外的方式潜入当下的写作，官方与民间的划分也无力描述今天更为复杂的政治—经济—文化现实，民间本身变得有点面目全非了。在这种情况下，重新树起民间的大旗意味着什么呢？难道"纯正诗歌阵营"中确有一部分人背叛了自己的传统，接受招安，成为新的霸权？仔细阅读有关文字，民间立场的倡导者除了重复"对抗主题"之外，对民间立场为何物也语焉不详，似乎出于迫不得已，才勉为其难地将其等同为"诗人写作"——"一切写作之上的写作""神性的写作""它仅仅为诗歌本身的目的而存在"。这种论述不过重复了"纯诗"主义的陈词，结果只是加剧了民间的含糊其词，其目的倒好像是为了逃避对这一立场的严肃说明。

但这是否意味着"民间"仅仅是"反思者"随意动用的一个大而无当、缺乏具体内涵的词汇呢？我想事情未必这样简单，要理解这一空洞的立场，应该将目光从诗歌问题上稍稍挪开片刻。其实，在 20 世纪，"民间"一直是不同的政治策略、文化野心和现代性筹划争夺的对象，它的内涵及外延不停地处在被操纵和涂写的过程中。进入 1990 年代，有关民间的论述也是层出不穷：有人建立了"民间"与"庙堂""广场"的区分，表明了知识分子对官方、启蒙两种话语疏离之后的一种身份的确立，有趣的是这里的"民间"立场恰好就是一种知识分子的立场——维护专业品质和思想自由的立场，此"民间"显然非彼"民间"；还有人将"民间"与市民社会及公共空间等时兴的理论相结合，或暗中铺垫一个崭新的市场时代的乌托邦，或在"海派"文化中体味世俗生活的万种风情。简而言之，在暧昧不清的旁敲侧击中，世纪末的"民间股"行情看涨，在 1990 年代的价值空场中，"民间"似乎扮演了一个代理人的角色，而其真实语义或许就是为市场时代的世俗价值理想进行辩护的立场。在这种意义上，鼓吹民间，便不是对所谓"庞然大物"的舍弃，不是对诗歌独立品质的追求，而正是在对市场时代的主流想象互相呼应中迎接了另一个"庞然大物"，而且它被打扮成一位新神。西渡在一篇文章中同样使用了暴露"某某内在真相"的论述原型，他把民间立场还原为"书商的立场"[1]，此话不幸而言中。

"民间"立场表面上空洞混乱而实质上有所旨归，这种悖谬的现象说明一方面"反思"论述出于立场的需要过于匆忙地搬弄了这个大而无当的概念；另一方面，这一"非法"使用又无意道出了民间立场的历史方位，即对市场时代的世俗神话的暗中顺应。其实，考虑到该立场自己建立的诗歌谱系，这一点不难理解。在1980年代，第三代诗歌所呼唤的日常、平民、口语写作的确显示了一种屡遭压抑的世俗生活的呼声，而当这一价值吁求在1990年代美梦成真时，继续平面化地固守这一立场非但丧失了其初始的革命意义反而有碍于诗歌的生长。邵建先生准确地指出："在没有民间的时代，强调诗的民间立场是对体制的一种疏离；在民间逐级形成的时代，诗倒需要对民间本身的疏离。"[2]因此，"反思"一方集中火力猛攻的"知识分子写作"，在这种意义上，或许并不只是一个"假想敌"。

很多论者已经指出，"反思"者们是如何将"知识分子写作"这个个人提法从其具体的上下文关系中抽离出来歪曲成"知识写作"，在对它没有任何起码分析的情况下，扣上"贩卖知识""凌空倒虚"的罪名，而这些断章取义的理解与"知识分子写作"的真实内涵相去甚远，这一点自然不假。然而，倘若进一步分析，我们会发现在上述批判招牌下掩藏的可能还有另外一种不满。那就是，在"知识分子写作"的多重内涵中，其中一种便是坚持在写作与现实间保持一种紧张的、相互修正的关系，并坚持了某种对意义深度、经验广度和文化

---

[1] 西渡：《民间立场的真相》。
[2] 邵建：《你到底要求诗人干什么》，杨克主编：《1998年中国新诗年鉴》，花城出版社1999年版，第407页。

重建的信念，而恰恰是这一点，在骨子里冒犯了"民间"立场所崇尚的文化虚无主义、平面化的世俗口味以及顺应时代生活的简单想象。这种冲突内含在此次论战中，说明当代诗歌的某些基本问题还有待进一步清理。

如果仅仅作为一种口号，空洞也罢，遮遮掩掩也罢，本无大碍，只是"立场"的申诉中一种有关诗歌权力的渴望太过强烈。在权力意识的鼓动下，为了获取方便易行的身份识别术，为了获取历史的终审权，"立场"话语往往伴随着对"纯粹性"的要求，而为了获得这种"纯粹性"，不惜隐瞒、擦抹自身经验构成的历史踪迹。譬如，为了指责"知识分子写作"是殖民写作，"民间立场"标举的纯粹的汉语性便是其中一例。有不少论者都从汉语写作与西方资源的互文性角度澄清了"纯粹汉语"的空想性，但我认为更准确的说法是，由于作为既成事实的中国现代性进程的塑造，不仅汉语写作，而且包括"中国经验"、种族记忆以及我们的主体身份在某种意义上都由"杂交性"和"中间性"派生出来的。这并不是一个丑闻，也不是一个多么隐晦的秘密。在这种情境中，抛出纯粹"汉语性"，拒绝承认经验的混杂性，迎合当下蒙昧的民族主义热潮，只能是"立场"话语的需要；而这种"汉语性"恰恰背离了、压抑了汉语的真实命运。值得一提的是，"汉语性"的强调无疑模仿了后殖民主义的腔调，而这表露了"反思"者与那些进入了第一世界学术界的第三世界知识分子多少有些类似的心态，即"后殖民话语与其说是痛苦地寻求认同的表现，就像它每每显示的那样，不如说是苦心经营新的权力的表现"。

其他如"中国经验""原生性"等说法，都不同程度地借助了还原主义的修辞庇护，写作异质混成大特征被合法勾销了，剩下的只有一元决定的写作神话，而其内在动机除了体制化冲动以外，还有就是想象力的惰性：拒绝将写作当成是在历史、语言和心灵之间艰苦诉求的劳动。

其实，拥有"立场"本身并不是值得嗔怪的事，没有立场的中立位置相反可能是更为精致的意识形态诡计，重要的不是立场的有无（"立场"的确立可以说是当代诗歌完成自我想象的必要起点），而是它能否建立在坦率、诚恳、又智慧的自我觉悟的基础之上，即在借助"立场"时也能不断追问"立场"本身的来源、限度和有效性；需要强调的也不是立场的所谓"永恒"，好像它可以不受历史的磨损,而是要警惕"立场"话语中滋生的"众数的暴力"。如果只搬弄空洞的立场,关注煽动性修辞,隐瞒立场的构造性,"反思"所完成的自我想象只能是乏力的,展示出来的只能是真正立场的缺乏。

三

作为当代诗歌的实践者和见证人,这次"反思"行动的具体发言者,对复杂的诗歌现实未必没有觉悟,但为何会有时"明白人说糊涂话"?这其实也并不奇怪,因为一切可能只是论述的策略,能否形成有力的、深入的历史想象并不重要,关键在于强烈的修辞效果的获得。

在一篇题为《诗歌之舌的硬与软》的文章中,于坚建立了两种语言向度的对立:硬与软。前者指的是以普通话为代表的一种"广场式的、升华的更适用于形而上思维;规范而不是丰富它的表现力的"体制性话语;后者指的是以外省方言口语为代表的具体在场的、具有丰富细节和私人倾向的未经升华的表达。这种区分虽然同样是建立在某种牵强的、经不起推敲的谱系学构造之上,其"话里有话"的说法也源出于诗坛上的个人宿怨,但作为诗人的个体表述,未尝没有局部的洞见。如今,这篇文章被重新刊印在"反思版"的《年鉴》上,显得颇有意味。解构或指摘"硬与软"的区分并不重要,有意味的是它恰恰从内部触及了整个"反思"论述的弊病。

"硬与软",抛开其开列的长长清单不谈,起码提供了这样一种见解,即在20世纪中国的文化想象和语言成规中,一直存在着一种压抑机制,某种公共权力话语在不断削删控制着自由言说的权利(但这绝不是想当然的普通话对口语的压制)。这种话语是伴随着紧迫的国家想象和现代性一体化制度的建立而产生的,它不仅是一个压抑的机制同时还是一个学习和增殖的机制,教育了一代甚至几代中国人,塑造了在今天仍记忆犹新的某种集体性言说方式,处于该话语支配下的中国就曾被形象地比喻为一个大课堂。这种话语已深深地渗入了20世纪中国的文化想象和历史阐述中,构成了记忆、习惯和挥之不去的遗产。而在此次"反思"论述中,无论是夸张的历史叙述,还是对"立场"的粗暴使用、闪烁其词，我们看到的正是上述公共权力话语的滥用。一些回敬者已辨认出其中的意识形态语法和操作程序：化约历史、制造对立、区分阵营以及非此即彼的"站队"逻辑，并揭示出这种修辞的基础是权力欲的恶性膨胀。[1]由此，我们或许可以说，"反思"一方邀请的"庞然大物"除了以市场时代为衬底的民间立场之外，还有就是这种体制化的权力话语。这样一来，"反思"绕了一圈，结果恰恰落入了"硬"的圈套中。

"硬"，自有硬的好处，它也许正是一种特殊的发言技巧。一方面，在缺乏有效的反思的尴尬中，一整套公共语法算得上是手边的便利武器，一种明快的叙述风格虽无助于理解但却有助于煽动，既可以掩人耳目，又可借助其声势颐指气使，征讨杀伐；另一方面，这一宏大叙事仍拥有市场潜质，在不少读者那里博得同情和赞许（因为好懂又好看，不会"头晕"）。坦率地说，"反思"话语诉诸的历史遗留的公共想象不仅掩盖了反思的乏力，而且加剧了它与市场时代的共谋关系，其调用的堂皇修辞最后也只是对公共权力话语的贩卖和模仿。

然而，对"反思"的反思不应简单指向具体个人的人格和智慧，从中引发的应该是对世纪末文化逻辑的思考。在一个更大的历史视野里，上述提及的公共权力话语对它的追溯还应与20世纪中国文化的现代性追求联系起来。时下，人文学界关于现代性的检讨颇为盛行，中国的现代性的种种特征，如危机意识下产生的时间焦虑，对"新"、革命、运动的不断追求，使命迫切感决定的弥赛亚意识，非此即彼的二元对立思维，强烈民族主义气息等等都得到了深入的检讨。而在某种意义上，它既是20世纪的一笔难忘的遗产，也是一种难以摆脱的羁绊。面对这一"庞然大物"，在做深入的反省的同时，我们还应意识到它至今还在暗地里左右着我们的想象，构成了历史期待、自我认知的一部分，而这也正是当下文化表述的两难性所在。

在这种境地中，一种清醒的、审慎的态度才尤为重要，在质询某种现代性神话的同时，比如"运动"神话、"断裂性"神话，还要理解它的历史合理性和

---

[1] 唐晓渡：《致谢有顺君的公开信》，《北京文学》1999年第7期。

宿命性。最重要的不是态度的鲜明，而是对这样一种态度的拒绝：在多种话语的交错中，一种与时代共谋的历史机会主义心态。

四

如果单纯作为一次反驳，这篇有些冗赘的文章虽然只触及了问题的某几个方面，但也应该收尾了。然而，对论战中相关话题的检讨的目的并不在于判定"孰胜孰负"。按照市场的逻辑，可能的结局是没有真正的输家也没有真正的赢家。在反驳和辩护等表态性姿态之外，另一种可能的选择是将"被迫迎战"转换为质询诗歌现实和自身方位的一次难得的契机，因为许多耐人寻味的线索都暗示了世纪末历史阐述和文化想象犹疑不定的艰难。具体而言，"反思"论述内包含的权力欲求、粗暴修辞以及与时代的共谋关系，除了反映出反思能力的匮乏和投机心态之外，还说明当下诗学发言的复杂性，许多表述已不能仅仅从诗歌自身的角度去理解，因为它们已深深地卷入与外部话语分布、利益格局和文化游戏规则的重要纠葛之中。

相比之下，1980年代诗歌运动的压抑/抗拒关系，它背后的野心和权谋还是容易识别的（这次"反思"一方还是不明智地调动了这一运动记忆，因而漏洞百出），而在1990年代，诗集出版、文学史撰写、学术会议、朗诵会、媒体关注等等活动的交织使得某种权力的流通变得更为微观和曲折了。而这种"边缘中的热闹"并不是什么诗歌的堕落所致，它恰恰是诗歌写作的"场域"关系的体现。对此应持的态度不是否认或惶惶不安，而应是做出冷静的省察。换言之，如果按照一种简朴的道德眼光来看，权力关系的暴露颇让人灰心丧气；但更为成熟健康的说法是，任何一种立场、观点都不是天真无辜的，任何话语都不具有天然的免疫力，它们都是由特定的角度、方位和历史机缘所鼓励，都具有某种建构或虚构的特征，所谓超越性的批判位置可能只是一种良好的期待。因此，喋喋不休的感怀既浪费精力又混淆视线，更重要的态度是在对"可疑的反思"的盘问中，在诸多因素的相互补充和改写中，探询反思如何可能，探询真正的诗歌探索如何能够及时闪避自身的陷阱或雷区。这样一来，反驳就可变作自我追问，而作为屡遭曲解的 90 年代诗歌、知识分子写作等话题，也不是一个"不可以被诘问的对象"，一些内在的论辩和限度有必要得到说明。

90 年代诗歌是一个有些含混的说法，它引申出的相关论述，比如知识分子写作、个人写作、叙事性等，并不针对整个 1990 年代这个历史时段有效，也没有穷尽当下写作的全部现实。当下诗歌现实仍是"巴尔干化"的，不同的地区、不同的诗人群落占有着不同的知识结构，秉承的不同的观念和理想，甚至是在不同的时代里写作，当然其中也存在着雷同、模仿和偏执倾向掩盖下的浪费。不仅如此，90 年代诗歌旗下的代表性诗人，虽然分享着某些共同的写作理念，但随着"个人诗歌谱系"（唐晓渡语）的建立，其间的差异和分歧远远要超过假想的一致性。因此，90 年代诗歌并不是一个包揽全局的大命题，它更应看作是个体写作与历史关系重新确立之后的及时的总结，以及对现有困惑的思考。它应是一个开放的、流变的说法，因为不断分解衍生，零散而奥妙的想象力也在不断地挑战着我们的叙述能力。90 年代诗歌的提法如果能够成为当下一个有效的发言，那也不在于它与任何权力隐喻无干，而在于它能否继续保持一种对困境和限度的敏感。它不是一个毫无风险、无可挑剔的概念，关键是我们对风险要有所觉悟。

首先，虽然出于对权力话语的历史记忆，大多数 90 年代诗歌的论述者都有意识地采取了一种弹性的语法，而且还经过了"个人写作"的保险。但不用否认的是一些以特殊主义话语方式建立的表述仍具有普遍主义的倾向，"个人写作"的强调也不保证其中没有集体主义的要求（单纯的、没有附加条件的"个人"是抽象的，至多也是"佯装的个人"）。其实，在当代诗歌写作的纷争中，对某种写作秩序、经典性和标准的向往一直不绝于缕，这本身并不是消极的，但关键在于这种向往很难与一种体制化的潜在冲动绝缘，尤其是当诗歌写作已愈来愈深地介入出版、学术等多重环节之中。如何在话语生产的公共化与体制化之间做出区分，正是当代文化想象的难题所在。在具体的诗学表述中维护一种对话性质的商谈伦理，应该是可能的出路。

其次，90 年代诗歌的一个突出特征在于对"非历史化倾向"的拒绝，写作恢复了面对历史现实的处理能力。对复杂性、多义性、反讽性的青睐，对某些写作资源的重视，如个人经验史、日常生活现场等，一度使貌似大手大脚实则手脚拘谨的中国诗人大开眼界，增强了介入历史的面积和深度。但这些写作策略或主题不能由自身来保证其悠久性。随着时间的磨损和写作可能性的消耗，它们有可能成为新的障碍，从而降低了写作新鲜的活力，其自身也可能被"非历史化"。更严峻的后果是，它只成为一种心安理得的价值姿态，或是一笔利息高额的储蓄。在这种情况下，写作中出现的对往昔的回溯和前途不明的无政府主义因素，更值得关注。

再次，诚如上文所述，写作对某种"立场"的依赖是不可避免的，1990年代出现的"知识分子写作"也是一种"立场"的体现，在它的多重内涵中，一种与历史现实保持紧张关系的人文批判尺度无疑在被重申。但有一点是难于否认的，随着社会的转型和人文学界"知识考掘"活动的深入，很多曾一度被深信不疑的"立场"都纷纷失效，一些风行一时的口号也显得十分空洞，这时任何"立场"似乎都不拥有道德上的优势和理论上的合法性。准确地说，任何"立场"都丧失了先验的自明性，它们的有效性应接受历史的考验和戏弄。因此，"知识分子写作"的人文主义批判立场也是需要具体分析的，自我陶醉、自我英雄化（承受历史苦难和荒谬的英雄）的危险也是潜在的，它也有可能成为一个托词，回避了与历史建立多向度关系的重任，掩饰对写作崭新机遇的迟钝。也正是在这个意义上，我接受这样的说法，"知识分子写作"仍是一个未完成的话题。

在以上论述的前提下，重温一下福柯的一段话也许是不无裨益的：

> 一方面，我一直在试图强调一种哲学质疑的类型在什么程度上根植于启蒙——这种质询同时使得人与现时的关系、人的存在的历史模式和作为自主性的自我的构成成为问题。另一方面，我一直试图强调，可以连接我们与启蒙的绳索不是忠于某些教条，而是一种态度的复活——这种态度是一种哲学的气质，她可以被描述为对我们的历史时代的永恒的批判。

因此，当代诗歌的前途是与它能否建立起自身的反思机制息息相关，它所面对的主要敌人应该不是那些以"反思"名义进行的谩骂，而恰恰应该是自身。在它被无条件的追随者所环绕和体制化的学术生产所看中时，这一点尤为重要。

原载《诗探索》1999 年第 3 辑

90年代诗坛的三大矛盾

张清华

90年代诗歌呈现了空前复杂的局面。时代语境的多重性、暧昧性和相对性不但置写作者于空前的自我困惑之中，置诗歌意义的建立和生成于复杂的沼泽地之中，也使研究者失去了对之进行命名和分析的自信力以及语言与判断的能力。基于这样的前提，这里对90年代诗坛几对矛盾的分析似乎也难以逃脱尴尬的境地。

自由与秩序

写作的自由度已由梦想变成了现实，在民间的个体写作者那里，基本上已不存在外力的强迫性干预。但不难发现，面对今天诗歌写作的现实，任何一个置身其间的人都不免会发出一声无奈的叹息。因为这种不健全的"自由"给今天的诗歌带来的不只是兴盛，还有实际上陷于整体失效和空转的无边弥散，因为它没有建立起必要的和有效的良性择汰机制，没有建立起优化秩序。很显然，自由不仅是一种机会共享，而且更是一种良性生态。90年代诗歌的散乱局面首先源于这一机制的缺失。

今天的批评家们或许会怀念1980年代，尽管那时也曾有人饱尝面对新变而惊慌和失语的痛苦，但比之今天总还是振振有词的。这倒不是说今天的诗歌不如1980年代，而是说1980年代的诗歌在总体上是有秩序的——一种"历时性的秩序"，即表现为"新"对"旧"的否定，新就是生命力，就是进步、开放、变革、突破，新有本质上的合法性。尽管它在对旧的传统乃至"正统"的否定中也不无短时的惊险遭遇，但总体上的"唯新论"逻辑使得诗人和评论者都不难找到自己的价值准则与立足点，诗歌在一种急剧的趋新迭变中形成新淘汰旧、变战胜不变、"新的就是好的"的逻辑。在这样的秩序中演变下来，1980年代的诗歌线索清晰、泾渭分明，优劣亦不难区分，"经典"的文本已基本确定（尽管未见得完全合情合理）。可到了1990年代，这种历时性秩序已随着现代性诗歌运动——作为疾风骤雨式的群体运动的结束而结束了，唐晓渡曾把这种结束称为"时间神话的终结"。但我想这终结在今天看仍不能简单地被看成是"庆祝日"，纵向的秩序瓦解了，横向的秩序却还未能建立起来，在今天，谁也不好再以"新"与"旧"之分来划定诗歌现象与文本的归属，可谁又能以"优与劣"之分来划定？什么是"最好的""好的""比较好的"和"一般的""差的"诗歌？

　　似乎一切都已乱了，一切都泥沙俱下，良莠难分。其标志（也是原因）：第一是"两个诗坛"的分裂、脱节与颠倒状态。一方面，公开合法的诗刊仍然在办、在消费，但其诗歌的含金量却公认地远不如没有刊号、没有稿费、没有发行权，印刷也显然逊色的民刊，为什么事实上的"主流"却仍处在边缘且非法的位置，而早已从实质上沦落为"边缘"的却仍占据中心和合法地位？为什么在小说界早已解决的问题在诗歌界反而成了根本"无望"解决的问题？不合理反而成了大家都予以认可的常理？这还不是问题的全部，在民刊中也出现了空前复杂的局面，一是鱼龙混杂、质量低下者居多，二是它们无法机会均等地进入公共阅读空间，各自以封闭的方式割占了读者群，使之无法在整体上作为有机的"市场法则"对诗坛产生选择与影响，只能任其散乱无章地"自产自销""自生自灭"。

　　第二，与上述情形相联系，全部诗歌生产形成了没有有效阅读参与、没有真正的消费行为的"空转"状态。不断出现的关于"诗歌的危机"的言论实际上也从侧面证明了这一点。不是诗歌文本的数量少了，而是没有人去阅读；不是缺少好的文本，而是在混杂的局面中无从寻找。在这点上，编辑和批评家有不可推卸的责任，作为职业阅读者，他们理应在很大程度上承担择优汰劣的职责，但事实却几乎相反，守旧的立场、懒惰和鉴别力的匮乏使他们常常充当误导者的角色。对他们的失望反过来更使人们失去对诗坛的信任，并更增加了混乱感。

第三，在总体的混乱中还有一点是相当可怕的，这就是过分简单地形成的"圈子的专制"。本来，最优质者理应高踞于"金字塔"顶端，但这种"霸权"的形成应基于长期、认真、严格、机会均等的反复选择，但批评家与职业编辑的失察、懒惰与人云亦云不仅没有形成这一力量，不但难以对之产生出有效的辨识、批判和选择，反而简单地依附于某些固定的圈子，成为一批由于被加封为"先锋诗人"而先验地获得了话语优越权和作品增值权的人的附庸，所谓先锋与平庸、好与差就依这样的圈子划定了。由此产生的秩序是简单化和不尽公正的，它片面地刺激、纵容了策略性和投机性的写作，而压抑、冷落了其他优秀的和可能成长为优秀者的诗人。这也影响了诗坛优化生态的形成。

1990年代的写作当然不是"自由的过剩"，恰恰相反，缺少合理的、有机的和普遍的秩序，正在使这种自由陷于无效、虚假和丧失的窘境。

诗学与写作

当代"诗学"的发展历史谱写了当代诗歌的血泪史，这样说并不过分。1980年代以前，诗学是一副刑具和枷锁，诗歌就是在它的棍棒折磨下奄奄一息的。1980年代，诗学对诗歌的控制与捆绑仍然有效，只是已经分裂，分裂为两个对抗的阵营，其对抗与论争的根本内容实际上是现代性诗歌的合法性问题。时代的"进步"虽显而易见，但对抗本身却使诗学未能走出外部与表层的社会学层面而进入美学和文本的本体论层面，现代性写作的中年一代支持者在与反对者的斡旋与较量中，在危险的社会学话语陷阱中已耗尽了其才智，无暇从事现代性诗学的理论建设。反而是另一批在1980年代后期成长起来的先锋诗人在急于表达他们的诗学观念时不期然地成了"兼职理论家"，"他们"的平民主义诗学、"非非"的结构主义语言学诗学,"整体主义"与"新传统主义"的历史的文化的或人类学的诗学,"女性诗人"的女性主义诗学等,共同为中国当代诗学的发展开辟了新空间,并置1980年代社会学范畴中的诗学论争于无效的境地,真正完成了当代诗学的历史更替。从这个意义上,1980年代先锋诗人的诗学贡献是很大的,其意义甚至超过了其文本实践(比如"非非"),但是另一方面他们仅仅是从写作立场上阐述了自身的诗歌观念,未及在诗学理论体系的建设以及文本批评上做深入拓展。

本来,上述使命的推进要寄望于1990年代,然而1990年代的诗学与写作的距离却不是缩小而是扩大了。具体表现在,首先,90年代诗歌写作的主要空间已从"主流"诗坛转向民间,而"主流"的诗学与批评却无视这一根本性变化,依旧迷困于"不景气"的主流诗坛的景象,并通过媒体造成了关于"诗坛现状"的假象这一事实。大量的来自媒体的对诗歌"危机"的报道都与此有关,一是受其所引据的"权威人士"的评述观点的影响,二是其所指涉的"主流"现象确有冷落凋敝之象。而这些关于假象的报道共同影响了一般社会读者的看法,并"先入为主"地形成了他们对诗歌的悲嗟或轻蔑。由此他们共同构成了当今主流舆论与商业(大众)语境的奇特结合下诗歌的生存处境——这一点,是90年代诗歌同80年代诗歌最见差别的。这种奇特的合力使现代性诗歌写作或被完全置于视野之外,或被描述为"黑道"、异端、魔鬼或精神病式的行为,公众从来没有像今天这样将诗歌视作异类和末途,投以鄙夷与不屑。就如同周伦佑在一首诗中所自嘲和反讽的:"第三代诗人……/ 长期在江湖上,写一流的诗,读二流的书 / 玩三流的女人,作为黑道人物而名扬四方。"(《第三代诗人》)这形象地喻指了先锋性写作至今仍被逼挤在"正统"之外的实际处境。

其次,由于历史和现实原因,同"主流"诗学与批评关系密切并交叉的"学院派诗学"在1990年代呈现了扩展势头,许多"国际性"的"华文诗歌研讨会"和汉语诗歌学术活动一年一度地举行。然而,在绝大多数学院派的诗歌研究者那里,基本上是将现代新诗当作"历史知识"来观照的,其兴趣根本不在于艺术和美学意义上的诗学探求,也不在于连接沟通现时的当代诗歌实践,并且由于语境的多重与合混而无法构成对话与有效交流。基于此，尽管从表面上看学院式的诗学研究活动广泛存在，可实际上却缺少应有的活力，处在同诗歌现实特别是民间的真正的诗歌现实毫不搭界的"空转"状态。

那么，同民间与先锋性写作处于同一阵营的"第三种"诗学的状况又如何呢？我以为也远远落后于1990年代的诗歌现实。其一，对现实阐释与概括的乏力，既缺少对诗歌整体状况与特征的有力的分析、概括与命名，同时又缺少对诗歌美学内涵与走向的深度阐发与索解，现实的丰富性与诗学理论的贫乏构成的反差更加明显，同时理论的匮乏也是反过来导致诗歌写作陷于弥散与离心状态的主要原因之一。其二，这一诗学走向本身也陷于分解，不是观念上的分歧，而是"立场"上的分化，对新诗潮和先锋诗歌写作自身的态度发生了分歧与改变，其原因除了外部的复杂因素，更主要的是由于其内部缺少强大的有活力的理论资源的支撑，始终没有在根本上使当代诗学在经典化、规范化（指理论范畴的确定性、通约性）的意义上得以确立，没有有效地实现中外诗学传统的当代阐释的工作，从而无法使当代诗学的发展确立在中外诗学传统的链条之上。其三，"个体诗学"固然是当今诗学中最有活力的部分，但写作者对个人性的突出不是建立在对自己个人经验的规约性并与公众经验相沟通的目的之上，而仅是对自己个人性的"合法性"的片面强调上，这样，"个体诗学"便成了一个空荡荡的躯壳，它庇护了个人经验方式的自闭性，却也使其"诗学"自身无法确立和被接受。其四，诗学被引向了"玄学"，由于结构主义和后结构主义语言学观念的介入，言说被"名辨"活动和语义的陷阱所瓦解，诗学滞留于认识论层面的认识与探讨，其玄理意味与个人化的感性色彩取消了通向学理与建构的可能。"名辨"式的玄学观念也染及写作本身，使言说更加游移、飘忽、晦暗和暧昧。

个人话语与时代语境

"个人写作"已经成了1990年代诗人最引为光荣的口号之一。这当然也是个令人不便挑剔的口号，一个很容易便被认为是诗歌福音的口号。但1990年代个人写作的现实又怎样呢？似乎谁也无法否认这个年代诗歌的进步，但它的进步究竟又在哪里？当人们说出它的优势的同时就似乎是在说出它的缺点和短处，从某种意义上，它也许可以成为90年代诗歌混乱无序、无效空转、从公众视野中几近消失的局面的一种佐证和解释。

我当然没有否定写作的个人性原则本身的意思。但我们这个时代的"个人写作"似乎事先存在一个误区，它本来应该是相对于上个时代的意识形态写作和1980年代的集合性冲击的"群体写作"的，但实际上它却同时成了对个人经验方式以及写作的自闭性的庇护，成了它回避某种应具备的道德勇气、社会良心、理想精神的合法包装，成了它对时代语境表示冷漠与茫然的时髦装饰，成为轻便地拒绝写作责任、掩盖作品缺点的托词，这是值得普遍警惕的。事实上，优秀的诗歌并不一定是以对公众审美空间与共同经验方式的拒斥为前提的，它可以是对一个时代的庸俗社会趣味的"一记耳光"，可以是对一个时代公众正义与社会良心的显现、回应与代言，可以是一个时代精神走向的敏感折射与映象，但却不能成为漠不相关的东西，更不能成为写作者没有立场、逃脱责任和躲在个人象牙塔中孤傲自赏的借口。他们或许试图以这样的理由为前提：1980年代的立场鲜明和怀抱理想主义的写作被证明是无效的，但这样的前提并不成立。谁能证明它们是无效的呢？它们已经在现代诗写作进程中起到了应起的作用。他们或许可以说，"个人写作"是最终提高诗歌质量、使之成为"伟大的技艺"的前提——但谁又能证明诗歌仅是一种"伟大的技艺"？如果能，谁又能证明目下的写作已经由此堪称"伟大的技艺"？

我们要毫不避讳地指认这样一个事实：诗歌在1990年代的处境是尴尬的，这种尴尬虽然有多种现实性的因素，但重要的一点是诗歌写作对现实语境的游离、漠视、迟钝和逃避，是诗歌写作的自语与对现实的无言，为何无言？它无法掩饰地表明了诗人思想的苍白与精神的匮乏，由于它们不能勇敢而敏锐地、高度个性化并且同时具有敏感的共振力地说出自己的时代，而总是与时代的整体语境处于游离与隔膜状态，如此怎么能够唤起读者的关注与认同？我们不应仅从读者、从传媒时代大众话语的浅薄方面找原因——诗歌总有介入它们甚至批判、警醒和提升它们的机缘与入口，而恰恰是因为我们时代的诗人无力找到这个入口，才导致了公众对诗歌的失望与遗弃。我们可以嘲笑公众对汪国真那样的诗人的认同与接纳，但却没有问一下，为什么那些更优秀的诗人就无力对公众的趣味以更好的影响，仅仅是因为他们的作品"太优秀"吗？

伟大的孤独通过伟大的作品会得到非常多的人的理解和认同。《离骚》还不够"个人"吗？但却保留了其能够进入公众经验领域的可能，可见写作、话语的个人性并不应是谢绝公众进入的障碍。更不应是飘忽于时代语境之外，令人无从感知捉摸的个体梦呓——如果那样就只能是一种"个人行为"而不是"个人写作"了，它们就不配称为写作和艺术，而只是无意义的行为，因为它们不能，也不必进入他人的视野而号称为作品。这样的个人写作同意识形态一统下的"共同写作"一样是可怕的。事实上，如果有理由提"个人写作"的话，那是因为有某种不允许存在的写作的个人性的外力因素，它的相对性的意义限度也就在这里，因为无论什么样的写作实质上都是一种"个人"行为。在我们时代，写作早已面对着个人的精神世界，已没有什么必要再强调"个人"写作，而应提醒诗人对时代语境与读者的阅读期待加以关注、对读者经验方式的顾及与考虑。实际上，也只有对时代语境与读者公共经验予以充分顾及的个人写作才称得上是真正成功和有效的个人写作。这一点即使是在上一个红色话语覆盖一切的时代也不乏成功的例证。如食指、芒克等许多白洋淀诗人，甚至依群的《巴黎公社》一类的作品，他们"高度个人化的"（唐晓渡语）话语方式使之超越了时代政治的规限，使其作品得以留下来，成为有长久生命力的"纯诗"，并成为这一时代的真正见证。他们的作品既是他们"个人"的，但更是一代人的、是历史的，与其置身的时代语境具有内在的契合与感应。

但1990年代的个人写作的现实却是值得怀疑的。它片面地保护了写作的自恋性、狭隘性，质量的低劣与秩序的混乱不说，实际上其"个人性"反而不明显，个人写作并未导致写作的个性化，相反还有两个普遍存在的问题。一是由逃避现实语境、沉湎书斋所导致的共同的"书斋写作"倾向，即只从阅读活动中寻找灵感，从翻译文本中寻找语感、技法甚至精神与美感的"资源"，就造成了普遍的"翻译语体写作"和"引文写作"的倾向，而写作的个性由此被覆盖、被消湮。二是由于普遍强调"智力"因素,强调认识论观念意义上的思维活动,而忽视和轻蔑情感因素,缺少对个体生命人格实践的自觉追求与凸显,所以写作的真正的个人性的内涵实际上并不明显。

原载《诗探索》1999年第3辑

当代诗歌中的知识分子写作

臧 棣

"知识分子写作"从它的自我命名之日起,就面临着被丑化和庸俗化的双重危险。庸俗化的危险主要来自其内部,或者说,来自它的参与者的自我神话的潜在倾向。但是,在这里,既然被论战所吸引,我更想谈论的是它目前所身陷的被丑化的处境。

1980年代以来,在诗歌领域,丑化作为一种文学行动,一直就没有中断过它的表演。在某种意义上,它也可以被读成一种文学现象。第三代诗人的写作包含了值得激赏的文学觉悟,但它最主要的美学动力,却是从丑化朦胧诗转化而来的。而朦胧诗人在1980年代后期的沉默,特别是当它作为一种文学态度,涉及后朦胧诗人和第三代诗人的崛起时,也带有一种丑化因素,只是更为隐秘。

现在,以"知识分子写作"为对象的新一轮的丑化行动出现了,虽然它听上去像一架东拼西凑的诗歌战车,在发动它的伪劣的独断论引擎。就此而言,谢有顺的《内在的诗歌真相》(《南方周末》,1999年4月2日)起到的是气喘吁吁的活塞作用,而沈奇的《秋后算账》(载《1998中国新诗年鉴》,花城版)则像是油垢斑斑的气缸。所设定的目标也显露出机械的笨拙:企图通过制造某种文学丑闻,来诋毁当代诗歌中的"知识分子写作"。

谢有顺在他的文章中,把"知识分子写作"与"民众"/"公众"相对立起来,并认为"知识分子写作"应对一个所谓"公众之所以背叛诗歌"的文学事实负主要责任。这是相当恶劣的文学小动作。在20世纪新诗史上，几乎每一次重大的论战，都会涉及"民众"/"公众"。"民众"/"公众"可以被指认为一种读者理论吗？如果不是，那么在批评的意义上，使用这样的称谓便显得十分荒谬。如果答案是肯定的，那么问题则相当复杂。很少能有一种诗歌批评，在将"民众"/"公众"作为一种潜在的读者理论去鉴别诗歌的价值时，会像20世纪中国新诗批评这样犯下大量幼稚而武断的错误。在1930年代，人们指责卞之琳、戴望舒这样的诗人脱离"民众"/"公众"；在1940年代，人们则指责穆旦、袁可嘉这样的诗人脱离"民众"/"公众"。差不多每一次，在将诗歌与"民众"/"公众"对立起来时，新诗批评都在其中设置了一个个体与集体二元对立的意识形态结构，并相应地预设了一个少数服从多数的历史价值取向。但是"民众"/"公众"，作为一种读者反应理论，它真的能衡量出诗歌的艺术价值吗？如果追问"民众"/"公众"的客观性的来源和身份构成，以及它是经由怎样的批评指认出来的，那么我们就会明白，它的实质不过是一种轻佻的论战武器。即使诗歌批评能有效地将它指陈为一种读者反应理论（截至目前，这样的批评仍踪迹渺然），那么"民众"/"公众"也不适合用来判别诗歌。因为作为一种批评尺度或术语，它太含混、太不稳定，也过于随意。所以，谢有顺所谓的"还诗于民众"，或者像沈奇所宣称的诗歌应具有的"化大众"的功能，不过是蒙昧主义的诗歌幻觉。从艺术道德上讲，作为一种现代诗歌，新诗的道德就在于它比其他任何文类更有能力创造出它的读者。严格地说，新诗的读者从来就不是一个被指定的、既存的文化实体或社会群体，这就像毕加索的绘画创造出了观看绘画的新的主体一样。

硬将"知识分子写作"说成是"渴望与西方接轨"，是谢有顺散布的另一个浅薄的流言，其目的是为一种文学反感推波助澜，以便用一种粗糙的本土化立场来裁决新诗与西方诗歌的错综复杂的关系。目前流行的本土化立场，由于它指涉着对西方现代性的反思、对现代化的批判和对文学差异的强调，因而颇能触动各种文化势力的认同感。在这个问题上，谢有顺显然企图借助这种认同感，投机取巧般地获得一种论据上的分量。而实际上这是在重弹"诗歌的民族性"的老调，并且天真地以为在新诗的写作中存在着一种绝对的独创性，可以不受新诗和西方诗歌关系的制约。此外，还存在着一种简单化的理论倾向，即将新诗和西方诗歌之间的复杂关系偷换成中西文化之间的价值冲突，以便促成一种非理性的本土化立场，瓦解新诗在它的传统中通过艰苦努力建构起来的现代性视野。而据我所知，"知识分子写作"虽然充分地利用了新诗和西方诗歌的关系，把这种关系看成是一个有益的诗歌资源，但并不迷信。事实上，归属于"知识分子写作"的诗人最早表示了对1980年代"走向世界"的文学目标的警惕。

另一种抹黑则带有独断论的专横：就是蓄意将"知识分子写作"和诗歌的日常性对立起来。沈奇把"知识分子写作"的诗人说成是"脱离中国人生存现场的'暗房工作者'"，谢有顺则认为"知识分子写作"是"凌空蹈虚""缺少对当下日常生活的敏感"。而我们知道，在朦胧诗和后朦胧诗的分歧衍演变成一种诗歌分野之后，对日常经验的重视和对日常事物的探索，在很大程度上成为后朦胧诗人共通的艺术经历。1980年代后期，韩东和张曙光都在挖掘诗歌的日常性上显示了卓尔不群的造诣。而如果按谢有顺的分类法，前者属于"民间立场写作"，后者属于"知识分子写作"，这两者之间应该毫无共同之处。被强行归入"知识分子写作"的其他诗人，如萧开愚、孙文波、西渡，包括我本人在内，也都对诗歌的日常性深感兴趣。可以说，1980年代后期以来的中国先锋诗人，已普遍将诗歌的日常性视为一个非常重要的诗歌资源，一个有待于大力拓展的经验领域。而这种共通性，显然是热衷于诗歌政治的谢有顺和沈奇所不愿看到的，或者说是没有能力看到的。另一方面也必须指出，这种共通性只是在标识当代诗歌的发展脉络时才显得有效。它本身并不指涉一种真理话语，不能将它绝对化。它只是为当代诗歌的可能性提供了一种实践动力。就此而言，我不能同意谢沈二君把诗歌的日常性引申成一种关于诗歌的价值判断，并以此作为唯一的价值尺度来取缔当代中国诗歌的多样性，似乎诗歌的日常性是当下中国诗歌唯一的人间正道。谢沈二君表现出的另一个可疑之处，是把诗歌的日常性和诗歌的本质混同起来。而从批评的角度看，两者之间的关系是阐释性的，而不是命题性的。这样的混同显然是一种文学上的无知。

在某种意义上，我赞同加强对诗歌日常性的探索，但是不赞同像谢沈二君那样把诗歌的日常性看成是诗歌神话。以往的中国新诗写作确实存在着严重忽视日常经验的问题，特别是在美学意识方面。但即便如此，对诗歌的日常性的挖掘并不能从根本上解决中国新诗面临的艺术问题，甚至不能解决诗人个人所面临的创作问题。诗歌的日常性，严格地说，是一个风格问题。它吸引诗人的地方就在于，它能催生风格意识的不断变化。就写作的实践形态而言，诗歌的日常性可以有多种方式来表现：它可以是描绘性的，也可以是讲述式的；它可以是一个故事或一个事件，也可以是一个场景。从诗歌史的角度看，它可以被作为一种共通的群体特征或创作倾向来指认；但如果用它来辨认诗人个人的风格，它很可能只是一个指涉艺术趣味的问题。比如，在张枣这样沉溺于想象力的诗人身上，我也能读出大量涉及日常经验和具体事物的痕迹。钟鸣的诗也并不像有些人散布的那样和日常经验相去甚远，他的代表作《畦莉的晚餐》表明他对细节具有敏锐的捕捉能力。又比如，在欧阳江河这样典型的"知识分子写作"诗人身上（如他的《那么，威尼斯呢？》），我也能辨别出多彩多姿的对日常经验的捕捉，并且在艺术效果上引人入胜。就我本人的创作经历而言，我更喜欢让诗歌的想象力在日常经验和冥想沉思之间充满张力的空间内驰骋。无视大地固然是不对的，但是仅仅"返回大地"也是不够的。诗歌，就它对细节的兴趣而言，可以是地理学；但是更为普遍地，就它和人类的能力的关系而言，诗歌是形象的人类学，是语言的宇宙学：它包涵大地，也接纳天空，甚至更远的地方。

将"知识分子写作"和知识／知识话语等同起来，是另一个层面上的丑化行为。谢有顺指责"知识分子写作""把诗歌变成了知识和玄学，无法卒读"；沈奇则更恶劣地宣称"知识分子写作"是"图解知识"，"而图解知识和图解政治也没什么两样"。这已近乎文学诽谤了。"知识分子写作"并不等同于知识／知识话语。在某种意义上，我本人也致力于倡导诗歌的非知识化，或者更准确地说，是诗歌的非历史化；致力于探索和建构一种语言实践，将诗歌从现代知识的罗网中解放出来。从表面上看，这和谢有顺的表述——"把诗歌从知识话语的霸权中解放出来"——很相近。但很快我就发现，这只是一种文化立场上的相近。而深层的分歧则表现在以下几个方面：我认为，在范式的意义上，诗歌仍然是一种知识,它涉及的是人的想象和感觉的语言化。此外,我同意伽达默尔的看法,在现时代,人类的一切活动都不可避免地是通过知识的方式体现出来的。诗歌,特别是考虑到它作为一种写作活动,当然也不例外。因此,将诗歌从现代知识的话语压抑中解放出来的基本含义是指,努力将诗歌重新发展成一种独立于科学、历史、经济、政治、哲学的知识形态。换句话说,诗歌的非知识化主要是使诗歌摆脱对现代知识的依附状态,其目的是捍卫想象力对存在的描绘与解释。这项工作并不导致诗歌的反知识,而是要将诗歌建构成一种关乎我们生存状况的特殊的知识。也不妨说,现代诗歌所取得的最大成就,即是通过持续的丰富多彩的艺术实验,将想象力塑造成一种执着于自由关怀的知识。

原载《诗探索》1999 年第 4 辑

后口语写作在当下的可能性

沈浩波

"口语写作在当下还有可能吗?""口语写作还能像 1980 年代那样具备勃勃生机吗?"进入 1990 年代,这样的疑问几乎遍存每一个对中国诗歌心存关怀的人们心里。

对 1980 年代口语写作的批判,西川的"厌倦说"("从 1986 年下半年开始,我对用市井口语描写平民生活产生了深深的厌倦")和欧阳江河的"失效说"("与相对的城市平民口语诗的写作,以及可以统称为反诗歌的种种花样翻新的波普写作……所有这些写作大多失效了")最具代表性。当然,后者的"失效性"在今天看来已是一个别有用心的、强词夺理式的谎言,真正值得认真对待的只有西川的"厌倦说"。

在今天回顾那一段诗歌历史,西川的"厌倦"不无道理,任何一种写作方式一旦成为鱼龙混杂的群体运动,其面目就会变得模糊不清,甚至可疑起来。当年的口语写作也是如此,除了一些具备良好诗学品格的第三代代表诗人在进行真正原创意义的口语诗探索外,一大批"诗人"仅仅是在徒劳地进行"表面口语"的诗歌复制。这样一来,无疑使口语诗变得面目可憎。不是吗?语言的粗糙、结构的松散、内容的支离破碎以及不时的无聊充斥其间——这样的"诗歌"谁不会写呢?难怪西川会对此深感厌恶。

值得与西川商榷的是,他所厌倦的其实恰恰是遮蔽了真正优秀的口语诗歌光辉的"伪口语"或者说"口水化"诗歌,是"混珠"的"鱼目"。我们怎么能因为这些而对于坚、韩东、何小竹、杨黎、于小韦、李亚伟、丁当、吕德安等人诗歌中体现出来的真正强大的口语品质，活跃的、生机勃勃的口语精神视而不见呢？我们怎么不对某一时段真正具备代表性和前进意义的诗人和作品加以审慎的对待，便迫不及待地以"厌倦"和"失效"这样的强制性词汇蔽之呢？

但现实恰恰如此，在 1980 年代后期群体性的口语写作刚刚泛滥之际，时代便和诗歌开了一个不大不小的玩笑。进入 1990 年代，更多的诗人开始像西川和欧阳江河那样重复着不负责任的"厌倦说"和"失效说"，更多的没有进行过真正诗歌探索的诗评家们开始像程光炜那样"一夕之间"改变了他们"80 年代的诗学趣味"。与此同时，技术主义、词语、炼金术、乌托邦、形式主义、修辞学、知识分子身份、中年写作等一下子大行其道，而代表了一代人精神的"口语写作"反而成了可疑的令人羞于提及的东西。

我们必须承认，一个时期过去了。口语写作大行其道的 1980 年代已经成为历史，如果将那一段时期命名为"前口语"时期的话，我更愿意说，它作为一种占统治地位的写作方式结束了，但真正伟大的 1980 年代口语精神依然没有消亡。在 1990 年代这个晦暗的诗歌时空下，这种精神和品质虽然暂时被遮蔽，退居"外省"和边缘，但它依然强大，依然如潜流涌动般发挥着作用。

这种精神和品质主要是由两股力量构成，其一是如巨石般沉积于时代之中的部分第三代口语写作的代表诗人，比如于坚，进入 1990 年代以来，他分别以两首长诗《0 档案》和《飞行》，完成了一个时段而又开启了一个时段。另一股力量是指一批涌现于 1990 年代的青年诗人，他们散落于民间各处，但非常惊人的是，他们各自都在时代的晦暗之中坚持着严肃意义上的口语写作，几乎同时对口语写作本身进行了审视、批判、再认识、发展、创新，并最终在 1990 年代行将结束之时形成了一股混音合成的力量。在这篇文章中，我试图探讨的"后口语写作"正是对这股力量的指称，所谓"后口语"即是相对于前文所提及的"前口语"这一概念而言。

1990 年代以来，"后口语"写作的青年诗人们一直居于时代的背面，没有与这个血气流失的年代同流合污，但依然形成大致相近的诗学立场，共同完成了"后口语写作"的深刻内涵，并为在 1980 年代末期显得后继乏力的口语写作提供了更广大的空间和更多的可能性。

　　首先，后口语诗歌在1990年代维护了诗歌写作所必须的原创立场，并更加具备不可混淆的独立精神。必须指出，诗歌的"原创立场"本来不应该被如此强调，而应该作为一种常识深存于每一个诗人内心。我在此处之所以强调"原创性"，即是针对当代诗坛的三种现象。其一，部分诗人和诗评家纷纷在文章或会议上否定诗歌原创性之必要，王家新不是在其《回答四十个问题》中大言不惭地宣称，"从来不认为自己的写作是一种'创新'吗？"其二，1990年代占主流的"知识分子写作"（泛学院写作）普遍陷入形式主义、技术主义、修辞学的窠臼，虽然打磨得十分精巧光滑，但终究掩饰不住可复制的（其中大多数甚至就是复制而来的赝品）空虚，这正是其对原创性的忽略、否定（或者干脆就是因缺乏创造力而不敢面对）所致。其三，由于前口语写作阶段许多作品过于平面化、口水化，时至今日，仍有不少诗人和诗评家对口语诗歌存在着"可复制"的误会，这正是没有真切理解口语诗歌天生具备的原创性。

　　由于以上三种现象的存在，后口语诗歌所体现出来的"原创立场"便显得弥足珍贵。对这两种现象而言，"后口语"的原创性意味着一种姿态，意味着对严肃诗歌精神的维护，而对于后一种现象来说则意味着澄清、纠偏。

　　正如伊沙诘问西川时所说："为什么是思考而不是感受？"这是一个重要的问题，在诗人与世界的关系上，"后口语"的代表诗人伊沙与严格意义上的"知识分子写作"诗人西川在出发点上便发生了重要分歧。"后口语"诗人与世界的关系是相互感知的，是感性的、冲动的，而不是思考的、理性的。而这种感性，这种灵感突发，不正是后口语诗歌原创性的前提和保障吗？现在想来，几乎是一种必然，感受的方式带来冲动，带来原创的体验，而思考的方式则带来理性的推进，一旦无法推进或深入下去便会自然地陷入技术主义的魔障。

　　除此之外，口语写作这一语言方式本身也是能够保证其"原创立场"的原因之一。所谓口语，即每个诗人的自身本质、天然的语言状态和感觉，这本来就是原生质的，我们不妨以诗人南人的这首《对秋天的威胁》为例：

　　　　忸忸怩怩的秋天 / 你知道灵感拔出诗歌是什么结果 / 你知道种子拔出

泥土是什么结果 / 你知道乳头拔出嘴唇是什么结果 / 你知道芦花拔出芦苇是什么结果 / 你知道钥匙拔出锁孔是什么结果 / 你知道烟头拔出香烟是什么结果 // 你知道麦克风拔出卡拉 OK 是什么结果 // 听见没有 / 你再在那里叫个不停 / 我就马上把我自己从你身上拔出 / 让你一下子变回春天

在这首诗中，南人对于"忸忸怩怩的秋天"的感受是极度的厌恶、痛恨，或者说这样的厌恶给了南人创作的冲动和灵感，而这种灵感经由其强烈、泼辣、频率快疾的口语方式呈现后，那种骨子里的厌恶与痛恨便一下子在这首诗中完成了。这样的感受、情绪、语言、表达效果都只能属于诗人南人，完全不能被复制、被摹拟，原创的力量使诗人南人具备了独立的可能性。

事实上，真正的口语诗人从来都是独立的、不可复制的，因为他们是感受着的，他们是在用口语，用完全属于自己的嘴唇说出完全属于自己的感受，他们的诗几乎就是他们的性情和生命状态在纸页上的再现。所以他们的诗作必然大相径庭，各自闪耀着自己强烈的性情光泽。伊沙的尖锐、大胆，阿坚的散淡、幽默，侯马的温和、柔韧，贾薇的神秘、自足，徐江的率意与忧伤，宋晓贤的肆无忌惮与悖逆，张海峰的沉痛与专注，朵渔的沉隐与内敛，盛兴的本质与天才……他们哪里是在展示他们的诗作，他们分明是将作为诗人的自身燃烧着摊开，独立的精神使他们自信、强大，使他们用不着理想主义，用不着升华，用不着遮蔽，他们的天才和性情足以成就他们的诗歌。

其次，与前口语诗歌相比，"后口语"的诗人们更为讲究诗歌的内在技艺，具备深刻的语言自律。在这里必需指明的一个问题是，技艺与技术不是一个概念。时下很多技术主义的诗人也言必谈诗歌中的技艺问题，但究其实，他们所一一探讨并教条般加以学习落实的那些东西，只不过是包含在技艺中的最浅的一个层面——技术而已。真正的技艺存在于每一个诗人的苦心孤诣中，为了完成一首杰出的诗篇，为了达到某种震撼人心的表达效果，诗人必须尝试语言的节奏，体现词句的铿锵，安排篇章的结构，控制情感的流淌，而所有这些，又都是不可言说的。每个杰出的诗人都有一套完美的技艺系统，但这些都是以某种感性的力量发生着作用，怎么可能逐一说出呢？技术主义者们热衷于探讨和炫耀有关技艺的问题，殊不知，这些陈腐的条目式的东西离真正的技艺相去甚远！甚至干脆就是背道而驰。

技术主义者过于注重表面的技艺，而 1980 年代后期的很多口语写作者则完全忽视了技术对每一首具体的诗篇的巨大作用，这两者都走了极端。尤其是后者，正是由于这一点的偏颇，才使得前口语写作到了后期越发泥沙俱下、良莠不齐、玉石不分，乃至走向式微。这里面存在着一个普遍的误区，即认为口语写作操作起来十分简单，不就是说大白话吗？不就是"我手写我口"吗？不就是情感的宣泄与流淌吗？……这样的想法非常错误，正是这种错误的指导思想，导致本来生机勃勃的 1980 年代口语诗歌误入歧途，丧失了它应有的声誉。持这种想法的诗人将口语写作想得过于简单，其实口语写作是难度很大的一种写作方式，因为选用的语言是没有任何遮蔽和装饰的口语，所以只要有一点毛病都如同秃子头上的虱子，无法蒙混过关，对一首好的口语诗歌的基本要求应当是：从心态上看轻松自如，从效果上看浑然一体。而这一点起码的要求就已经具备相当的难度，绝不是所谓"我手写我口"就能解决问题的，道理很简单，口语写作是用"自己的嘴唇""说出"诗人与世界的相互感受，既然是"说出"，为什么不说得更好呢？删削去那些家长里短，除去那些顾影自怜，打发掉那些油嘴滑舌，该闪光的语句让它闪光，该晦暗的区域让它晦暗……深刻的技艺会使诗人对世界的感性认识真正得到富有质感的表达。

所幸的是，后口语写作者们几乎从一开始便注意到这一点，比如下面这两首诗：

    在一辆出租汽车上 / 司机跟我讲起 / 他与交通警察的关系 / 就是鱼和水的 / 那种 / 鱼儿离不开水哟 / 他还唱了那么 / 一句 // 这番道理 / 我不是头回听说 / 但此次感受颇为不同 / 此次是由鱼儿 / 自己说出 // 坐在后排 / 我看见司机的脸 / 只在后视镜中 / 看见一条鱼 / 鼓着腮 / 冒出一串水泡

           （伊沙：《司机的道理》）

    从我家门前经过时 / 他已经糟得要命了 / 他如同一个垃圾场的父亲 /

戴着一顶警察的帽子／是因为感到了威武／穿着女人的花鞋子／是因为感到了漂亮／噢！该死，他糟透了／我不知道他将继续糟下去／还是已经完美无缺／而警察突然就想把他拍死／如同一只苍蝇／而我却想喊一声爷爷／带我去你熟知的地方／我还想看，看你口袋里有没有黄金

（盛兴：《糟老头》）

这两首诗从表面看，都十分率意、自然、朴素，几乎看不出一点技术的痕迹，但仔细阅读，我相信不难看出，深刻的技艺其实就隐藏在貌似平易的诗句之下。伊沙在结构上的匠心，盛兴在语言运用和转换上的老辣，都已达到令人拍案叫绝的程度。在《司机的道理》一诗中，伊沙一开始便进入一个令读者猝不及防的话题当中，随后是平缓的叙述，波澜不惊，却又仿佛在跟读者打哑谜。当伊沙安排司机"还那么唱了一句"，"鱼儿离不开水呦"时，相信读者仍然没有搞清楚他想说些什么，但这一切在突然之间得到了解决，"但此次感受颇为不同／此次是由鱼儿／自己说出"，空间一下子变得广阔起来，读者几乎获得了一个全新的视界，他们洞悉了这首诗，但又不完全，"鱼儿自己说出"又怎样呢？不好说，但滋味全有了。而这时伊沙并未停滞，他已经在后视镜中"看见一条鱼／鼓着腮／冒出一串水泡"，原来的平缓与突兀中又揉入一股灵活的叙述，这首诗陡然轻灵起来。

再看《糟老头》，盛兴以童年视角对一个经过垃圾场的糟老头进行描述，这本身就有很大的技艺含量。他形容糟老头——"已经糟得要命了"，"如同一个垃圾场的父亲"，但这还没说完，他"戴着一顶警察的帽子，是因为感到了威武，穿着女人的花鞋子，是因为感到了漂亮"。看看这几个动词，尤其是"感到"，多么绝妙的表述，多么灵活的承接，这里似乎没有任何可供炫耀的比喻或其他什么修辞，却似乎天生就在比喻着，天生就在修辞当中。紧接着"噢！该死，他糟透了"，到此，似乎已"糟"到极致，但盛兴笔锋一落："我不知道他将继续糟下去，还是已经完美无缺……"这一下陡起风云，而"糟"的感觉又更进一层，"糟"得都快"完美"了，怎样一种极致！而盛兴在技艺上又是怎样一种极致！我认为，"后口语诗歌"中的这种惊人的潜隐着的技艺是

真正对诗歌本身发生作用的技艺。

再次,"后口语"写作在深度上开掘得更为充分,"深度叙述"在后口语写作中成为可能。"平面化""缺乏深度"一度是人们用来攻击口语写作的口实,在前口语写作时期,这一指责貌似切中时弊,但其实仍然是片面的、未加甄别的判断。1980年代的平面化写作,在很多杰出的诗人那里其实仅仅是一个手段,比如韩东的《有关大雁塔》《我看见大海》,还有于坚、杨黎等人的作品,他们是在以"平面化"的方式进行消解、反讽,他们的这种"平面化"口语表述隐藏着巨大的时代力量,在深度上早已掘进到时代的最前沿,对这一类诗人的作品如果仍以"平面化"三字加以指责,就显得有些言不由衷了。当然在"前口语"时期,由于投机者甚众,并普遍误认为这种"平面化"的口语表述易于模仿,一下子出现了口语泛滥的景观。这时,才大规模地出现了负面意义上的"平面化"和"口水化",越来越多的东西成了无源之水、无本之木,成了"生活的简单提货单"。

进入1990年代以来,在默默中从事口语创作的诗人们在保持了口语的原创性,发展了口语诗的技术的同时,也自然而然地注意到在深度上掘进的必要性,并使"深度叙述"成为后口语创作中的一个趋势(或可能)。

当然,我在这里所指称的深度与部分"知识分子写作"者所言的思考的深度并不一样。我更倾向于谈论某种感受的深度,在我看来,感受是人类与世界相互体验的唯一方式。感受本身有层次之分,有浅薄和深刻之分。同一桩事情,有人可能无动于衷,或者流于表面的笑料般的假象,有人却能感受到悲悯、关切、疼痛、战栗或者幸福。比如下面两首诗的选章:

> 有一种声响像宿命一样来临 / 那是邻居的做爱声惊扰于我 / 长久的,断续的,躁动的呻吟 / ——为什么别人的幸福总会破坏我的幸福 // 那是再婚的作家和年轻的,妻子 / 他们长久以来的第一次做爱 / 他性格温和,作品沉着优美 / 他身上有些疾病 / 做一次爱不容易 // 我的听觉陪着他们 / 就像陪着作家温良的秉性 / 他们在某个时刻收场 / 而我的眼睛睁到天亮
>
> (师江:《黑夜》)

呀，目睹这现代的一幕的变迁 / 有人顾不得顾影自怜 / 一个男人要走多少路 / 才能被称作男子汉 / 一个婊子要生多少娃 / 才会有人喊她一声妈 / 李红的旗袍裹着她的躯体 / 李红的智力含着她的美德 / 只有在酒吧旋转着挂在天空时 / 才能看到逃离的李红努努嘴好像一个吻

（侯马：《李红的吻》）

这两首诗在我看来是"深度感受"的典范之作，比如在师江的《黑夜》中，"长久的，断续的，躁动的呻吟"惊扰了他，他叹息，"为什么别人的幸福总会破坏我的幸福"。如果他的感受仅止这一层，或者接下去烦躁不安、辗转反侧，所有这些，都将是浅薄的，停留于事物表象的。好在师江并未罢手，他的感受进一步深入下去，他理解了"再婚的作家和年轻的妻子""长久以来的第一次做爱"，师江仿佛不经意地说，"他身上有些疾病，做一次爱不容易"时，他完成了更深层次的感受。侯马的《李红的吻》与之有异曲同工之妙，对一个妓女，侯马的表述满含悲悯，"一个男人要走多少路 / 才能被称作男子汉 / 一个婊子要生多少娃 / 才能有人喊她一声妈"。这样的时候，侯马的体验不仅仅停留在所描述的对象本身，而是进入更为开阔的空间。

由于后口语诗人各自独立的个性存在，他们对世界的深度感受的楔入方式、姿态、感受的向度、力度，体现出来的情感特征也各不相同，而这么多迥异的体验和感动、战栗、美和幸福融汇到一处，便呈现出后口语诗歌整体上的复杂、深入的美学体验。

保持和维护1990年代汉语诗歌的原创立场，坚持精神独立，对内在技艺的追求和探索，形成自身对诗歌的高度自律，并进而深入生活中去，体现出感受的强大力量，在谛听、战栗、追问中完成对诗歌理想的追求……这些，是我想指出的1990年代末期形成的后口语诗人们得以生存和强大的可能！

当然，后口语诗歌仅仅是这个众声喧哗时代较为清晰的一脉，还有那么多不在此列的优秀诗人，比如任洪渊、比如食指、比如昌耀、比如多多、比如海上、比如西川、比如余怒、比如莫非、比如树才、比如翟永明、比如孟浪、比如柏桦、比如王寅、比如张小波、比如陆忆敏、比如叶辉……当然还有那些

1980年代以来始终坚持口语写作与探求的诗人们：于坚、韩东、何小竹、杨黎、吕德安、小海、杨克、小安、邵春光、柯平……所有这些，构成了我们色彩缤纷的诗歌版图，虽然他们共同窒息于1990年代阴郁的时代气息中，但他们所共同形成的巨大诗歌可能却必然会在新世纪到来之际闪耀光泽。

原载《诗探索》1999年第4辑

女性诗歌的三种文本

吕 进

渐成潮流的女性诗歌

从1970年代后期,女性诗人开始成批出现,并渐成潮流。在新诗史上并非没有女诗人,例如陈衡哲、白薇和方令孺,又如冰心、石评梅和林徽因,再如关露、陈敬容和郑敏,等等。但是她们终究只是屈指可数的少数亮星。最近20年的诗歌天空上却形成了女性诗歌星光灿烂的景观。现代女性诗歌的星空对于几千年中国古代诗歌更是一种奇观;蔡琰、薛涛、朱淑真、秋瑾这些晶莹的名字似乎只是中国这个古老诗国的一种点缀,甚至是男性话语中心的古代诗歌的一种附庸。

其实,就本质而言,诗的天空理所当然地更多地属于女性。诗是仰仗想象力的艺术,女性最善于张开想象的翅膀;诗是情感的领域,女性从来是情感的富有者;诗是内视的文学,女性常在内视世界流连;诗的自传性、私人性、身世感等等文体特征都与女性的天性相通。几千年女性诗歌的缺席,现代女性诗歌的贫弱,是诗歌资源的令人遗憾的浪费,却又是男权社会的一种必然。在男权社会里,女性被派给"第二性"的社会角色。社会属于男性,家庭是女性的主要生存空间。所谓男主外,女主内。其实,就是在"内",在家庭人伦关系中,女性也只是次于子的女,次于夫的妻,次于父的母。沿用至今的男女的日月之喻、山水之比、阴阳之说都隐含了女性的社会地位与家庭地位。作为男权社会对女性奴役的一个恶果，女性的诗歌天性必不可免地遭到扼杀。

女性诗歌的日渐发展和社会对男权文化的解构是一种同构关系。现代女诗人的数量的日渐增多反映了中国文化由传统向现代的转型。因此，刘半农在20世纪创造的"她"字是一个革命性、反叛性、现代性的文字符号，象征着文化转型的先行者们对女权和两性平等的呼唤。诗人当年写的《"她"字问题》，岂止是一个汉字的创造问题，其价值远远超越了语言文字领域。1920年写于伦敦的名篇《教我如何不想她》因而又具有了另一重意义。将祖国比作女性，比作母亲，这是一个现代人的诗思。1970年代后期开始的女性诗歌的涨潮，也正与社会的改革与渐趋开放互为因果。加上安定的社会生活导引诗歌更亲近轻化、内化和软质化，于是女性诗歌发展的黄金时代来临。林子1980年才得以发表的组诗《给他》实际上是1958年之作，就是一个见证。

除了在"文革"之后重新露面的老诗人们，舒婷是这一热潮的潮头最引人瞩目的一位新人。在中国台湾，几乎与舒婷同时，名不见经传的席慕蓉以黑马的风姿出现于诗坛。她的女性诗歌在台湾迅速卷起一股"席慕蓉热"，而且，她的旋风很快就吹到了大陆。女性诗歌的热潮在海峡两岸同时升温，这是中国新诗发展史上有声有色的一页。

女性诗歌的三种文本

中国女性诗歌研究一直比较薄弱，虽然对冰心和陈衡哲的评论几乎与她们在文坛的出现同步。直到1980年代中后期，女性诗歌研究才略有改观。女性诗歌研究的热心者们做了某些拓荒工作。但从总体上说，这一研究尚处于发轫阶段。某些研究者赋予"女性诗歌"的文化内涵及价值目标似乎太狭窄，不能覆盖丰富多彩的女性诗歌的创作现象和推动女性诗歌向高品位的提升；在移植西方女权主义理论时的生吞活剥也无助于女性诗歌更快地健康发展。

女性诗歌不必是一个题材概念，但一定是一个性别概念。也就是说，对于女性诗歌，"女性"是关键词。创作主体的性别是女性诗歌的基本前提。如果我们判定闻一多的《忘掉她》、徐志摩的《沙扬娜拉》、艾青的《一个黑人姑娘在歌唱》是女性诗歌，显然是不那么妥帖的。男性诗人的女性题材诗作不属女性诗歌范畴，相反，女性诗人的"他者"题材作品的归属无疑仍是女性诗歌。

概而言之，女性诗歌有三种基本文本：女性主义诗歌、女子诗歌、超性诗歌。

女性主义诗歌是女性诗歌的基本文本之一。女性主义诗歌出现于1980年代。女性主义诗人的艺术风格和表达策略各有千秋，比如说翟永明长于营造意象，伊蕾则喜爱直抒胸臆，等等。但是，女性意识与自白的言说方式可以说是女性主义诗人的共同风貌。在她们那里，性别话语是唯一的话语，她们的诗歌中的审美性存在和她们生活中的现实性存在几乎是完全重合的。女性主义诗人往往倾心于表达性别觉醒，表达对男性话语权力的怀疑与拒绝，表达对在男权社会中久已失落的自我的寻觅。可以比较顾城和翟永明笔下的"黑夜"意象。

顾城的名篇《一代人》：

> 黑夜给了我黑色的眼睛，
> 我却用它来寻找光明。

这里的"黑夜"明显地被诗人注入了社会性、历史性的内涵，它的象征意义是一目了然的。诗篇抒写的是从"黑夜"走出来的一代人仍属于光明。

翟永明的中心意象也是"黑夜"。她的《预感》中有这样的诗行：

> 我一向有着不同寻常的平静
> 犹如盲者，因此我在白天看见黑夜

女性的生存状态、生理状态、心理状态带来的种种困惑，对女性生命奥秘的沉思带来的种种苦闷，使诗人"在白天看见黑夜"。具有容受性、融化性的"黑夜"，对于女性而言是性别自信与性别平等的回归。因此，"黑夜"几乎成了女性主义诗人公共的意象。伊蕾也有这样的诗行："在每一个白天失去语言。"这里的"白天"与"黑夜"与其说具有社会性、历史性的内蕴,不如说它是一个生理学、心理学的符码。翟永明在《独白》里自白:"我,一个狂想,充满深渊的魅力"——

> 我是最温柔最懂事的女人/看穿一切却愿分担一切/渴望一个冬天,一个巨大的黑夜

林珂的笔下也有"我来看黑夜走向黑夜"的诗行。"黑"的意象在唐亚平那里得到更大的发挥,它显然不具观感价值,而只具有情感价值:"黑色沼泽""黑色眼泪""黑色犹豫""黑色寂寞"等等。

女诗人言说着女性的世界,在诗与社会的联结上披露女性的性别觉醒,在内心世界与外在世界的联结上咏唱那些属于女性诗人的主题。比之女性主义诗歌,女子诗歌显得更乐意打量他人,更乐意观照外部世界,视野更开阔,声域更宽广。

《致橡树》是舒婷公开发表的第一首作品,它成了一种象征:女性诗人的性别意识的复苏是发生在1970年代的那场诗歌复苏的最早的诗歌现象之一。

> 我如果爱你——/绝不像攀援的凌霄花,/借你的高枝炫耀自己

《致橡树》对"攀援"的拒绝是现代女性的人生态度:对依附人格的鄙弃,对独立人格的向往。《致橡树》以现代女性人格和古典抒情技法融为一体的诗美打动读者。在典雅的言说中,诗人宣告:

> 我必须是你近旁的一株木棉,
> 作为树的形象和你站在一起。

不少人认为《致橡树》是一首情诗。在1980年代的朦胧诗争鸣中,还有论者将"根,紧握在地下/叶,相触在云里"说成是性事描写。其实,诗的文

本并非如此。但诗歌鉴赏是一种复杂的诗美创造活动，一些读者要把它当成情诗来读，甚至乐意在婚礼上朗诵，这是读者的权利。对女性独立人格的追求，是舒婷诗歌的常见主题。在舒婷后来的许多篇章中，如《神女峰》《这也是一切》《也许》《赠别》等等，我们都可以从不同角度获得这一诗美体验。在其他许多女诗人那里，我们也常常听到这一歌唱。

早在《致橡树》问世之前 20 多年，中国台湾诗人蓉子 1953 年也写过一首与《致橡树》有着异曲同工之妙的《树》：

我是一棵独立的树——/不是藤萝。/从日光吸收能力，/从大地吸取养料，/在无边的空气之海。/我的根干支持着我，/成为一个彩色的华盖。

看来，中国女诗人的情怀都是相同的。不做男权的附属品，不做凌霄花，不做藤萝，是现代女性的强音。

爱，是女性诗歌走向世界的钥匙。女性诗歌留下了许多两性相爱的情诗，林子的《给他》是 1980 年代初轰动一时之作。林子之后，像决堤的洪水，爱情诗流行的广度超过了任何时代。

母爱，是女性诗歌的永恒主题。李小雨的《陶罐》对我们远古的母亲唱出的礼赞十分动人：

当赤脚的母亲站起来/开始最初的播种时/陶罐摔倒了/从里面涌流出无数/金色的小小的种子/——人

而作为母亲，傅天琳在孩子与世界之间唱出了温馨的歌。她的歌唱充实与丰富了新诗的这块园地。她的诸多诗篇，如《背带》《梦话》等，都超过了此前同题材的作品。在《梦话》中，守候在熟睡的女儿身旁的妈妈守候着女儿的梦话：

如果有一天你梦中不再呼唤妈妈/而呼唤一个陌生的年轻的名字/那

是妈妈的期待/妈妈的期待是惊喜和忧伤

这是有别于舒婷的另一种美丽的忧伤。如果《神女峰》的美丽的忧伤属于现代女性，那么《梦话》的美丽的忧伤就属于现代母亲，而后者更难言传。

女性诗歌中那些叙说女性生活的篇章，丰富了女性诗歌的领域。筱敏、梅绍静、傅天琳和戈雪的感悟怀孕的诗篇，都给80多年的新诗带来新的突破。我们在女性诗歌里面还可以读到诗人们对女性的广博的爱，诗人之爱以人性与人道的呼唤轻柔地震撼着我们的心灵。张烨的《求乞的女孩，阳光跪在你面前》是比较突出的一个乐章。全诗仅八行：

淡黄的长发披散着/宛如玉蜀黍的缨穗遮掩/珍珠般的脸盘/为着小小的愿望/你低垂着稚嫩的脖颈/默默地跪在阳光下/你是否觉得阳光也跪在你面前/就像树跪在落叶的苦难面前

"珍珠"与"稚嫩"和干枯的散乱的头发相反衬；"阳光"与"女孩"相反衬；一个"跪"字动人心魄。如果不对下跪的女孩寄予同情，如果不对无情的"阳光"提出抗议，诗人就不是真正的诗人了。

女性诗歌的第三种基本文本是超性诗歌。

可以观察到一个有趣的诗歌现象：好些女诗人都声言自己首先是位诗人，而不是女诗人。究其缘由，首先是她们对女诗人完全能与男诗人并驾齐驱有自信。对于女诗人来说，有意识地出演女性角色是一种功利心态，性别张扬其实是一种性别自信的失落；对于诗坛来说，性别优先其实是性别歧视的另一种包装。更为主要的原因在于，她们认为，单一的性别不可能构成人类，人类社会是由男女两性共同参与、共同创造和共同维系的。如同人的心脏没有性别差异一样，优秀诗人是不分男女的。性别的消解才能带来视野的拓展。

尤其是在中国这样一个文明古国、泱泱诗国，国家本位、群体本位从来是我们的诗歌传统。在中国，诗人总是乐意充当社会的良知。即便是十分个人化的文本，读者往往也宁愿把它当作民族寓言去鉴赏。因此，恰切地处理好内部世界和外部世界、柔性世界和刚性世界、私人性与公共性、自白与对话的关系从来是大多数诗人的追求。女性诗歌除了性别特色外，也具有作为诗歌的一般特征。女性诗歌中出现超性写作现象就是很自然的事了。

日本学者今道友信在他的著作《关于爱》中有一些虽然不是谈论诗歌但对我们同样有价值的话："女性走向社会的第三类型——超性地走向社会。居里夫人和伦琴博士虽性别不同，但其性别在各自不同的业绩上的投影有差别吗？"

超性诗歌是视野更为开阔的女性诗歌。女诗人们力求摆脱浅层的生存状态，言说男女两性都栖身其间的社会生活的种种诗情，言说人、人类、历史、未来，言说价值理想、终极关怀。她们在一个无所不包的开阔天地里寻觅与挥洒诗情。这样的诗篇很多很多。王小妮的"白马"情思，李小雨《夜》描绘的南国海边"绿色的月光"，李琦的《冰雕》对"坚强的站立"的礼赞，郑玲对"在莫测的深邃中找到了和谐"的《洞庭之恋》，梅绍静的《日子是什么》散发的陕北的黄土味，阎月君"一串串清泪啊，一声声中国"的《月下的中国》，使读者早就在诗美的愉悦享用中将诗人的性别省略了。在台湾地区的女诗人中，席慕蓉、张香华、涂静怡等都不乏此类作品。余光中曾在1960年代初这样评论蓉子："蓉子的作品并非永远是'闺秀'的，往往她的笔下竟闻风雷之声，这是许多女诗人做不到的。"30年过去了，越来越多的女诗人现在都能做到余光中当年认定做不到的事。

这里举出东北女诗人刘畅园的名作《江》：

这是一条／古老的江／江上的渔舟／同古画上一样／／怎么回事？／摇橹千年／也未走出／这破旧的画框

"怎么回事？"——这种对千古不变的现实的追问，这种"破"千年之"框"的热望，岂止属于女性？我们从女诗人淡淡的言说里，的确感到了一股大气与英气，听到了风雷之声。

超性写作不是无性写作。今道友信在其著作《关于爱》里说："值得注意的是超性范围并非与无性水准相同，而是高于它的。"女诗人的审美思维、艺术选择、语感经验以及表达策略总是潜在于她的诗作中。没有脂粉味的诗多数还是会有那么一点女子气，超性写作仍是性别文本。1982 年出版的《舒婷、顾城抒情诗选》是男女诗人的合集。虽说好像要测试读者似的，诗集有意将每首诗的作者姓名隐去，但我们完全可以做出准确无误的判定，这就是一个十分有趣的例证。不然的话，我们为什么会把女诗人的超性诗歌也作为女性诗歌的基本文本之一呢？

女性诗歌：寻觅多样与提升

由于社会是由男女两性组成的，由于女性问题总是社会问题的一部分，由于女性诗歌只是诗歌的一种文体，因此，在女性诗歌的三种基本文本中，超性诗歌和女子诗歌的数量和影响最大，就是题中之义了。

诗人最不愿意拘于一格。自由创造是产生优秀诗人的前提。一位女诗人一般不会只尝试一种文本，她懂得在女性诗歌的美丽天地里寻找一切发展自己的可能性。自我发现与自我超越是诗人的常态。随着人生阅历的增加，随着美学观的变化，她的文本会日益趋向丰富。更常见的现象是：诗人逐渐摆脱单一的性别话语，尝试超性写作，以寻求更大的诗美容量和诗美空间。宣告"我首先是一个诗人，其次才是一个女人"的张烨，以"大女"题材走上诗坛以后，近年成功地写出了《世纪之屠》，就很有代表性。也有另一种现象：诗人在艺术实验之后，定位于一格。在这方面，写出《陌生人之间》的孙桂贞，后来定位于写《独身女人的卧室》等女性主义诗歌的伊蕾也很有代表性。无论怎样，多样化地开发诗人自己，多样化地开拓女性诗歌园地，无论对诗人还是对读者都是明慧的选择。

女性主义诗歌近年有不同视角。一些评论者对女性主义诗歌的美学价值给予偏激的拔高和夸大，并试图以这一种文本遮掩与取代女性诗歌的所有文本。这很难说是负责任的和有效的批评态度。如果女性诗歌只有女性主义诗歌，不就太单调太乏味了吗？

女人作为人，她的生活同样有形而上的价值生活和饮食男女的寻常生活之分，同样存在有无诗美之别。美国心理学家马斯洛将人的需要分为生理需要、安全需要、归属与爱的需要、尊重需要和自我实现的需要，应当说是有诗学价值的，可以给我们提供一份思考女性主义诗歌的思想资源，也可以给我们寻觅女性诗歌文化内涵的提升提供一份思想资源。在以利益逻辑取代价值逻辑的时尚中，诗作为人类向上飞升的翅膀上产生的艺术，终究应当忠实自己的职守。

原载《诗探索》1999 年第 4 辑

亚文化选择：民刊策略与边缘立场

罗振亚

朦胧诗后先锋诗歌的殷实业绩令人仰慕，但回望它的生命来路却又伴随着几多坎坷与酸涩。我们必须正视这样一个残酷的现实：从边缘出发的朦胧诗后先锋诗歌，经历无数次的拼搏厮杀，至今仍没有完全接近中心，获得统领诗坛主潮的风骚和殊荣，并且在生存方式上还远远没有摆脱和主流文化相对的"先锋文学所特有的亚文化特征"[1]。

仿佛是一种先在的命运逻辑，一切先锋总是和孤独结伴而行，要么承受先驱的辉煌，要么品尝彻底的失败。朦胧诗后先锋诗歌在新时期的文学历史上一直以簇新思想和审美观念的代表者著称，可是也始终悖论式地蜷曲于文化边缘一角。原因是在市场经济时代的文化语境里边缘几乎成了诗歌的宿命，它难以在社会上引起大的反响，是"在每一个社会中，话语的产生同时由某些程序控制、选择、组织和重新分配"[2]。先锋诗歌每次亮相时那种不驯服的"异端"姿态和反传统的价值取向必然引起"程序"的注意和控制，于是乎属于体制范围内的报刊便顺理成章地纷纷对先锋诗人壁垒森严起来。而园地可以关闭，青春和诗情是关不住的，既然正式出版物不接纳他们，缪斯的生命无法正常生长，

---

[1] 吕周聚：《中国当代先锋诗歌研究》，中国广播电视出版社 2001 年版，第 103 页。

[2] [法] 迪迪埃·埃里蓬：《权力与反抗——米歇尔·福柯传》，谢强、马月译，北京大学出版社 1997 年版，第 241 页。

它就必须另谋出路，通过隐蔽神秘的渠道释放自己。当初朦胧诗就是在被主流报刊拒绝的情况下，于 1978 年 12 月 23 日脱颖而出，并以自办刊物这一特殊出版形式有效地"参与中国新诗建设和思想解放"，辟出一方民间诗坛天地，"为中国诗歌写作开了一个小传统"[1]。朦胧诗伊始，从早期的油印，经打字胶印到电脑照排，乃至过渡到正式出版的各类民刊杂志，构成了一个布局分散但影响巨大的民间诗坛。所以有人断言，"在当代中国一直存在着两个'诗坛'，一个是官方诗坛，另一个是非官方诗坛"。"尽管非官方诗歌刊物的发行量有限，它们的重要性是不容低估的。从 1970 年代末《今天》的创刊到 1990 年代末的今天，非官方诗歌一直是当代中国文学实验和创新的拓荒者。"[2]或者说一切非官方的诗歌先锋无不是在弘扬承继朦胧诗组织社团、自办刊物的"传统"中成长壮大起来，从"地下"转到"地上"再进入话语中心地带，最终得到社会认可和读者接受的，当然先锋诗歌一旦进入话语中心，"先锋性"即会锐减乃至褪尽。

第三代诗对朦胧诗的启蒙意识和贵族化审美倾向并不买账，奇怪的是诗人们不自觉间显影于诗歌文本中的处境、出路和突围方法表明，它在生存方式上仍延续了朦胧诗的民刊路线。"我一式十份的手抄仿宋体稿被退回来了／邮差一语不发帽沿压着眉尖叮呤呤消失／每天处理情感公文的邮差叮着烟卷一条又一条街道／顺手塞来一封信有时候你就完了／称呼是某同志大作拜读原因种种不予采纳／你的感情不予采纳致以革命敬礼……我竖起耳朵谛闻门外是否有叮呤呤的邮差／帽沿压着眉尖叮呤呤我转念一想忽然大喊一声去他妈的发表"（杭炜《退稿信》）。被退稿的尴尬遭遇差不多是早年所有青年诗人都曾经温习过的功课，被主流文化拒之千里还要自我解嘲。没有办法的办法就只能退而求其次，在一种简陋落后的印刷和传播方式中为诗寻找栖身之所。作为《今天》的传导体——大学生刊物群，如影响较大的《未名湖》（北京大学）、《赤子心》（吉林大学）、《珞珈山》（武汉大学）、《崛起的一代》（贵州大学）等就是在这样的

---

[1] 西川:《民刊：中国诗歌小传统》，见于"诗生活"网站"诗观点"文库。
[2] 奚密:《从边缘出发》，广东人民出版社 2000 年版，第 206 页。

背景下孕育萌动的。去出版社谋求作品以内部刊物问世的机会，从出版社碰壁出来被一位少女莫名其妙地瞥了一眼后，"一下子头脑发热互相抢了几个拳头／发了狠去找市长先生／我们拍拍市长的肩膀如此这般地微笑了一番／又说了几句忧国忧民慷慨激昂的话"（尚仲敏《关于大学生诗报的出版及其他》），调笑背后掺和着人与诗身陷边缘窘境的啜泣与挣扎。《大学生诗报》以这样的情形面世，韩东、于坚在南京办的《他们》，周伦佑和杨黎在成都办的《非非》，还有上海的《海上》《大陆》，成都的《现代诗内部交流资料》《次生林》《红旗》，杭州的《诗交流》，等等，也以类似的情形面世。特别是1986年《诗歌报》和《深圳青年报》举办的"现代诗群体大展"更可视为民刊进入1980年代后首次集中亮相与检阅，民刊第一个繁盛期到来的突出标志。六十多个社团齐唰唰从"地下"喷涌而出才仅仅展露了"冰山"之一角，其内在的庞大喧腾可想而知。在星罗棋布的民刊中，《非非》《他们》《现代诗内部交流资料》等比较有代表性，体现了当时创作和理论的最高水准。《非非》自1986年创刊后至1993年"共编印了七期《非非》、两期《非非评论》，并形成了以四川为主体，包括杭州的梁晓明、余刚、刘翔，兰州的叶舟，云南的海男，湖北的南野同为中坚的非非群体"[1]，于1994年在敦煌文艺出版社出版了由周伦佑主编的流派诗选《打开肉体之门》，反崇高反文化反理性，流派特色鲜明。《他们》从1985—1995年共出版9辑，韩东、于坚、丁当等中坚人物代表坚守文化边缘地位，用口语冷静地描写日常生活。1998年5月由小海、杨克编辑的《他们——10年诗选》由漓江出版社出版，虽然当事者韩东后来声明"《他们》仅是一本刊物，而非任何文学流派或诗歌团体"[2]，但事实上围绕《他们》发表作品的作者群已被人追认为深具个性的流派。1985年1月，由万夏和杨黎等策划编印的《现代诗内部交流材料》是第一本铅印的地下诗歌刊物，并提出了"第三代人"的概念，"'莽汉主义'诗歌是在其创作成员几乎未在公开刊物上发表任何诗歌的情况下出现、发展并且成熟的，它们几乎全是通过朗诵、复写、油印到达诗歌爱好者

---

[1] 周伦佑：《异端之美的呈现》，《打开肉体之门》，敦煌文艺出版社1994年版，第5页。
[2] 韩东：《〈他们〉略说》，《诗探索》总第13辑（1994）。

中间的,它是 1980 年代中期民间流传最广的诗歌之一"[1]。这本刊物称得上后来莽汉主义、整体主义诗群的起源。

火山喷发之后是短暂的沉寂,经过 1986 年"现代诗群体大展"的壮丽奇观,到 1980 年代后期民间诗江湖及报刊都出现了一段震荡的"眩晕",一直到 1990 年代中期之前都是将发展步子放缓,形式多以报纸为主,锐力与活气明显不足。这期间强力苦撑是那些态度相对中庸、严肃致力于诗歌艺术本身的诗歌团体和民间刊物,如北京的芒克与杨炼领头的《幸存者》、北京的西川与上海的陈东东创办的《倾向》(后更名为《南方诗志》)、北京的芒克与唐晓渡统领的《现代汉诗》、浙江的梁晓明与河南的耿占春经营的《北回归线》、美国严力主办的《一行》,以及 1990 年代初陆续出刊的四川的《象罔》《九十年代》《反对》《女子诗报》,北京的《发现》《大骚动》,上海的《南方诗志》,天津的《葵》,深圳的《声音》,河南的《阵地》,广东的《声音》,等。它们共同创造着一种秩序和文化精神,以书面口语纠正第三代诗的口水化写作,流派意识已不像 1980 年代那么强烈。社会转向的 1990 年代中期以后,艺术空间加大、人们心态平和和时代空气相对宽松,为民刊复兴准备了充分条件;加之对主流诗刊停滞状态的不满和诗人们经济情况改观的推波助澜,民刊再度掀起汹涌的大潮。在原有诗刊诗报基础上又出现了下列一些民刊:《羿》(广州)、《尺度》(北京)、《诗参考》(北京)、《偏移》(北京大学)、《翼》(北京,女子诗刊)、《倾斜》(杭州)、《新诗界》(北京)、《诗江湖》(北京)、《扬子鳄》(桂林)、《东北亚》(黑龙江)、《流放地》(黑龙江)、《唐》(西安)、《标准》(北京)、《诗歌与人》(广州)、《锋刃》(湖南)、《诗前沿》(北京)、《阿波里奈尔》(杭州)、《下半身》(北京)、《朋友们》(北京)、《第三说》(漳州)、《说说唱唱》(上海)、《诗丛刊》(漳州)、《诗文本》(广州)、《自行车》(广西)等等。它们和满天飞的自印诗集、世纪末到来的网刊时代媾和,简直是繁花似锦,热闹非凡。这时期的民刊不但在装帧和印刷质量上一改以往的寒酸粗糙,从封面设计、内文编排到外观包装的整体形式都相当精美考究,甚至达到了豪华的程度。而且同"个人化写作"相应和,

---

[1] 李亚伟:《英雄与泼皮》,《诗探索》总第 22 辑(1996)。

在作品内容上也逐渐向私人化过渡，精致、柔美、技术化的价值取向敦促群体写作意识和政治道德色泽一同淡化了，诗歌写作本身变得越来越重要，同人化和地域性因素的强化渗透，仍使一些刊物成为滋生流派团体的基本背景和大本营。值得一提的是以下几个刊物：《现代汉诗》《倾向》《九十年代》都强调秩序与责任，强调复杂技术和智性力量，纯粹、独立、唯美是"知识分子写作"的主要基地；《一行》"似乎是在旗帜鲜明地培植中国的现代主义艺术，但它实际上在无意识中开启了汉语诗歌中后现代写作行为之先河"，它是海内外具有后现代倾向的诗人的一种自由集合"[1]。尤其是2002年获首届最受关注的民间诗刊奖、被誉为1990年代十大民刊之首的《诗参考》，它的主编中岛先生在十余年里历经艰辛倾尽所有，使刊物如一缕不灭的诗魂自1990年贯穿至今，出版了21期。这种为缪斯献身的精神在物欲横流的时代真真让人敬佩和感动，并且"就像《今天》与朦胧诗的关系，就像《他们》《非非》与第三代的关系，《诗参考》是'新世代'的灵魂刊物"[2]，被洪子诚写进了《中国当代文学史》。《下半身》《朋友们》《诗江湖》则提供阵地，使"70后"诗人"制造了自己的时代"，为钟情肉体乌托邦追求在场感的"下半身写作"找到了理想的栖息场所。《翼》这本由女性自己独立创办的刊物在女性主义诗歌的成长和成熟方面，也正在发挥着举足轻重的作用。

对民间刊物历史的粗线条梳理足以看出，和地下生存状态相连，民刊策略已经构成中国新时期先锋诗歌的基本生存与传播方式。这种方式是新诗的边缘处境与中国文化的独特体制使然，同时和先锋诗人的民间立场互为因果，有着千丝万缕的联系。如果说先锋诗歌当初选择边缘的民间立场更多有被逼无奈的不得已成分，那么随着时间的流逝，它恐怕已经越来越成为一种自觉的追求姿态。诗人们不但不以边缘状态懊恼反抗，相反在悟透诗歌、民间、主流各自

---

[1] 李震：《文化夹缝中生长的诗歌》，《诗探索》总第15辑（1994）。
[2] 伊沙：《"新世代"的〈诗参考〉》，《诗参考》2000年第16期，第279页。"新世代"又称"中间代"，已被一些诗人和评论家推举为和朦胧诗、第三代诗、"70后"诗歌并列的诗歌代或流派，并出版了由安琪、康城编的《中间代诗论》。我不赞成这一提法，因为特指60代出生诗人的"中间代"并没有完全从第三代诗中脱离，自己的个性也支撑不起这一称谓。

的范围尤其是边缘的潜在意义后,开始有意强化边缘效应,故意和主流文化之间保持一定必要的距离。诗人们清楚,民间诗歌是中国当代诗歌之源,《诗经》《楚辞》以来的中国诗歌历史显示出诗歌、好诗歌最早无不来自民间,然后才逐渐被文人采纳并精细化,而一旦文人将之精细到一定的模式化程度时这种诗歌形式即告消衰,紧接着另一种新生的诗歌样式又会在民间萌芽,也就是说民间永远是活力与原创的象征。作为当代诗歌的传统,"民间一直是当代诗歌的活力所在,一个诗人,他的作品只有得到民间的承认,他才是有效的",1990年代"诗歌在民间,已经成为诗人们普遍的常识"。[1]"民间的意思就是一种独立的品质。民间诗歌的精神在于,它从不依附于任何庞然大物,它仅仅为诗歌本身的目的而存在。"[2]如果诗歌与"庞然大物"勾结就会失去独立精神,所以朦胧诗后的先锋诗歌都不约而同地追求独立的个性。《今天》时期的朦胧诗将意识形态体制派生出的权力话语作为"庞然大物"加以挑战,通过个体情感的张扬和意象技术的作用,改变了人与诗被异化的工具功能,获得了独立和创造的美誉。第三代诗站在和主流文化对立的边缘文化立场,守望着反崇高、反文化、反优美、反理性的话语指向,通过普通话独裁下口语的解放暴动,将诗歌由在意识形态范畴的说什么推进到在语言技巧上怎么说的艺术阶段,从形到质都遍染上了独立精神即民间精神的光辉。1990年代的个人化写作既警惕着主流权力话语这一"庞然大物"的同化,又提防着西方强权话语和以西方文学守护者自居的主流诗人这一"庞然大物"的侵袭,在对双重威胁的消除和超越中寻找、创造着自己的个性。和边缘立场密切相关,民间报刊培育的独立自由本性使民间的先锋诗人普遍蔑视、对抗主流和中心话语。有时为了维护独立立场甚至走极端,宁可作品不发表也不愿迎合大众趣味在主流报刊露面,以自居民间和边缘、在民刊出现而骄傲荣耀。并且这种倾向到先锋诗歌早已由"地下"转到"地上"的1990年代越加强化和鲜明。以至于在世纪末的民间写作

---

[1] 于坚:《当代诗歌的民间传统》,《当代作家评论》2001年第4期。
[2] 于坚:《穿越汉语的诗歌之光》,杨克主编:《1998中国新诗年鉴》,花城出版社1999年版,第9页。

和知识分子写作论争中两方都向民间立场靠拢，都怕和主流诗歌扯上干系，更否认被对方指认为主流诗歌盟主。在杨克主编的正规出版的三本"中国新诗年鉴"（分别为 1998 年、1999 年、2000 年）封面上，无一不赫然写着"艺术上我们秉承：真正的永恒的民间立场"字样。以至于在 1998 年《诗刊》进行《中国新诗调查》评选的 50 名"最有印象的当代诗人"中，西川接受记者采访时愤怒地说"我感到耻辱"，对官方和国家出版物的赞许兴趣索然；以至于 2000 年出现了台湾诗人洛夫寄给《中国新诗年鉴》长诗的信中嘱托如不能选入望转给民间刊物的怪事[1]。这些都足以看出诗人们对所谓的主流诗坛的不屑，足以看出"民间"二字在先锋诗坛和先锋诗人心中的分量。

民间立场意味着诗人回到写作本身，它直接带来的后果是使先锋诗界注重对新人的扶持、前卫性的创造和对新的艺术生长点的发掘。这种一贯的作风既是新时期诗歌的先锋性能够在民间得以薪火承传的根本保证，也对主流文化和官办刊物构成了有益的挑战。民间刊物和那些老牌官办刊物最大区别在于它从不论资排辈，按名气地位取舍稿件，而以推举新人为己任。事实上，1980 年代的杨黎、于坚、韩东、翟永明、丁当、于小韦、王寅、陆忆敏、小君、吕德安、柏桦、万夏、何小竹、吉木狼格、小安、周伦佑、蓝马、石光华、廖亦武、李亚伟、胡冬、宋琳、小海、海子、宋渠、宋炜、欧阳江河、陈东东、西川、钟鸣、臧棣，1990 年代的张曙光、伊沙、徐江、侯马、宋晓贤、阿坚、贾薇、杨健、鲁羊、刘立杆、蓝蓝、西渡、桑克、马永波、唐丹鸿、朱文，以及世纪末崛起的沈浩波、盛兴、马非、李红旗、朵渔、朱剑、南人、宋烈毅、马非、尹丽川、吕约、安琪等诗人，最初也的确都是从民刊中走出，而后逐渐成为诗坛的新生力量，这些诗人构筑了挑战主流诗歌和话语权力的基本阵容。而无法得到社会认同的青年群体，由于在文化角色上相当长一段时间经历着"脱离旧的同一性和向往新的同一性的矛盾"的"自我分裂"的边缘感[2]，这必

---

[1] 据于坚《当代诗歌的民间传统》披露，《当代作家评论》2001 年第 4 期。
[2] R.D. 莱思语，转引自 [罗] 巴赫列尔：《青年问题和青年学》，社会科学文献出版社 1986 年版，第 144 页。

然导致他们在不满中爆发出否定现存秩序的批判激情和创造活力，成为倾向预演未来文学中最富有可能性的文学主体。这一特点和民间立场固有的自由创造品质相遇，又注定民间刊物和民间诗歌群体往往带着强烈的前卫和实验色彩。检索一下朦胧诗后新诗的艺术历史，扑面而来的清新陌生气息大多来自民间刊物的诗歌，每一次艺术技巧的变构也大多来自民间刊物的诗歌。从"他们"诗派、"非非"诗派语言意识觉醒的语言自我呈现与语感强调，到整个第三代都心仪的反诗的事态冷抒情；从张曙光、孙文波等倡导的诗性叙述，到贯通近二十年先锋诗歌历史的诗体交错混响；从于坚的拒绝隐喻，到伊沙的身体写作和反讽策略；从徐江、侯马、宋晓贤、阿坚等的后口语写作精神，到余怒突出歧义和强指的超现实写作，都催化、刺激了文学的可能性，对主流诗歌界形成了威压和震动。尤其是 1990 年代，"与居主流地位以成功为目标的诗人的写作相比，民间写作的活力与成就都是更胜一筹的，它构成了 90 年代诗歌写作真正的制高点和意义所在"[1]，代表着当代诗歌发展的真正方向。在诗歌日益边缘化的时代，对新的诗歌艺术生长点的发现和确立比推出大师名作更显得急迫也更有建设意义。也正是因为民间立场写作的探索性和冲击力逼人，加上民间刊物编辑经验的日益丰富、印刷质量的大幅度提高，民间立场的边缘性好像有了边缘效应的神力，影响力和权威性有时超过主流诗刊，不但诗坛的文化惰性和沉闷局面被彻底打破；而且也敦促一些官办报刊对民间先锋诗人变冷漠忽视轻慢为热情接纳欢迎，如《诗选刊》《诗刊》《星星诗刊》《诗林》《诗潮》《诗歌月刊》《绿风》等刊物近些年都注意选发民间刊物上的作品，《诗歌月刊》《诗神》还出过民间诗歌报刊专号。甚至个别曾经耍过老爷作风的抱残守缺的官方刊物也不得不放下架子，注意吸纳民间诗刊的新鲜养料，调整原来自大平庸的办刊方针。其实"在边缘和中心之间、非主流与主流之间不仅存在着对抗、差异，更主要的则是交流、制约"[2]。如果主流诗刊的规范沉稳和民间诗刊的野性活力真正实现双向互动，这将十分有助于健康丰富、具有创造活力的文化生态格局

---

[1] 韩东：《论民间》，《芙蓉》2000 年第 1 期。

[2] 韩东：《论民间》，《芙蓉》2000 年第 1 期。

的形成。

　　历史处境的边缘化、生存传播方式的民刊化和写作立场的民间化，表明朦胧诗后的中国先锋诗歌还存在着相当典型的亚文化特征。这种亚文化特征既标志着先锋诗歌在当代文化环境中的历史位置还远没有达到中心和主流的地步。这固然是先锋诗人的有意拒绝和主流文化匮乏必要的开放机制造成的结果，但也暴露出朦胧诗后先锋诗歌仍有许多严重的缺点。民刊如火如荼地发展，使那些不为主流刊物认可的好诗浮出瀚海，但也是"拔出萝卜带出泥"，好诗被发掘出来同时一些非诗、伪诗、垃圾诗也鱼目混珠地招摇过市，破坏了民刊的声誉。民刊的同人化，既造就了不少风格相近的诗歌团体流派，又由于关系因素渗入选稿随意而潜藏危机，一些并不先锋的诗歌的混入使先锋诗坛不再纯粹。多数民刊的即时性和短暂性、生存能力低，能够增进诗坛的活气和热闹，却不利于相对稳定的大诗人产生。某些知识分子写作者复制、诠释西方文学经典，甚至感叹不可能有什么原创，则偏离了民间立场那种独立精神和自由创造的品质。有些1980年代的民间写作者1990年代跻身于主流诗坛后，正式出版诗集，频频亮相于诗会和媒体，不再甘于在寂寞中写作，他们虽然仍出入民间诗坛但已异化为"伪民间"。至于人所诟病的民间诗坛的十大罪状"造势、造化、造派、造作、造谣、造秀、造爱、造乱、造笑、噪音"[1]，也不完全是捕风捉影。但尽管如此，朦胧诗后先锋诗歌已经以一种相对纯正的品质为中国当代诗歌写下了一曲动人的乐章。它的反叛姿态，它的创新精神，它的边缘立场，以及它为艺术坎坷跋涉的轨迹，都将被钟情和关心缪斯的人们所铭记。先锋诗人不该永远固守边缘，拒绝成为主流文化。而要力求从边缘到中心，由非主流晋升为主流，然后再产生新的先锋，只有这样不断地循环往复，社会文化与先锋诗歌才会逐步趋于深化成熟。

原载《诗探索》2003年第3—4辑

---

[1] 郁葱：《诗歌的另一种表情》，《诗选刊》2002年第2期。

贫乏中的自我再剥夺
——先锋"流行诗"的反文化、反道德问题

陈 超

近几年来,由于网络成为诗歌的另一个主要的发表"现场",诗坛似乎比1990年代热闹。但是,我不同意将热闹直接等同于"繁荣",我以为,诗界存在的问题不少,有些甚至是致命的写作意识上的偏狭和迷误。诗歌的繁荣只有一个可靠标准,就是看它出现了多少有价值的作品,而不是发出了多少可称之为诗的东西。这么说,也不意味着我蔑视"网络诗歌",诗的好坏与发表的方式无关。我只是感到,当下先锋诗歌就其颇有代表性的写作意识及流向之一而言,呈现出新一轮的狭隘化、蒙昧主义、独断论。考虑到它已经造成巨大的影响和舆论,且在进一步恶性发展,我们有必要及时提出批评。

就文学艺术的一般规律而言,"先锋"本来是不"流行"的。先锋就是意识和技艺上超前的先驱的探索。然而,近些年蹊跷频生,我们也见惯不奇了,在诗歌界(大量网络诗坛和纸刊)流行的正是"日常主义先锋诗"浪潮。它们构成了新世纪初的"流行诗"。我命名的"先锋流行诗",其基本模样是这样的:反道德,反文化,青春躁动期的怪癖和力比多的本能宣泄,公共化的闲言碎语、飞短流长,统一化的"口语"语型,俏皮话式的自恋和自虐的奇特混合,琐屑而纷乱的低俗的"纪实性"。它们似乎只有一个时间——现在,只有一种情境——乖戾,只有一种体验方式——人的自然之躯,只有一种发生学图式——即兴,只有一个主题意向——反××。

我本不是"高雅而严肃"的作者和读者，有我大量的诗文为证。就诗歌阅读而言，我有着不比别人少的世俗趣味。因此，即使是对上述模样的"流行诗"，我也并不是完全持批判态度的。相反，从职业考虑我还读了不少——这是我能够发言的基础——有些诗解构了僵硬的体制话语及伪道学和素材洁癖意义上所谓的"纯诗"，诙谐、尖利、简洁，让人轻松。所以，我认为这种流行诗仍应属于"广义"的先锋诗，而不是被高雅人士斥责的"伪诗"，它们的出现有一定程度的必然性和合理性。而且，这里我要批评的先锋"流行诗"，比之主流意识形态文化所扶植的"流行诗"，要有分量和趣味得多。但是由于后者不在我的阅读和批评视域之内，因此，这篇批评文章潜在的前提或起点是，我局部认同我所批评的对象（它有趣味有价值的方面），而对它的蒙昧之处也不想继续沉默。考虑到行文的简洁，我将不再谈这个人所共知的前提、起点，专指出它们的致命误区。

就这种先锋"流行诗"的写作意识和文本观感而言，我越来越觉得，诗人们在不少大的意象上，其认识能力和写作能力日渐变得狭隘，或是自我减缩、自我剥夺。它们不但给初涉诗歌的文学青年（以网虫为甚）造成了误导，而且带来了先锋诗写作中的新的阻塞。像往常一样，我这篇文章不涉及道德评判，仅将论述限制在写作问题内部，就其可能进一步发展膨胀的态势，选择两个问题略加辨析或讨论。

比如诗歌写作中的"非道德化"与"反道德"这二者的差异性问题，就成为流行诗的巨大盲点。"非道德化"与"反道德"是不同的。对这个前提的不明确，导致了一系列不明确。狭隘与教条自然就产生了。

对文学艺术特别是先锋诗歌而言，我一直持一种"非道德化"立场。诗是个体生命的本真展开，它的动力和意味、目标和兴趣是自由的、变动不居的，它应有能力包容个人化的经验、奇思异想乃至自由的性情。将世俗意义上的"道德正确"作为衡估诗品的准绳，会扼杀掉诗歌的活力、经验承载力、求真意志、原创精神。如果只按是否合乎或是否推助了"道德"来要求诗歌，很明显，古今中外（特别是19世纪末以降的现代诗）许多杰出的诗作就要重新评价了。其实，"非道德化"也可以说是现代艺术的一个共识，现代主义文学艺术家们普遍认为，道德不应是文学艺术的内在价值尺度，更不是构成审美的决定性因素，艺术在本体和功能上有自身的尺度。所以，用道德的高低来评判艺术是偏狭的，艺术不是道德的工具；同理，艺术也不是"反道德"的工具。

在过去相当长的时期里，我国主流新诗发生滞塞的原因之一就是"唯道德"倾向。这种倾向，在1940年代以降的几个非常时期又为文化中的腐朽蒙昧部分、专制成分所利用，上升为意识形态"改造"机制、"脱胎换骨作新人"的道德献祭仪式和残酷的政治"升华"神话。因此，"白洋淀诗群"、后期的朦胧诗和新生代诗歌，都有不同程度的"非道德化"倾向。诗人们真实地写出了对生命和生存的体验，使诗与思呈现出丰富的面目，并由此带来诗歌经验的复杂深度和话语的巨大包容力。——这是人们都看到的简单的事实，但是如何厘定这个事实的准确含义？我一直以为无须多说，而目睹当下诗坛的情势，我日益感到有必要将此含义再澄清一下。

如上所言，我之"非道德化"的意思是，在诗歌写作中，诗人不拘囿于道德问题，无论它是形而下的实用道德，还是形而上的道德／理想主义，诗人既不去考虑是否合乎它，也不去考虑是否反对、颠覆它。非道德化，就是要摆脱以"道德／反道德"来评判诗歌，回到审美判断。诗歌写作是生命和语言的相互打开，是更为开阔也更为有趣的事。诗人在自己真切的生命体验中自由地游走，将个人的经验和话语才智凝结为丰富奇异的文本，享受自由写作带来的身心激荡和欢愉敞亮感。诸如那些优秀的先锋诗人，他们各自的年龄"代际"或写作"出道"的时间不同，但都是这样自由而开阔的写作者。作为有魅力的"文学性个人"，他们的生命经验、书写的活力均在话语里真正扎下了根，形成了非道德化写作的连续文脉。道德，在他们的诗中，既非依恃，也非对立面，诗人的视域远远超越了它。

由此，我们可以比照出当前日常主义"先锋流行诗"在写作意识及文本上的孱弱和单薄。本来可以作为珍贵的经验积累的"非道德化"倾向，到1990年代中后期，似乎被一些自诩为"后现代"的流行诗人畸变发展为新一轮的教条——"反道德"。在许多刊物特别是网络上，我看到那些风云人物及大量盲目的随从者，像是一门心思要与"道德"对着干。其题材范畴、主题运思、话语方式、个人趣味等等，均刻意瞄准了戏弄和颠覆"道德"。

我理解在当下的历史语境里"道德"问题的复杂性，我们确实需要追问"什么是道德""谁的道德"，需要对它的细节含义，在历史中的变异乃至道德谱系学有自觉的思考和辨认。而新潮诗歌和诗论写作中的"非道德化"倾向，就与这种自觉的辨析有关。它会带来写作的真实性以及人性的魅力与自由。但是，"反道德"写作却是狭隘和蒙昧的，这是一种寄生性的写作，缺乏独立自主的品质，它寄生在其"对立面"——道德身上，如果对立面不在场，作为诗歌它很可能不能自立。我个人认为，这些自诩的"后现代"，并未理解何谓反对"二元对立"思维。恰恰相反，他们按照某种贫乏的二元对立的想象力原型，客观上似乎在诗中大量制造并输出了一种独断论信念：凡是道德的，就是我们要反对的；消解人文价值，就会自动带来不言而喻的"后现代"精神；人，除了欲望制导的幸福或压抑，不会有其他的幸福或压抑；敢于嘲弄和亵渎常态的道德伦理感，才是先锋诗人写作"真实性"的标尺。——也许我这么总结会让某些诗人跳将起来，但阅读他们大量的文本后我只能得出如上结论。

而抛开这些流行诗特别的"意趣"不谈，仅从写作本身来看，它们也是谈不上真正的自由的。它是一种以"新"面目出现的功利主义艺术观，因为它们需要以"反向"的姿态，"看道德的眼色行事"。在此类诗人那里，诗仍然是工具，过去是宣谕"道德"的工具，现在则是宣扬"反道德"的工具。诗依然需要"主题先行"，只不过这个主题由道德变为"反道德"。读这样的诗我常常会感到，某些诗人在"强己所难"，他们仿佛神经质似地折磨自己，力求折磨出"反道德"的感受来。怎么将"恶"玩大，怎么将"性"（和性别歧视）写得古怪，怎么在诗中发泄个人恩怨诋毁他人，等等，似乎是许多诗人主要的写作"发生学"。这是一种公式化、概念化的作品，它们其实不指向"日常"（不像诗人所言），倒指向"反常"，其经验更多是虚拟的极端鄙俗的"反生活""反道德"表演，诗人扮演的是一个戴三角帽的小恶人的角色，通过亵渎和自戕，达到满足"道德"自恋的目的（诸如"俺敢说俺下作，所以人啊，俺比你们都诚实"）。

我完全反对那种一元论者、绝对主义、本质主义者的"崇高"表演，但对这种表演角色的否定,并不能成为对另一种表演角色的认同。当下,"小恶人"和"圣徒"彼此之间的对抗性,却乏味地统一于表演性,两者都在吃力地扮演假我,同样的做作,同样的自诩"真诚",这是问题喜剧性的一面。因此,我要说的是,诗歌可以、也应该"非道德化",但是犯不着死认准了以"反道德"为写作的圭臬。诗歌没有禁区,故不要将道德视为新的禁区。如果一个诗人始终持"反道德"立场,那他就摆脱不了对道德的寄生或倚赖,往好里说这是画地为牢和哗众取宠,往坏里说就是愚昧和欺骗。或许会有人说,这样的"反道德"诗歌读者很多。我的回答是,这说明不了它的价值——如果一个人在光天化日下露阴,或有侵害攻击行为,其围观者也一定极多。可见,读者多说明不了什么。我之所以在这里不点名、不引诗,只是考虑到应针对这一广泛的不良现象而不针对具体的诗人,它的确不是个别人的问题。我批评的目的是要提醒在诗歌写作中,不要在粉碎旧的教条主义、独断论之后,代之以新的教条主义、独断论。

与上述问题相应,在先锋"流行诗"中,对"超文化"与"反文化"的明显差异,也基本是懵懂无察,时常混为一谈的。这同样给我们的写作带来了巨大的盲点和新的阻塞。

何谓"文化"?文化人类学者爱德华·泰勒为之下的著名定义是:"人类全部的知识、信仰、艺术、道德、法律、风俗,以及作为社会成员的人所掌握的和所接受的任何才能和教育的复合体。"而在《现代汉语词典》中,文化的词义是:"人类在社会历史发展过程中所创造的物质财富和精神财富的总和。时常特指精神财富,如文学、艺术、教育、科学等。"

以这些广阔的定义来看,诗歌无疑是文化中的精髓部分之一。但是,回到诗歌写作特别是先锋诗写作内部的特殊性来看,它显然又不简单地等同于一般的"文化知识"。先锋诗,它更属于时常对"主流文化"构成挑战的"亚文化"(即文化人类学所说的"副文化"),它绝不是简单的"反文化"问题,而是"超文化"的——表面上看是文化在历史演进中所采取的不同的轮换方式,而实际上是进一步挖掘被主流文化压抑得更为开阔、丰富的生命体验。它不是反向寄生,而是纵深发掘,这就是区别所在。因此,我们可以说,有效的先锋诗写作，既不指望得到主流文化的理解和支持，也不会靠仅仅与此对抗来获得单薄的寄生性"意义"，它的话语场和魅力来源要广泛得多。

其实，新生代诗歌以来的中国先锋诗，因其将"生命体验"作为写作的基本材料和动力，所以它们不是唯文化的，而常常是"超文化"的——那些诗人不会考虑甚至有意回避诗歌文本表面上的"文化感"。"诗有别材，非关书也；诗有别趣，非关理也"，它远远超越了既成文化的畛域。诗人自由地处理各自的生命体验，只要忠实于心灵，在技艺上成色饱满就是好诗。恰好是这些超越文化的生命之诗，给诗坛带来了某种新异而深刻的"亚文化"成果。我以为，他们并非简单化地为"反"而"反"，而是有着较为自觉的意识。比如，对僵化的主流"文化"生产配置者们的讥诮，去否定主流意识形态"选本文化"的清规戒律和由此导致的集体顺役的价值观念；对理性的挑战，意在反对传统的"理性至上"；对"科学"的质疑，意在反对"科学万能"观念……他们更像是波希米亚生活方式的艺术家，而不是貌似激烈反文化，实则与传统文化中的蒙昧主义苟且的市井泼皮。重读20世纪八九十年代的新生代诗歌，我们会感到题材开阔，话语形式多样，乃至某种向度的语言批判、文化批判，都恰当地灌注其间。

然而这种开阔的"超文化"意识，在近年却被畸变为一种蒙昧主义式的"反文化"浪潮。我看到许多在网刊和纸刊上飞来跑去的"骁将"，似乎一门心思在展览自己的"浑不吝"嘴脸。他们自诩为"第三代口语诗"的徒弟，却完全误读或篡改了第三代诗的"超文化"倾向，将其大大方方的精神解放和狂欢做了卑琐化、庸俗化处理，"超文化"被减缩为"反文化"。其常见做法似乎是专找"文化"的事儿，似乎是有较强文化意味的理念、遗产、文学文本、习俗——乃至那些文明的、建构性的东西，悉属他们要"反掉"之列。但他们又不具备强大的生命体验动力和经久锤炼的、货真价实的语言才能，在很多情况下，更像是哗众取宠地在找出名的捷径。由于所寄生的对象的庞大，"反"才最容易引人注目。作为一种临时的世俗功利的成名"策略"，我本不想予以干涉。但事实是长期以来，许多人硬是将"策略"变成了固定的写作品性和准则，并向诗界、批评界广泛要挟、推销，形成一种谁不"反"，谁就不"现代"；谁不支持"反"，谁就不"尊重多元化"的可笑复可悲的理论。反文化，在日下已成为捷径，成为获取巨大的先锋"象征资本"的策略，难怪我们看到那些诗人几乎要将几百首诗写成一类模样、一种姿态、一个意味，乃至于一种构思、一个语型、一种效果。这是否是流水线作业上可怜的异化劳动？这种统统要"反"的写作姿态，无论从发生学还是到文本的形成看，其写作的真实性又何在呢？

因此，"唯文化马首是瞻"拯救不了诗歌，早有所谓"文化寻根的现代大赋体"的迅速失效为证；"反文化"同样带不来诗歌的解放，与前者一样，它是相反向度的"唯文化马首是瞻"。二者骨子里是异质同构的独断论，或不同向度的同心圆，其内在依据都是寄生在非诗的"文化观念"之上，离开正/反的"文化"的角度，他们似乎完全不知如何进行自由的创造性写作。可见，无论是唯文化，还是反文化，表面不同而其实骨子里一样——都指望着以"文化"获利。而我要说，文化过去不是，现在更不是诗歌的救命稻草。这种二元对立的寄生性的思维方式，以其狭隘蛊惑了许多在精神和写作技艺上缺乏充分准备的诗歌爱好者——又不需要真正的才能，又能当一把"先锋"，何乐而不为？于是我们看到，现在诗歌界很少有不以"先锋"自居的。而在有些诗人那里，由于自己本来就没什么文化意识，于是就顺便把自己算到"反文化"的先锋里了。这样的诗貌似前卫，实则退缩；貌似强劲，实则软弱；貌似介入生存，实则从更大的方面丧失了生存体验的真实性。这种贫乏中的自我再剥夺，像是要从一头假牛身上剥下两张皮。在他们对传统文化的"反叛"上，我恰恰看到了另一向度的传统蒙昧主义文化和"国民性"在他们身上的积淀与操控，这可能是这些诗人未曾料及的。以造反开始，在不期然中却维护着僵化文化的超稳定运转，这难道不是以先锋派姿态出现的新面目的守旧者吗？

这篇文章或许言辞激烈了，但这恰是我试图在种种二元对立框架之外思考问题，并尽量将之表述简洁的结果。可惜，即使在诗歌批评界，此文的接受语境也是被强制性扭曲的。对我这篇发言，有批评家谆谆告诫说"不要建立在道德和反道德上，而应回到审美判断"。其实，我的文章不就是反复在谈这个问题吗？可见，这里不只是批评家听得不仔细，更深层的集体无意识的原因是，在当下流行的语境中,只要你质疑"反道德、反文化",人们无须细辨只凭思维惯性就会立马置你于卫道士、唯文化一边。连批评界都会深受这一惯性的制导,何况其他人。这从另一方面,更提醒我们厘清此问题的重要性和急迫感。此文的"腹稿",在我这里已有数年了。对诗歌写作中出现的"反道德""反文化"这些新的蒙昧主义或曰"迷信",我一直没有直接地批评,我在等待。因为许多与我同代的诗人批评家朋友不断对我说,"一代人有一代人的事做,让他们同代的诗人、批评家去做吧。"此言有理,因为从根本上说只有同代人才能真正互相对话、理解。这也是近年来我的阅读范围虽较为广泛,但批评视域只限于同代诗人的原因。但是,我的等待似乎太过漫长了,我期待中的有一定分量的辨析、商榷、批评文章似乎一直没有出现。新一代批评家是否比我更"稳重"?还是不愿"开罪"于各位流行诗先锋?尚不得而知。而更让我失望的是,连"先锋流行诗人"自己写的有分量的理论辩护也同样没有出现,只有一些把诗歌作为名利来经营的小机灵小算计的调侃、谩骂、彼此作践。我不知再等下去会有什么结果,我已经失去耐心。因此,这里对我本人认为的"先锋流行诗"写作中存在的误区提出批评,等待年轻的同行和诗友校正。

原载《诗探索》2005 年第 3 辑(理论卷)

从"先锋"到"常态"
——先锋诗歌二十年之反思与前瞻

沈 奇

一

21世纪以来的中国当代诗歌,经由1990年代"知识分子写作"与"民间写作"之论争的激发,以及网络与时尚等新的文化元素加入后的活力驱动,呈现出空前的热烈与繁荣,乃至大有发展成为一种新的文化时尚的态势,让人有始料不及的既喜且忧。一向"穷嫌富不爱"的现代汉诗,能在急功近利的文化转型中杀出一条生路并收复失地,实在是一个天大的好事、喜事。但是,也应该看到这种表面的繁荣下面所隐藏着的一些值得我们深入探究的问题。有远见有抱负的诗人与诗学家,更应该在这样的"大好形势"下,保持清醒的认识,为现代汉诗深入长久的健康发展做出自己新的努力。

二

今年(2006年),是以"1986·中国诗坛现代诗群体大展"为标志的先锋诗歌运动二十年,也是以《今天》诗派为开启的现代主义新诗潮运动三十年。在这样的时节点上来反思过去二三十年的现代汉诗发展历程,便有了特别的意义。从 1970 年代中期新诗潮的"突围",到伟大的 1980 年代"先锋诗歌"的滥觞,以及 1990 年代纯正诗歌阵营的诗学纷争所激活的跨世纪先锋诗歌的全面突进,时至今日,可以说,现代汉诗的历史性崛起已彻底改变了百年新诗史的书写理路,并形成了一些新的传统。这些传统总括而言,可归纳为以下几点:

1. 体制外写作

将原本就属于个人性的诗歌创造,硬性纳入由国家意志掌控和意识形态主导的体制化写作轨道,迫使秉承"独立之人格,自由之精神"的本源性诗歌精神异化为狭隘的时代精神的传声筒和徒有诗形而无诗性的模式化复制,是中国绵延近半个世纪的官方诗坛的基本机制。这一机制凭借与之相应的官方诗歌教育的支持,至今虽然仍发生着不小的影响,但已基本丧失了它的权威性地位和宰制性作用,因而日趋衰微。

从 1990 年代以来,当代中国诗歌的创造机制,在先锋诗人们义无反顾的决绝进逼下,已逐步非体制化。包括在体制内生存的诗人在内的所有具有纯正诗歌精神的诗人们,无不以脱离体制化写作的禁锢而重返独立自由的个人化写作为归所,并经由经得起时间汰选的创作实绩,证明真正有效的诗歌写作是体制外的写作。这一历史性的转化,是"新诗潮"和"后新诗潮"前仆后继一脉相传的先锋诗歌运动所产生的最为重要的历史功用,并经由以周伦佑为代表的后期"非非"诗派的学理性讨论与确立,为纯正诗歌阵营所共识,且已渐渐内化为一种基本的诗歌创作立场,从根本上保证了现代汉诗的良性发展,在美学发生学和心理机制上提供了合理支撑,并呈现出空前的活跃与繁荣。

2. 民间立场

让诗歌回到民间,与当代中国人真实的生存体验、生命体验和审美体验和谐共生,以重建现代诗歌精神并彻底告别官方诗坛的辖制,以自由、自在、自我驱动与自我完善的民间化机制,开辟现代汉诗的新天地,是 20 世纪先锋诗歌运动为我们留下的另一笔至为重要的精神遗产。

实际上,在由杨克主编,1999 年 2 月出版的《1998,中国新诗年鉴》封面上所特意标示出的那句口号"艺术上我们秉承:真正的永恒的民间立场",已提前为先锋诗歌的这一精神遗产做了确切而虔敬的认领,并予以方向性的倡导

(这一"口号"式的用语,在持续八年的《中国新诗年鉴》编选与出版中一直沿用至今)。同时必须指出,这一"遗产"是由包括被划分为"知识分子写作"和"民间写作"在内的、所有参与先锋诗歌进程的诗人与诗评家们所共同创造的财富,而非单一的哪一诗派哪一诗歌阵营的"独家经营",其间所经历的艰难"突围"与艰卓奋争,以及各种挫折、磨难与考验,更是共同承受的历史担当。

如今,这一遗产已转化为纯正诗歌阵营的一个优良传统。我们可以看到,即或在官方诗坛迫于当代诗歌发展的现实挑战下,开始越来越多地主动接纳先锋诗人和他们的作品,将其划归主流诗歌版图而显得空前的宽容与开放时,大量的先锋诗人们(无论是"老先锋"还是"新先锋"),依然坚持以民间立场写作、在民间诗歌团体活动、在民办诗报诗刊及诗歌网站发表作品为荣。因主流意识形态的困扰而长期被单一化的诗歌生存状态,终于为多元共生的合理生态所替代,从而使当代诗歌呈现出前所未有的活力与生机,这不能不说是一个历史性的转换。

3. 对存在的全面开放

由"第三代诗歌"所开启的真正意义上的先锋诗歌运动,以及随后展开的第三代后民间诗歌浪潮,除延续"朦胧诗"对主流诗歌意识的反叛外,更进一步消解了潜意识形态化的早期先锋诗歌立场,将"写什么"的问题导引至对存在的全面开放——从海子式的后浪漫情结到伊沙式的后现代意识,从学院化、知识化的生存体验到民间性、草根性的生存认知,从人性、诗性生命意识的复归到对日常生活经验的接纳——百年中国新诗,从来没有像今天这样,对现代中国人的生存与生命现实有着如此真实、如此真切和如此广泛深刻的表现。

这其中,对一再被制度与潮流所遮蔽的存在之"真实"的探求,成为最核心的着力点。从题材和内容上看,掩藏在主流话语背后的当代中国诸般生存真相、生活样态、生命轨迹,及反映在物质、精神、肉体、思想、心理、语言等各个层面的世态百相,无不有所涉及。包括21世纪以来,在急剧推进的市场经济和商业文化主导下,当代人陷入被时尚所设计、被消费所宰制而生的迷惘、郁闷和新的彷徨中。从主体精神上看,为鲁迅所指斥的那种"瞒"与"骗",及虚假的文化形态之遗脉,在先锋诗人这里,遭遇到全面的质疑与彻底的反抗，并经由诗的通道，找回了生命的真实与言说的真实。尤其在年轻诗人那里，他们毫无顾忌地袒露自己的心声，事无巨细地追索存在的真相，直言取道，尽弃矫饰，宁可裸呈也不造作，视虚假、虚伪、虚张声势为诗性生命之大敌，一扫伪理想主义、伪现实主义及精神乌托邦在诗歌中的遗风。

尽管在这种对"真实"的急于认领中，当代诗歌暂时付出了诸如精致、典雅、静穆、高远等传统诗美品质欠缺的代价，但就诗最终是为了护理人的生命真实，以免于成为文化动物、政治动物和经济动物这一本质属性来说，我们宁可少一点所谓的"诗意"，也不能再失去真实。何况，或许只有在这片复归真实的新生地上，我们才有可能复生真正可信任可依赖的诗歌家园。就此而言，这样的追求与进步，已不仅仅是诗的、文学的进步，更是文化学、社会学意义上的进步。

4. 语言意识的空前活跃

人是语言的存在物。改写语言，便是改写我们同世界旧有的关系。因此，诗是经由对语言的改写而完成的对世界的改写——在这种改写中，我们重新找回为"成熟"所丢失了的本真自我。

自"第三代诗歌"开始，绵延至今的先锋诗歌浪潮，在继承"朦胧诗"的精神传统、对存在全面开放的同时，更将语言的问题提升到本质性的高度予以持久的关注和多向度的探求，从而极为有效地扩展了现代汉诗的表现域度，也极为深刻地改变了中国新诗的表现方式和语言形态，其繁复、驳杂、多变及空前活跃，都是其他时代所不及的。

考察先锋诗歌的语言演变历程，大致可归纳为四个向度："抒情性思维"向度、"意象性思维"向度、"叙事性思维"向度、"口语性思维"向度。四个向度各有短长，也不乏交叉互动，造就了不少风格独具、傲视百年的优秀诗人和经典作品。这其中，尤其是"叙事"与"口语"两个向度的引进，极大地改变了旧有的语言格局，并发展为自1990年代至今先锋诗歌进程的主要方向，影响极为广泛。以于坚为代表的一些重量级的诗人，更超前一步将四个向度有机地杂糅并举，创造出具有整合性的新的语言形态和诗歌样式（如于坚的代表作《飞行》等），展现出前所未有的诗美品质和思想深度，为现代汉诗的发展奠定了一个更为坚实广阔的基础。虽然，这一方兴未艾的"叙事"与"口语"浪潮已开始暴露出一些负面的问题，但它何以能在今天造成如此盛大的局面，并和作为诗歌思维之传统本质属性的"抒情"与"意象"一起，生成为新的传统乃至使旧的传统相形见绌，无疑为现代汉诗诗学提供了一个新的课题，也推动了现代汉诗诗学的深入发展。

三

当代中国二十年之先锋诗歌进程所创生的上述四个新的传统的逐步形成与确立，已作为当代中国诗歌历程的"深度叙事"而"立身人史"，并渐次由"运动"而"守常"，进入"水深流静"的"常态"发展阶段。"运动情结"的消解（失去明确的"方向感"）、"先锋机制"的耗散（失去何以为"先锋"的理由与对象），由"边缘"而"主流"，由"反方"而"正方"，由"孤军作战"而"众声喧哗"，以及由"走向世界""与西方接轨"而回归本土、自足自立，跨越世纪的汉语先锋诗歌越来越丧失了它的本源动力与意义，边界模糊、目标含混，只剩下一个趋于时尚化的外壳。尽管依然有新的、年轻的"生力军"出来以"先锋"为旗号，鼓吹新的"先锋运动"，但就其诗学理念和创作实际来看，与真正意义上的先锋诗歌相去甚远，大多只是因"先锋性焦虑"而生，仅持有一种姿态而已。

因此，在对二十年先锋诗歌所形成的上述传统之正面作用做充分肯定之后，需要再度反思与清理其遗留下来的一些负面的影响。

以"今天派"为代表的早期先锋诗歌，以"地火的运行"和"造山运动"般的"崛起"态势，开辟了一个新的诗歌时代。其"运行"的内在机制，是一种以个人的独立人格、独特才华与独在的精神气质为前提，在特定时空下"走到一起"的松散的"联合体"。这样的"联合体"，除了诗歌理想的共同抱负和对"政治风险"的共同承担外，几乎再无其他什么可"共同"的了（包括共同的美学趣味和利益关联）。这样的运行机制，其实是一个在今天看来显得特别超前而尤为可贵的传统，是之后又"先锋"了二十余年而需要重新找回的"理想境界"。许多冷静的诗歌研究者,多年来一直遗憾着后来的先锋诗歌运动过于仓促地中断了对"朦胧诗"传统的有机继承与发扬而急于"另起锅灶",大概不无此意。

"第三代"及其后的先锋诗歌,则一直是以不断"运动"的方式和"波浪推进"的态势来展开的,其运行的内在机制带有明显的"群体性格",或多或少地要受制于共同的美学趣味和利益关联的拘束,难免失于立场的偏狭与浅近功利的诱惑。从"pass 北岛"到小山头林立,从诗派、诗代的急促划分到"小圈子"意识的逐渐泛滥;"运动"成为一种"情结",后浪推前浪变为后浪埋前浪……作为具有"史的功利"的先锋诗歌运动渐渐起了变化,派生出一些原本是先锋之本义要反对的一些东西。

这其中,有两点尤为突出:一是心理机制的病变,一是创作机制的病变。

具体来说,其一,心理机制的病变,造成先锋诗歌运动之历史合理性的偏离并形成惯性驱动,致使独立、沉着、优雅的诗歌精神长期缺失,而这样的精神,才是使诗歌回到诗之本体良性发展的根本保证。视诗坛为"角斗场",或虚设假想敌,鼓噪时势以借势生辉,或急于扬名立万、进入历史,遂陷入姿态与心气的比拼,鼓吹浮躁气息的蔓延。久而久之,"先锋"成了一面徒有虚名的旗帜,缺乏实质性的内容和明确的方向,大家都在争,但争的只是那个"先锋"的角色和虚妄的名分,或者说只是在争那个以"先锋"为标志的话语权。这也是造成后来纯正诗歌阵营多种纷争的主要原因之一。

其二,创作机制的病变,造成先锋诗歌品质的越来越贫化、矮化、平庸化。所谓谁都在先锋也就没了先锋,唯以量取名而已,致使经典的长期缺失,以至连已有的经典(从"朦胧诗"到"第三代诗歌"所产生的经典)也失去应有的作用。许多后来者视写诗为便利之事,只由当下人手,取一瓢稍加"勾兑"得"标新立异"之利就是,看似个性,实是无性仿生,有去路,没来路,开了些炫耀一时而不结正果的"谎"花,更谈不上"保质期"的长短了。究其原因,无非经典意识的淡薄所致。这也是近年来大家趋于共识的"诗多好的少"的主要原因之一。

这里有必要补充讨论一下"先锋写作"的发生机制所隐含的一些问题。

所谓"先锋"以及"前卫""探索""实验"等一类写作，从发生机制来看，必然是以打破已成范式的原有创作形式以求突破为出发点，即"变法"以"求新"。具体而言，假设一种文体（或艺术种类）已形成一些基本的、常规的审美要素和结构模式（如诗歌的分行、精练、意象思维、抒情调式等），那么要"变法求新"，无非两种取道：一是元素变构——取其文体要素之一二，放大变形，挖掘个体元素中新的审美潜质；二是结构变构——打破范式，重建关系，探索结构生成中新的审美品质。可以看出，两种道的结果都是一样的，即重在"可能性"，在于取获新的生长点、开辟新的道路。这样一种机制在文学与艺术发展的庸常期或停止期，自是会生发摧枯拉朽而开风气之先以更新发展的强大作用，包括与其伴生的各种先锋运动，也自是不乏"史的功利"。然而，任何的探索最终都是为了普及，有如任何的实验最终都是为了落于推广。如果只是求新求变不求常，一味移步换形、居无定所，则必然导致典律的涣散与边界的模糊，使现代汉诗的诗性与诗质长期处于不确定状态，那又谈何经典与传统呢？

　　现实的状况是，正是这种不确定性，一方面加剧了当代诗歌语言空间的破碎、隔膜、各自为是，导致雅与俗、经典与平庸成了两个互不相关的审美谱系而无从整合；另一方面又造成个人话语的时尚化、体制化（时尚也是一种体制），沦为新的类型性话语的平均数。诗人们在无边无界无标准的景况下各自为是，野草疯长，大树寥寥，只见新、见重要，难得优秀。而经典毕竟是永远的诱惑，焦虑随之产生。遗憾的是，大多数诗人都将新的焦虑习惯性地转向新的"先锋"而不是"保守"，殊不知"可能性"并不保证就可能导向"经典性"。"可能性"常常造就的只是一些重要而不尽优秀的诗人与诗歌作品，而经典的生成，总是趋向于整合了"先锋"与"传统"的"有价值的东西"而落于"常态写作"的创作机制。这使我们想到于坚的一句警言："在此崇尚变化、维新的时代，诗人就是那种敢于在时间中原在的人。"[1]

---

[1] 于坚：《于坚的诗·后记》，《于坚的诗》，人民文学出版社2000年版，第404页。

四

综上所述，可以看出，绵延二十多年的先锋诗歌运动已然到了一个临界点，而跨越世纪的现代汉诗也由此历史性地进入了一个新的发展阶段——这个阶段的开端，将由以"先锋性写作"为主导的"运动态势"，过渡到以"常态性写作"为主导的"自在状态"，并由此逼临一个以"经典写作"为风范的诗歌时代的到来。

这里所谓诗歌的"常态写作"，参照以上思考，可简述为：是消解了"运动情结"和"群体性格"而真正回到个人的写作；是超越了狭隘的时代精神和摆脱了时尚话语的影响而深入时间的写作；是回归诗歌本体而仅从诗的角度出发的写作；是带有一定的经典意识和传统意识（渴望成为"经典"和"传统"的一部分），并自觉追求写作难度的写作；是保有优雅的诗歌精神（主体精神的优雅而非指写优雅的诗）和自我约束风度而本质行走的写作。

实际上，上述看似预言似的指认和对"常态写作"的初步归纳，早在一些有远见卓识的优秀诗人那里得以提前认领，并及时完成了"过渡"——"我终于把'先锋'这顶欧洲礼帽从我头上甩掉了。我再次像三十年前那样，一个人，一意孤行。不同的是，那时候我是某个先锋派向日葵上的一粒瓜子。如今，我只是一个汉语诗人而已，汉语的一个叫于坚的容器。"[1]在发出如此带有"终结"意味的"告白"之前，于坚还在其由东方出版中心于 1997 年出版的诗学随笔集《棕皮手记》"自序"文中坦言："我的梦想只是写出不朽的作品，是在我这一代中成为经典作品封面上的名字。"我们知道，近二十年来，于坚一直是先锋诗歌的领军人物和产生巨大影响的重要代表，从"史的功利"来说，他也因此"获利匪浅"，大可顺势"借道生辉"下去。但正是这样一位"老牌先锋诗人"，出于更大的"野心"即其"梦想"的召唤，以及由此而生的清醒或者说"狡黠"，率先甩掉了"先锋"的"礼帽"，认领"常态写作"与"整合意

---

[1]《作家》杂志 2002 年第 10 期，实际的"表白"时间应该更早。

识"，开辟通向经典之路的新境地，并告诫同路人："80年代的前卫的诗歌革命者，今天应该成为写作活动中的保守派。保守并不是复古，而是坚持那些在革命中被意识到的真正有价值的东西。"[1]有意味的是，虽然在长达二十年的先锋意识的主导下和先锋浪潮的惯性驱使下，整个纯正诗歌阵营并未完全摆脱其余绪的困扰，年轻的新生代更以一尝"先锋"为乐事，难以理会"于坚式"的提醒与示范，但大部分有远见卓识的成名诗人，已开始尝到"静水流深"的甜头，并厌倦了"运动"的驱使。大量迹象表明，一个经由反思、修整而重新出发的"过渡形态"的诗歌进程，已在新世纪的步履中悄然形成，同时也遭遇到以物质狂欢、肉体狂欢和话语狂欢为标志的文化转型之挑战。一些新的问题在生成，许多旧的问题更有待清理，我们再次回到一个共同的起点，背负历史的总结与现实的担当。

原载《诗探索》2006年第3辑（理论卷）

---

[1] 于坚：《棕皮手记》，东方出版中心1997年版，第243页。

"中生代":命名的可能及其写作

张立群

一

随着"世纪初文学"已经成为一种共识,文学史崭新格局的形成使很多分支概念处于明显的调整状态之中。作为一次目的性较为明显的努力,《江汉大学学报》2005 年 5 期曾集中推出"关于'中生代'诗人"专号:"这个我们命名为'中生代'的诗人群体,以 1960 年代出生的诗人为主,他们的写作大多开始于 1986 诗歌大展前后,1990 年代中期引起关注。相对于朦胧诗、第三代诗歌运动的横空出世,这代诗人的理论主张与诗歌文本更内在、驳杂,缺乏鲜明、易于概括的特点,是当代新诗潮'后革命'期的产物:其精神背景是 1980 年代末和 1990 年代初的社会转型,与朦胧诗的"文化大革命"背景,第三代的改革开放背景迥然有别。"[1]"中生代"的提出,与重新清理一代"诗人"及其历史发展脉络有关。不过,鉴于历史沉积的"厚度",以及妄图陷入"表象化"命名的圈套,"中生代"的提法从一开始就存有"本质化"的理论构想,而"具有'非代表性'这种悖论性特征"的"再解读"[2],又使其极容易从比照的路径

---

[1]《现当代诗学研究——关于"中生代"诗人》之"编者按",《江汉大学学报》2005 年第 5 期。

[2]《现当代诗学研究——关于"中生代"诗人》之"编者按",《江汉大学学报》2005 年第 5 期。

中开拓自己的道路。

"中生代"概念提出之后，曾得到更为细致、明确同时也是视野更为广阔的阐述。比如，吴思敬曾经在《当下诗歌的代际划分与"中生代"命名》一文中，将"中生代"群落的范围进行了相应的调整，并进而从诗歌史发展的角度以及"海峡两岸"的视野指出"中生代"命名的意义[1]。而朱寿桐则在《中生代诗人的群体焦虑与诗性自觉》中强调了这一群落诗人写作上的共性[2]。上述言说使"中生代"命名进入一种实体化和开放式的阶段。

以新世纪的眼光来看，"中生代"的提法及其概念的具体生成方式无疑是敏感而睿智的。按照文学史惯有的说法，以十年为界限对一个时段的文学进行笼统的概括，无疑是可行的；而且，随着文学史不断延展自身的历史化进程，重新审视某一时段的写作，也可以构成一种"以小见大""由浅入深"的研究角度。对于20世纪后20年（即传统提法上的新时期以来的诗歌）中国诗歌史而言，一个显著的趋势即为命名及其引发的论争，成为推动诗歌以及诗歌研究的重要动力。在"朦胧诗""后朦胧诗"（或曰"新生代""第三代"）逐步落实之后，90年代诗歌虽已经得到了"文学史写作"的认可，不过如果着眼于代际划分及其延伸的逻辑，那么1990年代以来的中国新诗仍然具有相对"匮乏"的一面。或许源于时代的节奏已经在网络时速的影响下步履匆匆，或许源于当下文学生产、传播机制的运作方式，在纯文学日益丧失自身轰动效应并不断和文化"合谋"的年代里，确证自身存在依据的总是一个接一个的"热点"与"命名"。在1990年代，世纪之交的中国诗歌诸多问题仍处于"进行时"的状态下，"70后""80后"诗歌写作命名迅速登上历史舞台，确实为诗歌研究提出了具有某种"超前意味"的课题。与当代小说同类提法存有之潜在背景不同的是，当代诗歌在"70后"写作之前，一直缺乏一个可以整体而系统把握的"近邻阶段"。这种现状的出现并不是偶然的，除了诗歌固有的艺术特点之外，那些常常在外部表现为激烈、繁荣状态的诗歌现象，从来无法掩饰这一阶段诗歌

---

[1] 吴思敬：《当下诗歌的代际划分与"中生代"命名》，《文学评论》2007年第4期。
[2] 朱寿桐：《中生代诗人的群体焦虑与诗性自觉》，《南方文坛》2007年第5期。

深深的"个人性"及其近乎自耗式的离心状态。因而，在处于"前代定型""后来挤兑"的状态下，确立某一代际命名进行整体概括，进而在已有的历史材料下研讨"人到中年"的写作，就成为必要与可能。

然而，即便如此，"中生代"的命名仍必然会面临一种"先验模式"下的模糊状态。显而易见地，代际划分会在范围和时间层面上遵循"反比逻辑"。1950年代末期出生和1970年代初期出生的诗人究竟是否肯定会与1960年代出生的诗人具有泾渭分明的写作表征，从来就无法被出生的时间而简约，正如在一个以1960年代出生为主体组成的诗歌"流派"（比如民刊）中，偶然的"年代涨破"还包括地域性和旨趣上的志同道合。所以，代际划分会遭遇精确性的挑战并常常处于边界状态模糊，成为命名问题的另一个侧面。

二

在命名"中生代"的文章中，很多文章都提及另一个命名——"中间代"。在厚厚的两本《中间代诗全集》的"序言"中，为此书编撰付出巨大努力的诗人安琪曾不无动情地写道："这一批生于20世纪60年代的诗人，在80年代末登上诗坛，并且成为90年代至今中国诗界的中坚力量。他们独具个性的诗歌写作和精彩纷呈的诗写文本，需要一个客观公正的体现，这便是我们编辑《中间代诗全集》的动因。一代人有一代人的出场方式，和诗界其他代际概念的先有运动后有命名不同，中间代的特殊性在于它的集成。"[1]"中间代"的概念出现之后一直处于争议的状态，以今天的眼光看来，隐含其中的既有诗人而非理论家的"权利"，又重点在于"中间代"自身常常"夹身中间"的尴尬状态，"'中生代'借用的是一个地质学名词。中生代诗歌与'70后'、'80后'等按时序划分的表象化命名无关，它的成立很大程度上与当代诗歌经历了整个1990年代沉闷、黯淡的孕育和摸索有关。有人曾将之命名为'中间代'，这一说法

---

[1] 安琪：《中间代！》，《中间代诗全集》"序言"，海峡文艺出版社2004年版。

不甚缜密和科学，也不具备质朴、准确与有启示性的特质。"[1]从某种意义上说，以"中生代"取代"中间代"是这次具有汰变性质命名过程的潜在内容之一，然而在命名的渴望与可能上，二者却不乏相通之处。

关于"中生代"命名的现有意义，吴思敬在《当下诗歌的代际划分与"中生代"命名》一文中，曾总体概括为"宏观描述""沟通海峡两岸""消解诗坛'运动情结'"等三个方面。应当说，经历世纪初诗歌几年的沉潜起伏之后，对崛起于 1990 年代的一批诗人进行命名，进而研讨以 1960 年代出生为主体的诗人群落之"中年写作"状态是必要的。对于常常陷入文化转型"冷风景"的 1990 年代诗人而言，"从头开始""深刻的中断"[2]使诸多诗人在经历 1990 年代初期的一段真空断裂带之后，站立于同一起跑线上。随着更为年轻一代诗人的悄然崛起，90 年代诗歌与"朦胧""后朦胧"一代相比，一直处于身份杂糅的状态，在这样的前提背景下，安琪等提出的"中间代"以及当下的"中生代"，都无疑看到了"当代诗歌史进程"中的历史性问题。从围绕命名本身而产生的影响来说，二者在某种意义上的不同之处或许仅在于命名的合理性、科学性。

即使忽视"中生代"自身命名的意义，源于命名自身的渴望也会带有某种情结色彩。透过"中间代"直至当下的"中生代"写入文学史或某一特定时段，诗人群落命名也理当可以成为中国诗人、批评家观念意义上的"制高点"。但作为潜在的事实则是：写作的命名其实和文学史的结构一样，都是研究者方便审视历史甚或主体并非全知全能的一种客观再现。所幸的是，"中生代"并将随着历史的推移成为一个行走的概念，正如"中年写作"也同样会不可避免地涌入新的诗人群体。因此，可以说，"中生代"的命名并不是问题的全部，它不过只是一个开始，更多的应当是时间赋予诗人和研究者"历史之权利"。

---

[1]《现当代诗学研究——关于"中生代"诗人》之"编者按"，《江汉大学学报》2005 年第 5 期。
[2] 欧阳江河：《1989 年后国内诗歌写作：本土气质、中年特征与知识分子身份》，《站在虚构这边》，生活·读书·新知三联书店 2001 年版，第 49 页。

三

"'中生代'不仅仅是甚至主要不是一个时间概念,而是一种写作状态,一种诗人生活和诗歌运作的特定状态。"[1]与"中生代"的命名相比,对其具体写作的研究或许更能体现出任重道远的意味。尽管,对"中生代"的个案研究已经达到了数量、规模庞大的程度,但是,从时代、社会等较为宏阔的角度审视"中生代"并未取得突破性进展。

如果"中生代"的大致轮廓可以确定,那么一个潜在的线索便是"中生代"如何在体现文化历史记忆与个人写作互动中呈现自己的写作。毫无疑问,"中生代"无论就写作实绩还是"身份特征",均已达到一种成熟状态。历经1990年代的诗意守望,到当前俨然"中年"的创作现实,"中生代"诗人均已在"40岁年龄"这一主线中获得了写作观念和写作技巧上的多面成熟。今天,他们早已摆脱"青春期"的写作焦虑而坦然面对诗歌,越写越慢、越写越少并不是写作下滑的标志,相反倒可以在沉稳、自然的写作中表达个体对生活和世界的认识。这种仅有在回顾历史过程中才可以发现的脉络,唯有时间才是衡量的标志。

对"中生代"的研究首先应当与1990年代的文化语境联系起来。无论"中生代"的代际起止时间是怎样一个时间范围,"崛起于90年代""继续写作于90年代",是"中生代"写作的共性和突出之处。而事实上,将"中生代"定位于1960年代出生为主体并兼及那些1950年代出生的诗人,其根本的着眼点就在于"90年代的写作"。以王家新的诗歌创作为例,1980年代起步于"朦胧诗","第三代"时没有参与具体的"流派活动",1990年代的"归来后写作"使其在世纪末的诗坛上越发引人瞩目。王家新生于1957年(与1960年代出生差别甚微),他创作经历的高峰期决定了他从属于1990年代诗人的身份,这种特质在某种程度上决定了王家新可以被纳入目前的"中生代"阵营之中。不

---

[1]朱寿桐:《中生代诗人的群体焦虑与诗性自觉》,《南方文坛》2007年第5期。

过，王家新毕竟是一个"跨代际"的诗人，如果他被划入"中生代"阵营可以得到一种认同，那么，"90年代""创作实绩"和"游离于第三代运动"之外等因素，或许正是判别王家新"群落身份"的几条重要标准。不但如此，王家新的个案也会为我们继续思考"中生代"的命名提供某些经验：先有创作、后有命名，是"中生代"显著区别"第三代诗歌"的重要环节。"中生代"作为一个历史的阶段主要是如何填补"第三代诗歌"结束之后，长达近20年的诗歌史空白。"中生代"属于1990年以来的诗歌的创作的代际划分，就中坚力量构成的角度而言，"中生代"裹挟着那些在1990年代仍然具有旺盛创作势头的"前代诗人"和"中年写作"。

其次是"中生代"诗人的"个人化"写作方式隐含着"一代人"的"群体焦虑"。和稍后的"70一代"诗人相比，"中生代"诗人背负的历史记忆还是相当沉重的。对于"朦胧诗""第三代诗歌"而言，"中生代"应当羡慕前辈出场时的荣光。这仍然是亲历历史变迁的一代诗人，"新时期"的到来、1980年代的激情昂扬与历史进入1990年代那一刻特有的"断裂感"，都造就了他们诗歌写作的起点不同于前后两代诗人。历史记忆与他们曾经切肤般地碰撞过，即使对于那些所谓纯粹于1990年代拔地而起的诗人，阅读经验、诗意技术的汰变以及前辈的压力也往往使其感受到沉默中潜行的压力。"中生代"诗人在整体上当然体现了1990年代"个人化"写作惯常拥有的"各自为战"的特点，但面对诗歌日益丧失批判社会功能的文化现实，诗人在减轻"宏大叙述"构成的重负之后，很快又陷入生活琐事无休止的烦扰以及如何对时代发言的困惑之中。这一点构成了"中生代"诗人普遍的群体性焦虑，并可以在世纪之交的诗歌论争特别是世纪初"底层写作"的不胫而走中得到证明。

最后，与对如何写作意义上的焦虑相比，"中生代"可供研讨的一面还包括来自诗歌本身意义上的"张力"。"中生代"就写作而言，或许会因为身处"让诗歌回到诗歌自身"的年代而远比其前代幸运。"中生代"在经历、接受教育过程中的多样性、丰富性，决定了他们可以发掘更多艺术空间和承受更多艺术冲击的潜在能力。历经1985年之后诗坛"喧哗与骚动"的震颤之后，"中生代"诗人很容易从"个体""难度""学养"和"技艺"方面判断出"诗意何为"。

只不过，在走向更高"自我"和体现更高"诗性自觉"的同时，这一群诗人必将面对如何处理"诗与生活"这一充满复杂性的关系命题。

四

"中生代"并不是以"朦胧"以及"第三代诗歌"中"他们""莽汉""非非"的方式进行的"流派"命名，而只是以年龄、写作之时代等特点进行的代际命名。所以，"中生代"诗歌必将呈现出更为复杂的地域特征——对于寂静的1990年代来说，集体的喧闹已经成为历史过去，"中生代"诗人在诗意匮乏的年代里走向自我和语言深处。这种极具"个人化知识谱系"的写作决定了他们每一个人都是一道"地理风景"。实际上，"中生代"可以构建的仅仅是一种后现代式的"空间地理学"，"中生代"并不能仅仅着眼于"代"之释义，在更多时候，"中生代"所能表达的更多应当是"类"及"倾向"之表征。

"实际上中间代命名的精准度，现在已变得不那么重要了。科学也好，强制也好，误读也好，它仅仅作为一种代码和符号，不致太离谱就得了。设想，如果早先有计划提出'中生代'，我想也是可以成立的。历史看重的，主要是命名下的负载。"[1]如果仅从命名的字样角度，陈先生的"夹在中间"意义的"中生代"，早已在近乎不自觉的状态下洞察出命名的精确性问题。"中生代"应当如其地质学意义上的命名一样，尽管没有口号的喧嚣会使"中生代"诗人常常陷入"被描述"的状态，但在一个个鲜活的、差异性的生命背后，"中生代"诗人写作的活力及其丰富性使其蕴含着丰富的矿藏，而"中生代"常常处于同时也必将处于"行走"的状态，也决定了其本身具有诗歌的"生态意义"。

由"中生代"命名的研讨，或许还可以引申出如何以"中年写作"这一词语表达其创作上的成熟性和稳定性。以地质学命名一个代际必然要与这一代际诗人已有的地貌特征为依据，对"中生代"的命名在其潜在层次还标志对囊括

---

[1] 陈仲义：《沉潜看上升——我观"中间代"》，安琪远村、黄礼孩主编：《中间代诗全集》，海峡文艺出版社 2004 年版。

其中的诗人风格进行了认可。在穿越寂寞风景之后走出的"中生代",其外在"迫切命名"的本身就已然决定了他们不可忽视的成熟性。"中生代"以历史后眼光审视出的"共通之处",体现了当代中国诗歌必然经历的"过渡阶段"。而后的诗歌写作,无论尖锐、激烈,还是自我与自持,都会在"中生代"这一特定诗歌群体身上找到某种真正属于诗歌精神和诗歌写作的品质甚或路向。

至此,作为"非代性"悖论特征的"中生代"终于在强调诗歌本体和写作精神相关的风貌特征中,完成了"历史后"的命名。不过,鉴于命名往往会重蹈"模式化"的覆辙以及诗人常常对此不以为然的态度,任何一次命名都要警惕往往因遮蔽许多诗人而成为"空洞的能指"的逻辑。"中生代"是以大量卓有成效的文本以及批评为基础生成出来的,它所肩负的使命更多应当着眼于当代诗歌写作的变迁。因而,唯有从文学史的角度进行考察,其合理性和说服力才会得到认同,而其诗歌史意义或然也正在于此。

原载《诗探索·理论卷》2008年第1辑

白洋淀诗群的湿地背景

路　也

"水乡"是促使白洋淀诗歌群落产生的重要的文化地理学因素之一,水雾氤氲和水草丰茂的地带容易使人多愁善感,"湿地"这一地理形态与文学审美尤其是诗歌审美之间有着相当的关联。

湿地与森林、海洋并称为全球三大生态系统,湿地大约相当于某片区域的肾,是此区域中最感性最丰富的地方。什么是湿地?湿地是指天然或人工、长久或暂时性的沼泽地、泥炭地、水域地带、静止或流动的淡水、半咸水、咸水体,也包括低潮时水深不超过6米的水域。湿地包括多种类型,珊瑚礁、滩涂、红树林、湖泊、河流、河口、沼泽、水库、池塘、水稻田等都属于湿地。

"白洋淀"这个名字最早出现在史书中时,写成"白羊淀",是因为当时的水势比现在大很多,大风卷起一层层波浪,就像奔跑的羊群,后来人们才为"羊"字加了三点水,形成现在的名字。"淀"的意思是指浅水湖泊,因为深水为湖,浅水为淀。

无数社会实践证明,湿地是一个独立的生态体系,它与世界灿烂文明相联系在一起。黄河流域和长江流域孕育了华夏文明,印度的恒河流域孕育了印度文明,尼罗河流域孕育了埃及文明,幼发拉底河流域孕育了古巴比伦文明,世界四大文明都发祥于各国的大江大河流域。中国的最辽阔最集中的湿地当属江南水乡,那里山清水秀、人杰地灵,既是中国最具物质吸引力的地域,同时又是一个让人心驰神往的最具汉民族文化魅力的精神博物馆,那里从来不缺诗词曲赋和才子佳人的故事。

　　湿地有着相当重要的自然生态意义和人文意义，现在已经有一个"湿地文化"的概念，湿地文化是一种不可忽视的文化，我们当然可以进一步联想到"湿地文学"这个词语，其实中国文学尤其是中国诗词几乎是离不开湿地的。提出湿地的文学价值或诗歌价值之说，绝非夸张。中国最早的诗歌即与湿地有关，最早的诗歌总集《诗经》开篇即是"关关雎鸠，在河之洲"，还有"蒹葭苍苍，白露为霜。所谓伊人，在水一方"；孔子在湿地中引发了哲思："子在川上曰：'逝者如斯夫'"；湿地中的友情是这样的："桃花潭水深千尺，不及汪伦送我情"；还有与湿地有关的对生命痛苦的体验，"问君能有几多愁，恰似一江春水向东流"；再有湿地中的生机和蓬勃："接天莲叶无穷碧，映日荷花别样红"；湿地中的人生感喟："壮年听雨客舟中，江阔云低，断雁叫西风"；湿地中自然不缺乏爱情："凌波不过横塘路，但目送，芳尘去"……是的，中国诗词里写过太多的一江春水、桨声灯影、渔舟唱晚、岸芷汀兰、蓼草芦花、缥缈孤鸿、鱼翔浅底……简直可以说，如果没有沼泽、河流、湖泊、滩涂、洼塘这些湿地，中国的诗人们简直不知道如何写诗了。杭州市区的西溪湿地自古就是隐逸之地，那里的秋雪庵、泊庵、梅竹山庄、西溪草堂在历史上停留过许多文人雅士，他们在那里留下了大批诗文，可以说那里差不多仿佛是生长在杭州城身上的一个用来进行歌咏和抒情的重要器官了。其实中国的有着诗化倾向的小说家们，其生活经历、作品内容和艺术风格也无不与湿地有着密切的关联，比如，汪曾祺小说的叙述冲淡了逻辑性，有着自然化、诗意化的美学追求，他用文字描绘的那幅风俗画，总是围绕着他的故乡高邮的大运河边。类似的作家还有沈从文，汪曾祺曾经称沈从文是"一个水边的抒情诗人"，湘西沱江从凤凰边城的吊脚楼下流过，给了沈从文灵感，使它写出了那些大都发生在水边的故事。有了那些淳朴、古雅、闪烁着流光的文字，在那些以诗意见长而不是以情节取胜的小说里面，作家深爱的人物是生活在有码头的边城里水灵灵的翠翠们。

　　我们常引用那句老话"诗意地栖居在大地上"，其实诗意栖居跟湿地有着密切关系。我个人认为，当下中国文学整体上的诗意缺失，在一定程度上与自然环境恶化有关，江河断流、湖泊缩小、沼泽干旱、洼塘填平，与这些湿地相适应的候鸟、植被、气候、人文景观、生存方式和精神传承也进一步遭到破坏以至毁灭，诗人们已经没有什么可拿来用以创作诗歌的客观对应物了。当然，不是所有诗歌都是抒情的，当然，也不是所有诗歌都必得与自然风物相关，但是让诗歌完全与湿地和大自然绝缘，让全体诗人们都打着某种旗号去写那种硬邦邦的水泥混凝土钢筋质地的物质主义诗歌或书斋式诗歌，其实是一种新的专制，是新的集体主义对个性和多元化的扼杀，这肯定不是中国新诗的健康出路。没有了湿地，不用说诗人，一个民族都将一步一步走向人心龟裂、精神乏味和灵感枯竭。

不仅在中国，就是在世界范围内，湿地也往往会引发出与文学相关尤其是与诗歌相关的内容来。世界闻名的荷兰湿地不仅是风车、鲜花、木鞋和奶酪的国度，更是艺术和诗歌之邦；美国的湿地上诞生了《瓦尔登湖》这部诗意和智慧的书；威廉·华兹华斯、柯勒律治和骚塞因居住英国西北部的昆布兰湖区，以诗赞美湖光山色，而形成"湖畔派"，如果没有与那样的湿地相对应的野生植被，怎么会有华兹华斯的名作《水仙》呢？爱尔兰为温带海洋性气候，受北大西洋暖流影响，冬暖夏凉，雨水非常充沛，所以在小小的国土面积上分布着许许多多像眼睛一样美丽的湖泊和沼泽，沼泽可以说是爱尔兰的基本土地构造。1995年的诺贝尔文学奖获奖者北爱尔兰诗人西默斯·希尼写过"沼泽系列"诗歌，诗人运用将历史融入现实的呈现手法，挖掘出沼泽中所蕴含的一个民族的历史积淀和文化记忆，同时联系起当代北爱尔兰社会蕴含的种种矛盾，由此引发出了诗意的沉思。

白洋淀同样是这样一片蕴含着文学价值的湿地。白洋淀位于河北省中部，是华北地区最大的内陆淡水湖泊，方圆百里，河道纵横交错，由143个大小不等的淀泊和3700多条沟壕组成的湖泊群的统称。村子就坐落在湖中，交通工具靠船只，相当于公共汽车。乾隆在一首诗里是描绘过白洋淀景色的："万柳跂长堤，江乡景重题。谁知今赵北，大似向杭西。"末句说得很清楚了，白洋淀的景色完全可以与杭州西湖相媲美。这个诗歌群落中的宋海泉在《白洋淀琐忆》里有这样生动的描述："白洋淀本身也是由大小三百多个'淀'组成。其大者曰白洋淀、烧车、藻乍等。淀与淀之间多以'园子'隔开，园子上长满芦苇。是当地农民的主要经济作物。初夏以后，芦苇很高，白洋淀就成了一片翠绿的世界，即使是站在高堤之上，放眼望去，只能在绿色的缝隙里，看见一片片粼粼波光。所以，此时的白洋淀，又成了一片迷宫的世界。只有熟悉道路者，才能在纵横交会的沟渠里自由地出没往返。"1969 至 1976 年间，一群北京知青在此插队，一个由履历相近的青年人组成的相对松散的诗歌群落在此形成，从此"白洋淀"这三个字除了写进水文地理教材和抗日革命史教材，也写进了文学史中的诗歌章节。

白洋淀这片湿地那一望无际的芦苇荡里还有着像偷欢一样隐秘的快乐，且不说那杂生其中的菱、蒲、萍、莲所组成的百草丛生的茂盛和斑驳，与一群正处于青春期的诗人们的身心渴望是一致的，更重要的是，在那个禁欲和毫无个人隐私的时代，也许只有在这样远离城市故乡、与自己的出生背景完全不同的偏野隐蔽之地，在这样的无知无识并且有着朴野趣味的水泽之地，人性才得以解放，催发出身心里原本就潜伏着的诗情。白洋淀诗群代表人物之一芒克的长篇小说《野事》中对此是有记录的，那小说算不上一部成熟之作，却是知青题材小说里最原生态的和最不加修饰的一部，它对于后来者研究当时知青生活的真实面貌有相当价值。那小说正如它的标题一样，有着白洋淀水域不加修饰的野地风情，有着北方农村那原始到色情的蛮荒粗粝，写出了知青们当时的物质和精神状态：身无长物，在水边野地里感受春来冬去，感受百草荣枯，靠着情欲消磨着漫长的青春时日。那样的生活无疑是迷茫的，但又必定有着一种太平盛世里所没有的乱糟糟的快乐，那作为自然人的宝贵体验，也许正是这批从京畿去往乡村的诗歌创作者所需要的功课之一。即便不是必修课，也是非常有益的选修课吧。这部诗人的自传体小说，我们可以把它当作白洋淀诗群背景的一个注释来读。

在此提出一个亟待得到足够理论证实的想法：内陆地区的平原和山乡可能会促使哲学家和小说家的产生，那样的地方容易使人产生思辨和叙述的愿望，而紧紧靠着一大片水域饮食起居的人则更容易走向诗歌。在这样的地方，往往不会仅仅是一个人而是同时有相当一批人走向诗歌，从而使得诗歌群体或流派产生了。同时代的知青作家中，即便同是从北京出去的知青，那些去了少水的平原和山区的一般都成了小说家或思想者，而唯独来到这片北方浩大水域旁边的年轻人成了优秀的诗人，不是一个诗人，而是一群诗人。海边太敞亮了，思想无法结晶和沉淀就被海风刮跑了，湖泊也连通着河流和大海，温润流转，那里产生的思绪太冲动太激活太缥缈，不会具有沉重感。而轻飘的想法和念头只能算是灵感，是不能称之为思想的，内陆的山乡和大平原的稳定感和封闭感才正好适宜进行思想活动和沉着书写，可以使人安下心来坐而论道，厚积薄发。比如，山东虽是沿海省份，而孔子、孟子、颜子、晏婴、左丘明、曾子、墨子、管子、邹衍、荀子、孙膑等思想家都产生在古代山东的内陆地区而非沿海，还有春秋战国时期形成的百家争鸣的中心地点稷下学宫也在相对的内陆区域，当然都不是那种深深地位于大陆腹地的内陆，而是一些离海洋相距不是过于遥远的内陆，在千里之外的大海仅仅就像一扇窗子，对思想似乎起着通风换气的作用。

据说多多起初是以哲学思考见长的，在到达白洋淀之后发生了转型，在芒克要求每人每年一部诗集交换阅读这种类似"决斗"式的挑战下，真的写起了诗歌，每年拿出一本诗集出来。这既是一种主观的人为的选择，同时也不能否认周围客观地理环境的潜移默化的浸润作用。

金木水火土五种元素中，水这种元素历来都象征着情感、关系、爱、智慧和灵感，性情就像水一样在不停地流淌，故用水来比拟反应敏捷而又思想活跃，而这些特质又都是生命中最重要最感性的部分，同时又与诗歌是最接近的，可以说，湿地是把大自然和诗歌连接起来的一个地方。

况且，白洋淀并不是中国南方的水乡，而是中国北方的水乡，它与周围广大干燥的内陆区域相比，有着陌生感，形成强烈的反差，更加促使了诗意的产生。北京大学的胡兆量教授将南北方的文化差异总结归纳为十五个方面："南柔北刚，南敞北封，南轻北重，南经北政，南米北面，南甜北咸，南矮北高，南瘦北胖，南繁北齐，南老北孔，南细北爽，南拳北腿，南骗北抢，南船北马，南下北上。"鲁迅先生在他的文章《北人与南人》里有这样一段话："相书上有一条说，北人南相，南人北相者贵。我看这并不是妄语。北人南相者，是厚重而又机灵,南人北相者,不消说是机灵而又能厚重。昔人之所谓'贵',不过是当时的成功,在现在,那就是做成有益的事业了。"这文章里对比的是北方人和南方人的区别,最后结论是提倡南北融合互补,这里说的是人,但我们完全可以联想到小区域的自然环境,人有北人南相,那么自然环境呢,有没有北景南相?白洋淀其实就是这么一大片北景南相的区域,它被称之为"华北明珠"是有道理的,这样一片水域放在南方,自然也是好的,但并不至于有多么稀奇,更不至于有多少重要意义和令人惊喜的效果。但是,现在它是在北方,在四周全是干燥的茫茫黄土的北方内陆,那么它一定就不同寻常了,也就是鲁迅在文章里提到的昔人所谓的"贵"了,它势必要对这里的人文和风土产生积极的影响,使得这片区域区别于周围其他地方,而具有了独特性。

  白洋淀诗群诗人中间的不少诗作都带着这片湿地的特征,这个诗群之中最早开始写诗的是根子,在他仅存的三两首诗里约略看出这样的湿地的影子,在当时发表过而如今已难见全篇的长诗《白洋淀》里,他写道:"我伤得不轻 / 桅杆被雷砍断 / 我像帆一样 / 瘫倒在炽亮的阳光的沙岸"。芒克写《海风》:"我要举起浪花 / 向着陆地跑"。宋海泉《流浪之歌》:"抖索飘摇的枯叶被带上长空, / 哀鸣失群的孤雁被留在沙滩上"。在方含的《印象》里:"心儿仍在到处漂流 / 那淹没记忆的澄清的溪水 / 像疾速掠过琴键的灵活的手指 / 像故乡少女哀婉的歌喉"。湿地的影子的确是无处不在。其实这一特点,不仅仅表现为直接写到湿地,更重要的是将湿地作为一个或清晰或模糊的背景映照进他们的诗中,给人以"有水"的感觉,这里说有水,是指仿佛有水汽从纸页上吹拂而来,读起来潮润润的。这一特点在作为此诗群重要成员之一的林莽的诗里最为突出,林莽所写的不管与白洋淀有关的还是没关的诗,不管是插队期间还是回城以后的日子里,他的字里行间都时常会闪现出这样弥漫了水汽的特点,比如,《水乡纪事》:"如果你还记得我 / 那些被收割的芦苇在一片片倒下 / 淀子已进入了深秋后的开阔 / 脚下落下很软 / 隔岸,我听到了你的呼唤";《面对草滩》:"有时我梦见 / 在一片遥远的草滩上 / 那只神秘的大鸟正迎风而舞";《凉风乍起》:"往事沉郁 / 遥远飘忽不定 / 无端的愁绪结在那些滴水的蓝色花瓣上"……这样的可以举例的诗句还有很多,白洋淀时代或白洋淀之后,那片水域似乎一直在他心中闪烁着粼粼波光。

20世纪60年代末70年代初,一群来自京城的年轻人,找到了这样一片水乡,他们走进去,在那里进行着人生思考和诗意想象,他们在一片专制的叫嚷与暴力的喧哗中找到了灵魂的净土。在这里,"知者乐水",同时"上善若水";在这里,"沧浪之水清兮可以濯我缨";在这里,"我思故我在"的更恰当的表述方式或许应该是"我诗故我在"。水乡,中国北方的水乡,使白洋淀诗群的创作浸染着灵性和智性,充满了独立、开放、纯真、清洁、明亮、自由和人性化的气质,这样的气质融进了诗人的精神品格之中,那水波荡漾的三百多平方公里的浩大水域既是催发出他们诗情的酵母,更成为他们精神上的象征性源泉。

原载《诗探索·理论卷》2008年第2辑

"私人地理"的建构与"文化断乳"的转型

赵思运

通览八届华文青年诗人奖获奖者共二十四位诗人的作品，我们不由得会得出一个结论：光荣属于安静的写作者。当下诗坛很热闹，而诗歌的本质却是朴实的、安静的。华文青年诗人奖则正体现了这一本质，拒绝任何投机性、表演性、策略性、媚俗性写作，反对装神弄鬼的写作，而注重那些实力型的灵魂书写和生命书写。

在这些青年诗人的诗歌写作中，有一个营造意象的成熟标志是私人地理的形成。如哑石的青城诗章、江非的平墩湖、雷平阳的云南记、黑枣的角美村、徐俊国的鹅塘村、林莉的朱家角小镇等等，越来越清晰地成为他们的诗歌名片，就像莫言笔下的高密东北乡、福克纳笔下的约克纳帕塔法世系一样，成为他们灵魂里不可揭移的邮票。获奖的八届诗人笔下的私人地理意象群，内核也具有多年的一致性与趋同性，即共同呈现出健康、醇正、醇厚的人性状态，都使我们产生人性的亲近感。在2010年获奖的黑枣、徐俊国、林莉三位诗人的诗中，他们所构建的角美村、鹅塘村、朱家角小镇，灵魂与人性的交流是十分有效的，这是最根本的东西，也在终极上决定诗之所以为诗的根本。

上海市松江区文化馆在引进人才时，陆春彪馆长的做法很有意思，他要给竞聘者看面相，从面相看到心象，这是有道理的。比如他引进徐俊国时就是看中徐俊国诗中的人性的悲悯情怀。徐俊国本来是搞艺术的，在2004年他的兴趣集中于行为艺术和观念艺术，但他没有艺术家身上的那种孤傲与偏执另类，而是极其平实。他读古兰经，研读圣经，他身上具有一种近乎宗教的力量与人性的温暖。徐俊国虽然聚焦于小小的鹅塘村，但展示的生命空间十分阔大。他以灵魂为幕布，把技术理性主义时代最后的村庄原汁原味地保留了下来。徐俊国大学美术系毕业后又曾进修于清华大学美术学院，再后来全家迁居上海。但都市的五光十色并没有涂抹掉他的本色，他仍然满含热爱地生活在平度这片土地上，鹅塘村成了徐俊国的生命存根。他的诗歌之胃消化了鹅塘村的万事万物，他的灵魂比清晨的露珠还纯净，比"庄稼的骨灰"还沉重，比"鸟鸣"与"秧苗"还柔软，比"熄灭的马蹄铁"还坚硬，比"翱翔的丹顶鹤"还超迈，比"稗草"和"偷吃藏在粮屯里的诗稿的老鼠"还谦卑。他注目于"捕食害虫的螳螂"和"草棚里的牲畜"，但是诗思比"胡须拖地的老山羊"和"簇拥着种子的潮湿的骨头"还久远……鹅塘村的一切都有了灵性和生命，都成为形塑诗人魂魄的养料，无怪乎他在诗中把自己称为"鹅塘村农民徐俊国"。在他看来，自己就是这片土地上的一棵树，树上的一片叶子，叶子上的一粒阳光。这片土地就是他灵魂反刍的出发点和归宿地。他写道："我适合做老家土坡上的一只羔羊"，早晨醒来就去"数数黄瓜花一夜间开了多少朵，瞅瞅走失三天的兔子回窝没有，猜猜病死的玉米苗能否返醒……"（《早晨醒来》）也正是由于他把大地作为灵魂的皈依，也正是由于他对这片土地爱得那么深沉，他才郑重地写下："我这一生　一共需要多少热泪／才能哽住落向鹅塘村的一页页黄昏"（《半跪的人》）。他的诗没有丝毫廉价的歌颂，充满的是厚重的悲悯，是悲悯之后的达观，是达观之后的隐忍。他坚持最原初意义的诗歌理想——诗歌最终要指向下面这些关键词：温暖、善良、疼痛、悲悯、关怀、道德、责任、良知等等。这才是有根的写作。

黑枣是一位有多年诗龄的青年诗人，经历了纯情写作的阶段之后，他创作的组诗《早安，爱情》《我有一个家乡》《我的身体是一座迷人的小镇》，在诸如"东山村""角美""龙海""鹭江道""中山路""侨兴街""24米街"等家乡意象在重复性的出现中，确立了黑枣的私人地理。他的生活没有大起大落，而是"经由岁月的筛洗，正一点一滴地返璞归真"（《在南方》），伴随他的都是"美、富足和喜悦"（《在龙海之一》），让我们想起姜育恒唱的"平平淡淡才是真"的人生况味。从他的诗歌题目"我的身体是一座迷人的小镇"就可以看出,他的血肉灵魂与生存的小镇是无法割舍的关系,这个小镇的每一个细微部位,都像黑枣自己的身体一样,那样熟悉,那样富有生命与活力。这里的"身体"既是肉体的,也是精神的。因为"肉体"的英语词语是"body",而"body"一词,既有肉体之意,又是"主体"的意思,是具有内在精神理性的载体。这种灵肉息息相关的小镇,即不再是物理意义的小镇了,而是成为黑枣自身的主体象征了。《辞旧书》之六,可以看作黑枣生活理想的结晶与点睛:

> 我要去唐诗里圈一块地
> 种菜、养花,筑一排平平仄仄的篱笆
> 屋后的池塘,下雨天是五言绝句,刮风时是七言律诗
> 我还要去宋词里娶一位如梦令般的女子
> 山是眉峰聚,水是眼波横
> 我们穿红着绿,指鹿为马
> 恍惚间飞渡了大半个懵懂人生
> 哦!这些都不再重要
> 我要用了无情趣的柴米油盐调制合口的一天
> 再把这世俗的一天过得抑扬顿挫……

林莉似乎没有经历过练笔阶段,短短三五年一下子就以成熟的姿态出现在诗坛。"朱家角"意象群是林莉奉献给诗坛的一个礼物。正如吴思敬在评委评语里写的那样:"林莉的诗以江南小镇为背景,袒露的心灵,纤细的艺术感觉,鲜明的性别立场,轻灵俊美的意象,使她的诗别具一格,犹如浓淡相宜的水墨画,耐人寻味。"反复迭现的淀山、曹港河、井亭港,为我们呈现出一个异常静美的江南小镇,它美得如此逼真而富有质感,即使忧伤也蒙上了一层明媚,即使孤独也蒙上了一层幸福的光环。她写暮色降临的码头身后的村庄:"油菜花的金黄从山腰一直滚落到交错的阡陌/房舍裹在淡淡的烟霭中,天空蒙着细细的红晕。"真乃着一"滚"字,境界全出矣!这种"金黄",这种"红晕",把

黄昏点染得明朗、鲜艳，诗意弥漫，没有灵魂的深度楔入，是不可能写出如此诗句的。我们再看《小镇时光》：

> 几乎是滴答一声就入秋了
> 几乎是滴答一声，门前的桂花开了
> 庭院的桂花开了，整座小镇的桂花全开了
> 这样的时候你可以在小巷踱步
> 也可以到一棵花树下无声凝望
> 或者把白衬衫铺在草地上，甜甜地睡去
> 当天色渐晚，那归巢的红嘴鸟会把你唤醒
> 你一抬头，桂花就落在你的脸上，肩上，脚趾上
> 你突然发现，小镇多么安宁
> 只有花在轻轻地悄悄地开了又落
> 你多么幸福，以至于有足够的时间
> 去奢侈地体验忧伤……

这是女神的好时光，这是人间的童话，甚至富有一种神性的力量。这是没有被现代文明所玷污的纯粹世界，是穿过岁月迷雾而丝毫没有发黄、依然保持清澈动人神韵的乡村遗照。这里有乡愁与异乡，但没有漂泊；这里有孤独，但与痛苦无关；这里有疼痛，但疼痛如此纯粹；这里有苦难，但苦难之上是幸福。"内心藏有受伤的小兽，时至今日／悲伤与喜悦一样巨大，不可估量"。质言之，这里一切的一切都是"那么美"，是那种现代工业文明时代极其难得的"美的标本"：

> 我所钟情的要托付与流水
> 我所深爱的要埋藏在唇齿
> 木槿花开，紫色的火焰那么美
> 树下相见的人，鸟雀间的啁啾那么美

昆虫一样的喘息那么美，突然的哽咽那么美
一瓣一瓣落下来的命运那么美……

(《赞美》)

　　林莉与黑枣、徐俊国其实在经营着共同的诗学理想，即在喧嚣杂乱的时代语境里，挽留下恒久的美好人性，在炫技时代保持着朴素与真诚的诗学品格。林莽给黑枣的评语，其实完全可以置换到这三位青年诗人：他（她）的"诗歌体现着现代诗的优秀品质和不断上升的良好态势"。在多元化的诗歌格局里，他们以最为醇厚的诗学品格坚守着纯粹的诗学信念，无疑是当下诗坛发展路上的一种重要标向。

　　如果说，私人地理意象是诗人写作成熟的标志之一，那么，要想成为一个具有远大抱负的伟大诗人，则需要更加宏大的文化背景。因为每一个伟大诗人的背后都有一套属于他自己的文化的支点，这种文化基点既来源于他的生活之中，又超越了具体的生存，它包容了更加丰富驳杂的人性体验与生存体验。这需要一个诗人艰苦卓绝的付出，这也是几乎所有青年诗人要面临的一个问题。从这个比较高的角度去透视青年诗人的创作，我们就会发现，他们普遍存在着一个症结：仅仅凝聚于诗人的私人地理的建构还不够，他们的私人地理更多地还停留在感情的寄托层面，还需要超越情感的抒发阶段，而抵达一种文化的自觉。这是青年诗人的"二次发育"，我称之为"文化断乳"。

　　我发现，大部分的华文青年诗人奖获得者都经历了诗歌表达的纯情阶段，当他回眸生他养他的那片土地、那个小镇、那段河流时，调动了所有的情绪。而随着他内心的文化发育，必然会出现情感的断乳，从纯情走向复杂和含混，从私人地理的局限中走出来，进一步拓展他们的生命经验与文化经验。他们在私人地理的建构中呈现的是醇正的人性，采取的视角是内敛的、反刍的，而不是向外的、辐射的、发散的内倾中形成的纯正人性，这是写诗的起点和出发点。而随着人生经验和文化体验的拓展，他们需要进一步把这种醇正的人性力量，向更加驳杂的生存状态与人性状态辐射，建构起更加宏阔的精神视野和文化视野。要想获得这种诗性处理驳杂世相的能力，必须把自己的人性体验向生存全方位打开，向各种艺术潮流与艺术风格汲取营养，以形成自己更加包容的综合视野与综合能力。

我特别留意了这批获奖者的生命轨迹和生存环境的变迁。江非从平墩湖迁移到海南的澄迈；邰筐从山东临沂迁至北京；徐俊国从山东平度迁到上海；雷平阳从昭通移居昆明……大批的迁移现象，我觉得更是一种象征，一种"文化断乳"的象征。面对情感意义的"文化断乳"，青年诗人下一步何去何从？

黑枣在《像诗歌一样生活……》中写道："我的生活就是诗歌，诗歌就是我的生活。这是我的生活状态，也是我的诗歌观点。像诗歌一样生活，把生活分行成一首诗歌。不要那大世界，只要这小生活。简单，素朴，真实，干净……"这是难得的一种本真的诗歌与生活。林莉在《追寻与回归》里也写道："我的回归，就是还乡。生命和灵魂的还乡。它引领我抵达生命和灵魂的自由之境，回到具体的、真实的'人'本身，回到人情、人性、人道、人格、人心中来，回到天性和纯真、回到大善和至美中来。"作为价值观念，纯粹的真、善、美是必要的，但是我们需要警惕的是，必须拒绝将真、善、美作为抽象的概念！真、善、美犹如黑暗中的光明，犹如污浊中的清新，我们不能因为将心灵镜子对准了真、善、美，而忽略了真、善、美所寄居的黑暗与污浊。作为一种价值观念和概念，真、善、美从来就不是抽象的存在。当我们深情回眸自己的童年、青春、故土之时，在感情上深为感动，备感幸福，真、善、美是我们情感体验的核心。但是，当我们走出童年、青春、乡土的时候，我们的感情层面的故土文化就会离去，我们的灵魂就会处于"被抛"状态。此时我们如果仍然限于讴歌乡土与童年、青春，这无疑是不成熟的表现。诗人的私人地理建构是诗歌写作走向成熟的标志之一，而"文化断乳"之后的二次发育才是真正走向伟大诗人的更为艰苦卓绝的道路。这是青年诗人进一步发展的瓶颈。

我们确实在黑枣、徐俊国、林莉的诗中发现了这种文化断乳之后的新的拓展与努力。黑枣虽然仍然聚焦于私人地理的营造，但发表于《诗探索·作品卷》2010年第2辑的近作《凌乱书》（之一、之二）里明显增加了对复杂含混的生存体验的诗性指认力度。生活、体验、人性的底色不再是单一的诗意与纯情，不再是执着的热爱与讴歌。题目"凌乱书"不仅仅指的是章法的"凌乱"风格，更重要的是他的人生与人性体验的转型。开篇第一节就奠定了基调：

> 这是凶年。
> 吉凶难卜的凶，流年似水的年
> 沉默多时的植物在后山胡言乱语
> 我豢养的三只小兔有精神分裂症
> 欢乐死了。咖啡里埋伏了一帖慢性毒药
> 黑夜比白天刺眼，扎心
> 一枚枚爱情打磨的暗器，刀刀催人老！

诗中充满了"凶年""精神分裂""慢性毒药""毒蛇""龇牙咧嘴的玻璃""红尘看破"，充满了大量的生活细节，语言也不再是规则的抒情与意象的营造，而是以叙述为主，尽可能拓展了人性体验的复杂空间。他已经从不及物的抒情转型为及物性的生活叙事。这种转型，无疑是一个非常好的开始。

林莉的小镇写作是一个漂亮的开端，但是还不够，她应该有更大的诗写空间有待去打开。她从醇正抒情出发，灵魂走到了《西藏之书》《盐津巴布》的辽阔，这都是可喜的拓展。在这两组诗里呈现出的"马骨""天空的霜雪""大地的风暴""落日古铜""逡巡之豹""长风中的经幡""草原""羊群""孤鹰""寺庙""积雪的山峰"……令你很难再想象诗人林莉是一个温文尔雅的江南姑娘。她不仅能"红牙翠拍，适可歌柳岸秋风"，亦能"铜琶铁板，宜乎唱大江东去"。我们看看《落日谣》："落日伴泥，一块胭脂，涂抹萋萋容颜／庭院配篱笆，羊圈圈羊，羊吃草／落日炯炯，你不陪我／／一丛野蒿，刺破你的一道血管／一只七星瓢虫背着我的七颗星宿"。我们再看她的《河西、河西》：

> 西风吹冷河西，烽火的灰烬煨暖它
> 手捧巨日之碗，十万青稞只配煮一口小酒
> 东突厥、西突厥，大宛马、胭脂马
> 一队旧日故国的铁骑……死去

腐烂的骨骼里钉着一粒沙金

　　西风埋下河西，袖藏簇簇磷火
　　一匹爱情的丝绸，一把锈蚀剑戟
　　不早不晚，不是遇见我就是遇见
　　我前世的影子——

如此阔大的境界出自青年女诗人之手，实在难得！她以超拔的气骨风神实现了对自我的颠覆与重构。

如果说，黑枣是"画地为牢"式地向平平淡淡的生存环境深处突进，在逼仄的生存空间里竭力打开内在的人性视域；林莉在想象空间驰骋到西藏和虚构的盐津巴布，以打开诗性空间；那么徐俊国的文化断乳，却来得实实在在。他在2008年9月调动至上海工作，他在文化断乳之后的转型，或许更加具有难度。那个鹅塘村长大的纯洁善良的大男孩，如今被移植到国际大都市的语境里，他的灵魂何去何从？他的焦灼如何化解？他又是如何完成诗学的转型？他在《到底是什么让我难以释怀》里写道："自然的神圣，大地的伦理，乡村的美德，人性的良善，贫瘠土地之上生存的惨烈，以及人生的无常，命运的莫测，挣扎在生命尊严的底线上那一桩桩苦难，一幕幕悲壮……我痛恨还没有写出它们的全部。"他对生他养他的那片土地，对他灵魂里的鹅塘村这个文化地理，是如此的一往情深！北岛的诗歌《背景》中写道："必须修改背景／你才能够重返故乡。"而徐俊国呢？上海的生存背景如何修改回到鹅塘村？如果不能，那么灵魂何以回乡？

收录在《2010华文青年诗人奖获奖作品》（漓江出版社2010年）的徐俊国的作品全是新作。这些作品的抒情视角已经开始拉开距离了。第一首是《家书》："落日盛大／我心悲凉／茫茫海上／念我故乡……"不再是鹅塘村阶段的私人地理的"在场"，而是鹅塘村"不在场"的还乡主题。还有《忆》《燕子歇脚的地方》《在上海》《尘土里》，都是立足城市的乡村情结的诗意表现。《环卫工》和《在医院》就直接转型为都市题材的作品，诗歌文本形态也从抒情转向写实与叙述。这种转型是艰难的，也是必需的。

  我们有理由相信徐俊国的转型会走向成功，因为他在私人地理的书写与宏大题材的诗性处理这两个方面，形成了很大的空间。徐俊国有不少出色的主流诗歌作品。当我们读一读徐俊国的主旋律抒情就会发现，他在处理主流题材时的诗艺含量丝毫没有减少。徐俊国的《那一片深沉的红（组诗）》(《诗刊》2007年8月上半月刊)、《在赫尔辛基（组诗）》(《诗刊》2008年4月下半月刊)、《鹅塘村及其三十年（组诗）》(《诗刊》2008年12月上半月刊)等，内容涉及中国红军、奥林匹克运动会、改革开放三十年等重大题材，他能够在"希望自己的灵魂活得正确"的同时，"也祈求外部的世界更加精彩"。他的《计算》把鹅塘村的三十年历史以时空大幅度交叉叠影的方式，做了诗艺处理，诗思空间十分阔大："我又称了称我吃过的苦瓜　尝过的蜂蜜 / 流过的泪　发过的誓　祈过的福 / 不多不少　正好三十吨 / 三十年乘上三十吨 / 应该是一部沉甸甸的乡村史和沧桑巨变"。他的《变迁》在揭示时代巨大变迁的同时，并没有简化为单纯的歌颂体，而是写出这个时代巨变中的隐痛。徐俊国在文化断乳之后，"从一个家乡到另一个家乡的半路上"，他的诗思的视域会越来越广阔。

  华文青年诗人奖的重要意义在于陆续发现那些相对比较成熟的青年诗人，而这个平台又是他们更上层楼的动力。几乎每一个青年诗人都面临着青春期的"文化断乳"，这个"二次发育"对于每一个诗人来说，都是艰苦卓绝的。这是诗学的发育、灵魂的发育和文化的发育，严酷地说，这个二次发育的过程甚至会贯穿诗人漫长的一生。这个过程能否完成是考验一个诗人是否最终完成自我的杠杆。

原载《诗探索·理论卷》2011年第1辑

口语诗如何成为可能
——关于口语诗命题的一些思考

刘　波

一

关于口语诗，在20世纪90年代末，它是知识分子写作与民间立场写作争论的焦点之一。在此前后，不少诗歌评论家和研究者达成了初步共识：知识分子诗人是用书面语写作，而持民间立场的诗人大都用口语写作，这种划分后来几近成为一种约定俗成的观点。其实，在1980年代"第三代"诗歌运动兴起之时，具有生活流倾向的诗人们，就开始大量运用口语入诗的方式进行创作，并形成了短暂的狂欢局面，而且他们也由此开启了一扇通往口语诗歌写作道路的大门。

当我们的记忆回溯到1980年代中期的文化语境下时，便会发现，对解构策略的运用以及对抒情的放逐，在部分"第三代"诗人那里，最为显著的表现就是对多年书面语言表达上的反叛——口语诗大量涌现，这是诗人们在汉语言本质层面所制造的独特景观。在"第三代"诗歌运动之前，朦胧诗人乃至更早的现代诗人，虽有口语创作的尝试，但并没有形成大规模的运动，从语言创新上或许也不是自觉的。而到"第三代"诗人登上诗坛时，各种西方现代文学作品和思潮的传入，社会大环境的开放与变化，都或多或少地影响了他们的口语诗歌创作实践。

与那些纯粹用书面语写作的诗歌相比,口语诗因其表达上的直白、清晰等因素,有着相对的开放性。这种写作趋势形成的原因,一方面是诗人们有对长久以来书面语的僵化进行革新的冲动;另一方面,由于"影响的焦虑","第三代"诗人要走出朦胧诗审美疲劳的困境。扯旗造反、另立山头的江湖作风,只是他们青春期的反叛意识使然,而他们在诗歌语言和精神上的颠覆,其实才是最有力度的探索。在创作上,诗人们不应做语言的奴隶,而完全受制于它。然而,"第三代"诗歌运动之前,尤其是"十七年"时期,由于受新民歌运动的影响,诗人们在语言表达上显得夸张、单一,毫无真实感,也缺乏开放的风度。后来,朦胧诗人的创作在这方面虽有改观,但仍然表现得不够决绝和彻底。而"第三代"诗人们对诗歌语言的认识与理解,也是基于其自由和开放性这一被长期遮蔽的考虑。因此,他们放开语言去自由创造,其实有着写作方向上的自觉认定,而且他们还能从日常生活中发现汉语言独自暗藏的品质。

"第三代"诗人在诗歌语言革新上的行动之一,就是以口语书写日常生活以及围绕日常生活而展开的精神体验。在对口语的运用中,他们或客观冷静,或朴素自由,或狂放锐利,这些力量渗透于诗歌创作里,所彰显的那种冷峻的活力当不言自明。就像乔治·桑塔亚那所说,在艺术中异端便是正统。因此,在语言革命上,"第三代"诗人们所针对的,就是朦胧诗中语言的宏大感与集体化,他们要让诗歌语言重新回到当下、回到日常、回到最具活力的个性状态,即可对应韩东所提出的"诗到语言为止"之观点。只有这样,才能真正恢复诗歌语言创造所拥有的清晰面貌和准确的表现力。对此,周伦佑深有同感地说,"第三代"诗人所努力做的,正是诗歌"语言的更新"。这种更新,很大程度上就是口语化的语感和对日常语言的非正常使用。"日常用语的使用同时还是消弭语言自身存在的一个重要手段。日常用语的首要风格在于平易近人。"[1]而与我们日常说话不一样的是,"第三代"诗人们是在活用甚至反用日常语言,包括对传统书面语语法结构的颠覆,都属于其诗歌写作上"语言革新"的范

---

[1] 南帆:《文学的维度》,上海三联书店 1998 年版,第 88 页。

畴。不管是以书面语还是以口语入诗,"第三代"诗人在语言上的放纵与夸张都是事实,他们的偏执与非理性只适合当时那种特定的文化与文学环境,当时开放的氛围允许诗人们以那样的语言方式粉墨登场。

口语创作占据主导的"第三代"诗歌,也是诗人们在反叛与解构上持续抗争的结果。对于"莽汉"和"整体主义"诗歌来说,语言的暴力倾向是比较明显的。很多书面语被他们加工,去除了优雅与含蓄的成分,而留下了语言中隐藏的暴力成分。李亚伟认为,"莽汉"诗歌最明显的倾向就是"粗暴语言",而"莽汉"诗人的最大愿望就是要"用汉字拆掉汉字"。另一位"莽汉"诗人二毛的诗歌理论最能代表这一流派的诗歌观念:"诗歌就是不要脸的夸张,天才的鬼想象",就是"语不惊人死不休"[1]。而"非非"诗人,他们同样是在寻求对语言的反叛:"我们要捣毁语义的板结性,在非运算地使用语言时,废除它们的确定性;在非文化地使用语言时,最大限度地解放语言。"[2]解放语言,对于诗人来说,其实就是选择词汇的自由。他们需要摆脱长期以来汉语言所遭受的各种束缚,以还原其野性与诗意、增强其鲜活性和力量感。这一点,完全契合了"莽汉"诗人对语言那种歇斯底里的锤炼,也符合"非非"诗人们对事物所做的简洁而又不乏理性的"冷处理"风格。

对于那些所谓的"混蛋"诗歌,李亚伟认为那是一种形式上几乎全用口语,内容大都带有故事性,色彩上极富挑衅、反讽的、全新的作品[3]。这是"莽汉"式口语诗歌的优势,虽显夸张,但富有显性的力量,而像"非非"与"他们"诗派诗歌的口语,却又显出一种隐性、节制之美。像于坚的《尚义街六号》、王小龙的《出租汽车总在绝望时开来》、韩东的《你见过大海》、杨黎的《街景》等,都是纯粹的口语化风格,而且带有一定的叙事性,诗人以最简洁的口语来表现日常生活中最不经意的状态。他们拒绝隐喻,同时也就拒绝了

---

[1] 参见杨黎:《灿烂》,青海人民出版社 2004 年版,第 185 页。

[2] 徐敬亚、孟浪编:《中国现代主义诗群大观 1986—1988》,同济大学出版社 1988 年版,第 35 页。

[3] 李亚伟:《英雄与泼皮》,《豪猪的诗篇》,花城出版社 2006 年版,第 222 页。

"陌生化"效果，排斥知识所代表的权力，讲求"清晰"的民间立场。那种在很多人无法入诗的经验里，"第三代"诗人们却能抓住无聊中的诗意部分，并获得符合自己个性的独特表达方式。这是诗人解构生活的结果，也是口语诗歌富有青春活力的佐证。

二

上述对"第三代"诗人口语诗歌创作所做的回顾，其实更多的还是想由此引出这一诗歌表现方式为我们带来的困惑和思考。"第三代"诗人所开启的口语诗歌写作之门，在诗坛一直以来都是褒贬不一，饱受争议。有人认为，口语诗为诗歌创作增添了活力，让诗歌具有了真正的可读性；而还有人则认为，口语诗让诗歌失去了诗味，不如用书面语表达让人感觉优雅、得体，这些都是至今也无定论的话题。但不论怎样，口语诗的兴起，的确为沉闷、板结的诗坛带来了活力，让更多人能够参与到诗歌创作中来，这也是"第三代"诗歌运动期间及其之后的年轻诗人们钟情于口语创作的原因。

而在 1990 年代之后，很多人回过头来对"第三代"诗人的口语写作进行认真反思，且反思者大都是参与过"第三代"诗歌运动的诗人。后来，有研究者认为，"第三代"诗人正是出于一种"诗歌革命"的需要，而其内心才被一种过分偏执的语言手段所控制。他们在一片沉寂的天空中放枪，确实在很大程度上击中了"革命的目标"，但同时也将"优美、和谐、飞翔的姿态"都一同枪杀了，留下了一片"废墟和艺术的血迹"[1]。这样的结论，初看虽有一定道理，但并没有真正认识到，"第三代"诗人的口语诗歌能够体现出一种直白而真切的力量。毕竟，"第三代"诗人在反叛与消解中所完成的诗歌使命，是建立了自己新的美学风尚，并且对后来者产生了不可忽视的影响。

如果说"第三代"诗歌运动主要是针对语言的革新与日常的书写，那么在

---

[1] 邱正伦：《第四代人的诗歌见证》，宋强等：《第四代人的精神》，甘肃文化出版社 1997 年版，第 269 页。

此之后，中国诗歌则走向了两个极端，且都表现在语言问题上。一部分人走向了形而上的、极度陌生化的语言之境，即对词语的非正常化使用，变成了毫无关联的意象堆砌和叠加，这样势必造成无逻辑的虚假想象。如果说"第三代"诗歌运动是对行动的直接记录，而之后的中国诗歌有一部分完全沉浸于毫无根据的虚构，这种虚构不仅仅是词语的想象，而且还突出地表现在对虚幻之物的青睐，其结果只能导致这种诗歌离普通读者越来越远。与此同时，还有一部分诗人转向了极简主义的表达，尤其是互联网盛行后，网络诗歌风靡诗坛，因为无节制，甚至导致诗歌在网络上的泛滥，诗人创作也失去了难度，同时失去的还有诗歌的严肃性与语言的精致化。由于口语诗的可复制性太强，容易在无休止的模仿中造成泛滥的局面，不仅有作品数量的泛滥，更重要的是无变化的语言审美的泛滥。诗歌一旦变得口水化，就显得粗鄙、偏执、轻浮、不优雅、无诗意，也很容易成为不及物的无效写作。

现在来看，新世纪之交，部分"第三代"诗人和 70 后诗人所写的那些极端实验性诗歌，大都已失去了读者，尤其是那些没有难度的口水诗，早已淹没在浩如烟海的作品中。与此同时，那些一直没有走出模仿和复制阶段的诗人，难以形成自己的风格，很多人都因此丧失了写下去的动力。这是口语诗发展到后来所面临的困境：失去了难度的写作，对诗人和读者都无法带来挑战性时，放弃就自然成为很多人的选择。在我的印象里，不少口语诗人后来都难以为继，不得不停止写作，不管这是不是一种巧合，但的确由此暴露出了口语诗在进入之后需要更上层楼时所遭遇的瓶颈。

早在"第三代"诗歌运动之后，中国诗歌就面临困境：一方面，相当一批诗人受社会大环境的影响而停止了写作，即使有坚守下来的，也显得沉默、脆弱和无力，难成气候。而另一方面，随着大众传媒与人们生活方式的多样化，诗歌辉煌不再，且迅速淡出人们的视野，诗人这一身份受到质疑和嘲讽，不少诗人因此找不到认同感，也只好退守乃至放弃。这两方面的原因一度造成了中国诗歌的尴尬境况。然而，21 世纪以来，诗歌在网络上的兴起，带来了诗歌的短暂繁荣；同时，却因为口语诗相继被娱乐化和恶搞，诗歌在普通民众心目中再一次遭遇信任危机。刊物和网络上那些"不好也不坏"的口语诗歌，既没棱角，也无亮色，甚至连缺陷都显得平淡无奇。毕竟，诗歌是文学，文学是语言和情感之事，它总是要求写作者拿出一种不同于日常情感的起伏来对待，哪怕有矛盾、冲突，有难解的困惑、迷茫的经验，这些或许才是文学真正的品格，才是诗人笔下的主角。

相较于书面语创作来说，口语应该是富有活力的语言，但是如何在运用口语的过程中将这种活力激发出来，得以形成一种有新鲜感和整体感的氛围，这是口语诗创作的根本。不能因为用口语写作就随意地涂鸦、拼凑，因为冒险也应该是有准备、有长期的经验积累。"诗歌的活力发生在词与词的组织间，但照亮这一切的，是生生不息的文化创造力、价值创造力。"[1] 词这一诗歌最基本的元素，是让诗人焕发创造力、让口语富有现代感的价值所在。用好口语，能调动它潜在的活力和语感可能性，而不至于被认为是无聊的文字分行游戏。一直以来，我提倡诗人对日常语言入诗的探索，而且我之所看所读大都为口语诗，这是一种由个人价值所决定的审美趣味。

写口语诗，并非像一些人所认为的那样，因为"没文化"，是一种堕落和创造力匮乏的表现。口语和书面语在诗歌创作中没有高低贵贱之分。不是说你用书面语写作，你就高贵神圣，而你用口语写作，你就低级贫贱。事实并非如此。它们之间应该是平等的，诗人们根据自己的创作习惯和个性，各取所需。一个诗人所写的主题内容、所采取的思想立场，决定了他自己应该用什么样的语言来表达自己的情感、想法和观念。日常口语入诗，的确为中国诗歌的发展带来了活力，同时也从一定程度上缓解了诗歌语言玄学化与晦涩化的困境，让诗歌逐渐摆脱了那种炫技的神秘化，从而走向了新鲜、活力与必要的野性。

三

关于口语诗这个说法，有人说它是诗学问题，还有人则认为它是一个伪命题：不管你用什么样的语言，能把诗写好就行。书面语诗歌中有经典，而口

---

[1] 姜涛：《辩护之外》，《文艺争鸣》2008年第6期。

语诗中也不乏名篇。我们现在回过头来看20世纪八九十年代的口语诗，像韩东的《有关大雁塔》、李亚伟的《中文系》、伊沙的《饿死诗人》、于坚的《O档案》，这些作品更多的可能已变成符号意义上的经典。他们用口语解构了当时朦胧诗盛行的集体主义、浪漫主义和英雄主义的宏大理想，让诗歌回到个性，回到坚实的地面，回到生活的现场，这是当年口语诗最大的价值。

从"第三代"，到"中间代"和70后，再到80后和90后诗人，他们中间都有大量使用口语写作的人。越是年轻的诗人，可能更注重用口语来写诗。也就是说，运用口语也是这二十多年来先锋诗歌发展的一个总体趋势，他们之间有一种传承和继续，同时也有超越和突破。但最后可能都归结到一点上，即怎样来把握口语，充分运用语感。十余年来，知识分子写作与民间立场写作之间势不两立的分野，也渐渐得以弥合，这与诗人们的心态有关，当然，也与他们各自的写作反思相连。其实，有些知识分子诗人也用口语创作，这肯定构不成两个阵营之间的绝对对立，更不是他们交流的障碍。像孙文波、胡续冬等人，都有着充分运用口语的能力和潜质。因此，用不用口语，已经不是写诗最重要的问题，而重要的是如何运用好口语，让其"为我所用"。

从这些年诗人们对口语诗的态度看，它是最容易被模仿的，给人的感觉就是进入的门槛低、可操作性强。只要是识字的人，似乎都能写口语诗，因为它就像日常说话一样简单。其实，稍通诗歌常识的人都知道，貌似简单的进入其实是对口语诗的一种误解。越是看起来简单、自然的诗歌，可能越需要发挥天赋、才华和后天不断的学习、训练。因此，优秀的口语诗作，乃是最难把握和写好的。关于口语入诗，诗人吕德安的观点对我们颇有启发意义，他说："在我的理解中，诗歌中的口语化指的只是一种语感。或者说语感使得口语变为诗句。精彩地利用口语，只有擅长触类旁通、擅长掌握变化的人才有可能。我还喜欢说诗是净化的过程。"[1]吕德安直接道出了口语和语感之间的关系：一个诗人的语言感觉如何，就决定了他（她）能否真正将口语运用好。如何将日常语

---

[1] 吕德安：《天下最笨拙的诗》，杨克主编：《2000中国新诗年鉴》，广州出版社2001年版，第575页。

言转化成诗性文字，它还需要诗人在想象力之外，有着综合驾驭文字的能力，能触类旁通、举一反三；而注重语感培养的诗人，则会在写作时充分调动各种感官，让诗的语言富有节奏感和韵律性，从而超越简单的实验。

我们阅读诗歌，其实首先进入的就是语言，就是声音，就是一种词语排列之后所呈现出的节奏感。口语诗歌的语言，如果失去了语感，那很可能就是一堆废话，而毫无诗性可言。我想，上升到更高一些的层次，像情感、心灵、思想这些文学中最基本的元素，其实都是紧密地联系在一起的。失去了这些元素，口语诗很可能就只是一场空心的呓语、分行的文字垃圾，重要的是很可能还会引起诗歌价值标准的混乱；而对日常口语的创新，最后也只能局限于表层，而不能深入精神内核之中。

新世纪之后，网络诗歌的盛行导致诗歌语言直接向两个极端无休止地滑行：一方面是贫乏的、口水化的，直白得毫无诗意可言；另一方面就是语言复杂化、神秘化，玄奥得让人不知所云。这两种极端都是语言表达不成熟的表现，一方面是不重视诗歌语言的文学美感，另一方面则相反，因太过沉迷于文学语言而忽视了诗歌所应有的精神和思想内涵。如何让这二者达成平衡，让诗歌语言既有令人耳目一新的独创特色，又能让它在优雅与力量之间形成富有意味的张力，这或许才是先锋诗人们要在口语入诗上下功夫的地方。

正当很多人在写作之初竭尽所能地用华丽、漂亮的词语来表达个人情感时，成熟的诗人早已越过了这一阶段，他们会用最简单的语言来表现人性之复杂、思想之深刻。因此，口语诗在表现语感的同时，必须富于洞见，同时也应该为我们提供一种生动的诗歌价值观念。为此，它不仅仅只是纠缠在口语本身的问题上，而应该对自我有所超越，进入灵魂书写的层面。"要使诗歌成为既是灵魂的也是身体的，核心的问题是如何让人及其存在在语言中出场，即如何让个体灵魂的体验物质化。这个物质化的过程，实际上就是日常化和口语化的过程。因此，日常生活和口语在诗歌中的应用，绝非像一些人所理解的那样，只是一个策略或者称其为贫乏无味的代名词，它的背后其实蕴含着一个如何转换的诗学难题。要把诗歌写成一个灵魂事件，似乎并不太难，而要把诗歌写成一个体现人性尊严的身体事件，就显得相当不容易。身体意味着具体、活力、此在、真实,它是物质的灵魂。有了它,诗歌将不再空洞、泛指,不再对当下的生活缄默。"[1]如果口语诗不与我们的灵魂相关,不与诗人的深度思考相关,那么它很可能就是一堆无聊词语的狂欢,而无必要的陌生感和距离感,这恰恰是诗歌能为我们提供新鲜感的重要手段。也就是说,写口语诗,既要保证能指的滑动,更要注重所指的提升,在追求时代和社会真相的精神抱负上用力。

当一些诗人在自觉地不自觉地践行自己的口语诗观时,另一些诗人也过度利用了口语化,将其实验性推到了一种极端,诗歌也由此变成了口水化的游戏。口水化的创作让诗歌如白开水,既无诗味,也乏生动。这其实是当下口语诗歌的一个最大困境,这也是赵丽华与车延高的口语诗在网络上被恶搞的重要原因。口语诗今后的发展,一方面是朝纵深处进发,必须融合思想的力量,增加历史感与厚重感;另一方面,还有可能与书面语结合,创造出另一种诗性的境界。这些,或许才是口语诗能够找到突破点的重要路径。

原载《诗探索·理论卷》2012 年第 2 辑

---

[1] 谢有顺:《身体辩证法》,《身体修辞》,花城出版社 2003 年版,第 38 页。

新诗史视野中的"草根性"诗学及其走向

吴投文

中国新诗自发轫至今,其历史合法性似乎一直没有得到有效的解决。新诗长期以来所面临的强势敌对与此直接相关,新诗的接受与传播往往伴随着强烈的质疑。在一般读者那里,新诗的文化魅力常常被淹没和消解在这些质疑之中,新诗艺术上的某些缺失被放大为一种先天性的文化匮乏。从新诗近一个世纪的进程来看,"新诗作为一个'事实'存在的同时,也似乎一直是作为一个'问题'而存在的,'事实'与'问题'的纠缠始终是中国新诗发展过程中一个解不开的扭结"[1]。新诗的这种基本症结显露出其文化地位的尴尬处境,新诗的现代性虽然凸显为一个醒目的文化标志,但本土化的技术路线实质上处于空转状态,并没有落实为富有成效的文化行为,这造成一般读者对新诗的阅读很难唤起真正发自内心的激动。从新诗的发展现状来看,边缘化的态势在进一步加剧,在看似繁荣的表象下实际上隐藏着新诗发展的内在危机,读者对新诗的隔膜仍然是一个令人揪心的问题,新诗读者群的流失似乎并没有得到有效的遏制。站在历史与现实的交汇点上来看,新诗的处境基本上是一种循环性的起伏跌宕,在巅峰和低谷之间,新诗得到的荣耀似乎并不足以抵消其所遭遇到的怀疑和指责。尽管这不能作为判断新诗成败与否的一个标准,但却可以促使我们反思新诗的发展路向,新诗所面临的"世纪之困"也许可以从中发现化解的可

---

[1] 吴投文:《中国新诗之"新"与新诗文化建设》,《徐州师范大学学报》2010年第5期。

能性。

　　在这样一个背景下来讨论李少君提出的"草根性"诗学主张,就会触及新世纪诗歌的某些症结,进而延伸到新诗文化的实践性层面,在新诗史的整体性视野中把握新世纪诗歌的发展路向,同时也可以呈现出这一诗学主张的理论价值及其内在缺陷,为新世纪的新诗理论批评提供某种参照。进入21世纪以来,新诗所受到的历史压力并没有得到缓解,而是表现为更复杂的形态。一方面,新诗经过上百年的积淀,新诗之"新"的艺术形式感仍未融入民族文化心理的深层血脉,新诗的艺术典范似乎仍未确立,一般读者对新诗仍然怀着潜在的拒斥心理,即使有较高文化素养的读者群面对新诗往往也一筹莫展;另一方面,新诗之"诗"的诗意生成机制仍然处于探索之中,长期受古典诗词熏陶的读者往往难以克服对新诗的不适应感,新诗的"诗意"在古典诗词的对照下似乎显得过于贫乏,这使新诗很难作为日常读物进入一般读者的阅读视野中。"草根性"诗学在新世纪之初适时而起,与诗歌边缘化的总体趋势密切相关。作为一种应对新诗危机的补救方案,它可以在新诗文化的实践层面上强化新诗的民族性内涵,凸显新诗之"新"的本土化色彩,提升新诗在一般读者中的文化影响力。另外,新世纪凌空蹈虚的写作广泛蔓延,新诗与现实的对接的确也是一个问题。由于经济和文化领域所发生的深刻变化,诗歌的生存面临着更为复杂的社会文化环境,"诗歌的文化身份被不断稀释和分化,在一种几乎整体性的狂欢追逐中,转化为拥有某种商品属性的文化附属物,这使诗歌沦为时代舞台上一个无足轻重却也炫目亮丽的点缀"[1]。在这样的情形下,诗人的现实担当几乎无可逃避,这时期出现的"底层写作"受到关注,显然与此有关。"草根性"正是由"底层写作"所带动起来的一种诗学取向,也是新世纪诗歌日益凸显的一个重要特征。"草根性"写作中的现实担当与艺术探索把新世纪诗歌引向一种"接地气"的写作追求。一部分敏锐的诗人意识到,在新世纪的诗歌转型中,写作的轴心已经开始转移,需要在多元化的诗歌格局中恢复中国诗歌传统中的现实关怀,重构新诗与现实对接的精神视野。这是"草根性"诗学出现在新世

---

[1] 吴投文:《新世纪诗歌的传播格局与新诗文化的缺位》,《新文学评论》2012年第2期。

纪之初的总体性语境。

把"草根性"引入现代诗学范畴，其渊源可以追溯到新诗草创期的胡适一代那里。草创期的新诗尽管普遍带有文白杂糅的痕迹和无法彻底去掉的贵族化气味，但新诗的先驱者却大都表现出贴近底层、同情"草根"阶层的创作取向，而对自己所寄身的阶层，则在与"草根"阶层的对照中，往往流露出疏离与反叛的姿态。这实际上是一种"草根"情怀，也是五四文学精神的表现。胡适的《人力车夫》、刘半农的《相隔一层纸》、周作人的《两个扫雪的人》、刘大白的《成虎之死》、康白情的《草儿在前》、朱自清的《小舱里的现代》等诗在新诗先驱者那一代人中算是有代表性的作品，由于阶层分化所造成的隔膜，诗人对人力车夫和叫花子等底层人物的同情也许显得有些勉强，但诗中所内含的"草根性"视角却显示出现代诗学的新维度。新诗的先驱者对底层经验的吸纳与转化显示出悲悯的人道情怀，而由旧体诗词脱胎而来的新诗形式探索也显示出靠近大众趣味的努力，这对后来者的创作具有深远的影响。同时期的沈尹默也写过一首《人力车夫》，几乎可以看作是胡适那首的副本，也是对民生疾苦的叙写，都可以看到古乐府的影响，因此，胡适感同身受地指出，"稍读古诗的人都能看出这首诗是得力于《孤儿行》一类的古乐府的"[1]。胡适等人的诗歌尽管未免显得过于简单、直白，也不乏做作，但却显示出早期新诗贴近社会底层的"草根性"指向，其源头性意义不容抹杀。在某种程度上，"草根性"可以说是一种文化基因，渗透在中国新诗传统中。几乎隔着一个世纪的时空，当"草根性"作为一种诗学主张摆上新世纪的日程表，实际上意味着在一种反思性的视野中，新诗的文化坐标面临重新定位，需要在新诗的世纪转型中寻找走出困境的契机。这大概是新世纪之初"草根性"诗学的风向标意义，表明新诗的危机需要在新世纪新诗文化的拓展中找到化解的途径。

"草根性"已成为新世纪汉语诗歌的一个关键词，围绕这一关键词，已形成"草根性"诗学的基本框架。这和李少君一系列文章的直接推动有关。2003年11月，李少君在常熟沙家浜诗会上提出"草根性"写作，《文学报》曾以"诗

---

[1] 胡适：《谈新诗——八年来一件大事》，《星期评论》1919年双十节纪念号。

歌界呼唤'草根性'"为题进行报道。随后，李少君发表一系列文章倡导"草根性"写作、阐述"草根性"写作的理念，这些理论文章主要有《草根性与新诗的转型》《草根性与新世纪诗歌》《诗歌的草根性时代》《草根性——当代诗歌上升的动力》《关于诗歌"草根性"问题的札记》等。他的这些文章眼界开阔，自成体系，对新世纪以来的诗歌状况有比较深入的观察和思考，而且在新诗史的视野中对照性地呈现出新世纪诗歌的独特形态和可能的发展路向。应该说，他用"草根性"这一关键词来覆盖新世纪诗歌的丰富样态，还是具有相当的概括力，从中可以发现新世纪诗歌在多元化的格局中所显露出来的强劲生长态势和其中隐含的危机。综观李少君的这些文章，我们也可以发现有一个逐步丰富和系统化的过程，对"草根性"的阐释和定位也有一个逐步深化和修正的过程。值得提到的是，李少君还积极地编选《21世纪诗歌精选（第一辑）·草根诗歌特辑》等诗选，在实际操作层面为"草根性"写作推波助澜，这使"草根性"写作在几年时间里呈现出一派蓬勃的景象。进入新世纪以来，新诗理论批评在总体性的芜杂中既孕育着理论创新的态势，也给人相对匮乏的感觉。这也是由新世纪以来诗歌的实际情形所决定的，同时也反映出新诗理论批评对创作回应的滞后性。[1]李少君提出的"草根性"诗学主张可谓适得其时，对新世纪诗歌的症结和边缘化态势下可能的发展路向，具有敏锐的前瞻性和现实针对性。这也是"草根性"诗学引起较大反响和争议的原因。

在李少君那里，"草根性"诗学是与新诗的转型联系在一起的。新诗的转型实际上是一个老问题。几乎新诗的每一次求新求变，都包含着转型的内在诉求，但新诗的发展又始终伴随着潜在的危机，在新世纪面临更复杂的情形，新诗的转型需要一种内在动力的助推。在李少君看来，这种助推力就是"草根性"写作，"草根性"是"当代诗歌上升的动力"，"当代诗歌应该完成其草根化、本土化的进程"[2]。他注意到，在新诗的整体进程中始终受到几种痼疾的困扰：一是新诗的难懂，很多诗人故作高深；二是很多新诗缺少诗意，显得功夫

---

[1] 吴投文：《新世纪新诗理论批评的症候分析》，《新文学评论》2013年第1期。
[2] 李少君：《草根性：当代诗歌上升的动力》，《北京文学（精彩阅读）》2012年第4期。

不够，手段比较单一；三是新诗缺乏亲切感，难以亲近，很难触及一个现代人的内心深处。[1]这些都使一般读者敬而远之，或不屑读之，因此，"有广泛影响的诗人或广为流传的诗歌非常之少甚至几乎没有"。他对此感到忧虑，发出这样的追问："新诗内部的真正现状到底如何？新诗到底蕴含怎样的危机？新诗到底存在怎样的深层的问题和发展障碍？"[2]应该说，他的追问是大体符合新诗史的实际情形的，实际上也没有超出人们长期以来对新诗的各种指责和质疑，但他的眼光也表现出特殊之处，就是在追问之后能深入到新诗发展的症结中，提取"草根性"作为一个有效的视角，去透视新诗的世纪转型，并试图在两者的内在关联中寻找化解新诗边缘化的可能性途径。

在"草根性"写作的话题后面，实际上隐藏着由各种矛盾因素纠结而成的新诗发展路向之争。李少君试图用"草根性"写作激活新诗的世纪转型，他把"草根性写作"作为"诗歌边缘化"总体趋势下的一个最佳优化方案，认为这是新诗转型的必由之路。在他看来，"草根性"写作应落实在这样四个方面："一、针对全球化，它强调本土性；二、针对西方化，它强调传统；三、针对观念写作，它强调经验感受；四、针对公共化，它强调个人性。"[3]这里所提到的四个"针对"和四个"强调"，归结起来，就是"草根性"诗学的具体指向。从这一诉求出发，"草根性"写作实际上被规约为新诗世纪转型的一条最佳技术路线，在这一主张下的写作不仅要求跟进现实的深刻变化，要求诗人具有处理"中国经验"的言说能力，而且要突破新诗长期以来形成的既定范式，把"本土性""中国化"转化为一种卓有成效的写作实践，要求在中国的传统文化和现实土壤中去寻求新诗变革的可能性途径。作为一种总体性的要求，"草根性"写作应该显示出一种指向"民族""传统""本土""草根"的风格追求，在全球化的语境下避免同质化的写作，确立一种充满民族化、个性化，融化诗人经验感受的本位写作。

---

[1] 李少君：《草根性与新诗的转型》，《南方文坛》2005年第3期。
[2] 李少君：《草根性与新诗的转型》，《南方文坛》2005年第3期。
[3] 李少君主编：《21世纪诗歌精选（第一辑）·草根诗歌特辑·序言》，长江文艺出版社2006年版。

李少君意识到,"新诗是先天不足的早产儿","新诗一诞生就显得僵硬、机械,缺乏艺术本身具有的自然的自由的美感,更缺少活泼生动的本民族气息。即使是穆旦这样具备现代意识的知识分子,写起新诗来仍不自然,无法施展,或者干脆借助翻译的便利优势直接从欧美诗歌中照搬拿来"[1]。因此,他对"草根性"诗学的定位实际上是一种民族化的本位诗学,特别强调新诗的"中国性"和"原创性",认为"新诗也应该逐渐本土化,完成其自然而然的转变"[2],但这一转变却至今仍未完成,新诗与中国传统诗歌的"断裂"仍未完全弥合。李少君在谈到观念性诗歌与草根性诗歌的差异时说:"'草根性'是指一种立足于个人经验、有血有肉的生命冲动、个人地域背景、生存环境以及传统之根的写作。"[3]他把韩东与于坚的诗歌进行对照,认为韩东的诗歌是观念性的,而于坚诗歌的"草根性"却很明显,前者具有"伪民间"的色彩,后者则显示出个人经验、地方经验与中国经验的有机融合,是对传统之根的继承。究其根源,观念性诗歌是在全球化的浪潮下追逐西方诗歌的结果,是西方现代诗歌技巧与理念在中国跨时空的演习,而"草根性"诗歌则是"本土化"的结果,是从民族的传统之根上生长出来的,可以"打动一切有血有肉之人"[4]。显然,在李少君的观察视野中显示出一种鲜明的价值判断,新诗的转型应该植根于充分体现"草根性"的民族诗歌传统中。这正是"草根性"诗学的价值诉求。

　　从新诗史的整体视野来看,百年新诗已发展到一个紧要的关口,需要在转型中清理发展的障碍,对新诗发展的深层次问题重新进行反思,尤其是新世纪诗歌的症结也需要在新诗史的整体参照下找到化解的途径。新世纪以来的诗歌一方面在原有轨道上惯性滑行,诗歌边缘化的总体趋势并未得到改观;另一方面,由于新世纪以来特殊的文化情景,新诗的转型已经显露出一些新的迹象。按照李少君的说法,新诗已经进入"草根性"时代,对照新世纪诗歌的实际

---

[1] 李少君:《草根性与新诗的转型》,《南方文坛》2005年第3期。
[2] 李少君:《草根性与新诗的转型》,《南方文坛》2005年第3期。
[3] 李少君:《草根性与新诗的转型》,《南方文坛》2005年第3期。
[4] 李少君:《草根性与新诗的转型》,《南方文坛》2005年第3期。

情形，这可能还只是一种乐观的预期，但也代表新世纪诗歌的部分真实图景。"草根性"写作在新世纪的展开与多元化的诗歌传播格局具有直接而紧密的联系，最显著的变化是随着新媒体的深度介入，网络的重要性日益凸显，成为诗歌最主要的创作平台、发表领地和传播空间。互联网语境下的新世纪诗歌出现一系列的新变，不仅影响诗人的创作情态和读者的阅读方式，乃至彰显出一种新的诗学意义。[1]网络写作释放出来的芜杂与文化创造力带来新世纪诗歌的深刻变异，网络空间所提供的相对自由的写作环境是"草根性"写作得天独厚的条件，大量底层诗人、打工诗歌浮出地表，成为新世纪诗坛一个引人注目的现象。由网络所推动的"草根性"写作对长期以来固化的诗歌秩序具有颠覆和瓦解的作用，也显示出某种革命性意义，诗人的原创性动力得到释放。

另外，由网络所带动的地方性诗歌浪潮得以勃兴，"一个深处边缘乡村的诗人和北京、上海、纽约的诗人可以接收同样多的信息和观念，进行同样多的诗歌交流，并且优秀的诗歌也可以在一夜之间传遍全世界，这一条件为诗歌的新的高潮提供契机"[2]。这使诗坛在某种程度上呈现出去中心化的状况，有利于营造健康、良性的诗歌生态。新世纪以来，所谓的"外省"诗歌创作异常活跃，地方性诗歌群体日益壮大，在京沪之外，云南、陕西、湖北、安徽、广东、甘肃、海南等地的诗歌群体都有相当雄厚的实力。"外省"诗歌所形成的多样化形态和自由竞争，对新世纪诗歌中地方性经验的彰显具有实质性的推动意义，使新世纪诗歌的"草根性"呈现出更丰富的样态。李少君指出，地方性诗歌浪潮"正形成一个良好的既互相激发又互相融汇的诗歌氛围，可以说是新诗九十多年来最好的时期。并最终推动当代汉语诗歌走向一个新的创造高潮"[3]。诗人的地方性经验反映到其创作中，也使新世纪诗歌的风格形态呈现出"草根性"的精神底色和美学取向。网络空间对地域限制的突破，使新世纪诗

---

[1] 张德明：《互联网语境中的新世纪诗歌》，《中南大学学报》2011年第1期。
[2] 李少君：《草根性与新世纪诗歌》，《诗刊》2009年7月上半月刊。
[3] 李少君：《诗歌的草根性时代》，《诗探索·理论卷》2011年第1辑。

歌呈现出更加自由开放的趋势,"非常适合诗歌天然地自发自由生长的特点"[1]。这是新诗史上从未有过的景观,对新诗转型具有直接的推动作用。

地方性诗歌浪潮就其实质而言,是新诗"本土化"进程的重要体现,也是由"草根性"写作所主导的一股诗歌创新浪潮。在新媒体语境下,新诗的世纪转型与地方性诗歌浪潮之间存在着深刻的互动关联,李少君发掘出地方性诗歌中的"草根性",正是基于对新世纪诗歌多元化格局的敏锐观察。李少君有一个基本判断,认为"当代诗歌正处于一个上升状态","当代汉语诗歌开始进入一种自然生长自由竞争相互融汇的良性状态"[2],原因在于有几股建设性的诗歌力量在推动新诗的世纪转型,他归结为网络诗歌、地方性诗歌和"新红颜"诗歌。"新红颜"诗歌面临命名的困境,在范围上也缺乏清晰的边界,姑且不论。网络诗歌和地方性诗歌所显示出来的"草根性"诗学取向是新世纪诗歌转型的重要特征,表明在新世纪以来的诗歌多元化格局中,尽管诗歌内部呈现出更加复杂的情形,诗歌面临更加复杂的现实,但"草根性"写作实际上已经成为一个主导性的诗歌创新浪潮。新世纪诗歌的内在活力已经被充分激发,新诗的世纪转型已经具备充足的内部推动力。因此,李少君对新世纪诗歌的前景有一种乐观的预期,他认为:"新世纪以后,进入我称之为'草根性'诗歌时代。进入诗歌的百花齐放、百家争鸣、相互竞争的阶段。现阶段,诗歌的追求及主张很多,呈现多种诗歌路径,风格日趋多样化,但互不买账。在这一阶段之后,经过一种自由创造与自由竞争,在大混乱之后,也许就会出现融合性很强的被广泛接受的大诗人和诗歌。"[3]在他的乐观预期中,实际上包含着在新诗史视野下对新世纪诗歌的症候式分析,也显示出在新诗史视野下对"草根性"写作充满内在活力的肯定。在他看来,"草根性"诗学的生长在新诗近百年的累积发展过程中,已接近由量变到质变的临界点,新诗的秩序与标准需要在新世纪的转型中确立新的有效性,新诗的创新效度也在新世纪的转型中面临重新调整的契

---

[1] 李少君:《草根性与新世纪诗歌》,《诗刊》2009 年 7 月上半月刊。

[2] 李少君:《草根性:当代诗歌上升的动力》,《北京文学(精彩阅读)》2012 年第 4 期。

[3] 李少君:《草根性:当代诗歌上升的动力》,《北京文学(精彩阅读)》2012 年第 4 期。

机。"草根性"诗学对新诗既成规范的突破蕴含着巨大的创新能量,从新世纪诗歌所显露的种种迹象来看,"草根性"诗学所彰显出来的整体创新效应已成为新诗世纪转型的内在依据。在鱼龙混杂的新世纪诗坛,"草根性"写作显示出广泛而扎实的诗学基础。因此,新世纪诗歌的多元化格局所展示出来的真实处境实际上是诗歌"草根化"的深入进展,表明一种基本的诗学态势已经形成。就此而言,诗歌的"草根性"时代作为一种诗学预期,符合新世纪诗歌的基本走向,在某种程度上也符合百年新诗流变所蕴含的基本向度。

不过,"草根性"诗学在新世纪仍然面临暧昧的前景。聚焦"草根性"诗学的图景,也会发现其诗学指向的含混与边界的模糊。陈仲义敏锐地指出,"草根性"的提法能够涵盖新世纪诗歌的某些现象,其中包含着一种颇具本土维度的诗学视野,但"某些内涵和外延的扩展,似乎使概念有点'法力无边',仿佛要把当下诗歌所欠缺的东西包拢过来,把诗学上所有重要的基质都给涵盖,以至于溢成更大范围的'泛指'"[1]。"泛指"确实是"草根性"诗学的软肋,特指性的模糊使"草根性"这一概念缺乏内涵和外延上的凝定性,很难避免理解和阐释上的歧义。从李少君主编的诗歌选本《21世纪诗歌精选(第一辑)·草根诗歌特辑》来看,有些诗歌就看不出"草根性",倒是流露出中产阶级的情调。在他的论文《草根性与新诗的转型》一文中,一方面把杨键、江非、雷平阳、沈浩波等人归于"草根性写作",另一方面又把王小妮、黄灿然、桑克、树才、蓝蓝、潘维、胡续东等人归于"草根性写作"。这些诗人创作取向的巨大差异被消解在"草根性写作"这一共同的命名下,里面就包含着对"草根性"理解的歧义。同时,引起广泛关注的"打工诗歌""底层写作"却没有进入"草根性"诗学的视野,"须知打工诗歌的底层体验、经验,它的精神胎记、它的民间、它的泥土、它的顽韧,恰恰非常符合草根的特质"[2]。这种刻意的规避又显示出"草根性"诗学的某种封闭性。因此,"草根性"诗学在新世纪的展开实际上也包含着内在矛盾。这表明"草根性"诗学需要清除某些屏蔽,在更宏阔的视野下透视

---

[1]陈仲义:《草根诗写的"纹理"与"年轮"——兼与李少君先生商榷》,《南方文坛》2010年第1期。
[2]陈仲义:《草根诗写的"纹理"与"年轮"——兼与李少君先生商榷》,《南方文坛》2010年第1期。

新世纪诗歌由多元化格局所催生的综合创新效应。同时，"草根性"诗学在新世纪日益复杂的文化情境下，其走向也面临更艰难、更诡异的选择。

在新诗史的视野中，"草根性"诗学显示出症候式分析的有效性，可以切入新诗"世纪之困"的深层症结之中。新诗一直存在一种草根化、本土化的内驱力，新诗的历史进程实际上也是向着本土化、草根化不断蜕变自新的演化进程。尽管这一进程也充满现代性的阻梗，西方中心话语现在仍然是一个挥之不去的魅影，但立基于本土传统、排除移植性的文化烙印，始终是一种基本的诗学取向。就此而言，"草根性"诗学在新世纪的走向符合百年新诗发展的内在逻辑，但在具体的操作路线上也面临选择的困局。新世纪日益复杂的文化情境对新诗的发展具有"双刃剑"的作用，一方面是诗歌边缘化趋势的加剧导致读者的进一步疏离，新诗文化处于严重缺位的状态；另一方面，消费文化对诗歌的精心取舍又使新诗的"高雅"因素泛化到民众的日常生活中，新诗的进退呈现出一种更为复杂的情形。实际上，新世纪诗歌在某种程度上处于被剥离的状态，大众仍然需要高雅文化的补偿，新诗文化中的"纯洁"和"高端"因素可以充当临时的替代品。因此，新世纪诗歌一方面伴随着文化地位的旁落，另一方面又表现为非常热闹的图景，呈现出繁荣的假象。新世纪诗歌这种诡异的情形，也显示出诗歌与时代的深刻关联。在时代的纵深地带，诗歌的文化角色虽然显得暗淡，但却具有不可替代的功能，从中也可以发现在新世纪的总体性语境中新诗转型可能诱发的前景及其后果。新诗的困境由来已久，转型已无可避免。"草根性"诗学在新世纪的展开既诱发新诗转型的契机，也是新诗转型带来的一个结果，其中包含的互动关系对新诗困局的破解具有积极的建设意义。从更深层看，"草根性"诗学在新世纪暧昧的文化情境中延伸出一种纯正的诗歌精神，其走向是新诗文化的拓展和完善，也是在艰难的蜕变中实现新诗艺术的世纪跨越。

原载《诗探索·理论卷》2014年第1辑

驻校诗人制度：新世纪诗歌的新品牌

罗小凤

"驻校诗人制度"是当下大学教育"驻校作家制度"中非常重要的一种文学制度，是与大学教育沟通互补的补充性制度。通常是拥有一定知名度的诗人在大学专项基金资助下进驻校园，在授课和学术研究方面没有硬性规定的任务，自由创作、参与校内文学活动或与学生交流互动。这种制度为首都师范大学所首创，自2004年创立至今，已逾十年历史，成为新世纪诗歌发展中的一个新品牌，在当下的诗歌教育、研究及其自身发展中都发挥着日益重要的作用。正如诗人叶延滨曾指出的："首师大与《诗刊》共同合作的驻校诗人活动，是近年来中国诗坛上值得大书一笔的事件。这是一件具有开创意义的事情，为中国诗坛，特别是为当下在诗坛活跃并有潜力的诗坛青年才俊们提供了一个难得的机会。"[1]确实，首都师范大学开创的驻校诗人制度的意义已为越来越多的高校所发觉，因而随后中国人民大学、北京大学、北京师范大学等高校都纷纷设立了驻校诗人制度，招徕诗人驻校。驻校诗人制度是在纵的继承与横的移植中创立起来的新品牌，无论是在校园文化的建设还是诗歌教育改革与研究方面，无论是诗人自身的提升还是诗歌新生力量的培养方面，都发挥了重要作用。

---

[1] 霍俊明：《"坚持"与"变奏"的不断再出发——首都师范大学驻校诗人阿毛诗歌创作研讨会综述》，《海南师范大学学报》2010年第6期。

一、横的移植与纵的继承

首都师范大学于2004年创立驻校诗人制度以来，已培养江非、李小洛、李轻松、路也、邰筐、阿毛、徐俊国、王夫刚、宋晓杰、杨方等十位驻校诗人，成效卓著，影响深远。因而北京大学、中国人民大学、北京师范大学等也相继开展驻校诗人项目，使驻校诗人制度成为新世纪诗歌发展的一个新传统。而这个传统事实上并非空穴来风，而是"横的移植"与"纵的继承"的结果，借鉴了西方诗人驻校的模式、理念与方法，实际上也是对中国现代诗歌史上诗人驻校传统的继承。

首都师范大学驻校诗人制度的建立，首先受到西方国家诗人驻校经验的启发。2002年，《诗刊》社开始设立"华文青年诗人奖"，这一奖项于年轻诗人而言具有重要影响，"获奖诗人年龄限制在40岁以下，评奖采取读者推荐与专家结合的方式，坚持公正、公平、公开的原则，最终根据专家背靠背的评分，确定获奖"[1]。这一奖项颁发一届后，主办方不再满足于仅仅评奖、颁奖便了事，而希望将"华文青年诗人奖"的意义扩大，既让获奖诗人发挥更大的作用，也让他们自身的发展得到更高的提升，因而他们寻求与当时刚成立不久的首都师范大学中国诗歌研究中心进行合作。这是教育部批准的全国唯一的以诗歌研究为中心的人文社会科学重点研究基地，二者的合作属于"强强联合"，对诗歌发展的意义非凡。于是，2003年年底，《诗刊》社主编叶延滨、编辑部主任林莽与首都师范大学中国诗歌研究中心主任赵敏俐、副主任吴思敬等负责人就华文青年诗人奖获得者进驻高校一事达成一致。在华文青年诗人奖获得者以什么名义进驻学校一事上，吴思敬主要借鉴西方经验，他认为西方国家有过"桂冠诗人""驻校诗人"等名号，但"'桂冠诗人'是由英国王室给资深的大诗人的荣誉称号，很明显，华文青年诗人奖获得者都是年轻人，不具备'桂冠诗人'

---

[1] 吴思敬:《诗人与校园——〈首都师范大学驻校诗人研究论集〉序》，吴思敬主编:《诗人与校园——首都师范大学驻校诗人研究论集》，漓江出版社2014年版。

的影响与实力"。而"驻校诗人"这一名号更合理:"'驻校诗人'在美国较为普遍,是大学教育与文学互补的一种方式,进驻学校的是罗伯特·弗罗斯特、布罗茨基这样的创作成就突出的大诗人,他们进入学校后,学校通常会给予教授称号,并可以带创造性写作方向的研究生。当然也有些驻校诗人以写作为主,不承担教学任务。这样一比较,显然'驻校诗人'这一称号有较大的包容量,也更有弹性。"[1]于是,"驻校诗人"这一名号被采纳,"驻校诗人制度"由此诞生,即从每年获得"华文青年诗人奖"的诗人中遴选一人,进驻首都师范大学,为期一年。

虽然驻校诗人制度借鉴了西方诗人驻校的经验,但事实上也是对中国现代文学史上"作家驻校"传统的继承。近代中国曾有许多优秀、杰出的著名作家在大学里边教学边写作,如鲁迅、周作人、胡适、朱自清、朱光潜、钱锺书、老舍、沈从文、闻一多、徐志摩、废名、林庚、苏雪林等。他们身兼学者与作家的多重身份,其中便有不少诗人,如鲁迅、周作人、胡适、朱自清、闻一多、徐志摩、废名、林庚、苏雪林等既是诗人又是学者和教师。他们的课由于拥有亲历的诗歌创作体验,融汇着丰富的感性经验与深刻的理性思考,因而深受学生喜爱。废名在20世纪三四十年代的北京大学课堂上讲新诗,既谈创作经验,又分析"五四"以来的新诗创作态势,并系统性地阐释新诗理论,深刻地影响了林庚、朱英诞、吴兴华、沈启无、黄雨等一大批当时的青年诗人,形成了著名的"废名圈",在现代诗歌史上发挥着极其重要的作用,影响深远。这是中国新诗史上最初的诗人驻校现象。后来林庚、朱英诞等诗人亦在大学课堂上结合自己的诗歌创作经验讲新诗创作、新诗历史与理论,虽然并未形成明确的驻校诗人制度,其实质与发挥的作用却与驻校诗人制度无异。因此,新世纪初创立的驻校诗人制度事实上是对现代诗歌史上诗人驻校传统的传承。

---

[1] 吴思敬:《诗人与校园——〈首都师范大学驻校诗人研究论集〉序》,吴思敬主编:《人与校园——首都师范大学驻校诗人研究论集》,漓江出版社2014年版。

二、校园文化建设的名片

驻校诗人制度在校园文化建设方面发挥着极其重要的作用，成为越来越多的高校着力打造的文化名片。首都师范大学便将其创立的驻校诗人制度视为其"拳头产品"，正如王士强所指出的："驻校诗人与高校之间可谓是一种双赢的关系。驻校诗人项目及诗人在高校的活动能够扩大高校的影响、提升高校的文化形象、丰富校园文化生活。"[1]

诗人驻校为大学校园带来了诗歌气息，带来了诗意，可以为大学校园营造良好的诗歌、文化氛围和诗意的精神空间，正如张艳梅在论述驻校作家制度时所指出的："可以更好地塑造和改善大学校园的人文气质和文化形象。……有利于活跃校园文化氛围，这是经国内外部分著名大学实行并被证明是行之有效的一项制度。"[2]驻校诗人制度是驻校作家制度中的一种，其在校园文化建设方面的作用与功效显然具有许多共同点。对此，北京师范大学的过常宝教授也曾指出："驻校作家制度是很多国外著名高校通行的做法。驻校作家制度可以给校园文化带来一个不可或缺的元素，即文学创作的'在场感'。"[3]他还以北京师范大学为例谈及驻校作家制度对校园文化建设的作用，认为北京师范大学之所以在五四时期"称得上气象不凡"，其主要原因便在于鲁迅、钱玄同、郑敏、穆木天、李长之、黎锦熙、焦菊隐、钟敬文等著名现代作家、诗人长期执教于此，为北京师范大学注入了深厚、独特的文化元素。确实，诗人、作家进驻校园对诗歌、文学、文化氛围的营造至关重要，可以让诗人们将自身的诗歌创作体验与经验跟大学生所学的专业知识相结合与贯通，让大学生们在他们以往所接受的常规的高校教学模式之外亲身感受与体验一种新型教学模式，可以将当

---

[1] 王士强：《"驻校诗人"在中国：回顾与展望》，吴思敬主编：《诗人与校园——首都师范大学驻校诗人研究论集》，漓江出版社 2014 年版。

[2] 张艳梅：《略论"作家驻校"的意义》，《长春师范学院学报》2010 年第 5 期。

[3] 靳晓燕：《作家"入驻"校园文学教育的冲击波》，《光明日报》2012 年 12 月 17 日。

下诗歌界活跃着的优秀诗人与各高校的诗歌或文学教育改革甚至文学专业的学科建设相对接，让大学教育中洋溢着丰富的社会气息、诗歌气息，从而为大学生的成长提供诗意的氛围和良好的人文环境，增加高校自身的文化积淀，提高其文化实力。

首都师范大学坚持实施驻校诗人制度的十年中，每年进驻校园的各位驻校诗人举办了各种诗歌讲座、座谈会、交流会、诗歌朗诵会、诗剧表演、诗歌研讨会，主题各样，风格各异，为校园带来了浓郁的诗歌气息与文化氛围。自2004年至2014年，首都师范大学的驻校诗人所举行的讲座、座谈会、交流会、诗歌朗诵会、诗剧表演、诗歌研讨会等活动多达六十余场，每位驻校诗人均会在首都师范大学举行至少一次朗诵会、一次给本科生的讲座、一次与研究生的对话活动、一次研讨会。此外，邰筐、李轻松、王夫刚、徐俊国、宋晓杰等给北京语言大学的外国留学生做过诗歌讲座，李轻松还将其诗剧《向日葵》搬上朝阳文化馆小剧场演出过几场。这些活动是驻校诗人们为校园文化建设所做的诸多努力与贡献，在丰富校园文化内容与形式、加强文化氛围、熏陶与感染学生等方面发挥了重要作用，或许这便是中国诗歌研究中心被称为诗歌"黄埔军校"的重要原因。中国人民大学的驻校诗人们亦为校园的文化建设做出了重要贡献，如人民大学文学院"国际写作中心"组办的"国际诗人工作坊"，邀请一批在国际上有影响的诗人进入人民大学从事短期的创作、翻译和交流活动，为中外诗歌交流开创了一种新的模式。"国际诗人工作坊"每两年举办一次，每次都会举行研讨会和朗诵会等一系列活动，为促进国际间诗歌和诗歌翻译的交流、推动中外当代诗歌的对话做出了重要贡献，同时在校园里则为学生们带来外国诗歌气息，让学生们近距离地接触外国诗人，甚至掀起诗歌翻译、对外交流的热潮，大大丰富了校园文化建设的内涵。难怪王家新说："驻校诗人给学校带来诗歌的氛围。"[1]

---

[1] 宋庄:《驻校诗人制能为文坛带来什么？》，《工人日报》2011年7月29日。

三、高校教育改革的新路径

关于驻校诗人制度的创立,吴思敬曾指出:"当时创设这一制度是想找到诗歌研究和实践的契合点,让当代诗歌研究通过与活跃的诗人面对面开拓出一条新路。"[1]《诗刊》社编委林莽也认为"驻校诗人"是一个非常有意义的尝试:"它能够促进大学教育与诗歌的结合,一方面诗人在高校可以获得更全面的知识,改进自己的思维方式;另一方面大学也可以与当下的创作者沟通,为研究者与创作者的全面交流提供机会。"[2]确实,驻校诗人项目在高校的引入,是高校教改的一条新路径。传统的大学教育模式中的诗歌教育存在很大误区,教师都是把诗歌当作知识进行"解说和传授",但诗人却会把诗歌当作"手艺","对学生进行更加专业化的、直感和质感的教育,使学生更近距离地体味创作的甘苦、品啀文学的机理。这对于大学的文学教育来说,是一种补正,也是一种不可缺少的中和"[3]。诗歌创作是一项感性的思维与语言活动,但当前高校教育的学术化无可避免地趋向理性化,导致了思维固化、板化,从而压抑了诗歌创作的欲望,削弱了创作活力,使汉语言文学教育陷入困境。而驻校诗人制度的引进,正是解决这些教育痼疾的一条路径。对此,吴思敬教授曾分析道:"首都师范大学驻校诗人制度的建立,打破了由作家协会进行封闭式培养的传统思路,调动了教育部门的资源,把教育与诗歌、校园与诗人联系起来,突破了诗人封闭自足的私人空间……为莘莘学子的学习创造了良好的氛围。"[4]他显然意识到了驻校诗人进驻大学校园后对学生所产生的重要作用。在他看来,驻校诗人驻校后可以给学校带来当下诗坛最鲜活的"第一现场"信息。通过座谈,可以使学生在校园内就能接触当下的优秀诗人,对学校的诗歌创作及诗社的活动

---

[1] 桂杰:《驻校诗人:现行高教体制下的一种尝试》,《中国青年报》2008年10月23日。
[2] 宋庄:《驻校诗人制能为文坛带来什么?》,《工人日报》2011年7月29日。
[3] 靳晓燕:《作家"入驻"校园文学教育的冲击波》,《光明日报》2012年12月17日。
[4] 吴思敬:《诗人与校园——〈首都师范大学驻校诗人研究论集〉序》,吴思敬主编:《诗人与校园——首都师范大学驻校诗人研究论集》,漓江出版社2014年版。

有重大推进。[1]目前高校里从事诗歌研究的学者为数不少，但真正拥有创作经验的诗歌研究者却凤毛麟角，因而许多诗歌研究者其实都离诗歌很远，如此便使教师的教、研与学生的学、用造成严重脱节，许多学生"会看却不会写"，只能"隔靴搔痒"。而驻校诗人制度将诗人们引入大学门槛则非常有效地缓冲了这些尴尬与问题，是高校教改的一条新路径和一面新旗帜。

事实上，驻校诗人制度的推广与实践，既对教师的"教"产生冲击，同时也对学生的"学"形成刺激力。于学生而言，具有引领与榜样的作用；于教师而言，具有促进与提升的作用，既有助于教师们提升科研能力，又有助于他们尝试与摸索诗歌创作与诗歌评论相结合的新方式；而于学校而言，驻校诗人能依靠本身的资源优势整合社会资源，以他们在文坛内外的影响力为学校搭建与一流的作家、学者、评论家交流与接触的桥梁，为学校与其他学校、机构、文坛等的交流提供良性平台，从而有效地推动了高校师生提升自身知识、科研能力，促进了学校与师生的共同发展。具体而言，一方面，高校教师的各方面素质、能力得到提升，如首都师范大学中国诗歌研究中心的孙晓娅老师与驻校诗人联系密切，她曾主持多场驻校诗人的讲座、研讨会、驻校诗人与国际诗人的交流会，科研能力得到提高，学术素质全面提升，于2014年荣升中国诗歌研究中心副主任，这与她在驻校诗人项目上的贡献与突出表现是不无关系的。与此同时，高校的学生们也得到培养、锻炼，这些学生都是诗歌创作与研究的新生力量，是高校教育改革的重要成果。在当下社会，诗歌边缘化日益严重，许多人对诗歌抱着嗤之以鼻的姿态，学生们对诗歌也就比较疏离。而驻校诗人制度能够拉近诗歌与高校的距离，拥有创作经验的诗人们可以帮助学生们建立对诗人的直观印象，让更多的学生直接面对诗人、诗歌，有了更多的机会接触诗人、诗歌，有助于培养学生的敏感力和文字创造能力。对此，北京大学陈平原教授曾指出："在日益世俗化的当代中国，最有可能热恋诗歌、愿意暂时脱离尘世的喧嚣、追求心灵的平静以及精神生活的充实的，无疑是大学生。因此，大学天然地成为创作、阐释、传播诗歌的沃土。""除必要的课程外，我们可以

---

[1]靳晓燕：《作家"入驻"校园文学教育的冲击波》，《光明日报》2012年12月17日。

借助驻校诗人制度、诗歌写作坊、诗社以及诗歌节等，让大学校园里洋溢着诗歌的芳香，借此养成一代人的精神与趣味。因为，让大学生喜欢诗歌，比传授具体的'诗艺'或选拔优秀诗人，更为切要。"[1]他敏锐地指出了大学与诗歌的内在关联。大学校园里其实有许多学生热爱诗歌，只是没有人去触发他们、点燃他们的诗情，他们都是处于孤军奋战的"地下写作"状态。而驻校诗人的到来无疑给学生们带来了诗意的曙光，唤醒他们对诗的敏感性，让他们走近诗歌、理解诗歌。譬如，中国人民大学举办的驻校诗人多多的诗歌朗诵会上，有二三百名学生和社会上的诗歌爱好者参加，现场气氛庄重而热烈。不少学生非常激动而感慨，他们认为自己第一次亲身感受到诗歌的魅力和诗歌的尊严。首都师范大学的驻校诗人制度实施十年中，许多博士生、硕士生都逐渐成长为当下诗坛的重要批评、创作力量。正如王士强指出的："这些在校学生有的受到影响进行诗歌创作，像龙扬志、罗雨（罗小凤）、杨强、董延武、马赛、王琦等的诗歌作品都曾在《诗刊》等刊物被推出。更多的则是对诗歌研究、评论产生浓厚的兴趣并走上专业研究的道路，出现了一批青年诗歌批评家，其中霍俊明、张立群等近年已成为国内一线的青年诗评家。这些与其和驻校诗人之间密切的交流、相互影响大概也是不无关联的。"[2]这正是诗歌创作与研究的新生力量，也验证了驻校诗人制度作为高校教育改革新路径的成效。

四、诗人重新出发的加油站

首都师范大学第六届驻校诗人阿毛在驻校过程中最深刻的体验便是她在一次讲座上所说的"写作就是不断地重新出发"，而"驻校"则是他们重新出发的加油站。驻校诗人们经过为期一年的驻校经历，各方面的能力、素质都得到了提升。

---

[1] 陈平原：《诗歌乃大学之精魂》，《人民日报》2011年1月6日。

[2] 王士强：《"驻校诗人"在中国：回顾与展望》，吴思敬主编：《诗人与校园——首都师范大学驻校诗人研究论集》，漓江出版社2014年版。

不同的学校选取驻校诗人的标准不一样，但都是诗人重新出发的加油站。目前驻校诗人制度的实施具体有两种模式。一种是"雪中送炭"型，这是首都师范大学中国诗歌研究中心目前所采取的模式，其所着力培养的是青年诗人。他们不是选取那些最有影响力的诗人驻校，而是将目标对准45岁以下的有潜力的优秀青年诗人，因而对青年诗人的自我提升、成长提供了巨大帮助。对此吴思敬曾指出，我国青年诗人中有许多靠自己奋斗，大多数人的生活与创作条件非常艰苦，导致了不少优秀的诗人难以继续创作。而驻校诗人制度为这些创作资质优秀而处于艰苦条件中的青年诗人提供了机会。他们进入学校后，可以获得学校给他们提供的较好的生活条件，暂时远离日常生活的琐碎干扰，安心创作，并能利用学校的各种资源，如听课、听讲座，到图书馆借书、查资料，参加校内外的各种诗歌活动、研讨会，亦可以跟研究生、本科生们互相交流、学习、沟通，从而提升自我。此外，驻校诗人们由于置身于北京特殊的文化氛围，有更多更便捷的机会接触、结识北京的诗歌编辑和诗人，有的甚至自己到《诗刊》《诗探索》《青年文学》等报刊做兼职编辑，从而拓展自己的视野，不断提升自己。显然，对驻校诗人制度，吴思敬拥有着自己独到的体悟与把握："驻校诗人这一名目在西方大学多数是选取一位在文坛上有相当影响的诗人，到学校来讲课、开诗歌创作班，我们更重要的是考虑给比较年轻的诗人雪中送炭。"[1]首都师范大学一直以来便是如此坚持着他们的准则与目标，为驻校诗人提供创作条件，举行小型的座谈会、对话会与交流会，在他们离校时举行创作研讨会，为青年诗人的进一步成长和未来的创作铺设了良好的基石。在这一准则与机制下，许多有潜力却生活在社会底层的青年诗人得以成长。邰筐是一个没有固定职业的青年诗人，曾尝试过各种职业，在成为2008—2009年度首都师范大学驻校诗人后，现在《检察日报》做编辑，无论是诗歌声名还是社会地位都得到了大幅度提升。宋晓杰未曾上过大学，因而她将驻校经历作为诗歌给她的"额外的补偿"，且将"终身受益"："把生命中缺少且我很在意的重要一环'合上'了！虽然与具体的学业无涉，我也不能拿回首师大的一纸毕业证

---

[1] 宋庄：《驻校诗人制能为文坛带来什么？》，《工人日报》2011年7月29日。

书。但是，生命意义上的修补和重构已然发生，必将影响到我今后的人生。"[1]对驻校经历带给诗人成长的帮助，李小洛曾写道："这一年，对诗歌，我从热爱走向理解；对生命，我从使用走向了使命；对于那些更高于普通的知识、学养与友谊，我从陌生走到了接近。"[2]阿毛则曾谈及由于到首都师大领奖并驻校首都师大期间，在武汉与北京的火车上来回奔波，因而激发她创作了三十多首"铺满铁轨和不断出发的火车"的诗，这无疑是其创作上的重要收获。杨方亦曾坦承："我所取得的成绩，与在首师大这一年完整的学习分不开。首师大老师和学生们给予我的，是一种宝贵的财富，是我一生都值得珍惜和珍藏的东西，走出首师大的校门之后，也许我才算是一个真正意义上的诗人。这一年的学习，不仅是提高，也是锻炼和修正，甚至是对我写作思想的一次大改变，从狭隘到宽阔，从浅表到深层，从零碎到完整。这些变化正是驻校赋予我的。"[3]驻校诗人们从驻校经历中获得的收获如此重要，难怪王珂会在驻校诗人王夫刚的研讨会上指出，首都师范大学的驻校诗人制度无异于《诗刊》主办的"青春诗会"。

驻校诗人制度的另一种模式是"锦上添花"型。中国人民大学、北京大学、北京师范大学等高校目前采取的便是这种模式。在选择驻校诗人的标准问题上，中国人民大学所持标准与首都师范大学迥然不同，其所选择的标准是高要求、严肃的文学标准，即驻校诗人必须是在全国甚至国际诗歌界都被认可、具有世界性影响或极大创作潜力的知名诗人，如多多、蓝蓝等在世界诗坛上享有盛名或做出杰出贡献的诗人。这些诗人虽然驻校前已经诗名不小，但进驻校园同样能提升他们的诗歌影响力，有助于传播他们的诗歌，促进学生对他们作品的感受、理解、阐释与把握，这同样属于一种成长与提升。而且，在大学校园里，诗人自身的感性有余而理性不足的缺陷可以在众多从事科研工作与学习

---

[1] 霍俊明、宋晓杰：《"只有我，是越来越旧的……"——宋晓杰访谈录》，首都师范大学中国诗歌研究中心编：《首都师范大学驻校诗人宋晓杰诗歌创作研讨会论文集》，2013年。

[2] 李小洛：《该告别了》，《诗刊》2007年9月下半月刊。

[3] 杨方：《在首师大每一个明亮而饱满的日子里》，吴思敬主编：《诗人与校园——首都师范大学驻校诗人研究论集》，漓江出版社2014年版。

的教师、博士生、硕士生们的交流、感染下得到一定程度的弥补,"棱角"得到一定程度的磨合,尤其是与师生的交流、研讨可以提升他们的理论素养,促使他们更冷静地回顾自己走过的创作之路,更清楚地意识到自己创作的优势与存在的不足,更有效地扬长避短,明确未来的发展方向。

关于驻校诗人制度的两种模式,王士强在认真细致地分析两种模式的异同之后指出:"这两者之间并不冲突,而是各有侧重、互为补充的。"[1]确实,这两种不同的驻校诗人模式让不同层面的诗人都能得到提升、成长,使驻校诗人项目成为诗人们重新出发的加油站。

驻校诗人制度在新世纪的出现并作为一种制度、项目被许多高校采纳、坚持,为新世纪诗歌的发展做出了重要贡献,为新世纪诗歌树立了新的品牌,也为高校诗歌教育与文学教育开辟了新的路径,意义深远。但其普及面仍然非常有限,其价值与意义亟待进一步被认识,正如吴思敬所指出的:"驻校诗人制度是人才培养的制度。……实际上,每所大学都可以根据自己的条件,建立自己的驻校诗人或驻校作家制度,通过不同的方式为教育与诗歌、教育与文学的结缘做出贡献。"[2]

原载《诗探索·理论卷》2015 年第 1 辑

---

[1] 王士强:《"驻校诗人"在中国:回顾与展望》,吴思敬主编:《诗人与校园——首都师范大学驻校诗人研究论集》,漓江出版社 2014 年版。

[2] 吴思敬:《诗人与校园——〈首都师范大学驻校诗人研究论集〉序》,吴思敬主编:《诗人与校园——首都师范大学驻校诗人研究论集》,漓江出版社 2014 年版。

高原的梯子
——论昆明青年诗人群

霍俊明

在很多省份的诗歌阅读中，我对云南的青年诗群是比较熟悉的。这不只是因为近年来在《滇池》参与"诗手册"栏目的缘故，而且还在于这个特殊高原上的青年诗群已经用写作实践证明了他们自身的努力和愿景。这样的诗歌写作是值得进一步期许的。当年的青年诗人、《十月》诗歌编辑骆一禾曾几次到云南，而且与《滇池》这份刊物有着不同寻常的关系。那是先锋而理想主义的 1980 年代，骆一禾一身白衣的背影似乎依稀在这片诗歌的高原上徘徊，或者继续诗歌的远行。隔着二十多年的时光，不仅当年的先锋诗人们已经渐渐老去，连同老去的还有诗歌的激情与梦想。隔着这不长不短的时间栅栏，当下被各种社会现实、阶层身份和媒体空间所迅速催生的青年诗人群体已经着实让评论家和专业读者们在空前驳杂的景象中难以置喙和不断失语。值得注意的是这些成倍增长的青年写作群体不仅对诗歌的认识千差万别，而且非常令人不解的是他们对自己的诗歌水准的认识更是耐人寻味。这种膨胀、沉浸、迷恋和浮夸的自我认识方式不仅在于诗歌圈子性（尤其是微博和微信自媒体空间的毫无意义的点赞和转载率）的相互抚摸和追捧，而且还在于他们集体性地降低了诗歌的难度，也空前消解了"诗人"真正的价值、作用和意义。

一

　　回过头来看昆明的青年诗人写作群体，我感兴趣的是他们大体上安静自为的写作状态。这种清醒安静的写作状态甚至某种程度上使人迷恋，尤其是身处在喧嚣的城市空间。对于爱松、温酒的丫头、铁柔、胡正刚、祝立根、把云波、胡兴尚、尘埃、文军等九位诗人，我大体是熟悉的，以前也曾经有过零碎的阅读感受。但是当他们每个人将多年来的诗歌选本放在我面前的时候，我又一时找不到进入他们诗歌的方法和途径了。这种茫然不仅是我对多年来自己诗歌批评的自我检讨和反思，而且也是对这些文本的某种尊重。

　　我从来不否认当下的诗歌写作环境比照历史上极权年代的宽松和自由，我也从来没有忽视大量的优秀诗人和优秀文本的不断涌现，但是我还必须得说出我的不解和不满。因为这也只能是产生"优秀诗人"的年代，却不可能有"大诗人"的产生。那么从这一点上，很多年轻诗人的写作难度不是在提高，而是在降低。这种难度不仅在于语言、修辞、技艺的难度（实际上这在很多熟练性的诗人那里已经不再成为问题），而且更在于想象力和精神姿态以及思想性的难度。对于后者而言，吊诡的时代和现实景观以及自媒体的新闻"个人解释权"都使得诗歌的精神和思想难度遭受到前所未有的挑战。而更令人不解的则是当下众多的诗人都投入了写作现实景观、关注社会问题的伦理和道德化的写作潮流中去。大浪吹卷淘沥之后，更多的"现实性"的诗人和文本已经淹没不存。所以，当你继续在写作，继续以诗歌的方式生活和幻想，继续以诗歌的方式来反映、反观甚至来对抗现实，那么你就必须懂得对于诗歌而言永远存在着一个基本的尺度和底线。由此我想到的是诗歌的梯子。

　　如今很多诗人已经不知梯子为何物。而对于诗歌而言，这一架梯子显然代表了写作的难度和方向性。当年的很多先锋诗人尽管目前仍然勉为其难地坚持写作（很多早已经偃旗息鼓），尽管他们也仍扛着或提着一个想象性的梯子，但是这个梯子更多的时候是无效的。因为在一些人那里，这个梯子不是来自中国本土，而是来自西方的材料。到了今天这个材料的梯子已经经受不住诗人踩登上去的重量，而更多的时候这一诗歌的梯子也只是被提在手里，甚至更多的时候是横放在门口或某个角落——不仅不能发挥高度和长度的效用，而且成了庞大的累赘和摆设。再说说昆明这九位诗人，应该说其中有人已经找到了属于自己的梯子。有的把它放置在高处，他得以在清晨、黄昏或深夜的时候登高远望，他因此比其他人看得更远更清晰，也更带有高处不胜寒的高蹈的迷茫和忧伤。有些诗人则把梯子摆放在黝黑的洞穴、菜窖或地下室的入口，由此在适应了一段短暂的黑暗之后他看到了别人所不能看到的事物和景象，"那时　山背后它站着梯子／不同海拔有一个不同的村庄撑着／最小的只有一家人，像一座／小小的寺庙"（铁柔：《一二一大街的落日》）。但是，有时候这只诗歌的梯子在把诗人带到高处和黑暗处之后，那种景观可能不只是欢欣和希望，有时候还必然带来恐惧甚至绝望——"在离峰顶一箭之地，登高的愿望轰然坍塌"（胡正刚：《初冬，登大山包》）。如果说像胡正刚所说的"穿墙术早已失传／前行或者后退，头颅和墙壁，都只有一个／能幸存下来"（《致刘年兄》），那么这时候诗人必须为自己准备一只梯子了！

二

读完九位诗人，我一直在寻找这些文本所呈现出来的"诗人形象"。这一"诗人形象"可以也必然是千差万别的，但是有一点是不能改变的，那就是"真实"——虚构和想象以及情感和经验的"真实"。如果期间掺杂了阅读的惯性、情感的伪饰性、身份的扮演性，那么不仅这一"诗人形象"是不可靠的，而且这个诗人主体也必将因为丧失了可靠的诗歌基座而最终自我坍塌。比较令人高兴的是，这几个年轻诗人的写作大体是可靠可信的，其各自呈现的"诗人形象"具有差异性，也具有不可消弭的相似性。差异性可能是每个诗人都刻意追求的，但是在整体性和时代语境的层面上考虑其间的相似性则会在一定程度上揭示出一个时代诗歌写作的某种相通的精神气息和写作命运。

这九位诗人其中的一些"相似性"体现在他们的意象使用上。

石头、蚂蚁、麻雀、河流、乡村，成为他们最为普遍的核心意象。以"石头"意象为例,这有时候是类似于西绪弗斯式的关于存在的自嘲或对不可能实现之物的自我劝勉,"就这样安静地坐在水边 / 把自己,当作一块石头"(祝立根:《致铁柔》),"三十几年了 我终于爱上一块石头 / 不动 也不再辩白 / 那些呼啸的恩怨 已经睡沉"(祝立根:《幸福》),"放不下心中巨石 / 在洱海边上也只能看石头,扛石头"(祝立根:《幻觉》)。麻雀,是属于乡村的。当这一意象在这些云南青年诗人中反复现身的时候,可以确定的就是乡土性情结的挥之不去。这实际上也是对城市化时代乡土和个人命运的确认或者诘问——"我相信这些小麻雀的体内一定藏着一个 / 小小的秋天 像一个潜藏在信仰里的秘密病灶 / 等待适时的光 干哑喉咙的空气 / 在特定的季节里准时发作 / 致使麻雀纷纷像秋天里返乡的人 返回麻园"(祝立根:《麻园村秋天里的一群麻雀》)。而胡兴尚诗歌的精神背景正是来自背后的乡土经验。《麻雀灭亡记》在我看来近乎是诗人的乡土命运和悲剧性体验的重演。那一只只麻雀的命运是如此无辜而无望,"每年,它们以情意绵绵的聒噪 / 把春天从大地底部打捞上来 / 我们就会找来短梯,攀上断墙 / 扒开秽物,取出它们所有的蛋 / 过家家,它们盘旋于屋檐 / 束手无策,大放悲声"。这不只是悲悯和救赎使然,更是一个时代的命运遭际使然。蚂蚁,则很大程度上是与生命个体的存在感知直接相关的。祝立根的《看蚂蚁》、把云波的《蚂蚁长城》、铁柔的《漂洋过海的蚂蚁》都程度不同地指向了存在感和强烈的时间性体验。而铁柔的诗歌更是频繁出现蚂蚁的意象,比如《那些沿路的树木》《小路》《密林》《下雨》《致父母》等。这些蚂蚁正是隐喻化层面上诗人命运的反复比照和考量。

另外,这几位诗人的相似性还一定程度上体现在并不轻松甚至还很沉重的精神向度上。爱松、祝立根、胡正刚、胡兴尚、把云波和铁柔一直在低处、暗处和贫瘠处紧贴弱小生命和事物的脉息,一直绷紧着诗歌的神经,那么什么才能够舒缓他们的紧张、压抑和愤怒呢?

祝立根的诗歌不乏自省的沉痛性,因为诗人长了一根"多余的骨头"。这块骨头只是属于诗人的,它不是"反骨",而是比普通人多了一根支撑精神的可能性。无论是对群山还是"远赴他乡"的河流,还是面对着迅速新旧转换的时代,祝立根一直在诗歌中进行可贵的自我确认和寻找。尽管这一自我确认和寻找的过程是极其艰难而尴尬的。一直有一个温暖的"乡音"在诗人耳畔吹息,诗人也不得不一遍遍"清洗"自己。诗人为此必须付出代价,所以他要流泪、痛苦,浑身都是暗疾和隐痛,但是这对于诗歌而言也还只是一个方面。诗人还必须通过诗歌的方式重新发现自我、故乡,甚至还有一个晦暗莫名的现实和时代。从这一点上考量祝立根的《胸片记》就是带有发现性质素的文本。诗人所呈现的无可名状的惶恐、不安以及可疑的身份都沉沉地夯击着所谓的现实,"那年在怒江边上,长发飘飘 / 惹来边防战士,命令我,举手 / 趴在车上,搜索他们想象的毒品 / 和可能的反骨,我不敢回头 / 看不见枪口的距离,真的把一个枪口 / 埋在了胸口,从此后我开始怀疑 / 我的身上,真的藏有不可告人的东西 / 我的体内,真的长着一块多余的骨头"。这首《胸片记》不仅带有个人性,而且还带有普遍的时代象征性。面对着一些穿制服的人,我有时也会有这种莫名的恐惧和不安感。尤其是当头发比较长的时候,走在人群里就不自觉地成了"另类"。这招致的不解和怀疑正是日常性对人性的挑战。"多余的骨头"支撑起祝立根自省和沉痛的诸多可能性,"如果能安抚尘世中颤抖的手,如果能 / 洗尽眼眶中所有的沙粒 / 就把那块长得多余的骨头,锉成骨粉,撒给雨"。在这个城市化和快速磨平一切"多余"旧事物的时代,试图为那些"寄存亡魂"的"旧事物"招魂和写挽歌的人必将是无比悲痛和愤怒的,也可能最终是徒劳无功的。也许,这还并不是致命所在,关键是这种怀乡性的情感不被理解的陌生和疏离,"在满是涂鸦的墙壁前 / 喃喃自语,妄图着为自己招一次魂 / 可一切终将徒劳 / 孩子们无法理解这些从顶光画室退败下来的人 / 脸上蔓延的暮色,他们想象中的火车 / 一直在口中呼啸不止"(《呼啸——与同学返将拆母校感怀》)。

胡正刚的诗歌中一直以来有一只饥饿的胃——来自乡村的饥饿的胃。这只胃经历了物质的饥饿和精神的饥饿。在不断的紧缩过程中,甚至这种饥饿感不仅没有消解,反而有时候显得更加空阔,也有时候里面又堆积了太多难以消化的坚硬之物。诗人近年来在诗歌中不断追问的是"是什么让我如此疲惫?陷于忧伤无法自拔"。胡正刚像一个秋日黄昏里不断游走的行吟者,他在那些广场、街道和城市的背后寻找那些灰烬般远扬的时间游踪和家族以及乡土的旧梦。他对现代之物充满了疑问和不解，而在那些高原褶皱和巨大的阴影里他却听到了巨大脉搏的跳动与老旧事物的喘息之声。这是个不折不扣的"赶路人"，但是他真的能够抵达"幻想的远方"吗？这是个在胃中咀嚼草根和燃烧酒精的人。胡正刚的诗歌中存在着锋利无比的刀子，有时候"时间是一把镰刀"以及"光阴的刀刃"让人感到敬畏而又无奈，有时候是乡村的"锋利的刀子"掺杂着欲望与禁欲、饥饿与胃口、仇恨与释怀。与锋利的刀刃的凛冽、寒冷和沉痛的尖锐感相应，胡正刚的诗还存在着空空的田地与不可能追赴的远方。正像是时间的淘金者，"我们大部分时间两手空空"（《金水河的淘金人》）。这种两手空空、双眼空空、内心空空的状态极其准确地呈现了当下诗人的精神境地和内心隐忧。这种空无的状态曾经在诗人海子那里被无限扩大，其相应的写作命运是唏嘘难掩的。面对着收割一空的大地和寒冷的霜雪，诗人"双眼被饥饿的火焰烧红"。在胡正刚这里诗歌的时间感不仅呈现了生命个体面对残酷时间的痛苦、冥想以及对宿命性的参透与磋商，而且这种时间感还呈现了对诗人出生地和历史深层次的观照与反思。值得注意的是胡正刚的诗歌写作中频频出现的乡村场景和意象，这更多是来自于本能和本源性的语言与生存和生命之间的相互感召。正是这种强烈的感召使得诗人成了一个谦卑者、介入者和观察者。这也是一个城市病的怀乡者，他已经意识到自己的"内心的孤独"正在被"一座越来越接近动物园的城市"所"一点点驯服"，但是他的手里永远都没有松开那只"刀子"。敢于自剖，方可示人。敢于火中取栗的人也才可能获得精神上的淬炼与成长。也许，在这一点上而言胡正刚就是这样的诗人。胡正刚一直在低处、暗处和贫瘠处紧贴弱小生命和事物的脉息，一直绷紧着诗歌的神经，那么什么才能够舒缓他的紧张、压抑和愤怒呢？诗人有时候用酒来舒缓沉痛或者自我麻木——"坐在异乡的天空下 / 他唯一能做的，就是用发炎的牙齿，咬开第二支酒瓶"（《红河州饮酒大醉》）。胡正刚这个精神的异乡人仍试图寻找归路，但是他最终遇到的却是几十年来都没有停歇的大雪，"第一次看见阳光　看见我们的村庄和麦子 / 那年冬天下了一场大雪　我梦见你 / 感觉寒冷 / 一直过了二十年　那场覆盖了我们整个村庄的大雪 / 才被我第一个看见　并大声地 / 说出来"（《外祖父》）。精神的异乡感和流放感在胡正刚这里一直存在，正如他的自道"共读一本《诗经》：流放者，没有故乡"。

把云波的诗歌有着来自日常性白描的清冷和深刻。他不像胡正刚和祝立根那样用滚烫的额头来看待事物。在《我们的葡萄园》中诗人的期许和梦想的"洁癖"是显而易见的，但是那种时间性的焦虑也同样显豁——"在葡萄还没有变成液体之前"。我们是否在把云波的那些"山羊"里咀嚼到了时间交织和重叠下的吊诡的阴影。把云波诗歌的描写能力比较突出，那种近于白描的方式和被控制得恰到好处的情感状态之间相互支撑。他同样对生活、爱情和身边之物投入了过多的感情，但是这种感情在诗歌中经历了过滤和必然性的转换，看似平实和疏离，实则仍不乏波澜和惊心。这种平实在一些诗里很好地转换成了日常的寓言性，比如《白天：一只狗的爱情》。正如他诗歌中出现的那双"解放鞋"，不经意之间时间的历史感和生命的比照就在抽丝剥茧中展露无遗了。而村庄在把云波这里也是纠结的矛盾体，正如在《爱情》中那两个反复纠缠的诗句，"离开那个会长出炊烟的村庄"，"我们一起回到那个不会长出炊烟的房间"。

在爱松和铁柔、胡兴尚那里，他们对"母亲"的书写承担起了过多的沉重之物。正如当年凡·高画笔下的农鞋，它承载了过多的时间的磨砺和命运的砥砺。1935 年海德格尔在《艺术作品的本源》中精当地评价："在这鞋具里，回响着大地无声的召唤，显示着大地对成熟谷物的宁静馈赠，表征着大地在冬闲的荒芜田野里朦胧的冬眠。这器具浸透着对面包的稳靠性无怨无艾的焦虑，以及那战胜了贫困的无言喜悦，隐含着分娩阵痛时的哆嗦，死亡逼近时的战栗。"而我在爱松和铁柔、胡兴尚关于母亲的诗歌中不仅感受到了阵痛和焦虑，而且还经受到近乎窒息的过程。

爱松在《为母亲买药》《妈妈，我变了》等诗歌中表达的除了疼痛之外，还有出离般的愤怒。这既指向了个人生活，又指向了时代性的公共空间。母亲的病痛、叔叔的牙痛与诗人自我的城市化时代的"改变"一起拉扯着越来越紧张的诗歌的弦弓。诗人的这种迫不得已的改变过程实际上也是在寻找精神的安放之地。但是这一寻找的过程并不轻松，而且种种难以想象的力量正在更改着日常生活以及精神的走向。比如《过马路》，"人民"正在经过"人民西路"，可是另一些把握权力的"人民"却将一条路堵死了。由此产生的不解、愤怒还不可避免地被指认为非法性举动。在这样的情境下该如何写诗？写什么样的诗？这都变得无比艰难。也就是说在日常性与公共性之间，在个人想象力与现实场域之间，诗人该把自己和诗歌摆放在什么样的位置上？从这一点上来说，爱松提供了一个答案。铁柔在一件想象性的"毛衣"那里企图给母亲以温暖，但是这种微不足道更多唤醒的却是无助、虚空和寒冷。那经由诗人口中说出的"母亲，我能为你做点什么"正如针尖的一次次扎入。铁柔的诗歌中不断出现各种道路和树木以及蚂蚁的身影（比如《那些沿路的树木》《小路》《密林》《下雨》《致父母》），这仍然是诗人精神和生命层面的反复寻找和确认"一小块安放灵魂的地盘"。在成长的过程中如何再次找到地表之下的水源和根系？胡兴尚的"母亲"还原了真实的乡村生活和体验。之所以说是还原，是因为当下很多写作乡土和母亲、父亲的诗都是有意制造出来的。他们不仅不真实，而且还远远脱离了当下真实的乡村生活。很多写作乡村的诗仍然停留于劳作的艰苦、丰收的喜悦、痛苦的贫穷当中。这当然仍然是当下乡村生活的一部分，但远远不是全部，甚至不是最重要的部分。诗人必须有对当下发现和重新认识的能力。胡兴尚写作乡村和母亲的《盛夏某日》就是还原和重新发现的过程。同铁柔在母亲面前的虚弱和无力感一样，胡兴尚在乡村和母亲面前也同样如此。也就是说在写作和乡村现实之间，前者无比虚弱无力，"永远无法抵达一粒麦子的真实"。换言之，纸上的故乡和现实的故乡哪个更能抵达真实？

　　文军的诗歌中似乎存在着过多的黑暗和阴影。这种黑暗质地的吞噬性体验在他这里不仅挥之难去，而且还一直在加深，"要说说黑暗就一定要先摸摸自己黑暗的身体／顺着自己的身体再摸别人的身体／接着就摸到了这个时代／瘦的、胖的、高的、矮的／在黑夜里都变成了黑的／这个时候才能引起信徒们对黑暗的关注"（《黑暗》）。甚至在文军这里，"黑暗"成了诗歌的手段，成了认识自我以及现实世界的特殊体验和想象方式。可贵的是"黑暗"在文军这里具有了历史和现实之间的贯通性。他在"黑暗"中实则打通了一个特殊的通道，"古代的黑暗还能传下来据说是为了以鉴后世／现代的黑暗却看也看不见"。这实际上就是谈论历史和当下的不同的难度，也就是说因为我们都深陷现实的涡旋之中而更难于看清和谈论现实。文军的诗歌似乎一直有着谈论历史形而上和抽象社会学论断的努力和冲动。这样的好处是诗歌会具有个人的历史感和思想的深度，但处理不好的话也容易导致诗歌过度的议论性和抽象性。可贵的是文军对这一点是清醒的，"由形而上的语言和审美／一直以来被哲学和政治所统治／即使身怀家国济世之心／在一个寻求自我解放的时代／建议首先还要学会换灯头和修水管"。是的，日常中的力量和细节如果在诗歌中得以很好的体现，更会具有具象化的真切感以及情感和经验提升之后的表征性。

三

　　诗歌是诗人之间的相互取暖。之所以说出这句话，是我在祝立根、铁柔、胡正刚等昆明诗人之间相互应答的诗歌中看到了在寒冷的时光背景中需要互相慰藉的内心世界。诗人之间的应答唱和、交往和交游也似乎恢复了诗歌应有的传统。诗人不能没有饮酒的生活，诗人也不能没有"远方"。这实际上也是诗歌的情怀所致，"诗缘情"正是千百年来诗人们用诗歌暖身、暖心的有力证据和不竭动力。与其说是朋友对话，还不如说是诗人在借机说事，即"移花接木"，更多还是借朋友来填平胸中渊薮、消融心中块垒，"如果能平复心中的波澜，或洪水，我也愿意／就这样安静地坐在水边／把自己，当作一块石头"（祝立根：《致铁柔》）。因为对于这些诗人来说，他们都不愿意"做一个没有立场的旁观者"（胡正刚：《致立根兄》）。

　　作为女性诗人，温酒的丫头和尘埃的诗歌其格局都不大，但是却气象不小。女性写作限于生活和空间的相对而言的狭小和局促，其写作往往更大程度上呈现出精神性日记的方式。在日常和白日梦一样夹杂的景象中，生命的冷暖、爱情的命运、日常的惯性和想象的幻梦都如蜘蛛吐丝一样缠绕在一起。在这个意义上来说，女性的写作有时候类似于找到那个巨大毛线团的线头，然后才能按照自己的喜好去织造不同花纹、图案和形状的物件。

　　尘埃的诗歌在想象力的层面更能突破日常惯性的景象和气息，甚至具有还不乏智性的深度和变形的能力，比如《夜宴》《梦里我吃下了一头驴》《变形记》。这来自诗人对女性命运的深刻把握。诗歌在尘埃这里不仅是一种自我追问的方式，而且也是揭开和疗救精神病灶的过程。在《现代医学对一个胞块的人的诊断》《深秋时间》《病中随笔》等诗中我似乎看到了一个女性病人。她的身体和内心正在漫长的焦虑、恐惧、疼痛、空虚中等待着疗治或者手术刀的寒光。而女性也生活在现实和当下，尘埃的诗也指向了现实的无物之阵当中。《城中村》和《十七楼》表现了当下诗人普遍性的隐忧、城市的吞噬、乡村的消亡、自然之物的拆毁。甚至尘埃还不乏在"牙疼"（《牙疼不是病》）中找到时代和民生问题的伦理。

温酒的丫头曾经出过一本诗集《后院》。而关于诗人的"后院"我们看到的是一场精神的大火还是目睹了一片灰烬？还是我们依稀看到的曲折的水声泠泠、风声飒飒的花园？多年来关于女性诗歌我看到的更多的是一场场暗火下的灰烬。在那些纷繁的草木和花朵以及夜晚间，我更想看看那些蜜粉的针刺和花茎之内的骨骼。即使是在她的那些关于大理片段记忆的诗行间我也不断看到了此起彼伏的"火焰"与"灰烬"。温酒的丫头在诗歌中渐渐成长为一个猫科动物，她敏感而怕冷，喜欢阳光和抚摸。但是额头也不得不在渐渐持续着经年的低烧，这使得梦也发出轻轻的颤抖。她的那些自忖、自白和倾诉以及冥想的话语方式实际上也是一种自我取暖。温酒的丫头更擅长向日常的生活深处一意孤行地挖掘，比如《对视》这样的小诗却能够折射出无尽的孤独感，"那么多窗户／只有一扇窗户在哭／关了灯／只有一盏灯亮着在哭／漆黑的阳台上　挂满衣服／只有一件／干不了的衣服在哭"。这对于诗而言很不容易。有时候写作彩虹比写作暴雨更难，前者是一个过程，后者只是一种表象。而彩虹和暴雨之间的关系正是诗歌的价值所在，女性诗人尤其擅长这种绵里藏针、草蛇灰线的功夫。错位、纠结构成的隐痛成为诗人写作的精神背景。温酒的丫头是在用诗歌给自己取暖，但是她更多的时候采用的是清冷的色调，二者之间形成了反差。这种反差恰好同时强调了冷与暖的对比性和同构性。只有对暖的向往才能够抵抗寒冷的存在，只有寒冷才能够衬托出温暖的不可或缺。温酒的丫头的诗在寒气中拔出一根根松针，安静下的阵痛似乎更让人难以承受。

四

  不可否认诗人与空间和地方之间的关系，但是显然有些研究者忽视了一个作家的写作与地方之间存在的多种多样的关系，甚至地方和空间也不是固定不变的。不容忽视的是一个诗人的"出生地"以及他长期生活的空间对一个人的现实生活、精神成长乃至写作的影响，"背靠天堂，才会，不再惧怕内心的风浪 / 是否都需要抽尽肺腑中的校样，——核证 / 它们的出生地、籍贯地，和流放地 / 更多的祈求，真的不能再说了"（祝立根：《在莫高窟》）。

  诗歌不仅直接生发于个体的存在性感知（比如身体、疾病），而且还不可避免在一个个空间里发生。这一个个空间位置不仅是诗人和诗歌的空间存在，而且在特殊的时代转折性的节点上这些空间还自然带有了文化性、地域性、政治性、象征性、普泛性和寓言性。爱松等九位昆明诗人呈现了怎样的诗歌空间呢？换言之，在他们的文本世界中哪些公共空间、私人空间和"精神性"的方位感是最显豁的？比如城市、县城、农村、广场、街道、立交桥、楼房、建筑、工地、城乡接合部、车站、医院等等。即使有的诗人居住在非常城市化甚至国际化的小区（比如创意英国剑桥园），但是他们在诗歌中呈现的却是自然之诗、乡野之心、回望之情，还有不断被扭曲的灵魂的树冠。胡正刚发出的疑问是——"在昆明，我必须有一条路用来抵达或者迷失"（《重阳之夜》）。在新鲜的甚至日新月异的城市化景观面前，有些诗人感受到的却是陌生甚至绝望，"当年抽刀断水的地方 / 如今已是一个广场 / 在日落西山之时步入记忆中的街道 / 每一个细节都似曾相识，他却无法 / 准确说出它们的名字 / 这是令人绝望的黄昏 / 被夕阳拉长的影子 / 和多年前那个忧心忡忡的少年 / 如此相像。仿佛从此处到彼处 / 从一个黄昏偷渡到另一个黄昏 / 他只是换了一个地方 / 继续承受衰老和溃败"（胡正刚：《县城》）。而广场无疑是一个城市的中心和最具象征意义的公共空间。诗人在这里正遭受双向拉扯的力量，无论是向前还是转身他都几乎是身不由己。这甚至成了一些有着乡村生活背景和乡土情结的诗人们的写作宿命。可怕而必然尴尬的写作宿命！这甚至可以让我们再一次不由自主地回望当年贾樟柯电影中的"县城"构造和背后庞大的时代机制。

实际上,"历史病"有时候就是"现实病"。而当公共生活不断进入到个体的现实生活甚至诗歌写作当中的时候,我们应该正视无论是一个极权的时代还是城市化的时代,我们的精神生活都没有那么轻松。

在关上中路、人民西路、人民中路、一二一大街、无名的马路、高埂、蜻蛉河、麻园村、小城、县城,我闻到了疾病和熬制草药的味道。在时代的转折中这种时代精神疾病的气息似乎正在蔓延。如果它无法彻底医治的话,那么它就可能成为一个时期诗人写作共同的病灶和精神性命运:"此刻我在马路边收取着这些:/ 秋日中撒手而去的落叶,一只白蛾 / 的独舞,断臂男苍凉的歌声和中医馆 / 熬了几世纪的药;在秋天 / 我还收取过原野上的呼喊 / 暮霭中的炊烟,舍身的米粒和明晃晃的汤汁……"(祝立根:《轮回》)内心世界的扩容或者缩小不能不关乎诗歌的容留程度。诗人这只现代性的胃是否能够真正容纳那些芒刺和荆棘?也许,一切转变得太快了,甚至是触目惊心,"小绿水河如今是一条花砖乱翘的街道"(祝立根:《小绿水河边的嚎叫》)。有的诗人再也难以真正返回故乡了,"这就是我生于故乡离开故乡的原因","我经过村庄的道路,一无所有的村庄","村庄的道路今天离我很远"(文军:《时间的二重性》),"因为现在我发现家真的回不去了 / 二十四年都向着家外走 / 现在怎么回去"(文军:《家》)。铁柔更是在慌乱、孤独中发问如何才能够像流浪的狗一样"它们终其一生,却仍可原路返回"(《铁轨》)。不幸的是,很多人多成了"故乡的异乡人"和"祖国的陌生人"。而这又是由什么导致和形成的后果呢?这正是诗人所要在诗歌中发现和回答的。

阅读昆明九位年轻诗人的过程极不轻松,我知道这是诗歌和时代的原因一起导致的。万幸的是,在跟随着这些诗人走过了不同的道路之后我发现了一些共同的命运的面影和精神的胎记。对于正走在诗歌道路上的这些诗人而言,我想继续提醒和追问的是——诗人,你的梯子放在了何处?

原载《诗探索·理论卷》2015 年第 2 辑

新媒介视域下 21 世纪新诗创作生态研究

孙晓娅

"一切都四散了,再也保不住中心,/世界上到处弥漫着一片混乱。"(叶芝:《基督重临》)自 1994 年,未来学家尼葛洛庞蒂提出"数字化生存"[1]概念,"数字化革命"以迅雷之速席卷全球,数字化社群不断兴起。随着社会媒介化以及媒介社会化的速度加快,公共空间与私人空间的边界日渐模糊,在日新月异的现代传播科技的作用下,人们对世界的感知不再依赖个体生命的直接经验,而是各种传播介质与载体。步入 21 世纪,媒介给人类的生活架构出庞大的生存场域,人类已经从柏拉图所说的书写的时代——文字的魔术转向了电子魔术,这个巨大的变化可视作人类思维方式的转变,即以视觉为中心的图形符号传播系统正逐渐替代传统的语言符号传播系统。视觉文化传播时代的来临标志着文化空间的又一次转型,标志着对人类既有审美经验的突破、审美视阈的拓展与人际关系的重新构建,影像神话和虚拟世界诞生了一个个接踵而至的新时代神话:网络乌托邦与微时代。

---

[1] [美]参见尼古拉·尼葛洛庞蒂:《数字化生存》,海南出版社 1997 年版。

1990年代以降，随着互联网的普及，"媒介化生存"[1]日渐成为生存的常态，互联网与移动信息技术改变了诗歌的生态环境，扩大了诗歌的传播场域，直接影响到诗歌发表、传播、接受方式与审美机制。当今社会，媒介具有无孔不入的渗透力，从公共空间到私人空间，人们的审美旨趣、创作观念、批评标准均被笼罩在无形而巨大的媒介之网中。新媒介作为"生产性的空间"[2]，因具有被集体分享的智性的梦想能力和行动力，由此成为人类意识的一个居所。在各种媒介科技更迭异常迅速的后工业时代，新媒介为诗歌带来的诸多变化中最引人关注的就是诗歌发展空间的扩展。近年来，较之官方刊物、几千种民刊，新媒介空间成为诗歌的主要承载体，其迅速、便捷的传递特点，广泛的影响力，应和社会事件的大众性，阳春白雪与下里巴人雅俗兼容的特质，为新诗发展带来新的面向。

一、网络诗歌对新诗文本形态的影响

互联网时代，诗歌文本传播公共空间得以拓展，网络给予诗歌介入社会的公众权力，诗歌与社会之间的关系更加紧密。在新媒介赋权视域下，传播渠道的多样性打破了出版和传播管制的边界，奠定了不同诗歌文本形态存在的基础。继1995年首份中文网络诗刊《橄榄树》创刊，诗人李元胜于1999年11月创办了诗歌网站"界限"（http://www.limitpoem.com）[3]。作为第一个纯诗歌网

---

[1] 该概念衍生自尼葛洛庞蒂的"数字化生存"一说，意为大众传播媒介改变了人类的行为方式："人与人的交往不再主要依赖面对面的人际交流，人们对世界的感知也不再依赖亲力亲为的实际经验，而被各种传播媒介所左右。人们生活在媒介的包围中，习惯于此并依赖于此。这种状态可称之为'媒介化生存'。"参见樊葵：《媒介崇拜论：现代人与大众媒介的异态关系》，中国传媒大学出版社2008年，第12—14页。

[2] 法国哲学家、社会学家亨利·列斐伏尔（Henri Lefebvre）提出了"空间生产"理论："空间里弥漫着社会关系；它不仅被社会关系支持，也被社会关系所生产。"

[3] 该网站从久负盛名的"重庆文学"网站衍生出来，它的技术起点比较高，内容丰富，由该网站主办的"柔刚诗歌奖"在诗坛颇有知名度。

站,它对中文互联网诗歌的发展起到推动作用,开启了诗歌与网络的聚合时代。2000年2月,由桑克、莱耳等创办的中文互联网第一个拥有独立国际域名和独立服务器的非商业性的诗歌网站"诗生活"(http://www.poemlife.com)[1]横空出世,该网站约计千位诗人及批评家鼎力加盟,系中文互联网最热闹、人气最旺盛的诗歌论坛之一。网络的出现已经为新世纪的诗歌写作开辟出一个别具诱惑力和无限创生可能的活动空间,有学者指出:"当代电子媒介、电脑网络在改变社会公理和文化交往的中介系统,改变既有的审美/文化的存在方式与价值规范的同时,也改变着文学艺术的传统的价值观念和规范体系。"[2]诚然,无限延展的网络空间对新诗文本形态的影响是多维度的。

　　首先,互联网给诗歌创作带来全新的生存环境,"纸介文化"开始走向"屏幕文化",诗歌专业网站、诗歌网络论坛、博客空间纷涌,互联网络上遍布诗歌的身影。各种诗歌网站、论坛给诗歌发表、传播带来新渠道,打破纸媒书刊的垄断,其开放、便捷、直观等特点赋予诗歌超常规的发展,探讨交锋的互动性有益于各种诗学主张与写作观念的交流碰撞,驱使新世纪诗歌版图日益论坛化、圈子化和江湖化。每年至少有一百万首诗作发表在各诗歌网站上,各具风格的网站的建立和有效运行让本来各自为战的诗坛重新找到了集结的地标,凝聚了具有流派特征的诗歌团体,承担起传承诗学文化的重要责任,丰富了"诗江湖",上网读诗成为新世纪诗歌被阅读的基本方式之一。诗歌论坛不仅是网站的形式分支,还是很多诗歌论争的重要阵地,它们扩展了20世纪80、90年代诗歌界以诗歌会议展开论争的模式。近十五年来,当代诗坛的各次论战,几乎都有诗歌论坛的直接或间接参与。诗歌论坛本质上是各诗歌网站的延伸,其多向及时交流的功能使其成为新世纪诗歌中最热闹的场所,它高度自由、打破既往研讨的时空限制,使人们可以自由评论、提出观点,阐释核心理念,研讨更富有集合力和互动效果。比较重要的有"中间代"命名之争、"真假非非"之争、"梨花体"之争、"现代诗存亡"之争、"第三条道路"的内部分化之争、"下半身"与"垃圾派"之争、"神性写作"

───────────

[1]桑克:《互联网时代的中文诗歌》,《诗探索》2001年第1—2辑。
[2]管宁、巍然:《后现代消费文化及其对文学的影响》,《文艺理论研究》2005年第5期。

论争等，它们推进新世纪诗歌在不断的论争中调整、重构、寻找自身出路。诸多论争的诗学意义和建构前景无法一言以蔽之，但作为诗歌论战策源地的诗歌论坛可以作为了解新世纪诗歌现实状况和派别体系的一个窗口。

继诗歌论坛多元蓬勃的发展，诗人博客的兴起为自由创作、即时发表提供了更切实的保障，这一优势是纸质诗歌无法比拟的。诗人博客一反诗歌"为生产者而生产的产品"[1]的边缘和尴尬处境，成为博主与不同身份的读者思想交流、对话的场所。博客不仅是个人性、公共性并置的公开空间，还具有再生性、承载性、独立性与敞开的弹性，一个著名诗人博客的访问率远远超过任一纸媒的发行数量[2]。此外，没有了严格的审稿制和发表作品数量与质量的规约，诗歌从文化领域的边缘处境中挣脱出来，变得空前活跃。诸多网络诗歌形态与名目应运而生——超级链接体诗歌、"赛博"诗歌（cyberpoetry，即多媒体诗歌）、PTV诗歌、短信诗歌、广告诗歌等崭新的诗歌传播形态扩展了诗歌作品的广义性、普泛性和最大可能的阅读接受的快捷性，从而打破了沿袭已久的传统传播媒质（主要是纸质）的诗歌载体传播的单向的线性结构和出版社、编辑的垄断特权，将诗歌权力下放给西班牙诗人奥特罗所谓的"无限的多数人"[3]。相较部分主流文学网站，诗歌网站的出现不仅在时间上不落后，而且很快即在诗歌圈内立足。

其次，互联网与移动传媒正在用新技术悄然塑造全新的创作范式，网络的介入为新世纪诗歌带来不同以往的新特质，这一点尤其值得关注。互联网丰富了诗歌文本、诗歌语言的空间意义，方寸间即实现了诗歌写作的超文本和多向衍生。"超级文本"（hypertext）原指在计算机视窗体制基础上发展起来的相互连接的数据系统，后用来指在文学创作中一个文学文本对其他文本资源的阅读所构成的超链接文本——"超级文本文学可以突破通常文学文本的线性结

---

[1] 柯雷：《是何种中华性，又发生在谁的边缘？》，《新诗评论》2006年第1辑。
[2] 2015年4月，诗人王单单获首届人民文学新人奖，王单单通过将诗歌发布到个人博客上而逐渐获得读者和业内人士的认可。
[3] 沈石岩：《西班牙文学史》，北京大学出版社2006年版，第458页。

构而呈现链性特征，体现出网络时代的文学特有的文本资源丰富性、文本多义性和阅读开放性。这一点也恰好可以同当今文论界时髦的'intertextuality'（互文性）之类术语相应和，绝不是简单的巧合。"[1]在电子超文本网络中，每次点击都打开一个新的文本空间，不同的页面随时都在递增，如此一来，构成文本空间的单元数量近乎无穷。诗人"触网"浏览阅读和发表言论、作品时也完成了对不同文本的追踪和衍生传播，完成了文本的无限延异。可以说，网络诗歌创作的超文本链接扩大了诗歌创作的资源空间、审美空间、想象空间和创造空间，具体呈现如下：

其一，新世纪诗歌在网络平台的护持下，诗人的话语权不再受制，在艺术宗旨、主题选择方面走向了非功利化和去政治化，诗歌创作的自由化和书写向度逐渐敞开。诗人在网络上用匿名和虚拟的方式，表现最真实的自我甚至是无意识的超我，从而使自己的话语显现在电子屏幕上任人点击、评论或参与创作行为之中。以"网名"出场的诗人可以抛弃身份约束和"审美承担"的焦虑，以寄寓抒情或娱乐为目的，在虚拟的网络世界里尽展不同面向的"我"，挖掘无限的潜能、创造力，无所挂碍地实验文本、实践先锋。与此同时，诗歌原创主体获得了相对独立、自由的写作立场和心态，他们"不再是原先那个被'叙事'的人，不是离开了那个宏大叙事就茫然无措、不能生活的、丧失掉主体内涵的人"[2]。网络的虚拟匿名机制使他们拥有自由选择主体形象与个性"身份"的权利，在网络没有障蔽的空间中保持自我的独立品格，从而获得更多的表达自由和创作空间。

其二，网络诗歌表现手法多样，艺术创造与技术手段多元结合，图、文、声、像并茂，从一种艺术样式到另一种艺术样式的超文体链接体现出诗歌审美趣味和写作范式的多样化。在审美体验方面，网络诗歌游走于生活与虚构之间，审美向度自体敞开；另外，在形式上，由于多媒体技术把多种艺术形式融合在一起，诗歌、小说、戏曲、散文、绘画、动画、音乐和影视等随意交融、

---

[1] 王一川：《网络时代文学：什么是不能少的》，《大家》2000年第3期。

[2] 程光炜：《不知所终的旅行》，《岁月的遗照》，社会科学文献出版社2000年版，第6页。

拼凑、剪切、粘贴在同一主页空间上，结构形式、字体等自由择取变化，扩大了诗歌形式的审美向度。在众多变革中，网络创作的革新还体现在语言层面，网络诗歌话语便于将诗人的瞬间感付诸网络语言，构成语言事件——诗人营造了戏剧式的语言作品，比如倒装、戏仿、滑稽模仿、羞辱、亵渎、戏剧式的加冕或废黜，以及各种类型的粗言俚语——骂人话、指天赌咒、发誓、民间的褒贬诗等。[1]在形式上，诗体多短小、灵活，常闪现出电影蒙太奇式的切换，诗人情绪的流动效果在网络诗歌中得以凸显。总之，网络的介入为新世纪诗歌带来不同以往的特质，网络诗歌的审美方式和写作范式丰富多样，在应和网络自身诸多特点的基础之上衍生出多元状态。

其三，网络是自由的广场式写作，创作主体的无限性、个人情感体验的丰富性和审美趣味的多样性以及文本生成的时效性、鲜活性、现实性，增强了诗歌的行动力，推动诗歌走向大众，这也是诗歌传播史上的一次巨大飞跃。面对一些重大事件，网络诗歌的介入具有广泛的影响力，如 2008 年南方雪灾、汶川大地震、奥运会等社会事件发生时，网络上均有相应的诗歌专题写作，它们最大限度地发挥了口语诗歌写作的蓬勃生机。现代汉语迅速更迭的口语化写作与新世纪的时代经验相契合，活跃于网络上的口语写作一方面弥合了新世纪以来诗歌创作与大众的罅隙，同时在随意性的虚拟和类像空间中，网络诗人的写作更多的是基于生命力的驱使和自我实现的渴望，充盈着独立自由包容的精神；在主动调融口语和境界、情怀表达的张力方面有全新的探索，呈现出富有时代特色的诗歌创作症候；在批判、质疑、建构的同时，网络诗歌积极参与到现实的文化建设中，发挥了汉语言文化在当代积极的群众合众能量效应。恰如学者徐贲在 1990 年代中期对"群众媒介文化"进行反思时所言："在中国，启蒙运动从来没有能像媒介文化那么深入广泛地把与传统生活不同的生活要求和可能开启给民众。群众媒介文化正在广大的庶民中进行着五四运动以后仅在少数知识分子中完成的思想冲击。在这个意义上可以说，群众媒介文化在千千万万与高

---

[1] [美]约翰·菲斯克：《理解大众文化》，中央编译出版社 2001 年版，第 101—102 页。

级文化无缘的人群中,起着启蒙作用。"[1]不过,相关问题也应运而生,比如抄袭炒作频发、创作心态的浮躁化、诗作发表的低门槛、创作主体的游戏化、语言的粗俗化、文本阅读的表面化等,亦从负面影响了新诗文本形态的生成。

二、微时代,新诗的"辗转空间"

人类历史上每一次技术变革都加快了诗歌发表和浏览的速度。当下,已经越过博客诗歌的硬盘式存储,伴随电子超文本网络建设的成熟发展,网络诗歌走向了微信诗歌。微信诗歌是网络诗歌的一个延伸,作为便捷表达和自主阅读、及时传播与更新回馈的文学空间,微信诗歌具有特定的存在形态和功能趋向以及强大的承载、生产和传播功能。从技术层面看,微信属于社交类自媒体应用程序,它通过手机、平板电脑等移动互联网终端,可以快速免费发送语音短信、视频、图片和文字。自从2011年1月腾讯公司推出微信以来,它已然楔入人们的日常生活,并以迅雷不及掩耳的速度走进诗歌圣殿,拓展了新诗阅读中的视觉感受和创作灵感的空间。从审美层面看,微信诗歌开启了多媒介审美的功能取向,全媒体审美、多媒介创作、新异的审美路径推进微信诗歌创作进入爆发期。从微信功能的独特性审视,其推送诗歌成功的原因有如下几点:

首先,微信公众号作为无限度的阅读空间,向每一位读者敞开,微信刊载和推广诗歌兼顾了审美标准与商业化的推广机制——既可以选择精英式的诗艺、诗品、诗意的坚守,也可以迎合大众的阅读期待,这极大地扩展了诗歌的传播与阅读范围。为适应时代的发展,很多官方诗歌刊物(以及综合性刊物)或民间同人诗歌杂志、出版机构都开设了专门的诗歌微信订阅号或制作了诗歌微刊,吸引更多读者用微信浏览或定制阅读。一些洋溢着独立个性的诗歌微信平台或以个人名目创立的微信订阅号展示了当下诗歌创作的多元格局,无形中激活了新世纪诗歌生态的发展。名目繁多的订阅号在诗歌传播过程中发挥了公益性、开放性、创新性的作用,诗歌的呈现方式日益增多,阅读的群体范围不断扩大。一时间,

---

[1] 徐贲:《影视观众理论与大众文化批评》,《文艺争鸣》1996年第3期。

在微信朋友圈中，诗歌的推送与阅读非常活跃，这丰富了当代诗歌的版图。

其次，作为跨界的媒介，微信展现出诗歌的互文效果和诗人的公众生活，最大化体现出诗人的跨界才艺，这也是微信传播诗歌时被大众广为接受的重要原因。诗歌曾经被指责没有交互性，在公共空间发挥不了效用，而微信一出场就击碎了这一偏见。除以刊物、同人风格集结的微信公众号外，还有日益成熟的视听微信平台："为你读诗"（thepoemforyou）、"诗人读诗"（yssrds）、"读首诗再睡觉"（dushoushizaishuijiao）、"好诗选读为你读诗"（hsxd818）等。它们发表各类"名人读诗""原创诵读"等音频、视频材料。另外，这些诗歌视听公众号并非单纯地迎合大众，而是有自己的审美标准。为了发展，它们不断调整择录稿源和推广方式，以期使更多人受益，引领并影响着都市人群新的读诗习惯。1930年代京派文人的读诗会上，读诗成为彼时文学精英们一种时尚的生活方式。[1]但当年的读诗会无法与当下微信读诗的影响力相比。在当下社会，微信公众号拥有大量的订户，传阅广泛，口碑颇佳，无形中带动诗歌走出小圈子，进入公众视域与生活之中。这些微信视听平台中的朗诵音频、视频材料活跃了网络的发表方式，给大众的诗生活营造了富有诗意的现场感和雅致的娱乐消费。对此，我们不能简单地将它们视为娱乐消遣性的诗歌消费品，更不能武断地否定它们的存在与影响。进入"新时期"以来，站在高雅文化的立场对大众文化进行审美批判在中国研究界是有传统的，在这个问题的分析上，我很认同阿伦特的观点。她认为大众娱乐不同于文化，它是一种消费品，不可能具有什么恒久的价值。"不管怎样，只要娱乐工业生产着它自己的消费品，我们就不能责备它的产品没有持久性，正如我们不能责备一个面包店，说它的产品一生产出来不赶快吃掉就要坏一样。鄙视娱乐和消遣，因为从它们当中得不出什么'价值'，从来都是有教养市侩主义的标志。但事实上我们每个人都需要这样那样的娱乐消遣，因为我们都要服从生命的巨大循环。否认取悦和逗乐了我们大众同伙的东西也同样取悦和逗乐着我们，就是纯粹的虚伪和势利。"[2]由此

---

[1] 沈从文：《谈朗诵诗（一点历史的回溯）》，《沈从文文集》卷11，花城出版社1984年版，第251页。
[2] [美]汉娜·阿伦特：《过去与未来之间》，王寅丽、张立立译，译林出版社2011年版，第191页。

看来，微信读诗的娱乐化、大众化属性，并不能折损其存在的价值，它成为当下兴起的崭新的消费方式，并不会影响诗歌的艺术准则与评判标准。作为公共空间的展览，诗歌视觉、声音在微信中的混合呈现，使诗歌的诗意与娱乐性多元共生、互为促进，无形中助使大众通过微信读诗和品诗提升审美情趣，有利于在消费时代的语境中协调"公众的注意力"[1]。

此外，微信发展空间的敞开与当代传媒、文化氛围、艺术熏陶方式有着相当紧密的关联。微信平台带来不同艺术门类之间的混融，扩展了诗歌的表达和书写空间，各类艺术形式多元共生，营构出"全景敞视"[2]的空间景观。当代艺术不同于经典艺术，其专业性要求不高，更易于呈现瞬间即逝的情感，拾起经验的碎影，再现繁复的生命感悟。置身信息爆炸的时代，图像与音频日益表现出与文本交互影响的效用，具有个性化的视觉、听觉冲击力。在微信中，配上诗人的手稿和照片、诗集的图片或诗人的书画[3]以及诗人朗诵的视频[4]和音频，诗歌可以完美地实现与书法、绘画、摄影的对话，便于发觉日常生活与不同艺术门类的诗性景观。

第三，微信便于集结更多人参与诗歌群的讨论，为诗歌现场提供互动平台。这些有主题的讨论带有一定的问题意识，容易钩沉出当代诗歌发展中的焦点问题和敏感话题。不同群中的诗人及诗歌评论家通过网络，在不同地点、同一时间，以诗歌主题和诗人讨论的方式，集中深入地探讨和传播诗歌，开创了诗歌讨论的新风气。例如，"明天诗歌现场"[5]推出"中国好诗人"（一个印有

---

[1] [美]哈罗德·拉斯韦尔：《社会传播的结构与功能》，中国传媒大学出版社2012年版，第55—56页。

[2] [法]米歇尔·福柯：《规训与惩罚》，刘壮成、杨远婴译，生活·读书·新知三联书店2007年版，第219页。

[3] "作家网跨界之星"推出潇潇、爱斐儿、马莉、刘畅等诗人的绘画及诗文。

[4] 微信平台"华语实力诗人联盟"，原创策划了"新世纪十五年优秀诗人巡展"，截至2016年1月27日"路云篇"，已经推出30位诗人21世纪以来的诗歌作品及诗人朗诵视频、手稿等。

[5] "明天诗歌现场"由诗人谭克修于2015年初策划发起，以诗歌刊物《明天》为阵地，借助勃兴的自媒体网络，在微信平台发起组建"明天诗歌现场"。

大众传媒时尚色彩的命名）栏目，已经引发大量网友关注，更引发了人们以娱乐的方式关注诗歌。不同诗歌群的讨论参与者各抒己见，人声鼎沸，有时仅一个小时的讨论就出现每秒钟几条信息的更新速度，这是现场研讨无法达到的盛况。很多研讨形式也别开生面，比如"诗歌爬梯""砸诗"，这类活动对诗作的批评不留情面，不仅不会影响对作品的深度阅读，反而还可以在碰撞中扩展对文本的理解与鉴赏，让精品在民主化的讨论中产生。此外，还有借助微信的影响力开展大型诗歌评选的活动。早在2008年，借助网络的传播力，突围诗社联合十七家诗刊、论坛，共同发起了声势浩大的中国诗坛感恩之旅——"最具影响力诗人（1999—2008）"评选[1]。在此基础上，2016年1月12日，突围诗社再次联合十九家五百人的大型诗歌微信群、诗歌刊物、社团，举行全国范围、民间性质的中国新诗百年系列庆祝活动，涉及各大微信群的诗人超过七千人。筛选经典是活动的初衷，但在无形中扩大了经典的大众接受。

第四，作为一种新媒介，微信的技术构成和主体关系设定成为文学功能选择和价值取向的有效推手，跃升为文学社交的新型传播形态，在确证文学价值的同时改变了诗歌的传播生态。与博客和微博相比，微信近乎社交圈的"强链接"，更具用户黏着性和对目标读者的精准选择，微信的公共号召力与影响力生产出微信时代独特的诗人效应和诗歌消费景观。微信传播的便捷迅疾超越了以往的任一媒介。从推荐的诗人、作品方面看，纸质媒介无法与微信的推广效率相比。在崇尚娱乐、时尚消费充斥媒体的时代，余秀华的走红创造了微信时代的诗歌奇迹，这场意外成名的神话与微信平台紧密相关。余秀华的诗歌最早公开发表在《诗刊》时并没有引起巨大反响，但经《诗刊》微信平台转发后，

---

[1] 突围诗社于2006年7月29日正式成立，是中国21世纪较具影响力、当代最大的诗歌社团。社团开办论坛，举办大型线上、线下诗歌活动，创办同人刊物《突围》诗刊，主办的"中国诗歌·突围年度奖"是当代最具公信力的诗歌奖之一，该诗社至今依然活跃。"中国诗坛感恩之旅——最具影响力诗人（1999—2008）评选"经过诗人们的实名制投票，12位卓有影响力的诗人荣耀当选——海子39票、陈先发24票、北岛20票、顾城20票、于坚15票、西川14票、汤养宗14票、赵丽华13票、小引13票、伊沙12票，以上诗人荣膺"中国诗坛十大影响力诗人（1999—2008）"。

一夜间引起关注，这之后几乎每天都有博客文章讨论余秀华。微信朋友圈[1]的刷屏，让本来小众的诗歌在大众中传播开来，其诗集出版的众筹模式更彰显了微信的影响力。1980年以来，同人办刊、自印诗集成为诗歌发表的渠道之一，但由于成本较高、印刷数量有限，加之交流不便，影响力并不大。2015年4月，花城出版社"后花园诗丛"出版了诗人马永波、远人的诗集《词语中的旅行》《你交给我一个远方》，出版社一改以往的出版传播模式，利用互联网"众筹"模式在八天之内筹资三万，让诗集在短时间内获得了读者的认可和市场的影响力，开始广为人知。"众筹诗集"模式为诗集出版带来生机，标志着网络时代一种新的传播理念的拓展和形成。鉴于此，很多重要的综合性刊物在微信公众号中定期推出诗人的"微诗集"，其优点是可以将诗集快速集结[2]，与出版社常规的印刷效率比，微诗集省时省力省经费，扩大了诗歌传播与出版的空间。显然，在新媒介的夹击下，文学出版受到前所未有的冲击，这种竞争未必不是好事，它们缩短了作品发表与印刷周转的时间，便于传阅与第一线阅读，使诗歌成为日常生活的有效部分。

第五，微信诗歌的生长活力不容忽视。诗歌正在以不可思议的速度进入"微民写作"和"二维码时代"，创作选材和创作方式是确认微信诗歌的两个维度，前者指以微信为创作题材的诗歌，后者指在微信平台创作并发布的原创诗歌。微信诗歌第一现场传达了当下的生活："你死后，微信二维码将成为你的墓碑。"这近似调侃的话却道出了这个时代微信的重要性以及人们在生活、交往以及写作中的变化。从文体形式上看，微信诗歌灵活短小，便于翻阅、分享和记忆，当下活跃的截句就是微信诗歌的产物。微信诗歌的生长活力借助了微信平台的技术优势，或配上动感图片，或辅之以深情舒缓的音乐，不仅图文合一、音画两全，而且诗意隽永、意境优美，极具艺术感染力，较之于单纯的文

---

[1] 2012年4月，微信正式发布了4.0版本，推出了"朋友圈"功能，用户可以与朋友同步分享图片和文字信息。据统计，微信用户每天刷新朋友圈的次数达到30亿次，微信朋友圈对诗歌传播的影响不容忽视。

[2] 比潘洗尘创办的《诗歌EMS》周刊还要快捷。

字欣赏，微信诗歌激发了各类诗歌元素楔入时代生活，别具审美韵味。

综上，作为地道的群众媒介，微信平台建构了进退由己的私语空间和灵活开放的公共领域。个人的微信和微信朋友圈是私语空间之一种，有固定的交流对象，其间可以自说自话，自由地发表言论。与私语空间的局限和个人性不同的是微信群。"群"既可指聚集在一起的人或物，也可以是虚构出来的概念。微信群将原本独立存在的个人集结在敞开的交流实体或虚拟场域中，从而建构出以私人身份出场的公共场域。哈贝马斯认为，"所谓公共领域，我们首先意指我们的社会生活的一个领域，在这个领域中，像公共意见这样的事物能够形成。公共领域原则上向所有公民开放。公共领域的一部分由各种对话构成，在这些对话中，作为私人的人们来到一起，形成了公众"[1]。以各种名目组建的微信群所形成的交往圈是典型的公共领域，有既定的和预设的交流群，群中诗人在透明公开的微信空间中，可以有组织地进行思想言论交流，亦可以自说自话或少数人之间交谈。与文化沙龙相比，微信群不受时间、地点等形式的拘束，群中成员"出入"自由，观点易于保留。群主的作用之一是召集大家汇聚于群中，与当年京派的"开共赏会"的召集人类似。不同在于，1935年朱光潜发起组织的读诗会，虽有读诗、谈诗、讨论等多种形式[2]，但是碍于聚会时间、地点的局限，每月只能聚一至两次，而且讨论内容很难保存或被整理成文。微信群突破时空局限、调动对话效能的优势恰好将这一局限迎刃破解。作为自由开放的"公共领域"，很多诗歌微信群将诗群、刊物、社团、私人微信群四合一，群中成员交流比较民主，每个人自愿公开也可以隐藏社会身份。微信群有足够的包容量、信息量，既可在其中选析诗作、批评诗歌、鉴赏文本，亦可以分享音频、视频、语音、留言等，便捷地践行了"诗可以群"[3]的当下特性，成为诗歌和文化推介的重要平台。

---

[1] 哈贝马斯：《公共领域（1964）》，见汪晖、陈燕谷主编：《文化与公共性》，生活·读书·新知三联书店1998年版，第125页。
[2] 朱自清曾在1937年4月22日的日记中记载过读诗会现场。
[3] 孔子所谓"诗可以兴，可以观，可以群，可以怨"被奉为经典之论、不判之论，"群"是指诗可以交流和沟通彼此之间的思想感情、协调人际关系。

三、新媒介空间与"快感消费"

新媒介以虚拟空间改变了诗歌的发展空间,这一影响是双向的,有推进作用亦有反向效果。此前已有不少研究者将新诗与新媒介的关系提升到"命运"这样大是大非的程度,即众所周知的新媒介时代网络诗歌写作表现出来的问题:拼贴化、模式化、口水化;快餐消遣式网络创作淡化了诗歌的审美因素,缺少超越现实的经典诗作,市场性和消费性覆盖了诗人的主体性和个性……这些构成网络诗歌写作的要疾。本文侧重挖掘众多问题背后隐含的主要症结。

首先,"写作虚荣心"受制于主体的"快感消费"。新媒介自身的传播法则会对诗歌的观念、功能、话语形式和评价标准产生影响,并最终决定传播者的主体姿态。新媒介的虚拟空间给予操纵者以最大化的虚荣心和自我确认感,诗歌的评价标准被混淆,文化快餐式的"快感消费"成为诸多症结之根源。从诗人北岛在第一届中坤国际诗歌奖的获奖感言中可以寻出这种忧患:"四十年后的今天,汉语诗歌再度危机四伏。由于商业化与体制化合围的铜墙铁壁,由于全球化导致地方性差异的消失,由于新媒体所带来的新洗脑方式,汉语在解放的狂欢中耗尽能量而走向衰竭。"[1]北岛认为新媒体所带来的是新的洗脑方式和粉丝经济,以至成了一种"小邪教"。北岛自己也使用微信,作为香港国际诗歌节筹委会主席的他也借助微信平台广泛宣传。但是他从不参加任何微信群(偶尔也有被拉入群的情况),他的担忧与其说源自微信的快速占领媒介空间,不如说更多是出于对写作者的虚荣话语权的忧虑。网络与微信自身具备的"写作民主"的交互性平台极易催生写作虚荣心,很多人认为只要拥有了这些平台就拥有了自由言说的话语权,乃至滋生出了偏执、狭隘、自大的心理,这不利于诗人主体性的确认与诗歌品质的提升。

其次,伴随繁复飞旋的新媒介的发展,阅读和写作变成流体状态的"在线"消费,诗人们受消费速度的蛊惑,不断改变书写策略,从网络创作到开博

---

[1] 北岛:《汉语在解放的狂欢中耗尽能量走向衰竭》,《东方早报》2009年11月13日。

客以及建诗歌微信平台……从纸质创作逐渐将时间与兴趣分布或转移到网络论坛与微信平台，娱乐性与游戏性使诗歌丧失了神圣的光环和尊严。在网络与微信平台中，诗人如同参加假面舞会，尽可扮作不同角色，舞台是公共的，狂欢消费随心所欲，速度与浮躁伴生。虚拟化的媒介空间造成了主体的退隐与消解，并日益左右诗人的归属感和认同感，亦如英籍德语流亡作家、诺贝尔文学奖（1981年度）获得者艾利亚斯·卡内蒂所说："成为另一个，另一个，另一个。作为另一个，你才可以再次认出你自己。"[1]此种忧虑，潘洗尘在2015年创作的《我的微信生活》一诗中有所寄寓："我要买10部手机／再注册10个微信号／然后　建一个群／失眠的时候／就让自己　和另外的一些自己／聊天／／有时　我也会把它们／换成一对对恋人／看他们说情话　分手／也有时　我会把它们变成／一对对仇敌／看他们剑拔弩张后　和解／而到了生日　它们就个个又成了／远在天边的朋友／／清明节　少小离家的我／不知到哪儿去烧纸／就把祖父　祖母　外公和外婆／一起接到群里……"[2]在即兴的思想狂欢中，诗人身份的变换与隐匿给诗歌研究带来考证的难度。当然，最大的困难在于，"微信等的繁盛既扩大了视野和便利了沟通，但也可能让诗人和批评家陷于更'微'的小的圈子，失去不同观念、问题之间碰撞的机会和欲望，而在这'微'圈子里自娱自得"[3]。此外，网络论坛资料尤其是微信媒介资料的不易保存、搜索，使其在技术层面而言不便于查阅。诗歌文本也存在这个问题，微信推出的诗歌最终仍要落实到纸媒。有些微信转载不经过审慎的文字校对就刊发出来，编校错误较多，无法作为可靠的研究资源，可信度不够。

再次，"传媒话语膨胀时代"[4]带来的不仅仅是诗人自身的主体精神的"漂移"，其潜伏的危机是网络与微信平台取消了审查和筛选、甄别机制，这在一定程度上固然推动了诗歌的多元化发展，使得不同风格和形态的诗歌获得存在

---

[1] 伊利亚斯·卡内蒂：《钟的秘密心脏——笔记·格言·断片（1973—1985）》，汪剑钊编：《最新外国优秀散文》，春风文艺出版社2002年版，第109页。

[2] 潘洗尘：《潘洗尘的诗》，《西部》2015年第8期。

[3] 洪子诚：《没了"危机"，新诗将会怎样？》，《文艺争鸣》2016年第1期。

[4] 陈超：《中国先锋诗歌论》，人民文学出版社2008年版，第41页。

的合法性,但导致诗歌门槛降低,良莠不齐,失去了标准。孙绍振产生了这样的忧虑:"不能不承认,新诗和读者的距离,这几年虽然有所缩短,但是仍然相当遥远,旧的爱好者相继老去,新一代的爱好者又为图像为主的新媒体所吸引。这就产生了一个现象,新诗的作者群体几乎与读者群体相等。新诗的经典,并没有因为数量的疯涨,在质量上有显著的提高。随之也降低了诗歌写作与发表的难度。"[1]在信息过于膨胀、交流过于便捷的生态语境中,诗歌置身于膨胀的虚拟空间,停滞于网络语言浅易的形式表层,不触及人类的苦难、灵魂的净土、精神的向度,跟随消费范式而陷入点赞的形式认可。新媒体空间造成的"快感消费"与娱乐化的电视体验类节目的内在机制是同构的——每个人都能够在新媒体空间亲自体验各种诗歌讯息和娱乐自足。微信诗歌话语的自身法则使得点击量、转载率的攀比心理剧增,也进一步使得粉丝效应、小圈子势力在微信诗歌中产生巨大的影响。心灵和生活处境的脱离使得诗歌生态的功利化和消费性特征更为突出,鲜有人思考诗歌写作与所处时代的整体关系、写作格局与文明形态的交互影响。新闻效应、"标题党"流俗为文化垃圾,写作者和受众的审美判断力与鉴别力都在受到媒体趣味和法则的影响,而不是取决于诗艺自身。与此同时,有批评家指出:"新媒介平台上海量且时时更新的诗歌生产和即时性消费在制造一个个热点诗人的同时,其产生的格雷欣法则也使得'好诗'被大量平庸和伪劣假冒的诗瞬间吞噬、淹没。"[2]与此相应,受众对微信诗歌和新媒体诗歌的分辨力正在降低。随着人们对媒介的依赖日益加深,如何在大众文化生产领域中对好诗进行甄别并推广到尽可能广泛的阅读空间,如何对新媒体时代的诗歌做出及时有效的批评或发现问题,成为迫在眉睫的议题。恰如诗人桑克在《乡野间》中的敏锐表达:"有一天,我在乡野间乱走。/不知向东还是向北。只是乱走,在潦草的乡野之间。/但一株草、一株树,却

---

[1] 孙绍振:《当前新诗的命运问题》,参见"孙绍振的博客":http://blog.sina.com.cn/s/blog_4d9ce5fd0102vx9w.html。

[2] 霍俊明:《"在谈论诗歌的时候我们在谈论什么"——2015年诗歌的新现象与老问题》,《创作与评论》2016年第2期。

让我停下来。/ 这株草，这株树，不是什么奇迹，也没给我什么欢喜。/ 但我停下来，在乱走之中缓缓停了下来。"[1]

综上，在这个"世变之亟"的时代，网络与微信在诗歌生产与传播方面功不可没：它们牵引诗歌走出象牙塔，拓展了诗歌的发展空间，及时解决了大众文化语境下的诗歌传播、互动、反馈等问题。此外，它们面临着诸多共性问题——大众文化的渗透力强大，牵涉了艺术品质的走向，干扰诗歌的自我定位，在大众视域中，诗歌创作的精义难免随之流转，并充斥着喧嚣的游戏精神和娱乐趣味。美国考古学家丹尼尔·英格索尔（Daniel Ingersoll）曾从田野工作的角度指出：抛弃型社会并非20世纪的特有之物；其历史，差不多与整个现代社会的历程相终始，就眼下的情形看，还大有愈演愈烈的架势。[2]物质与精神的垃圾是现代社会进程的必然产物，在新媒介的更迭之中这更是无可躲避的问题。那么在必然性面前，当代汉语诗歌建设最大的挑战在哪里？作为诗歌研究者，我们需要着力反思的是什么？为此，洪子诚教授在2015年底给诗坛抛出一条冷静反思的路径："今日，在均质化的生活现实里，个人人格的诞生和成长，仍是诗/文学所应承担的重要责任。但是，在我们所处的境遇里，是否还有属于自己的人格和个人的内心空间，又如何定义这个空间？获得、保持与消费社会、与'众'的距离所形成的孤独感，越来越不是一件容易的事情。"[3]诚然，诗歌终归要靠文本自身去说话，文本自身的操纵力决胜于任何外界的因素。

原载《诗探索·理论卷》2017年第3辑

---

[1] 桑克：《乡野间》，钱文亮主编：《中国新诗百年大典》第22卷，长江文艺出版社2013版，第299页。

[2] 参见［美］威廉·拉什杰（William Rathje）等：《垃圾之歌》，周文萍等译，中国社会科学出版社1999年版，第55—56页。

[3] 洪子诚：《没了"危机"，新诗将会怎样？》，《文艺争鸣》2016年第1期。

一百年来一件大事[1]

谢　冕

今天我们在北京大学阳光大厅隆重举行中国新诗一百年纪念大会。今年是戊戌维新120周年，也是北京大学建校120周年。这些重要的日子重叠在一起，给我们的大会增添了庄严的气氛。一百年前，即公元1917年，陈独秀就任北京大学文科学长，将《新青年》从上海迁来北京大学，当时的办公地点是东华门外箭杆胡同。复刊后的《新青年》刊登过"分期编辑表"，这些编辑依次是：陈独秀、钱玄同、高一涵、胡适、李大钊、沈尹默。这些人都是北大的教授，也是新文化运动和新文学革命的领袖人物，他们也都参与了中国新诗的提倡与建设，有的本身就是新诗人。

《新青年》创刊时，陈独秀曾对中国青年提出六点希望：自主的而非奴隶的；进步的而非保守的；进取的而非退隐的；世界的而非锁国的；实利的而非虚文的；科学的而非想象的[2]。这六条，简括起来，也就是："科学民主"四个字，这既是《新青年》杂志的办刊宗旨，也是北大的立校根基，更是体现了新文化运动和新诗革命的基本精神。谈到新诗的历史，《新青年》是绕不过去的话题，我们不妨从一个角度来看《新青年》与新诗的密切关系：胡适是"尝

---

[1] 2018年9月19—22日，北京大学中国诗歌研究院、北京大学中国新诗研究所和首都师范大学中国诗歌研究中心联合举办中国新诗一百年纪念大会，这是在大会上的讲话稿。

[2] 陈独秀：《敬告青年》，《新青年》发刊词。

试"新诗的第一人,也是发表新诗和出版新诗集的第一人。他的"白话诗八首"是中国新诗的开山之作,刊登于《新青年》二卷六号,时间是民国六年即1917年。他的这些最先发表的白话诗与陈独秀的《文学革命论》发表于同期刊物,可以认为是文学革命的先声。接着是《新青年》四卷一号,即1918年1月,发表胡适、沈尹默、刘半农三人的《鸽子》《人力车夫》《月夜》等诗九首。1918年5月,《新青年》四卷五号,鲁迅以唐俟为笔名发表《梦》《爱之神》《桃花》等三首新诗。[1]这些新诗的纪元之作,均与《新青年》有关。

距今一百年前,与鲁迅笔下的狂人发出"救救孩子"呐喊的同时,中国的新诗人也满怀激情地立在地球边上狂歌五千年古国的凤凰涅槃,那是呼唤"女神之再生"的狂飙突进的时代。[2]中国新诗是中国诗人的一个时代梦。晚清道、咸以降,列强肆虐,国势凌迟,内忧外患,凄风苦雨。有识之士,天下才俊,寻求救亡图存、强国新民的道理,遂有了通过"新"文学、"新"诗以达于"新"中国之诉求。简括地说,当日的目标在于通过改造旧诗而为新诗,期待着以诗的革新使新知识和新思想得到展现与传播。新诗生于忧患,也成于忧患。由此看来,一百年前进行的新诗运动不仅是一场文体革命和艺术革命,也是一场思想革命。这是百年来的一件文化建设的大事。[3]

公元19世纪末,诗人黄遵宪等曾倡导"诗界革命",提出"我手写我口"的主张。但因未能打破旧格律的束缚,诗体未能解放,这场预设的革命没有成功。胡适"尝试"新诗的贡献在于,他勇敢地确立以白话代替文言,以自由代替格律,实行诗体的大解放。"因为有了这一层诗体的解放,所以丰富的材料,精密的观察,高深的理想,复杂的情感方才能跑到诗里去。"[4]这是大破坏之后的大建设。因为冲出了格律束缚的大障碍,于是获得了新诗发展的大生机。

---

[1] 与发表《梦》等诗三首同期,鲁迅的《狂人日记》也刊登于《新青年》四卷五号,时间是民国七年即1918年5月15日。

[2] 郭沫若的新诗《立在地球边上放号》《女神之再生》。

[3] 胡适的《谈新诗》有一个副题:"八年来一件大事"。此处借用。胡适原意,指辛亥革命以来政治上乏善可陈,唯有新诗革命取得成功,故有是论。

[4] 胡适:《谈新诗——八年来一件大事》。《星期评论》"双十节纪念专号"第五张,1919年。

一百年来，因为有了白话写作的自由体新诗，我们于是能与世界诗歌"对接"，从而拥有了表达现代人情感和思想的最理想也最亲民的抒情方式。新诗的诞生实现了中国人的百年梦想。

新诗从最初的"尝试"到日臻成熟的自立的过程，我们可以从周作人的"小河"到艾青的"大堰河"[1]的持续实践中，看到几代诗人以白话写诗所进行的英勇行进的轨迹。摆脱了传统格律的新诗人，在日常口语的陌生和单纯中寻求鲜活的语言和精美的抒情，他们不同程度地取得了成功。几代诗人的探索实践，积累了丰富的经验，终于建立起并实现了无愧于千年诗学传统的现代审美风尚。我们从这个过程中可以看到，新诗不仅是中国诗歌传统的革新，更是中国诗歌传统的延续，它全面地继承了中国诗歌"诗言志"的精髓，它所实行的彻底的变革，如前所述，最终是为了诗的"有益于世"。

匆匆百年，战乱连绵。挺立并前进于战火中的，不仅有英勇抗战的举国军民，在抗击侵略者和争取民族解放的队列中，同样行进着中国诗人激情而无畏的身影。他们投身于全民抗战的激流中，他们因国家民族的不幸而自觉地"放逐抒情"[2]，甚至为此牺牲宝贵的生命。他们以自己的行动谱写了全民抗战的壮丽史诗。我们都记得诗人艾青，那年他"从彩色的欧罗巴带回了一支芦笛"[3]，他在这首诗的前面引用了诗人阿波里内尔的法文诗句：

当年我有一支芦笛
拿法国大元帅的节杖我也不换

但当诗人面对着暴风雨所打击的土地时，他决绝地将那支芦笛换成了呼唤

---

[1] 分别指周作人的《小河》和艾青的《大堰河——我的保姆》。《小河》刊于《新青年》6卷2号，1919年2月15日。《大堰河——我的保姆》刊于《春光》1卷3号，1934年5月1日。

[2] 徐迟语，也是他的一篇文字的题目。徐迟：《抒情的放逐》，《顶点》第1卷第1期，1939年7月10日。徐迟说："也许在这流亡道上，前所未见的山水风景使你叫绝，可是这次战争的范围与程度之广大而猛烈，再三再四地逼死了我们的抒情的兴致。""至于这时代应有最敏锐的感应诗人，如果抱住了抒情小调而不肯放手，这个诗人又是近代诗的罪人。"

[3] 艾青：《芦笛》，《现代》第3卷第1期。

自由解放的号角。不仅是艾青,中国所有的诗人都自觉地告别唯美的竖琴和短笛,那些他们曾经心醉的柔美的旋律,顿时化为了呼唤自由的进军的鼓点:九月的窗外,亚细亚的田野上,自由啊,从血的那边,从兄弟尸骸的那边,向我们来了。[1]也许我们此种悲壮的追述还可延续下去,因为苦难曾经是那样的绵长。但我们只能适可而止。

曾经有过一个时代,诗歌被禁锢,阳光被垄断[2]。然而诗人在抗争。那是一个焚书毁琴的年代,诗人被流放,被监禁,被冠以种种恶名。然而他们在监狱,在劳改农场,在遥远乡村昏暗的灯光下继续创造着光明和温暖。地火在燃烧,岩浆在熔化,终于有一天,十月的阳光冲破至少长达十年的暗夜。一切也如同神话描写的那样,被雷电劈倒的悬岩边的树,失去生命变成化石的鱼,[3]一起都在新的阳光下复活了。带着肉体和心灵创伤的诗人,满怀希望地迎接重新开始的生活[4],他们走上街头,欢庆文明对邪恶的胜利。他们祈求从今以后"爱情不被讥笑",祈求"跌倒有人扶持"[5],他们如同发现新大陆那样欢呼:诗啊,我又找到了你![6]

禁锢的闸门终于打开,解放了的诗歌冲破思想和艺术的牢笼,一代新诗人接过"五四"的火种,开始在中国开放的时空向世界大声"宣告":

> 新的转机和闪闪的星斗,
> 正在填满没有遮拦的天空,
> 那是五千年的象形文字,
> 那是未来人们凝视的眼睛。[7]

---

[1] 田间:《自由,向我们来了》,《烽火》1937年11月14日。
[2] 白桦:《阳光,谁也不能垄断》,《诗刊》1978年12月。
[3] 此处行文涉及曾卓的《悬岩边的树》、牛汉的《半棵树》《悼念一棵枫树》和艾青的《鱼化石》。
[4] 邵燕祥:《假如生活重新开头》,《人民日报》1980年1月1日。
[5] 蔡其矫:《祈求》,《四五论坛》1979年第11期。
[6] 诗人郑敏的诗题,《寻觅集》,四川文艺出版社1986年版。
[7] "宣告"一词借用北岛名篇《宣告》。以下引文来自他的《回答》。

未来人们的眼睛在凝视我们,弥足珍贵的自由精神重新回到出发的原点,中国新诗进入一个伟大复兴的时代。诗歌告别了虚假和空言,回到了自主自立的抒情本位,它呼唤对独立人格和自由人性的认同与敬畏。诗人的想象力和独创性得到尊重——诗人可以按照自己的意愿进行写作,而无须别人为它规定戒律。不谈或少谈"主义"而专注于"自以为是"的独立创造,已经成为当代风尚。打破大一统之后的诗歌,呈现出纷繁多彩的多元格局。这是几代诗人所梦寐以求的良好生态。

历史安排我们站立在一个伟大的一百年的终点上,历史又安排我们站立在另一个伟大的一百年的起点上。百年一遇,百年一聚,百年一庆!与其说我们是幸运的,不如说我们是沉重的。一代先驱者把百年的诗歌梦想交给了我们,我们不仅是享受前人创造成果的一代人,我们也是承受前人重托的一代人。记得一百年前新诗诞生的时节,我们的前辈就告诫我们:不能因为"新"而忘了"诗",也不能因为"白话"而忘了"诗"。他们担忧的是,我们因热衷于变革而对诗歌本体的轻忽或遗忘。一代人又一代人走远了,他们把悬念和期待留给了我们。

原载《诗探索·理论卷》2019 年第 1 辑

构建汉语诗歌"共时体"

——关于新世纪中国诗歌一个向度的断想

张桃洲

一

2000年3月23日上午,诗人昌耀不堪病痛的折磨,从他所在的病房纵身一跃,结束了自己的生命。这堪称进入新千禧年之际中国当代诗歌的第一"殇"。此时虽然距离海子、骆一禾辞世已经十多年,但这一自戕行为连同1993年顾城以及前后其他多位诗人的离世,仍属于较长时段的"诗人之死"的范畴,在加深前述死亡事件形成的悲情氛围的同时,更凸显了对其间隐含的严肃诗学议题进行探究的必要性乃至紧迫性。

大概不会有人否认,这些诗人的离去是中国当代诗歌的重大损失。人们甚至设想,倘若他们中的骆一禾没有英年早逝,1990年代之后的中国诗歌也许会是另一番情形,或者至少会有一些与既有格局不大一样的质素。毋庸讳言,以今天的眼光来看,1990年代及其后的诗歌有不少值得检讨之处,其中一点即是:对某一种"可能性"或作为法则的"可能性"的追寻,是否限制了别的"可能性"乃至固化了"可能性"本身?

诗歌是骆一禾未竟的理想,在他充满洞见的表述里,显示了对汉语新诗未来的宏阔抱负和对诗歌写作本身寄予的严苛期许:"带有灵性领悟的诗歌创作,是一个比较易说得无比复加的宣言更为缓慢的运作，在天分的一闪铸成律动浑然的艺术整体的过程中，它与整个精神质地有一种命定般的血色，创作是在一种比设想更为艰巨的、缓慢的速度中进行的。"[1]正是骆一禾的诗歌意识和一些诗学见解反衬了中国当代诗歌的某些局限，比如他提出的"伟大诗歌共时体"这一构想，"直接针对了现代原子式的个人主义、狭隘的审美主义、文人趣味，以及一般线性的文学史观念；而他有关'心象'或'原型'的看法，也明确将意象拼贴的现代主义原则，设立为自身的对立面。在骆一禾看来，现代的个人主义、矫饰的文学风格，以及对线性历史观的迷信，都导致了当代精神生活的封闭和僵化，这构成了种种有形或无形的'围栏'。在某种意义上，精神的'围栏化'不是一种局部的现象，骆一禾触及的是与文化现代性相伴生的一系列结构性问题，诗歌的局促只是整体文化困境的显现"[2]。

　　从切近的写作景观来说，当下的诗歌确实陷入了精神和认识的种种"围栏"之中："当代诗歌的诸多虚假的艺术问题——骆一禾谓之'艺术思维中的惯性'，都是由虚荣所造就的大大小小的自我的围栏。抛弃了虚荣，真正的艺术问题，作为创造和灵魂的问题，才会浮现出来。这种虚荣实际上也源于历史感的阙如，把自我的一点利益相关的表象——甚至不能提升到经验的层面，当作了诗歌的出发点和归宿。"[3]不仅如此，当前诗歌还显现出与当前文化极为相似的破碎趋势，缺乏骆一禾诗歌的那种"整体性"——可以看到，在骆一禾的全部创作中，"无论是其长诗还是短诗，都为一种强大热烈的精神氛围所统摄，缭绕着一种深厚的主体力量"[4]，而这种主体力量也为时下多数诗歌所缺失。

　　骆一禾与昌耀是惺惺相惜的诗歌盟友，两人互相欣赏与激励。骆一禾逝世后，昌耀尽述其惋惜之情："我以为一禾是一位可以期望在其生命的未来岁

---

[1] 骆一禾：《美神》，《骆一禾诗全编》，上海三联书店 1997 年版，第 840 页。
[2] 姜涛：《在山巅上万物尽收眼底——重读骆一禾的诗论》，《新诗评论》2009 年第 2 辑。
[3] 西渡：《壮烈风景》，中国社会出版社 2012 年版，第 90—91 页。
[4] 西渡：《壮烈风景》，中国社会出版社 2012 年版，第 143 页。

月会有卓越贡献的诗人或学问家。如果说，他有可能成为一片新的陆地，但那陆地仅只是刚刚展开一道脊梁就已被无情的浊流吞没；如果说他有可能成为一环辉煌的彩虹，但那一作为太阳投射的生命的火焰刚刚呈示勃发的生机又未免熄灭得太过匆促。"[1]而早在1980年代中期，骆一禾便敏锐认识到昌耀诗歌的重要性，在一篇关于昌耀的长篇评论中，他如此论断："昌耀先生的诗歌作品，是中国新诗运动里那些最重要的实绩和财富之一"，昌耀"以他的创造力，介入了当今之世的精神氛围，呈现、影响乃至促成了本土的精神觉醒"[2]。在《苏格拉底最后的日子——给大诗人昌耀先生》一诗中，他更是称誉："而先生，在狱中，是你使我们失掉墙壁／并看见岩石和橡树的人。"

昌耀与骆一禾一样，孤绝地对汉语新诗写作进行着探索。在昌耀的后期写作中出现了较多不分行的情形，对此他曾解释说："我理解的诗是一个比较宽泛的概念，即除包含分行排列的那种文字外，也认可那一类意味隽永、有人生价值、雅而庄重有致，无分行定则的千字左右的文字……诗的视野不仅在题材内容上也需在形式上给予拓展。"[3]他自称是"'大诗歌观'的主张者与实行者"："我并不强调诗的分行……也不认定诗定要分行，没有诗性的文字即便分行也终难称作诗。相反，某些有意味的文字即便不分行也未尝不配称作诗。诗之与否，我以心性去体味而不以貌取。"不过他"并不贬斥分行，只是想留予分行更多珍惜与真实感。就是说，务使压缩的文字更具情韵与诗的张力。随着岁月的递增，对世事的洞明、了悟，激情每会呈沉潜趋势，写作也会变得理由不足——固然内质涵容并不一定变得单薄。在这种情况下，写作'不分行'的文字会是诗人更为方便、乐意的选择"。他甚至宣称："诗美流布天下随物赋形不可伪造。是故我理解的诗与美并无本质差异。"[4]一定程度上，昌耀拓展和深化了对汉语新诗的理解，他将这些主张的缘起追溯至鲁迅的《野草》，与当

---

[1] 昌耀：《记诗人骆一禾》，《昌耀诗文总集》，青海人民出版社2000年版，第431页。
[2] 骆一禾、张玞：《太阳说：来，朝前走》，《西藏文学》1988年第5期。
[3] 昌耀：《致黎焕颐》，《昌耀诗文总集》，青海人民出版社2000年版，第890页。
[4] 昌耀：《昌耀诗选·后记》，人民文学出版社1998年版，第423页。

代一些诗人一道,将《野草》指认为汉语新诗的主要源头。[1]

二

诗人顾城的意外离世,无论在诗内还是诗外都具有某种"悲剧性"。那一突发的悲剧性事件改变了顾城留在读者心目中的"童话诗人"形象,人们似乎第一次发现了其人格和诗歌中都存在的"恶魔"。实际上,应该留意顾城一开始就显出的非单一的写作形象和诗歌取向,如引起争议的早期诗作《结束》里的"戴孝的帆船/缓缓走过/展开了暗黄的尸布",以及《案件》里的"黑夜/像一群又一群/蒙面人"等语句所蕴含的灰暗与暴力。顾城的诗歌里从未缺席的是他本人一直身处其中并感受真切的历史维度,去国后的写作更是如此。他后期的两部重要组诗《城》和《鬼进城》,以一种立体的构架、个人记忆与时代场景叠加的方式,抒写了历史被抽空后造成的精神痛楚,其孩童般的口吻下不掩尖利的忧思与讽喻:

> 脚印上的河滩
> 脚印上的河滩
> 我有语言
>
> 那是在焰火死灭之后
> 男孩摸着城砖
> 一个人走下冥河的堤岸
> 手电一闪一闪

---

[1] 越来越多的诗人和研究者倾向于从"诗"的角度探讨《野草》,刚刚出版的洪子诚等编选的《百年新诗选》(上下卷,生活·读书·新知三联书店2015年版),就将鲁迅放在了首位,这固然由于鲁迅的生年最早,却也有着某种象征意味,旨在突出鲁迅《野草》的奠基性意义。正如该书编者说:"有关《野草》的思想和艺术,后人的解读已非常充分,但很少作为新诗来讨论,现在将其中部分作品选入诗选,在某种意义上,也代表了编者对新诗史的一种特定理解。"

一个人想把窗子打开
早晨的空气很黏
早晨的黏土可以做水罐

谁都知道零钱的缺陷
市场上的盐
市场上石柱的灯盏
他必须在红砖地上
站着，太阳把路晒干
等大蜂巢掉到上
发出叫喊
一个中学花园、一个中学花园
路上没有人，手上
有玫瑰的血管

青草又生长起来
青草知道时间
青草结出时间的珠串

每一丝头发都是真的
站在她身后
每一丝头发都成为春天
我多想看见
樱草花的错误
在中午摘下叶片
在中午降下清凉的夜晚

只有你把手伸到凉空气里

吸收睡眠
你很疲倦
很远很远高原的空气
黄土燃着火焰
人类消失在小村子里
村外丢着桥板
很远很远的大地上布满湖水
我们跌跌绊绊地跑着
小手绢缩成一团

不要穿过水面
穿过水面
阳光会折断

(《鬼进城·还原》)

  顾城去国后特别是 1990 年代之后的诗歌,彰显了汉语新诗于跨文化情境中的某些向度及其隐藏的内在困境。顾城去国前就已体会到:"我感到我几乎成了公共汽车,所有时尚的观念、书、思想都挤进我的脑子里。我的脑子一直在走,无法停止。东方也罢,西方也罢,百年千年的文化乱作一团。"[1]去国以后,顾城更加强烈地感受到这种文化冲突带来的巨大困扰,他的诗里布满记忆、历史和现实的混合与交错:"出国以后吧,我每回做梦都回北京;所以我的生活像是发生了一个颠倒,这梦里很现实,这醒的时候倒像是梦,不那么真实……我写了《城》这组诗,没写完,又写了《鬼进城》。全部是写北京的生活现实感觉的……我写这个东西,我觉得它是非常现实的。我不认为它是'心理现实',要不就叫它是一种幽灵式的现实。"[2]正如有论者指出的:"一次次或

---

[1] 顾城:《顾城文选(卷一)》,北方文艺出版社 2005 年版,第 103 页。
[2] 顾城:《顾城文选(卷一)》,北方文艺出版社 2005 年版,第 112 页。

想象或现实的对家园的短暂回归都仅仅强化了某种内在的疏离感。一次次对故国的弃绝或背离都陷入更深的文化无意识的纠缠。诗，一旦说出，便是对产生特殊语境的当下生存和包含国家话语的历史经验的双重捕捉，便是对过去与现在的冲突、自我与他者的冲突、家园与异乡的冲突的积聚和缠绕。"[1]当然，这种处境或许也是促成那一悲剧性事件的一种原因或悲剧性的一部分。

　　这种写作中无法回避的文化焦虑，在与顾城同代、经历相似的诗人多多那里同样尖锐。去国多年后，多多仍然只能借助于过去的经验，抵抗语言悬空和文化失重引发的不适感，他自己承认："我经常一首诗可以用十年以前的材料……我处理的永远是过去。"[2]多多去国后的诗作里，"过去"不仅是一道不可或缺的底色，而且也成为其主题、表达方式乃至写作的动机。不过，有别于顾城诗歌中因置于文化万花筒所滋生的讽喻意味甚至荒诞感，多多去国后的诗歌一直保持着词语内部的高度紧张感和介入历史的庄重态度，在延续其早年诗歌锋芒的同时，又抹上了一丝文化乡愁的色调："向着有烟囱矗立的麦田倾斜／也向冻裂的防护林致敬，星群／又一次升起，安抚拂动的羊毛／马奶在桶中摇晃着，批评／又一个早晨，在这样地展开：是诗行，就得再次炸开水坝。"（《小麦的光芒》）2004 年 3 月，旅居国外十五年的多多回国，受聘在一所大学任教，在一片赞扬声中开启了一段新的写作历程，其间的变与不变尚须观察和总结。

三

　　越来越多的跨文化写作经验，无疑会为汉语诗歌"共时体"的构建提供借镜。事实上，处于跨文化语境中的诗人在提笔时，需要回答一位长年居于国外的诗人宋琳的提问："旅居的孤独，长期的孤独中养成的与幽灵对话的习惯，最终能否在内部的空旷中建立一个金字塔的基座，譬如，渐渐产生一种信仰的

---

[1] 杨小滨：《异域诗话》，《历史与修辞》，敦煌文艺出版社 1999 年版，第 197—198 页。
[2] 多多、金丝燕：《诗、人和内潜——关于诗歌创作的对话》，《跨文化对话》丛刊第 16 期。

坚定？"[1]

2010年3月8日，另一位长年寓居国外的诗人张枣病逝于德国。在此之前，张枣已回国内在一所大学任教数年，他给研究生开设的一门课就是讲授《野草》。在这门课的开篇中他提出："《野草》中，鲁迅的主调式是忧郁的……忧郁这一主调式，是一种唯美的现代主义抒情方式"，"鲁迅在《野草》中塑造的这个'我'，这个抒情主体，是中国现代文学发轫以来最值得研究的符号之一，其范式性意义怎么强调也不过分，而可惜的是，其重要性却很少被领悟和探究。如果大家同意所谓中国现代文学的'现代'两字一直缺乏有意义的阐读，那么这'现代'两字，首先应该有个'现代性'的内涵，而我认为'现代性'在文学场地里，指向的就是也必须是'文学的现代性'"。[2]这就将汉语新诗的基石指向了《野草》，勾画了汉语新诗迈向"现代性"的新的图景。

张枣还有一个广为人知的说法："我们跟卞之琳一代打了平手。"[3]此语看似随意，实则是洞彻当代诗歌与现代诗歌之内在关联，汉语新诗彼此呼应、接续之奥秘的中肯之论。那么，他是在何种意义上认为当代诗人同卞之琳一代"打了平手"？也许，只能在诗歌写作对汉语做出贡献的意义上。张枣是一位对汉语极其敏感的诗人，认为汉语"是那个我们赖以生存和写作，捧托起我们的内心独白和灵魂交谈的母语"[4]，信奉"在诗歌的程序中让语言的物质实体获得具体的空间感并将其本身作为富于诗意的质量来确立"[5]的法则，他本人的诗歌即呈示了汉语的丰盈与灵动。而回望中国当代诗歌半个世纪特别是最近三十余年的历史，产生影响的诗人与诗作的价值莫不如此。由此看来，构建汉

---

[1] 宋琳：《域外写作的精神分析——答张辉先生十一问》，《新诗评论》2009年第1辑。
[2] 张枣：《秋夜的忧郁》，《张枣随笔选》，人民文学出版社2012年版，第117—118页。
[3] 引自木朵对萧开愚的访谈《共谋一个激发存在感的方向》，《诗歌月刊》2013年第1期。在该访谈中，萧开愚回忆道："大概1999年，他（指张枣）说我们跟卞之琳一代打了个平手，突破尚难，我基本同意（西川不同意，西川的判断我也同意，这事我没主见）。"
[4] 张枣：《诗人与母语》，《张枣随笔选》，人民文学出版社2012年版，第53页。
[5] 张枣：《朝向语言风景的危险旅行——当代中国诗歌的元诗结构和写者姿态》，《张枣随笔选》，人民文学出版社2012年版，第174页。

语诗歌"共时体"的根基之一,最终应该落实到"汉语性"上面来,"汉语性"与"现代性"正是新诗的两翼。

原载《诗探索·理论卷》2019年第2辑

自由诗的自由与难度

师力斌

本文所说的自由诗指新诗。讨论这个话题的动因是,多年来我的诗歌创作一直有一个困扰:新诗要不要格律?如果不要格律,韵律是不是必要?口水诗是不是一种革命性的主张?

关于要格律还是散文化,新诗史上有很多争论,吵得一塌糊涂,最终好像都不能给我明确的回答。闻一多、何其芳等人的格律体追求,不能让我信服。艾青、臧棣等人是主张新诗散文化最尽力的,但他们只是论说了新诗自由的合法性,然后就袖手了,至于新诗可以自由到什么程度,则未置一词。

三十年来,新诗承担了社会转型和艺术变革带来的巨大压力。一种背靠两千年传统的诗歌,频繁遭到来自文化保守主义者、审美懒惰的公众和充斥市场的功利主义者的包围和质疑。与此同时,不到百岁的影视仿佛包揽了全部的民族艺术精华和文化能力,并且以赢得市场的叫好为能事。这就是新诗的当代处境。

抛开头脑发热的诗歌青年对 1980 年代或对历史上诗歌的黄金时代的盲目崇拜,单从新诗在表达世界的广度深度上来讲,新诗也并不逊于其他各个门类。只是由于社会想象中的"古典诗歌"庞然大物的虎视,以及市场化的四面包围,才导致年龄很嫩的新诗的"渺小"。一个基本不读诗歌的人,可以很轻率地指责当下没有李白、杜甫而不会遭人耻笑,但他却完全不会以同样的口吻指责电影电视,他很清楚汉唐宋元明清两千多年里,根本没有出过一个电影导演,也没有出过一个电视剧明星。连对"古典诗歌"一向保持高度警惕的臧棣也觉察到,"我们总能在对新诗进行总体评价的时候感觉到古典诗歌及其审美传统的徘徊的阴影"[1]。

对新诗的这种处境谁都没有办法,谁让我们有两千年之久的诗歌记忆呢。想打破两千年培养起来的审美惯性,不会轻而易举。新诗想以新形式代替唐诗宋词那样的旧形式,进而取而代之成为诗歌主流,需要付出的努力不啻是一场革命。诗歌理论首先必须经历这样的革命性变革。吴思敬的新诗自由观或许可以在这种框架里得到理解。

一、自由诗面临的形式问题

刘慈欣在其科幻小说《诗云》中曾写道,克隆体李白已经将所有的诗歌写出,办法就是把所有汉字的所有排列形式写出来,杰作就包含在其中了。第一首是"啊啊啊啊啊,啊啊啊啊啊,啊啊啊啊啊,啊啊啊啊啊"。以此类推,以至无穷。困难在于,如何从这些所有的诗歌当中挑选出名作,这是个问题。

这个故事提出了一个诗歌理论问题,那就是名作和普通作品的关系。普通作品可以有无数,但经典名作是有限的,是挑选的结果。这对新诗的启发是,新诗可以有无数,但好的新诗却是有限的。挑选好诗就成为问题。那么就有人问,到底什么样的新诗是好诗?

至少在当下,更多的人会倾向于下列名单:徐志摩《再别康桥》、闻一多《死水》、戴望舒《雨巷》、余光中《乡愁》、北岛《回答》、舒婷《致橡树》、海子《面朝大海,春暖花开》等等。我们可以在学校教材、新诗选本、推介文章、朗诵会以及新媒体诗歌介绍中看到这些诗人或文本的名字。这个单子绝不单纯是审美的结果,而是一系列文化生产、传播、评价机制长期运作的历史合力的结果。在这个名单中,我们可以非常明显地看到古典诗歌审美的影子,比如对韵律的偏好。新诗尽管已经诞生一百年了,但看待它的眼光仍然是一千年

---

[1] 臧棣:《现代性与新诗的评价》,《文艺争鸣》1998年第3期。

前的，甚至更古老。要弄清这个问题，涉及对非常复杂的文化记忆和文化传统的清理，显然本文无此力量。除去审美的顽固古典羁绊，还有其他诸多因素，诸如政治、社会、经济等外在因素的影响。不要以为诗歌是能够脱离复杂的社会的纯文学的宠儿，其实他始终与中国社会紧密联系在一起。比如，《乡愁》所依赖的政治语境以及总理级的政治人物引用该诗所产生的巨大社会效应，《回答》所赖以发生的 1980 年代思想解放的文化大潮。众多的研究已经有力地证明，诗歌在 1980 年代的走红不单单是文学本身的力量，与意识形态的合拍是重要原因。《面朝大海，春暖花开》与房地产商的青睐等等，这些非文学的因素都对塑造新诗名作产生过不可忽视的推动作用。同样道理，新世纪前后的口水诗丽华体、乌青体的网络走红背后也牵涉一系列复杂的文化力量和文化机制的运作。

然而，这样的观点在大众中间基本没有市场。在其他艺术领域，可能还注重思想在作品中的比例，但在诗歌中古典式审美思维最顽固。来自读者大众的质疑集中在一个问题上，新诗没有像古诗那样形成自己的形式规范，你拿不出令人信服的像唐诗那样的统一形式。这个要求似乎与人生来平等一样无比正确。这正是新诗合法性危机最核心的内容。

新诗是不是要追求韵律和形式的规范，与古诗不同的新的规范的形式要不要成为新诗追求的目标？

我的答案是，不要。新诗绝对不可返回古诗的老路上去。新诗的本质是自由，这是新诗安身立命的本钱。因为自由，它才推翻了古诗的统治和束缚；因为自由，它才在新文化运动之后由小逐渐壮大；因为自由，它才吸引了一代代的年轻人的热爱；因为自由，它才在图像文化充斥世界的今天在网络上占有了一席之地；因为自由，新诗才保持了在当下文化商业的时代里相对的洁身自好。

正是出于对自由的人性的向往和追求，新诗才在一百多年的历史进程中不断发展壮大，直至今天。尽管"自由"和"人性"是两个具有理论陷阱的词（这个话题当另文讨论），尽管对新诗的争论不断、看法不一，但不容置疑的是，它从古诗的樊篱中挣脱出来，独立了、生根了、成长了。现在的问题是，在发展上面遇到了市场的瓶颈,在接受上面备受大众的争议,在形式上面在格律和自由之间摇摆不定,在成就方面缺少更有说服力的诗歌经典。这是诗歌要解决的几大问题。

第一个问题不是问题。因为现在新诗基本上是无功利生存,非市场化。写诗不为赚钱,诗歌的传播基本免费,诗歌的阅读也基本免费。比起戏剧、影视、歌曲、书画、收藏等艺术领域,诗歌是当今最便宜的精神消费。无功利生存反倒使诗歌的生命力更加强盛,不会像艺术收藏市场那样随着行情的起伏而大起大落。从新诗诞生到今天的一百年,新诗的生存经历了革命、运动、战争、市场、全球化等多种历史环境的考验,也从一种青春的冲动、政治的附庸、革命的工具发展成为今天传媒时代独特的交流和表达方式,而且也经历了复古与革新的反复较量,诗歌从青春期、骚动期进入了成熟期。在我看来,当今的诗歌正当年。

第二个问题,在接受方面备受争议,这不但是诗歌的问题,在几乎所有的领域都存在这个问题。不过诗歌的特殊性在于中国诗歌历史的特殊记忆,这是影视、网络等新媒体艺术不存在的。新诗尽管是新事物,但毕竟从古诗化蝶而来,脱胎于传统,因此无法不让大众将它与古诗做对比。争议并没有将诗歌彻底打倒。打了一百年,诗歌生存发展了一百年,而且还不时小有辉煌。世界上哪种东西没有争议?争议是前进的动力,没有争议才不正常。

第三个问题是经典的问题,与第二个问题紧密相连。古诗有将近二千年历史,从唐诗到现在也有一千年历史,这在世界文化史上都是罕见的。在这漫长的历史的文化创造中,留下大量的经典,被历代民众广泛阅读、广泛接受,进而积淀为一种民族特色和文化心理,它的强大犹如连绵的昆仑山,是谁都无法否认的。新诗只有一百年,要求它产生和一千年、两千年那样多那样高的经典,首先不公平,其次太着急。心情可以理解,事实上不可能。大众老抱怨新诗没有经典,但实际上,北岛的《回答》、余光中的《乡愁》、海子的《面朝大海,春暖花开》、徐志摩的《再别康桥》,这些诗的经典化程度应该说相当之高。即使新诗今后停下来不写作,以上这些经典也足够成为新诗的骄傲。更何况,1980年代以后的这30年,中国新诗的数量、质量,反映时代的深度、广度，艺术形式之多样，技艺之精深，已经有了巨大的飞跃。许多当代诗人，如于坚、西川、欧阳江河、昌耀、沈浩波、王家新、多多、严力等，他们的诗歌成就相当可观，只是还需要公众有一个认识和接受的过程。优秀的艺术往往是超越于时代的。借助网络这一现代技术的中介，诗歌的接受目前正在经历一个大众化的过程，而这个过程既不是由政府推动，也不是由资本推动，而是由诗人和诗歌的读者来推动的，平民化程度非常之高。这是个非常独特的过程。

第四个问题是新诗的形式问题。这是新诗面临的最突出的问题和挑战，也是最难以回答的问题。新诗边缘化小众化的重要原因，就是新诗没有规范化的成熟的形式，这影响了大众的接受。新诗还没有像古诗一样创造出一种被广泛认可的规范的形式，也就是说还没有李白、杜甫意义上的经典。自由诗人面目各异。闻一多追求格律，卞之琳富于智趣，沈浩波相当肉感，西川超脱得出奇。《乡愁》类似于民歌，《0档案》无以类比，昌耀偏爱文字古奥，欧阳江河热衷矛盾修辞。有人押韵，有人散文，女诗人安琪将日记、碑文、会议记录全搬进了长诗，臧棣的丛书又迷宫一般回旋曲折。没有哪一种形式拥有绝对权威，也没有哪一种形式不合理。好像都可以，又好像都不太令人满意。这些感觉可能是阅读新诗的人的普遍感觉。新诗提供了大量新奇的艺术表达，但始终缺乏经典的阅读感觉。经典让你不敢随便质疑，只能质疑自己。正如欧阳江河所说，大众对待古诗和新诗是不公平的，李商隐的诗也并非那么好懂，但很少有人会质疑李商隐的经典性，但是面对欧阳江河的诗则会问，写得什么呀，不明白。大众"欺侮"新诗的现象时有发生，只不过人们不在意罢了。总之，人们的感觉是，新诗由于缺乏成熟的形式规范，制约了新诗传播；反过来，新诗经典的缺乏又鼓舞了公众排斥和怀疑新诗。我认为，新诗行进一百年的问题中，只有形式问题是需要解决的理论问题。这个问题不解决，新诗在形式方面的创造就不理直气壮，新诗仍然会受古诗和大众的夹板气。

二、自由诗的本质是自由

新诗区别于旧诗的最本质特点是形式自由。这是新诗被称为自由诗的理由。新诗自由的形式充分保证了诗人自由的表达。新诗通过"五四"以来一百年的实践,彻底破除了旧诗的形式束缚,诸如格律、对仗、押韵、平仄等。但百年实践并不足以成为理论上的依据。许多人仍然认为,形式自由并不构成新诗的充分条件,自由形式说白了就是没有形式。如何回应这种看法?

　　缺乏形式规范仿佛是新诗的伤疤。这是新诗认识上最大的误区。恰当的说法应该是,新诗本质上是自由的,但这种自由对形式有比旧诗更高、更难的要求。按照吴思敬的说法,旧诗是制服,是统一服装,新诗是个性化服装,需要因地制宜,因此要求更高、难度更大。每一首诗都要求最贴切最恰当的形式。

　　过去一百年的实践,新诗以自由诗为绝对主流且不说。近年来随着网络的勃兴,网络已经成为诗歌生产、传播、消费的重要方式,新诗的自由特征体现得更为明显。旧体诗虽然也有点市场,但对现实的言说能力远不及自由诗。"走红"的都是自由诗。口水诗、乌青体、梨花体,五花八门,眼花缭乱。自由诗的大众化传播代表了一种精神自由的追求,无拘无束,绝对自由。没有权威的看管,没有传统的束缚,没有经典的焦虑,我手写我口,诗言志。尽管这种"口"可能是后现代消费之口,这种"志"大部分都是资本和权力所污染的精神意志,但其中不乏个体的生活呈现和精神流露。诗歌成为最便宜、最便捷的文化生产、传播和消费方式,这是其他艺术形态所不具备的。在当代语境,诗歌是最自由的文化表达方式。

　　吴思敬的新诗理论最让我受启发的地方就在于,他彻底解决了有关新诗自由的问题。在他看来,新诗本质是自由的,形式也是自由的,没有给格律诗和古典诗歌的当代迷恋留下任何余地。吴思敬总结了一百年的新诗创作,认为自由诗占到了主流。"与现代格律诗理论探讨和创作日稀的情况迥异,自由诗在诗坛则日趋繁荣。'五四'以来的重要诗人,如胡适、郭沫若、冰心、戴望舒、艾青,以及以牛汉、绿原为代表的'七月派'诗人,以穆旦、郑敏为代表的'九叶派'诗人,全是以自由诗为自己的主要创作形式的。新时期以后,北岛、舒婷等'朦胧诗人',海子、西川、韩东、于坚等'第三代诗人',直到90年代后涌现的'70后''80后'诗人,就更是以自由诗为主要的写作手段了。朱自清在新诗的第一个十年所构拟的'自由诗派'与'格律诗派'两军对垒的情况不复存在，自由诗成为新诗主流已是相当明显的了。"[1]

吴思敬在考察了新诗发生史之后认为，"辛亥革命推翻封建皇帝带来的一定程度的思想自由，外国'自由诗'的影响，是新诗产生的外部条件，而从内因来说，则是那个时代青年学子心灵中对自由的渴望与追求"[2]。他的两篇文章集中论述新诗自由观：《新诗：呼唤自由的精神》《心灵的自由与诗的超越性》。前者是对中国新诗史的回顾与总结，后者是对一些中外著名诗人的诗歌创作和诗歌观念的不完全归纳。他说，"重提七十年前废名'新诗应该是自由诗'的判断，意在阐明自由诗最能体现新诗自由的精神，最具有开放性与包容性。而新诗诞生九十余年的实践表明，现代格律诗之所以未能与自由诗相抗衡，是由于与传统格律诗相比，其公用性与稳定性的缺失。当下的诗坛，自由诗尽管占据着主流位置，但也为各种现代格律诗的实验提供了最为广大的舞台。不过，解决当下新诗存在的问题，还是应该从诗性内容入手，希冀设计出若干种新诗格律来克服新诗的弊端是不现实的。"[3]"新诗的创始者胡适是把'诗体的解放'与'精神的自由'联系在一起谈的：……形式上的束缚，使精神不能自由发展，使良好的内容不能充分表现。若想有一种新内容和新精神，不能不先打破那些束缚精神的枷锁镣铐。'"胡适之后，"郭沫若讲'诗的创造就是要创造人……他人已成的形式是不可因袭的东西。他人已成的形式只是自己的镣铐。形式方面我主张绝端的自由，绝端的自主'。艾青则这样礼赞诗歌的自由的精神：'诗与自由，是我们生命的两种最可贵的东西。'"[4]《心灵的自由与诗的超越性》一文，通过对一些著名诗人，如叶赛宁、拜伦、波德莱尔、瓦雷里、墨锐、郭小川、郑敏、唐湜、卞之琳的例子，说明诗乃自由的结论。这个论述尽管是个不完全归纳，也是有相当说服力的。因为我们几乎看不到哪一个诗

---

[1] 吴思敬：《新诗：呼唤自由的精神——对废名"新诗应该是自由诗"的几点思考》，《文艺研究》2010年第3期。

[2] 吴思敬：《吴思敬论新诗》，中国社会科学出版社2013年版，第37页。

[3] 吴思敬：《新诗：呼唤自由的精神——对废名"新诗应该是自由诗"的几点思考》，《文艺研究》2010年第3期。

[4] 吴思敬：《吴思敬论新诗》，中国社会科学出版社2013年版，第38页。

人是在心灵不自由的状态下创作出伟大诗篇的。吴思敬认为："有了自由的心灵，诗人才能超越传统的束缚，摆脱狭隘的经验与陈旧的思维方式的拘囿，让诗的思绪在广阔的时空中流动，才能调动自己意识和潜意识中的表象积累，形成奇妙的组合，写出具有超越性品格的诗篇。"[1]这样的观念，无论是对权力还是资本的批判，无论是对矫正口水诗对诗歌艺术的简化，还是对知识分子、学院派写作的复杂化，都仍然有效。《二十世纪新诗理论的几个焦点问题》是吴思敬对百年新诗理论的总结性思考，回答了诗歌现代化的若干理论问题，其中对诗歌是自由诗这一命题的论证占有突出位置。在我们的印象中，戴望舒是格律派诗歌的代表人物，应该对自由诗持怀疑态度，但吴思敬发现，戴望舒由格律转向自由的个案有力地说明，新诗是自由诗。"《雨巷》时代的戴望舒，也曾深受'新月派'诗人的熏陶，讲究诗的音乐性和画面美。但是当戴望舒接触了后期象征主义诗人果尔蒙、耶麦等人的作品后，他逐渐放弃了韵律，转向了自由诗。"[2]"格律派强调'音乐的美'，《望舒诗论》却认为'诗不能借重音乐，它应该去了音乐的成分'。格律派强调'绘画的美'，《望舒诗论》却说'诗不能借重绘画的长处'。格律派强调'格调''韵脚'和字句的整齐，《望舒诗论》却说'韵和整齐的字句会妨碍诗情，或使诗情成为畸形的。倘把诗的情绪去适应呆滞的、表面的旧规律，就和把自己的足去穿别人的鞋子一样'。格律派强调用均匀的'音尺'或'拍子'以及协调的'平仄'来形成诗的节奏，《望舒诗论》却说'诗的韵律不在字的抑扬顿挫上，而在诗的情绪的抑扬顿挫上，即在诗情的程度上'。"[3]可以看到，吴思敬在总结新诗格律化实践的过程中，尽管对格律的追求给予肯定，但更重要的是指出了其中包含的消极因素，这为他坚决地主张新诗自由的理论打下了基础。吴思敬的结论是"对新诗史上乃至今天，希望克服自由诗的散漫，想为新诗建立一套新格律的诗人和学者，我是充分理解的，并对他们的努力怀着深深的敬意。只不过我还看不出这种种现代格律诗方

---

[1]吴思敬：《心灵的自由与诗的超越性》，《文艺争鸣》2012年第5期。
[2]吴思敬：《二十世纪新诗理论的几个焦点问题》，《文学评论》2002年第6期。
[3]吴思敬：《二十世纪新诗理论的几个焦点问题》，《文学评论》2002年第6期。

案对纠正当下新诗写作弊端有多大的可能性"[1]。我个人认为，自从吴思敬得出这一彻底的理论后，新诗人可以完全放弃在创作中夹带格律的机会主义努力了，可以将传统对新诗的最后一点束缚彻底抛开了。

心灵的自由比什么都重要，这是现代诗人一百年的历史体验的汇总，也是对未来新诗发展的最重要的告诫。新诗如果依然要依赖韵律，就像电影仅仅依赖画面，好的社会仅仅寄希望于吃喝一样，这无疑是极其片面和狭隘的观念，是典型的文化保守主义和文化惰性。它反映了一种消极的、狭隘的艺术观念。

三、自由诗的难度：设计个性化的服装

自由诗能不能无限自由？换句话说，如何评价口水诗、梨花体？

在百度上搜索，可以看到以下条目的解释："梨花体"谐音"丽华体"，因女诗人赵丽华名字谐音而来，又被有些网友戏称为"口水诗"。自2006年8月以后，网络上出现了"恶搞"赵丽华的"赵丽华诗歌事件"，文坛出现了"反赵派"和"挺赵派"，引起诗坛纷争。

来看一首梨花体诗：

> 毫无疑问
> 我做的馅饼
> 是全天下
> 最好吃的

(《一个人来到田纳西》)

不少人认为，赵丽华的诗歌在网上引起强烈反应的一个原因，就是"明显的口语化写作"，换句话说，"梨花体"起到祛魅的功能，把诗歌降低为一种随

---

[1] 吴思敬：《新诗：呼唤自由的精神——对废名"新诗应该是自由诗"的几点思考》，《文艺研究》2010年第3期。

意可为的艺术，给大众参与创造了合法性。正如网上（百度）给出的梨花体写作秘密：（1）随便找来一篇文章，随便抽取其中一句话，拆开来，分成几行，就成了梨花诗。（2）记录一个4岁小孩的一句话，按照他说话时的断句罗列，也是一首梨花诗。（3）当然，如果一个有口吃的人，他的话就是一首绝妙的梨花诗。（4）一个说汉语不流利的外国人，也是一个天生的梨花体大诗人。梨花诗与芙蓉姐姐的网上走红分享了相同的逻辑，那就是对日益精英化的艺术的嘲讽，和大众分享文化话语权的强烈要求。这是在中国社会贫富分化越来越严重、文化资源的社会分配越来越不对等、网络新媒体提供的技术平等的支持越来越广泛的社会语境下发生的。网络上对梨花诗的广泛戏仿，反映了大众层面对于新诗的大众化诉求，也是对1990年代以来，以所谓的"知识分子写作"为代表的诗歌日益精致化的一种反拨。"知识分子写作"在很大程度上警惕大众对诗歌的要挟，其极端的主张是"献给无限的少数人"，这种说法自有其合理性，但却没有能够征服大众，甚至引起了大众的反感。口水诗的出现似乎提供了一种对精致文化矫枉过正的救治方式，它不惜抛弃新诗在艺术上取得的曲折成就。

梨花体式的口水诗提倡怎么写，没有什么问题，但是，将一种低低在下、唾手可得的写作方式作为新的规范加以确立，产生了非常消极的负面效应。口水诗重新立起了二元对立的思维模式：口水诗等于民主，复杂的诗歌写作等于反民主。梨花诗在艺术上没有新的发现，它吸引眼球的地方在于，彻底去除了诗歌的神秘性，表达了大众对文化消费的强烈诉求。它是一种新的大众主体意识的表征。放在后冷战时代社会主义在全球化市场化转型的历史语境中，它是一种解构意义上的文化实践。它拒绝精英文化高高在上的姿态，转而呈现低低在下的草根姿态。梨花体以一种唾手可得的随意感和低低在下的草根感，从内容和形式上表达了大众对文化领导权的渴望。在1990年代以来的文化脉络中，王朔、冯小刚、赵本山这些文化符号参与到新的文化主体意识的建构中去，即一种游戏的、消解的、对体制有轻度嘲讽但又非常安全的文化表达方式。这当然不能算李大钊"庶民的胜利"，与毛泽东所描绘的工农兵文艺也相差甚远，而是一种新的社会意识的表达。我们当然要清醒地看到在资本和权力钳制下的意识形态痼疾，要警惕那些虚假的主体性表达，对于盲目乐观的民主化想象以及各种文化梦幻保持戒备，但必须看到这一声势浩大的草根化潮流所带来的思想解放和知识普及，以及公众参与意识的觉醒，社会交往的加强等积极层面。正因为我们这个国度艰难而漫长的求索，这些新呈现的现代化事物和现代化意识才显得尤为珍贵。

因此，梨花体诗歌作为一种新的大众意识的表达，自有其文化上积极的意义，但在思想上没有提供更多的力量。在形式上，它甚至是保守的。一旦降低了新诗的形式难度，也就降低了新诗的思想。如果开个玩笑，梨花体是蹩脚的古诗，李白的歌行体倒是优秀的自由诗。

一千三百年前的李白，不单能写形式严整的格律体诗歌，也有大量形式自由的歌行体，如《行路难》《将进酒》《梦游天姥吟留别》《西岳云台歌送丹丘子》《少年行》《江上吟》等等。郭茂倩选编的《乐府诗集》收集了李白的数首形式自由的乐府诗。在这些诗歌中，李白式抒情似急风暴雨，行云流水，感情洪流从胸中奔涌咆哮出来，形式已经完全不在考虑之中。"烈士击玉壶，壮心惜暮年，三杯拂剑舞秋月，忽然高咏涕泗涟。"阅读这些诗歌可以感到，李白浪漫自由的性格完全受不了法度森严的近体诗的限制。他要自由地书写心灵，因此相对自由的汉魏歌行体成了他的至爱。只需看一首距今两千年、距李白七八百年的一首两汉乐府诗，就能明白李白的选择：

> 有所思，乃在大海南。
> 何用问遗君，双珠玳瑁簪，用玉绍缭之。
> 闻君有他心，拉杂摧烧之。
> 摧烧之，当风扬其灰。
> 从今以往，勿复相思，相思与君绝！
> 鸡鸣狗吠，兄嫂当知之。
> 妃呼狶！
> 秋风肃肃晨风飔，
> 东方须臾高知之。
>
> （《有所思》）

形式上，谁也不敢相信这是两千多年前的诗歌。它与现在的自由诗有什么区别？相当权威的袁行霈主编的《中国文学史》认为："李白的歌行，完全打破诗歌创作的一切固有格式，空无依傍，笔法多变，达到了任随性情之所之而变幻莫测、摇曳多姿的神奇境界。不仅感情一气直下，而且还以句式的长短变化和音节的错落，来显示其回旋振荡的节奏旋律，造成诗的气势，突出诗的力度，呈现出豪迈飘逸的诗歌风貌。"[1]

本文引用李白有两层用意。一、把古典诗歌想象为完全的格律诗是一种常识性错误，古典诗歌也有它丰富多变的形式探索。二、李白形式探索的动力来自于情感的涌动，服从于自由的心灵。这又一次验证了吴思敬的理论。放在两千年的诗歌史上，即使仅在形式的意义上，李白都是革命性的艺术家。也是在这一意义上，古典诗歌完全可以成为新诗的思想源泉，并非只能引进西方。所谓传统，也是在这样的意义上来思考和继承。因此，口水诗只是新诗大众化的权宜之计。将自由诗的自由理解为艺术形式上的随意绝对是庸俗的，这不会让新诗真正赢得大众，只能让新诗沦为一种轻浮的玩物。

吴思敬辩证地回答了新诗的内容与形式的问题，具有一种理论上的彻底性。新诗在内容上是自由的，在形式上是高难度的。与古典诗歌的统一着装相反，新诗要求个性化的服装。"有人说，自由诗不讲形式，这是最大的误解。自由诗绝不是不讲形式，只是它没有固定的一成不变的形式。如果说格律诗是把不同的内容纳入相同的格律中去，穿的是统一规范的制式服装，那么自由诗则是为每首诗的内容设计一套最合适的形式，穿的是个性化服装。实际上，自由诗的形式是一种高难度的、更富于独创性的形式，从某种意义上说，比起格律诗来它对形式的要求没有降低，而是更高了。"[2]在另一篇文章里，他从朱湘的诗歌创作得出结论，朱湘"几乎是每写一首诗都在探讨一种新的建行，精心

---

[1] 袁行霈主编:《中国文学史》第二卷，高等教育出版社 2005 年，第 222 页。
[2] 吴思敬:《新诗：呼唤自由的精神——对废名"新诗应该是自由诗"的几点思考》，《文艺研究》2010 年第 3 期。

地为自己的诗作缝制合体的衣裳。"[1]

通俗点说，每一首自由诗都像一个人，要求有合体的服装，不可以复制、山寨化，只能独创。自由诗不是全裸体。好的自由诗可以是比基尼，也可以是唐装，可以是长袍马褂，也可是西装革履，还可以是休闲运动装。总之，被包裹的是一个自由的个体，展示的是各不相同的个性和风采，甚至不能复制自我和从前，这是自由诗形式的唯一要求。这就使新诗的形式创造不但不是随意而为、信手拈来那样的轻松和容易，反而是独一无二、别无分店般的艰难。形式上的要求与内容上的自由辩证地统一起来，成为新诗革命性的、创造性的、永葆青春的生长机制。吴思敬的自由观抓住了自由诗的先锋性和革命性，彻底解决了自由诗形式与内容的关系问题，它甚至启发新诗重新看待古典诗歌的传统。

吴思敬通过对早期白话诗的语言缺陷的反思，提出了新诗形式的难度观，对当下的口水诗也有棒喝作用。他认为胡适提倡诗体大解放和白话诗，仅从语言文字的层面着眼，导致"诗人的主体性不见了，诗人的艺术想象不见了，而'有什么话，说什么话；话怎么说，就怎么说'则取消了诗与文的界限，取消了诗歌写作的技艺与难度，诗歌很容易滑向浅白的言情与对生活现象的实录"[2]。他严厉批评将自由诗随意化的写作观念："他们不知道，任何自由都是有限度的，自由诗中不仅有自由的形式，更重要的它还要有诗的内涵。自由诗绝非降低了诗歌写作的门限，而是把这一门限提得更高了。俞平伯早就说过'白话诗的难处正在他的自由上面。他是赤裸裸的，没有固定的形式的，前边没有模范，但是又不能胡诌的；如果当真随意乱来，还成个什么东西呢！所以白话诗的难处，不在白话上面，是在诗上面；我们要谨记，做白话的诗，不是专说白话。'"[3]

---

[1] 吴思敬：《"不定型"恰恰是新诗自身的传统》，《中国艺术报》2011年10月26日。
[2] 吴思敬：《吴思敬论新诗》，中国社会科学出版社2013年版，第43—44页。
[3] 吴思敬：《新诗：呼唤自由的精神——对废名"新诗应该是自由诗"的几点思考》，《文艺研究》2010年第3期。

因此，民众拿到诗歌民主这个利器时并没有好好珍惜他，而是让民粹主义给毁了。诗歌口水化正是这种打着民主旗号的群盲运动，它让大众与好的精神艺术擦肩而过。这是本文反思口水诗的一个用意。提倡一种简单易懂的理论，是基于与足球普及一样的判断：只有当中国民众真正对诗歌在精神上的创造性具备了辨别力，诗歌的传统才能真正激发出来。

原载《诗探索·理论卷》2019 年第 3 辑

后　记

王士强

　　《诗探索》创刊40周年了，可喜可贺！从我个人来讲，居然与这本诗歌理论刊物有了较为密切的关联，这是此前从未想过的。大概是在2000年或者2001年，我在省会济南的一家旧书店看到了两本《诗探索》，书已有些发黄、陈旧，但翻看内容我颇受吸引。当时我在家乡的乡镇做一名"包村干部"，工作繁忙，生活单调，内心彷徨，人生似乎一眼望得到头，又似乎被浓雾所笼罩。那时或许是刚刚动了考研的念头，但对考什么专业、能否考得上、毕业后做些什么，一切茫然无知。这两本《诗探索》似乎为那一刻的我打开了一个与日常生活截然不同而又充满魅惑的世界。我在书架的前前后后仔细查找，终究没有发现其他的期刊，我略感不足但终归欣喜地将那两本《诗探索》买了下来。那两本书此后被我从头到尾阅读了不只一遍。现在想来，后来我的报考"中国现当代文学"专业，或许与这两本《诗探索》也不无关系。再后来，我考取了山东师范大学的硕士研究生，导师张清华教授，又考取了首都师范大学的博士研究生，导师吴思敬教授。两位先生都是新诗研究领域的大家，耳提面命，言传身教，使我也逐渐确定了将中国新诗作为关注、研究的对象以至一生的志业。读博期间，我第一次去吴老师家中，吴老师给了我一套《诗探索》，虽然并不全，因为有若干本吴老师那里也没有，但整整齐齐一大摞、数十本刊物，翻看刊物上那些如雷贯耳般的诗人、学者的名字，我的内心不能不受到极大的冲击与震撼。那种激动与喜悦之感如在昨日、记忆犹新。博士毕业之后，从 2010 年开始，蒙吴老师信任，我开始做《诗探索》的特约编辑，在业余为《诗探索》做一些编校、组稿等工作，从而与这本刊物有了更多、更进一步的"亲密接触"。而今，我参与《诗探索》的具体工作已到了第十一个年头，有幸参与、见证了这本刊物近十年的发展，它的庆典于我也是"与有荣焉"。这是我与《诗探索》结缘的故事，一定程度上也是我与诗歌评论结缘的故事。说这些，是为了表达我对《诗探索》的感谢。

本书是《诗探索》创刊以来关于"新诗发展问题"的论文结集。选完之后我发现了一个现象：前半段选的较多，而后半段选的较少，也就是说，1980 年至 1985 年，以及 1994 年至 1999 年选的较多（1986 年至 1993 年停刊），而 2000 年之后选入的则相对要少。我确信自己并没有"厚古薄今"的倾向，但前后两个时段的这种差异的确让我有些意外，并引发了一番探究与思索。1980 年代前期是社会的方方面面重新出发、大破大立的时期，诸多的规范还没有建立，文学刊物、理论刊物的"等级制"尚未建立或尚不明显，加之这一时期刊物少、发表难，有时一篇文章、一首诗便可使作者广为人知、名满全国。这种状况到 1990 年代一定程度上也还存在但已不再明显，其时学术评价体系在逐步建立，因诗人与诗歌研究者之间兴趣、场域的不同造成的分流更为明显。1990 年代末的"盘峰诗会"论争及"知识分子写作""民间立场"之间的"笔仗"于《诗探索》的历史而言亦具象征意义：90 年代诗歌结束了，网络时代即将到来，此后的诗坛将更为分裂、碎片化、原子化，如此大规模的"吵架"再也吵不起来了。到了 21 世纪，情况的确大为不同，一方面是学术评价体系、学院体制的建立、强化与固化，权威期刊、CSSCI 期刊、核心期刊等成为学院研究者头顶的"紧箍咒"和风向标，在学术评价体系中没有被列入上述"目录"的《诗探索》不再受到绝大多数身处学院体制之中的学者、评论家的重视，稿源和稿件质量难免会受到一定影响。此外，近二十年来诗歌界发声的渠道也越来越多，尤其是网络几乎没什么门槛，提供了一个颇为"自由"、众声喧哗的场域，诗歌界已然失去整体性而进入自说自话、各说各话甚至互不搭理的状况。宏观性问题的讨论变得更为困难，有价值的批评、争鸣越来越少，与此同时《诗探索》关于诗人个案研究的比例则明显有所提高，比如常设栏目《中生代诗人研究》《结识一位诗人》及其他相关栏目或不定期特设专辑等。所以，《诗探索》40年，从中也可看出新时期以来诗歌创作、诗歌研究、学术评价体系的若干的变化，其间的是非功过另当别论，但上面所谈的问题应当是存在的。当然，这也从一个侧面显示出《诗探索》的生存之艰难，经济方面自不待言，学术评价体系、诗歌界整体状况、人文思想环境等方面或许尤甚。不过，唯其如此，或许凸显出《诗探索》的特殊性和重要意义：它迎难而上，不在乎一时一隅的得失荣辱，它面对的是新诗本身、时间本身。

受命编选这本书，我的内心是不无惶恐的，因为从学养、能力、资历等方面我自然并非最佳人选。不过另一方面，这样的编选工作又是一件费"脑力"又耗"体力"的"苦力活"，《诗探索》至今已出百余辑，文章数千篇，体量巨大，光是读一遍已颇为不易，让老先生们来做这样的工作确乎于心不忍。由于我年龄上尚属"年轻"，编选任务摊到我身上的确"义不容辞"。编选的过程于我也是一个学习和提升的过程，自感受益良多。在文章的收录原则上我大致也是历史的与美学的标准兼顾，一方面是尽量呈现在历史上留下"痕迹"、体现时代特征、产生较大影响的文本，另一方面则是立足诗歌本位，注重学术性、学理内涵，选取那些讨论真正的诗歌问题、体现诗歌评论专业水准的作品。由于容量、篇幅、语词表述等原因，还有为数不少的优秀文章我最终忍痛割爱了，遗珠之恨在所难免，在此说声抱歉！

《诗探索》的40年，其作者已发生代际性的迁移，大致说来，而今的作者已经是以70后、80后甚至90后为主体力量、新锐力量了。时间在前进，而诗歌永远年轻，愿《诗探索》也永远年轻！